I0817678

El misterio de SALEM'S LOT

Stephen King

El misterio de SALEM'S LOT

Traducción de

MARTA I. GUSTAVINO

Revisión de

CARLOS ABREU FETTER

PLAZA & JANÉS

Papel certificado por el Forest Stewardship Council®

Título original: *'Salem's Lot*

Primera edición en este formato: octubre de 2025

Revisión de Carlos Abreu Fetter

Printed in Spain – Impreso en España

ISBN: 978-84-01-03783-2
Depósito legal: B-14.469-2025

Compuesto en La Nueva Edimac, S. L.
Impreso en Liberdúplex
Sant Llorenç d'Hortons (Barcelona)

L037832

Para Naomi Rachel King
«… en cumplimiento de promesas»

NOTA DEL AUTOR

Nadie escribe una novela larga por sí solo. Me gustaría robar un momento al lector para agradecer a algunas personas su ayuda en este libro: a G. Everett McCutcheon, de la Hampden Academy, por sus sugerencias prácticas y su estímulo; al doctor John Pearson, de Old Town, Maine, médico forense del condado de Penobscot y reconocido miembro de esa excelsa especialidad médica que es la medicina general; al padre Renald Hallee, de la Iglesia católica de Saint John en Bangor, Maine. Y naturalmente a mi mujer, cuyas críticas son tan severas e inflexibles como siempre.

Aunque los pueblos cercanos a Salem's Lot son totalmente reales, el propio Salem's Lot no existe más que en la imaginación del autor, y cualquier semejanza entre las personas que allí viven y las que habitan el mundo real no es más que una coincidencia no intencionada.

S. K.

PRÓLOGO

Viejo amigo, ¿qué es lo que buscas?
Tras tantos años de ausencia vienes
con las imágenes que albergaste
bajo cielos extraños
muy lejanos de tu tierra.

George Seferis

1

Casi todo el mundo creía que el hombre y el chico eran padre e hijo.

Atravesaron el país en dirección sudoeste, pero sin seguir una ruta muy precisa. Viajaban en un viejo Citroën de dos puertas y tomando preferentemente las carreteras secundarias, que recorrían en tramos irregulares. Por el camino se detuvieron en tres lugares antes de llegar a su destino: primero en Rhode Island, donde el hombre alto de cabello negro consiguió empleo en una fábrica textil; después en Youngstown, Ohio, donde trabajó durante tres meses en una línea de montaje de tractores, y finalmente en un pueblecito californiano próximo a la frontera con México, donde se ganó la vida como empleado de una gasolinera y arreglando pequeños coches europeos, con un éxito que a él mismo le resultó tan sorprendente como reconfortante.

Cada vez que se detenían, el hombre compraba un periódico de Maine, el *Press-Herald* de Portland, y buscaba en él los artículos que hicieran alguna referencia a una pequeña ciudad del sur de Maine llamada Jerusalem's Lot y a la región circundante. De vez en cuando encontraba alguna noticia.

Antes de llegar a Central Falls, Rhode Island, escribió en

diferentes cuartuchos de motel el bosquejo de una novela que despachó por correo a su agente literario. Un millón de años atrás había sido un novelista de cierto éxito, cuando las sombras no habían invadido aún su vida. El agente llevó el borrador a su último editor, quien se mostró cortésmente interesado aunque no muy decidido a pagarle un adelanto. Pedir algo por favor y dar las gracias, explicó el hombre al muchacho mientras hacía pedazos la carta del agente, todavía salía gratis. Lo dijo sin demasiada amargura y de todas maneras comenzó a escribir el libro.

El muchacho hablaba poco. Su rostro siempre estaba tenso, y sus ojos eran sombríos, como si estuvieran escudriñando continuamente algún yermo horizonte interior. En los bares y en las estaciones de servicio donde se detenían por el camino se mostraba simplemente educado. Parecía no querer separarse del hombre alto y se ponía nervioso cuando este lo dejaba solo, aunque fuera para ir al baño. Se negaba a hablar del pueblo de Salem's Lot, pese a que el hombre procuraba sacar el tema de vez en cuando, y nunca miraba los periódicos de Portland que su compañero dejaba deliberadamente a su alcance.

Cuando terminó el libro, vivían en una casita a pie de playa, no muy lejos de la carretera. Los dos solían nadar en el Pacífico, más cálido que el Atlántico, y más acogedor. No le traía recuerdos. El chico empezó a ponerse muy moreno.

Aunque vivían lo bastante bien para comer tres veces al día y contar con un techo firme sobre sus cabezas, el hombre había empezado a sentirse deprimido y a abrigar dudas sobre la forma de vida que llevaban. Le daba clases al muchacho, y aunque su educación no parecía resentirse demasiado por el hecho de no ir al colegio (era un chico despierto y con afición a los libros, como también lo había sido él), el hombre no creía que su empeño en olvidarse de Salem's Lot le hiciera ningún bien. A veces, durante la noche, gritaba en sueños y arrojaba las mantas al suelo.

Recibieron una carta de Nueva York. El agente le comunicaba que la editorial Random House le ofrecía doce mil dólares de anticipo y que casi había cerrado un trato con un club de lectores, y le preguntaba si estaba conforme.

Desde luego que lo estaba.

El hombre dejó su trabajo en la gasolinera y, junto con el muchacho, cruzó la frontera.

2

Los Zapatos (un nombre que, por absurdo, resultaba secretamente atractivo al hombre) era una pequeña aldea situada a no mucha distancia del océano. Estaba bastante libre de turistas. No tenía una buena carretera, ni vistas al mar (para ello había que seguir unos ocho kilómetros más hacia el oeste), ni lugares históricos de interés. Además, la taberna local estaba plagada de cucarachas y la única prostituta era una abuela de cincuenta años.

Al dejar atrás Estados Unidos, su vida se llenó de una quietud casi de otro mundo. Pocos aviones sobrevolaban el lugar, no había autopistas de peaje y nadie tenía una cortadora de césped eléctrica (ni ganas de tenerla) en ciento cincuenta kilómetros a la redonda. Disponían de una radio, pero no emitía más que ruido carente de significado; todos los informativos estaban en español, idioma que el chico empezaba a entender pero que para el hombre era y seguiría siendo incomprensible. Parecía no existir otra música que la ópera. Por las noches, a veces sintonizaban una emisora de Monterrey que emitía música pop, aderezada con las frenéticas inflexiones de Wolfman Jack, pero la señal iba y venía. El único ruido de motor era el de un viejo motocultor, propiedad de uno de los granjeros locales. Cuando el viento soplaba en esa dirección, el sonido entrecortado les llegaba débilmente a los oídos, como un espíritu inquieto. Sacaban a mano el agua del pozo.

Un par de veces al mes asistían a misa (no siempre juntos) en la pequeña iglesia de la aldea. Ninguno de los dos entendía el significado de la ceremonia, pero iban de todas formas. A veces, el hombre dormitaba, amodorrado por el calor sofocante y arrullado por el ritmo familiar de las plegarias y de las voces que las formulaban. Un domingo, el muchacho salió al destartalado porche trasero, donde el hombre había empezado a escribir otra novela, y con voz vacilante le dijo que había hablado con el sacerdote para que lo admitieran en la fe de su iglesia. El hombre asintió y le preguntó si sabía bastante español para aprender el catecismo. El chico contestó que no creía que eso fuera un problema.

Una vez a la semana, el hombre hacía un viaje de más de sesenta kilómetros en busca del periódico de Portland, Maine, que tenía siempre una semana de antigüedad por lo menos y a veces estaba manchado de orina de algún perro. Dos semanas después de que el muchacho le comunicara sus intenciones, encontró un artículo de fondo sobre Salem's Lot y una ciudad de Vermont llamada Momson. En el texto se mencionaba el nombre del hombre alto.

Este dejó el periódico por la habitación sin muchas esperanzas de que el muchacho lo leyera. El artículo lo inquietaba por varias razones. Al parecer, no todo había terminado en Salem's Lot.

Al día siguiente, el chico se le acercó con el periódico en la mano, doblado de manera que quedaba a la vista el titular: «¿Pueblo fantasma en Maine?».

—Tengo miedo —comentó.

—Yo también —respondió el hombre alto.

3

¿Pueblo fantasma en Maine?

por John Lewis
Jefe de reportajes del *Press-Herald*

Jerusalem's Lot. — Jerusalem's Lot es una pequeña ciudad situada al este de Cumberland y treinta kilómetros al norte de Portland. No es la primera ciudad en la historia de Estados Unidos que ha perdido vitalidad hasta extinguirse, y probablemente no será la última, pero es una de las más extrañas. Los pueblos fantasma son comunes en el sudoeste norteamericano, donde las comunidades surgieron poco menos que de la noche a la mañana en torno a ricos filones de oro y plata para desaparecer después casi con la misma rapidez a medida que las vetas se agotaban, dejando que las tiendas, los hoteles y los *saloons* se pudrieran, vacíos, en el silencio del desierto.

En Nueva Inglaterra, el caso de la misteriosa despoblación de Jerusalem's Lot, o Salem's Lot, como suelen llamarlo los nativos, solo es comparable al de una pequeña ciudad de Vermont llamada Momson. Al parecer, durante el verano de 1923, Momson perdió vitalidad y se extinguió, y con ella sus 312 habitantes. Las casas y los edificios de algunas pequeñas tiendas del centro de la ciudad están todavía en pie, pero desde ese verano de hace cincuenta y dos años siguen deshabitadas. En algunos casos, los muebles han sido retirados, pero, en su mayoría, las viviendas aún están amuebladas, como si en medio de la vida cotidiana un misterioso viento se hubiera llevado a la gente. En una casa, la mesa estaba puesta para la cena, hasta con un centro de flores, marchitas desde hacía mucho tiempo. En otra, la cama de uno de los dormitorios estaba cuidadosamente abierta, lista para que alguien se acostara en ella. En el mostrador de una de las tiendas de la localidad se encontró un rollo de tela de algodón podrido, y la caja registradora marcaba un dólar con veintidós. Los investigadores encontraron casi cincuenta dólares en el interior de la caja.

A la gente de aquella zona le gusta entretener a los turistas con la historia e insinuar que el pueblo está encantado; según ellos, eso explica el hecho de que desde entonces haya permanecido vacío. Una razón más probable es que Momson se encuentra en un olvidado rincón del estado, lejos de todas las carreteras importantes. No hay nada que lo diferencie de cientos de ciudades parecidas, salvo, por supuesto, el misterio de su súbito abandono, que recuerda el caso del Mary Celeste.

En el censo de 1970, Salem's Lot figuraba con 1.319 habitantes, un aumento de 67 personas en los diez años transcurridos desde el censo anterior. Es un municipio extenso y acogedor al que sus antiguos habitantes llamaban familiarmente Lot y donde jamás sucedía nada digno de mención. El único tema de conversación de los ancianos que se reunían con regularidad en el parque y en torno a la estufa, en la tienda de productos agrícolas de Crossen, era el desastre de 1951, cuando algún inconsciente tiró una cerilla que provocó uno de los mayores incendios forestales en la historia reciente del estado.

Para cualquier hombre que quisiera vivir sus años de jubilado en un pequeño pueblo rural donde todo el mundo se ocupara de sus propios asuntos y donde el gran acontecimiento de la semana fuera casi siempre el concurso de bizcochos que organizaba la Comisión de Señoras, Lot podría haber sido una buena elección. En el aspecto demográfico, el censo de 1970 mostraba un panorama familiar tanto para los sociólogos rurales como para cualquiera que residiera desde hacía años en alguna pequeña ciudad de Maine: un alto porcentaje de residentes mayores y pobres, y un número elevado de jóvenes que se marchaban de la zona con su diploma bajo el brazo para nunca más volver.

Sin embargo, hace poco más de un año, algo fuera de lo común empezó a suceder en Jerusalem's Lot. La gente comenzó a desaparecer. La mayor parte de los desaparecidos, naturalmente, no pueden considerarse como tales en el sentido estricto de la palabra. El antiguo agente de policía de Lot, Parkins Gillespie, vive con su hermano en Kittery. Charles James, propietario de una gasolinera situada frente a la farmacia, está ahora al frente de un taller de reparaciones en la vecina ciudad de Cumberland. Pauline Dickens se ha trasladado a Los Ángeles y Rhoda Curless trabaja en Portland con la misión de Saint Matthew. La lista de «no desaparecidos» podría alargarse indefinidamente.

Lo más enigmático respecto a todas estas personas localizadas es su unánime falta de ganas —o incapacidad— de hablar de Jerusalem's Lot y de lo que puede (o no) haber sucedido allí. Parkins Gillespie se limitó a mirar a este periodista, encender un cigarrillo y contestar: «Decidí marcharme, eso es todo». Charles James asegura que se vio obligado a irse porque su negocio se fue al garete al mismo tiempo que la ciudad. Pauline Dickens, que trabajó durante varios años como camarera en el Excellent Café, no contestó jamás a las preguntas que el periodista le formuló por carta. Y la señorita Curless se niega a decir una sola palabra sobre Salem's Lot.

Ciertas ausencias pueden explicarse por medio de conjeturas y algunas indagaciones. Lawrence Crockett, el agente de la propiedad inmobiliaria de la ciudad, que ha desaparecido con su mujer y su hija, deja tras de sí varias operaciones comerciales e inmobiliarias de dudosa naturaleza, entre ellas cierta especulación con unos terrenos de Portland donde ahora se está construyendo el centro comercial. El matrimonio McDougall, que también figura entre los desaparecidos, había perdido a su hijo pequeño ese mismo año y no había nada importante que los retuviera en la ciudad. Podrían estar en cualquier parte, como tantos otros. Según Peter McFee, el jefe de policía del estado: «Hemos seguido la pista a muchas de las personas que se fueron de Salem's Lot, pero no es la única ciudad de Maine donde la gente se ha esfumado. Royce McDougall, por ejemplo, se marchó debiendo dinero a un banco y a dos compañías financieras... A mi juicio, no era más que un ave de paso que decidió mejorar su suerte. En cualquier momento, este año o el próximo, usará una de las tarjetas de crédito que lleva en la cartera y los cobradores de morosos caerán sobre él como abejas sobre la miel. En Estados Unidos, las personas desaparecidas son tan típicas como la tarta de manzana. Vivimos en una sociedad centrada en el automóvil. Cada dos o tres años, la gente recoge sus bártulos y se va a otro sitio. A veces olvidan dejar su nueva dirección. Especialmente los vagabundos».

Sin embargo, y pese al contundente sentido práctico de las palabras del capitán McFee, quedan muchas preguntas sin respuesta en Salem's Lot. Henry Petrie, su esposa y su hijo también han desaparecido, y sería difícil calificar de vagabundo al señor Petrie, ejecutivo de la compañía de seguros Prudencial. El empresario local de pompas fúnebres, el librero y la *esthéticienne* constan asimismo en el archivo de personas en paradero desconocido. La lista alcanza una longitud inquietante.

En los pueblos circundantes se ha iniciado la previsible campaña de rumores que suele estar en el origen de las leyendas. Se afirma que en Salem's Lot hay fantasmas. Se han avistado luces de colores suspendidas en el aire sobre los cables de alta tensión de la central eléctrica de Maine que atraviesan el municipio, y si uno sugiere que a los habitantes de Lot los abdujo un ovni, nadie se reirá. Se ha hablado incluso del «oscuro pacto» de un grupo de jóvenes que celebraban misas negras en el pueblo, lo que podría haber desatado la ira de Dios sobre una población que llevaba el mismo nombre que la ciudad más sagrada de Tierra Santa. Otros, menos inclinados hacia lo sobrenatural, recuerdan a los jóvenes que hace unos tres años «desaparecieron» en Houston, Texas, para ser descubiertos luego en macabras fosas comunes.

Tras una visita en persona a Salem's Lot, todas esas conjeturas parecen menos disparatadas. No queda una sola tienda abierta. La última en desaparecer fue la tienda de Spencer, que cerró sus puertas en enero. También han cerrado la tienda de productos agrícolas de Crossen, la ferretería, la tienda de muebles Barlow y Straker, el Excellent Café e incluso el ayuntamiento, así como la nueva escuela secundaria, construida en Lot en 1967. El mobiliario y los libros de la escuela han sido trasladados a un almacén provisional en Cumberland, pero todo parece indicar que ningún niño de Salem's Lot acudirá a clase cuando empiece el año escolar. Allí ya no hay niños; solo quedan tiendas y locales abandonados, casas desiertas, jardines y caminos descuidados.

La policía estatal quisiera localizar o por lo menos tener noticias de varias personas más, entre ellas John Groggins, pastor de la iglesia metodista de Salem's Lot; el padre Donald Callahan, párroco de Saint Andrew; Mabel Werts, una viuda de la localidad que se distinguía por su labor como voluntaria en la iglesia de Salem's Lot y en diversos actos sociales; Lester y Harriet Durham, un matrimonio que trabajaba en la fábrica textil Gates Mill y Weaving; Eva Miller, propietaria de una pensión en la localidad...

4

Dos meses después de la publicación de aquel artículo en el periódico, el muchacho fue bautizado en la fe católica. Hizo su primera confesión... y lo confesó todo.

5

El sacerdote de la aldea era un anciano de cabello blanco y rostro atrapado en una red de arrugas. En aquella cara curtida por el sol, los ojos resaltaban con una vivacidad y una avidez sorprendentes; eran unos ojos azules, muy irlandeses. Cuando el hombre alto llegó a su casa, el cura estaba sentado en el porche tomando el té. Junto a él había un hombre trajeado, peinado con raya en medio y tal cantidad de brillantina que al hombre alto le hizo pensar en viejas fotografías de finales del siglo XIX.

—Soy Jesús de la Rey Muñoz —se presentó el hombre—. El padre Gracon me pidió que hiciera de intérprete, porque él no sabe inglés. El padre ha prestado a mi familia un gran servicio que no me está permitido mencionar. Tampoco diré una palabra sobre el problema que él quiere comentarle. ¿Está usted de acuerdo?

—Sí. —El hombre estrechó la mano de Muñoz y después la de Gracon, que habló en español, sonriente. No le quedaban más que cinco dientes, pero su sonrisa era alegre y amplia.

—Pregunta si aceptaría usted una taza de té. Es té verde, muy refrescante.

—Me encantaría.

—El muchacho no es su hijo —dijo el sacerdote una vez cumplidas las formalidades.

—No.

—Su confesión fue muy extraña. En realidad, en toda mi vida de sacerdote no había oído una confesión tan extraña.

—No me sorprende.

—Y lloró —continuó el padre Gracon mientras bebía su té— con un llanto intenso y terrible que parecía proceder de lo más profundo de su alma. ¿Debo plantearle la duda que esa confesión me suscita?

—No —respondió con calma el hombre alto—. No es necesario. Le dijo la verdad.

Ya antes de que Muñoz le tradujera sus palabras, Gracon asentía con la cabeza, muy serio. Se inclinó hacia delante, con las manos cruzadas entre las rodillas, y habló durante largo rato. Muñoz le escuchaba atentamente con el rostro inexpresivo. Cuando el sacerdote terminó, el intérprete tomó la palabra.

—Dice que en el mundo hay cosas extrañas. Hace cuarenta años, un campesino de El Graniones le trajo una lagartija que gritaba como si fuera una mujer. También ha visto un hombre que tenía estigmas, el sello de la pasión de Nuestro Señor, y al que le sangraban las manos y los pies el Viernes Santo. Dice que esto es una cosa terrible y siniestra. Grave para usted y para el muchacho; sobre todo para él. Es algo que lo corroe por dentro. Dice...

Gracon volvió a hablar brevemente.

—Pregunta si usted es consciente de lo que han hecho en esa Nueva Jerusalén.

—En Jerusalem's Lot —lo corrigió el hombre—. Sí, soy consciente.

Gracon dijo algo más.

—Quiere saber qué es lo que piensa hacer al respecto.

El hombre alto meneó muy lentamente la cabeza.

—No lo sé.

Gracon habló de nuevo.

—Dice que rezará por ustedes.

6

Una semana más tarde despertó empapado en sudor por una pesadilla y pronunció el nombre del muchacho.

—Tengo que volver —anunció.

El chico palideció bajo su bronceado.

—¿Puedes venir conmigo? —preguntó el hombre.

—¿Tú me quieres?

—Sí. Por Dios que sí.

El muchacho rompió a llorar y el hombre alto lo abrazó.

7

Seguía sin poder dormir. Había rostros que acechaban en las sombras, elevándose sobre él en un torbellino como caras desdibujadas por la nieve, y, cuando el viento sacudía una rama y la golpeaba contra el techo, el hombre daba un salto.

Jerusalem's Lot...

Cerró los ojos y se tapó el rostro con el brazo. Le vino a la cabeza una avalancha de recuerdos. Casi podía ver el pisapapeles de cristal, uno de esos que, cuando se mueven, provocan en su interior una tormenta de nieve en miniatura.

Salem's Lot...

PRIMERA PARTE

LA CASA MARSTEN

Ningún organismo puede vivir durante mucho tiempo en la realidad absoluta sin perder la razón; hay quien supone que incluso las alondras y las cigarras sueñan. Hill House, un lugar que nadie asociaría precisamente con la cordura, se erguía sola sobre sus colinas reteniendo dentro de sí la oscuridad: se alzaba allí desde hacía ochenta años y bien podía mantenerse en pie durante otros ochenta. En su interior, las paredes conservaban su perfecta verticalidad, los ladrillos encajaban a la perfección, el suelo permanecía firme, y las puertas sensatamente cerradas. El silencio se asentaba contra la madera y la piedra de Hill House, y todo lo que andaba por ahí andaba solo.

SHIRLEY JACKSON
La maldición de Hill House

Capítulo 1

BEN (I)

1

Tras dejar atrás Portland en su ruta hacia al norte por la autopista de peaje, Ben Mears había empezado a sentir en el vientre un cosquilleo de agitación no del todo desagradable. Era el 5 de septiembre de 1975, y el verano disfrutaba de su última cana al aire. Los árboles rebosaban verdor, el cielo era de un azul lejano y suave y, más allá de la línea ferroviaria de Falmouth, Ben distinguía a dos muchachos que andaban por un camino paralelo a la autopista con las cañas de pescar al hombro como si fueran carabinas.

Pasó al carril de la derecha, disminuyó la velocidad al mínimo permitido en la autopista y empezó a buscar en el paisaje algo que activara su memoria.

Al principio no encontró nada e intentó prevenirse contra una decepción casi segura. *Entonces tenías nueve años. Hace veinticinco que todo aquello es agua pasada. Los lugares cambian y la gente también.*

En aquella época la autopista 295 y sus cuatro carriles no existían. Si uno quería ir a Portland desde Lot, tomaba la carretera 12 hasta Falmouth y desde allí la número 1. El tiempo no se había detenido.

Para ya.

Pero era difícil parar. Era difícil decir basta cuando...

De pronto, una moto BSA grande con el manillar levantado lo adelantó con un rugido por el carril de la izquierda. La conducía un muchacho en camiseta que llevaba de paquete a una chica con una chaqueta de tela roja y unas enormes gafas de sol. La aparición fue inesperada y la reacción de Ben, excesiva: pisó el pedal del freno a fondo y apoyó ambas manos en el claxon. La motocicleta aceleró arrojando un eructo de humo azul por el tubo de escape y la chica se giró para dedicarle una peineta.

Mientras volvía a aumentar la velocidad, a Ben le entraron ganas de fumarse un cigarrillo. Le temblaban un poco las manos. La motocicleta, veloz como un rayo, ya casi se había perdido de vista. Niñatos..., putos niñatos. Apartó los recuerdos recientes que intentaban agolparse en su cabeza. Hacía dos años que no montaba en moto y no pensaba volver a hacerlo jamás.

Un destello rojo le hizo mirar hacia la derecha y, al volver la vista, sintió una oleada de placer y gratitud. A lo lejos, sobre una colina que se elevaba más allá de un campo de plantas forrajeras, se levantaba un enorme granero rojo con el techo pintado de blanco; incluso desde esa distancia se podía vislumbrar el reflejo del sol en la veleta. Estaba allí en aquel entonces y allí seguía, exactamente con el mismo aspecto. Tal vez, después de todo, las cosas saldrían bien. Los árboles volvieron a ocultar el granero.

A medida que la carretera se acercaba a Cumberland, el entorno se hacía cada vez más familiar. Ben atravesó el río Royal, donde de niños solían ir a pescar truchas y lucios. Divisó al pasar un fugaz panorama de Cumberland por entre los árboles. Se veía el depósito elevado de agua de Cumberland, con su enorme eslogan pintado en un costado: «Para que Maine siga siendo verde». Tía Cindy había dicho siempre que alguien debería escribir debajo: «Trae dólares».

Su inicial sensación de exaltación se intensificó, y empezó a acelerar, buscando con la mirada la señal indicadora. La divisó unos ocho kilómetros más adelante, con su superficie reflectante verde que destellaba a lo lejos:

CARRETERA 12 JERUSALEM'S LOT
CUMBERLAND CUMBERLAND CTR

Una súbita oscuridad se abatió sobre él, atenuando su euforia como cuando se echa arena sobre el fuego. Estos episodios se habían hecho frecuentes desde la época gris de su vida (su mente quería pronunciar el nombre de Miranda, pero Ben no se lo permitió). Aunque estaba acostumbrado a mantener a raya sus malos pensamientos, esta vez no pudo hacer nada contra la sensación que se apoderó de él con una fuerza tan salvaje que lo desalentó.

¿Qué pretendía al volver a un pueblo donde había vivido cuatro años, cuando era niño, con el deseo de recuperar algo ya irrevocablemente perdido? ¿Qué magia esperaba encontrar deambulando por unas calles que había recorrido en su infancia y que probablemente estarían asfaltadas, niveladas, señalizadas y sembradas de latas de cerveza tiradas por los turistas? La magia habría desaparecido, tanto la negra como la blanca. Todo se había ido al traste esa noche, cuando él perdió el control de la motocicleta y después apareció el camión amarillo, cada vez más y más grande, y oyó el alarido de su mujer, Miranda, que de pronto se cortó irrevocablemente cuando...

Vio la salida a la derecha y, por un momento, pensó en pasar de largo, en seguir hacia Chamberlain o Lewiston, detenerse allí para comer y después dar la vuelta para regresar. Pero ¿regresar adónde? ¿A casa? Qué tontería. Si alguna vez se había sentido en casa, había sido allí. Aunque no hubieran sido más de cuatro años, ese era su hogar.

Puso el intermitente, disminuyó la velocidad del Citroën y subió por la rampa. A punto de llegar a la cima, a la parte donde la rampa de la autopista se unía a la carretera 12 (cuyo nombre cambiaba a Jointner Avenue más cerca de la ciudad), levantó la vista hacia el horizonte. Lo que allí vio le obligó a frenar violentamente. El Citroën se detuvo con un estremecimiento y se caló.

Los árboles, en su mayoría pinos y abetos, se elevaban en una suave pendiente hacia el este y daban la impresión de amontonarse contra el cielo en el horizonte. Desde su posición no se divisaba el pueblo, solo los árboles y, en la distancia, el ángulo agudo del tejado a dos aguas de la Casa Marsten.

Ben se quedó contemplándola, fascinado. Con rapidez calidoscópica, sentimientos encontrados asomaron a su rostro.

—Sigue aquí —murmuró en voz alta—. ¡Por Dios!

Al mirarse los brazos, comprobó que se le había puesto la carne de gallina.

2

Evitó deliberadamente pasar por el pueblo; atravesó Cumberland para después volver a Salem's Lot desde el oeste por Burns Road. Se quedó atónito al ver lo poco que habían cambiado las cosas. Había algunas casas recién construidas que Ben no recordaba, un bar —el Dell's— en el límite del pueblo y un par de canteras de grava nuevas. Habían talado buena parte del bosque, pero la vieja señal de hojalata que indicaba el camino hacia el vertedero del pueblo seguía en su lugar. En cuanto al camino en sí, estaba aún sin asfaltar, lleno de baches e irregularidades. Por la abertura que quedaba entre los árboles, allí donde las torres de los cables de alta tensión de la central eléctrica de Maine discurrían de noroeste a sudeste, Ben alcanzó a ver Schoolyard Hill. La granja de los Griffen seguía en pie; además, habían ampliado el granero. Ben se preguntó si seguirían embotellando y vendiendo la leche que producían. El logo mostraba una vaca sonriente bajo la marca de fábrica: «Leche Sunshine. ¡De las granjas Griffen!». Sonrió al pensar en la cantidad de leche Sunshine que había vertido sobre sus copos de cereales cuando vivía en casa de la tía Cindy.

Giró a la izquierda para enfilar Brooks Road, pasó junto a las puertas de hierro forjado y el muro de piedra que rodeaba el cementerio de Harmony Hill y, tras descender la abrupta pendiente, empezó a subir la del otro lado, conocida en el pueblo como Marsten's Hill.

En la cima, los árboles se hacían más escasos a ambos lados de la carretera. Abajo, a la derecha, se divisaba el pueblo propiamente dicho; fue la primera vista que Ben tuvo de él. A la izquierda quedaba la Casa Marsten. Se armó de valor y salió del coche.

Todo seguía igual, sin diferencia alguna. Era como si lo hubiera visto ayer por última vez.

La hierba bruja crecía, libre y alta, en el jardín de delante, ocultando las viejas losas desniveladas por las heladas que conducían al porche. Allí cantaban, chirriantes, los grillos, y los saltamontes saltaban describiendo erráticas parábolas.

La casa estaba orientada hacia el pueblo. Era enorme y estaba desvencijada y combada. Las ventanas descuidadamente cerradas le daban ese aspecto siniestro de todas las casas viejas que han pasado mucho tiempo vacías. La pintura se había descascarillado a la intemperie y el edificio entero ofrecía un aspecto uniformemente gris. Los temporales de viento habían arrancado muchas tejas y una densa nevada había hundido el ángulo oeste del tejado principal, dejándolo torcido. A la derecha, un destartalado cartel clavado sobre un poste advertía: «Prohibida la entrada».

Ben sintió el impulso irresistible de adentrarse por ese camino lleno de malezas, entre grillos y saltamontes que saltarían a su paso, subir al porche y, entre los postigos mal cerrados, espiar el vestíbulo o el salón. Incluso podía probar a abrir la puerta principal y, si no estaba cerrada con llave, entrar.

Tragó saliva y se quedó mirando la casa, casi hipnotizado. Con estúpida indiferencia, el edificio le devolvía la mirada.

Al recorrer el vestíbulo, percibiría el olor del yeso húmedo y del empapelado podrido y vería escabullirse los ratones por las paredes. Todavía encontraría algunos objetos, tal vez un pisapapeles que se guardaría en el bolsillo. Al final del vestíbulo, en lugar de seguir hacia la cocina, podría doblar a la izquierda y subir por las escaleras sintiendo crujir bajo los pies el polvo de yeso que durante años había ido cayendo del techo. Había exactamente catorce escalones, pero el último era más pequeño que los anteriores, como si lo hubieran agregado para evitar el número fatídico. En lo alto de la escalera, se encontraría en el descanso, mirando la puerta cerrada situada al final del pasillo. Y, si avanzara hacia ella, observando como se hacía cada vez más grande a medida que se acercaba, podría alargar la mano hacia el empañado picaporte de plata y…

Se alejó para no seguir viendo la casa mientras dejaba escapar el aire por la boca con un silbido. Todavía no… Más adelante tal vez, pero todavía no. Por ahora le bastaba con saber que todo seguía allí, esperándolo. Apoyó las manos en el capó del coche y tendió la mirada hacia el pueblo. Allí podría averiguar quién administraba la Casa Marsten y alquilarla. La cocina sería un lugar adecuado para escribir, y podría poner un diván en el saloncito de delante. Pero no se dejaría llevar por el impulso de subir por las escaleras.

A menos que fuera necesario.

Subió al automóvil, lo puso en marcha y descendió la colina en dirección a Jerusalem's Lot.

Capítulo 2

SUSAN (I)

1

Estaba sentado en un banco del parque cuando advirtió que la chica lo observaba. Era muy guapa. Llevaba un pañuelo de seda que le cubría el cabello rubio claro. En ese momento estaba leyendo un libro, pero junto a ella había un bloc de dibujo y algo que parecía un carboncillo. Era martes 16 de septiembre, el primer día de clase, y el parque se había vaciado mágicamente de los visitantes más bulliciosos. Solo quedaban algunas madres con sus bebés y otros tantos ancianos sentados junto al monumento a los soldados caídos, además de la muchacha, inmóvil bajo la sombra protectora de un olmo viejo y retorcido.

Al levantar los ojos, la chica lo vio, y en su rostro se dibujó una expresión de sorpresa. Bajó la vista hacia el libro; después volvió a mirarlo e hizo ademán de levantarse; pareció pensarlo dos veces; por fin se levantó, pero volvió a sentarse.

Ben se puso en pie y se dirigió hacia ella llevando en la mano su libro, una novela del Oeste en edición de bolsillo.

—Hola —la saludó amigablemente—. ¿Nos hemos visto antes?

—No —respondió la chica—. Es decir..., eres Benjaman Mears, ¿verdad?

—El mismo —confirmó Ben, arqueando las cejas.

La muchacha dejó escapar una risa nerviosa, sin mirarlo a los ojos salvo por un instante fugaz, como si quisiera leer sus intenciones. Resultaba evidente que no estaba acostumbrada a hablar con los extraños que se encontraba en el parque.

—Me ha parecido estar viendo un fantasma —explicó ella mientras le mostraba el libro que tenía en el regazo.

Ben alcanzó a ver que en el canto de las páginas había un sello de la Biblioteca Pública de Jerusalem's Lot. El libro era *Danza aérea*, su segunda novela. La chica le mostró la fotografía que aparecía en la contraportada, tomada hacía ya cuatro años. La cara de Ben tenía un aire juvenil y tremendamente serio; los ojos eran como diamantes negros.

—De tan triviales comienzos arrancan las dinastías —dijo Ben.

Aunque sus palabras eran un comentario jocoso hecho de pasada, quedaron extrañamente suspendidas en el aire como una profecía formulada en broma. Tras ellos, varios chiquillos que apenas sabían andar chapoteaban alegremente en la pequeña piscina y una de las madres advertía a Roddy que no empujara tan fuerte a su hermanita. Esta ascendía en su columpio como una flecha, gozosa, con la falda al viento como intentando alcanzar el cielo. Fue un momento que Ben recordaría a lo largo de los años, como si le hubieran cortado una porción especial de la tarta del tiempo. Si entre dos personas no salta la chispa, un instante como ese se pierde en el naufragio general de la memoria.

En ese momento, la muchacha se rio y le ofreció el libro.

—¿Me lo dedicas?

—Pero es de la biblioteca.

—Compraré otro ejemplar para reponerlo.

Ben sacó un lápiz del bolsillo, abrió el libro por la primera hoja y preguntó:

—¿Cómo te llamas?

—Susan Norton.

Sin pensar, Ben escribió rápidamente: «Para Susan Norton, la chica más bonita del parque, con cariño, Ben Mears». Bajo su firma anotó la fecha.

—Ahora no tendrás más remedio que robarlo —le dijo mientras se lo devolvía—. Lamentablemente, *Danza aérea* está agotado.

—Lo encargaré en una de esas librerías de Nueva York especializadas en libros descatalogados. —Susan dudó un momento y esta vez sus ojos se detuvieron en los de Ben—. Es un libro extraordinario.

—Gracias. Cada vez que lo cojo y le echo un vistazo, no entiendo cómo pueden haberlo publicado.

—¿Y lo coges a menudo?

—Sí, pero estoy tratando de dejarlo.

Ella lo miró, sonriendo. Los dos se rieron, lo que acabó de romper el hielo. Más tarde él se sorprendería al recordar la facilidad con que había sucedido todo. La idea lo incomodaba. Lo obligaba a pensar en un destino que no solo no era ciego, sino que estaba provisto de una visión consciente y poderosísima, empeñada en moler a los indefensos mortales entre las grandes piedras del molino del universo para fabricar algún pan ignoto.

—Leí también *La hija de Conway* y me encantó. Supongo que te lo dirán mucho.

—No. Muy pocas veces —respondió Ben con sinceridad.

A Miranda también le gustaba *La hija de Conway*, pero casi todos sus amigos se habían mostrado indiferentes y la mayor parte de los críticos se había ensañado con el libro. Nadie podía confiar en la crítica actual. Las obras con argumento ya no se llevaban; lo que estaba de moda era la masturbación.

—Pues a mí me gustó —insistió Susan.

—¿Has leído la última?

—¿*Adelante, dijo Billy*? Todavía no. La señorita Coogan, la de la tienda, dice que es bastante subida de tono.

—Pero si es casi puritana —protestó Ben—. El lenguaje es un poco soez, pero cuando se describen muchachos de pueblo y sin mucha educación, no se puede... Oye, ¿me dejas invitarte a un helado o algo así? Estaba pensando en tomar uno.

Por tercera vez, Susan observó sus ojos. Después su sonrisa iluminó su rostro.

—Sí, me encantaría. Los de la tienda de Spencer son fantásticos.

Así fue como empezó todo.

2

—¿Esa es la señorita Coogan?

Ben lo preguntó en voz baja, sin dejar de mirar a la mujer alta y delgada que llevaba un delantal de nailon rojo sobre su uniforme blanco. El cabello cano con reflejos azules estaba peinado en una sucesión de ondas escalonadas.

—La misma. Tiene una carretilla que lleva a la biblioteca todos los jueves por la noche. Reserva libros a montones y vuelve loca a la señorita Starcher.

Estaban sentados en los taburetes tapizados de cuero rojo de la barra. Ben tomaba a sorbos un batido de chocolate y Susan, uno de fresa. El local de Spencer también hacía las funciones de terminal de autobuses local, y desde donde ellos estaban se veía, a través de un anticuado arco con volutas, la sala de espera, en la que un muchacho con uniforme azul de las fuerzas aéreas aguardaba de pie con aire sombrío y la maleta colocada entre los zapatos.

—No parece muy ilusionado por el viaje, ¿verdad? —señaló Susan, siguiendo la mirada de Ben.

—Se le habrá acabado el permiso —conjeturó él. Y pensó: «Ahora me preguntará si he estado en el ejército».

—Un día de estos —dijo ella en cambio—, tomaré el autobús de las diez y media y... adiós Salem's Lot. Tal vez me marche con un aspecto tan triste como el de este chico.

—¿Adónde irás?

—Supongo que a Nueva York. Quiero comprobar de una vez si puedo valerme sola.

—¿Qué tiene de malo este lugar?

—¿Lot? Oh, esto me encanta. Pero tengo problemas con mis padres, ¿sabes? Es como si estuvieran siempre encima de mí. Un rollo. En realidad, no es un pueblo muy adecuado para una chica que quiere llegar a algo. —Se encogió de hombros e inclinó la cabeza para sorber por su pajita. Tenía el cuello bronceado, con los músculos bellamente dibujados. Llevaba un vestido suelto estampado de colores que dejaba adivinar una hermosa figura.

—¿Y qué clase de trabajo buscarías? —preguntó Ben.

La chica se encogió de hombros otra vez.

—Tengo una licenciatura en Humanidades por la Universidad de Boston que, en realidad, tiene menos valor que el papel en el que está impreso el título. Cursé bellas artes como especialidad y literatura inglesa como asignatura secundaria. Lo justo para situarme en la categoría de los idiotas con estudios. Ni siquiera me prepararon para decorar una oficina. Algunas de las chicas que fueron conmigo al instituto ocupan ahora estupendos puestos de secretaria, pero yo nunca fui capaz de escribir a máquina más de treinta pulsaciones por minuto.

—Entonces ¿qué posibilidades tienes?

—Bueno... tal vez una editorial —respondió ella con vaguedad—. O alguna revista... o una agencia de publicidad, no sé. A esas empresas siempre les viene bien alguien que sepa dibujar. Y yo sé hacerlo; tengo un portafolio de mis trabajos.

—¿Has recibido alguna oferta? —preguntó suavemente Ben.

—No, eso no. Pero...

—A Nueva York no se puede ir sin tener ofertas. Créeme. No harías más que gastar zapatos...

Susan sonrió con inquietud.

—Supongo que sabes lo que dices.

—¿Has vendido algo en esta zona?

De pronto, ella soltó una carcajada.

—Oh, sí. Mi venta más importante hasta la fecha ha sido la que le hice a la Cinex Corporation. Abrieron una sala de cine nueva en Portland y me compraron doce cuadros para colgar en la entrada. Cobré setecientos dólares y con eso pagué la entrada de mi coche.

—Deberías alojarte una semana en un hotel de Nueva York —le aconsejó Ben— para visitar todas las revistas y editoriales posibles con tu portafolio. Procura concertar las entrevistas con seis meses de antelación para que los editores y los encargados de personal te hagan hueco en su agenda. Pero, por Dios, no vayas a una gran ciudad simplemente a probar suerte.

—¿Y qué hay de ti? —preguntó Susan mientras dejaba la pajita para comerse el helado con la cuchara—. ¿Qué estás haciendo en la próspera comunidad de Jerusalem's Lot, Maine, población de 1.300 habitantes?

—Trato de escribir una novela —respondió Ben encogiéndose de hombros.

Al instante, la emoción iluminó el rostro de Susan.

—¿Aquí, en Lot? ¿Una novela sobre qué? ¿Por qué en este pueblo? ¿Estás...?

Ben la miró con seriedad.

—Estás goteando.

—¿Estoy...? Ah, es verdad. Perdona. —Con una servilleta,

enjugó la base de su vaso—. No pretendía ser indiscreta. Por lo general, no me dejo llevar tanto por la emoción.

—No es necesario que te disculpes —la tranquilizó Ben—. A todos los escritores les gusta hablar de sus libros. A veces, cuando estoy en la cama, me imagino lo que diría en una entrevista para *Playboy*. Es una pérdida de tiempo. Solo les interesan los autores realmente importantes.

El muchacho del uniforme de las fuerzas aéreas se levantó. Un autocar Greyhound se acercaba al apeadero entre resoplidos de los frenos neumáticos.

—De niño viví cuatro años a las afueras de Salem's Lot, en Burns Road.

—¿Burns Road? Ahora ya no queda nada allí, salvo los pantanos y un pequeño cementerio, Harmony Hill.

—Vivía con mi tía Cindy. Cynthia Stowens. Mi padre murió y mi madre sufrió un..., bueno, una especie de crisis nerviosa, así que me mandó a casa de mi tía Cindy mientras ella se reponía. Tía Cindy me montó en un autobús para que regresara a Long Island junto a mi madre un mes después del gran incendio. —Ben se miró en el espejo que había detrás de la barra—. Y yo, que había venido llorando en el autobús porque me alejaba de ella, volví llorando porque me alejaba de tía Cindy y de Salem's Lot.

—¡Qué casualidad! Yo nací el año del incendio —contestó Susan—. Lo más importante que ha sucedido jamás en este pueblo, y yo ni me enteré.

—Así que eres unos siete años mayor de lo que pensé en el parque —calculó Ben riendo.

—¿De veras? —Susan parecía encantada—. Gracias..., creo. Supongo que la casa de tu tía se quemó.

—Sí —confirmó Ben—. La verdad es que lo que ocurrió esa noche es uno de los recuerdos más claros que conservo. Vinieron unos hombres con extintores a la espalda y nos dijeron que teníamos que irnos. Fue muy emocionante. La tía Cindy se afanaba en recoger cosas para cargarlas en su automóvil. ¡Qué noche, madre mía!

—¿Tenía seguro?

—No, pero la casa era alquilada y conseguimos meter en el coche casi todas las cosas de valor, salvo el televisor. Lo intentamos, pero ni siquiera pudimos levantarlo del suelo. Era un Video King con pantalla de siete pulgadas y un cristal de aumento sobre el tubo. Un horror para los ojos. De todas maneras, solo sintonizábamos un canal, que no emitía más que música country, información para granjeros y actuaciones de la payasa Kitty.

—Y has vuelto aquí para escribir un libro —se maravilló Susan.

Ben tardó unos segundos en contestar. La señorita Coogan estaba abriendo cartones de cigarrillos para llenar el exhibidor colocado junto a la caja registradora. El farmacéutico, el señor Labree, se paseaba como un fantasma detrás del mostrador. Por su parte, el muchacho con uniforme de las fuerzas aéreas, de pie junto a la puerta del autobús, esperaba a que el conductor volviera del cuarto de baño.

—Sí —respondió finalmente, y se volvió para mirarla a la cara por primera vez. Era un rostro muy hermoso, con sus ojos azules de expresión franca y su frente alta, despejada y tostada por el sol—. ¿Pasaste tu infancia en esta ciudad? —le preguntó.

—Sí.

—Entonces me entenderás. De niño viví en Salem's Lot, y para mí es un pueblo lleno de fantasmas. Cuando venía hacia aquí, estuve a punto de pasar de largo por miedo a que fuera diferente.

—Aquí las cosas no cambian... —afirmó Susan—, no mucho.

—Yo jugaba a la guerra con los chicos Gardener en los

pantanos. Y a los piratas junto al estanque del Royal. En el parque jugábamos a capturar la bandera y al escondite. Después de que me marchara de la casa de tía Cindy, mamá y yo lo pasamos bastante mal. Ella se suicidó cuando yo tenía catorce años, pero para mí la vida había perdido su magia mucho antes. La que había conocido estaba aquí, y no ha desaparecido. El pueblo no ha cambiado tanto. Pasear por Jointner Avenue es como mirar a través de una delgada capa de hielo, como la que sacan de la cisterna del pueblo en noviembre. Puedes contemplar tu infancia a través de ella, ondulante y brumosa. Hay zonas donde se difumina en la nada, pero en su mayor parte sigue estando allí, intacta.

Se detuvo, atónito. Había pronunciado un discurso.

—Hablas como escribes —dijo Susan, fascinada.

Él se rio.

—Jamás en mi vida había dicho algo así en voz alta.

—¿Qué hiciste cuando tu madre... murió?

—Anduve por ahí —fue su breve respuesta—. Acábate el helado.

Susan así lo hizo.

—Algunas cosas han cambiado —comentó al cabo de un momento—. El señor Spencer murió. ¿Te acuerdas de él?

—Desde luego. Todos los jueves por la tarde, tía Cindy bajaba al pueblo para hacer la compra en la tienda de Crossen y me mandaba aquí para tomar un refresco de zarzaparrilla. En esa época no venía embotellado, era auténtica zarzaparrilla de Rochester. Mi tía me daba una moneda de cinco centavos envuelta en un pañuelo.

—Cuando yo empecé a venir, ya costaba diez centavos. ¿Te acuerdas de lo que decía el señor Spencer?

Ben se encorvó hacia delante, crispó una mano como si la tuviera deformada por la artritis y esbozó una mueca con la boca, simulando una especie de hemiplejía.

—La vejiga —susurró—. Te vas a cargar la vejiga con esos refrescos, chaval.

La risotada de Susan se elevó hacia el ventilador que giraba lentamente sobre sus cabezas. La señorita Coogan la miró con recelo.

—¡Lo has clavado! Solo que a mí me decía chiquilla.

Los dos se miraron, hechizados.

—Oye, ¿te gustaría ir al cine esta noche? —preguntó Ben.

—Me encantaría.

—¿Cuál es el cine más próximo?

Susan se rio una vez más.

—Pues el Cinex de Portland. El que tiene la entrada decorada con los cuadros inmortales de Susan Norton.

—¿Cuál, si no? ¿Y qué clase de películas te gustan?

—Algo emocionante, con persecuciones de coches.

—Vale. ¿Recuerdas el Nordica? Ese estaba en el pueblo.

—Claro, pero lo cerraron en 1968. Íbamos ahí cuando salíamos en citas dobles con los chicos del instituto. Arrojábamos las cajas de palomitas a la pantalla cuando la película era mala. Y por lo general lo era —agregó, riendo.

—Echaban esas viejas películas de serie B... —evocó Ben—. *El hombre cohete*, *El regreso del hombre cohete*, *Crash Callahan y el dios vudú de la muerte*...

—En mi época ya no las ponían.

—¿Qué pasó con el local?

—Ahora es la oficina de la inmobiliaria de Larry Crockett —explicó Susan—. Supongo que no pudo competir con el autocine de Cumberland, ni con la televisión.

Durante un momento permanecieron en silencio, cada uno perdido en sus pensamientos. El reloj de la empresa de autocares señalaba las 10.45 de la mañana.

—Oye —prorrumpieron de pronto los dos al unísono—, ¿te acuerdas...?

Se miraron, y esta vez la señorita Coogan alzó la vista hacia los dos al oír estallar las carcajadas. Hasta el señor Labree los miró.

Estuvieron charlando quince minutos más hasta que Susan le dijo que tenía algunas cosas que hacer, pero que lo esperaría a las siete y media. Al separarse, ambos estaban maravillados de la facilidad y naturalidad con que sus vidas se habían encontrado.

Ben regresó a pie por Jointner Avenue y se detuvo en la esquina de Brock Street, donde dirigió distraídamente la mirada hacia la Casa Marsten. Recordó que el gran incendio forestal de 1951 había llegado casi hasta el jardín de la finca antes de que cambiara la dirección del viento.

«Tal vez debería haberse quemado —pensó—. Tal vez eso hubiera sido lo mejor».

3

Nolly Gardener salió del ayuntamiento y se sentó en los escalones, junto a Parkins Gillespie, en el preciso instante en que Ben y Susan entraban juntos en el establecimiento de Spencer. Parkins se fumaba un Pall Mall mientras se limpiaba las uñas amarillentas con una navaja.

—Ese tipo es el escritor, ¿no? —preguntó Nolly.

—Sí.

—Y la que estaba con él, Susie Norton.

—Así es.

—Pues qué interesante —comentó Nolly mientras se ajustaba el cinturón del uniforme.

La placa de ayudante de policía relucía imponente sobre su pecho. Nolly la había pedido por correo a una revista de relatos policiacos; el pueblo no se ocupaba de proporcionar insignias a sus agentes de policía. Parkins también tenía una, pero la llevaba en la cartera; era algo que Nolly jamás había podido entender. Claro que en Lot todo el mundo sabía que él era el agente, pero había que tener en cuenta la tradición, había que tener en cuenta la responsabilidad. Cuando se estaba al servicio de la ley, había que pensar en esas cosas. Nolly pensaba frecuentemente en ellas, aunque solo podía trabajar como ayudante a tiempo parcial.

A Parkins se le resbaló la navaja y se hizo un corte en la cutícula del dedo pulgar.

—Mierda —mascculló por lo bajo.

—¿Crees que es escritor de verdad, Park?

—Claro que sí. Aquí en la biblioteca hay tres libros suyos.

—¿Históricos o de ficción?

—De ficción —suspiró Parkins mientras se guardaba la navaja.

—A Floyd Tibbits no le va a gustar que un tipo ande por ahí con su chica.

—No están casados —señaló Parkins—, y ella tiene más de dieciocho años.

—Pero a Floyd no le va a hacer gracia.

—Por mí, Floyd puede cagarse en la gorra y ponérsela después —declaró Parkins.

Aplastó el cigarrillo en el escalón, se sacó del bolsillo una cajita de caramelos para la garganta, puso dentro la colilla y se volvió a guardar la caja en el bolsillo.

—¿Dónde vive el escritor ese? —preguntó Nolly.

—En la pensión de Eva —le informó Parkins mientras observaba minuciosamente la cutícula herida—. El otro día estuvo curioseando por la Casa Marsten. Tenía una expresión extraña en la cara.

—¿Extraña? ¿Qué quieres decir?

—Extraña, nada más. —Parkins volvió a sacar el tabaco. Notaba la agradable calidez del sol en la cara—. Después fue a ver a Larry Crockett. Quería alquilar la casa.

—¿La Casa Marsten?

—Sí.

—Pero ¿está loco?

—Podría ser. —Parkins se espantó una mosca de la pernera izquierda del pantalón y la observó mientras se alejaba zumbando en la mañana soleada—. El viejo Larry Crockett ha estado muy ocupado últimamente. He oído que vendió El Lavadero del Pueblo. Ya hace tiempo, de hecho.

—¿La vieja lavandería?

—Ajá.

—Pero ¿para qué puede quererla alguien?

—Ni idea.

—Bueno. —Nolly se levantó y volvió a ajustarse el cinturón—. Me parece que voy a dar una vuelta por el pueblo.

—Pues muy bien —aprobó Parkins mientras encendía otro cigarrillo.

—¿Quieres venir?

—No, me quedaré un rato aquí sentado.

—Vale. Hasta luego.

Nolly bajó por los escalones mientras se preguntaba (no por primera vez) cuándo se decidiría Parkins a jubilarse para que él, Nolly, pudiera ocupar su puesto con dedicación exclusiva. ¿Cómo demonios iba a combatir el crimen ahí sentado en los escalones del ayuntamiento?

Parkins lo observó alejarse con una vaga sensación de alivio. Nolly era buen muchacho, pero tremendamente ansioso. Se sacó la navaja del bolsillo, la abrió y continuó cortándose las uñas.

4

Jerusalem's Lot se incorporó al territorio nacional en 1765 (doscientos años más tarde celebró el bicentenario con fuegos artificiales y un espectáculo en el parque, en el que una chispa incendió el disfraz de princesa india de la pequeña Debbie Forester y Parkins Gillespie tuvo que poner a la sombra a seis tipos por emborracharse en la vía pública), es decir, cincuenta y cinco años antes de que Maine se convirtiera en uno de los estados de la Unión como resultado del Compromiso de Missouri.

El pueblo debía su extraño nombre a un suceso bastante trivial. Uno de los primeros residentes en la zona era un granjero larguirucho y hosco llamado Charles Belknap Tanner, que criaba cerdos. Una de las marranas más grandes se llamaba Jerusalem. Un día, a la hora de alimentar a los animales, Jerusalem salió del corral y escapó al bosque inmediato, donde se volvió salvaje y agresiva. Durante años, para ahuyentar a los chiquillos de su propiedad, Tanner se inclinaba sobre la cerca y les graznaba con el siniestro tono de un cuervo: «¡No os metáis en el terreno de Jerusalem, si no queréis acabar destripados!».* La advertencia pasó a la historia, y el nombre también. El episodio no demuestra gran cosa, salvo que en Estados Unidos hasta los cerdos puedan aspirar a la inmortalidad.

La calle principal, llamada en un principio Portland Post Road, recibió en 1896 el nombre de Elias Jointner. Jointner, que había sido miembro de la Cámara de Representantes durante seis años (hasta su muerte por sífilis, cuando tenía cincuenta y ocho), era lo más semejante a un personaje ilustre del que podía presumir Salem's Lot, aparte de Jerusalem, la

* Jerusalem's Lot significa literalmente «el terreno de Jerusalem», en inglés. *(N. de la T.)*

marrana, y de Pearl Ann Butts, que en 1907 escapó a la ciudad de Nueva York para convertirse en una de las Ziegfeld Girls.

Brock Street se cruzaba con Jointner Avenue por el centro mismo y en ángulo recto. El municipio como tal era casi circular (aunque un poco achatado hacia el este, donde estaba delimitado por el serpenteante río Royal). Vistas en un mapa, las dos calles principales daban al pueblo un aspecto muy semejante al de una mira telescópica.

El cuadrante noroeste de la mira correspondía a North Jerusalem, el sector más densamente boscoso del pueblo. Era la zona alta, aunque no le habría parecido muy alta a nadie, salvo quizá a alguien procedente del Medio Oeste. Las viejas y fatigadas colinas, surcadas de antiguos caminos para el transporte de madera, descendían suavemente hacia el pueblo, y en la última de las pendientes se levantaba la Casa Marsten.

Buena parte del cuadrante nordeste era campo abierto, dedicado al cultivo de alfalfa y otras plantas forrajeras. Por ahí discurría el Royal, un viejo río que había erosionado profundamente sus riberas casi hasta el nivel del lecho. Pasaba bajo el puentecillo de madera de Brock Street y se alejaba hacia el norte en amplios meandros relucientes hasta penetrar en la zona próxima al límite norte del municipio, donde la delgada capa de tierra se extendía sobre granito sólido. Allí, el río había tallado en la piedra acantilados de quince metros a lo largo de millones de años. Los chiquillos llamaban al lugar el Salto del Borracho, porque algunos años atrás Tommy Rathbun, el hermano alcohólico de Virge Rathbun, se había caído por el borde mientras buscaba un lugar para orinar. Aunque el Royal desembocaba en el río Androscoggin, contaminado por las fábricas, sus propias aguas bajaban limpias; la única industria de que hubiera podido jactarse Salem's Lot era un aserradero, cerrado desde hacía muchos años. En los meses de verano, era un espectáculo habitual ver a pescadores lanzando la caña desde el puente de Brock Street. El día que no se podía sacar algo del Royal era un día excepcional.

El cuadrante sudeste era el más bonito. El suelo volvía a elevarse, pero allí no se veían los desagradables rastros del incendio ni la superficie de la tierra arrasada y agostada que era el legado del fuego. A ambos lados de Griffen Road había terrenos propiedad de Charles Griffen, dueño de la granja lechera más importante al sur de Mechanic Falls, y desde Schoolyard Hill se alcanzaba a ver el enorme establo de Griffen, con su tejado de aluminio que resplandecía al sol como un heliógrafo monstruoso. En la zona había otras granjas y muchas casas en las que vivían oficinistas que todos los días se desplazaban en tren a Portland o a Lewiston. A veces, en el otoño, uno podía detenerse en lo más alto de Schoolyard Hill para aspirar la aromática fragancia de las quemas agrícolas y contemplar el camión de los bomberos voluntarios de Salem's Lot, que parecía de juguete, preparado para intervenir si el fuego se descontrolaba. El pueblo había aprendido la lección de 1951.

La zona sudoeste era la que habían empezado a ocupar los remolques y caravanas, formando algo parecido a un cinturón de asteroides extraurbano. Con ellos, habían aparecido también sus huellas características: montones de coches desechados, neumáticos colgados de cuerdas deshilachadas, latas de cerveza vacías que brillaban junto al camino, andrajos lavados y puestos a secar en cuerdas tendidas entre postes improvisados, el denso olor a aguas negras procedente de fosas sépticas instaladas de cualquier manera. Las casas del Bend eran muy parecidas a chabolas, pero en casi todas ellas se elevaba una resplandeciente antena de televisión, y la mayoría de los aparatos del interior eran en color y habían sido comprados a crédito en Grant's o en Sears. El patio de cada uno de los remolques estaba por lo general repleto de chiquillos, juguetes, camionetas, motonieves, patines y motocicletas. En algunos casos, las caravanas estaban bien cuidadas, pero en general parecía que darles mantenimiento suponía demasiada molestia para sus dueños. El diente de león y la hierba bruja crecían hasta la altura de la rodilla. Cerca del límite del pueblo, donde Brock Street pasaba a llamarse Brock Road, estaba el bar Dell's. Los viernes tocaba un conjunto de rock y los sábados, una banda de música country. Para la mayoría de los vaqueros de la localidad y sus chicas, era el lugar adonde ir en busca de una cerveza o de una pelea.

La mayor parte de las líneas telefónicas eran compartidas entre dos, cuatro o seis abonados, de manera que la gente tenía siempre de qué hablar. En todos los pueblos pequeños, los escándalos se cuecen siempre a fuego lento, como las alubias de la abuela. La mayor parte de los escándalos se originaban en el Bend, pero de vez en cuando alguien con una posición social más elevada aportaba algo a la olla comunitaria.

En el pueblo las decisiones se tomaban en reunión abierta y, aunque desde 1965 se hablaba de elegir un concejo municipal que celebrara una sesión dos veces al año para estudiar los presupuestos, la idea no había llegado a cuajar. El pueblo no crecía con la rapidez suficiente para que las costumbres ancestrales resultaran verdaderamente incómodas, aunque más de un recién llegado levantaba con exasperación los ojos al cielo ante esa indigesta democracia a mano alzada. Había tres concejales, un secretario del ayuntamiento, un funcionario que se ocupaba de los pobres, un empleado municipal (para registrar un vehículo había que recorrer un buen trecho por Taggart Stream Road y enfrentarse a dos perros que andaban sueltos por el patio) y el encargado de asuntos escolares. El cuerpo de bomberos voluntarios recibía una paga simbólica de trescientos dólares anuales, pero en realidad era más bien un club social para ancianos jubilados que durante la temporada de quema de rastrojos se divertían bastante y que se dedicaban a charlar junto al camión durante el resto del año. No había departamento de obras públicas porque el agua corriente, el gas, las cloacas y la electricidad no eran servicios públicos. Las torres de alta tensión atravesaban el municipio en diagonal, de noroeste a sudeste, a lo largo de una enorme franja de más de cuarenta metros de ancho abierta en el bosque. Una de las torres se encontraba cerca de la Casa Marsten, elevándose sobre ella como un centinela.

Salem's Lot se informaba de las guerras, los incendios y las crisis gubernamentales principalmente a través de los noticiarios de Walter Cronkite por la televisión. Claro, todo el mundo sabía que al muchacho de los Potter lo habían matado en Vietnam y que el hijo de Claude Bowie, después de pisar una mina, había vuelto con un pie ortopédico, pero le habían dado un trabajo como ayudante de Kenny Danles en la oficina de correos, así que no se podía quejar. Los chicos llevaban el cabello más largo que sus padres y no se lo peinaban con tanto cuidado, pero ya nadie les prestaba atención. Cuando el uniforme dejó de ser obligatorio en el instituto, Aggie Corliss mandó una carta al *Ledger* de Cumberland, pero hacía años que Aggie escribía a ese periódico todas las semanas, principalmente para advertir sobre los peligros del alcohol y cantar las maravillas de aceptar a Jesucristo en el corazón como salvador.

Algunos de los chicos tomaban drogas. En agosto, el juez Hooker impuso a Frank, el hijo de Horace Kilby, una multa de cincuenta dólares (aunque le permitió pagarla con lo que sacaba repartiendo periódicos a domicilio), pero el mayor problema era el alcohol. Desde que la edad mínima para consumir bebidas alcohólicas se había establecido en dieciocho años, eran muchos los chicos que pasaban las horas en el Dell's. Después volvían a casa conduciendo a toda pastilla, como si quisieran pavimentar el camino con goma, y de vez en cuando alguno sufría un accidente. Como cuando Billy Smith se estrelló contra un árbol en Deep Cut Road a casi ciento cincuenta kilómetros por hora y se mató junto con su chica, LaVerne Dube.

Salvo por estas cosas, el conocimiento de las calamidades que afligían al país era puramente teórico en Salem's Lot. Allí, el tiempo transcurría de forma diferente. En un pueblecito tan acogedor no podía suceder nada demasiado malo.

5

Ann Norton estaba planchando cuando su hija irrumpió en la casa con una bolsa de comestibles, le puso delante de las narices un libro que tenía en la contraportada la fotografía de un hombre de rostro delgado y empezó a parlotear.

—Para el carro —le dijo Ann—. Baja el volumen del televisor y cuéntame.

Susan silenció la voz de Peter Marshall, que repartía miles de dólares desde el plató de *The Hollywood Squares*, y le contó a su madre que había conocido a Ben Mears. La señora Norton tuvo cuidado de hacer pausados gestos de asentimiento y comprensión a medida que se desarrollaba el relato, pese a las luces amarillas de advertencia que se encendían en su cabeza cada vez que su hija le hablaba de un muchacho al que acababa de conocer, o más probablemente un hombre, aunque se le hacía difícil pensar que Susie ya tuviera edad para eso. Sin embargo, ese día las luces eran un poco más intensas.

—Parece interesante —comentó mientras ponía sobre la tabla de planchar otra de las camisas de su marido.

—Ha estado muy simpático conmigo —afirmó Susan—. Muy espontáneo.

—Ay..., mis pies —se quejó la señora Norton. Tras dejar en su soporte la plancha, que emitió un silbido siniestro, se acomodó en la mecedora situada junto a la amplia ventana. Sacó un Parliament del paquete que estaba sobre la mesita de centro y lo encendió—. ¿Estás segura de que es un muchacho serio, Susie?

Susan sonrió, un poco a la defensiva.

—Claro que estoy segura. Tiene el aspecto..., no sé, de un profesor universitario o algo así.

—Dicen que el Loco de las Bombas tenía aspecto de jardinero —evocó reflexivamente su madre.

—Qué soplapollez —respondió alegremente Susan. Era una expresión que siempre irritaba a su madre.

—Déjame ver el libro. —Ann tendió una mano para cogerlo.

Mientras se lo daba, Susan recordó repentinamente la escena de la violación homosexual en la prisión.

—*Danza aérea* —dijo con aire meditabundo Ann Norton, y empezó a pasar distraídamente las páginas. Susan esperaba, resignada. Su madre lo examinaría todo con lupa. Como siempre.

Las ventanas estaban abiertas y una brisa ociosa rizaba las cortinas amarillas de la cocina, que su madre insistía en llamar despensa, como si vivieran en medio de las comodidades de la clase alta. Era una casa hermosa, sólida, de ladrillo, un poco difícil de calentar en invierno pero fresca como una gruta durante el verano. Estaba situada en una ligera elevación hacia el final de Brock Street, y desde la ventana frente a la que estaba sentada la señora Norton se podía ver todo el pueblo. El panorama no solo era agradable, sino incluso espectacular en invierno, cuando se cubría de un extenso y luminoso manto de nieve inmaculada y los edificios desdibujados por la distancia proyectaban largas sombras amarillas sobre los campos nevados.

—Me parece que leí un comentario sobre el libro en el periódico de Portland. No era muy bueno.

—Pues a mí me gusta —anunció Susan con firmeza—. Y él me cae bien.

—Es posible que a Floyd también le caiga bien —comentó la señora Norton—. Deberías presentarlos.

Susan sintió una verdadera punzada de cólera que la consternó. Creía que ella y su madre habían dejado atrás la etapa tormentosa de la adolescencia y sus secuelas, pero estaba equivocada. Habían reanudado la vieja discusión en la que la identidad de Susan chocaba con la experiencia y las creencias de su madre.

—Ya hemos hablado de Floyd, mamá, y tú sabes que eso no era nada serio.

—El periódico también decía que había unas escenas bastante sórdidas en la prisión. Cosas entre hombres...

—¡Mamá, por el amor de Dios! —Susan cogió uno de los cigarrillos de su madre.

—No uses el nombre de Dios en vano —señaló la señora Norton, imperturbable.

Le devolvió el libro y tiró la ceniza del cigarrillo en un cenicero de cerámica en forma de pez. Se lo había regalado una de sus amigas de la asociación de beneficencia, y a Susan siempre la había irritado, aunque no sabía exactamente el motivo. Tal vez porque había algo obsceno en eso de echar ceniza en la boca de una perca.

—Voy a guardar la compra —dijo Susan, y se levantó.

La señora Norton volvió a insistir en voz baja:

—Solo me refería a que si tú y Floyd Tibbits vais a casaros... —La irritación aumentó hasta convertirse en la cólera desatada de otros tiempos.

—Pero por Dios, ¿cómo se te ocurre semejante idea? ¿Alguna vez te he dicho que pensaba casarme?

—Yo suponía...

—Pues suponías mal —interrumpió Susan con ardor y faltando un poco a la verdad. Lo cierto era que sus sentimientos por Floyd se habían ido enfriando en las últimas semanas.

—Pensaba que, cuando una sale con el mismo muchacho durante un año y medio —prosiguió su madre, serena e implacable—, eso quería decir que las cosas han llegado a un punto en que ya no se limitan a cogerse de la mano.

—Floyd y yo somos algo más que amigos —confirmó tranquilamente Susan para que su madre sacara la conclusión que quisiera.

Una conversación muda quedó flotando en el aire entre ellas:

—*¿Te has acostado con Floyd?*

—*Eso a ti no te importa.*

—*¿Qué significa para ti ese Ben Mears?*

—*Eso a ti no te importa.*

—*A ver si te encaprichas con él y haces alguna tontería.*

—*Eso a ti no te importa.*

—*Pero es que te quiero, Susie. Papá y yo te queremos mucho.*

Y para eso no había respuesta. Nunca había respuesta. Por eso era urgente que se largara a Nueva York o a cualquier otro sitio. Finalmente, uno siempre terminaba por estrellarse contra las tácitas barricadas de ese amor, como si fueran las paredes acolchadas de una celda. La verdad del amor de sus padres hacía que no sirviera de nada seguir discutiendo con ellos y despojaba de sentido todo lo que hubiera dicho antes.

—Bueno —dijo suavemente la señora Norton. Apagó el cigarrillo en la boca de la perca y lo dejó caer en su panza.

—Me voy a mi habitación —dijo Susan.

—Está bien. ¿Me dejarás leer el libro cuando lo termines?

—Si quieres...

—Me gustaría conocerlo —expresó la señora Norton.

Susan separó las manos, encogiéndose de hombros.

—¿Volverás tarde esta noche?

—No lo sé.

—¿Qué le digo a Floyd Tibbits si llama?

La rabia volvió a apoderarse de Susan.

—Dile lo que quieras. —Después de una pausa, añadió—: Es lo que harás de todos modos.

—¡Susan!

La muchacha subió las escaleras sin mirar atrás.

La señora Norton se quedó donde estaba mirando por la ventana hacia el pueblo, pero sin verlo. En el piso de arriba se oyeron los pasos de Susan y después el chirrido del caballete al arrastrarlo por el suelo.

Se levantó y se puso otra vez a planchar. Cuando supuso que Susan estaba totalmente enfrascada en su trabajo (aunque no fue más que una idea apenas consciente en un rincón de su mente), se dirigió al teléfono de la despensa y llamó a Mabel Werts. Durante la conversación, comentó que Susan le había contado que había llegado al pueblo un escritor famoso. Mabel resopló y dijo: «Claro, te referirás al hombre que escribió *La hija de Conway*», y la señora Norton asintió. Mabel añadió que eso no era un libro, sino pornografía pura y dura. La señora Norton le preguntó si el escritor se estaba quedando en un motel o...

En realidad, se alojaba en el pueblo, en la casa de Eva, la dueña de la única pensión de la localidad. Ann se sintió profundamente aliviada. Eva Miller era una viuda decente que no toleraba cochinadas en su establecimiento. Sus normas respecto a subir mujeres a las habitaciones eran simples y estrictas. «Si es su madre o su hermana, de acuerdo. Si no, se pueden sentar en la cocina». Y sobre eso no había margen de negociación posible.

Quince minutos más tarde, después de disimular sagazmente su principal objetivo con otros cotilleos, la señora Norton cortó la comunicación.

«Susan —pensaba mientras volvía a la tabla de planchar—. Ay, Susan, yo solo quiero lo mejor para ti. ¿Es que no lo entiendes?».

6

No era demasiado tarde —apenas un poco más de las once— cuando volvían de Portland en el coche por la 295. El límite de velocidad en la autopista una vez pasados los barrios de las afueras de Portland era de noventa kilómetros por hora, y Ben conducía bien. Los faros del Citroën perforaban limpiamente la oscuridad.

A los dos les había gustado la película, pero se mostraban cautos, como suelen hacer las personas que están tanteando los límites el uno del otro. De pronto, Susan recordó la pregunta de su madre.

—¿Dónde te alojas? —inquirió—. ¿O has alquilado algo?

—Tengo un cuartucho en el segundo piso de la pensión de Eva, en Railroad Street.

—¡Qué horror! ¡Allí arriba debe de hacer un calor espantoso!

—A mí me gusta el calor —explicó Ben—. No me molesta para trabajar. Me quito la camisa, enciendo la radio y me bebo una buena dosis de cerveza. He estado escribiendo unas diez páginas por día. Además, hay unos vejetes interesantes hospedados allí. Y cuando por fin salgo al porche a tomar el fresco..., es el paraíso.

—Aun así... —protestó Susan no muy convencida.

—Pensé en alquilar la Casa Marsten —comentó Ben con

aire despreocupado— y hasta fui a informarme, pero la habían vendido.

—¿La Casa Marsten? —se asombró Susan—. Creo que te estás confundiendo de sitio.

—En absoluto. Me refiero a la casa que está en la primera colina, al noroeste del pueblo. En Brooks Road.

—¿La han vendido? Pero ¿quién demonios...?

—Lo mismo pensé yo. Más de una vez me han acusado de estar un poco chalado, pero yo solo me planteaba alquilarla. El agente de la inmobiliaria no soltó prenda. Es como si hubiera un profundo y oscuro secreto en torno al comprador.

—Tal vez sea algún forastero que quiere usarla como residencia de verano —conjeturó Susan—. En cualquier caso, es una locura. Una cosa es reformar una casa, algo que me encantaría intentar algún día, pero ese caserón no hay quien lo restaure. Ya estaba en ruinas cuando yo era pequeña. Ben, ¿cómo se te pudo pasar por la cabeza la idea de vivir allí?

—¿Has entrado alguna vez, Susan?

—No, pero en cierta ocasión me atreví a mirar por la ventana. Y tú ¿has entrado?

—Sí, una vez —respondió Ben.

—Pone los pelos de punta, ¿a que sí?

Los dos se quedaron en silencio pensando en la Casa Marsten. Esta reminiscencia en particular no tenía el matiz nostálgico de las otras. El escándalo y la violencia relacionados con la casa se habían producido antes de que ellos nacieran, pero las ciudades pequeñas no olvidan fácilmente y transmiten sus horrores de generación en generación.

La historia de Hubert Marsten y su esposa Birdie era lo más parecido a un secreto turbio que guardaba el pueblo. Hubie había sido presidente de una gran empresa de transporte por camión de Nueva Inglaterra en la década de los veinte. Se comentaba que dicha empresa obtenía sus beneficios más suculentos pasada la medianoche, introduciendo whisky canadiense de contrabando en Massachusetts.

Tras hacer fortuna, él y su mujer se retiraron a Salem's Lot en 1928 y perdieron buena parte de su dinero (nadie, ni siquiera Mabel Werts, sabía exactamente cuánto) en el crac bursátil de 1929.

Durante los años transcurridos entre la crisis y el ascenso de Hitler, Marsten y su mujer vivieron en su casa como ermitaños. Solo se los veía los miércoles por la tarde, cuando iban al pueblo a hacer la compra. Larry McLeod, que en aquellos años era el cartero, contaba que Marsten recibía cuatro diarios, *The Saturday Evening Post*, *The New Yorker* y una revista de ficción *pulp* que se llamaba *Amazing Stories*. Una vez al mes recibía también un cheque de la empresa de transporte, que tenía su sede en Fall River, Massachusetts. Según Larry, él sabía que se trataba de un cheque porque arqueaba el sobre para echar un vistazo por la ventanilla de la dirección.

Fue Larry quien los encontró en el verano de 1939. Los periódicos y revistas de cinco días se habían amontonado en el buzón hasta el punto de que no cabían más. Larry los llevó a la casa con la intención de dejarlos entre la puerta mosquitera y la principal.

Corría el mes de agosto, era pleno verano, hacía un calor sofocante y el césped en el jardín delantero de los Marsten había crecido hasta mitad de pantorrilla, estaba verde y denso. El enrejado del lado oeste de la casa había sido invadido por las madreselvas, y las rechonchas abejas zumbaban indolentes en torno a las flores fragantes y blancas como la cera. En esa época, la casa todavía resultaba agradable a la vista, aunque el césped estuviera demasiado alto. Generalmente todos coincidían en que Hubie había construido la casa más bonita de Salem's Lot antes de perder un tornillo.

Cuando Larry estaba a medio camino de la puerta, según el relato que le contaban en susurros morbosos a cada nueva integrante de la Comisión de Señoras, había percibido un mal olor, como de carne en descomposición. Llamó a la puerta principal, pero no obtuvo respuesta. Al mirar al interior, no alcanzó a distinguir nada en la densa penumbra. En vez de entrar, rodeó la casa, y fue una suerte que lo hiciera. En la parte de atrás, el hedor era aún peor. Larry probó la puerta trasera y, como no estaba cerrada con llave, entró en la cocina. Birdie Marsten estaba tendida en un rincón, con las piernas abiertas y los pies descalzos. Le habían volado media cabeza de un disparo hecho a quemarropa con un treinta cero seis.

(«Y las moscas… —decía siempre al llegar a ese punto Audrey Hersey en un tono de tranquila autoridad—. Larry dice que la cocina estaba llena de moscas. Zumbaban por todas partes, se posaban en…, usted ya me entiende, y volvían a levantar el vuelo. Las moscas…»).

Larry McLeod salió de allí y volvió directamente al pueblo. Fue a buscar a Norris Varney, que en ese momento era el agente de la ley local, y reunió a tres o cuatro de los clientes habituales de la tienda de Crossen; en aquel entonces, el padre de Milt era todavía el encargado. Entre ellos estaba Jackson, el hermano mayor de Audrey. Se dirigieron a la casa en el Chevrolet de Norris y en la camioneta de correos de Larry.

Nadie del pueblo había estado jamás en la casa, por lo que el suceso causó sensación durante un tiempo. Cuando pasó el revuelo, el *Telegram* de Portland publicó un reportaje sobre el asunto. La casa de Hubert Marsten era un nido de ratas caótico, confuso y abarrotado de cachivaches y objetos sacados de la basura, con estrechos y tortuosos pasillos que discurrían entre montones de periódicos, revistas amarillentas y miles de libros enmohecidos. La antecesora de Loretta Starcher en la Biblioteca Pública de Jerusalem's Lot había rescatado las obras completas de Dickens, Scott y Mariatt, que seguían allí sin desempaquetar.

Jackson Hersey cogió un ejemplar del *Saturday Evening Post*, empezó a hojearlo y se quedó perplejo: en cada página había un billete de dólar pegado cuidadosamente con cinta.

Fue Norris Varney quien descubrió que Larry había tenido mucha suerte al entrar por la puerta de la cocina. El arma homicida había sido atada a una silla, con el cañón apuntando a la puerta de delante, a la altura del pecho de un hombre. El fusil estaba amartillado, y una cuerda sujeta al gatillo atravesaba el vestíbulo hasta el pomo de la puerta principal.

(«Y el arma estaba cargada —insistía Audrey al contarlo—. Un tironcito, y Larry McLeod se habría encontrado directamente ante las puertas de la morada eterna»).

También había otras trampas, aunque menos mortíferas. Sobre la puerta del comedor habían colocado un atado de veinte kilos de periódicos. Uno de los peldaños de la escalera que llevaba al piso de arriba estaba serrado y podría haberle costado a alguien un tobillo roto. No tardó en hacerse patente que a Hubie Marsten no solo le faltaba un tornillo; estaba como una puñetera cabra.

Lo encontraron en el piso de arriba, en el dormitorio que había al final del pasillo, colgado de una viga.

(Susan y sus amiguitas se habían divertido torturándose con los relatos que habían oído de sus mayores; Amy Rawcliffe tenía en el patio trasero de su casa una casita de juguete, donde las niñas se encerraban y se sentaban en la oscuridad para aterrarse unas a otras hablando de la Casa Marsten, que se había ganado su categoría de nombre propio mucho antes de que Hitler invadiera Polonia, así como para repetirse las historias que habían oído a sus padres adornándolas con los detalles más espeluznantes que alcanzaban a imaginar. Todavía hoy, dieciocho años más tarde, Susan tenía la sensación de que el mero hecho de pensar en la Casa Marsten actuaba sobre ella como el conjuro de un hechicero, evocando las imágenes, dolorosamente nítidas, de las niñas acurrucadas en la casa de juguete, tomadas de las manos mientras Amy relataba con voz escalofriante: «Y tenía toda la cara hinchada, con la lengua toda negra y colgando de la boca. Estaba cubierto de moscas. Mi mamá se lo contó a la señora Werts»).

—... rollo.

—¿Cómo? Perdona. —A Susan le costó casi un esfuerzo físico regresar al presente.

En ese momento, Ben salía de la autopista de peaje para tomar el desvío hacia Salem's Lot.

—Digo que ese sitio daba muy mal rollo.

—Háblame de cuando estuviste dentro.

Con una risa carente de alegría, Ben encendió las luces largas. La superficie asfaltada de dos carriles se extendía ante ellos, entre una doble hilera de pinos y abetos.

—Empezó como un juego de niños. Tal vez nunca fue más que eso. Recuerda que hablo del año cincuenta y uno, y que de alguna manera teníamos que entretenernos los críos en una época en que aún no se estilaba el esnifar pegamento en bolsas de papel. Yo solía jugar con los chicos del Bend. La mayoría de ellos debe de haberse mudado a otro sitio... ¿Todavía siguen llamando Bend a la zona sur de Salem's Lot?

—Sí.

—Pues yo jugaba con Davie Barclay, Charles James, a quien todos los chicos solían llamar Sonny, con Harold Rauberson, Floyd Tibbits...

—¿Con Floyd? —preguntó Susan, sorprendida.

—Sí. ¿Lo conoces?

—He salido con él alguna vez —respondió Susan, y temerosa de que su voz sonara extraña, se apresuró a añadir—: Sonny James también sigue aquí. Es el encargado de la gasolinera de Jointner Avenue. Harold Rauberson murió. De leucemia.

—Todos ellos tenían un par de años más que yo. Habían fundado un club muy exclusivo. Solo podían ingresar en él los Piratas Sanguinarios que cumplieran por lo menos tres requisitos. —Ben se había propuesto hacer un relato aséptico, pero en sus palabras subyacía un resabio de amargura—. No querían admitirme, y lo que más deseaba en el mundo era ser un Pirata Sanguinario..., por lo menos ese verano. Seguí insistiendo hasta que finalmente cedieron. Dijeron que me aceptarían si pasaba una prueba, que Davie ideó en ese mismo momento. Iríamos todos a la Casa Marsten, y yo tendría que entrar y sacar algo de allí, a modo de botín. —Volvió a reírse, aunque se le había secado la boca.

—¿Y qué sucedió?

—Entré por una ventana. La casa seguía llena de basura después de doce años. Durante la guerra debieron de llevarse los periódicos, pero lo demás lo dejaron allí. En el vestíbulo había una mesa y, sobre ella, una de esas bolas con nieve... ¿Sabes a qué me refiero? Dentro de la bola de cristal hay una casita y, cuando la agitas, se pone a nevar dentro. Me la guardé en el bolsillo, pero no salí. En realidad, quería probarme a mí mismo, de modo que subí las escaleras y me dirigí hacia la habitación donde Marsten se ahorcó.

—Madre de Dios —susurró Susan.

—Alcánzame un cigarrillo de la guantera, ¿quieres? Estoy tratando de dejar de fumar, pero en este momento lo necesito.

Susan se lo pasó y Ben oprimió el encendedor del salpicadero.

—La casa olía mal. No te imaginas cómo apestaba a moho y a tapicería podrida, y además había una especie de olor ácido, como a mantequilla rancia. Y eso por no hablar de los animales..., ratas, marmotas o sabe Dios qué bichos que habían hecho su nido en las paredes o hibernaban en el sótano. Se respiraba un hedor húmedo y repugnante por toda la casa.

»Subí por las escaleras. No era más que un niño de nueve años cagado de miedo. La casa crujía y se asentaba a mi alrededor. Oía el correteo de alimañas que huían de mí al otro lado de los tabiques.

»Me parecía oír pasos que me seguían. Tenía miedo de girarme y ver a Hubie Marsten tambaleándose hacia mí, con una cuerda con un nudo corredizo en la mano y la cara ennegrecida.

Aferraba el volante con fuerza, y en su voz no quedaba el menor asomo de frivolidad. La *intensidad* de su recuerdo asustó un poco a Susan. El resplandor de las luces del tablero destacaba en el rostro de Ben la expresión de un hombre que se adentraba en un terreno que detestaba, pero del que no podía alejarse por completo.

—Al llegar a lo alto de la escalera, reuní todo mi valor y corrí por el pasillo hasta llegar a esa habitación. Estaba decidido a entrar a toda prisa en ella, agarrar lo primero que me encontrara allí y salir cagando leches. Al final del pasillo, la puerta estaba cerrada y yo la veía cada vez más próxima. Advertí que las bisagras habían cedido y que el borde inferior de la puerta se apoyaba en el umbral. Me fijé en el picaporte plateado, un poco empañado con marcas de manos. Cuando tiré de él, la parte de debajo de la puerta chirrió contra la madera como una mujer dolorida. Si hubiera estado en mis cabales, creo que me habría dado media vuelta y me habría largado como alma que lleva el diablo. Pero estaba lleno de adrenalina, así que aferré el pomo con ambas manos para tirar con todas mis fuerzas. La puerta se abrió, y allí estaba Hubie, colgado de la viga, con su silueta recortada contra la luz de la ventana.

—Oh, Ben, por favor...

—Te aseguro que es la verdad —insistió él—. La verdad sobre lo que vio un niño de nueve años y lo que veinticuatro años más tarde recuerda el hombre. Hubie estaba allí colgado y no tenía la cara negra, qué va. La tenía verde, con los ojos hinchados y cerrados. Sus manos estaban lívidas..., cadavéricas. Y entonces abrió los ojos.

Ben aspiró el humo de su cigarrillo y lo exhaló a las tinieblas a través de la ventana.

—Solté un chillido que debió de oírse a tres kilómetros y salí corriendo. Caí rodando por el último tramo de la escalera. Me levanté. Salí disparado por la puerta principal y seguí corriendo por el camino. Los chicos me esperaban a casi un kilómetro de distancia. Entonces me di cuenta de que todavía tenía en la mano la bola de cristal y... todavía la conservo.

—Pero... no creerás realmente que viste a Hubert Marsten, ¿verdad, Ben? —Muy a lo lejos, Susan divisó las luces amarillas y parpadeantes que señalaban el centro del pueblo y se alegró de verlas.

—No lo sé —respondió él, después de una larga pausa. Lo dijo con dificultad y de mala gana, como si hubiera preferido responder que *no* y zanjar el tema—. Quizá estaba tan exaltado que no fue más que una alucinación. Por otra parte, es posible que haya algo de cierto en la idea de que las casas absorben las emociones que se generan en ellas, como si almacenaran una especie de... energía. Tal vez un tipo de personalidad adecuada, como la de un chico con mucha imaginación, por ejemplo, actúa como catalizador sobre esa energía de modo que produce una manifestación activa de..., de algo. No estoy hablando de fantasmas. Me refiero a una especie de televisión psíquica en tres dimensiones. Quizá incluso se trate de algo vivo. No sé, de un monstruo o algo así.

Susan tomó uno de los cigarrillos de Ben y lo encendió.

—El caso es que pasé semanas enteras durmiendo sin apagar la luz del dormitorio y, durante toda mi vida, he seguido soñando con que abro esa puerta. Siempre que estoy nervioso, sueño con eso.

—Qué horror.

—No, qué va —repuso él—. Bueno, no es para tanto. Todos tenemos nuestras pesadillas.

Con un gesto del pulgar, Ben señaló las casas dormidas y silenciosas que bordeaban Jointner Avenue.

—A veces —continuó— me pregunto si las tablas mismas de esas casas gimen por las cosas horrorosas que suceden en los sueños. —Hizo una pausa—. Si quieres, acompáñame a la pensión de Eva y nos sentamos un rato en el porche. No puedo invitarte a entrar, por las reglas de la casa, pero tengo un par de Coca-Colas en la nevera y un Bacardí en mi habitación. Podemos tomar una copa de buenas noches.

—Eso estaría muy bien.

Ben dobló por Railroad Street, apagó las luces del coche y entró en el pequeño aparcamiento de tierra reservado para los huéspedes de la pensión. El porche trasero estaba pintado de blanco con molduras rojas, y había tres sillas de mimbre colocadas de cara al resplandeciente río Royal, que parecía sacado de un sueño. La luna de finales de verano, atrapada entre los árboles de la ribera, pintaba a través del agua una senda de plata. En el silencio del pueblo, Susan oía el débil gorgoteo espumoso procedente del canal de desagüe.

—Siéntate, vuelvo enseguida.

Ben entró en la casa y cerró suavemente tras de sí la puerta mosquitera mientras Susan se sentaba en una de las mecedoras.

Él le gustaba, a pesar de sus rarezas. Susan no creía en el amor a primera vista, pero sí creía que el deseo sexual instantáneo (o encaprichamiento, como lo llamaban de forma eufemística) era algo que se daba con frecuencia. Y eso que Ben no era uno de esos hombres que impulsaban a las chicas a escribir confidencias a medianoche en su diario íntimo; era demasiado delgado para su altura y más bien pálido. Tenía un rostro introspectivo, como de ratón de biblioteca, y sus ojos rara vez revelaban lo que pensaba. Todo esto estaba coronado por una densa mata de cabello negro que, a juzgar por su aspecto, se peinaba con los dedos en vez de cepillárselo.

Y esa historia...

Ni *La hija de Conway* ni *Danza aérea* parecían traslucir una mentalidad tan morbosa. La primera novela narraba la historia de la hija de un pastor que se escapa, se une a la contracultura y se embarca en un largo y azaroso viaje por todo el país en autostop. La segunda era la historia de Frank Buzzey, un preso fugado que empieza una nueva vida como mecánico en otro estado, hasta que vuelven a detenerlo. Los dos eran libros ágiles y llenos de vida, y no daban la impresión de que sobre ellos se cerniera la sombra de Hubie Marsten, reflejada en los ojos de un chiquillo de nueve años.

Como arrastrados por este pensamiento, los ojos de Susan se apartaron del río y se desviaron hacia la izquierda del porche, donde la última colina que se alzaba ante el pueblo impedía ver las estrellas.

—Toma —dijo Ben—. Espero que esto te guste...

—Mira la Casa Marsten —dijo ella.

Él obedeció. Había una luz encendida allá arriba.

7

Acabaron sus bebidas pasada la medianoche; la luna estaba a punto de desaparecer. Tras un rato de conversación intrascendente, Susan dijo:

—Me gustas, Ben. Me gustas mucho.

—Tú también me gustas. Y me sorprende... No, no era eso lo que quería decir. ¿Recuerdas aquel comentario tonto que hice en el parque? Todo esto parece demasiado fortuito.

—Yo quiero volver a verte, si tú estás de acuerdo.

—Claro que sí.

—Pero me gustaría ir despacio. Recuerda que no soy más que una muchacha de pueblo.

—Parece de película hollywoodiense... —Ben sonrió—. En el buen sentido. ¿Se supone que es ahora cuando tengo que besarte?

—Sí —asintió con seriedad Susan—. Creo que es lo que toca.

Ben estaba sentado en la mecedora de al lado y, sin interrumpir su lento balanceo, se inclinó para juntar su boca con la de Susan. No intentó alcanzar la lengua de la muchacha ni tocar su cuerpo. Mantenía los labios firmes con la presión de los dientes, y en su aliento había un débil eco de ron y de tabaco.

Susan también empezó a mecerse, y el movimiento convirtió el beso en algo nuevo, que crecía y decrecía, se atenuaba y se intensificaba. «Está saboreándome», pensó Susan. La idea despertó en ella una excitación limpia y secreta. Interrumpió el beso antes de que pudiera llevarla más lejos.

—¡Uf! —suspiró Ben.

—¿Te gustaría venir a cenar a casa mañana? Estoy segura de que a mis padres les encantaría conocerte. —En la placentera serenidad del momento, Susan se permitió ese gesto de generosidad con su madre.

—¿Comida casera?

—Caserísima.

—Me encantaría. Desde que llegué he estado alimentándome a base de platos precocinados.

—¿A las seis? En provincias se cena temprano.

—Genial. Y ya que hablamos de tu casa, será mejor que te lleve. Vamos.

Guardaron silencio durante el trayecto hasta que Susan vio la luz nocturna que titilaba en la cima de la colina, la que su madre dejaba siempre encendida cuando ella salía.

—¿Quién estará despierto allí arriba? —caviló, mirando hacia la Casa Marsten.

—El nuevo dueño, probablemente —respondió Ben, evasivo.

—Pero esa luz no parecía eléctrica —continuó ella—. Demasiado débil y amarillenta. Tal vez fuera una lámpara de queroseno.

—Es probable que todavía no tengan corriente.

—Tal vez. Pero alguien mínimamente previsor habría llamado a la compañía de la luz antes de mudarse.

Ben no contestó. Habían llegado frente a la casa de Susan.

—Ben —dijo ella de pronto—, tu nuevo libro ¿es sobre la Casa Marsten?

Él se rio y le besó la punta de la nariz.

—Es tarde.

Susan esbozó una sonrisa.

—No pretendía ser cotilla.

—No pasa nada. Ya hablaremos de eso... durante el día.

—Perfecto.

—Será mejor que entres, chiquilla. ¿Mañana a las seis?

Ella miró su reloj.

—Hoy a las seis.

—Buenas noches, Susan.

—Buenas noches.

Bajó del coche y corrió por el sendero hasta la puerta lateral, para después volverse y despedirse con la mano mientras Ben se alejaba con el coche. Antes de entrar, cogió la nota con el pedido para el lechero y agregó nata agria. Servida con patatas al horno, eso le daría categoría a la cena, pensó.

Se entretuvo un minuto más antes de entrar, mirando hacia la Casa Marsten.

8

Ya en su habitación, pequeña como una caja, Ben se desvistió con la luz apagada y se deslizó desnudo entre las sábanas. Susan era una chica agradable, la primera que le había parecido agradable desde la muerte de Miranda. Pensó que ojalá no tratara de convertirla en una nueva Miranda; sería doloroso para él y horriblemente injusto para ella.

Se tendió en la cama y se relajó. Antes de que lo venciera el sueño, se apoyó en un codo y miró por la ventana, más allá de la sombra rectangular de la máquina de escribir y por encima del delgado fajo de hojas mecanografiadas que estaba al lado. Después de echar un vistazo a varias habitaciones, le había dicho a Eva Miller que quería esa en concreto, porque estaba orientada directamente hacia la Casa Marsten.

Allá arriba, las luces seguían encendidas.

Esa noche, por primera vez desde que había vuelto a Salem's Lot, volvió a tener la vieja pesadilla, que no lo había asaltado de forma tan vívida desde los espantosos días que habían seguido a la muerte de Miranda en el accidente. La carrera a lo largo del pasillo, el horrible chirrido de la puerta mientras se abría, la figura colgante que abría de repente los ojos abominablemente hinchados, antes de que él se volviera hacia la puerta, preso del pánico lento y pegajoso de los sueños...

Para descubrir que estaba cerrada con llave.

Capítulo 3

LOT (I)

1

El pueblo no remolonea de madrugada; el trabajo no espera. Aunque el sol todavía no ha despuntado en el horizonte y la oscuridad reina en la comarca, la actividad ya ha empezado.

2

4.00 horas

Los hermanos Griffen —Hal, de dieciocho años, y Jack, de catorce— y los dos peones habían empezado a ordeñar. El establo era un dechado de limpieza, encalado y reluciente. Por el centro, entre los impecables pasillos que flanqueaban los cubículos, se extendía un bebedero de cemento. Hal hizo correr el agua desde el extremo más alejado accionando un interruptor al tiempo que abría una válvula. La bomba de motor eléctrico que sacaba el agua de uno de los dos pozos artesianos que abastecían el lugar se puso en marcha con un zumbido continuo. Hal era un muchacho hosco, nada brillante, y ese día estaba especialmente irritable. La noche anterior se había enzarzado en una discusión con su padre. Hal no quería seguir estudiando. Odiaba ir al instituto. No soportaba ese aburrimiento, esa insistencia en que permaneciera inmóvil durante periodos de cincuenta minutos de duración, y estaba harto de todas las asignaturas, con excepción del taller de carpintería y el de artes gráficas. La materia de lengua era desesperante; la historia, una idiotez; las matemáticas comerciales le resultaban incomprensibles. Y lo peor de todo era que nada de eso servía para nada. A las vacas no les importaba que uno dijera «haiga» o que conjugara mal los verbos, ni quién fue el comandante en jefe del maldito ejército del Potomac durante la maldita Guerra Civil, y en cuanto a las matemáticas, su padre habría sido incapaz de sumar dos quintos y un medio aunque su vida dependiera de ello. Para eso tenía un contable; un tío con título universitario y, ya lo ves, trabajaba para un paleto como su viejo. Este le había dicho muchas veces que el secreto para llevar bien un negocio (y una granja lechera era un negocio como cualquier otro) no se aprendía en los libros; todo radicaba en conocer a la gente. Quién era él para darle la murga con las maravillas de la educación cuando no había pasado de sexto grado. Nunca leía otra cosa que el *Reader's Digest* y la granja obtenía unos beneficios de dieciséis mil dólares anuales. Conocer a la gente... Saber estrecharle la mano a un hombre y preguntarle por su esposa, refiriéndose a ella por su nombre. Pues bien, Hal conocía a la gente. Sabía que había dos clases de personas: las que uno puede mangonear y las que no. Las primeras superaban a las segundas en una proporción de diez a uno.

Por desgracia, su padre pertenecía al uno.

Hal miró por encima del hombro a Jack, que, con parsimonia y aire soñador, iba echando en los cuatro primeros cubículos el heno que sacaba con la horquilla de una paca deshecha. Él era el empollón, el ojito derecho de papá. Criajo de mierda.

—¡Vamos! —le gritó—. ¡Espabila con ese heno!

Abrió los armarios para sacar la primera de las cuatro ordeñadoras y la arrastró por el pasillo mientras fruncía el ceño con rabia por encima de la resplandeciente tapa de acero inoxidable.

El instituto. ¡A la mierda el puto instituto!

Los nueve meses siguientes se extendían ante él como una tumba interminable.

3

4.30 horas

La leche extraída el último día ya había sido procesada y estaba en camino hacia Salem's Lot, pero ya no en jarras de acero galvanizado sino en envases de cartón con la colorida etiqueta de la granja lechera de Slewfoot Hill. Antes el padre de Charles Griffen comercializaba la leche que él mismo producía, pero eso ya no resultaba práctico. Los grandes conglomerados habían absorbido a los últimos productores independientes.

El lechero de Slewfoot Hill en el oeste de Salem era Irwin Purinton, que empezaba su recorrido por Brock Street (conocida en la región como Brock Road, o El Semillero de Baches) para después recorrer el centro del pueblo hasta salir de él por Brooks Road.

Win había cumplido sesenta y un años en agosto y, por primera vez en su vida, la jubilación inminente le parecía real y posible. Su mujer, una vieja aborrecible llamada Elsie, había muerto en el otoño de 1973 (precederlo a la tumba fue la única consideración que había demostrado hacia él en veintisiete años de matrimonio), y cuando por fin se jubilara, Win se instalaría en Pemaquid Point con su perro Doc, un mestizo con mezcla de cocker. Sus planes consistían básicamente en dormir todos los días hasta las nueve de la mañana y no ver nunca más un amanecer.

Se detuvo frente a la casa de los Norton y llenó su cesta con el pedido: zumo de naranja, dos litros de leche y una docena de huevos. Al bajar del vehículo sintió una leve punzada en la rodilla derecha. Iba a hacer buen tiempo ese día.

Había un añadido al pedido habitual de la señora Norton, escrito con la letra redondeada, propia del método Palmer, de Susan: «Por favor, Win, deja una botella pequeña de nata agria. Gracias».

Purinton volvió a la furgoneta a buscarla, pensando que le esperaba uno de esos días en que todo el mundo quería algo especial. ¡Nata agria! Una vez la había probado y había sentido náuseas.

El cielo empezaba a aclararse por el este, y en los campos que se extendían hasta el pueblo, el rocío destellaba como miles de diamantes destinados a pagar el rescate de un rey.

4

5.15 horas

Hacía veinte minutos que Eva Miller estaba levantada y vestida con una bata harapienta y un par de mullidas zapatillas rosa de estar en casa. Preparaba su desayuno: cuatro huevos revueltos, ocho lonchas de beicon y una sartén de patatas fritas caseras. Iba a acompañar este humilde ágape con dos tostadas con mermelada, un vaso grande de zumo de naranja y dos tazas de café con nata. Era una mujer corpulenta, pero no precisamente gorda; se esmeraba demasiado en las tareas del hogar como para que alguna vez pudiera engordar. Las curvas de su cuerpo eran heroicas, rabelesianas. Contemplar sus movimientos frente a los ocho quemadores de su cocina eléctrica era como observar el incesante movimiento de la marea o la migración de las dunas.

A Eva le gustaba hacer la primera comida del día en esa soledad total, mientras planeaba el trabajo que le esperaba para la jornada. Y vaya si tendría trabajo: el miércoles era el día que cambiaba la ropa de cama. En ese momento contaba con nueve huéspedes, entre ellos el señor Mears. La casa tenía tres pisos y diecisiete habitaciones, y también había que fregar los suelos y las escaleras, encerar el pasamanos y darle la vuelta a la alfombra de la sala de estar. Pensaba pedirle a Weasel Craig que le echara una mano, a menos que estuviera durmiendo la mona.

La puerta de atrás se abrió en el momento en que Eva se sentaba a la mesa.

—Hola, Win. ¿Cómo te va?

—Más o menos. Me duele un poco la rodilla.

—Vaya, lo siento. ¿Podrías dejarme un litro más de leche y una botella de limonada?

—Claro —dijo él con resignación—. Ya sabía que iba a tener un día así.

Eva se dedicó a los huevos, pasando por alto el comentario. Win Purinton siempre encontraba algo de qué quejarse, aunque bien sabía Dios que debería haber sido el hombre más feliz del mundo desde que la arpía con que se había enganchado se cayó por la escalera del sótano y se rompió el cuello.

A las seis menos cuarto, en el momento en que Eva terminaba su segunda taza de café y estaba encendiendo un Chesterfield, el *Press-Herald* fue a dar contra un costado de la casa y cayó entre los rosales. Era la tercera vez esa semana; el chico de los Kilby iba camino del pleno. A lo mejor repartía periódicos pedo perdido. Bueno, ya iría a recogerlo más tarde.

Los primeros rayos del sol, un oro tenue y precioso, entraban de soslayo por las ventanas que daban al este. Para Eva era el mejor momento del día, y no tenía la intención de dejar que nada perturbara su paz.

Sus huéspedes tenían derecho a usar la cocina y la nevera, lo que, como el cambio semanal de ropa de cama, venía incluido en el precio, y la paz no tardaría en romperse cuando Grover Verrill y Mickey Sylvester bajaran a prepararse sus cereales antes de salir para la fábrica textil de Gates Falls donde trabajaban.

Como si con este pensamiento hubiera acelerado su aparición, oyó que alguien tiraba la cadena del baño del segundo piso y luego los pasos de las pesadas botas de trabajo de Sylvester bajando las escaleras.

Eva se levantó de su asiento para ir en busca del periódico.

5

6.05 horas

Los débiles gemidos del bebé truncaron el ligero sueño mañanero de Sandy McDougall, que se levantó para atender al niño con los ojos todavía hinchados. Se golpeó la pierna contra la mesita de noche y soltó una palabrota.

Al oírla, el bebé chilló con más fuerza.

—¡Cállate, que ya voy! —le gritó Sandy.

Avanzó por el estrecho pasillo de la caravana hasta la cocina. Era una muchacha delgada que estaba perdiendo la poca belleza que en algún momento podía haberla agraciado. Sacó de la nevera el biberón de Randy, pensó en calentárselo, y después pensó qué demonios. Si tanta hambre tienes, mocoso, te lo puedes tomar frío.

Fue hasta el dormitorio del niño y lo miró fríamente. Tenía diez meses, pero era demasiado enfermizo y llorón para su edad. Hacía apenas un mes que había empezado a gatear. Tal vez había pillado la polio o sabe Dios qué. Ahora tenía las manos sucias y había unas manchas en la pared. Sandy se acercó más, preguntándose qué narices había encontrado.

Sandy tenía diecisiete años, y en julio ella y su marido habían celebrado el primer aniversario de su boda. En el momento de casarse con Royce McDougall, embarazada de seis meses y con un bombo como un zepelín, el matrimonio le había parecido la bendición que el padre Callahan decía que era: una bendita vía de escape. Ahora no le parecía más que un montón de mierda. Exactamente, advirtió consternada, lo que Randy tenía en las manos y con lo que había ensuciado su pelo y la pared.

Clavó en él una mirada sombría, con el biberón frío en la mano.

Para eso había dejado de lado los estudios, sus amistades, sus esperanzas de llegar a ser modelo, reflexionó. Por ese remolque cutre aparcado en el Bend, donde la formica ya se estaba desprendiendo de los muebles, por un marido que trabajaba todo el día en la fábrica y por las noches se iba a beber o a jugar al póquer con los inútiles de sus amigos de la gasolinera. Por un mocoso que era el vivo retrato del inútil de su padre y que lo embadurnaba todo de caca.

Estaba berreando a pleno pulmón.

—¡Que te calles! —vociferó a su vez Sandy.

Arrojó contra el niño el biberón de plástico, que lo golpeó en la frente y lo hizo caer de espaldas en la cuna, llorando y agitando los brazos. Le había quedado una marca roja bajo el nacimiento del pelo, y Sandy sintió una horrible oleada de satisfacción, pena y odio que le oprimía la garganta. Levantó al niño de la cuna como si fuera un trapo.

—¡Cállate! ¡Cállate! ¡Cállate!

Antes de poder dominarse, ya le había dado dos puñetazos, y los gritos de dolor de Randy se tornaron tan estridentes que se quedó sin voz. Con el rostro lívido, permaneció tendido en la cuna, jadeante.

—Perdóname —murmuró Sandy—. Por Dios santo, perdóname. ¿Te he hecho daño, Randy? Espera un minuto, que mami te va a limpiar.

Cuando Sandy volvió con un trapo mojado, Randy tenía los ojos hinchados y se le estaban amoratando, pero se tomó el biberón, y cuando ella empezó a limpiarle la cara con el paño húmedo, le sonrió con su boquita sin dientes.

Le diré a Roy que se me cayó mientras le cambiaba el pañal, pensó Sandy. Se lo creerá. Ay, Dios, que se lo crea, por favor.

6

6.45 horas

La mayor parte de la población obrera de Salem's Lot iba camino de su trabajo. Mike Ryerson era uno de los pocos que trabajaban en el pueblo. En el informe municipal anual figuraba como jardinero, pero en realidad era el encargado del mantenimiento de los tres cementerios de la pequeña ciudad. Si bien era en verano cuando esta labor le exigía casi dedicación exclusiva, en invierno tampoco era un paseo, como parecían pensar algunos, entre ellos el remilgado de George Middler, el de la ferretería. Mike trabajaba algunas horas con Carl Foreman, el empresario de pompas fúnebres de Salem's Lot, y al parecer la mayoría de los viejos estiraba la pata en invierno.

En ese momento Mike se dirigía hacia Burns Road en su camioneta, cargada de podaderas, un cortasetos eléctrico, una caja de estacas, una palanca para enderezar cualquier lápida que pudiera haberse caído, un bidón de cuarenta litros de gasolina y dos cortadoras de césped Briggs & Stratton.

Por la mañana se ocuparía del césped de Harmony Hill y realizaría cualquier arreglo que fuera necesario en las losas y el muro de piedra, y por la tarde cruzaría el pueblo hasta el cementerio de Schoolyard Hill, adonde los maestros de escuela iban a veces a calcar las lápidas de los shakers enterrados allí muchos años atrás. Pero el cementerio que más le gustaba a Mike era Harmony Hill. Aunque no tan antiguo como el de Schoolyard Hill, era un lugar agradable y sombreado. Mike esperaba que con el tiempo a él también lo enterraran allí..., dentro de un siglo o más.

Tenía veintisiete años y había cursado tres años de enseñanza superior mientras llevaba una vida profesional bastante azarosa. Abrigaba la esperanza de volver a la universidad algún día y terminar la carrera. Era atractivo a su manera sencilla y agradable, y no le resultaba difícil conectar con las jóvenes solteras que los sábados por la noche acudían al Dell's o a Portland. A algunas de ellas, el trabajo de Mike les daba mal rollo, cosa que a él le costaba entender. Era un trabajo agradable, sin un jefe que anduviera siempre encima de él, y le permitía pasar el día al aire libre. Si tenía que cavar algunas fosas o conducir el coche fúnebre de Carl Foreman de vez en cuando, ¿qué problema había? Alguien tenía que hacerlo. En su opinión, solo había una cosa más natural que la muerte, y era el sexo.

Tarareaba una canción cuando dobló por Burns Road y puso segunda para subir la colina, levantando tras de sí el polvo seco del camino. A través de la densa fronda del verano, a ambos lados del camino, alcanzaba a ver los troncos desnudos de los árboles que se habían quemado en el gran incendio de 1951, esqueléticos como huesos viejos en descomposición. Mike sabía que por allí había marañas de matorrales y árboles caídos en las que uno se podía romper una pierna si no andaba con cuidado. Pese a que ya habían transcurrido veinticinco años, aún perduraban las cicatrices del incendio. Así eran las cosas. Incluso cuando estamos rodeados de vida, la muerte no anda lejos.

El cementerio estaba situado en lo alto de la colina y Mike enfiló el camino de acceso, preparándose para abrir la verja... De pronto frenó en seco y el vehículo se detuvo con un estremecimiento.

De la verja de hierro forjado pendía, cabeza abajo, el cadáver de un perro, y el suelo estaba empapado en sangre.

Mike bajó de la camioneta y se acercó corriendo. Se puso los guantes de trabajo que llevaba en el bolsillo de atrás y levantó con una mano la cabeza del animal. Esta se elevó con una horrible facilidad, como si no tuviera huesos, y Mike se encontró mirando los ojos vidriosos y vacíos de Doc, el cocker mestizo de Win Purinton. Lo habían ensartado en una de las puntas de lanza de la valla como a una res en un gancho de carnicería, y las moscas, atontadas por el frío de la mañana, se amontonaban ya pegajosamente sobre el cuerpo.

Mike forcejeó para sacarlo, sintiendo que se le revolvía el estómago al oír los ruidos húmedos que acompañaban sus esfuerzos. El vandalismo en los cementerios no era novedad para él, y menos aún cuando se acercaba Halloween, pero faltaba todavía un mes y medio para esa fecha, y además nunca había visto una cosa así. Por lo general, se conformaban con derribar algunas lápidas, hacer pintadas obscenas o colgar de la verja un esqueleto de papel. Pero si esta carnicería era obra de unos niñatos, eran unos auténticos hijos de puta. A Win se le destrozaría el corazón.

Mike pensó en volver directamente al centro con el perro para mostrárselo a Parkins Gillespie, pero luego decidió que no ganaría nada con eso. Ya llevaría al pobre Doc al pueblo cuando regresara para comer..., aunque ese día no iba a tener mucho apetito.

Corrió el cerrojo de la verja y se miró los guantes, que estaban manchados de sangre. Habría que fregar los barrotes de hierro de la valla; todo apuntaba a que esa tarde no le daría tiempo a ir a Schoolyard Hill, después de todo. Entró en el cementerio, aparcó, pero ya había dejado de canturrear. La magia del día había desaparecido.

7

8.00 horas

Los pesados autobuses amarillos del transporte escolar habían iniciado su trayecto habitual e iban recogiendo a los niños que esperaban junto a sus buzones, jugando, con la fiambrera en la mano. Charlie Rhodes conducía uno de los autobuses, y su ruta abarcaba Taggart Stream Road, que quedaba al este del pueblo, y el tramo superior de Jointner Avenue.

Los chicos que viajaban en el bus de Charlie eran los que mejor se portaban en la ciudad, y en todo el distrito escolar, de hecho. En el autobús número seis no había gritos ni juegos bruscos ni tirones de trenzas. O se quedaban quietecitos en sus asientos sin olvidarse de los buenos modales, o ya podían recorrer a pie los casi cinco kilómetros que los separaban de la escuela primaria de Stanley Street, y explicar por qué en el despacho.

Charlie sabía lo que pensaban de él y se hacía una idea de las cosas que decían a sus espaldas. Pero le daba lo mismo. Él no estaba dispuesto a tolerar gilipolleces ni follones en su autobús. Para eso ya estaban los pobres diablos de los maestros.

El director de Stanley Street había tenido el valor de preguntarle si no había sido demasiado «impulsivo» al suspender del servicio de transporte al chico de los Durham durante tres días por haber alzado un poco la voz. La reacción de Charlie fue simplemente sostenerle la mirada hasta que finalmente el director, un mindundi novato que había salido de la universidad hacía solo cuatro años, apartó la vista. El encargado de la empresa de transporte automotor SAD 21, Dave Felsen, era un viejo amigo de Charlie; habían luchado juntos en Corea y se entendían bien. También entendían lo que estaba sucediendo en el país. Entendían que el chico que en 1958 solo había «alzado un poco la voz» en el autobús era el mismo que en 1968 se había orinado sobre la bandera.

Al echar un vistazo al gran espejo colocado por encima de su cabeza, vio que Mary Kate Griegson le pasaba una nota a su amiguito Brent Tenney. «Amiguito» y un cuerno. Los chicos de hoy empezaban a divertirse con el sexo desde sexto grado.

Frenó hasta detenerse y puso las luces de emergencia. Mary Kate y Brent alzaron la vista hacia él, consternados.

—¿Tenéis mucho que deciros? —les preguntó Charlie, mirándolos por el retrovisor—. Bueno, pues ya podéis empezar. —Abrió las puertas plegables y esperó a que los dos se bajaran de su autobús cagando leches.

8

9.00 horas

Weasel Craig se cayó de la cama. El sol entraba, cegador, por la ventana del primer piso. Estaba mareado, sentía la cabeza a punto de estallar y, en la habitación de arriba, aquel tipejo, el escritor, ya estaba dándole a la máquina. Había que estar como una cabra para pasarse el día así, con el tac tac tac, día tras día.

Se levantó y, en calzoncillos, fue a comprobar en el calendario si ese era el día que le tocaba ir a cobrar el paro. No. Era el miércoles.

La resaca de hoy no era tan grave como otras veces. Se había quedado en el Dell's hasta la hora del cierre, a la una, pero no tenía más que dos dólares y no había podido conseguir que le invitaran a muchas cervezas cuando se le acabó el dinero. Estoy perdiendo mi toque, pensó mientras se frotaba la cara con una mano.

Se puso la camiseta térmica que usaba tanto en invierno como en verano, se enfundó los pantalones verdes de trabajo y después abrió el armario para sacar su desayuno: una botella de cerveza para beberse allí mismo y una caja de copos de avena, de las que repartía la beneficencia, que se tomaría abajo. Craig no soportaba los copos de avena, pero le había prometido a la viuda que la ayudaría a dar la vuelta a la alfombra, y era probable que también tuviera que ocuparse de otras tareas.

No es que le importara mucho, en realidad, pero suponía un declive de su estatus desde la época en que compartía cama con Eva Miller. El marido de ella había muerto en un accidente en el aserradero, en 1959, y la cosa había tenido su gracia, si es que un suceso tan horrible podía considerarse así. Por aquel entonces en el aserradero trabajaban sesenta o setenta hombres, y Ralph Miller era candidato a director de la empresa.

Lo que le había pasado era gracioso, en cierto modo, porque Ralph Miller no tocaba una máquina desde que, siete años atrás, en 1952, lo habían ascendido de capataz a empleado de oficina. Así mostraban su gratitud los ejecutivos, ni más ni menos, y Weasel suponía que Ralph se la había ganado. Cuando el gran incendio arrasó los pantanos para extenderse por Jointner Avenue, avivado por un viento del este de cuarenta kilómetros por hora, todo el mundo pensó que eso era el fin del aserradero. Bastante tenían los bomberos de seis municipios vecinos con tratar de salvar el pueblo como para desperdiciar hombres en auxilio de un negocio de tres al cuarto como el aserradero de Jerusalem's Lot. Ralph Miller había organizado a todos los obreros del segundo turno en una brigada para combatir el fuego, y, bajo su dirección, los hombres mojaron el tejado e hicieron lo que todo el cuerpo de bomberos no había sido capaz de hacer al oeste de Jointner Avenue: abrir un cortafuegos que contuvo las llamas y las desvió hacia el sur, donde quedaron totalmente controladas.

Siete años más tarde, Miller se había caído en una astilladora mientras charlaba con unos directivos de una empresa de Massachusetts. Había estado enseñándoles la planta, con la esperanza de convencerlos de que la compraran. Resbaló en un charco de agua y, maldita sea, fue a parar justo dentro de la máquina, delante de sus narices. Huelga decir que la posibilidad de cerrar un trato desapareció por ese conducto junto con Ralph Miller. El aserradero que él mismo había salvado en 1951 cerró para siempre sus puertas en febrero de 1960.

Weasel se miró en el espejo, salpicado de agua, mientras se peinaba el pelo blanco, aún abundante, espeso y sexy a sus sesenta y siete años. Era la única parte de su persona a la que, al parecer, le sentaba bien el alcohol. Después se puso la camisa de trabajo de color caqui y, con su caja de copos de avena en la mano, bajó por las escaleras.

Y allí estaba él, casi dieciséis años después de todo aquello, convertido en el condenado chico de la limpieza de una mujer con la que antes se acostaba y que todavía le parecía de lo más atractiva.

En cuanto lo vio entrar en la soleada cocina, la viuda se abalanzó sobre él como un buitre.

—Oye, ¿podrías encerarme el pasamanos delantero cuando termines de desayunar, Weasel? ¿Tienes tiempo?

Ambos mantenían la ficción de que él hacía esos trabajos como favores y no en pago de los catorce dólares semanales que costaba su habitación.

—Cómo no, Eva.

—Y a la alfombra del salón principal...

—... hay que darle la vuelta. Sí, lo recuerdo.

—¿Cómo va tu cabeza esta mañana? —Eva formuló la pregunta sin dejar que su voz trasluciera compasión alguna, pero Weasel notaba que estaba allí, bajo la superficie.

—Perfectamente —contestó con un deje de susceptibilidad mientras ponía a calentar el agua para la avena.

—Es que viniste tarde, por eso te lo preguntaba.

—Qué controlado me tienes, ¿no?

Weasel la miró, enarcando una ceja, satisfecho de comprobar que todavía podía ruborizarse como una colegiala, aunque ya hacía casi nueve años que habían dejado de lado sus escarceos.

—Venga ya, Ed...

Eva era la única que seguía llamándolo así. Para todos los demás habitantes de Lot, él no era más que Weasel.* Pues muy bien. Que lo llamaran como quisieran. El oso había cazado a la comadreja.

—No me lo tengas en cuenta —dijo él ásperamente—. Hoy me he levantado con el pie izquierdo.

—A juzgar por el costalazo, yo diría que más bien te has caído de la cama —dijo Eva sin pensarlo mucho, pero Weasel se limitó a gruñir. Se preparó su repugnante avena y se la co-

* *Weasel* significa «comadreja» en inglés. *(N. de la T.)*

mió; después cogió la cera para muebles y unos trapos, y salió sin mirar atrás.

Arriba, el tac tac de la máquina de escribir no cesaba. Vinnie Upshaw, que ocupaba el cuarto de enfrente, decía que empezaba todas las mañanas a las nueve, seguía hasta mediodía, reanudaba el trabajo a las tres, continuaba hasta las seis, volvía a empezar a las nueve y ya no paraba hasta medianoche. Weasel no comprendía que a alguien le cupieran tantas palabras en la cabeza.

Aun así, parecía bastante buen tipo, y tal vez no estaría mal tomarse unas cervezas con él alguna noche en el Dell's. Weasel había oído comentar que casi todos los escritores bebían como cosacos.

Empezó a dar brillo al pasamanos de forma metódica y de nuevo se encontró pensando en la viuda. Con el dinero del seguro de su marido, Eva había convertido la casa en una pensión y se las arreglaba muy bien. No era de extrañar: trabajaba como una mula. Pero debía de haber estado acostumbrada a que su marido le diera lo suyo con regularidad, y una vez superado el luto, había vuelto a sentir la necesidad. ¡Dios, y cómo disfrutaba, la tía!

Por aquellos días, en el 61 y el 62, la gente todavía lo llamaba Ed y no Weasel, y él aún controlaba la bebida en vez de que la bebida lo controlara a él. Tenía un buen trabajo en la construcción cuando, una noche de enero de 1962, ocurrió.

Interrumpió el vaivén rítmico del encerado y, pensativo, miró por la estrecha ventana que había en el descanso del segundo piso, inundada de esa última luz brillante y dorada del verano, una luz que se reía del otoño frío y ventoso, así como del invierno, más frío aún, que vendría después.

Lo sucedido aquella noche fue en parte por ella y en parte por él, y, después, cuando yacían juntos en la oscuridad del dormitorio de Eva, ella rompió a llorar y a decirle que lo que habían hecho estaba mal. Él le dijo que había estado bien, aunque no sabía si había estado bien o mal, ni le importaba. Y mientras el viento del norte silbaba y gemía en torno a los aleros, en la habitación de Eva estaban calentitos y seguros, así que al final se quedaron dormidos, pegados como cucharas en el cajón de los cubiertos.

Ah, Dios bendito, el tiempo era como un río, y Weasel se preguntó si eso lo sabría aquel escritorzuelo.

Continuó sacando brillo a la madera con movimientos largos y acompasados.

9

10.00 horas

En el colegio de Stanley Street había llegado la hora del recreo. Era el edificio escolar más nuevo y llamativo de Lot, tanto que el distrito escolar no había terminado de pagarlo. Se trataba de un edificio bajo, como de papel glassine, con cuatro grandes aulas, tan moderno y luminoso como viejo y oscuro era el colegio de Brock Street.

Richie Boddin, que era el abusón del cole y se enorgullecía de serlo, salió al patio buscando con los ojos al chico nuevo tan listo que se sabía todas las respuestas en la clase de matemáticas. No iba a permitir que un chico nuevo llegara a su escuela sin enterarse de quién mandaba allí, y mucho menos un mariquita cuatro ojos y enchufado del profe como ese.

Richie tenía once años y pesaba más de sesenta kilos. Desde siempre, la madre se había dedicado a presumirle a la gente de lo *enorme* que era su hijo, de modo que Richie era consciente de su corpulencia. A veces se imaginaba que al andar el suelo retumbaba bajo sus pies. Y cuando fuera mayor fumaría Camel, como su padre.

Los chicos de cuarto y quinto le tenían terror, y para los más pequeños Richie era como el tótem del patio. Cuando pasara a secundaria y empezara a ir al instituto de Brock Street, su panteón se quedaría sin su demonio. A Richie todo eso le encantaba.

Y ahí estaba ese chico, Petrie, esperando que lo eligieran para el partido de fútbol americano durante el recreo.

—¡Eh! —vociferó Richie.

Todo el mundo se giró, salvo Petrie. Todos los ojos parecieron aliviados cuando vieron que los de Richie miraban hacia otra parte.

—¡Eh, tú, cuatro ojos!

Mark Petrie se volvió hacia Richie. Sus gafas con montura de acero brillaron bajo el sol de la mañana. Era tan alto como Richie, es decir, más que la mayoría de sus compañeros, pero también más delgado, y su rostro tenía algo de indefenso y reservado.

—¿Me hablas a mí?

—¿Me hablas a mí? —lo imitó Richie con voz de falsete—. ¿Sabes que hablas como un mariquita, cuatro ojos?

—No, no lo sabía —respondió Mark. Richie se le acercó un paso.

—Apuesto a que lo eres. Un mariquita de la hostia al que le gusta chuparse el dedo.

—¿De veras? —dijo el chico con una cortesía exasperante.

—Sí, eso me han dicho. Y que no son solo dedos lo que chupas.

Los chicos empezaron a arremolinarse en torno a ellos para ver cómo Richie le cascaba al nuevo. La señorita Holcomb, a quien esa semana le tocaba vigilar el patio, se había ido a la parte delantera, donde estaban los columpios y balancines, a cuidar a los más pequeños.

—¿Tú de qué vas? —preguntó Mark, que miraba a Richie como si acabara de encontrarse un bicho nuevo e interesante.

—¿«Tú de qué vas»? —lo imitó Richie con voz de falsete—. Yo no voy de nada. Pero me han dicho que tú eres un maricón como una casa, eso es todo.

—¿De veras? —preguntó Mark sin inmutarse—. Pues a mí me han asegurado que tú eres un zurullo gordo y patoso, ¿sabes?

Silencio. Los demás muchachos se quedaron boquiabiertos (pero expectantes; jamás habían visto a alguien firmar su propia sentencia de muerte). Richie, pillado por sorpresa, se quedó tan boquiabierto como los demás.

Mark se quitó las gafas y se las entregó al muchacho que estaba junto a él.

—¿Me las sujetas?

El otro las cogió mientras contemplaba a Mark en silencio y con ojos desorbitados.

Richie atacó. Fue una carga lenta y torpe, sin asomo de gracia ni finura. El suelo temblaba bajo sus pies mientras avanzaba, lleno de confianza y ganas de machacar y pisotear. Echó el puño derecho hacia atrás, listo para estampárselo en toda la boca al marica cuatro ojos y saltarle los dientes como las teclas de un piano. Ve llamando al dentista, mariquita, que allá voy.

Mark Petrie se inclinó a la vez que daba un paso hacia un lado, y el puño le pasó por encima de la cabeza. Su adversario se vio arrastrado por su propio impulso, y Mark no tuvo más que ponerle la zancadilla. Richie Boddin cayó pesadamente al suelo, con un gemido. El grupo de niños que presenciaban la escena soltó una exclamación de asombro.

Mark sabía perfectamente que, si el torpe muchacho que yacía en el suelo recuperaba la ventaja, le daría una buena paliza. Mark era ágil, pero con la agilidad no bastaba para resistir mucho rato en una pelea de patio de colegio. Si el escenario hubiera sido la calle, ese habría sido el momento de correr para distanciarse de su perseguidor y después darse la vuelta para burlarse de él. Pero no estaban en la calle, y Mark sabía que, si no vencía inmediatamente a aquel grandullón, este nunca lo dejaría en paz.

Todo eso lo pensó en una fracción de segundo, antes de saltar sobre la espalda de Richie Boddin.

Este dejó escapar un gemido, y los espectadores volvieron a soltar un grito ahogado. Mark cogió a Richie del brazo y se lo retorció tras la espalda. Richie chilló de dolor.

—Di «me rindo» —le ordenó Mark.

La respuesta de Richie fue digna de un marine veterano.

Con un tirón, Mark le subió el brazo hasta los omóplatos, y Richie pegó otro grito, lleno de indignación, miedo y perplejidad. Nunca le había ocurrido nada parecido y no podía ser que le estuviera ocurriendo ahora. ¡Tenía sentado sobre la espalda a un marica cuatro ojos que le retorcía el brazo y lo hacía gritar ante sus súbditos!

—Di «me rindo» —repitió Mark.

Richie consiguió ponerse de rodillas; Mark le hincó a su vez las suyas en los costados, como si montara un caballo a pelo, y se aferró a él. Los dos estaban cubiertos de polvo, pero la situación de Richie era peor. Tenía la cara roja y tensa, los ojos se le salían de las órbitas y un rasguño le cruzaba la mejilla.

Intentó proyectar a Mark por encima de sus hombros, pero este volvió a doblarle el brazo hacia arriba. Esta vez lo de Richie no fue un grito, sino un aullido.

—Di «me rindo», o por Dios que te lo rompo.

A Richie se le había salido la camisa de los pantalones. Le ardía la barriga por los raspones. Empezó a sollozar y a retorcer los hombros, pero el maldito marica cuatro ojos seguía pegado a él como una lapa. Sentía el antebrazo como si fuera de hielo y el hombro como si le quemara.

—¡Quítate de encima de mí, hijo de puta! ¡Así no se pelea!

—Di «me rindo».

—¡No! —Perdió el equilibrio y cayó de bruces. El dolor le paralizaba el brazo y tenía tierra en la boca y los ojos. Agitó las piernas, indefenso. Había olvidado su enormidad. Había olvidado cómo retumbaba el suelo bajo sus pies cuando caminaba. Había olvidado que cuando fuera mayor fumaría Camel, como su padre—. ¡Me rindo! ¡Me rindo! —gritó con la sensación de que podía seguir gritando durante horas, con tal que le soltara el brazo.

—Di «soy un zurullo».

—¡Soy un zurullo! —masculló Richie, tragando polvo.

—Me vale.

Mark Petrie bajó de su espalda y se alejó con cautela mientras Richie se levantaba. Le dolían los muslos y esperaba que al abusón ya no le quedaran ganas de pelea.

Este se puso de pie y miró alrededor. Nadie le devolvió la mirada. Todos le giraron la cara y volvieron a lo que estaban haciendo antes. El asqueroso de Glick estaba junto al maricón, mirándolo como si fuera una especie de dios.

Richie se quedó solo; no daba crédito a la rapidez con que la ruina se había abatido sobre él. Tenía el rostro sucio, salvo allí donde se lo habían limpiado sus lágrimas de furia y humillación. Pensó en arrojarse de nuevo sobre Mark Petrie, pero la vergüenza y el miedo, sensaciones nuevas, resplandecientes y *enormes*, se lo impidieron. Por el momento. El brazo le dolía como una muela picada. Hijo de puta tramposo, pensó. Como consiga pillarte desprevenido y derribarte…

Pero ese día no. Dio media vuelta y se alejó cabizbajo.

Una de las chicas soltó una carcajada aguda y burlona que se elevó con cruel claridad en el aire de la mañana.

Richie Boddin no levantó los ojos para ver quién se atrevía a reírse de él.

10

11.15 horas

El vertedero municipal de Jerusalem's Lot había sido un pozo de grava hasta que en 1945 el yacimiento se agotó y ya no quedaba más que arcilla. Estaba situado al final de una elevación que se extendía desde Burns Road hasta unos tres kilómetros más allá del cementerio de Harmony Hill.

Dud Rogers oía a lo lejos el runrún y el petardeo de la cortadora de césped de Mike Ryerson. Pero ese ruido no tardaría en quedar ahogado por el crepitar de las llamas.

Dud era el encargado del vertedero desde 1956, y todos los años salía reelegido por unanimidad en la reunión abierta del municipio. Vivía en el basurero, en una pulcra caseta cubierta de tela asfáltica que tenía en la puerta un letrero con la leyenda: ENCARGADO DEL VERTEDERO. Tres años atrás había conseguido que esos concejales roñosos le compraran un radiador y había abandonado definitivamente su vivienda del pueblo.

Era un jorobado con la cabeza torcida en un ángulo curioso, lo que le confería un aspecto grotesco. Sus brazos, que le colgaban casi hasta las rodillas, como los de un mono, tenían una fuerza sorprendente. Habían hecho falta cuatro hombres para cargar en el camión la caja fuerte empotrada de la vieja ferretería para transportarla al vertedero, cuando renovaron las paredes del establecimiento, y la suspensión del camión había bajado visiblemente con la carga. Pero de descargarla se había ocupado Dud Rogers, sin ayuda, con los tendones marcados en el cuello del esfuerzo, las venas hinchándose en la frente y los antebrazos y bíceps como cables de acero. Él solo la había echado por el borde del promontorio que daba al este.

A Dud le gustaba el vertedero. Le gustaba ahuyentar a los chiquillos que iban a romper botellas y le gustaba dirigir el tráfico hacia los lugares donde había que efectuar los vertidos del día. Le gustaba hurgar en la basura, que era su privilegio como encargado, y se imaginaba que se burlaban de él al verlo caminar entre las montañas de residuos enfundado en sus botas que le llegaban a las caderas y sus guantes de cuero, con la pistola al cinto, un gran saco al hombro y la navaja en la mano. Pues que se burlaran. Había cables de cobre y a veces motores enteros con la bobina intacta, y en Portland el cobre se pagaba a buen precio. Había escritorios, sillas y sofás rotos, cosas que se podían arreglar para vendérselas a los de las tiendas de antigüedades de la Ruta 1. Dud estafaba a los anticuarios, que hacían lo propio con los turistas. Dos años antes, había encontrado una cama de postes estriados que estaba astillada y tenía el somier partido, y se la había vendido por doscientos dólares a un afeminado de Wells, que había caído en éxtasis ante la autenticidad del estilo Nueva Inglaterra de ese mueble, sin imaginarse el esmero con que Dud había lijado hasta hacerla desaparecer la inscripción que rezaba *Made in Grand Rapids* en la parte de atrás del cabecero.

En el extremo más alejado del vertedero estaban los coches desechados, Buick, Ford, Chevy y de cualquier otra marca que a uno se le ocurriera. Era increíble la de piezas aprovechables que la gente dejaba en los automóviles cuando se hartaba de ellos. Lo mejor eran los radiadores, pero un buen carburador podía venderse por siete dólares después de bañarlo en gasolina. Y otro tanto sucedía con las correas de ventilador, luces traseras, parabrisas, volantes y alfombrillas para el suelo.

Sí, el vertedero era fantástico. Era como una mezcla de Disneylandia y Shangri-La. Pero ni siquiera el dinero acumulado en la caja negra que guardaba bajo la mecedora era lo mejor.

Lo mejor eran las quemas... y las ratas.

Los miércoles y domingos por la mañana, y los lunes y viernes por la noche, Dud prendía fuego a zonas del vertedero. Las fogatas nocturnas eran las más bonitas. Le encantaba el sombrío resplandor rosado que emitían las bolsas de plástico verde llenas de basura, los periódicos y las cajas. Pero las hogueras de la mañana eran mejores, por las ratas.

Ahora, sentado en su sillón mientras observaba cómo el fuego se encendía y empezaba a echar al aire su grasiento humo negro, que ahuyentaba a las gaviotas, Dud sostenía en la mano su pistola calibre 22 mientras esperaba a que aparecieran las ratas.

Cuando salían, lo hacían en tropel. Eran grandes, de un gris sucio y ojos rojizos. Tenían la piel infestada de pulgas y garrapatas, y arrastraban tras de sí su gruesa cola como un grueso cable rosa. A Dud le encantaba disparar contra las ratas.

—Te llevas todo un arsenal de cartuchos, Dud —le decía con voz pastosa George Middler en la ferretería, mientras colocaba las cajas sobre el mostrador—. ¿Los paga el ayuntamiento?

Era una broma que venía de antiguo. Años atrás, Dud había presentado un pedido de dos mil cartuchos Remington 22, de punta hueca, y Bill Norton lo había mandado hoscamente a paseo.

—Bueno, ya sabes que esto no es más que un servicio público, George —contestaba Dud.

Ahí estaba. Esa rata grande y gorda con una pata trasera coja era George Middler. Llevaba en la boca algo que parecía un trozo de hígado de pollo.

—Esta es para ti, George. Toma —dijo Dud, y apretó el gatillo.

Aunque el retroceso de la 22 era suave y anticlimático, la rata dio un par de tumbos y quedó tendida, estremeciéndose. El secreto residía en la punta hueca. Algún día se compraría un arma de un calibre grande, una 45 o una Magnum 357, para ver qué les pasaba a las cabronas.

Y la siguiente era esa pequeña puta de Ruthie Crockett, la que iba a la escuela sin sujetador y les daba codazos a sus amigas, riéndose por lo bajo, cuando se cruzaba con Dud por la calle. Pum. Adiós, Ruthie.

Las ratas huían enloquecidas hacia el otro lado del vertedero, pero antes de que consiguieran ponerse a salvo, Dud ya había matado a seis. Una mañana provechosa. Y si se acercaba a mirarlas, vería como las pulgas se escapaban de los cuerpos que iban enfriándose, como..., como..., bueno, como ratas que huyen de un barco que se hunde.

Esta reflexión le pareció deliciosamente divertida, y echó atrás la cabeza, se recostó sobre su giba y soltó una larga ristra de carcajadas mientras el fuego deslizaba por la basura sus ávidos dedos anaranjados.

La vida era estupenda, vaya.

11

12.00 horas

El silbato del ayuntamiento sonó durante doce segundos, anunciando la hora de la comida en los tres colegios, al tiempo que saludaba la llegada de la tarde. Lawrence Crockett, segundo concejal de Lot y propietario de la compañía de seguros y bienes raíces Crockett, del sur de Maine, dejó a un lado el libro que estaba leyendo, *El sexo y los esclavos de Satán*, y puso en hora su reloj, guiándose por los pitidos. Fue hasta la puerta y colgó de la cuerda de la persiana el cartel de «Vuelvo a la una». Su rutina era invariable. Iría a pie hasta el Excellent Café, se comería dos hamburguesas con queso y guarnición, se tomaría un café y se quedaría mirándole las piernas a Pauline mientras fumaba un William Penn.

Tras sacudir el picaporte para asegurarse de que la puerta estuviera bien cerrada, echó a andar por Jointner Avenue. En la esquina se detuvo a mirar la Casa Marsten. Había un coche en el camino de entrada. Apenas alcanzaba a vislumbrar su brillo titilante. Le provocó una leve inquietud. Hacía algo más de un año que Larry Crockett había vendido en un paquete la Casa Marsten y el Lavadero del Pueblo, cerrado muchos meses atrás. Había sido la operación más extraña de su vida..., y vaya si había hecho cosas extrañas en su época. El dueño de aquel coche sería, probablemente, un hombre de apellido Straker. R. T. Straker. Y esa misma mañana Larry había recibido por correo algo de ese Straker.

El tipo en cuestión había llegado a la oficina de Crockett una soleada tarde de julio, hacía poco más de un año. Se bajó del coche y, tras unos instantes de vacilación en la acera, se decidió a entrar; era un hombre alto, vestido con un sobrio traje con chaleco, pese al calor sofocante. Era calvo como una bola de billar y sudaba igual de poco. Las cejas eran una línea recta negra, bajo la cual las órbitas de sus ojos parecían agujeros oscuros practicados con un taladro en la angulosa superficie de la cara. En una mano llevaba un maletín negro. Larry estaba solo en su oficina cuando entró Straker. Su secretaria a tiempo parcial, una chica de Falmouth con las domingas más deliciosas que jamás había visto, trabajaba por las tardes con un abogado de Gates Falls.

El calvo se sentó en la silla situada al otro lado del escritorio, se puso la cartera sobre las rodillas y lo miró fijamente. Su expresión era inescrutable, cosa que molestó a Larry Crockett. Le gustaba leer las intenciones de la gente en sus ojos antes de que abrieran la boca. Ese hombre no se había detenido a mirar las fotografías de casas y fincas que se anunciaban en el tablón, no le había tendido la mano ni se había presentado; ni siquiera había dicho «hola».

—¿En qué puedo ayudarle? —preguntó Larry.

—Me han encargado la compra de una casa y un local comercial en su bonita ciudad —dijo el calvo en un tono llano y sin inflexiones que a Larry le recordó las voces grabadas que leían el pronóstico del tiempo por teléfono.

—Ah, excelente —respondió Larry—. Tenemos algunas que podrían...

—No es necesario —declaró el hombre, alzando la mano para interrumpirlo. Larry observó que sus dedos eran extraordinariamente largos; el medio parecía medir unos doce centímetros—. El local que me interesa está en la manzana siguiente a la del ayuntamiento, frente al parque.

—Sí, respecto a ese local podemos llegar a un acuerdo. Antes era una lavandería, pero quebró hace un año. Está en una ubicación ideal si lo que quiere es...

—La residencia que me interesa —lo cortó el calvo— es la conocida como Casa Marsten.

Larry llevaba demasiado tiempo en el negocio como para permitir que la estupefacción se reflejara en su rostro.

—Ah, ¿esa?

—Sí. Me llamo Straker. Richard Throckett Straker. Todos los documentos estarán a mi nombre.

—Muy bien —asintió Larry. El hombre quería ir al grano, eso estaba claro—. El precio de esa casa es de catorce mil dólares, aunque pienso que podríamos convencer a mis clientes de que lo rebajen un poco. En cuanto a la vieja lavandería...

—Así no hay acuerdo. Estoy autorizado para pagar un dólar.

—¿Un...? —Larry echó la cabeza hacia delante como si no hubiera oído bien.

—Sí. Présteme atención, por favor.

Los largos dedos de Straker levantaron los cierres del maletín, lo abrieron y sacaron una carpeta azul transparente que contenía unos documentos.

Larry Crockett lo miraba con el ceño fruncido.

—Léalo, por favor; eso nos ahorrará tiempo.

Larry echó un vistazo a la primera hoja con el aire de un hombre que le sigue la corriente a un loco. Por un momento sus ojos se desplazaron al azar sobre la página, hasta que se quedaron clavados en algo.

Straker sonreía levemente. Se llevó la mano al bolsillo de la americana, sacó una pitillera de oro y extrajo un cigarrillo. Después de darle unos golpecitos, lo encendió con una cerilla. El áspero aroma de una mezcla de tabaco turco llenó el despacho y se dispersó por efecto del ventilador.

Durante los diez minutos siguientes, reinó en la oficina un silencio interrumpido solo por el zumbido del ventilador y el ruido amortiguado del tráfico en la calle. Straker se terminó el pitillo, lo apagó y encendió otro.

Larry levantó la vista, con el rostro pálido y alterado.

—Esto es una broma. ¿De quién ha sido la idea? ¿De John Kelly?

—No conozco a ningún John Kelly, y esto no es una broma.

—Estos papeles... La escritura de renuncia..., el informe catastral... Por Dios, hombre, ¿no sabe que ese terreno vale un millón y medio de dólares?

—Se queda corto —dijo Straker con frialdad—. Vale cuatro millones, y pronto valdrá más, cuando se construya el centro comercial.

—¿Qué es lo que quiere? —preguntó Larry con voz ronca.

—Ya le he dicho qué quiero. Mi socio y yo pensamos abrir un negocio en este pueblo y vivir en la Casa Marsten.

—¿Qué clase de negocio? ¿Asesinatos, S. A.?

Straker le dedicó una sonrisa gélida.

—Me temo que no será más que un negocio de muebles normal y corriente, con una sección especial de antigüedades, para coleccionistas. Mi socio es experto en ese campo.

—Mierda —repuso Larry—. Podrían conseguir la Casa Marsten por ocho mil quinientos pavos y la tienda por dieciséis. Su socio debería saberlo. Y ambos deberían saber que en este pueblo no hay mercado para una tienda de muebles y antigüedades.

—Mi socio está bien informado sobre todos los temas que le interesan —declaró Straker— y sabe que por este pueblo pasa una carretera frecuentada por turistas y residentes de verano. Esa gente compondrá el grueso de nuestra clientela. De todas maneras, eso no es problema suyo. ¿Le parece que los papeles están en orden?

Larry dio unos golpecitos sobre el escritorio con la carpeta azul.

—A primera vista, diría que sí. Pero no pienso dejarme estafar.

—No, naturalmente que no. —En la voz de Straker se insinuaba un cortés desprecio—. Si no me equivoco, usted tiene un abogado en Boston. Un tal Francis Walsh.

—¿Cómo lo sabe? —ladró Larry.

—Eso no importa. Llévele los papeles, y él le confirmará que son válidos. Usted pasará a ser propietario del terreno donde se edificará el centro comercial, siempre y cuando se cumplan tres condiciones.

—Ah —exclamó Larry—. Conque hay condiciones. —Se inclinó hacia atrás para sacar un William Penn de la cigarrera de cerámica colocada sobre su escritorio, raspó una cerilla contra la suela de su zapato y lo encendió—. Adelante.

—La primera: usted me venderá la Casa Marsten y el local comercial por un dólar. En la actualidad, la casa es propiedad de una empresa inmobiliaria de Bangor y el local comercial pertenece a un banco de Portland. Estoy seguro de que ambos se mostrarán conformes si usted abona la diferencia para alcanzar el precio más bajo que consideren aceptable. Cantidad a la que hay que restarle su comisión, claro.

—¿De dónde saca usted su información?

—Eso no le concierne, señor Crockett. Segunda condición: usted no comentará con nadie la transacción que estamos concretando hoy aquí. Ni una palabra. Si alguna vez le preguntan al respecto, lo único que usted sabe es lo que yo le he dicho: que somos dos socios con la intención de abrir un establecimiento para turistas y visitantes veraniegos. Esto es muy importante.

—No soy un bocazas.

—De todas maneras, ha de entender que esta condición es fundamental. Puede llegar el momento, señor Crockett, en que le entren ganas de contarle a alguien la espléndida operación que ha cerrado hoy. Si lo hace, me enteraré y lo arruinaré. ¿Me entiende?

—Habla usted como un espía de película barata —dijo Larry. Aunque su voz sonaba tranquila, en su interior se estremecía de miedo. El hombre había articulado las palabras «lo arruinaré» con la misma impasibilidad con que le habría dicho «¿qué tal está?», lo que confería a la amenaza un inquietante viso de verdad. ¿Y cómo diablos se había enterado ese payaso de la existencia de Frank Walsh? Ni siquiera la mujer de Larry sabía nada de Frank Walsh.

—¿Le ha quedado claro, señor Crockett?

—Sí —respondió Larry—. Estoy acostumbrado a jugar sin mostrar las cartas.

Straker volvió a esbozar una sonrisa.

—Desde luego. Por eso estoy haciendo negocios con usted.

—¿Y la tercera condición?

—La casa necesitará algunas reformas.

—Por decirlo suavemente —dijo Larry con sequedad.

—Mi socio piensa ocuparse de ello en persona, pero usted será su agente. De vez en cuando, se le pedirá algo. En alguna ocasión necesitaré los servicios de los obreros que usted suela contratar para transportar ciertas cosas, ya sea a la casa o a la tienda. Usted no hablará con nadie de esos servicios. ¿Entendido?

—Sí, entendido. Ustedes no son de por aquí, ¿verdad?

—¿Eso tiene importancia? —Straker enarcó las cejas.

—Pues claro. Esto no es Boston ni Nueva York. No todo se reduce a que yo cierre la boca. La gente hablará. En Railroad Street hay una vieja cotorra llamada Mabel Werts que se pasa todo el día frente a su ventana con unos prismáticos...

—La gente del pueblo no me interesa. Tampoco a mi socio le interesa. La gente del pueblo siempre habla. Son como las urracas de los cables telefónicos. Pero pronto nos aceptarán.

Larry se encogió de hombros.

—Como quiera.

—Usted pagará todos los servicios y guardará las facturas y los recibos, que se le reembolsarán. ¿Está de acuerdo?

Tal como le había dicho a Straker, Larry estaba acostumbrado a jugar sin mostrar las cartas, y era uno de los mejores jugadores de póquer del condado de Cumberland. Pese a la tranquilidad que aparentaba, estaba ardiendo por dentro. El trato que aquel chiflado le ofrecía era una de esas oportunidades que se presentan una sola vez en la vida, o nunca. Tal vez el jefe de ese tipo fuera uno de esos millonarios chalados que vivían como ermitaños y...

—Señor Crockett, le pregunto si está de acuerdo.

—Yo también tengo mis condiciones.

—¿Ah, sí? —Straker se mostró cortésmente interesado.

Larry sacudió la carpeta azul.

—Primero, haré que revisen estos papeles.

—Naturalmente.

—Segundo, si lo que usted pretende hacer es ilegal, no quiero saber nada del tema. Con eso quiero decir...

Straker echó atrás la cabeza y soltó una risotada extrañamente fría y falta de emoción.

—¿He dicho algo gracioso? —preguntó Larry.

—Oh... claro que no, señor Crockett. Perdone mi exabrupto. Su observación me ha resultado divertida por motivos personales. ¿Qué iba usted a decir?

—Respecto a las reformas. No estoy dispuesto a facilitarles nada que me deje a mí con el trasero al aire. Si su proyecto es fabricar whisky clandestino, LSD o explosivos para algún grupo hippy extremista, tendrán que buscarse la vida.

—De acuerdo —asintió Straker. La sonrisa se le había borrado de la cara—. Entonces ¿trato hecho?

—Si los papeles están en orden, supongo que sí —respondió Larry con una extraña desazón—. Aunque da la impresión de que el trato lo cierra usted y la ganancia me la llevo yo.

—Hoy es lunes —dijo Straker—. ¿Le parece bien que pase el jueves por la tarde?

—Mejor el viernes.

—Está bien. —Se puso de pie—. Adiós, señor Crockett.

Los papeles estaban en orden. El abogado bostoniano de Larry dijo que la parcela donde se edificaría el centro comercial de Portland había sido comprada por una empresa de bienes raíces llamada Continental, una sociedad pantalla con sede en el Chemical Bank Building de Nueva York. En las oficinas de la Continental no había más que unos pocos archivadores vacíos y un montón de polvo.

Straker regresó el viernes y Larry firmó los papeles necesarios, con un acre sabor a duda en el fondo del paladar. Por primera vez se había saltado su propia máxima personal: no cagar donde se come. Y, aunque el aliciente era alto, Crockett se dio cuenta, mientras Straker se guardaba en el maletín los títulos de propiedad de la Casa Marsten y la antigua lavandería, de que se había puesto a merced de ese hombre y de su socio, el ausente señor Barlow.

Finalmente, pasó el mes de agosto y, a medida que el verano se deslizaba hacia el otoño para caer después en el invierno, Larry empezó a experimentar un alivio indefinible. Para la primavera casi había conseguido olvidar el trato que había cerrado para conseguir los papeles que ahora descansaban en su caja de seguridad en Portland.

Entonces empezaron a suceder cosas.

Ese escritor, Mears, se había presentado hacía una semana y media para preguntar si la Casa Marsten estaba disponible para alquilar, y le había lanzado una mirada extraña a Larry cuando este le había dicho que alguien la había comprado.

El día anterior había encontrado en el buzón un tubo largo, junto con una carta de Straker. Una nota, en realidad, muy breve: «Tenga la bondad de hacer fijar el cartel que le adjuntamos en el escaparate de la tienda. R. T. Straker». Era un letrero común y corriente y de colores menos chillones que otros. Decía únicamente: «Abrimos dentro de una semana. Barlow y Straker. Muebles de calidad. Antigüedades selectas. Bienvenidos los curiosos». Larry había enviado a Royal Snow a colocarlo.

Y ahora había un coche, allí, en la Casa Marsten. Todavía estaba contemplándolo cuando alguien dijo junto a él:

—¿Te estás durmiendo, Larry?

Sobresaltado, miró a Parkins Gillespie, que se encontraba de pie en la esquina, cerca de él, encendiendo un Pall Mall.

—No —contestó Crockett con una risa nerviosa—. Solo estaba pensando.

Parkins levantó la vista hacia la Casa Marsten, donde el sol destellaba sobre el cromo y el metal en la entrada para coches, y después la bajó hacia la vieja lavandería, con su nuevo cartel en el escaparate.

—Y no eres el único, me imagino. Siempre viene bien que haya gente nueva en la ciudad. Tú los conoces, ¿no?

—Conocí a uno de ellos, el año pasado.

—¿A Barlow o a Straker?

—A Straker.

—Parece bastante simpático, ¿no?

—No sabría decirte —contestó Larry, con ganas de humedecerse los labios, pero no lo hizo—. No hablamos más que de negocios. No me cayó mal.

—Bueno. Me alegro. Vamos, te acompaño andando hasta el Excellent.

Mientras cruzaban la calle, Lawrence Crockett iba pensando en pactos con el diablo.

12

13.00 horas

Susan Norton entró en el salón de belleza y saludó con una sonrisa a Babs Griffen (la hermana mayor de Hal y de Jack).

—Menos mal que has podido darme hora con tan poca antelación —dijo.

—A mitad de semana no es problema —respondió Babs

mientras encendía el ventilador—. Uf, qué bochorno. Esta tarde tendremos tormenta.

Susan miró el cielo, de un azul inmaculado.

—¿Tú crees?

—Sí. ¿Cómo lo quieres, guapa?

—Natural —le indicó Susan, pensando en Ben Mears—. Que parezca que no he pasado por aquí.

—Cielo —dijo Babs, acercándose con un suspiro—, eso es lo que piden todas.

Susan percibió en su aliento el aroma a tutifruti del chicle, mientras Babs le preguntaba si sabía que unos forasteros iban a abrir una tienda de muebles en lo que antes era el Lavadero del Pueblo. A juzgar por su aspecto, el género parecía caro, pero ¿a que sería genial encontrar allí un quinqué a juego con el que tenía en su apartamento? Y ¿verdad que irse de casa para vivir en el pueblo no era la mejor decisión que había tomado en la vida? Había sido un verano precioso, ¿no? Qué pena que tuviera que acabarse.

13

15.00 horas

Bonnie Sawyer estaba tendida en la gran cama de matrimonio, en su casa de Deep Cut Road. No era una mísera caravana, sino una casa de verdad, con sus cimientos y su sótano. El marido de Bonnie, Reg, ganaba una pasta como mecánico en el concesionario Pontiac que Jim Smith regentaba en Buxton.

Bonnie, que estaba desnuda salvo por unas bragas azules semitransparentes, consultó con impaciencia el reloj que estaba sobre la mesita de noche: las 15.02. ¿Dónde se había metido?

Casi como si lo hubiera invocado con el pensamiento, la

puerta del dormitorio se entreabrió y Corey Bryant asomó la cabeza al interior.

—¿Es buen momento? —susurró.

Corey tenía solo veintidós años y hacía dos que trabajaba en la compañía telefónica. Aquella relación con una mujer casada —y para colmo tan espectacular como Bonnie Sawyer, que en 1973 había sido Miss Condado de Cumberland— lo hacía sentir flojo, nervioso y excitado.

Bonnie le sonrió, dejando al descubierto sus hermosos dientes con fundas.

—Si no fuera buen momento, cariño —contestó—, ya tendrías en el cuerpo un agujero como para mirar la televisión a través de él.

Cuando Corey entró de puntillas, las herramientas de su cinturón le tintinearon alrededor de la cintura.

Con una risita, Bonnie le tendió los brazos.

—Me gustas un montón, Corey. Eres muy guapo.

Corey posó los ojos en la sombra oscura que dejaba traslucir el tenso nailon azul y empezó a sentirse más excitado que nervioso. Se le acercó, olvidándose de andar de puntillas, y, mientras sus cuerpos se fundían en uno, una cigarra empezó a chirriar en algún lugar del bosque.

14

16.00 horas

Ben Mears se apartó del escritorio tras dar por terminado su trabajo de la tarde. Ese día se había saltado su paseo por el parque para poder ir a cenar a casa de los Norton con la conciencia tranquila, y había escrito durante casi todo el día sin interrupción.

Se levantó y se desperezó, escuchando el crujir de sus vértebras. Tenía el torso húmedo de sudor. Se dirigió hacia el armario cabecero, sacó una toalla limpia y fue al cuarto de baño para ducharse antes de que los demás huéspedes volvieran del trabajo.

Se echó la toalla al hombro y, dando la espalda a la puerta, se acercó a la ventana; algo le había llamado la atención. No era nada que sucediera en el pueblo, que dormitaba bajo el peculiar cielo azul profundo de finales de verano en Nueva Inglaterra.

Al dirigir la mirada hacia los edificios de dos pisos de Jointner Avenue, vislumbró las azoteas recubiertas de asfalto, y, al otro lado, el parque donde a esa hora los críos, que ya habían salido de la escuela, andaban en bici, holgazaneaban o reñían, y también el sector noroeste del pueblo, donde Brock Street desaparecía tras la primera colina boscosa. Sus ojos vagaron hacia la brecha en la espesura, donde la intersección de Burns Road y Brooks Road formaba una T, y siguieron su recorrido hasta donde se erguía la Casa Marsten, que dominaba todo el pueblo.

Desde allí parecía una miniatura perfecta, del tamaño de una casa de muñecas. Y a Ben le gustaba así. Vista de lejos, la Casa Marsten presentaba unas dimensiones que la hacían más manejable. Bastaba con levantar la mano para que desapareciera tras la palma.

Había un coche en el camino de entrada.

Ben se quedó inmóvil con la toalla al hombro, contemplando la casa, y sintió en el vientre un hormigueo de terror que no intentó analizar. Dos de los postigos caídos volvían a estar colocados en su sitio y le daban a la casa un aspecto ciego y furtivo que antes no tenía.

Sus labios se movieron como formando palabras que nadie, ni el propio Ben, era capaz de comprender.

15

17.00 horas

Matthew Burke salió del instituto y atravesó el aparcamiento vacío en busca de su viejo Chevy Biscayne, que todavía llevaba los neumáticos de invierno del año anterior.

Contaba sesenta y tres años y le faltaban dos para la jubilación obligatoria; todavía se dedicaba plenamente a sus clases de lengua y literatura, así como a las actividades extraescolares. La del otoño era la representación teatral del instituto, y Burke salía de la lectura dramatizada de una farsa en tres actos, *El problema de Charley*. Había reunido a la pléyade habitual de nulidades, tal vez una docena de catetos que por lo menos podrían memorizar sus líneas (para recitarlas después con voz temblorosa y monótona), y a tres chicos con algo de talento. El viernes repartiría los papeles y empezarían a ensayar la semana siguiente. De ahí al 30 de octubre, fecha del estreno, el elenco tendría tiempo para prepararse lo mejor posible. Matt sostenía la teoría de que una representación en el instituto debía ser como una sopa de letras Campbell's: insípida, pero relativamente inofensiva. Los familiares asistirían a la función y quedarían encantados. El crítico teatral del *Ledger* de Cumberland compondría un panegírico de éxtasis polisilábicos, tal como se esperaba de él en cada producción local. La chica que saliera elegida miss (que ese año probablemente sería Ruthie Crockett) se enamoraría de algún miembro del reparto y con toda seguridad perdería la virginidad después de la fiesta de los actores. Luego, Matt tomaría las riendas en el Club de Debate.

A sus sesenta y tres años, la enseñanza seguía siendo un placer para él. Imponer la disciplina se le daba de pena, lo que le había arrebatado cualquier posibilidad de llegar a la administración (sus ojos eran demasiado soñadores para poder ejercer con eficacia el puesto de ayudante de dirección), pero la falta de disciplina jamás había representado un obstáculo para él. Matt había leído los sonetos de Shakespeare en aulas heladas, entre quejidos de las tuberías y lanzamientos de aviones y bolitas de papel humedecido con saliva; había tirado chinchetas a la basura con aire distraído después de haberse sentado en ellas mientras indicaba a los alumnos que abrieran el libro de gramática por la página 467; se había encontrado con grillos, sapos y hasta con una serpiente de dos metros al abrir un cajón para sacar una hoja de papel.

Había explorado la lengua inglesa a lo largo y a lo ancho, como un viejo marinero solitario extrañamente satisfecho de sí mismo: Steinbeck en la primera hora, Chaucer en la segunda, la oración principal en la tercera y la función del gerundio antes del almuerzo. Tenía los dedos permanentemente teñidos de amarillo, más que por la acción de la nicotina por el polvo de tiza, que para algunas personas también es un residuo de una sustancia adictiva.

Los chicos no lo veneraban ni lo querían; no era un Mr. Chips que languidecía en un rústico rincón de Estados Unidos a la espera de que llegara Ross Hunter a descubrirlo, pero muchos de sus alumnos lo respetaban, y algunos aprendían de él que la dedicación, por excéntrica o humilde que fuera, era una cosa digna. A Matt le gustaba su trabajo.

Subió a su coche, pisó demasiadas veces el acelerador y el motor se ahogó. Esperó un momento antes de empezar de nuevo. Sintonizó en la radio una emisora de rock que transmitía desde Portland y subió el volumen casi hasta distorsionar el sonido. El rock and roll le parecía una música estupenda. Salió del aparcamiento marcha atrás, se le caló el motor y volvió a ponerlo en marcha.

Tenía una casita en las afueras, sobre Taggart Stream Road, y recibía muy pocas visitas. No se había casado y no tenía familia aparte de un hermano en Texas que trabajaba para una petrolera y no le escribía nunca. En realidad, Matt no echaba de menos su falta de vínculos. Era un solitario, pero la soledad no había afectado a su carácter en absoluto.

Tras detenerse ante el semáforo de Jointner Avenue y Brock Street, giró en dirección a su casa. Las sombras ya se habían alargado, y la luz del día había alcanzado una belleza extrañamente cálida, tersa y dorada, como un cuadro impresionista francés. Matt miró hacia la izquierda, vio la Casa Marsten y se fijó con más atención.

—Los postigos —dijo por encima del ritmo desenfrenado de la radio—. Han vuelto a colocar los postigos.

Al echar un vistazo al retrovisor advirtió que en la entrada para coches estaba aparcado un vehículo. Matt ejercía la docencia en Salem's Lot desde 1952 y jamás había visto un coche aparcado en esa entrada.

—¿Estará viviendo alguien allí? —se preguntó, y siguió conduciendo.

16

18.00 horas

Bill Norton, padre de Susan y concejal primero de Lot, se sorprendió al descubrir que Ben Mears le caía bien; muy bien, de hecho. Bill era un hombre alto y fuerte, de pelo negro, robusto como un camión y sin apenas grasa corporal, a pesar de haber pasado los cincuenta. Próximo a terminar el instituto, lo había abandonado, con autorización de su padre, para ingresar en la armada, donde había ascendido trabajosamente, y más tarde, a los veinticuatro años, se había sacado el bachillerato mediante una prueba libre a la que había decidido presentarse en el último momento. No era un antiintelectual acérrimo, como algunos trabajadores manuales que, ya sea por el destino o por su propia actitud, se ven privados del nivel de aprendizaje que habrían sido capaces de alcanzar, pero no soportaba a esos «artistillas pedantes», como llamaba a algunos de los muchachos de pelo largo y ojos de gacela que Susan solía llevar a casa. No era que le importara cómo llevaban el cabello o se vestían. Lo que le fastidiaba era que ninguno daba impresión de seriedad. Bill no compartía la debilidad de su mujer por Floyd Tibbits, el muchacho con quien Susan había salido más a menudo desde que se había graduado, pero tampoco le disgustaba. Floyd tenía un trabajo bastante bueno en Falmouth Grant's, de nivel ejecutivo, y Bill Norton lo consideraba un hombre relativamente serio. Además, era del pueblo, aunque también, en cierto modo, lo era el tal Mears.

—Hazme el favor de no darle la vara con el tema de los artistillas —dijo Susan, mientras se levantaba al oír el timbre de la puerta. Se había puesto un ligero vestido verde de verano y llevaba el pelo peinado con sencillez, recogido hacia atrás.

Bill se rio.

—Ya sabes que yo siempre digo lo que pienso, querida Susie. Pero no haré nada que te avergüence... Nunca lo hago, ¿verdad?

Con una sonrisa pensativa y nerviosa, Susan fue a abrir la puerta.

El hombre que entró era delgado y de aspecto ágil, rasgos bien definidos y una mata de pelo negro espesa, casi grasienta, que, pese a ello, parecía recién lavada. Su manera de vestir impresionó favorablemente a Bill: llevaba unos vaqueros azules impecables y una camisa blanca arremangada hasta los codos.

—Ben, te presento a mis padres, Bill y Ann Norton. Mamá, papá, Ben Mears.

—Hola. Encantado de conocerlos.

Sonrió con cierta reserva a la señora Norton.

—Hola, señor Mears —lo saludó ella—. Es la primera vez que vemos de cerca a un escritor de verdad. Susan está muy emocionada.

—No se preocupe; no soy de esos que citan sus propias obras. —Ben volvió a sonreír.

—Hola —dijo Bill y se levantó de su silla. No en vano había llegado a ocupar un alto cargo sindical en los muelles de Portland; su apretón de manos era fuerte y enérgico. Pero la mano de Mears no se retrajo ni se convirtió en gelatina como la de esos artistillas, y Bill se sintió satisfecho. Decidió someterlo a la segunda prueba—. ¿Le apetece una cerveza? —preguntó.

Los artistillas pedantes rehusaban invariablemente; la mayoría de ellos le daba a la marihuana y no quería desperdiciar su valiosa conciencia consumiendo alcohol.

—Hombre, me encantaría. —La sonrisa de Ben se ensanchó—. Dos o tres, incluso.

La carcajada de Bill retumbó como un trueno.

—Estupendo. Nos llevaremos bien. Vamos allá.

El sonido de su risa activó una extraña forma de comunicación entre los dos hombres, que tenían muchos rasgos en común. El ceño de Ann Norton se nubló, mientras el de Susan se desfruncía, como si una carga de inquietud se hubiera desplazado por telepatía a través de la habitación.

Ben siguió a Bill hasta el porche. Sobre un taburete en un rincón había una nevera portátil llena de latas de Pabst. Bill sacó una de encima del hielo y se la arrojó a Ben, que la atrapó con una mano, sin agitarla para evitar que hiciera demasiada espuma.

—Está bien este sitio —comentó Ben, mirando hacia la barbacoa que había en el patio trasero, una construcción de ladrillo, baja y práctica.

—Lo construí yo —explicó Bill—. Más vale que esté bien.

Ben bebió un largo trago y después soltó un eructo: un punto más a su favor.

—Susie habla maravillas de ti —comentó Norton.

—Y ella es un encanto de chica.

—Y sensata, también —agregó Norton, eructando a su vez—. Dice que has publicado tres libros.

—Así es.

—¿Se venden bien?

—El primero se vendió —contestó Ben, y no agregó nada más.

Bill Norton hizo un leve gesto de asentimiento; le gustaba que un hombre tuviera la suficiente discreción para no hablar de sus asuntos de dinero con los demás.

—¿Me echas una mano con las hamburguesas y salchichas?

—Claro —respondió Bill.

—A las salchichas hay que hacerles unos cortes para que no se revienten, ¿lo sabías?

—Ajá —asintió Ben, mientras hacía unos tajos diagonales en el aire con el índice derecho, sin dejar de sonreír. En las salchichas de tripa natural, esos pequeños cortes impedían que se formaran ampollas.

—Se nota que eres de estos pagos —aprobó Bill Norton—. Eso se descubre enseguida. Coge esa bolsa de carbón de allí, que yo voy a buscar la carne. Y tráete tu cerveza.

—Jamás me separaría de ella.

En el momento de irse, Bill vaciló y lo miró, arqueando una ceja.

—¿Eres un tipo serio? —le preguntó.

Ben le sonrió.

—Vaya si lo soy.

—Muy bien —asintió Bill, y entró en la casa.

La previsión de lluvia de Babs Griffen falló estrepitosamente y la comida en el patio trasero fue sobre ruedas. Se levantó una suave brisa que, unida a las bocanadas de humo de nogal que subían de la barbacoa, consiguió mantener alejados a los mosquitos. Después de recoger los platos de cartón y los condimentos, las mujeres volvieron a beberse una cerveza cada una, riendo mientras Bill, hábil en contrarrestar los efectos del viento, le ganaba a Ben al bádminton por veintiuno a seis. Ben agradeció la oferta de jugar la revancha, pero señaló con desgana su reloj.

—Tengo otro libro en el horno —explicó— y me faltan seis páginas para cumplir con mi meta diaria. Si sigo bebiendo, mañana por la mañana no podré releer lo que he escrito.

Susan lo acompañó hasta la puerta; Ben había venido a pie desde el pueblo. Bill asintió para sí mientras apagaba el fuego. Ben había dicho que era un tipo serio, y él le tomaba la palabra. No se había esforzado por impresionar a nadie, pero un hombre que trabajaba después de la cena no podía menos que ganarse la aprobación de cualquiera, y además con nota.

Ann Norton, sin embargo, no acababa de verlo con buenos ojos.

17

19.00 horas

Floyd Tibbits entró en el aparcamiento del Dell's diez minutos después de que Delbert Markey, propietario y barman, hubiera encendido el nuevo letrero de la fachada. En él aparecía el nombre DELL'S, escrito en letras de casi un metro de alto, y el apóstrofo era un vaso de tubo.

Fuera, el resplandor del sol había sido sustituido en el cielo por el púrpura creciente del crepúsculo, y en las depresiones del terreno no tardarían en formarse bancos de niebla. En una hora empezarían a llegar los habituales clientes nocturnos.

—Hola, Floyd —saludó Dell mientras sacaba una Michelob de la nevera—. ¿Qué tal el día?

—Bien —respondió Floyd—. Esa birra tiene buena pinta. —Era un hombre alto que lucía una bien recortada barba de color rubio rojizo y llevaba un pantalón deportivo de punto y una americana informal. Era el subdirector de créditos y disfrutaba de su trabajo con esa actitud ausente de quien se mueve al filo del aburrimiento. Floyd se sentía a la deriva, pero no era una sensación desagradable. Además, estaba Suze, una chica estupenda. No tardaría en dar el brazo a torcer, y Floyd pensó que entonces tendría que hacerse valer.

Dejó sobre el mostrador un billete de un dólar, se sirvió la cerveza en el vaso, se lo bebió ávidamente y volvió a llenárselo. En ese momento no había otros parroquianos salvo un hombre joven con el mono azul de la compañía telefónica: el chico de Bryant, pensó Floyd. Estaba bebiendo cerveza en una mesa, mientras escuchaba la melancólica canción de amor que sonaba en la *jukebox*.

—¿Y qué hay de nuevo en el pueblo? —preguntó Floyd, aunque ya sabía la respuesta.

Nada nuevo, en realidad. Tal vez alguien había aparecido borracho en el instituto, pero no se le ocurría nada más.

—Bueno, alguien ha matado al perro de tu tío. Esa es una novedad.

El vaso de Floyd se detuvo a medio camino de su boca.

—¿Qué? ¿A Doc, el perro del tío Win?

—Ese mismo.

—¿Lo ha atropellado un coche?

—Parece que no. Mike Ryerson lo ha encontrado cuando iba a Harmony Hill a cortar el césped. Doc estaba colgado de las puntas de lanza que hay en lo alto de la verja del cementerio, abierto en canal.

—¡Qué hijos de puta! —exclamó Floyd, atónito.

Dell asintió con gravedad, satisfecho de la impresión que había causado. Sabía algo más que esa tarde era la comidilla del pueblo: que a la chica de Floyd la habían visto con el escritor que se alojaba en la pensión de Eva. Pero más valía que Floyd lo descubriera por sí mismo.

—Ryerson le ha llevado el cadáver a Parkins Gillespie —continuó—. Él piensa que posiblemente el perro ya estaba muerto y unos gamberros lo han colgado por diversión.

—Gillespie no sabría distinguir su culo de un agujero en el suelo.

—Tal vez no. Te diré lo que pienso yo. —Dell se inclinó hacia delante, apoyándose en los antebrazos—. Pienso que sí que lo han hecho unos chavales. Qué coño, estoy seguro de ello. Pero puede ser algo más grave que una broma. Oye, fíjate en esto. —Buscó debajo de la barra, sacó un periódico y lo extendió sobre el mostrador, abierto por una página interior.

Floyd lo levantó. El titular rezaba: ADORADORES DE SATÁN PROFANAN IGLESIA DE FLORIDA. Leyó rápidamente la noticia. Un grupo de muchachos se había colado en una iglesia católica de Clewiston, Florida, poco después de medianoche, para practicar allí algún tipo de rito demoniaco. El altar había sido profanado, había palabras obscenas escritas en los bancos, los confesionarios y la pila de agua bendita, y en los escalones que conducían a la nave se habían encontrado manchas de sangre. Los análisis habían confirmado que, aunque parte de la sangre era de algún animal (quizá una cabra, como sugerían algunos), casi toda era humana. El jefe de policía de Clewiston admitía que de momento no tenían ninguna pista.

Floyd dejó el periódico.

—¿Adoradores de Satán en Lot? Venga ya, Dell. ¿Qué te has fumado?

—Los chavales se están volviendo locos —insistió Dell—. Y si no, al tiempo. Antes de que te des cuenta, estarán practicando sacrificios humanos en el prado de los Griffen. ¿Quieres otro vaso?

—No, gracias. —Floyd se bajó del taburete—. Creo que será mejor que vaya a ver al tío Win. Adoraba a su perro.

—Salúdalo de mi parte —le pidió Dell mientras volvía a guardar el periódico, que seguiría usando esa noche como prueba de la acusación—. Dile que lamento lo sucedido.

Floyd se detuvo a medio camino hacia la puerta.

—¿Así que lo colgaron de las puntas de lanza? —comentó, sin dirigirse a nadie en concreto—. Joder, cómo me gustaría pillar a los gamberros que lo hicieron.

—Adoradores del diablo —repitió Dell—. No me sorprendería para nada. No sé qué le pasa a la gente hoy en día.

Floyd se marchó. El chico de Bryant insertó otra moneda en la *jukebox* y Dick Curless empezó a cantar *Bury the Bottle with Me*.

18

19.30 horas

—No volváis tarde —dijo Marjorie Glick a su hijo mayor, Danny—. Mañana tenéis que ir a la escuela, y quiero que tu hermano esté acostado a las nueve y cuarto.

—En realidad no veo por qué tengo que cargar con él —protestó Danny, arrastrando los pies adelante y atrás.

—No tienes que cargar con él —precisó Marjorie con peligrosa afabilidad—. Siempre puedes quedarte en casa.

Se volvió hacia la mesa de la cocina, donde estaba limpiando pescado, y Ralphie le sacó la lengua a Danny. Este lo amenazó con el puño cerrado, pero el saco de pus de su hermano se limitó a sonreír.

—Volveremos —farfulló, dirigiéndose a la puerta de la cocina seguido de Ralphie.

—A las nueve.

—Que sí, que ya.

En la sala, Tony Glick estaba sentado frente al televisor, mirando un partido de béisbol.

—¿Adónde vais, chicos?

—A casa de Mark Petrie, el chico nuevo —contestó Danny.

—Sí —terció Ralphie—. Vamos a ver los... *trenes eléctricos* que tiene.

Danny lanzó a su hermano una mirada furibunda, pero su padre no advirtió ni la pausa ni el énfasis. Tony Click había dejado de prestarles atención.

—No volváis tarde —les dijo con aire ausente.

Fuera, aunque el sol ya se había puesto, una tenue claridad aún teñía el cielo.

—Te mereces que te rompa la cara, idiota —dijo Danny mientras cruzaban el patio trasero.

—Me chivaré —repuso Ralphie con petulancia—. Les diré por qué quieres ir.

—Capullo —murmuró Danny, sin esperanzas.

Desde el extremo del patio, un camino desigual bajaba por la pendiente en dirección al bosque. La casa de los Glick estaba en Brock Street, y la de Mark Petrie en la parte sur de Jointner Avenue. El camino era un buen atajo para unos chicos de nueve y doce años dispuestos a atravesar el arroyo de Crockett saltando sobre las piedras. Las ramas crujían bajo sus pies. En algún rincón del bosque grajeaba un chotacabras, mientras ellos caminaban rodeados por el chirrido de los grillos.

Danny había cometido el error de contarle a su hermano que Mark Petrie tenía la serie completa de monstruos de plástico Aurora: el Hombre Lobo, la Momia, Drácula, el científico loco y hasta la Cámara de los Horrores. La madre de los chicos pensaba que todo eso era malo, que les pudría el cerebro o algo por el estilo, y el hermano de Danny se había convertido inmediatamente en un chantajista.

—Eres un saco de pus, ¿lo sabías? —dijo Danny.

—Ya lo sé —asintió Ralphie—. ¿Qué es pus?

—Es una cosa amarillenta y pegajosa como un moco.

—Déjame en paz —se desentendió Ralphie.

Iban descendiendo por la orilla del arroyo de Crockett, que gorgoteaba plácidamente sobre su lecho de guijarros, mientras en la superficie se dibujaba un leve resplandor perlado. Unos tres kilómetros hacia el este se unía al riachuelo de Taggart, que a su vez desembocaba en el río Royal.

Danny empezó a atravesarlo saltando de una pasadera a otra, guiñando los ojos en la penumbra para ver dónde pisaba.

—¡Te voy a empujar! —gritó Ralphie a sus espaldas alegremente—. ¡Cuidado, Danny, que te empujo!

—Como me empujes, te arrastro a las arenas movedizas, idiota.

Llegaron a la otra orilla.

—Por aquí no hay arenas movedizas —se mofó Ralphie, pero se acercó más a su hermano.

—¿Ah, no? —preguntó Danny—. Hace unos años, un chico quedó atrapado en ellas y se ahogó. Se lo oí comentar a los viejos que se pasan el día en la tienda.

—¿De veras? —preguntó Ralphie, con los ojos muy abiertos.

—Sí —masculló Danny—. Se hundió chillando y pataleando, y la boca se le llenó de arena y se acabó. Aaaaaargh.

—Venga —lo apremió Ralphie, inquieto. La oscuridad ya era casi completa y el bosque parecía lleno de sombras fugitivas—. Salgamos de aquí.

Empezaron a ascender por la ribera opuesta, aunque la pinocha los hacía resbalar. El chico de quien Danny había oído hablar era un muchacho de diez años llamado Jerry Kingfield. Tal vez se había hundido en las arenas movedizas, chillando y pataleando, pero, si había ocurrido así, nadie lo oyó. Simplemente había desaparecido seis años antes en los pantanos mientras pescaba. Algunos hablaron de arenas movedizas, otros dijeron que lo había matado un *prevertido* sexual. Había *prevertidos* por todas partes.

—Dicen que su fantasma sigue rondando por estos bosques —anunció Danny, omitiendo el detalle de que los pantanos quedaban casi cinco kilómetros hacia el sur.

—No sigas, Danny —le rogó Ralphie, nervioso—. En... en la oscuridad, no.

Los árboles crujían en torno a ellos. El grajeo del chotacabras había cesado. Casi furtivamente, una rama se quebró en alguna parte detrás de ellos. La luz del día se había extinguido casi del todo.

—Y a veces —continuó Danny con voz espeluznante—, cuando algún pequeño idiota sale por la noche, se aparece aleteando entre los árboles, con la cara llena de pus y cubierta de arenas movedizas...

—Danny, *por favor*.

El tono de su hermanito era suplicante, así que Danny dejó de atormentarlo. Hasta él mismo había terminado por asustarse. A su alrededor, los árboles eran oscuras y voluminosas presencias que oscilaban lentamente, impulsadas por el viento nocturno, frotándose unos contra otros al tiempo que les crujían las articulaciones.

A la izquierda, otra rama se rompió.

De pronto, Danny deseó haber ido por el camino.

Otro chasquido.

—Danny, tengo miedo —susurró Ralphie.

—No seas tonto —le espetó su hermano—. Vamos.

Reanudaron la marcha, haciendo crepitar las agujas de pino bajo sus pies. Danny intentó convencerse de que no había oído que se quebrara ninguna rama. No oía nada salvo sus propias pisadas. La sangre le palpitaba en las sienes y sentía las manos heladas. Cuenta los pasos, se dijo. Doscientos pasos más y estaremos en Jointner Avenue. Y a la vuelta tomaremos el camino, para que este idiota no tenga miedo. Dentro de un minuto veremos las luces de la calle y me sentiré como un estúpido, pero será un alivio sentirme como un estúpido, así que... cuenta los pasos... Uno..., dos..., tres...

Ralphie soltó un grito:

—*¡Lo veo! ¡Estoy viendo al fantasma!* ¡ESTÁ AHÍ!

El terror se incrustó en el pecho de Danny como un hierro al rojo. Parecía que la electricidad le subía por las piernas. Habría dado media vuelta para huir, pero Ralphie estaba aferrado a él.

—¿Dónde? —susurró, olvidándose de que él se había inventado el fantasma—. ¿Dónde? —Y paseó la mirada entre los árboles, temeroso de lo que pudiera ver y sin distinguir otra cosa que la oscuridad.

—Ya no está..., pero lo he visto... Los ojos. Le he visto los ojos. Ay, Danny... —balbuceaba.

—Los fantasmas no existen, atontado. Vamos.

Danny tomó de la mano a su hermano y reemprendieron la marcha. Las rodillas le temblaban. Ralphie se apretaba tanto contra él que casi lo hacía salir del sendero.

—Nos está vigilando —musitó Ralphie.

—Oye, no voy a...

—No, Danny, en serio. ¿Es que no lo *notas*?

Danny se detuvo. Y, en efecto, notó algo, como solo perciben los niños, y se dio cuenta de que ya no estaban solos. Una gran quietud había descendido sobre el bosque, una quietud maligna. Movidas por el viento, las sombras se retorcían lánguidamente.

Y Danny olió algo salvaje, pero no con la nariz.

Los fantasmas no existían, pero los *prevertidos* sí. Iban en coches negros y les ofrecían caramelos a los niños, o los esperaban en las esquinas, o..., o se adentraban tras ellos en el bosque...

Y luego...

Bueno, y luego les...

—Corre —dijo con voz ronca.

Pero Ralphie temblaba, acurrucado junto a él, paralizado por el terror, aferrándole el brazo con la mano. Sus ojos, que miraban hacia el bosque, empezaron a desorbitarse.

—¿Danny?

Una rama se quebró.

Danny se volvió en la dirección en que miraba su hermano.

La oscuridad los envolvió.

19

21.00 horas

Mabel Werts era muy gorda, había cumplido los setenta y cuatro años y cada vez confiaba menos en sus piernas. Era una enciclopedia viviente de la historia y las habladurías del pueblo, y su memoria abarcaba más de cinco decenios de necrología, adulterios, robos y locura. Aunque cotilla, no tenía mala intención (por más que aquellos cuyos secretos había difundido no estuvieran de acuerdo con esa apreciación); simplemente, vivía en el pueblo y para el pueblo. En cierto modo, Mabel *era* el pueblo. Viuda y obesa, últimamente salía muy poco y se pasaba la mayor parte del tiempo sentada junto a la ventana, vestida con una camisola de seda que la hacía parecer una tienda de campaña, con el pelo de un amarillento color marfil recogido en una corona de gruesas trenzas, el teléfono en la mano derecha y el par de prismáticos japoneses en la izquierda. La combinación de ambos recursos —amén del tiempo para usarlos— la convertían en una araña benévola situada en el centro de una red de comunicaciones que se extendía desde el Bend hasta el este de Salem.

A falta de algo mejor que hacer, Mabel estaba vigilando la Casa Marsten cuando se abrieron los postigos situados a la izquierda del porche, dejando ver un rectángulo de luz dorada que claramente no era el resplandor continuo de la electricidad. Alcanzó a vislumbrar de forma fugaz lo que tal vez eran la cabeza y los hombros de un hombre a contraluz. Sintió un escalofrío.

No había visto más movimientos en la casa.

¿Qué clase de gente hay que ser, pensó Mabel Werts, para abrir las ventanas únicamente cuando ya no hay manera de verlos con claridad?

Dejó los prismáticos sobre una mesita y descolgó el teléfono con cautela. Dos voces —que Mabel no tardó en identificar como las de Harriet Durham y Glynis Mayberry— comentaban que ese muchacho, Ryerson, había encontrado muerto al perro de Irwin Purinton.

Mabel se quedó inmóvil, respirando por la boca para no delatar su presencia en la línea.

20

23.59 horas

El día titilaba, al borde de la extinción. Las casas dormían en la oscuridad. En el centro del pueblo, las luces de la ferretería, de la funeraria Foreman y del Excellent Café arrojaban sobre el pavimento un débil resplandor eléctrico. Había quien seguía despierto, como George Boyer, que acababa de llegar a casa después de cumplir el turno de la tarde en el aserradero, o Win Purinton, que hacía solitarios, incapaz de dormir al pensar en su perro, cuya muerte lo había afectado más profundamente que la de su mujer; pero, en general, todo el mundo dormía el sueño de los justos y los trabajadores.

En el cementerio de Harmony Hill, una figura sombría permanecía inmóvil y meditativa junto a la verja, a la espera de que cayera la noche. Cuando habló, lo hizo con voz suave y cultivada:

—Oh, padre mío, favoréceme ahora. Señor de las Moscas, favoréceme ahora. Te traigo carne descompuesta y carroña hedionda. Para ganar tu favor ofrecí el sacrificio. Con la mano izquierda te lo traigo. Sobre este terreno, consagrado en tu nombre, envíame una señal. Espero tu señal para comenzar tu obra.

Se levantó un viento suave que trajo consigo el suspiro y el susurro de hojas y ramas, así como una bocanada de olor a carroña, desde el vertedero situado junto al camino.

No se oían más ruidos que los que transportaba la brisa. La figura se mantuvo silenciosa y pensativa. Después se inclinó y volvió a erguirse. En sus brazos sostenía el cuerpo de un niño.

—Esto te he traído.

El horror se volvió inefable.

Capítulo 4

DANNY GLICK Y OTROS

1

Danny y Ralphie Glick habían salido para ir a casa de Mark Petrie con órdenes de estar de vuelta a las nueve. Cuando pasaron las diez sin que sus hijos hubieran regresado, Marjorie Glick llamó a casa de los Petrie. No, le dijo la señora Petrie, los chicos no estaban ni habían estado allí. Tal vez sería mejor que su marido hablara con Henry. La señora Glick le pasó el teléfono a su esposo, mientras sentía en el vientre un hormigueo de ansiedad.

Los dos hombres comentaron el asunto. Sí, los chicos habían ido por la senda del bosque. No, el arroyo no era profundo en aquella época del año, y menos con el buen tiempo que estaba haciendo. El agua apenas llegaba al tobillo. Henry sugirió que él podía empezar a buscar desde su extremo del sendero con una linterna, mientras el señor Glick avanzaba desde su lado. Tal vez los niños habían encontrado una madriguera de conejos o estaban fumándose un cigarrillo, o algo así. Tony se mostró de acuerdo y agradeció al señor Petrie que se tomara esa molestia. El señor Petrie dijo que no era molestia. Tony colgó el auricular y tranquilizó un poco a su mujer, que estaba asustada. Mentalmente, el padre ya había decidido que ninguno de los dos críos se iba a poder sentar durante una semana cuando los encontrara.

Sin embargo, antes de que hubiera salido siquiera del patio, Danny surgió dando traspiés de entre los árboles y se desplomó junto a la barbacoa del patio trasero. Estaba aturdido y hablaba con lentitud, respondiendo trabajosamente a lo que se le preguntaba, y no siempre de forma coherente. Tenía manchas de hierba en los puños de la camisa y algunas hojas otoñales en el pelo.

Le contó a su padre que Ralphie y él habían ido por la senda del bosque, habían atravesado el arroyo saltando por las piedras y habían llegado sin dificultad al otro lado. Después Ralphie empezó a decir que había un fantasma en el bosque (Danny tuvo cuidado de no mencionar que él le había metido esa idea en la cabeza a su hermano). Ralphie decía que veía una cara y Danny empezó a asustarse. Él no creía en fantasmas ni en cosas de críos, como el hombre del saco, pero le parecía haber oído algo en la oscuridad.

¿Qué habían hecho entonces?

Danny creía que habían echado a andar de nuevo, tomados de la mano, pero no estaba seguro. Ralphie iba lloriqueando por el fantasma. Danny le dijo que no llorara, porque pronto verían las luces de Jointner Avenue. No les faltaban más que doscientos pasos, menos tal vez. Entonces había sucedido algo malo.

¿Qué? ¿Qué había sucedido?

Danny no lo sabía.

Discutieron con él, se irritaron, lo reconvinieron. Danny no hacía más que mover la cabeza de un lado a otro, lentamente y sin comprender. Sí, sabía que tendría que recordar lo ocurrido, pero no podía. En serio, no podía. No, no recordaba haberse tropezado y caído al suelo. Solo..., solo que todo estaba oscuro. Muy oscuro. Y lo siguiente que recordaba era que estaba tendido en el camino, solo. Ralphie había desaparecido.

Parkins Gillespie dijo que no tenía sentido organizar una búsqueda en el bosque esa noche. Había demasiadas trampas para animales. Probablemente el chico se había desviado del camino, nada más. Acompañado por Nolly Gardener, Tony Glick y Henry Petrie, Gillespie recorrió de punta a punta el sendero y después los alrededores de Jointner Avenue y Brock Street, llamando al chico con un megáfono.

A primera hora de la mañana siguiente, la policía de Cumberland y la estatal iniciaron una búsqueda coordinada en la zona boscosa; al no encontrar nada, se amplió el área de rastreo. Durante cuatro días registraron la espesura, y el matrimonio Glick recorrió bosques y campos, rodeando los árboles caídos que quedaban del antiguo incendio, gritando el nombre de su hijo con tenaz y desgarradora esperanza.

Como no obtuvieron resultados, se llevó a cabo el dragado del arroyo de Taggart y del río Royal, pero fue en vano.

A las cuatro de la madrugada del quinto día, Marjorie Glick despertó a su marido, aterrorizada e histérica. Danny había perdido el conocimiento en el vestíbulo del piso de arriba, al parecer mientras se dirigía al cuarto de baño. Una ambulancia lo transportó al Hospital General Central de Maine. El diagnóstico preliminar fue shock emocional retardado.

El médico que lo atendió, el doctor Gorby, se llevó aparte al señor Glick.

—¿Su hijo ha sufrido alguna vez ataques de asma?

El señor Glick pestañeó mientras sacudía la cabeza. En menos de una semana había envejecido diez años.

—¿Antecedentes de fiebre reumática?

—¿Danny? No... Danny no.

—Durante este último año, ¿le han realizado alguna prueba de Mantoux?

—¿Para la tuberculosis? ¿Es que está enfermo?

—Señor Glick, simplemente queremos descubrir...

—¡Marge! Margie, ven aquí.

Marjorie Glick se levantó y se acercó a paso lento por el corredor. Tenía el semblante pálido, el cabello peinado de cualquier manera y todo el aspecto de una mujer presa de una migraña intensa.

—¿A Danny le han hecho la prueba de Mantoux este año?

—Sí —contestó ella con aire sombrío—. A principio de año, en el colegio. Salió negativa.

—¿Tose por las noches? —continuó preguntando Gorby.

—No.

—¿Se queja de dolores en el pecho o en las articulaciones?

—No.

—¿De molestias al orinar?

—No.

—¿Ha sufrido sangrados anormales? ¿Por la nariz, en las heces..., o bien un número excepcional de heridas y cardenales?

—No.

Gorby sonrió e hizo un gesto de asentimiento.

—Si están de acuerdo, nos lo quedaremos unos días para hacerle unos análisis.

—Desde luego —respondió Tony—. Estoy asegurado con Blue Cross.

—Sus reacciones son muy lentas —explicó el médico—, así que vamos a hacerle radiografías, un estudio de médula, un recuento de leuco...

—¿Tiene Danny leucemia? —preguntó en un susurro Marjorie Glick, cuyos ojos habían ido agrandándose poco a poco.

—Señora Glick, eso no es lo que... —empezó a explicar el médico, pero la madre se había desmayado.

2

Ben Mears fue uno de los voluntarios de Salem's Lot que participaron en la búsqueda de Ralphie Glick, sin conseguir otra cosa que acabar con los pantalones cubiertos de abrojos y un violento episodio de alergia provocado por el polen de la vara de oro de finales de verano.

Durante el tercer día de búsqueda, Ben entró en la cocina de Eva dispuesto a comerse una lata de raviolis y dormir una breve siesta antes de ponerse a escribir. Encontró a Susan Norton atareada en la cocina, preparando una especie de guiso con hamburguesas. Los hombres que acababan de volver del trabajo, sentados en torno de la mesa, fingían conversar mientras la devoraban con los ojos; Susan llevaba una camisa a cuadros desteñida y atada a la cintura, y unos pantalones cortos de pana. Eva Miller estaba planchando en un rincón de la cocina.

—Hola, ¿qué estás haciendo aquí? —la saludó Ben.

—Cocinándote algo decente antes de que te conviertas en una sombra —respondió Susie, y Eva soltó una risotada desde su rincón.

Ben sintió que le ardían las orejas.

—Es buena cocinera, la chica —dictaminó Weasel—. Se le nota; la he estado observando.

—Si llegas a observarla un poco más, se te salen los ojos de las órbitas —comentó Grover Verrill con una risita.

Susan tapó la cazuela, la puso en el horno y ambos salieron al porche de atrás a esperar que estuviera lista. El sol descendía, rojo e inflamado.

—¿Ha habido suerte?

—No. Nada. —Ben se sacó del bolsillo de la camisa un arrugado paquete de cigarrillos y encendió uno.

—Hueles como un leñador —comentó Susan.

—Vaya día hemos tenido. —Ben extendió el brazo para mostrarle las picaduras de insectos y los arañazos a medio cicatrizar—. Entre los condenados mosquitos y los malditos arbustos espinosos, me han destrozado los brazos.

—¿Qué crees que puede haberle pasado, Ben?

—Sabe Dios. —Exhaló una bocanada de humo—. Tal vez alguien se le acercó por detrás al muchacho mayor, le dio en la cabeza con un calcetín lleno de arena o algo así y secuestró al pequeño.

—¿Crees que está muerto?

Ben le escudriñó el rostro para comprobar si esperaba una respuesta sincera o una que dejara lugar para la esperanza. Le tomó la mano y entrelazó los dedos con los de ella.

—Sí —dijo—, creo que el niño está muerto. Todavía no hay pruebas concluyentes, pero es lo que creo.

Ella sacudió la cabeza.

—Ojalá te equivoques. Mi madre y otras señoras estuvieron haciendo compañía a la señora Glick. Está como si hubiera perdido el juicio, y el marido también. Y el hermano anda por ahí como un zombi.

—Hmm —murmuró Ben, que en realidad no estaba escuchando, mientras miraba hacia la Casa Marsten.

Los postigos estaban cerrados; más tarde se abrirían. Al anochecer. Los postigos se abrirían por la noche. Lo recorrió un escalofrío morboso ante la idea, que se le antojaba casi como un sortilegio.

—¿... noche?

—¿Cómo? Perdona. —Se volvió hacia Susan.

—Te decía que a papá le gustaría que fueras mañana por la noche. ¿Podrás?

—¿Estarás tú?

—Claro —afirmó Susan.

—De acuerdo. Sí.

Ben quería mirarla, estaba preciosa a la luz crepuscular, pero sentía que la Casa Marsten atraía sus ojos como un imán.

—Te atrae, ¿verdad? —preguntó Susan, y el hecho de que le hubiera leído el pensamiento, metáfora incluida, le produjo una sensación extraña.

—Sí.

—Ben, ¿sobre qué va tu nuevo libro?

—Todavía no —le pidió él—. Dame tiempo. Te lo diré en cuanto pueda. Es..., tiene que ir resolviéndose solo.

En ese momento a Susan le entraron ganas de decirle *te quiero*, con la naturalidad y la falta de timidez con que la idea había aflorado a su conciencia, pero se mordió el labio para no dejar salir las palabras. No quería decírselo mientras él estuviera mirando..., mirando hacia ahí arriba.

Se levantó.

—Voy a ver cómo va el guiso.

Cuando Susan se alejó, Ben siguió fumando y contemplando la Casa Marsten.

3

La mañana del día 22, Lawrence Crockett estaba sentado en su oficina, fingiendo leer su correspondencia de los lunes mientras espiaba con el rabillo del ojo a su secretaria, cuando sonó el teléfono. Larry había estado pensando en su carrera comercial en Salem's Lot, en ese pequeño coche reluciente aparcado en la entrada de la Casa Marsten y en los pactos con el diablo.

Ya antes de que su trato con Straker quedara consumado (vaya palabra, pensó Larry, mientras sus ojos recorrían el frente de la blusa de su secretaria), Lawrence Crockett era sin lugar a dudas el hombre más rico de Salem's Lot y uno de los más ricos del condado de Cumberland, aunque no hubiera el menor signo externo de ello en su oficina ni en su persona. El despacho, viejo y polvoriento, apenas estaba iluminado por dos bombillas cubiertas de cagadas de moscas. El antiguo escritorio de tapa corrediza estaba atestado de papeles, lápices y correspondencia. En un extremo había un bote de pegamento, y en el otro, un pisapapeles de cristal cuadrado que lucía en sus diferentes caras fotos de la familia de Larry. En precario equilibrio sobre una pila de libros de contabilidad, descansaba una pecera de vidrio llena de cerillas, con un cartel que anunciaba: «Para nuestros incombustibles clientes». Salvo por tres archivadores de acero y el escritorio de la secretaria en su pequeño recinto, la oficina carecía de muebles.

Sin embargo, estaba decorada.

Había instantáneas y fotografías por todas partes, fijadas con chinchetas, grapas o cinta adhesiva a cualquier superficie disponible. Algunas eran polaroids recientes, y otras fotografías en color tomadas algunos años atrás, pero en su mayor parte se trataba de fotos en blanco y negro, arqueadas y amarillentas, que en algunos casos tenían hasta quince años. Debajo de cada una había una leyenda escrita a máquina: «¡Hermosa vivienda campestre, seis habitaciones!». O: «En lo alto de la colina, Taggart Stream Road, 32.000 dólares. ¡Baratísima!». O: «Para familia numerosa, granja con casa de diez habitaciones, Burns Road». Todo en conjunto ofrecía el aspecto de un negocio cutre y fraudulento, que es lo que había sido hasta 1957, cuando Larry Crockett, a quien los ciudadanos más distinguidos de Jerusalem's Lot consideraban poco más que un vago redomado, decidió que el futuro estaba en los remolques. En esos días, perdidos ya en la noche de los tiempos, la mayoría de la gente los veía como unos graciosos cacharritos plateados que uno enganchaba a la parte posterior del coche cuando quería ir hasta el parque nacional de Yellowstone a sacarles fotos a la mujer y los niños, de pie frente al géiser Old Faithful. En esos días, perdidos ya en la noche de los tiempos, casi nadie —ni siquiera los propios fabricantes de caravanas— preveía que un día los graciosos cacharritos plateados se verían sustituidos por «módulos Camper», que se acoplaban directamente sobre la caja de las camionetas, y autocaravanas, que venían equipadas con todo y con motor propio.

A Larry, sin embargo, no le había hecho falta saber estas cosas. Su intuición lo llevó al ayuntamiento —por ese entonces aún no lo habían elegido concejal; nadie habría votado por él, ni siquiera como encargado de la perrera— con el objeto de estudiar las leyes de gestión del suelo urbano de Jerusalem's Lot. Le parecieron de lo más interesantes. Al leer entre líneas, vio una oportunidad de miles de dólares. La ley decía que no se podía mantener un vertedero, ni tener más de tres coches viejos aparcados en un cercado, sin permiso municipal, ni disponer de un inodoro químico —eufemismo no demasiado exacto para referirse a una letrina— si no estaba aprobado por la Oficina Sanitaria Municipal. Y eso era todo.

Tras hipotecarse hasta el cuello y pedir además un préstamo, Larry consiguió comprar tres remolques. No eran graciosos cacharritos plateados, sino largos monstruos hipertrofiados, tapizados, revestidos de paneles de madera plástica y con baños de formica. Compró una parcela de cuatro mil metros cuadrados para cada uno en el Bend, donde el terreno era barato, los instaló sobre unos cimientos precarios y se puso a la tarea de venderlos. En tres meses lo había conseguido, tras superar cierta resistencia inicial de la gente (que no tenía muy claro lo de vivir en una casa que parecía un vagón de tren), y sus ganancias rondaban los diez mil dólares. El futuro había llegado a Salem's Lot, y Larry Crockett estaba allí, listo para capitalizarlo.

El día que R. T. Straker se presentó en su despacho, Crockett poseía una fortuna de casi dos millones de dólares, como resultado de sus especulaciones inmobiliarias en pueblos vecinos, pero no en Lot («no se caga donde se come» era el lema de Lawrence Crockett), impulsado por la convicción de que el negocio de las caravanas fijas crecería como la espuma. Así fue, y el dinero comenzó a entrar a paladas.

En 1965, Larry Crockett se convirtió en el socio pasivo de un contratista llamado Romeo Poulin, que estaba construyendo un supermercado en Auburn. Poulin se las sabía todas, y entre su veteranía y el don para los números de Larry, sacaron 750.000 dólares por cabeza, cifra de la que solo tuvieron que declarar una tercera parte a los recaudadores de impuestos del Tío Sam. Todo marchaba a las mil maravillas, y si el techo del supermercado salió con unas cuantas goteras, bueno, qué se le iba a hacer.

Entre 1966 y 1968, Larry compró acciones suficientes para controlar tres empresas de remolques de Maine e hizo toda clase de tejemanejes para mantener alejada a Hacienda. A Romeo Poulin le describió el proceso como entrar en el túnel del amor con la chica A, acostarse con la chica B, que iba en el carrito de atrás, y terminar cogido de la mano con la chica A al otro lado. Larry acabó comprándose caravanas fijas a sí mismo, y esas transacciones incestuosas resultaron tan lucrativas que casi daban miedo.

Pactos con el diablo, vaya, pensaba Larry mientras hojeaba sus papeles. Cuando uno cierra un trato con él, los pagarés huelen a azufre.

Los que compraban las caravanas eran obreros o bien oficinistas de clase media baja, gente sin posibilidades de pagar la entrada de una casa más convencional, o jubilados que buscaban cómo sacar el máximo partido a su pensión. Era muy importante implantarle en la cabeza a esa gente la idea de una flamante vivienda de seis habitaciones. Para los más ancianos, había otra ventaja que algunos vendedores olvidaban destacar, pero que Larry, siempre astuto, subrayaba: las caravanas no tenían más que una planta, así que no había que subir ninguna escalera.

La financiación también resultaba sencilla. Por lo general, con una entrada de quinientos dólares la operación quedaba cerrada, y en aquella época de los sesenta en que los créditos eran abusivos, el hecho de que los 9.500 restantes se financiaran a un interés del 24 por ciento rara vez le parecía una trampa a esa gente ansiosa por tener su casa.

¡Y el dinero entraba a espuertas!

El propio Crockett había cambiado muy poco, incluso después de haber sellado el pacto con el inquietante señor Straker. No le encargó a ningún decorador afeminado que le redecorara el despacho. Seguía conformándose con el ventilador eléctrico en vez de instalar aire acondicionado. Usaba los mismos trajes con el culo brillante de tan gastado, o sus americanas mal conjuntadas. Seguía fumando los mismos cigarros baratos y acudiendo al bar de Dell los sábados por la noche para beberse unas birras y echar unas partidas de billar con los muchachos. No había abandonado los negocios inmobiliarios en el municipio, lo que le suponía dos importantes ventajas: en primer lugar, le había valido la elección como concejal, y en segundo, le permitía manejar hábilmente su declaración de impuestos, porque las operaciones visibles quedaban todos los años un escalón por debajo del mínimo no imponible. Aparte de la Casa Marsten, había vendido unas tres docenas de mansiones decrépitas de la zona. Claro que había buenas oportunidades de negocio, pero Larry no las perseguía. Después de todo, estaba ganando dinero por un tubo.

Tal vez demasiado. Corría el riesgo de pasarse de listo,

pensó. Entrar en el túnel del amor con la chica A, acostarse con la chica B y salir de la mano con la chica A, para que al final las dos le partieran la cara. Straker había dicho que se mantendría en contacto con él, y de eso hacía catorce meses. ¿Y si resultaba ahora que...?

En ese momento sonó el teléfono.

4

—Señor Crockett —dijo la conocida voz sin acento.

—Straker, ¿verdad?

—El mismo.

—Justo estaba pensando en usted. Parece telepatía.

—Vaya, qué curioso, señor Crockett. Necesito pedirle un servicio.

—Lo suponía.

—Consígame un camión, por favor. Grande. De alquiler, quizá. Asegúrese de que esté en el puerto de Portland esta tarde a las siete en punto. En el muelle de Custom House. Creo que con dos mozos será suficiente.

—Entendido. —Larry sacó una libreta y garabateó: «H. Peters, R. Snow. Henry's U-Haul. 6 a más tardar». No se paró a pensar en lo esencial que le parecía cumplir a rajatabla las órdenes de Straker.

—Se trata de recoger una docena de cajas. Todas van a la tienda, salvo una, que contiene un aparador valiosísimo..., un Hepplewhite. Los mozos la distinguirán por el tamaño. Esa hay que llevarla a la casa. ¿Le ha quedado claro?

—Sí.

—Indíqueles que la bajen al sótano. Pueden entrar por la trampilla situada bajo las ventanas de la cocina. ¿Entendido?

—Sí. En cuanto a ese aparador...

—Una cosa más, por favor. Consiga cinco candados Yale resistentes. ¿Conoce la marca Yale?

—Todo el mundo la conoce. ¿Qué...?

—Cuando se vayan de la tienda, los mozos deberán dejar bien cerrada la puerta de atrás. Dejarán las cinco llaves en la mesa del sótano. Una vez que salgan de la casa, pondrán candados en la trampilla del sótano, la puerta principal, la de atrás y la del cobertizo-garaje. ¿Me he explicado bien?

—Sí.

—Gracias, señor Crockett. Siga todas las indicaciones al pie de la letra. Adiós.

—Espere un momento...

Se cortó la comunicación.

5

Faltaban dos minutos para las siete cuando el gran camión anaranjado y blanco con su distintivo de Henry's U-Haul se detuvo ante la caseta de chapa ondulada situada al final del muelle de Custom House, en el puerto de Portland. La marea estaba cambiando, y eso inquietaba a las gaviotas, que planeaban y graznaban contra el cielo carmesí del poniente.

—Aquí no hay ni Cristo —comentó Royal Snow mientras se terminaba su Pepsi y dejaba caer la lata vacía al suelo de la cabina—. Nos detendrán por merodeadores.

—Sí que hay alguien —señaló Hank Peters—. Un poli.

No era precisamente un poli, sino un vigilante nocturno, que los enfocó con su linterna.

—¿Alguno de ustedes es Lawrence Croché?

—Somos empleados suyos —aclaró Royal—. Venimos a buscar unas cajas.

—Bueno —dijo el hombre—. Entrad en la oficina, que

tengo que haceros firmar la factura. —Le hizo un gesto a Peters, que iba al volante—. Da marcha atrás hasta esa doble puerta que tiene la luz encendida, ¿la ves?

—Ajá. —Peters dio marcha atrás al camión.

Royal Snow siguió al vigilante hasta la oficina, donde burbujeaba una cafetera. El reloj que había sobre el calendario señalaba las 19.04. El hombre rebuscó entre los papeles que había sobre el escritorio y le tendió un formulario.

—Firma aquí.

Royal así lo hizo.

—Id con cuidado al entrar. Encended las luces. Hay ratas.

—Jamás he visto una rata que no huya ante esto —declaró Royal, lanzando una patada al aire con su pesada bota de trabajo.

—Estas son ratas de puerto —declaró el otro con sequedad— y se han enfrentado a hombres más fuertes que tú.

Royal volvió a salir y se dirigió hacia la puerta del almacén. El vigilante se quedó en la puerta de la caseta, siguiéndolo con la vista.

—Cuidado —le indicó Royal a Peters—. El viejo dice que hay ratas.

—Bueno. Ya le vale a Larry Croché... —se burló Hank.

Royal encontró el interruptor de la luz al lado de la puerta. En aquella atmósfera, impregnada con la mezcla de olores de la sal, la madera podrida y la humedad, había algo que quitaba las ganas de reírse. Eso, y la idea de las ratas.

Las cajas estaban apiladas en medio del suelo del amplio almacén. Dentro no había nadie más que ellos y, por contraste, la colección ofrecía un aspecto un poco lúgubre. El aparador estaba en el centro; era la caja más alta de todas, y la única que no llevaba la indicación «Barlow y Straker, 27 Jointner Avenue, Jer. Lot, Maine».

—Bueno, pues no parece tan mal —comentó Royal. Consultó su copia del albarán y después contó los cajones—. Sí, están todos.

—Y hay ratas —señaló Hank—. ¿Las oyes?

—Sí, malditos bichos. Me enferman.

Por un momento, los dos se quedaron en silencio, escuchando los chillidos y correteos que se oían en las sombras.

—Bueno, a trabajar —dijo Royal—. Carguemos primero esa grande para que no nos estorbe cuando lleguemos a la tienda. Vamos.

—Venga.

Se acercaron a la caja, Royal se sacó una navaja del bolsillo y abrió el sobre pegado con cinta al cajón.

—Oye —objetó Hank—, ¿era necesario...?

—Tenemos que asegurarnos de que es lo que nos han encargado, ¿no? Como metamos la pata, Larry nos corta los cataplines. —Sacó el albarán del sobre y le echó una ojeada.

—¿Qué dice? —preguntó Hank.

—Heroína —le informó Royal, muy serio—. Cien kilos de heroína, dos mil revistas porno de Suecia, trescientos mil vibradores franceses...

—Dame eso. —Hank le arrebató el albarán—. Aparador —leyó—. Tal como nos dijo Larry. Embarcado en Londres, Inglaterra, con destino Portland, Maine. Vibradores franceses, los cojones. Deja esto donde estaba.

—Hay algo raro en este asunto —comentó Royal, mientras hacía lo que le habían indicado.

—Lo único raro eres tú.

—No, no es broma. Este trasto no tiene sellos de aduana. Ni en el cajón, ni en el sobre del albarán. Ni un solo sello.

—A lo mejor se lo han puesto con esa tinta especial que solo se ve con luz ultravioleta.

—La cosa no funcionaba así cuando yo trabajaba en el puerto. Hasta el cargamento más pequeño quedaba cubierto de sellos. No podías levantar un cajón sin llenarte de tinta azul hasta los codos.

—Pues muy bien. Pero date prisa, porque mi mujer se acuesta muy temprano y quiero llegar a tiempo para echar un...

—Tal vez deberíamos ver qué hay dentro...

—No hay tiempo. Vamos, levantémoslo.

Royal se encogió de hombros. Cuando inclinaron la caja, algo pesado se movió dentro. Les costó una barbaridad levantar la caja. Tal vez lo que contenía era un tocador de esos caros. Desde luego pesaba como si lo fuera.

Entre gruñidos, la llevaron a trompicones hasta el camión y la depositaron en el elevador hidráulico con un suspiro de alivio. Royal se quedó a la espera mientras Hank manejaba el aparato. Una vez que la caja estuvo al nivel del suelo del camión, los dos subieron para empujarla hacia el interior.

Había algo en el cajón que no le gustaba, aparte de la ausencia de sellos de aduanas. Era algo indefinible. Royal se quedó mirándolo hasta que Hank bajó la rampa de atrás.

—Vamos —dijo—. Subamos los otros.

Los demás cajones tenían los sellos normales de aduana, salvo los tres que habían sido despachados desde el interior de Estados Unidos. A medida que los cargaban en el camión, Royal cotejaba cada uno con lo especificado en el albarán y lo firmaba con sus iniciales. Todas las cajas que iban a la tienda quedaron colocadas cerca de la puerta trasera del camión, separadas del aparador.

—Pero ¿quién demonios va a comprar estas cosas? —preguntó Royal una vez que terminaron—. Una mecedora polaca, un reloj alemán, una rueca irlandesa... Madre mía, seguro que todo esto vale una pasta.

—Los turistas lo comprarán —explicó Hank—. Los turistas compran cualquier cosa. Algunos de esos que vienen de

Boston y Nueva York... se comprarían una bolsa de boñigos de vaca, si la bolsa fuera *antigua*.

—No me gusta nada ese cajón grande —insistió Royal—. Ni un solo sello de aduanas, eso es rarísimo.

—Bueno, llevémoslo a donde nos han dicho.

Sin hablar, volvieron a Salem's Lot. Hank no quitó el pie del acelerador; quería terminar con ese encargo cuanto antes. Había algo que lo mosqueaba. Royal tenía razón: era rarísimo.

Se detuvo frente a la puerta trasera de la nueva tienda y comprobó que no estaba cerrada con llave, como le había dicho Larry. Royal accionó el interruptor, pero la luz no se encendió.

—Estupendo —gruñó Royal—. Vamos a tener que descargar toda esta mierda a oscuras... Oye, ¿no notas un olor raro aquí?

Hank olfateó. Sí, había un tufo desagradable, pero no habría sabido identificarlo con exactitud. Seco y acre, como el hedor de algo que llevara mucho tiempo en descomposición.

—Es que ha estado cerrado desde ve tú a saber cuándo —concluyó mientras paseaba el haz de su linterna por la habitación alargada y vacía—. Necesita ventilación.

—Pues yo lo quemaría —declaró Royal. No le gustaba un pelo—. Vamos, y procuremos no rompernos una pierna.

Descargaron las cajas con la mayor rapidez posible, dejando cada una cuidadosamente en el suelo. Una hora y media más tarde, Royal cerraba con un suspiro de alivio la puerta de atrás, sin olvidarse de poner uno de los candados nuevos.

—La primera parte está hecha —comentó.

—La parte más fácil —le recordó Hank, mirando hacia la Casa Marsten, que estaba a oscuras y con los postigos cerrados—. No me gusta tener que subir ahí, y no me da vergüenza decirlo. Si alguna vez ha habido una casa embrujada, es esa.

Esa gente está como una cabra si piensa vivir ahí. Seguro que encima son maricas.

—Como los decoradores de interiores —apostilló Royal—. Seguro que quieren convertirla en un lugar de interés turístico. Para vender más.

—En fin, cuanto antes lo hagamos, antes terminaremos.

Tras echar un último vistazo al aparador metido en su embalaje, Hank cerró de un golpe la puerta trasera. Se sentó al volante y enfiló Jointner Avenue hasta Brooks Road. Un minuto después, sombría y crepitante, se erguía ante ellos la Casa Marsten, y Royal sintió el primer retortijón de miedo en el vientre.

—La hostia, qué yuyu da ese sitio —murmuró Hank—. ¿Quién puede querer vivir allí?

—No lo sé. ¿Ves alguna luz detrás de los postigos?

—No.

Parecía que la casa se inclinaba hacia ellos, como si aguardara su llegada. Hank condujo el camión por el camino de entrada y la rodeó hacia la parte de atrás. Ninguno de los dos se fijó mucho en lo que la saltarina luz de los faros podía revelar entre la maleza que invadía el patio del fondo. Hank sentía que su corazón se encogía por un sentimiento de pánico que no había experimentado ni siquiera en Vietnam, aunque allí estaba casi siempre asustado. Pero aquel era un miedo racional; miedo de pisar alguna planta venenosa que le hinchara el pie hasta convertírselo en un mefítico globo verde, miedo de que algún muchachito de uniforme negro y nombre impronunciable le volara la cabeza con un fusil ruso, miedo de que le tocara un oficial chiflado que le ordenara ametrallar a todo el mundo en una aldea donde una semana antes había estado el Vietcong. Pero este de ahora era un miedo infantil, onírico. Un miedo sin puntos de referencia. Una casa era una casa: tablas, bisagras, clavos, tejas. No había razón para sentir que cada rendija astillada exhalaba el polvoriento aroma del mal. Eso no eran más que ideas estúpidas. ¿Fantasmas? Hank no creía en fantasmas. Imposible creer en ellos después de Vietnam.

Tuvo que hacer dos intentos antes de poder meter la marcha atrás y retroceder hasta detener el camión ante la entrada del sótano. Las herrumbrosas puertas estaban abiertas y, bajo el rojo resplandor de las luces traseras del camión, parecía que los escalones de piedra descendieran hacia el infierno.

—Tío, esto no me gusta *nada* —declaró Hank. Intentó sonreír, pero solo le salió una mueca.

—A mí tampoco.

Los dos se miraron a la débil luz del salpicadero, abrumados por el miedo. Pero la infancia había quedado atrás, y no podían marcharse dejando el trabajo sin hacer por un miedo irracional. ¿Cómo lo explicarían a la luz del día sin que se burlaran de ellos? Había que cumplir con el encargo.

Hank apagó el motor, se apearon y se dirigieron hacia la parte de atrás del camión. Royal trepó, soltó el seguro de la puerta y bajó la rampa sobre sus rieles.

El cajón seguía allí, todavía con restos de serrín, inmóvil y silencioso.

—¡Dios, no quiero meter eso ahí abajo! —exclamó Hank Peters casi con un sollozo.

—Vamos —lo animó Royal—. Deshagámonos de él.

Arrastraron la caja hasta colocarla sobre el elevador y la hicieron bajar. Cuando estuvo al nivel de la cintura, Hank soltó la palanca y agarraron el cajón.

—Despacio —gruñó Royal mientras retrocedía hacia los escalones—. Despacio...

Bajo la luz roja de las luces traseras, su rostro parecía congestionado y tenso, como si le estuviera dando un ataque al corazón.

Bajó de espaldas los peldaños, uno por uno, con la caja

apoyada contra el pecho. Sentía la enormidad de su peso sobre su cuerpo, como si llevara encima una losa de piedra. Era pesada, pensaría después, pero no tanto. Él y Hank habían llevado cargas más pesadas para Larry Crockett, subiendo y bajando escaleras, pero en la atmósfera de ese lugar había algo que te encogía el corazón y te inutilizaba.

Los escalones estaban húmedos y resbaladizos, y en dos ocasiones Royal se tambaleó, a punto de perder el equilibrio.

—¡Eh! ¡Cuidado, joder! —aulló.

Finalmente, llegaron abajo. El techo bajo los obligó a avanzar encorvados como brujas, cargados con el aparador.

—¡Dejémoslo aquí, no puedo más! —jadeó Hank.

Lo dejaron caer con un golpe sordo y se apartaron. Al mirarse a los ojos advirtieron que, por obra de alguna alquimia arcana, el miedo se había transformado en algo más próximo al terror. De pronto, el sótano parecía lleno de ruidos secretos y susurrantes. Ratas, tal vez, o quizá algo que ni se atrevían a imaginar.

Hank arrancó a correr y Royal Snow lo siguió. Subieron los escalones a la carrera, y Royal cerró el sótano de un portazo.

Se encaramaron a toda prisa a la cabina del camión; Hank lo puso en marcha y metió la marcha. Royal lo aferró del brazo; en la oscuridad, su rostro parecía todo ojos, enormes y fijos.

—Hank, no hemos puesto los candados.

Los dos se quedaron mirando el montón de candados nuevos que estaban sobre el tablero, sujetos entre sí por un trozo de alambre de embalar. Hank hurgó en el bolsillo de su cazadora y sacó un llavero con cinco llaves Yale nuevas: una correspondía al candado que habían dejado en la puerta de la tienda, en el pueblo; las otras cuatro eran para la casa. Cada una estaba cuidadosamente etiquetada.

—Oh, por Dios —mascculló—. Oye, ¿y si volvemos mañana por la mañana temprano...?

Royal extrajo la linterna de la guantera.

—Eso no es buena idea, y lo sabes —respondió.

Volvieron a bajar de la cabina y notaron que la fresca brisa nocturna les enfriaba el sudor en la frente.

—Tú ve a la puerta de atrás —dijo Royal—. Yo me ocuparé de la principal y la del cobertizo.

Se separaron, y Hank se dirigió hacia la puerta trasera, sintiendo cómo el corazón le martilleaba en el pecho. Tuvo que intentarlo dos veces antes de conseguir pasar el arco del candado por la armilla. A tan poca distancia de la casa, el olor a antiguo y madera podrida era intenso. Todas las historias sobre Hubie Marsten de las que se habían reído de niños volvieron para acosarlo, como la cantinela con que asustaban a las niñas:

«¡Cuidado, cuidado, cuidado! Hubie te pillará si no tienes cui...da...do».

—¿Hank?

Respiró profundamente, y un candado se le cayó de las manos. Lo recogió.

—¿Cómo se te ocurre acercarte así, sin hacer ruido? ¿Ya está...?

—Sí. Hank, ¿quién va a bajar de nuevo a ese sótano para dejar el llavero sobre la mesa?

—No sé —dijo Hank Peters—. Ni idea.

—¿Te parece que lo echemos a suertes?

—Sí, supongo que es lo mejor.

Royal sacó una moneda de veinticinco centavos.

—Elige mientras está en el aire —dijo, y la lanzó hacia arriba.

—Cara.

Royal atrapó la moneda, se la puso en el antebrazo de un manotazo y la descubrió. El águila relucía con un brillo mortecino.

—La hostia —suspiró Hank, pero tomó el llavero y la linterna y volvió a abrir la trampilla del sótano.

Se obligó a bajar los escalones y, cuando dejó atrás el saliente del techo, enfocó la linterna hacia la parte visible del sótano, que unos diez metros más adelante hacía una curva en L y se perdía Dios sabría dónde. Alumbró una mesa cubierta con un polvoriento mantel a cuadros. Sobre ella había una rata enorme que no se movió cuando el rayo de luz incidió sobre ella; siguió sentada sobre su gordo trasero, y casi daba la impresión de que sonreía burlonamente.

Hank pasó junto a la caja en dirección a la mesa.

—¡Psst! ¡Rata!

El animal saltó al suelo y huyó hacia la oscuridad. Ahora a Hank le temblaba la mano, y el haz de la linterna se paseó espasmódicamente de un lado a otro, revelando un barril cubierto de polvo, un viejo escritorio, una pila de periódicos...

Con brusquedad, Hank dirigió el rayo de luz otra vez hacia los periódicos y contuvo el aliento mientras la linterna iluminaba algo que había junto a ellos, a la izquierda.

Una camisa... ¿no era una camisa? Estaba hecha un gurruño, como un trapo viejo. Y algo que había más atrás podía ser un par de pantalones vaqueros. Y eso otro parecía...

Algo crujió a sus espaldas.

Presa del pánico, Hank arrojó las llaves sobre la mesa y echó a correr torpemente hacia la salida. Cuando pasó junto a la caja, descubrió qué había hecho el ruido. Uno de los flejes de aluminio se había soltado y ahora estaba torcido, apuntando al techo como un dedo.

Subió a tropezones las escaleras, cerró de golpe las puertas a sus espaldas (aunque no se dio cuenta hasta más tarde, se le había puesto la carne de gallina en todo el cuerpo), encajó el candado con un chasquido y corrió hasta el camión. Su respiración era entrecortada y sibilante como la de un perro herido. Vagamente oyó que Royal le preguntaba qué había sucedido, qué pasaba allí abajo, y entonces puso en marcha el camión y arrancó con un chirrido. Haciendo rugir el motor, rodeó la casa con un giro tan brusco que el vehículo se inclinó sobre dos ruedas, que se hundían en la tierra blanda. No redujo la velocidad hasta que el camión volvió a enfilar Brooks Road, rumbo a la oficina de Lawrence Crockett. Entonces le sobrevino un temblor tan incontrolable que temió que tendría que parar en el arcén.

—¿Qué había allá abajo? —preguntó Royal—. ¿Qué has visto?

—Nada —respondió Hank Peters, y la palabra salió entrecortada por el castañetear de sus dientes—. No he visto nada ni quiero volver a verlo jamás.

6

Larry Crockett estaba preparándose para cerrar la tienda y marcharse a casa cuando Hank Peters volvió a entrar. Todavía parecía asustado.

—¿Te has dejado algo, Hank? —preguntó Larry.

Cuando los dos habían vuelto de la Casa Marsten con el aspecto de que alguien a quien le han retorcido los huevos, Larry les había entregado diez dólares extra a cada uno y dos paquetes de seis latas de Black Label, al mismo tiempo que les daba a entender que tal vez sería mejor que no hablaran demasiado del trabajo de esa noche.

—Tengo que decirte algo —dijo Hank—. No me aguanto más, Larry. Tengo que decírtelo.

—Adelante —lo animó Larry. Abrió el cajón de debajo del escritorio para sacar una botella de Johnnie Walker y les sirvió un chupito a cada uno—. ¿Qué te preocupa?

Hank tomó un sorbo y tragó con una mueca.

—Cuando bajé allí para dejar esas llaves en la mesa, vi algo. Ropa, parecía. Una camisa y tal vez unos pantalones. Y una zapatilla. Creo que era una zapatilla, Larry.

Larry se encogió de hombros y sonrió.

—¿Y? —Sentía un bloque de hielo sobre el pecho.

—El chaval de los Glick llevaba pantalones vaqueros. Eso decía en el *Ledger*. Vaqueros, una camisa roja y zapatillas. Larry, ¿y si...?

Larry siguió sonriendo, aunque la sonrisa se le había congelado.

Hank tragó saliva.

—¿Y si esos tipos que compraron la Casa Marsten y la tienda secuestraron al chico de los Glick?

Bueno. Ya lo había dicho. Apuró el resto del líquido ardiente que le quedaba en el vaso.

—¿No habrás visto también un cadáver? —preguntó Larry, sin dejar de sonreír.

—No... no. Pero...

—Eso sería un asunto para la policía —reflexionó Larry Crockett. Volvió a llenar el vaso de Hank sin que le temblara la mano. La sentía tan fría y firme como una roca—. Y yo mismo te llevaría en mi coche a ver a Parkins. Pero algo así... —Sacudió la cabeza—. Podrían salir a la luz cosas muy feas. Como lo tuyo con aquella camarera del Dell's... Jackie, se llamaba, ¿no?

—¿De qué coño hablas? —El rostro de Hank había adquirido una palidez cadavérica.

—Y seguramente se sabría lo de tu baja por conducta deshonrosa... Pero tú sabes cuál es tu deber, Hank. Haz lo que te parezca.

—No he visto ningún cadáver —susurró Hank.

—Perfecto. —Larry sonrió—. Y tal vez tampoco hayas visto ropa. Quizá no eran más que... trapos.

—Trapos —repitió Hank Peters sin convicción.

—Tú sabes lo que pasa en esas casas viejas. Siempre están llenas de basura. A lo mejor has visto alguna camisa vieja rasgada para hacer trapos con ella.

—Claro —asintió Hank, y volvió a vaciar su vaso—. Me gusta tu manera de ver las cosas, Larry.

Crockett se sacó la cartera del bolsillo del pantalón, la abrió y contó sobre el escritorio cinco billetes de diez dólares.

—¿Para qué es eso?

—El mes pasado me olvidé de pagarte el trabajo que hiciste para Brennan. Tienes que recordarme esas cosas, Hank. Ya sabes lo olvidadizo que soy.

—Pero si me habías...

—Lo que yo te diga —lo interrumpió Larry, sonriente—. Podrías estar ahora aquí contándome algo, y mañana por la mañana soy capaz de no acordarme de nada. ¿No es terrible?

—Sí —murmuró Hank. Extendió una mano trémula, cogió los billetes y se los metió en el bolsillo de la chaqueta vaquera como si se sintiera ansioso por dejar de tocarlos. Se levantó con tal brusquedad que estuvo a punto de volcar la silla—. Oye, Larry, tengo que irme... Yo... yo no he... Tengo que irme.

—Llévate la botella —sugirió Larry, pero Hank se había encaminado ya hacia la puerta y no se detuvo.

Larry volvió a sentarse. Se sirvió otra copa, sin que la mano le temblara todavía. No se dispuso a cerrar la tienda, sino que volvió a servirse whisky, una y otra vez. Pensaba en pactos con el diablo. Por fin sonó el teléfono. Larry lo cogió.

—Ya está arreglado —dijo.

Escuchó un momento. Colgó. Se sirvió una copa más.

7

Hank Peters despertó a primera hora de la mañana siguiente, tras haber soñado con enormes ratas que salían arrastrándose de una tumba abierta, una tumba que albergaba el cuerpo verde y putrefacto de Hubie Marsten, con un viejo trozo de cuerda de cáñamo alrededor del cuello. Peters se quedó apoyado en los codos, respirando con dificultad, con el torso desnudo bañado en sudor, y cuando su mujer le tocó el brazo lanzó un grito.

8

La tienda de productos agrícolas de Milt Crossen ocupaba la esquina de Jointner Avenue con Railroad Street, y la mayoría de los vejetes del pueblo acudía allí cuando llovía y el parque resultaba impracticable. Durante los largos inviernos, no faltaban nunca, pasaban a formar parte del mobiliario.

Cuando Straker llegó en su Packard de 1939 —¿o era de 1940?—, no había más que un poco de niebla, y Milt y Pat Middler mantenían en ese momento una conversación sobre si Judy, la novia de Freddy Overlock, se había fugado en 1957 o en 1958. Los dos estaban de acuerdo en que se había largado con aquel viajante de comercio de Yarmouth, y también coincidían en que él no valía un comino, ni ella tampoco, pero fuera de eso no podían ponerse de acuerdo.

La conversación cesó en el momento en que entró Straker.

El recién llegado miró a la concurrencia —Milt y Pat Middler, Joe Crane, Vinnie Upshaw y Clyde Corliss— y les dirigió una sonrisa forzada.

—Buenas tardes, caballeros —saludó.

Milt Crossen se levantó, envolviéndose casi púdicamente en su delantal.

—¿Puedo servirle en algo?

—Sí —respondió Straker—. Venga a atenderme en el mostrador de la carne, por favor.

Compró un trozo de rosbif, un kilo de chuletas, un poco de carne picada y medio kilo de hígado de ternera. A eso se sumaron otros productos —harina, azúcar, judías— y varias hogazas.

Hizo toda la compra en el más absoluto silencio. Los parroquianos de la tienda siguieron alrededor de la gran estufa Pearl Kineo que el padre de Milt había modificado para que funcionara con petróleo. Mientras fumaban, miraban prudentemente al cielo y observaban al extraño con el rabillo del ojo.

Cuando Milt terminó de colocar los artículos en una gran caja de cartón, Straker pagó en efectivo, con un billete de veinte y otro de diez. Recogió la caja, se la puso bajo el brazo y volvió a desplegar brevemente su sonrisa fría y forzada.

—Adiós, caballeros —dijo, y se fue.

Joe Crane llenó de tabaco su pipa, hecha con una mazorca de maíz. Clyde Corliss se echó hacia atrás y escupió una mezcla de flema y tabaco de mascar junto a la estufa. Vinnie Upshaw se sacó del bolsillo su máquina de liar y echó en ella unas hebras de tabaco con sus dedos artríticos.

Todos observaron cómo el forastero cargaba la caja en el maletero del coche. Eran conscientes de que debía de pesar unos quince kilos, y todos lo habían visto salir con ella debajo del brazo, como si fuera una almohada de plumas. Rodeó el vehículo hacia el lado del conductor, se sentó al volante y se alejó por Jointner Avenue. El coche ascendió por la colina, dobló a la derecha para tomar Brooks Road, desapareció y volvió a aparecer detrás de los árboles un rato después, reducido ahora por la distancia al tamaño de un juguete. Tras enfilar la entrada para coches de la Casa Marsten, se perdió de vista.

—Qué tipo más raro —señaló Vinnie.

Se puso el cigarrillo en la boca, le quitó unas hebras que asomaban por el extremo y extrajo una cerilla del bolsillo de su chaleco.

—Debe de ser uno de los que compraron esa tienda —aventuró Joe Crane.

—Y la Casa Marsten —añadió Vinnie.

Clyde Corliss soltó una ventosidad.

Pat Middler se hurgaba con gran concentración un callo en la palma de la mano izquierda.

Pasaron cinco minutos.

—¿Creéis que el negocio saldrá adelante? —preguntó Clyde.

—Quizá —respondió Vinnie—. Es posible que en el verano les vaya bien. Tal como está el patio, es difícil decirlo.

Sus palabras suscitaron un murmullo general, casi un suspiro de asentimiento.

—Está fuerte, el hombre —comentó Joe.

—Ajá —coincidió Vinnie—. Y lleva un Packard del treinta y nueve, sin siquiera una manchita de herrumbre.

—Del cuarenta —objetó Clyde.

—El del cuarenta no tenía estribos —se defendió Vinnie—. Era del treinta y nueve.

—Estás equivocado —declaró Clyde.

Pasaron cinco minutos. Entonces vieron que Milt examinaba el billete de veinte dólares con que había pagado Straker.

—¿Tiene algo raro ese dinero, Milt? —preguntó Pat—. ¿Te ha pagado con un billete falso?

—No, pero mira. —Milt se lo pasó por encima del mostrador y todos lo observaron. Era mucho más grande que un billete común.

Pat lo miró a contraluz, lo examinó y le dio la vuelta.

—Es un billete de veinte de la serie E, ¿verdad, Milt?

—Sí —confirmó Milt—. Hace cuarenta o cuarenta y cinco años que dejaron de imprimirlos. Imagino que pagarían bastante dinero por él en la tienda de numismática de Portland.

Pat hizo circular el billete y todos lo examinaron, acercándolo o alejándolo de sus ojos, dependiendo del defecto de visión de cada uno. Joe Crane se lo devolvió a Milt, que lo colocó debajo del cajón donde guardaba el dinero en efectivo, junto con los cheques y los cupones.

—Pues sí que es raro, el tipo —reflexionó Clyde.

—No hay duda —coincidió Vinnie, e hizo una pausa—. Pero el Packard es del treinta y nueve. Mi medio hermano Vic tuvo uno. Fue el primer coche que tuvo en su vida. Lo compró de segunda mano, en 1944. Una mañana se olvidó de ponerle aceite y se cargó los malditos pistones.

—Yo creo que era del cuarenta —afirmó Clyde—, porque me acuerdo de un tipo que arreglaba sillas en la tienda de Alfred; iba directamente a tu casa y te...

Y así se inició la discusión, que avanzaba más en los silencios que durante los discursos, como una partida de ajedrez jugada por correo. Y el tiempo pareció detenerse y dilatarse hasta la eternidad, y Vinnie Upshaw comenzó a liarse otro cigarrillo con la delicada lentitud de un artrítico.

9

Ben estaba escribiendo cuando alguien llamó a la puerta. Tras dejar una marca en la parte del texto por la que iba, se levantó a abrir. Eran poco más de las tres de la tarde del miércoles 24 de septiembre. La lluvia había echado por tierra los planes de seguir con la búsqueda de Ralphie Glick, y el consenso general era que la búsqueda había terminado. El chico de los Glick había desaparecido, y no había ya nada que se pudiera hacer.

Al abrir la puerta, se encontró con Parkins Gillespie, que estaba fumando un cigarrillo. Tenía en la mano un libro de bolsillo, y a Ben le hizo gracia advertir que se trataba de la edición Bantam de *La hija de Conway*.

—Adelante, agente —lo invitó—. Hay mucha humedad fuera.

—Un poco, sí —asintió Parkins, mientras entraba—. Septiembre es la época de la gripe. Yo siempre llevo chanclos de goma. Hay quien se ríe, pero la última vez que contraje la gripe fue en 1944, en Saint-Lô, Francia.

—Deje su chaqueta sobre la cama. Lamento no poder ofrecerle café.

—No quisiera mojarle nada —dijo Parkins, mientras tiraba la ceniza en la papelera—. Y acabo de tomar una taza de café en el Excellent.

—Bueno, pues usted dirá.

—Verá, es que mi mujer se ha leído esto... —Levantó el libro—. Y se enteró de que estaba usted en la ciudad, pero es muy tímida. Ha pensado que tal vez usted podría dedicarle el libro o algo así.

Ben tomó el libro.

—Por lo que dice Weasel Craig, su mujer falleció hace catorce o quince años.

—¿Eso dice? —Parkins no se mostró en absoluto sorprendido—. Cómo le gusta hablar, al tal Weasel. Algún día abrirá tanto la boca que se caerá dentro.

Ben guardó silencio.

—¿Podría firmármelo a mí, entonces?

—Encantado.

Ben tomó una pluma del escritorio, abrió el libro por la primera guarda («¡Un palpitante fragmento de vida!», *Plain Dealer*, de Cleveland), y escribió: «Con mis mejores deseos para el agente Gillespie, Ben Mears; 24/9/75». Luego se lo devolvió.

—Se lo agradezco mucho —dijo Parkins, sin mirar qué había escrito Ben. Se inclinó para apagar el cigarrillo en el costado de la papelera—. Es el único libro firmado que tengo.

—No habrá venido para interrogarme, ¿verdad? —preguntó Ben, sonriente.

—Es bastante despierto, usted —comentó Parkins—. Ahora que lo dice, sí, quería hacerle un par de preguntas. He esperado a que Nolly tuviera otra cosa que hacer. Es buen muchacho, pero a él también le gusta hablar. Madre mía, la de chismes que corren.

—¿Qué quiere saber?

—Más que nada, dónde estuvo la noche del miércoles pasado.

—¿La noche que desapareció Ralphie Glick?

—Exacto.

—¿Me considera un sospechoso?

—No, señor. Yo no tengo sospechosos. Un caso como este me viene grande, por así decirlo. Lo mío es parar a los que van con exceso de velocidad después de salir del bar de Dell, o ahuyentar a los muchachos del parque antes de que les dé un calentón. No hago más que husmear un poco.

—¿Y si yo no quisiera decírselo?

Parkins se encogió de hombros y buscó los cigarrillos.

—Eso es asunto suyo, hijo.

—Estuve cenando en casa de Susan Norton. Y jugué al bádminton con su padre.

—Seguro que él le ganó. Siempre le gana a Nolly. Nolly se pasa el día diciéndome lo mucho que le gustaría ganarle a Bill Norton, aunque solo fuera una vez. ¿A qué hora se fue?

Ben soltó una risotada no muy divertida.

—Usted no se anda con rodeos, ¿no?

—¿Sabe qué? —señaló Parkins—. Si yo fuera uno de esos detectives neoyorquinos como los de la televisión, podría pensar que usted tiene algo que ocultar, por la forma en que esquiva mis preguntas.

—Nada que ocultar —le aseguró Ben—. Simplemente estoy cansado de ser el forastero del pueblo, de que me señalen por la calle y se den codazos cuando entro en la biblioteca. Y ahora me viene usted con jueguecitos, tratando de averiguar si guardo en el armario el cuero cabelludo de Ralphie Glick.

—Pues no, no creo eso para nada. —Parkins lo miró por encima de su cigarrillo; su expresión se había endurecido—. Solo intento descartarlo. Si pensara que usted tiene algo que ver con eso, ya lo habría puesto a la sombra.

—Está bien —consintió Ben—. Me marché de casa de los Norton a eso de las siete y cuarto. Di un paseo, caminando en dirección a Schoolyard Hill. Cuando se hizo de noche, vine aquí, escribí durante un par de horas y me acosté.

—¿A qué hora llegó aquí?

—Creo que a las ocho y cuarto.

—Bueno, pues eso no le deja a usted en tan buen lugar como yo quisiera. ¿No se encontró con nadie?

—No, con nadie —respondió Ben.

Con un gruñido, Parkins se acercó a la máquina de escribir.

—¿Qué está escribiendo?

—Nada que a usted le importe —contestó Ben con voz tensa—. Le agradeceré que mantenga los ojos y las manos alejados de mi trabajo. Salvo que tenga una orden de registro.

—Qué quisquilloso. ¿Acaso no quiere que sus libros se lean?

—Cuando el libro haya pasado por tres borradores, revisión de estilo, corrección de galeradas, revisión de maqueta e impresión, yo mismo le entregaré cuatro ejemplares dedicados. Pero, por el momento, esto pertenece a mis papeles privados.

Con una sonrisa, Parkins se apartó de la máquina de escribir.

—Como quiera. De todas maneras, dudo mucho que se trate de una confesión firmada.

Ben le devolvió la sonrisa.

—Decía Mark Twain que una novela es un documento en el que un hombre que jamás hizo nada lo confiesa todo.

Parkins exhaló una bocanada de humo y se dirigió a la puerta.

—No quiero seguir mojando su alfombra, señor Mears. Le agradezco que me haya atendido, y, para su información, le diré que no creo que usted haya visto jamás al chico de los Glick. Pero mi trabajo es hacer indagaciones sobre esas cosas.

—Ya. —Ben hizo un gesto de asentimiento.

—Y más vale que se vaya haciendo a la idea de cómo son las cosas en lugares como Salem's Lot, Milbridge, Guilford o cualquier pueblecito de estos. Hasta que no haya pasado aquí veinte años, seguirá siendo el forastero del pueblo.

—Lo sé. Siento haberme enfadado con usted. Después de una semana de buscarlo sin encontrar nada... —Ben sacudió la cabeza.

—Sí —asintió Parkins—. Eso no es bueno para la madre. Nada bueno. Cuídese.

—Lo haré.

—¿Sin rencores?

—Sin rencores. —Ben hizo una pausa—. ¿Puede aclararme una cosa?

—Si está en mi mano, sí.

—¿Dónde consiguió el libro?

Parkins Gillespie volvió a sonreír.

—Bueno, en Cumberland hay un tipo que tiene una tienda de muebles de segunda mano. Es medio raro, la verdad. Se llama Gendron. Vende libros de bolsillo a diez centavos el ejemplar, y tenía cinco de estos.

Ben se echó a reír. Parkins Gillespie se fue, sonriendo y

fumando. Ben se acercó a la ventana y siguió con la mirada al agente mientras salía y cruzaba la calle, esquivando los charcos con sus chanclos negros.

10

Parkins se detuvo a mirar por el escaparate de la nueva tienda antes de llamar a la puerta. Cuando aquello era El Lavadero del Pueblo, uno podía mirar al interior y ver a un grupo de mujeres gordas con rulos que echaban lejía en la lavadora o conseguían cambio en la máquina adosada a la pared; en su mayoría mascaban chicle y parecían vacas rumiando hierba. Pero la tarde anterior había visto aparcado delante el camión de un decorador de interiores de Portland, y el aspecto del local era ahora muy diferente.

Detrás de la vidriera habían colocado una plataforma cubierta con una alfombra de nudos de color verde claro. Fuera de la vista habían instalado dos reflectores que arrojaban una suave luz sobre los tres objetos dispuestos en el escaparate: un reloj, una rueca y un antiguo armario de madera de cerezo. Frente a cada una de las piezas había un pequeño atril que exhibía discretamente una etiqueta con el precio. Dios santo, ¿quién en su sano juicio pagaría seiscientos dólares por una rueca cuando en la casa de empeños se podía conseguir una Singer por menos de cincuenta pavos?

Con un suspiro, Parkins fue hacia la puerta y dio unos golpecitos.

Esta tardó solo un segundo en abrirse, como si el forastero hubiera estado al acecho detrás de ella, esperando a que él llamara.

—¡Inspector! —le saludó Straker con una sonrisa—. ¡Qué estupendo que haya venido!

—Agente nada más, me temo —aclaró Parkins mientras encendía un Pall Mall, y entró—. Parkins Gillespie. Encantado de conocerle. —Le tendió la mano, que el otro estrechó suavemente con unos dedos que le parecieron de una fuerza tremenda y con la piel muy seca.

—Richard Throckett Straker —anunció el hombre calvo.

—Ya me figuraba que era usted —comentó Parkins mientras miraba alrededor.

La tienda entera estaba enmoquetada, pero todavía no habían acabado de pintarla. El olor a pintura fresca resultaba grato, pero por debajo se percibía otro, más desagradable. Parkins no consiguió identificarlo, así que decidió prestar atención a Straker.

—¿Qué se le ofrece en este hermoso día? —preguntó Straker.

La tranquila mirada de Parkins se dirigió hacia la ventana, tras la que seguía lloviendo a cántaros.

—En realidad, nada. Simplemente he venido a saludarlo. Digamos que quería darle la bienvenida al pueblo y desearle buena suerte.

—Muy amable. ¿Le apetece un café? ¿Una copa? En la trastienda tengo ambas cosas.

—No, gracias, no tengo tiempo. ¿Y el señor Barlow?

—Está en Nueva York, en viaje de compras. No creo que llegue hasta el 10 de octubre, por lo menos.

—Tendrá que inaugurar la tienda sin él, entonces —dijo Parkins, mientras pensaba que, si los precios que había visto en el escaparate eran la tónica general, Straker no se iba a ver precisamente acosado por los clientes—. Por cierto, ¿cuál es el nombre de pila del señor Barlow?

La sonrisa de Straker volvió a aparecer, dura como el acero.

—¿Lo pregunta a título oficial, esto... agente?

—Qué va. Por curiosidad, nada más.

—El nombre completo de mi socio es Kurt Barlow —explicó Straker—. Hemos trabajado juntos en Londres y Hamburgo. Esto —señaló alrededor— es nuestro retiro. Modesto, pero de buen gusto. Nuestra única ambición es ganarnos la vida, pero como a los dos nos gustan las cosas antiguas, las cosas hermosas, esperamos conseguir una reputación en la zona..., tal vez incluso en toda esta bellísima región de Nueva Inglaterra. ¿Piensa usted que eso sería posible, agente Gillespie?

—Todo es posible, supongo —respondió Parkins mientras buscaba con la vista un cenicero. Al no encontrar ninguno, se echó la ceniza del cigarrillo en un bolsillo de la chaqueta—. En todo caso, les deseo mucha suerte, y cuando vea al señor Barlow, dígale que ya lo buscaré para hablar con él.

—Así lo haré —respondió Straker—. Le gusta conocer gente.

—Bien. —Gillespie se encaminó hacia la puerta, se detuvo y volvió la cabeza. Straker lo miraba con fijeza—. Por cierto, ¿qué tal la vieja casa?

—Necesita reformas —explicó Straker—, pero tenemos tiempo.

—Claro —asintió Parkins—. Supongo que no habrán visto críos rondando por ahí.

—¿Críos? —Straker frunció el entrecejo.

—Chiquillos —explicó Parkins—. Usted sabe que a veces disfrutan molestando a los recién llegados. Les tiran piedras, o tocan el timbre y salen corriendo..., cosas así.

—No, no hemos visto niños.

—Pues lo cierto es que se nos ha perdido uno.

—¿De veras?

—Sí, así es —dijo Parkins con aire pensativo—. Y ahora nos tememos que no lo vamos a encontrar. Vivo, al menos.

—Es terrible —comentó Straker, distante.

—Sí, bastante. Si por casualidad ve usted algo...

—No dude que se lo notificaré de inmediato. —Volvió a desplegar su gélida sonrisa.

—Gracias. —Parkins abrió la puerta y contempló con resignación el diluvio—. Avísele al señor Barlow que vendré a verle.

—Sin duda, agente Gillespie. *Ciao*.

Parkins se dio la vuelta, sorprendido.

—¿Chao?

La sonrisa de Straker se ensanchó.

—Adiós, agente Gillespie. Es la expresión familiar para despedirse en italiano.

—¿Sí? Bueno, todos los días se aprende algo nuevo. Adiós. —Parkins salió a la lluvia y cerró tras de sí la puerta de la tienda—. Pues a mí no me resulta familiar —murmuró.

El cigarrillo ya estaba empapado. Lo tiró.

Straker lo miró alejarse a través del escaparate.

Ya no sonreía.

11

—¡Nolly! —llamó Parkins al llegar a su despacho en el ayuntamiento—. ¿Estás aquí, Nolly?

No hubo respuesta. Parkins hizo un gesto de satisfacción. Nolly era un buen muchacho, pero un poco corto de entendederas. Después de quitarse la chaqueta y las botas, se sentó ante su escritorio, buscó un número en la guía telefónica de Portland y marcó. Le contestaron al otro lado inmediatamente.

—FBI, Portland. Agente Hanrahan.

—Al habla Parkins Gillespie, agente de la policía local de Jerusalem's Lot. Tenemos un niño desaparecido.

—Lo sabemos —dijo Hanrahan—. Ralph Glick, nueve años, un metro treinta, pelo negro, ojos azules. ¿Han recibido una nota de secuestro?

—No, para nada. Quisiera pedirle que investigue a ciertas personas.

Hanrahan se mostró de acuerdo.

—El primero es Benjaman Mears. Escritor. Es autor de un libro que se llama *La hija de Conway*. Los otros dos van en el mismo paquete. Uno se llama Kurt Barlow. El otro...

—Kurt. ¿Se escribe con ce o con ka? —inquirió Hanrahan.

—No sé.

—No importa. Continúe.

Parkins continuó. Estaba transpirando. Hablar con la autoridad siempre lo hacía sentir como un idiota.

—El otro es Richard Throckett Straker. Con dos *tes* al final de Throckett, y Straker tal como suena. Ese tipo y Barlow están en el negocio de muebles y antigüedades; acaban de abrir una pequeña tienda aquí en el pueblo. Straker dice que Barlow está en Nueva York haciendo compras. Y afirma que los dos han trabajado juntos en Londres y Hamburgo. Estos son los únicos datos que puedo dar.

—¿Sospecha que puedan tener que ver con el caso Glick?

—Por el momento, ni siquiera sé si es un caso. Pero los tres aparecieron por el pueblo más o menos al mismo tiempo.

—¿Y cree usted que puede haber alguna conexión entre ese Mears y los otros dos?

Parkins se reclinó en el asiento y echó una ojeada por la ventana.

—Esa es una de las cosas que me gustaría saber —respondió.

12

En los días despejados y frescos, los cables telefónicos emiten un extraño zumbido, como si los cotilleos que circulan por ellos los hicieran vibrar, y es un sonido que no se parece a ningún otro, el sonido solitario de las voces que vuelan a través del espacio. Los postes de teléfono están grises y astillados, y las heladas y los deshielos del invierno los han inclinado en ángulos caprichosos. No presentan un aspecto serio y marcial como los postes incrustados en cemento. Tienen la base negra de alquitrán si están junto a una carretera asfaltada, y cubierta de polvo si flanquean un camino de tierra. Presentan marcas de suelas dejadas por los obreros que han trepado para hacer reparaciones en 1946, 1952 o 1969. Las aves —cuervos, gorriones, petirrojos, estorninos— duermen en los hilos susurrantes, acurrucadas en silencio, y tal vez perciban los extraños sonidos de la voz humana a través de las garras. En todo caso, sus ojillos redondos no lo revelan. El pueblo tiene un sentido, no de la historia, sino del tiempo, y es como si los postes telefónicos lo supieran. Si se apoya la mano sobre ellos, se siente en lo más profundo de la madera la vibración de los hilos, como si palpitaran, prisioneras, almas que pugnan por liberarse.

—... y le pagó con un billete de veinte de los viejos, Mabel, uno de esos grandes. Clyde decía que no había visto uno de esos desde la Depresión, en 1930. Está...

—... sí, el tipo es raro de narices, Evvie. He visto con los prismáticos como iba y venía por detrás de la casa con una carretilla. No entiendo si es que está allí solo o...

—... tal vez Crockett lo sepa, pero no dice ni pío. No suelta prenda sobre eso. Siempre ha sido un...

—... escritor que se aloja en casa de Eva. Me pregunto si Floyd Tibbits sabe que ha estado...

—... pasa muchísimo tiempo en la biblioteca. Loretta Starcher dice que nunca ha visto a nadie que conociera tantos...

—... dijo que él se llamaba...

—... sí, Straker, se llama. R. T. Straker. La madre de Kenny Danles dice que pasó por esa tienda nueva del pueblo y que en el escaparate había un armario DeBiers auténtico, y que el precio que estaba marcado era de *ochocientos dólares.* ¿Te imaginas? Así que yo le dije...

—... qué casualidad, que nada más venir él, el pequeño de los Glick...

—... ¿no te parece que...?

—... no, pero *sí* que es demasiada casualidad. A propósito, ¿tienes todavía aquella receta de...?

Los cables zumban. Y zumban. Y zumban.

13

29/9/75

NOMBRE: Glick, Daniel Francis.

DIRECCIÓN: RFD 1, Brock Road, Jerusalem's Lot, 04270 Maine.

EDAD: 12. SEXO: masculino. RAZA: caucásica.

INGRESO: 22/9/75. RESPONSABLE DEL INGRESO: Anthony H. Glick (padre).

SÍNTOMAS: Conmoción, pérdida de memoria (parcial), náuseas, falta de apetito, estreñimiento, apatía general.

ANÁLISIS (véase hoja adjunta):

1. Reacción de Mantoux: Neg.
2. Tuberculosis en esputo y orina: Neg.
3. Diabetes: Neg.

4. Recuento glóbulos blancos: Neg.
5. Valor de hematocrito: 45 %
6. Muestra de médula: Neg.
7. Radiografía de tórax: Neg.

Diagnóstico posible: Anemia perniciosa, primaria o secundaria; examen previo muestra 86 % hemoglobina. Anemia secundaria improbable; no hay antecedentes de úlceras, hemorroides, ni similares. Recuento diferencial de glóbulos normal. Probable anemia primaria combinada con choque psicológico. Recomendado enema de bario y radiografía para descartar probable hemorragia interna, aunque el padre no menciona accidentes recientes. Se recomiendan también dosis diarias de vitamina B12 (véase hoja adjunta). En espera de análisis posteriores, se le da el alta.

G. M. Gorby,
médico de cabecera

14

A la una de la madrugada del 24 de septiembre, la enfermera entró en la habitación que ocupaba Danny Glick en el hospital para administrarle la medicación. Se detuvo en la puerta con el entrecejo arrugado. La cama estaba vacía.

Sus ojos saltaron del lecho al bulto blanco extrañamente desvalido que yacía en el suelo.

—Danny... —dijo.

Se acercó a él, pensando que había intentado ir al baño pero el esfuerzo le habría resultado excesivo.

Le dio la vuelta con delicadeza, y lo primero que pensó antes de darse cuenta de que estaba muerto fue que la B12 le había hecho bien; nunca había tenido tan buen aspecto desde que había ingresado en el hospital.

Pero al agarrarle la muñeca advirtió que tenía la piel fría y que nada se movía en la tracería de color azul claro que formaban las venas bajo sus dedos, y corrió a la sala de enfermeras para comunicar que se había producido un deceso en el pabellón.

Capítulo 5

BEN (II)

1

El 25 de septiembre, Ben volvió a cenar con los Norton. Era jueves, y se sirvió un plato tradicional: judías con salchichas. Bill Norton asó las salchichas en la parrilla del patio, y Ann había tenido las judías hirviendo en melaza desde la mañana. Comieron en la mesa del jardín y después los cuatro se quedaron fumando, charlando de lo mal que pintaban las cosas para los Red Sox de Boston.

El ambiente había sufrido un cambio sutil; la temperatura seguía siendo bastante agradable, incluso en mangas de camisa, pero un resplandor helado envolvía el aire. El otoño, ya casi visible, esperaba entre bambalinas. El enorme y viejo arce que se erguía frente a la pensión de Eva Miller había empezado a ponerse rojo.

Nada había cambiado en la relación de Ben con los Norton. Susan se sentía atraída por él, de un modo claro y natural. Y ella también le gustaba a él. Percibía en Bill una simpatía creciente, contenida por el tabú subconsciente que afecta a todos los padres cuando se hallan frente a un hombre cuyo interés se centra en su hija más que en él. Si a uno le cae bien otro hombre y es sincero, conversa abiertamente con él, discute de política y habla de mujeres mientras ambos beben cerveza. Pero por más profunda que sea la simpatía latente, es imposible abrirse totalmente a un hombre entre cuyas piernas pende el desfloramiento potencial de una hija. Ben se preguntaba si, después de la boda, una vez que la potencialidad se había convertido en realidad, era posible llegar a entablar una amistad verdadera con el tipo que noche tras noche se acostaba con la hija de uno. Tal vez hubiera una enseñanza en todo eso, pero Ben no lo creía.

Ann Norton seguía mostrándose fría. La noche anterior, Susan le había contado a Ben algo respecto a su relación con Floyd Tibbits, en quien su madre había visto la solución definitiva y satisfactoria a su preocupación por tener un futuro yerno aceptable. Floyd era una cara conocida, un valor seguro. Ben Mears, por el contrario, había aparecido de la nada y podía volver a desaparecer con la misma rapidez, y posiblemente llevándose en el bolsillo el corazón de su hija. Con una aversión instintiva y pueblerina (que Edward Arlington Robertson o Sherwood Anderson habrían reconocido en el acto), Ann desconfiaba del varón creativo, y Ben sospechaba que en lo profundo de su ser anidaba la creencia de que esas personas eran, o bien maricones, o bien sementales, y en ocasiones también homicidas, suicidas o maniacos con cierta propensión a enviarles a las jóvenes paquetitos en los que han envuelto su oreja izquierda. Aparentemente, la participación de Ben en la búsqueda de Ralphie Glick no había hecho más que incrementar sus sospechas, y él temía que le iba a resultar imposible ganársela. No sabía si Ann estaría al tanto de la visita que le había hecho Parkins Gillespie.

Ben rumiaba perezosamente estos pensamientos cuando la voz de Ann lo arrancó de ellos.

—Qué terrible, lo del chico de los Glick.

—¿Ralphie? Sí —dijo Bill.

—No, el mayor. Ha muerto.

Ben dio un respingo.

—¿Quién? ¿Danny?

—Murió ayer a primera hora de la mañana. —Pareció sorprendida de que los hombres no lo supieran. Todo el mundo hablaba de eso.

—Lo oí comentar en la tienda de Milt —dijo Susan. Su mano encontró la de Ben por debajo de la mesa, y él se la apretó cálidamente—. ¿Cómo han reaccionado los Glick?

—Como habría reaccionado yo —respondió Ann—. Están totalmente trastornados.

Y no es para menos, pensó Ben. Diez días atrás su vida se ajustaba al ordenado ciclo habitual; ahora la unidad familiar estaba hecha pedazos. Solo de pensarlo, sintió un escalofrío.

—¿Crees que el otro niño aparecerá vivo? —le preguntó Bill a Ben.

—No —respondió este—. Creo que él también ha muerto.

—Eso me recuerda lo sucedido en Houston hace dos años —dijo Susan—. Si de verdad está muerto, casi espero que no lo encuentren. ¿Quién puede ser capaz de hacerle semejante cosa a un chiquillo indefenso...?

—Supongo que la policía estará investigando —comentó Ben—. Deteniendo a los delincuentes sexuales conocidos para interrogarlos.

—Cuando encuentren al tipo tendrían que colgarlo de los pulgares —opinó Bill—. ¿Una partida de bádminton, Ben?

Ben se puso de pie.

—No, gracias. Se parece demasiado a observarte jugar al solitario. Muchas gracias por esta cena tan agradable, pero esta noche tengo trabajo.

Ann Norton enarcó una ceja. Bill se levantó.

—¿Qué tal va ese nuevo libro?

—Bien —respondió Ben—. Susan, ¿te gustaría bajar conmigo andando y tomar un refresco en el bar de Spencer?

—No sé yo... —terció Ann—. Después de lo de Ralphie Glick y todo eso, estaré más tranquila si...

—Mamá, ya no soy una niña —protestó Susan—. Y Brock Hill está bien iluminada.

—Yo la acompañaré de vuelta, por supuesto —se ofreció Ben, casi formalmente. Había dejado el coche en la pensión. La tarde era demasiado bonita para ir conduciendo.

—No les pasará nada —dijo Bill—. Te preocupas demasiado.

—Sí, supongo que sí. Los jóvenes saben lo que hacen, ¿no? —Sonrió.

—Voy a ponerme una chaqueta —murmuró Susan a Ben, y entró en la casa por la puerta trasera.

Llevaba una falda plisada roja, a medio muslo, y cuando subió por los escalones de la entrada una buena porción de pierna quedó al descubierto. Ben la miró, consciente de que a su vez Ann lo miraba a él. Su marido estaba echando agua sobre el carbón para apagarlo.

—¿Cuánto tiempo piensas quedarte en Lot, Ben? —preguntó Ann.

—Por lo menos hasta que haya acabado el libro. Después de eso, no sé. Las mañanas son maravillosas, y el aire muy puro. —Sonrió al mirarla a los ojos—. Tal vez me quede más tiempo.

Ann le devolvió la sonrisa.

—Los inviernos son fríos, Ben. Muy fríos.

Y ahí estaba Susan, bajando los escalones con una chaqueta ligera sobre los hombros.

—¿Vamos? Me tomaré un chocolate. Peor para el cutis.

—Tu cutis lo aguantará —dijo Ben y se volvió hacia el matrimonio Norton—. Gracias de nuevo.

—Hasta pronto —respondió Bill—. Si quieres, ven mañana por la noche con una caja de seis cervezas. Nos reiremos de ese desgraciado de Yastrzemski.

—Muy bien —asintió Ben—, pero ¿qué beberemos cuando empiece la segunda entrada?

La risa de Bill, profunda y sonora, los siguió mientras doblaban la esquina de la casa.

2

—En realidad no me apetece ir al bar de Spencer —declaró Susan mientras caminaban cuesta abajo—. Vamos al parque.

—¿Y qué hay de los mangantes, nena? —preguntó Ben, imitando la forma de hablar del Bronx.

—En Lot todos los mangantes tienen que estar en casa a las siete. Lo establece una ordenanza municipal. Y ahora son las ocho y tres.

Durante su descenso de la colina, la oscuridad los envolvió, y al andar veían como crecían y se acortaban sus sombras bajo las luces de las farolas.

—Qué mangantes tan majos tenéis aquí. ¿No va nadie al parque después del anochecer?

—A veces los chicos del pueblo van allí a pegarse el lote cuando no tienen dinero para el autocine —explicó Susan, guiñando un ojo—. O sea que, si ves que algo se mueve en los arbustos, mira para otro lado.

Entraron por el lado oeste, el que daba hacia el ayuntamiento. El parque estaba en penumbra y tenía un aspecto onírico, con sus sendas que se alejaban en amplias curvas bajo el follaje y el estanque que reflejaba las luces de la calle. Si había alguien allí, Ben no lo vio.

Caminando, rodearon el monumento conmemorativo, con sus largas listas de soldados caídos, los más antiguos, de la guerra de la Independencia, y los más recientes, de la de Vietnam. Había seis muchachos del pueblo que habían muerto en el último conflicto, y los nombres tallados relucían en el bronce como una herida nueva. Se equivocaron al bautizar este pueblo, pensó Ben. Debería llamarse Tiempo. Y, como si la acción fuera una consecuencia natural de la idea, miró por encima del hombro hacia la Casa Marsten, pero el edificio del ayuntamiento le tapaba la vista.

Susan advirtió la mirada y frunció el entrecejo. Tendieron sus chaquetas sobre el césped para sentarse, pues habían descartado los bancos del parque sin necesidad de hablarlo.

—Mi madre me ha dicho que Parkins Gillespie ha estado interrogándote —dijo ella—. Parece que el chico nuevo del instituto ya se ha metido en problemas, ¿eh?

—Gillespie es todo un personaje —dijo Ben.

—Mamá prácticamente te tiene juzgado y condenado. —Aunque lo decía con despreocupación, su voz no pudo ocultar su seriedad.

—Tu madre no tiene muy buen concepto de mí, ¿verdad?

—No —reconoció Susan, tomándolo de la mano—. Es un caso de desamor a primera vista. Lo siento.

—No pasa nada —la tranquilizó Ben—. Una de cal y otra de arena.

—¿Lo dices por papá? —Susan sonrió—. Bueno, él sabe reconocer a la gente con clase. —La sonrisa se esfumó—. Ben, ¿sobre qué es el libro nuevo?

—Es difícil de explicar. —Ben se quitó los mocasines para hundir los dedos de los pies en la hierba húmeda.

—No cambies de tema.

—No, si no tengo inconveniente en decírtelo.

Sorprendido, él mismo descubrió que era verdad. Siempre había pensado que una obra aún sin terminar era como un niño, un niño débil a quien había que cuidar y proteger. Demasiado manoseo puede causar su muerte. Aunque a Miranda la había consumido la curiosidad por *La hija de Conway* y *Danza aérea*, Ben se había negado a decirle una sola palabra sobre ambos libros. Pero Susan era diferente. Miranda siempre había tendido a la indagación directa, y a Ben sus preguntas le sonaban a interrogatorios.

—Déjame pensar cómo hilvanarlo —pidió.

—¿No puedes besarme mientras piensas? —sugirió Susan, tendida de espaldas en la hierba. Ben no pudo dejar de advertir qué corta era su falda, y cuánto se le había levantado.

—Creo que eso podría interferir con mi proceso mental —dijo con suavidad—, pero intentémoslo.

Se inclinó para besarla, apoyándole suavemente una mano en la cintura. Susan recibió sus labios y cerró las manos sobre las suyas. Un momento después, Ben sintió por primera vez la lengua de ella y la acarició con la suya. La chica cambió de postura para responder mejor al beso, y el suave susurro de la falda de algodón le inundó los oídos de un modo casi enloquecedor.

Ben deslizó la mano hacia arriba, y Susan se arqueó para llenarla con un pecho suave y cálido. Por segunda vez desde que la conocía, Ben se sintió como un adolescente ante el que todas las posibilidades de la vida se abrían como una autopista de seis carriles, sin tráfico a la vista.

—Ben...

—¿Sí?

—Hagamos el amor, ¿quieres?

—Sí, quiero.

—Aquí sobre la hierba —pidió Susan.

—Vale.

Ella lo miraba con los ojos muy abiertos en la oscuridad.

—Hazlo con ternura.

—Procuraré.

—Despacio —dijo ella—. Muy despacio. Así...

No eran más que sombras en la oscuridad.

—Eso es —musitó Ben—. Oh, Susan.

3

Estuvieron paseando, primero sin rumbo por el parque, después en dirección a Brock Street.

—¿Te arrepientes? —preguntó Ben.

Ella levantó los ojos y desplegó una sonrisa franca.

—No. Me alegro.

—Mejor.

Sin hablar, siguieron andando de la mano.

—¿Y el libro? —preguntó Susan—. Ibas a hablarme de eso antes de esa deliciosa interrupción.

—El libro es sobre la Casa Marsten —dijo Ben pausadamente—. Tal vez la idea original no fuera esa. Pensaba que quería escribir sobre el pueblo, quizá me estaba engañando a mí mismo. ¿Sabes que estuve investigando sobre Hubie Marsten? Era un gánster. La empresa de transporte por camiones no era más que una tapadera.

Susan lo miró, asombrada.

—¿Cómo lo descubriste?

—En parte por la policía de Boston y en parte por una mujer que se llama Minella Corey, la hermana de Birdie Marsten. Ahora tiene setenta y nueve años, y es incapaz de recordar qué ha tomado por la mañana para desayunar, pero jamás se olvida de nada que haya sucedido antes de 1940.

—Y ella te contó…

—Todo lo que sabía. Está en una residencia de ancianos de New Hampshire, y supongo que hace años que nadie se toma la molestia de escucharla. Le pregunté si Hubert Marsten había sido realmente un asesino a sueldo en Boston, que es lo que piensa la policía, y me respondió con un gesto de asentimiento. Le pregunté a cuántos había liquidado, y me respondió abriendo y cerrando los dedos varias veces con la palma hacia arriba.

—Dios mío.

—La organización de Boston empezó a inquietarse por Hubert Marsten en 1927 —prosiguió Ben—. Fue interrogado en dos ocasiones, una vez por la policía de la ciudad y otra por la de Malden. Cuando lo detuvieron en Boston, fue a causa de un ajuste de cuentas entre dos bandas rivales, y en dos horas volvía a estar en la calle. Lo de Malden no fue por un tema de negocios, sino por el asesinato de un niño de once años que apareció destripado.

—Ben... —le rogó Susan con la voz alterada.

—Los jefes de Marsten lo sacaron del aprieto (supongo que él sabía dónde estaban enterrados unos cuantos cadáveres), pero ya no siguió en Boston. Se mudó discretamente a Salem's Lot, fingiendo ser un simple empleado del sector del transporte que se había jubilado y recibía un cheque una vez al mes. Y casi no salía..., que se sepa, por lo menos.

—¿Qué quieres decir?

—Me he pasado muchas horas en la biblioteca, examinando ejemplares viejos del *Ledger*, de 1928 a 1939. En ese periodo desaparecieron cuatro niños. No es algo tan raro en una zona rural. Los chicos se pierden y a veces mueren a la intemperie. A veces quedan sepultados por un desprendimiento de tierras. Son cosas terribles, pero a veces pasan.

—Pero tú no crees que eso sea lo que sucedió, ¿verdad?

—No lo *sé*. Lo único que sé es que *ninguno de esos cuatro niños pudo ser encontrado*. No hubo ningún cazador que tropezara con un esqueleto en 1945, ni un contratista de obras que lo desenterrara al recoger una carga de grava. Hubert y Birdie vivieron durante once años en esa casa, y los niños desaparecieron; es lo único que se sabe. Pero yo sigo pensando en el chiquillo de Malden; siempre pienso en él. ¿Conoces *La maldición de Hill House*, de Shirley Jackson?

—Sí.

—«Y todo lo que andaba por ahí andaba solo» —citó Ben

en voz baja—. Tú me has preguntado de qué trata mi libro. Esencialmente es sobre el poder recurrente del mal.

Susan apoyó ambas manos en el brazo de él.

—No pensarás que a Ralphie Glick…

—¿Se lo tragó el espíritu vengativo de Hubert Marsten, que resucita cada tres años cuando hay luna llena?

—Algo así.

—Si lo que quieres es que te tranquilicen, te has equivocado de persona. No olvides que soy el niño que abrió la puerta de ese dormitorio y vio a Hubie colgado de una viga.

—Eso no es una respuesta.

—No, claro que no. Deja que te cuente otra cosa antes de decirte exactamente lo que pienso. Fue algo que dijo Minella Corey. Según ella, en el mundo hay hombres malos, verdaderamente malignos. Aunque a veces sabemos algo de ellos, por lo general actúan en la sombra. Dice que ella tuvo la desgracia de conocer a dos hombres así en su vida. Uno era Adolf Hitler; el otro, su cuñado Hubert Marsten. —Ben hizo una pausa—. Asegura que, el día que Hubie disparó a su hermana, ella estaba en Cape Cod, a casi quinientos kilómetros de distancia. Ese verano trabajó como ama de llaves para una familia rica, y en aquel momento estaba preparando una ensalada en un bol grande de madera. Eran las dos y cuarto de la tarde cuando un dolor súbito e intenso, «como un relámpago», le atravesó la cabeza, y oyó el estampido de un disparo. Minella afirma que se cayó al suelo y que, cuando se recuperó (estaba sola en la casa), habían pasado veinte minutos. Miró dentro de la ensaladera y dio un grito: le pareció que estaba llena de sangre.

—Dios —murmuró Susan.

—Un momento después, todo había vuelto a la normalidad. La cabeza no le dolía y en la ensaladera no había más que ensalada. Pero ella afirma que supo…, *supo*… que a su hermana la habían matado con una escopeta.

—¿Esa es la historia que cuenta? No parece muy verosímil.

—No, no lo parece. Pero ella no es una embustera; es una pobre vieja a quien ya no le quedan sesos para mentir. Sin embargo, no es eso lo que me preocupa, o no tanto, por lo menos. Existen datos suficientes sobre la percepción extrasensorial como para que, si uno quiere reírse de ella, lo haga por su cuenta y riesgo. La idea de que Birdie transmitiera las circunstancias de su propia muerte a casi quinientos kilómetros de distancia por medio de una especie de telegrafía psíquica no me resulta, ni mucho menos, tan increíble como el rostro del mal, ese rostro monstruoso que a veces me parece ver dibujado en la estructura de esa casa.

»Me has preguntado qué pienso, y te lo voy a decir. Creo que es relativamente fácil que la gente acepte cosas como la telepatía o las premoniciones o el teleplasma, porque son creencias que no tienen mayores consecuencias para ellos; no les quitan el sueño por la noche. Por otro lado, la idea de que el mal que hacen los hombres perviva tras su muerte resulta más inquietante. —Miró hacia la Casa Marsten y siguió hablando lentamente—: Creo que esa casa podría ser el monumento de Hubert Marsten al mal, una especie de caja de resonancia psíquica. Un faro de lo sobrenatural, si lo prefieres, que ha permanecido inmóvil allí durante todos estos años, conservando tal vez la esencia de la maldad de Hubie en sus viejas entrañas que se desmoronan.

—Y ahora vuelve a estar habitada.

—Y se ha producido otra desaparición. —Ben se volvió hacia Susan y le tomó la cara entre las manos—. Eso es algo con lo que no contaba cuando regresé aquí. Pensaba que tal vez habrían demolido la casa, pero ni en mis fantasías más disparatadas imaginé que la hubieran vendido. Yo pensaba alquilarla y... bueno, no sé. Tal vez, hacer frente a los terrores y males que me acechan. Jugar al exorcismo... «¡Desaparece, en nombre de todos los santos, Hubie!». O quizá la idea fuera simplemente sumergirme en la atmósfera del lugar y poder escribir un libro tan aterrador que me hiciera ganar un millón de dólares. Sea como fuere, tenía la sensación de que yo controlaba la situación y eso marcaría una gran diferencia. Ya no era un niño de nueve años, dispuesto a escapar gritando ante unas imágenes de linterna mágica, que tal vez no eran más que un producto de mi imaginación. Pero ahora...

—¿Ahora qué, Ben?

—¡Ahora está habitada! —estalló él mientras se golpeaba la palma con el puño—. Yo *no* controlo la situación. Un niño ha desaparecido y no sé qué pensar. Podría ser que no tuviera nada que ver con la casa, pero... no lo creo. —Las tres últimas palabras salieron de sus labios de forma pausada.

—¿Fantasmas? ¿Espíritus?

—No necesariamente. Tal vez no sea más que un tipo inofensivo que de pequeño admiraba la casa, se la ha comprado y ahora está... poseído.

—¿Es que sabes algo sobre...? —empezó Susan, alarmada.

—¿El nuevo propietario? No. No son más que conjeturas. Pero si es la casa, prefiero pensar en posesión y no en otra cosa.

—¿Qué otra cosa?

—La posibilidad de que haya atraído a otro ser maligno —respondió Ben.

4

Ann Norton los vio llegar desde la ventana. Antes había llamado al bar. «No —le había dicho la señorita Coogan con una especie de júbilo—. Aquí no han venido».

¿Dónde has estado, Susan? Oh, ¿dónde habéis estado?

La boca se le retorció en una fea mueca de angustia. *Vete, Ben Mears. Márchate y déjala en paz.*

5

—Necesito pedirte algo importante, Ben —dijo Susan al desprenderse de sus brazos.

—Si está en mi mano...

—No hables de estas cosas con nadie en el pueblo. Con nadie.

Ben sonrió sin alegría.

—No te preocupes. No estoy ansioso por conseguir que la gente me considere un chiflado.

—¿Cierras con llave tu cuarto en la pensión de Eva?

—No.

—Pues yo empezaría a hacerlo. —Susan lo miró—. Tienes que ser consciente de que sospechan de ti.

—¿Tú también?

—Sospecharía, si no te quisiera.

Y se alejó, apresurándose por la senda mientras Ben la seguía con la mirada, aturdido por todo lo que él mismo había dicho y más aturdido aún por las últimas cuatro o cinco palabras de ella.

6

Cuando llegó a su habitación en la pensión de Eva, se encontró con que no podía escribir ni dormir; estaba demasiado agitado para hacer cualquiera de las dos cosas. Entonces encendió el motor del Citroën para calentarlo y, después de un momento de vacilación, arrancó en dirección al bar de Dell.

El local estaba atestado de gente, ruidoso y lleno de humo. Un grupo que tocaba música country y se hacía llamar los Rangers interpretaba *You've Never Been This Far Before*, compensando con un exceso de volumen lo que les faltaba en calidad. Unas cuarenta parejas, casi todas vestidas con vaqueros, giraban sobre la pista. Ben, con algo de guasa, recordó la frase que escribió Edward Albee sobre los pezones de mona.

Los taburetes instalados frente a la barra estaban ocupados por obreros de la construcción y del aserradero. Todos bebían jarras de cerveza y todos usaban botas de trabajo idénticas con suelas de crepé, atadas con cordones de cuero.

Dos o tres camareras con el cabello cardado y el nombre bordado con hilo dorado sobre la blusa blanca (Jackie, Toni, Shirley) atendían las mesas y los reservados. Detrás de la barra, Dell llenaba las jarras de cerveza y, en el otro extremo, un hombre con cara de halcón y el pelo grasiento peinado hacia atrás mezclaba los cócteles. Su rostro se mantenía inalterable mientras medía los licores con los vasos pequeños, los vertía en la coctelera de plata y agregaba los demás ingredientes.

Ben empezó a rodear la pista de baile para dirigirse a la barra cuando alguien lo llamó:

—¡Eh, Ben, oye! ¿Cómo estás, muchacho?

Al mirar vio a Weasel Craig sentado a una mesa próxima a la barra, frente a una jarra de cerveza a medio vaciar.

—Hola, Weasel —lo saludó Ben, y se sentó. Se alegraba de ver una cara conocida, y Weasel le caía bien.

—¿Has decidido hacer un poco de vida nocturna, chaval? —dijo Weasel con una sonrisa mientras le palmeaba el hombro.

Ben supuso que había recibido su cheque; con ese aliento podría haber hecho propaganda de todas las destilerías de Milwaukee.

—Eso es —asintió Ben. Sacó un dólar y lo puso sobre la

mesa, cubierta de fantasmales huellas circulares dejadas por las múltiples jarras de cerveza que habían pasado por ella—. ¿Cómo te va?

—Muy bien. ¿Qué te parece el nuevo grupo? ¿A que son fantásticos?

—No están mal —dijo Ben—. Termínate eso antes de que se le vaya el gas, que yo te invito a otra.

—Toda la noche he estado esperando oír alguien que dijera eso. *¡Jackie!* —bramó Weasel—. Tráele una jarra a mi amigo. ¡Budweiser!

Jackie les llevó la jarra en una bandeja llena de monedas empapadas de cerveza y la dejó sobre la mesa, alargando el brazo, musculoso como el de un boxeador. Contempló el dólar como si fuera una cucaracha de una especie desconocida.

—Faltan cuarenta centavos —anunció.

Bill puso otro billete sobre la mesa y ella recogió los dos, pescó sesenta centavos de los charcos de su bandeja y los arrojó sobre la mesa.

—Weasel Craig —dijo—, cuando chillas así pareces un ganso al que le retuercen el pescuezo.

—Eres un tesoro, bonita —le agradeció Weasel—. Te presento a Ben Mears, que escribe libros.

—Encantada —murmuró Jackie y se alejó en la penumbra.

Ben se sirvió un vaso de cerveza y Weasel hizo lo mismo, llenándolo hasta arriba con habilidad profesional. La espuma parecía a punto de desbordarse cuando empezó a descender.

—A tu salud, chaval.

Ben levantó su vaso y bebió.

—¿Y cómo va ese libro?

—Bastante bien, Weasel.

—Te vi por ahí con la hija de los Norton. Es un bombón, la chica. No podías haber elegido mejor.

—Sí, es...

—*¡Matt!* —vociferó Weasel, sobresaltando a Ben.

Por Dios, pensó este, sí que suena como un ganso despidiéndose de este mundo.

—¡Matt Burke! —Weasel agitó la mano con entusiasmo, y un hombre de pelo blanco le devolvió el saludo y avanzó hacia ellos por entre la multitud—. A este tipo tienes que conocerlo —le dijo Weasel a Ben—. Matt Burke es un avispado hijo de mala madre.

El hombre que venía hacia ellos aparentaba unos sesenta años. Era alto, llevaba una pulcra camisa de franela y el pelo, tan blanco como el de Weasel, muy corto.

—Hola, Weasel.

—¿Cómo estás, viejo? —preguntó Weasel—. Te presento a un amigo que se aloja en casa de Eva. Ben Mears, escritor de libros, figúrate. Un gran tipo. —Miró a Ben—. Matt y yo nos criamos juntos, pero él tiene estudios y yo me quedé en la primaria.

Ben se levantó para estrechar la mano de Matt Burke.

—¿Qué tal?

—Muy bien, gracias. He leído uno de sus libros, señor Mears. *Danza aérea*.

—Llámame Ben, por favor. Espero que te haya gustado.

—Al parecer me gustó más que a los críticos —declaró Matt mientras se sentaba—, y creo que será más apreciado conforme pase el tiempo. ¿Cómo te va a ti, Weasel?

—De cine —afirmó el interpelado—. Mejor que nunca. *¡Jackie!* —chilló—. ¡Tráele un vaso a Matt!

—¡Espera un minuto, viejo gritón! —le gritó a su vez Jackie, provocando risas en las mesas vecinas.

—Un encanto de chica —comentó Weasel—. Hija de Maureen Talbot.

—Ya —dijo Matt—. Jackie fue alumna mía. Se graduó en el setenta y uno. La madre es de la promoción del cincuenta y uno.

—Matt enseña literatura en el instituto —explicó Weasel—. Me parece que vais a tener de qué hablar.

—Yo recuerdo a una chica que se llamaba Maureen Talbot —dijo Ben—. Venía a buscar la ropa de mi tía para lavarla y se la devolvía muy bien doblada en una cesta de mimbre que solo tenía un asa.

—¿Eres del pueblo, Ben? —preguntó Matt.

—De pequeño pasé un tiempo aquí, con mi tía Cynthia.

—¿Cindy Stowens?

—Sí.

Jackie se acercó con un vaso limpio y Matt se sirvió cerveza.

—Pues va a ser verdad que el mundo es un pañuelo. Tu tía iba a una clase de segundo de bachillerato que di el primer año que pasé en Salem's Lot. ¿Cómo está?

—Murió en 1972.

—Oh, lo siento.

—Se fue sin sufrir —le aseguró Ben, y volvió a llenar su vaso.

El grupo había terminado de tocar y los músicos se dirigían a la barra. El volumen de las voces descendió un poco.

—¿Has vuelto a Jerusalem's Lot para escribir un libro sobre nosotros? —preguntó Matt.

Una alarma se encendió en el cerebro de Ben.

—En cierto modo, sí —admitió.

—A este pueblo no le vendría mal un biógrafo. *Danza aérea* era un buen libro. Creo que este lugar daría para otro buen libro. Durante un tiempo pensé que yo podría escribirlo.

—¿Por qué no lo has hecho?

Matt sonrió.

—Me faltaba un ingrediente esencial. El talento.

—No le creas —advirtió Weasel mientras volvía a llenarse el vaso con lo que quedaba en la jarra—. El viejo Matt tiene muchísimo talento. Enseñar es un trabajo estupendo. Nadie aprecia a los maestros, pero son... —Se meció un poco en su silla, buscando la palabra. Ya estaba muy borracho—. La sal de la tierra —terminó, bebió un trago de cerveza, hizo una mueca y se levantó—. Disculpadme, voy a mear.

Se alejó, chocando con los parroquianos y saludándolos por su nombre. Todos lo dejaban pasar con impaciencia o buen humor, y verlo dirigirse hacia el aseo para hombres era como mirar una bola de *pinball* saltando y rebotando hasta desaparecer en la parte inferior del tablero.

—Eso es lo que queda de un tipo estupendo —reflexionó Matt, y levantó un dedo.

De inmediato se acercó una camarera que se dirigió a él como «señor Burke». Parecía un poco escandalizada de que su viejo profesor de literatura clásica inglesa estuviera ahí emborrachándose con tipos como Weasel Craig. Cuando se alejó para ir en busca de otra jarra, a Ben le pareció que Matt estaba un poco azorado.

—Me cae bien Weasel—comentó Ben—, y me da la sensación de que el hombre valía mucho. ¿Qué le sucedió?

—Bueno, no hay mucho que contar —respondió Matt—. La bebida le ganó. Año tras año le ganaba un poco más y ahora se ha adueñado completamente de él. En la Segunda Guerra Mundial lo condecoraron con una Estrella de Plata, en Anzio. Un cínico podría pensar que su vida habría tenido más sentido si se hubiera muerto entonces.

—Yo no soy cínico —declaró Ben— y me sigue cayendo bien. Pero creo que lo mejor será que esta noche lo lleve a casa en el coche.

—Sería un detalle por tu parte. Yo vengo aquí de vez en cuando a escuchar música. Me gusta la música fuerte, y más ahora que ha empezado a fallarme el oído. Tengo entendido que estás interesado en la Casa Marsten. ¿Tu libro va sobre ella?

—¿Quién te lo ha dicho? —preguntó Ben, sobresaltado.

Matt sonrió.

—¿Cómo dice esa vieja canción de Marvin Gaye? Me lo contó un pajarito. Una expresión deliciosa y muy gráfica, aunque, si uno lo piensa bien, evoca una imagen un poco siniestra. Uno se imagina un hombre con el oído alerta a lo que dice un gorrión o una golondrina... Pero estoy divagando. Divago mucho últimamente, y ya ni siquiera trato de disimularlo. Pues me he enterado a través de lo que la gente de la prensa llamaría una fuente autorizada: Loretta Starcher. Es la bibliotecaria de nuestra ciudadela literaria local. Has ido allí varias veces para leer los artículos referentes al viejo escándalo en el *Ledger* de Cumberland, y ella te buscó también dos libros que son recopilaciones de artículos sobre crímenes, y en ellos se hacía referencia a él. Por cierto, el artículo de Lubert es bueno..., en 1946 vino personalmente a Lot a documentarse, pero el de Snow es puro invento.

—Ya lo sé —asintió Ben.

La camarera depositó otra jarra de cerveza sobre la mesa, y de pronto una imagen inquietante asaltó a Ben: un pez nada cómoda y discretamente (o eso cree él), cambiando de dirección entre las algas y el plancton. De pronto, la cámara retrocede y, oh, sorpresa, descubrimos que está en una pecera.

Matt le pagó a la camarera.

—Fue espantoso lo que sucedió allá arriba —comentó—. Y sigue pesando en la conciencia del pueblo. Claro que las historias de crueldad y asesinato siempre se transmiten con deleite morboso de generación en generación; en cambio, los estudiantes gruñen y se quejan cuando se les sitúa frente a un George Washington Carver o un Jonas Salk. Pero creo que hay algo más que eso. Tal vez se deba a un capricho geográfico.

—Sí —dijo Ben, interesado a su pesar. El profesor acababa de expresar una idea que merodeaba bajo la superficie de su conciencia desde el día que había regresado al pueblo, o tal vez desde antes—. Está sobre esa colina que domina la aldea como..., bueno, como una especie de ídolo sombrío.

Dejó escapar una risita para que el comentario sonara trivial, pues de pronto le pareció que había dicho algo que sentía con tal profundidad que era como abrirle a un extraño las ventanas de su alma. La atención con que Matt Burke lo escudriñó no le ayudó precisamente a sentirse mejor.

—Eso es talento —declaró Burke.

—¿Cómo dices?

—Que lo has expresado con toda precisión. La Casa Marsten nos vigila a todos desde hace casi cincuenta años, sabe todos nuestros pecadillos, pecados y mentiras. Como un ídolo.

—Tal vez sepa también lo bueno —señaló Ben.

—No hay muchas cosas buenas en un pueblo pequeño y sedentario. Como mucho, indiferencia aderezada con alguna maldad cometida sin querer o, lo que es más grave, de forma deliberada. Creo que Thomas Wolfe necesitó varios kilos de papel para explicarlo.

—No me habías parecido un cínico.

—Es tu opinión, no la mía. —Sonrió y bebió un sorbo de cerveza.

El grupo de músicos se apartaba de la barra en ese momento. Estaban flamantes con sus camisas rojas brillantes, sus chalecos y pañuelos. El solista tomó la guitarra y empezó a afinarla.

—A todo esto, no has respondido a mi pregunta. ¿Tu nuevo libro se refiere a la Casa Marsten?

—Supongo que sí, en cierto modo.

—Te estoy tirando de la lengua. Perdona.

—No tiene importancia —le aseguró Ben, pensando en Susan, y sintiéndose incómodo—. No me explico qué le pasa a Weasel. Hace mucho rato que se ha ido al baño.

—¿Puedo abusar de nuestra reciente amistad y pedirte un favor muy grande? Si me lo niegas, lo entenderé perfectamente.

—Por supuesto, adelante —le animó Ben.

—Imparto una clase de literatura creativa. Los alumnos son chicos inteligentes, la mayoría de los grados superiores, y me gustaría presentarles a alguien que se gana la vida con las palabras. Alguien que... ¿cómo decirlo?... ha tomado el verbo y lo ha hecho carne.

—Pues me encantaría —respondió Ben, halagado—. ¿Cuánto duran tus clases?

—Cincuenta minutos.

—Bueno, supongo que en ese tiempo no llegaré a aburrirlos demasiado.

—¿Ah, no? Pues creo a mí se me da de fábula —dijo Matt—, pero estoy seguro de que tú no los aburrirás en absoluto. ¿La semana que viene?

—Cómo no. ¿Qué día y a qué hora?

—¿El martes, en la cuarta hora? Es de once a doce menos diez. No te recibirán con aplausos, pero sospecho que oirás rugir muchas tripas.

—Me llevaré algodón para los oídos.

Matt se rio.

—Me alegro mucho. Te esperaré en el despacho, si te parece.

—Genial. ¿Crees...?

—Señor Burke... —Era Jackie, la de los bíceps robustos—. Weasel se ha desmayado en el aseo de hombres. ¿Podría usted...?

—¿Cómo? Por Dios, sí. Vamos, Ben.

—Claro.

Los dos se levantaron y cruzaron el salón. El grupo había empezado a tocar de nuevo, algo sobre cómo los chicos de Muskogee todavía respetaban al rector de la universidad.

El baño olía a orina rancia y a cloro. Weasel estaba recostado contra la pared entre dos urinarios, y un tipo con uniforme del ejército hacía pis a unos cinco centímetros de su oído derecho.

Weasel tenía la boca abierta, y a Ben le impresionó lo viejo que parecía, viejo y devorado por fuerzas impersonales que nada sabían de ternura. No por primera vez, pero sí de forma angustiosamente inesperada, lo sacudió la realidad de su propia disolución, que avanzaba día a día. El regusto amargo que le subió a la garganta como las oscuras aguas de un pozo era de compasión, tanto por Weasel como por sí mismo.

—Oye —dijo Matt—, ¿puedes ayudarme a levantarlo cuando este caballero termine?

—Sí —asintió Ben, y miró al hombre uniformado que se sacudía con toda parsimonia—. ¿Podrías darte un poco de prisa, tío?

—¿Por qué? Nadie lo está persiguiendo.

Aun así, se subió la cremallera y se apartó para dejarlos pasar.

Ben pasó un brazo por detrás de la espalda de Weasel, lo agarró por la axila y tiró de él hacia arriba. Durante un momento, mientras sus nalgas hacían presión contra la pared de azulejos, sintió las vibraciones de los instrumentos musicales. Weasel se elevó con la floja pesadez de una saca de correos, en la inconsciencia más total. Matt situó la cabeza bajo el otro brazo de Weasel, lo abrazó por la cintura, y entre los dos lo sacaron del aseo.

—Ahí va Weasel —comentó alguien, y se oyeron risas.

—Dell tendría que limitarle la bebida —comentó Matt, sin aliento—. Ya sabe cómo acaba siempre esto.

Atravesaron el bar hasta llegar a los escalones de madera que conducían al aparcamiento.

—Cuidado —gruñó Ben—. No se te vaya a caer.

Mientras bajaban por las escaleras, los pies inertes de Weasel iban topando con los peldaños.

—El Citroën..., el que está en la última fila.

Lo llevaron en volandas hasta allí. El frío del aire se había vuelto cortante; por la mañana, las hojas de los árboles estarían teñidas de sangre. Weasel había empezado a emitir un profundo ronquido, y la cabeza se le sacudía débilmente.

—¿Puedes acostarlo cuando lleguéis a la pensión de Eva? —preguntó Matt.

—Sí, creo que sí.

—Perfecto. Mira, se alcanza a ver el tejado de la Casa Marsten por encima de los árboles.

Ben miró. Matt tenía razón; el ángulo superior asomaba por encima del oscuro horizonte de pinos y tapaba las estrellas situadas al borde del mundo visible.

Ben abrió la portezuela del lado del pasajero.

—A ver, déjamelo.

Cargó con todo el peso de Weasel, lo sentó en el asiento del pasajero y cerró la puerta. La cabeza de Weasel se golpeó contra la ventanilla.

—¿El martes a las once?

—No faltaré.

—Gracias. Y gracias por ayudar a Weasel. —Matt le tendió la mano y Ben se la estrechó.

Subió al Citroën, lo puso en marcha y se dirigió de vuelta hacia el pueblo. Una vez que la luz de neón del bar hubo desaparecido detrás de los árboles, la carretera quedó negra y desierta. Ahora, pensó Ben, estos caminos también tienen sus fantasmas.

A su lado, Weasel soltó un ronquido seguido de un gruñido. Ben se sobresaltó y, por un momento, el Citroën perdió la dirección.

Pero ¿por qué se me habrá ocurrido eso?, se preguntó.
No hubo respuesta.

7

Ben abrió la ventanilla de esquina para que Weasel recibiera el aire frío mientras regresaba a casa. Cuando se detuvo frente a la entrada de la pensión de Eva Miller, Weasel había alcanzado un turbio estado de semiinconsciencia.

A tropezones, Ben le hizo subir los escalones del porche del fondo hasta llegar a la cocina, débilmente iluminada por un fluorescente. Weasel gimió.

—Es un encanto de chica, Jack —masculló con voz ronca—, y las mujeres casadas saben..., saben...

Una sombra apareció entre las sombras del porche; era Eva, imponente con una vieja bata acolchada, rulos y una redecilla en el pelo. La crema de noche daba a su rostro un tono pálido y espectral.

—Ed —murmuró—. Ay, Ed..., sigues igual, ¿verdad?

El sonido de su voz hizo que los ojos de Weasel se entreabrieran, y una sonrisa vagó por sus facciones.

—Sigo y sigo y sigo —graznó—. ¿Quién va a saberlo mejor que tú?

—¿Puede subirlo hasta su habitación? —le preguntó Eva a Ben.

—Sí, no se preocupe.

Aferró con más fuerza a Weasel, le hizo subir las escaleras y lo condujo hasta su cuarto. La puerta no estaba cerrada con llave, así que Ben entró con él. En el momento en que lo depositó sobre la cama, Weasel se sumió en un profundo sueño.

Ben se detuvo un momento para mirar alrededor. El cuarto estaba limpio y todo dispuesto con pulcritud. Mientras empezaba a quitarle los zapatos al durmiente, la voz de Eva Miller sonó a sus espaldas.

—No se preocupe por eso, señor Mears. Váyase a su habitación, si quiere.

—Pero habría que...

—Yo lo desvestiré. —Su rostro, grave, reflejaba una tristeza digna y mesurada—. Lo desvestiré y le daré una friega con alcohol para que mañana no tenga tanta resaca. Ya lo he hecho antes. Muchas veces.

—Está bien —asintió Ben, y subió a su cuarto.

Se quitó la ropa despacio, pensando en darse una ducha, pero cambió de idea. Se metió en la cama y se quedó mirando el techo. Durante largo rato permaneció despierto.

Capítulo 6

LOT (II)

1

El otoño y la primavera llegaban a Jerusalem's Lot de manera tan súbita como el sol se levanta o se pone en los trópicos. La línea de demarcación podía reducirse a un solo día. Pero la primavera no es la mejor estación en Nueva Inglaterra: demasiado breve, incierta y susceptible de desbordarse repentinamente. Aun así, hay días de abril que permanecen en el recuerdo mucho después de que uno ha olvidado las caricias de la esposa o el contacto de la boca del bebé en el pezón. Sin embargo, a mediados de mayo, el sol se eleva entre la bruma matinal con potencia, y al salir a los escalones del porche a las siete de la mañana, con la fiambrera en la mano, uno sabe que para las ocho ya habrá desaparecido el rocío de la hierba, y que el polvo de los caminos secundarios quedará inmóvil, suspendido en el aire, durante cinco minutos después de que haya pasado un coche, y que a la una de la tarde hará una temperatura de 35 °C en el segundo piso del aserradero, y el sudor le correrá a uno por los brazos como si fuera aceite y la camisa se le pegará cada vez más a la espalda, como si fuera pleno mes de julio.

El otoño, cuando llega para desalojar al traicionero verano algún día de mediados de septiembre, se queda un tiempo como un viejo amigo a quien uno ha echado de menos. Se instala como un viejo amigo se instalaría en nuestra silla favorita para sacar la pipa, encenderla y colmar la tarde de relatos de los lugares donde ha estado y de las cosas que ha hecho desde la última vez que nos vimos.

Se queda durante todo octubre, y algunos años durante parte de noviembre. Día tras día, el cielo es de un azul duro y transparente, y las nubes que lo atraviesan, siempre de oeste a este, son calmos navíos blancos con las quillas grises. El viento empieza a soplar durante el día y nunca amaina. Lo obliga a uno a apresurarse cuando anda por las calles, haciendo crujir bajo los pies las hojas caídas que forman una alfombra abigarrada. El viento hace que a uno le duela algo más profundo que los huesos. Tal vez sea porque toca algo muy antiguo del alma humana, una fibra de la memoria de la especie, que repite una y otra vez: «Emigrar o morir... Emigrar o morir». Aunque uno esté en su casa, el viento azota la madera y el cristal, golpea con descarnada angustia los aleros y, tarde o temprano, uno tiene que dejar lo que estaba haciendo para ir fuera a mirar. Y uno puede quedarse en la escalera de entrada o en el patio delantero, mediada la tarde, a contemplar cómo las sombras de las nubes corren a través del campo de Griffen y suben por Schoolyard Hill en una alternancia de luz y oscuridad, como si los dioses estuvieran abriendo y cerrando los postigos. Y se puede ver cómo la vara de oro, la más tenaz, perniciosa y bella representante de toda la flora de Nueva Inglaterra se inclina bajo el impulso del viento como una enorme congregación de fieles silenciosos. Y si no hay coches ni aviones, ni ningún tipo que ande por los bosques que hay al oeste del pueblo disparando a los faisanes y las codornices, si lo único que se oye es el lento latido del propio corazón, entonces uno escucha también otra cosa: el sonido de la vida que se devana hasta llegar al término de su ciclo, en espera de que las primeras nieves administren la extremaunción.

2

Ese año, el primer día del otoño (del otoño real, no el del calendario) fue el 28 de septiembre, el día que enterraron a Danny Glick en el cementerio de Harmony Hill.

Las ceremonias en la iglesia fueron privadas, pero las que habían de celebrar junto a la tumba eran para todo el pueblo, y buena parte del pueblo se hizo presente: los compañeros del colegio, los curiosos y la gente de edad que asiste cada vez más compulsivamente a los funerales a medida que la vejez teje la mortaja en torno a ellos.

Acudieron por Burns Road en una larga hilera que serpenteaba hasta desaparecer detrás de la siguiente colina. Pese a la luminosidad del día, todos los coches tenían los faros encendidos. Primero iba el coche fúnebre de Carl Foreman, con las ventanillas traseras llenas de flores, seguido por el Mercury 1965 de Tony Glick, cuyo deteriorado tubo de escape prorrumpía en gemidos y explosiones. Tras ellos, en los cuatro coches siguientes, iban los parientes de ambos lados de la familia; incluso había quienes se habían desplazado desde un sitio tan lejano como Tulsa, Oklahoma. Entre los otros participantes del largo desfile con las luces encendidas estaban Mark Petrie (el muchacho a quien Ralphie y Danny iban a visitar la noche que desapareció Ralphie), con su madre y su padre; Richie Boddin y su familia; Mabel Werts en un coche en el que también iban William Norton y su esposa, que, sentada en el asiento de atrás con el bastón entre sus piernas hinchadas, hablaba con inagotable constancia de otros funerales a los que había asistido desde 1930; Lester Durham y su mujer, Harriet; Paul Mayberry y su esposa Glynis; Pat Middler, Joe Crane, Vinnie Upshaw y Clyde Corliss en un coche conducido por Milt Crossen (antes de salir, Milt había abierto la pequeña nevera donde guardaba las cervezas, y todos habían compartido solemnemente una botella frente a la cocina); Eva Miller en un coche en el que también viajaban sus amigas Loretta Starcher y Rhoda Curless, solteronas ambas; Parkins Gillespie y su ayudante, Nolly Gardener, iban en el coche policial de Jerusalem's Lot (el Ford de Parkins con una insignia pegada en el tablero); Lawrence Crockett y su cetrina esposa; Charles Rhodes, el mordaz conductor de autobuses, que por principio acudía a todos los funerales; la familia de Charles Griffen, con su mujer y dos de sus hijos, Hal y Jack, los únicos de su progenie que seguían viviendo en la casa.

Esa mañana temprano, Mike Ryerson y Royal Snow habían cavado la tumba y dispuesto tiras de césped artificial sobre la tierra extraída. Mike había encendido la Llama del Recuerdo, tal como habían pedido los Glick. Mike recordaba que esa mañana le había dado la impresión de que Royal no era el mismo de siempre. Generalmente, era todo bromas y se inventaba cancioncillas referentes al trabajo que los ocupaba («Te envuelven en una gran sábana blanca y te entierran para oír crecer las malvas», cantaba con su desafinada voz de tenor), pero esa mañana se había mostrado excepcionalmente callado, casi huraño. Tendrá resaca, pensó Mike. Snow y su corpulento amigo Peters habían estado bebiendo en el Dell's la noche anterior.

Hacía apenas cinco minutos que, al ver el coche fúnebre que se acercaba por la colina, todavía a un kilómetro y medio de distancia, Mike había abierto la verja de hierro, no sin echar una mirada a las puntas de lanza, como hacía siempre desde el día que había encontrado a Doc colgado de ellas. Una vez abiertas las puertas, volvió hacia la tumba recién excavada, donde esperaba el padre Donald Callahan, el sacerdote de la parroquia de Jerusalem's Lot. Llevaba una estola sobre los hombros, y en la mano sostenía un libro abierto por la página correspondiente a las exequias infantiles. Estaban en lo que se llamaba la tercera estación, recordó Mike. La primera era la casa del difunto; la segunda, la pequeña iglesia católica de Saint Andrew. La última, Harmony Hill. Fin de trayecto, todo el mundo fuera.

Un escalofrío lo estremeció, y Mike bajó la vista hacia el reluciente césped artificial, preguntándose por qué eso tenía que formar parte de todos los funerales. Parecía justo lo que era: una imitación barata de la vida que enmascaraba discretamente los pesados terrones oscuros del último adiós.

—Ya vienen, padre —dijo Mike.

Callahan era un hombre alto, de penetrantes ojos azules y cutis rubicundo, con el pelo gris acerado. A Ryerson, que no había vuelto a ir a la iglesia desde los dieciséis años, le parecía el mejor de los chamanes de la zona. John Groggins, el ministro metodista, era un vejestorio hipócrita, y Patterson, de la Iglesia de los Santos y Seguidores de la Cruz del último Día, estaba como un cencerro. En el funeral celebrado por uno de los diáconos de la iglesia, hacía dos o tres años, Patterson había llegado al extremo de revolcarse por el suelo. En cambio, Callahan parecía bastante buena persona, para ser papista; sus oficios de difuntos eran serenos, consoladores e invariablemente breves. Ryerson dudaba que las venitas rojas que le cubrían la nariz y las mejillas fueran resultado de la oración, pero si Callahan empinaba un poco el codo, eso no era motivo para condenarlo. Tal como estaba el mundo, lo asombroso era que todos esos sacerdotes no terminaran en un manicomio.

—Gracias, Mike —dijo el padre Callahan y alzó la vista hacia el cielo despejado—. Este va a ser difícil.

—Me imagino. ¿Cuánto durará?

—No más de diez minutos. No quiero prolongar el sufrimiento de los padres. Bastante tienen con lo que les espera.

—Ya lo creo —asintió Mike.

Se encaminó hacia el fondo del cementerio con la intención de saltar el muro de piedra, internarse en el bosque y comerse su bocadillo. Sabía, por larga experiencia, que lo último que los afligidos deudos y amigos quieren ver durante la tercera estación es al sepulturero, con su mono sucio de tierra: eso desluciría un poco la luminosa imagen de inmortalidad y puertas celestiales que les presentaba el sacerdote.

Se detuvo cerca del muro de atrás y se inclinó para examinar una lápida caída. Al enderezarla, volvió a sentir un escalofrío cuando quitó con los dedos la tierra que cubría la inscripción:

HUBERT BARCLAY MARSTEN

6 de octubre de 1889
12 de agosto de 1939

El Ángel de la Muerte
que sostiene la broncínea lámpara
que hay más allá de la puerta de oro
te sumergió en oscuras Aguas

Debajo, casi borradas tras treinta y seis estaciones de heladas y deshielos, estaban las palabras:

Quiera Dios que descanse en paz

Con una vaga inquietud que no acertaba a explicarse, Mike Ryerson se dirigió hacia el bosque y se sentó junto al arroyo a comer.

3

En su primera época en el seminario, un amigo del padre Callahan le había regalado un paño bordado con una frase blasfema que en ese momento le había arrancado risas de horror, pero que a medida que pasaban los años le parecía más cierta y menos blasfema: «Que Dios me conceda la SERENIDAD para aceptar lo que no puedo cambiar, VALOR para cambiar aquello que puedo y BUENA SUERTE para no cagarla demasiado a menudo». Estaba todo bordado en letra gótica, con un sol naciente al fondo.

Ahora, de pie ante los deudos de Danny Glick, el antiguo credo le vino a la memoria.

Los dos tíos y dos primos del muchacho fallecido que portaban el féretro lo habían depositado en el suelo. Marjorie Glick, vestida con un abrigo y sombrero negros con velo y el rostro pálido como un requesón tras la malla, se bamboleaba, sujeta por el brazo protector de su padre, aferrándose a su bolso negro como si fuera un salvavidas. Tony Glick estaba a cierta distancia de ella, con expresión aturdida y ausente. Varias veces durante el servicio religioso había mirado alrededor, como para asegurarse de que realmente estaba entre esas personas. Su rostro era el de un hombre convencido de que todo es un sueño.

La Iglesia no puede desterrar ese sueño, pensaba Callahan. Ni toda la serenidad, el valor o la buena suerte del mundo. La puta desgracia ya había ocurrido.

Roció con agua bendita el ataúd y la tumba, santificándolos para toda la eternidad.

—Oremos —empezó, y las palabras surgieron melodiosamente de su garganta, como siempre, en el resplandor y la sombra, en la embriaguez y la sobriedad. Los dolientes inclinaron la cabeza—. Señor, por tu misericordia los que han vivido en la fe encuentran la paz eterna. Bendice esta tumba y envía a tu ángel a vigilarla. Recibe en tu presencia el cuerpo de Danny Glick, que estamos sepultando, y deja que con tus santos se regocije en ti para siempre. Te lo pedimos por Cristo Nuestro Señor. Amén.

—Amén —murmuraron los presentes, y el viento se lo llevó hecho jirones.

Tony Glick miraba alrededor con ojos muy abiertos, alucinados. Su mujer se llevó a la boca un pañuelo de papel.

—Con fe en Jesucristo, traemos reverentemente el cuerpo de este niño para enterrarlo en su humana imperfección. Oremos confiados en Dios, que da vida a todas las cosas, para que Él eleve este cuerpo mortal a la perfección y la compañía de sus santos.

Volvió las páginas del misal. Una mujer de la tercera fila de la herradura que los deudos formaban en torno de la tumba prorrumpió en sollozos ásperos. En algún rincón del bosque gorjeaba un pájaro.

—Oremos a Nuestro Señor Jesucristo por nuestro hermano Daniel Glick —prosiguió el padre Callahan—. Él nos dijo: «Yo soy la resurrección y la vida: el que cree en mí, aunque esté muerto, vivirá. Y todo aquel que vive y cree en mí no morirá eternamente». Señor, Tú que lloraste la muerte de Lázaro, tu amigo, consuélanos en nuestro dolor. Con fe te lo pedimos.

—Señor, escucha nuestra súplica —respondieron los católicos.

—Tú, que resucitaste a los muertos, concede a nuestro hermano Daniel la vida eterna. Con fe te lo pedimos.

—Señor, escucha nuestra súplica —contestaron.

Algo empezaba a asomar a los ojos de Tony Glick; una revelación, tal vez.

—Nuestro hermano Daniel fue lavado por las aguas del bautismo; deja que goce de la compañía de todos tus santos. Con fe te lo pedimos.

—Señor, escucha nuestra súplica.

—Tú, que lo alimentaste con tu Cuerpo y tu Sangre, recíbelo en la mesa de tu reino celestial. Con fe te lo pedimos.

—Señor, escucha nuestra súplica.

Marjorie Glick había empezado a mecerse atrás y adelante, gimiendo.

—Consuélanos en nuestro dolor por la muerte de nuestro hermano; que nuestra fe sea nuestro consuelo, y la vida eterna nuestra esperanza. Con fe te lo pedimos.

—Señor, escucha nuestra súplica.

El padre Callahan cerró el misal.

—Oremos como nos enseñó Nuestro Señor —dijo en voz baja—. Padre nuestro que estás en los cielos...

—¡No! —bramó Tony Glick, y se precipitó hacia delante—. ¡No vais a echarle tierra a mi hijo!

Las manos que intentaron detenerlo llegaron tarde. Por un momento, Tony se tambaleó al borde del sepulcro; después el césped artificial se arrugó y cedió, y el hombre se precipitó en el interior de la fosa y cayó sobre el féretro de su hijo con un golpe sordo.

—Danny, ¡sal de ahí! —se desgañitó el padre.

—Ay, madre —susurró Mabel Werts. Mientras se apretaba contra los labios un pañuelo de seda negra, sus ojos, brillantes y ávidos, recogieron la escena como una ardilla recoge nueces para el invierno.

—¡Danny, joder, deja de hacer el idiota!

El padre Callahan dirigió un gesto a dos de los portadores del ataúd; los hombres se adelantaron, pero hicieron falta tres más, entre ellos Parkins Gillespie y Nolly Gardener, para poder sacar de la fosa a Tony Glick, que pataleaba, aullaba y vociferaba.

—¡Danny, ya está bien, que estás asustando a tu madre! ¡Te voy a dar unos azotes por lo que estás haciendo! ¡Soltadme! ¡Soltadme..., quiero ver a mi hijo! ¡Soltadme, cabrones..., aaah, Dios!

—Padre nuestro que estás en los cielos —volvió a empezar Callahan, y otras voces se le unieron, elevando las palabras hacia el escudo indiferente del cielo.

—... santificado sea tu nombre, venga a nosotros tu reino, hágase tu voluntad...

—Danny, ven aquí, ¿me oyes? *¿Me oyes?*

—... así en la tierra como en el cielo. El pan nuestro de cada día, dánoslo hoy, y perdónanos...

—*Daaannyy...*

—... nuestras deudas, así como nosotros perdonamos a nuestros deudores...

—No está muerto, no está muerto, ¡soltadme, hijos de puta!

—... y no nos dejes caer en la tentación. Mas líbranos del mal. Amén.

—No está muerto —sollozaba Tony Glick—. No puede ser. Si no tiene más de doce años. —Y rompió a llorar desconsoladamente, echándose hacia delante a pesar de los hombres que lo sujetaban, con la cara demudada y empapada en lágrimas. Cayó de rodillas a los pies de Callahan y le aferró los pantalones con las manos llenas de tierra—. Por favor, devuélvame a mi hijo. Por favor, no siga burlándose de mí.

Callahan le apoyó ambas manos en la cabeza.

—Oremos —repitió, mientras sentía vibrar contra las piernas los sollozos desgarradores de Glick.

—Señor, consuela en su dolor a este hombre y a su esposa. Tú lavaste a este niño en las aguas del bautismo y le diste nueva vida. Que podamos un día unirnos con él y gozar para siempre de las dichas del cielo. Te lo pedimos en el nombre de Jesús, amén.

Al levantar la cabeza, advirtió que Marjorie Glick se había desmayado.

4

Cuando todos se fueron, Mike Ryerson volvió y se sentó al borde de la tumba a comerse su último bocadillo mientras esperaba a que regresara Royal Snow.

El funeral había sido a las cuatro, y ahora eran casi las cinco. Las sombras se habían alargado y el sol descendía tras los altos robles. El desgraciado de Royal había prometido estar de vuelta a las cinco menos cuarto a más tardar; ¿dónde demonios se había metido?

El sándwich era de salami y queso, su favorito. Todos los sándwiches que se preparaba eran sus favoritos; esa era una de las ventajas de estar soltero. Cuando lo despachó, se sacudió las manos y algunas migas de pan cayeron sobre el ataúd.

Alguien estaba observándolo.

Lo intuyó de pronto, con total certeza. Recorrió el cementerio con ojos muy abiertos.

—Royal, ¿estás ahí, Royal?

Nadie respondió. El viento suspiraba entre los árboles, arrancándoles susurros misteriosos. A la sombra oscilante de los olmos que se alzaban al otro lado del muro, podía ver la lápida de Hubert Marsten, y de pronto se acordó del perro de Win, ensartado en las puntas de la verja de hierro.

Unos ojos. Fijos e impasibles. Lo observaban.

Oscuridad, no me alcances aquí.

Se puso en pie de un brinco, como si alguien hubiera hablado en voz alta.

—Que te den, Royal —masculló.

Ya no pensaba que Royal anduviera por allí; ni siquiera creía que fuera a volver. Tendría que hacer el trabajo solo, y le llevaría muchísimo tiempo. Hasta que anocheciera, tal vez.

Puso manos a la obra, sin tratar de comprender el terror que se había adueñado de él, sin preguntarse por qué esa tarea que jamás lo había intranquilizado le parecía ahora tan inquietante.

Con rapidez y economía de movimientos, recogió las franjas de césped artificial del montón de tierra y las dobló cuidadosamente. Se las colgó del brazo y las llevó a su camioneta, aparcada al otro lado del portón; una vez fuera del cementerio, la horrenda sensación de que alguien lo vigilaba se desvaneció.

Dejó el césped en la parte de atrás de la camioneta y buscó una pala. Echó a andar, pero se detuvo, vacilante. Cuando miró hacia la fosa abierta, tuvo la sensación de que se burlaba de él.

Se dio cuenta de que la sensación de que lo espiaban había desaparecido en cuanto había perdido de vista el féretro que descansaba en el fondo de la fosa. De pronto, lo asaltó la imagen de Danny Glick tendido sobre la pequeña almohada de satén, con los ojos abiertos. No..., qué estupidez. Si les cerraban los ojos. Se lo había visto hacer muchas veces a Carl Foreman. «Claro que les pegamos los párpados —le había dicho una vez Carl—. No querrás que el cadáver se ponga a hacer guiños a la gente, ¿no?».

Arrojó una palada de tierra a la fosa, donde cayó con un ruido sordo sobre el cajón de caoba lustrada; Mike crispó el gesto. Se enderezó y miró con aire distraído las ofrendas de flores que lo rodeaban. Qué desperdicio. Al día siguiente los pétalos estarían todos marchitos. Mike no entendía por qué la gente hacía eso. Si estaban dispuestos a gastar dinero, ¿por qué no mejor lo donaban a la Liga Contra el Cáncer o a la Comisión de Señoras? Así por lo menos serviría de algo.

Echó otra palada a la fosa y volvió a tomarse un respiro.

Ese ataúd era otro desperdicio. Un hermoso féretro de caoba, de mil dólares por lo menos, y ahí estaba él, cubriéndolo de tierra. Los Glick no tenían más dinero que cualquier otro del pueblo, y ¿quién contrata un seguro de decesos para un crío? Probablemente se habrían endeudado hasta el cuello, y todo por un cajón que iba a acabar enterrado.

Se inclinó para hundir la pala en la tierra y la vació en el interior de mala gana. Otra vez ese golpe horrible, inapelable. Aunque la tapa del ataúd ya estaba medio cubierta de tierra, él seguía distinguiendo el brillo de la caoba, casi como un reproche.

Deja de mirarme.

Recogió una palada más, no muy grande, y la echó en la fosa.

Pum.

Las sombras eran ya muy largas. Se detuvo y levantó la vista. Allí estaba la Casa Marsten, con los postigos cerrados, impasible. La fachada este de la casa, el que daba primero los buenos días al sol, miraba directamente hacia la verja de hierro del cementerio, donde Doc…

Se obligó a coger otra palada de tierra y arrojarla en el hoyo.

Pum.

Un poco de tierra se deslizó por los lados y se coló entre las bisagras de bronce. Después de eso, si alguien levantara la tapa, se oiría un ruido áspero y chirriante como cuando se abre la puerta de una tumba.

Que dejes de mirarme, coño.

Volvió a inclinarse, pero la sola idea de tener que alzar la pala lo agotó, así que descansó durante un minuto. Una vez había leído —en el *National Enquirer*, tal vez— algo sobre un magnate petrolero de Texas que había especificado en su testamento que quería que lo enterraran en un flamante Cadillac. Y lo hicieron, desde luego. Abrieron la fosa con una excavadora y levantaron el coche con una grúa. Por todo el país hay gente que anda por ahí en coches viejos pegados con saliva y atados con alambre de embalar, y uno de esos cerdos ricachones se hace enterrar sentado al volante de un coche de diez mil dólares con todos los accesorios...

De pronto se estremeció y dio un paso atrás, sacudiendo la cabeza. Había estado a punto de..., bueno, de caer en trance, o algo parecido. La sensación de ser observado era ahora más intensa. Miró al cielo y se alarmó al comprobar cuánto se había oscurecido. Ya solamente el piso de arriba de la Casa Marsten brillaba a la luz del sol. Su reloj marcaba las seis menos diez. La hostia, ¡había pasado una hora y no había echado más de media docena de paladas de tierra!

Mike se concentró en su trabajo tratando de no pensar. *Pum*, *pum*, *pum*; el ruido de la tierra al caer sobre la madera se había amortiguado; la tapa del ataúd estaba cubierta, y la tierra que caía por los costados y se acumulaba llegaba casi a la cerradura y el pasador.

Echó dos paladas más y se detuvo.

¿Cerradura y pasador?

Pero ¿a quién narices se le había ocurrido poner una cerradura en un ataúd? ¿Acaso pensaban que alguien iba a tratar de entrar? Tenía que ser eso. No podían pensar que alguien tratara de salir...

—Deja de *mirarme* —dijo en voz alta y sintió que el corazón se había alojado en su garganta. Sintió el súbito impulso de huir de ese lugar, de salir corriendo por el camino hasta llegar al pueblo. Tuvo que hacer un gran esfuerzo para controlarse. Simplemente tenía los nervios de punta, nada más. Trabajando en un cementerio, ¿a quién no le pasaba de cuando en cuando? Era como una maldita película de terror, eso de tener que enterrar a ese chico de solo doce años y con los ojos tan abiertos...

—Por favor, *¡basta!* —gritó Mike. Miró con desesperación hacia la Casa Marsten. Ahora, solo el tejado recibía la luz del sol. Eran las seis y cuarto.

Después reanudó el trabajo con más rapidez, inclinándose, levantando la pala una y otra vez e intentando mantener la mente en blanco. Pero la sensación de estar vigilado parecía intensificarse, y cada palada le resultaba más pesada que la anterior. Aunque la tapa de la caja ya estaba cubierta, se seguía distinguiendo la forma, amortajada por la tierra.

La plegaria católica por los difuntos empezó a rondarle por la cabeza, como pasan esas cosas a veces sin motivo alguno. Se la había oído rezar a Callahan mientras comía junto al arroyo. Eso y los gritos desesperados del padre.

«Oremos a Nuestro Señor Jesucristo por nuestro hermano Daniel Glick. Él nos dijo... (Oh, padre mío, favoréceme)».

Se detuvo y dirigió una mirada inexpresiva al interior de la tumba. Era honda, muy honda. Las sombras del anochecer inminente se habían derramado ya en su interior, como algo pegajoso y viviente. Seguía siendo profunda. Mike no podría llenarla antes de que cayera la noche. Imposible.

«Yo soy la resurrección y la vida: el que cree en mí, aunque esté muerto, vivirá... (Señor de las Moscas, favoréceme)».

Sí, los ojos estaban abiertos. Por eso se sentía observado, vigilado. Carl no les había puesto suficiente pegamento y los párpados se habían levantado como persianas, y el chico de los Glick estaba mirándolo. Sí, eso era. Tenía que hacer algo.

«... Y todo aquel que vive y cree en mí no morirá eternamente... (Aquí te traigo carne descompuesta y carroña hedionda)».

Sacar la tierra con la pala. Eso era lo que tocaba. Sacar la tierra, romper la cerradura con la pala y abrir el ataúd para cerrar esos ojos espantosamente fijos. Mike no llevaba el adhesivo que se usaba para eso, pero tenía en el bolsillo dos monedas de veinticinco centavos. Eso serviría. Plata. Sí, plata era lo que necesitaba el niño.

El sol, sobre el tejado de la Casa Marsten, apenas rozaba

los abetos más altos y más viejos, al oeste del pueblo. Hasta con los postigos cerrados, parecía que la casa estuviera mirándolo.

«Tú, que resucitaste a los muertos, concede a nuestro hermano Daniel la vida eterna. (Por conseguir tu favor ofrecí el sacrificio. Con la mano izquierda te lo traigo)».

De pronto, Mike Ryerson saltó dentro de la tumba y empezó a cavar furiosamente, arrojando la tierra al exterior en explosiones marrones. Finalmente la pala chocó con la madera, y Mike empezó a apartar los últimos restos de tierra hasta que se encontró de rodillas sobre el ataúd, aporreando una y otra vez el reborde de bronce de la cerradura.

Por el arroyo, las ranas habían empezado a croar, un chotacabras cantaba en las sombras y, más cerca, se elevaba el agudo reclamo de un grupo de chovas.

Las siete menos diez.

¿Qué estoy haciendo?, se preguntó. Por Dios santo, ¿qué estoy haciendo?

Arrodillado sobre la tapa del féretro, trató de pensar..., pero algo en el fondo de su mente lo instaba a darse prisa, a espabilar porque el sol se iba...

Oscuridad, no me alcances aquí.

Alzó la pala y una vez más la dejó caer sobre la cerradura. Se oyó un chasquido; ya estaba rota.

Levantó la vista, en un último destello de cordura, con la cara sucia y surcada de sudor y tierra, y los ojos convertidos en desorbitados globos blancos.

Venus resplandecía en el seno del cielo.

Jadeante, salió de la tumba, se tendió boca abajo y buscó los cierres de la tapa del ataúd. Los encontró y tiró de ellos. La tapa giró sobre sus goznes con un chirrido, tal como Mike había previsto, y, al levantarse, dejó ver primero el satén blanco, luego un brazo cubierto con una manga oscura (a Danny

Glick lo habían enterrado con su traje de primera comunión) y después... la cara.

A Mike se le congeló el aliento.

Los ojos estaban abiertos. Tal como él los había visto en su mente. Bien abiertos y en absoluto vidriosos. A la última luz moribunda del día parecían resplandecer con una vida horrorosa. Y ese rostro no presentaba la palidez de la muerte; las mejillas parecían rebosar vitalidad.

Trató de apartar los ojos del destello escalofriante de aquella mirada de hielo, pero no pudo.

—Dios... —murmuró.

El arco decreciente del sol se sumergió en el horizonte.

5

Mark Petrie estaba en su habitación, enfrascado en la construcción de un monstruo —una figura de Frankenstein—, mientras escuchaba la conversación entre sus padres abajo, en la sala. Su cuarto estaba en el piso superior de la casa que habían comprado en el sur de Jointner Avenue, y aunque ahora contaban con una moderna caldera de gasóleo, aún conservaban las viejas rejillas de calefacción del primer piso. Antes, cuando la casa se caldeaba con una vieja cocina, los conductos de aire caliente habían servido para impedir que el primer piso se enfriara demasiado, pese a lo cual la mujer que había vivido allí de 1873 a 1896 se llevaba siempre a la cama un ladrillo caliente envuelto en franela. Ahora, las tuberías servían para otros fines. Eran excelentes conductoras del sonido.

Aunque sus padres estaban en la sala, bien habrían podido estar hablando de él al otro lado de la puerta.

Una vez en que su padre lo había sorprendido escuchando tras la puerta en su vivienda anterior, cuando Mark solo tenía seis años, le soltó un viejo refrán: «La curiosidad mató al gato». Eso quería decir, le había explicado el padre, que podía acabar oyendo algo sobre él que tal vez no fuera de su agrado.

Por otro lado, también estaba ese otro refrán que decía: «Hombre prevenido vale por dos».

A sus doce años, Mark Petrie era más menudo de lo normal y de aspecto un tanto delicado. Sin embargo, se movía con una gracia y una ligereza poco comunes en los muchachos de esa edad, que suelen ser todo codos, rodillas y cardenales. De cutis blanco, casi lechoso, sus rasgos, que unos años después serían considerados aguileños, presentaban ahora un aspecto ligeramente femenino, cosa que ya le había acarreado algunos inconvenientes antes del incidente con Richie Boddin en el colegio, de manera que había decidido encararlo a su manera. Empezó por un análisis del problema. Decidió que la mayoría de los abusones eran grandes, feos y torpes. Asustaban a los demás porque podían hacerles daño. Por eso peleaban sucio. De manera que si uno no tenía miedo de que le hicieran daño y estaba dispuesto a pelear sucio también, podía ganarle a un abusón. Richard Boddin había sido la primera confirmación cabal de su teoría. En la pelea del colegio, él y el matón habían empatado (lo que en cierto modo había sido una victoria; el matón, magullado pero no sometido, había proclamado a toda la comunidad escolar que él y Mark Petrie eran colegas. Mark, que pensaba que aquel bravucón era un idiota, no lo contradijo. Él sabía ser discreto). Hablar con los abusones no servía de nada. Al parecer, el único idioma que entendían los Richie Boddin de este mundo eran los golpes, y Mark suponía que por eso el mundo había ido siempre tan mal. Ese día lo habían mandado a su casa, y su padre se había puesto hecho una furia, hasta que Mark, resignado a recibir los azotes de rigor con un periódico doblado, le dijo que, en el fondo, Hitler no había sido más que un Richie Boddin.

Eso había hecho que su padre se desternillara, y hasta su madre esbozó una risita. Se había salvado de los azotes.

—¿Tú crees que le ha afectado, Henry? —preguntaba en ese momento June Petrie.

—Es... difícil decirlo. —Por la pausa, Mark supo que su padre estaba encendiendo la pipa—. Tiene una cara de póquer que no puede con ella.

—Sin embargo, a veces la procesión va por dentro.

Su madre siempre andaba diciendo cosas como que la procesión va por dentro, o que no hay mal que cien años dure. Mark los quería mucho a los dos, pero a veces le parecían tan pesados como los libros en tapa dura de la biblioteca..., e igual de apolillados.

—Piensa que venían a ver a Mark —continuó ella—, a jugar con su tren eléctrico... y ahora, ¡uno muerto y el otro desaparecido! No te engañes, Henry. Seguro que el chico se ha quedado tocado.

—Tiene los pies muy bien puestos en la tierra —insistió el señor Petrie—. Y estoy seguro de que, sienta lo que sienta, mantiene el dominio de sí mismo.

Mark encoló el brazo izquierdo del Frankenstein al hueco del hombro. Era una figura de Aurora, con un tratamiento especial que hacía que emitiera un resplandor verde en la oscuridad, como el Jesucristo de plástico que había ganado por aprenderse de memoria todo el Salmo 119 en la escuela dominical.

—A veces pienso que deberíamos haber tenido otro —decía en ese momento su padre—. Entre otras cosas, habría sido bueno para Mark.

—No será porque no lo hayamos intentado, cariño —repuso su madre con picardía.

Su padre soltó un gruñido.

Se produjo una larga pausa en la conversación. Mark sabía

que su padre estaría hojeando *The Wall Street Journal* y su madre, una novela de Jane Austen, o tal vez de Henry James. Las leía y releía, aunque Mark no le veía el menor sentido a leer un libro más de una vez.

—¿No te parece peligroso dejarlo jugar en el bosque detrás de la casa? —preguntaba ahora su madre—. Dicen que hay arenas movedizas por ahí fuera.

—A varios kilómetros de aquí.

Mark se relajó un poco y pegó el otro brazo del monstruo. Tenía una gran mesa cubierta de monstruos terroríficos de la marca Aurora que componían una escena que su propietario modificaba cada vez que agregaba un elemento nuevo al conjunto. Era una colección muy buena. En realidad, era eso lo que querían ver Danny y Ralphie la noche que..., en fin.

—No creo que haya inconveniente —declaró su padre—. Mientras sea de día, claro.

—Bueno, pues espero que ese espantoso funeral no le provoque pesadillas.

Mark casi pudo ver a su padre encogiéndose de hombros.

—Tony Glick..., pobre hombre. Pero el dolor y la muerte forman parte de la vida. Ya debería haberse hecho a la idea.

—Tal vez. —Otra larga pausa. Mark se preguntó qué vendría a continuación. «Lo que se mama de niño dura toda la vida», tal vez. O: «Árbol que crece torcido nunca su rama endereza». Mark encoló el monstruo sobre su base, un túmulo con una lápida torcida al fondo.

—En medio de la vida, estamos en la muerte. Creo que *yo* sí que tendré pesadillas.

—¿Ah, sí?

—La verdad es que el tal señor Foreman debe de ser todo un artista, aunque parezca un comentario de mal gusto. El chico daba la impresión de estar dormido, como si en cualquier momento fuera a abrir los ojos, bostezar y... No sé por qué la gente insiste en torturarse con esos funerales a féretro abierto. Es tan pagano...

—En fin, ya pasó.

—Ya, supongo que sí. Es un buen chico, ¿no te parece, Henry?

—¿Mark? Mejor no lo hay.

Mark sonrió.

—¿Echan algo interesante por la tele?

—Voy a ver.

Mark desconectó de la conversación; lo importante había terminado. Dejó el modelo sobre el alféizar de la ventana para que se secara y endureciera. Dentro de quince minutos, su madre llamaría a su puerta para avisarle que era hora de acostarse. Sacó su pijama del cajón superior de la cómoda y empezó a desvestirse.

En realidad, su madre se preocupaba sin necesidad por su equilibrio psíquico, en modo alguno frágil. Tampoco había motivos especiales para que lo fuera; en casi todos los aspectos, y pese a su constitución menuda y su gracilidad, Mark era un muchacho típico. Su familia, de clase media alta, seguía ascendiendo; el matrimonio de sus padres era sólido y su amor, firme aunque un tanto insulso. En la vida de Mark jamás se había producido ningún trauma importante. Las pocas peleas que había tenido en la escuela no le habían dejado cicatrices. Se llevaba bien con sus compañeros y en general tenía las mismas aficiones que ellos.

Si algo hacía de él un ser aparte, era su reserva, un tranquilo autocontrol que nadie le había inculcado; aparentemente, Mark había nacido así. Cuando su perrito Chopper fue atropellado por un coche, Mark insistió en ir con su madre al veterinario. Cuando este le dijo: «Tendremos que dormir a tu perro, hijo mío. ¿Comprendes por qué?». Mark contestó: «No lo va a dormir. Lo va a gasear, ¿no?». El veterinario asintió. Mark le dijo que de acuerdo, que lo hiciera, pero primero besó a Chopper. Le había dolido, pero no había llorado, ni se le habían saltado siquiera las lágrimas. Su madre sí había llorado, pero, tres días después, Chopper era para ella parte de un nebuloso pasado, cosa que nunca sería para Mark. En eso residía el valor de no llorar. Llorar era como desparramarlo todo por el suelo.

A Mark le había conmovido la desaparición de Ralphie Glick, y también la muerte de Danny, pero no se había sentido asustado. Había oído decir a un hombre en la tienda que tal vez a Ralphie lo había atacado un maniaco sexual. Mark sabía lo que era eso. Eran tipos que te hacían algo para correrse y después te estrangulaban (en las historietas, cuando estrangulaban a un tipo siempre decía «arrrgggh») y te enterraban en un pozo de grava o debajo de las tablas de algún cobertizo abandonado. Si alguna vez un maniaco sexual le ofrecía caramelos, Mark le pegaría una patada en los huevos y saldría por piernas.

—¿Mark? —se oyó la voz de su madre desde el piso de abajo.

—El mismo —respondió él y volvió a sonreír.

—Cuando te laves, no te olvides de las orejas.

—Descuida.

Bajó a la sala para darles el beso de buenas noches, con sus movimientos ligeros y gráciles, no sin echar un último vistazo al retablo que formaban sus monstruos: Drácula, con la boca abierta, mostrando los colmillos, amenazaba a una muchacha tendida en el suelo, mientras el científico loco torturaba a una mujer en el potro y Mr. Hyde se acercaba furtivamente a un anciano que regresaba a su casa.

¿Que si entendía la muerte? Claro. Era lo que pasaba cuando los monstruos te pillaban.

6

A las ocho y media, Roy McDougall detuvo su viejo Ford en el camino de acceso a su caravana y pisó el acelerador dos veces antes de apagar el motor. El tubo de escape estaba casi desprendido, las luces intermitentes no funcionaban y el seguro vencía el mes próximo. Vaya coche. Vaya vida. Dentro de la casa, el crío lloraba y Sandy le gritaba. Estupendo, el matrimonio.

Bajó del coche y tropezó con una de las losas que desde el último verano estaba pensando en usar para pavimentar el camino desde la entrada hasta los escalones del remolque.

—A la mierda —masculló, echando una mirada furibunda a las losas mientras se frotaba la espinilla.

Estaba muy borracho. Desde que había salido del trabajo, a las tres, había estado bebiendo en el Dell's con Hank Peters y Buddy Mayberry. A Hank lo habían despedido hacía pocos días, y parecía decidido a beberse toda la indemnización. Roy sabía lo que Sandy pensaba de sus amigos. Bueno, pues si quería ser una remilgada, allá ella. Reprocharle a un hombre que se tomara unas cervezas el sábado y el domingo después de haberse deslomado toda la semana en la maldita fábrica..., y eso sin contar las horas extra del fin de semana. ¿Quién era ella para hacerse la santa? Si se pasaba todo el día sentada en casa sin nada que hacer, salvo charlar con el cartero y vigilar que el crío no se metiera gateando en el horno. De todas maneras, ni siquiera lo había vigilado muy bien últimamente. El maldito mocoso se había caído de la mesa mientras le cambiaba el pañal.

«¿Y tú dónde estabas?». «Lo estaba sosteniendo, Roy. Pero es que no se está quieto...».

No se está quieto. Sí, claro.

Todavía echando chispas, se acercó a la puerta. Le dolía la

pierna que se había golpeado. Y encima no podía esperar la menor compasión por parte de *ella*. Vaya, ¿qué hacía Sandy mientras él sudaba la gota gorda a las órdenes del capullo del capataz? Leer revistas del corazón y comer bombones de cereza, o ver la televisión y comer bombones, o charlar por teléfono con sus amigas y comer bombones. Le estaban saliendo granos en el culo además de en el rostro. Dentro de poco no habría manera de distinguirlos.

De un empujón, abrió la puerta y entró.

La escena lo golpeó como un mazazo, atravesando la bruma de la cerveza: el bebé, desnudo, berreaba y sangraba por la nariz; Sandy, que lo sostenía en brazos, con la blusa sin mangas manchada de sangre, miró a Roy por encima del hombro y contrajo el rostro por la sorpresa y el miedo; el pañal estaba en el suelo.

Randy, con los ojos rodeados de círculos oscuros, levantaba las manos en un gesto de súplica.

—¿Qué coño pasa aquí? —preguntó lentamente Roy.

—Nada, Roy. Es que...

—Le has pegado —la acusó él con una voz sin inflexión—. Como no se estaba quieto mientras lo cambiabas, le has pegado.

—No —respondió ella—. Se dio la vuelta de repente y se golpeó la nariz, nada más.

—Tendría que matarte a hostias —siseó Roy.

—Roy, que solo se ha golpeado la *nariz*...

Él encorvó la espalda de pronto.

—¿Qué hay para comer?

—Hamburguesas, pero se me han quemado —respondió Sandy.

Se sacó el faldón de la blusa de los vaqueros para secarle la nariz a Randy. Roy vio el michelín que se le estaba formando. No había adelgazado después de tener el bebé. No le importaba.

—Hazlo callar.

—Pero si no...

—*¡Que lo hagas callar!* —vociferó Roy, y Randy, que para entonces ya solo estaba gimoteando, volvió a estallar en llanto.

—Le daré el biberón —dijo Sandy, levantándose.

—Y prepárame la cena. —Roy empezó a quitarse la chaqueta—. *Dios*, qué asco de casa. ¿Qué coño haces durante todo el día, masturbarte?

—*¡Roy!* —protestó Sandy, escandalizada. Después dejó escapar una risita. Su frenético estallido de furia contra el bebé que no se estaba quieto mientras ella le cambiaba los pañales empezaba a parecerle lejano, como algo sucedido en alguna de las series de la tarde, como *Centro Médico*.

—Prepárame la cena y después limpia un poco esta pocilga.

—Está bien. Lo que tú digas. —Sandy sacó un biberón de la nevera, puso a Randy en el parque y se lo dio. El niño empezó a chupar apáticamente, mientras sus ojos iban del padre a la madre describiendo pequeños círculos.

—Roy.

—¿Eh? ¿Qué pasa?

—Se acabó.

—¿El qué?

—Ya sabes. ¿Te apetece? ¿Esta noche?

—Sí, claro —respondió él—. Desde luego.

Qué vida. Qué vida esta, pensó de nuevo.

7

Nolly Gardener estaba escuchando rock por la WLOB y haciendo chascar los dedos cuando sonó el teléfono. Parkins dejó la revista de crucigramas.

—Baja un poco eso, ¿quieres? —pidió.

—Sí, Park. —Nolly bajó el volumen de la radio y siguió llevando el ritmo con los dedos.

—¿Diga? —atendió Parkins.

—¿Agente Gillespie?

—Sí.

—Al habla el agente Tom Hanrahan, señor. Tengo la información que nos había pedido.

—Vaya, me alegro.

—Sin embargo, me temo que no hay nada muy jugoso.

—Lo que sea estará bien —respondió Parkins—. ¿Qué han averiguado?

—Ben Mears fue interrogado a raíz de un accidente de tráfico mortal ocurrido en el estado de Nueva York, en mayo de 1973. No se presentaron cargos. Choque de motocicleta. Su esposa Miranda se mató. Los testigos declararon que él conducía despacio y las pruebas de alcoholemia dieron negativo. Parece que resbaló en un sitio húmedo. En política, es más bien de izquierdas. Participó en una marcha por la paz en Princeton, en 1966. Habló en una manifestación antibelicista en Brooklyn, en 1967. En marchas sobre Washington en 1968 y 1970. Lo detuvieron durante una marcha de la paz en San Francisco, en noviembre de 1971. Es todo lo que tenemos sobre él.

—¿Qué más?

—Kurt Barlow. Kurt con ka. Es inglés naturalizado, no de nacimiento. Nació en Alemania y se marchó a Inglaterra en 1938, al parecer huyendo de la Gestapo. Sus datos no los tenemos, pero es probable que ronde los setenta. Su apellido real es Breichen. Desde 1945 tiene un negocio de importación-exportación en Londres, pero es un tipo escurridizo. Straker es su socio desde entonces, y parece que es el que se encarga de tratar con el público.

—¿Ah, sí?

—Straker es inglés de nacimiento. Cincuenta y ocho años. El padre era ebanista en Manchester. Parece que le dejó bastante dinero y que a Straker le ha ido bien. Hace dieciocho meses, los dos solicitaron visados para pasar una larga temporada en Estados Unidos. Es lo único que sabemos, aparte de que es posible que haya entre ellos una relación homosexual.

—Ajá —asintió Parkins y suspiró—. Más o menos lo que me imaginaba.

—Si necesita algo más, podemos consultar al Departamento de Investigación Criminal y a Scotland Yard.

—No, es suficiente.

—Otra cosa: no existe ninguna conexión entre Mears y los otros dos, salvo que la mantengan en secreto.

—Perfecto. Gracias.

—Para eso estamos. Si necesita algo más, no dude en llamar.

—Así lo haré, gracias. —Dejó el auricular en la horquilla y se quedó mirándolo pensativo.

—¿Quién era, Park? —preguntó Nolly, mientras volvía a subir el volumen de la radio.

—Del Excellent Café. No tienen sándwiches de jamón con pan de centeno. Solo de queso y ensalada.

—Si quieres, tengo frambuesas en mi escritorio.

—No, gracias —declinó Parkins y volvió a suspirar.

8

El vertedero seguía humeando.

Dud Rogers caminaba por el borde, olfateando la fragancia de la basura quemada. Pequeñas botellas crujían bajo sus pies, y a cada paso se elevaban negras bocanadas de polvo ceniciento. En el lugar destinado a quemar la basura, un amplio lecho de carbones intensificaba o disminuía su resplandor según los caprichos del viento, como un enorme ojo carmesí que se abría y se cerraba..., el ojo de un gigante. De vez en cuando se oía alguna pequeña explosión ahogada, el estallido de algún aerosol o de una bombilla. Esa mañana, al encender el fuego, habían salido muchísimas ratas del vertedero, más de las que Dud había visto nunca. Había matado a tiros unas tres docenas, y la pistola estaba caliente cuando por fin volvió a enfundarla. Y eran enormes: algunas medían sesenta centímetros de la cabeza a la punta de la cola. Era extraño cómo aumentaba o disminuía su número de un año a otro. Tal vez tuviera algo que ver con el tiempo. Si seguían aumentando, tendría que empezar a ponerles cebos envenenados, cosa que no hacía desde 1964.

Avistó una en ese momento. Sacó la pistola, le quitó el seguro, apuntó y disparó. El proyectil levantó frente a la rata una salpicadura de tierra que le espolvoreó el pelo. Pero, en vez de escapar, el animal se sentó sobre las patas traseras y lo miró, mientras las cuencas rojizas de sus ojillos brillaban al resplandor del fuego. ¡Menudas agallas tenían esas ratas!

—Adiós, señora rata —murmuró Dud y volvió a disparar.

Pum. La rata se desplomó y quedó retorciéndose en el suelo.

Dud fue hasta ella y le dio la vuelta con su bota de trabajo. La rata mordió débilmente el cuero, mientras sus costados subían y bajaban con una respiración débil.

—Hija de puta —mascullló Dud, y le aplastó la cabeza.

Se puso en cuclillas para mirarla y se sorprendió pensando en Ruthie Crockett, que no usaba sostén. Cuando se ponía ese cárdigan ajustado al cuerpo, se le marcaban con toda claridad los pezoncillos, endurecidos por el roce contra la lana, y si pudiera agarrárselos y frotárselos un poco, un poco nada más, una perra como esa se pondría como una moto...

Levantó la rata por la cola y la hizo oscilar como un péndulo.

—¿Qué te parecería encontrarte a doña rata dentro de tu plumier, Ruthie?

El doble sentido de la frase le hizo gracia a Dud, que dejó escapar una risita aguda, asintiendo y agachando su extraña cabeza.

Arrojó la rata hacia el centro del vertedero. Al hacerlo, giró el tronco y divisó una figura, una silueta alta y delgada, unos cincuenta pasos a su derecha.

Tras restregarse las manos contra sus pantalones verdes, Dud echó a andar hacia allí.

—El vertedero está cerrado, señor.

El hombre se volvió hacia él. El rostro que vislumbró al rojo resplandor del fuego moribundo era taciturno y de pómulos salientes. El pelo blanco estaba veteado de mechones grises. El tipo lo llevaba peinado hacia atrás, de modo que le dejaba despejada la alta y cerosa frente, como un concertista afeminado. Los ojos reflejaban el resplandor carmesí de los tizones, que los hacía parecer inyectados en sangre.

—¿Ah, sí? —preguntó el hombre, con un ligero acento, como si fuera franchute, o tal vez centroeuropeo—. He venido para contemplar el fuego. Es muy hermoso.

—Sí —coincidió Dud—. ¿Vive usted aquí?

—Hace poco que resido en su hermoso pueblo, sí. ¿Mata muchas ratas?

—Algunas, sí. Últimamente hay millones de estas hijas de puta. ¿No es usted el tipo que compró la Casa Marsten?

—Depredadores —reflexionó el hombre mientras entrelazaba las manos a la espalda. Dud observó con sorpresa que llevaba traje, con chaleco y todo—. Adoro los depredadores de la noche. Las ratas..., los lobos. ¿No hay lobos en esta zona?

—No —le informó Dud—. Hace un par de años, un tipo de Durham cazó un coyote. Y hay una manada de perros salvajes que atacan a los ciervos...

—Perros —repitió el extranjero, con un gesto de desprecio—. Animales rastreros que tiemblan y aúllan al percibir una pisada extraña. No sirven más que para gimotear y arrastrarse. Habría que matarlos, es lo que siempre digo. ¡A todos!

—Bueno, nunca lo había pensado de esa manera —dijo Dud, dando un paso hacia atrás—. Siempre es agradable tener a alguien con quien pegar la hebra, ¿sabe? Pero los domingos el vertedero cierra a las seis, y ya son las nueve y media y...

—Desde luego.

Pero el extranjero no hizo ademán de moverse. Dud pensó que había ganado por la mano al resto del pueblo. Todo el mundo se preguntaba quién estaba detrás de ese tipo, Straker, y él había sido el primero en descubrirlo..., aparte de Larry Crockett, tal vez, que se las traía. La próxima vez que bajara al pueblo a comprarle cartuchos al remilgado de George Middler, le dejaría caer como quien no quiere la cosa: «Hace unos días vi por la noche a ese tipo nuevo». «¿Cómo? ¿A quién?». «Ya sabes, el que compró la Casa Marsten. Bastante simpático. Tenía un acento centroeuropeo».

—¿No hay fantasmas en esa casa? —preguntó cuando el otro no dio muestras de largarse.

—¡Fantasmas! —El viejo sonrió, y había algo inquietante en su sonrisa. Una barracuda podría sonreír así—. No; fantasmas no. —Al repetir la palabra, la recalcó ligeramente, como si en la casa pudiera haber algo mucho peor.

—Bueno..., se está haciendo tarde y..., en realidad, es hora de que se vaya, señor...

—Pero me resulta agradable hablar con usted —objetó el visitante y, por primera vez, volvió la cara hacia Dud y clavó los ojos en él. Los tenía muy separados, enrojecidos todavía por el sombrío resplandor del fuego. Aunque era de mala educación mirarlo fijamente, no había manera de apartar la vista de ellos—. No tendrá inconveniente en que conversemos un rato más, ¿no?

—No, claro que no —respondió Dud, y su voz le sonó muy lejana.

Aquellos ojos parecían expandirse, crecer como oscuros pozos cercados de fuego, pozos donde uno podía caerse y ahogarse.

—Gracias. Dígame..., esa joroba que tiene en la espalda, ¿no le resulta molesta para su trabajo?

—No —contestó Dud, que seguía sintiéndose como si estuviera muy lejos. Que me cuelguen si no me está hipnotizando, pensó. Como aquel tipo de la feria de Topsham... ¿Cómo se llamaba? El señor Mefisto. Te dormía y te hacía hacer toda clase de cosas graciosas: portarte como un pollo, o dar vueltas corriendo como un perro, o contar lo que pasó en la fiesta que te organizaron cuando cumpliste los seis años. Cómo nos reímos cuando hipnotizó al viejo Reggie Sawyer...

—¿Tampoco le causa inconvenientes en otros ámbitos?

—No... Bueno... —Seguía mirando aquellos ojos, fascinado.

—Vamos, dígalo —lo instó suavemente el viejo—. ¿No somos amigos, acaso? Cuéntemelo.

—Bueno..., las chicas..., las chicas, ya sabe.

—Naturalmente —dijo en tono comprensivo—. Las chicas se ríen de usted, ¿no es eso? No tienen idea de su virilidad. Ni de su fuerza.

—Exactamente —susurró Dud—. Se ríen. *Ella* se ríe.

—¿Quién es ella?

—Ruthie Crockett. Es..., es... —La idea se le fue, pero no importaba. Nada importaba, salvo esa paz. Esa paz completa que sentía.

—¿Es ella quien hace los chistes? ¿Y oculta las risitas con la mano? ¿Y da con el codo a sus amigas cuando se cruzan con usted?

—Sí...

—Pero usted la desea —insistió la voz—. ¿No es eso?

—Oh, sí...

—Pues la conseguirá. Estoy seguro.

Había algo en todo aquello que resultaba... placentero. A lo lejos, le parecía oír voces dulces que entonaban palabras obscenas. Campanillas de plata..., rostros blancos..., la voz de Ruthie Crockett. Casi podía verla, subiéndose los pechos con las manos para abultar el escote de su cárdigan con aquellas dos maduras semiesferas blancas mientras la voz susurraba: *Bésamelos, Dud..., muérdemelos..., chúpamelos...*

Era como ahogarse. Ahogarse en los ojos del viejo, bordeados de rojo.

Mientras el hombre se le acercaba, Dud lo comprendió todo y lo aceptó y, cuando sintió el dolor, era dulce como la plata y verde como la superficie tranquila de las aguas profundas y oscuras.

9

La mano le temblaba, y en vez de aferrar la botella, los dedos la tiraron del escritorio, de modo que cayó con un golpe sordo sobre la alfombra, donde se quedó gorgoteando whisky sobre la lana verde.

—¡Mierda! —masculló el padre Callahan mientras se inclinaba para levantarla antes de que se derramara todo.

En realidad no había mucho que derramar. Volvió a poner la botella sobre el escritorio (lejos del borde) y fue a la cocina en busca de un trapo y un líquido limpiador. Cualquier cosa con tal que la señora Curless no encontrara una mancha de whisky junto a la pata de su escritorio. Ya era bastante difícil aguantar sus bondadosas miradas de compasión en las largas mañanas en que se sentía un poco deprimido...

Con resaca, querrás decir.

Sí, con resaca, está bien. Es hora de afrontar la verdad, indudablemente. La verdad os hará libres. Tres hurras por la verdad.

Encontró una botella de algo que se llamaba E-Vap, un nombre bastante parecido al ruido de un vómito («¡E-Vap!», graznaba el viejo borrachín mientras arrojaba el almuerzo) y se la llevó al estudio, sin hacer eses. Fíjese, agente, voy a andar derecho por la línea blanca hasta el semáforo.

A sus cincuenta y tres años, Callahan imponía, con su cabello plateado, sus ojos de un azul límpido (ahora un poco estriados de rojo) rodeados por las patas de gallo de su risa irlandesa, su boca firme y su mentón aún más firme, ligeramente partido. Algunas mañanas, al mirarse en el espejo, pensaba que, cuando cumpliera los sesenta, abandonaría el sacerdocio para irse a Hollywood, donde conseguiría trabajo haciendo de Spencer Tracy.

—Padre Flanagan, ¿dónde está usted cuando lo necesitamos? —masculló mientras se agachaba junto a la mancha.

Con los ojos entrecerrados, leyó las instrucciones en la etiqueta del frasco y vertió sobre la mancha dos tapones de E-Vap. Esta se puso blanca y empezó a burbujear. Un poco alarmado, Callahan volvió a consultar la etiqueta.

—«Para manchas muy rebeldes —leyó en voz alta, con la riqueza de inflexiones que tanto prestigio le había ganado en la parroquia después de los largos sermones punteados por chasquidos de la dentadura postiza del pobre y anciano padre Hume—, deje actuar el producto entre siete y diez minutos».

Se dirigió a la ventana del estudio, que daba a Elm Street y, más allá, a Saint Andrew.

Bueno, bueno, pensó. Heme aquí, un domingo por la noche, otra vez borracho.

Bendígame, padre, porque he pecado.

Si iba despacio y seguía trabajando (durante sus largas veladas solitarias, el padre Callahan trabajaba en sus notas. Hacía casi siete años que había empezado a escribirlas, supuestamente para un libro sobre la Iglesia católica en Nueva Inglaterra, aunque de vez en cuando sospechaba que jamás terminaría de escribirlo. En realidad, las notas y su problema con el alcohol habían empezado al mismo tiempo. Génesis 1:1: «Al principio era el whisky, y el padre Callahan dijo: "Háganse las notas"»), apenas se daba cuenta del lento avance de la ebriedad. Podía entrenar la mano para que no notara el descenso del peso de la botella.

Ha pasado por lo menos un día desde mi última confesión.

Eran las once y media, y al mirar por la ventana vio una oscuridad uniforme, rota solamente por el círculo que proyectaba la farola instalada frente a la iglesia. En cualquier momento, podía aparecer en ese círculo Fred Astaire, bailando con su sombrero de copa, frac, polainas y zapatos blancos, haciendo girar su bastón. Ginger Rogers lo estaría esperando y ambos evolucionarían al compás de *Siento otra vez la tristeza cósmica de E-Vap.*

Apoyó la frente contra el cristal, dejando que el hermoso rostro que, al menos en cierta medida, había sido su maldición se relajara y que aparecieran en él las arrugas de un cansancio preocupado.

Padre, soy un borracho y un mal sacerdote.

Con los ojos cerrados podía ver la penumbra del confesionario, sentir cómo sus dedos abrían la ventanilla y descorrían la cortina sobre todos los secretos del corazón humano, podía oler el barniz y el añejo terciopelo de los bancos, y el sudor de los viejos; podía saborear el rastro de álcali en su saliva.

Bendígame, padre,

(me cargué el coche de mi hermano, pegué a mi mujer, espié por la ventana a la señora Sawyer mientras se desvestía, mentí, estafé, tuve pensamientos impuros, siempre yo, yo, yo),

porque he pecado.

Abrió los ojos, pero Fred Astaire todavía no había aparecido. Al dar la medianoche, tal vez. Su pueblo dormía. Salvo...

Levantó los ojos. Sí, *allá* arriba las luces estaban encendidas.

Pensó en la señorita Bowie —no, McDougall, ahora se llamaba señora McDougall—, que con una vocecita quebrada le había dicho que había pegado al bebé, y cuando le preguntó cuántas veces, pudo percibir cómo giraban los engranajes de su mente, mientras calculaba si habían sido doce por cinco veces, o cien por doce. Qué lástima de ser humano. El padre Callahan había bautizado al bebé, Randall Fratus McDougall. Había sido concebido en el asiento trasero del coche de Royce McDougall, probablemente durante la segunda película de un programa doble en el autocine. Era una criatura minúscula y chillona. El cura se preguntó si Sandy sabía o sospechaba que él sentía deseos de sacar ambas manos por la ventanilla y aferrar el alma que revoloteaba al otro lado, retorcerla y estrujarla hasta que gritara. Tu penitencia son seis cabezazos y una buena patada en el culo. Vete y no peques más.

—Qué aburrimiento —dijo en voz alta.

Pero había algo más que aburrimiento en el confesionario; no era solo eso lo que lo ponía enfermo, lo que lo había empujado hacia ese club cada vez más numeroso, la Asociación de Sacerdotes Católicos de la Botella y la Orden del Cutty Sark. Era el mecanismo inalterable, ciego, mortal de la Iglesia, que aplastaba todos los pecadillos en su interminable servicio de lanzadera al cielo. Era el reconocimiento ritual del mal por una Iglesia que ahora se preocupaba más por los males sociales; la expiación desgranada en cuentas de rosario por ancianas cuyos padres habían hablado lenguas europeas. Era la presencia real del mal en el confesionario, tan real como el olor del terciopelo viejo, pero un mal irreflexivo y estúpido frente al que no cabía misericordia ni represalia: el puño que se estrellaba contra el rostro del bebé, el neumático rajado con una navaja, la pelea en el bar, la introducción de hojas de afeitar en las manzanas de caramelo, todos los constantes e insípidos calificativos que es capaz de vomitar la mente humana en sus laberínticos giros y retorcimientos. «Caballeros, esto se cura con mejores prisiones, mejor policía, mejores organismos sociales, mejor control de la natalidad, mejores técnicas de esterilización, mejores abortos. Caballeros, si arrancamos este feto del útero convertido en una masa sanguinolenta de brazos y piernas aún sin formar, jamás llegará a matar a martillazos a una anciana. Señoras, si atamos a este hombre a una silla y lo freímos como una chuleta de cerdo, no tendrá la oportunidad de torturar y matar más niños. Compatriotas, si aprobamos esta ley de eugenesia, puedo garantizarles que nunca más…».

Mierda.

Hacía ya un par de años, quizá incluso tres, que veía con claridad lo que le sucedía. La imagen había ganado en definición, como una película desenfocada que se va volviendo más clara hasta que cada línea aparece nítida. El padre Callahan estaba ávido de un desafío. Los sacerdotes nuevos lo tenían: era la discriminación racial, el movimiento de liberación femenina, incluso el movimiento de liberación gay; la pobreza, la locura, la ilegalidad. A él lo hacían sentir incómodo. Los únicos sacerdotes con conciencia social con quienes se sentía a gusto eran los que se habían opuesto con actitud militante a la guerra de Vietnam. Ahora que su causa había pasado de moda, se sentaban a hablar de marchas y manifestaciones como los viejos matrimonios que rememoran su luna de miel o sus primeros viajes en tren. Pero Callahan no se contaba ni entre los sacerdotes nuevos ni entre los viejos; estaba encasillado en el papel de un tradicionalista que ya no podía creer ni en sus postulados básicos. Quería mandar una división del ejército de... ¿quién? Dios, el bien, el derecho, no eran más que nombres para la misma cosa: la batalla contra el MAL. Él quería lidiar con problemas serios y librar batallas, no pasar frío frente a la puerta del supermercado mientras repartía octavillas sobre el boicot a las lechugas o la huelga de los vendimiadores. Quería ver el MAL despojado del manto con que seducía a la gente, quería ver con claridad cada rasgo de su faz. Quería enfrentarse cuerpo a cuerpo con el MAL, como Muhammad Ali con Joe Frazier, los Celtics con los Knicks, Jacob con el ángel. Quería que su lucha fuera pura, que no estuviera contaminada por la política que cabalgaba a lomos de todos los problemas sociales como un deforme gemelo siamés. Era lo que había deseado desde que se planteó ser sacerdote, una llamada que había sentido cuando tenía catorce años, enfervorecido por la historia de san Esteban, el primer mártir cristiano, que había muerto lapidado y había visto a Cristo en el momento de morir. El cielo ejercía sobre él un pálido atractivo comparado con la lucha —tal vez incluso la muerte— al servicio del Señor.

Pero no había batallas, solo pequeñas escaramuzas de resultado indefinido. Y el MAL no tenía solamente un rostro, sino muchos, y todos esos rostros eran vacuos y casi todos tenían el mentón pegajoso de baba. En realidad estaba llegando a la inevitable conclusión de que en el mundo no existía el MAL, sino solo el mal a secas, o incluso el mal entre paréntesis. En momentos así sospechaba que Hitler no había sido más que un burócrata agobiado, y que el propio Satán era un deficiente mental con un sentido del humor rudimentario, como el de los que encuentran divertidísimo darles a las gaviotas un petardo oculto en un trozo de pan.

Las grandes batallas sociales, morales y espirituales de la época habían quedado reducidas a Sandy McDougall, que estampaba a su mocoso contra la pared, y al hecho de que este, cuando creciera, estamparía contra la pared a su propio hijo, y así hasta el final de los tiempos, aleluya, viva la mantequilla de cacahuete con tropezones. Santa María, llena eres de gracia, ayúdame a ganar esta carrera en la que se conoce el nombre del ganador incluso antes de empezar.

Era más que aburrido. Era escalofriante por sus consecuencias para cualquier definición coherente de la vida, y quizá hasta del cielo. ¿Qué era el cielo? ¿Una eternidad de loterías de parroquia, vueltas en atracciones de feria, carreras por el centro de una ciudad en calles sin semáforos?

Dirigió la mirada al reloj de la pared. Pasaban seis minutos de la medianoche, y todavía ni rastro de Fred Astaire o Ginger Rogers. Ni siquiera de Mickey Rooney. Pero el E-Vap había tenido tiempo de actuar. Ahora pasaría la aspiradora y al día siguiente la señora Curless no lo miraría con esa expresión compasiva, y la vida seguiría adelante. Amén.

Capítulo 7

MATT

1

El martes, al final de la tercera hora, Matt se encaminó hacia su despacho, donde Ben Mears estaba esperándolo.

—Hola —lo saludó—. Has llegado antes de la hora.

Ben se levantó a estrecharle la mano.

—Creo que es la maldición de la familia. Oye, los chicos no me comerán, ¿verdad?

—Seguro que no —respondió Matt—. Vamos.

Estaba un poco sorprendido. Ben se había puesto una chaqueta deportiva y unos gruesos pantalones grises. Llevaba también zapatos buenos, que no parecían haber sido usados durante mucho tiempo. Matt había invitado a sus clases a otros tipos relacionados con la actividad literaria y normalmente aparecían vestidos de manera descuidada o incluso grotesca. Un año atrás había preguntado a una poeta bastante conocida, que acababa de dar una conferencia en la Universidad de Maine, en Portland, si al día siguiente querría impartir una charla sobre poesía en una de sus clases. La mujer se presentó con un traje estrafalario y tacones altos, como si estuviera diciendo: «Miradme, he vencido al sistema jugando a su propio juego. Soy libre como el viento».

Por comparación, la admiración de Matt por Ben subió

un grado. Tras más de treinta años de enseñanza, creía que nadie derrotaba verdaderamente al sistema ni ganaba la partida, y que solo los idiotas eran capaces de creer que la estaban ganando.

—Bonito edificio —dijo Ben, mirando alrededor mientras caminaban por el vestíbulo—. Muy diferente del instituto en el que estudié yo. La mayoría de las ventanas parecían troneras.

—Tu primer error es llamarlo edificio—señaló Matt—. Es una «planta». Las pizarras son «ayudas visuales». Y los chicos son «un cuerpo estudiantil adolescente mixto».

—Qué suerte tienen —dijo Ben, desplegando una sonrisa.

—Ya lo creo. ¿Tú fuiste a la universidad, Ben?

—Lo intenté. Humanidades. Pero todo el mundo parecía inmerso en una carrera intelectual enloquecida... Y uno puede fijarse una meta por su cuenta para llegar a ser conocido y apreciado. Además, suspendí. Cuando empezó a venderse *La hija de Conway*, yo cargaba cajas de Coca-Cola en los camiones de reparto.

—Cuéntaselo a los chicos, les interesará.

—¿A ti te gusta enseñar? —preguntó Ben.

—Claro que sí. Hace tiempo que habría reventado, si no me gustara.

El último timbre resonó en los corredores, vacíos salvo por un estudiante rezagado que seguía lentamente la dirección de una flecha con la indicación «Taller de carpintería».

—¿Hay problemas de drogas aquí? —preguntó Ben.

—Como en todos los institutos de Estados Unidos. El nuestro es el alcohol, más que ninguna otra cosa.

—¿La marihuana no?

—Yo no considero que la hierba sea un problema, ni el director tampoco, cuando se habla extraoficialmente con él y lleva encima unas copas de más. Además, sé que el orientador del instituto, uno de los mejores en su especialidad, no tiene inconveniente en fumar un poco antes de ir al cine. Yo mismo la he probado. El efecto es fantástico, pero me produce acidez.

—¿*Tú* la has probado?

—Chisss, que el Gran Hermano lo escucha todo —dijo Matt—. Además, hemos llegado. Esta es mi aula.

—Ay, madre.

—No te pongas nervioso. —Matt lo hizo pasar—. Buenos días, jóvenes —saludó a la veintena de estudiantes, que clavaron los ojos en Ben—. Les presento al señor Ben Mears.

2

Al principio, Ben pensó que se había equivocado de casa.

Estaba seguro de que, cuando Matt Burke lo invitó a comer, le había dicho que vivía en la casa pequeña y gris contigua a la de ladrillo rojo, pero de ahí salía un torrente de rock and roll por las ventanas.

Llamó con el deslustrado aldabón de bronce y, al no recibir respuesta, insistió.

Esta vez el volumen de la música disminuyó y la inconfundible voz de Matt gritó:

—¡Adelante! ¡Está abierto!

Ben entró, mirando alrededor con curiosidad. Por la puerta principal se accedía directamente a una pequeña sala con muebles de estilo colonial americano de segunda mano, donde la nota dominante era un televisor Motorola increíblemente viejo. La música surgía de una cadena KLH con altavoces cuadrafónicos.

Matt salió de la cocina, ataviado con un delantal a cuadros rojos y blancos y seguido por el aroma de la salsa para espaguetis.

—Disculpa si es mucho ruido, pero, como estoy un poco sordo, me gusta subir el volumen.

—Buena música.

—Soy fanático del rock desde los tiempos de Buddy Holly. Me encanta. ¿Tienes hambre?

—Pues sí. Y te vuelvo a agradecer la invitación. Desde que he vuelto a Salem's Lot, creo que he salido a comer más que en los últimos cinco años.

—Es un pueblo muy cordial. Espero que no tengas inconveniente en comer en la cocina. Hace un par de meses apareció un anticuario que me ofreció doscientos dólares por la mesa del comedor y todavía no la he sustituido por otra.

—Claro que no me importa. En mi familia hay una larga tradición de comer en la cocina.

La cocina estaba en extremo limpia y ordenada. Sobre uno de los cuatro quemadores hervía a fuego lento una olla de salsa boloñesa, mientras un colador lleno de espaguetis esperaba humeante. En una pequeña mesa plegable había dos platos que no tenían nada que ver entre sí, y, en los vasos, una hilera de personajes de dibujos animados danzaba en torno al borde. Vasos de gelatina, pensó Ben, divertido, y lo que quedaba de su inhibición por estar con un extraño se desvaneció del todo. Empezó a sentirse como en casa.

—En el armario que hay sobre el fregadero encontrarás bourbon, whisky de centeno y vodka —anunció Matt—. Y en la nevera hay algunos refrescos para mezclar. Nada excepcional, me temo.

—Para mí está bien bourbon con agua del grifo.

—Pues sírvete. Yo voy a terminar con este desastre.

—Me han caído bien tus alumnos —comentó Ben, mientras se preparaba la bebida—. Han hecho preguntas interesantes. Agresivas, pero interesantes.

—¿Como por ejemplo «de dónde sacas las ideas»? —preguntó Matt, imitando el ceceo sexy y como de niña pequeña de Ruthie Crockett.

—Es todo un personaje.

—Ya lo creo. En la nevera, detrás de la lata de piña, hay una botella de Lancers. La he comprado especialmente para la ocasión.

—Oye, no deberías...

—Oh, vamos, Ben. No todos los días tenemos autores de best sellers en Lot.

—Me parece un poco exagerado.

Ben apuró su copa, tomó el plato de espaguetis que le tendía Matt, le echó un cucharón de salsa y los enroscó en el tenedor, ayudándose con la cuchara.

—Fantástico —aprobó—. *Mamma mia.*

—Claro, ¿qué esperabas?

Ben miró su plato, que se había vaciado con una rapidez sorprendente, y se limpió los labios, sintiéndose un poco culpable.

—¿Más?

—Medio plato, por favor. Están buenísimos.

Matt le sirvió un plato entero.

—Si no nos los acabamos, se los comerá el gato. Pobre bestia, pesa diez kilos y se acerca a su bol caminando como un pato.

—No lo he visto.

—Anda por ahí de ligoteo. —Matt sonrió—. ¿Tu nuevo libro es una novela?

—Es algo así como una novelización —respondió Ben—. Para serte sincero, estoy escribiéndola por dinero. Hacer arte está muy bien, pero por una vez quisiera dar la campanada.

—¿Y qué perspectivas le ves?

—Tristísimas.

—Vamos a la sala —sugirió Matt—. Los sillones son malos, pero más cómodos que estos horrores de la cocina. ¿Has comido lo suficiente?

—¿Moja el agua?

En el cuarto de estar, Matt apartó una pila de álbumes y procedió a encender una enorme y nudosa pipa de calabaza. Cuando hubo completado la tarea a su satisfacción (y estaba rodeado de una gran nube de humo), levantó los ojos hacia Ben.

—No —dijo—. Desde aquí no se alcanza a ver.

Ben se volvió con brusquedad.

—¿Ver qué?

—La Casa Marsten. Apuesto cinco centavos a que es eso lo que estabas buscando.

Ben se rio, incómodo.

—No me gusta apostar.

—¿Tu libro se desarrolla en un pueblo como Salem's Lot?

—El pueblo y la gente —asintió Ben—. Hay una serie de crímenes sexuales y mutilaciones. Voy a empezarlo con uno de ellos e iré describiéndolos progresivamente, de principio a fin, con todo detalle. Estaba trabajando en esa parte cuando desapareció Ralphie Glick y fue..., bueno, fue un giro desagradable.

—¿Y para todo esto te estás basando en las desapariciones ocurridas en los años treinta en el municipio?

Ben lo miró.

—Veo que estás al tanto de eso, ¿eh?

—Pues, sí. Y muchos de los antiguos residentes también. Yo no estaba entonces en Salem's Lot, pero Mabel Werts, Glynis Mayberry y Milt Crossen, sí. Algunos de ellos ya han establecido la relación.

—¿Qué relación?

—Vamos, Ben. Es una relación bastante obvia, ¿no?

—Supongo. La última vez que la casa estuvo ocupada,

desaparecieron cuatro chiquillos a lo largo de una década. Ahora, después de treinta y seis años, vuelve a estar habitada y Ralphie Glick desaparece de la noche a la mañana.

—¿Crees que es una coincidencia?

—Supongo que sí —admitió Ben, en cuyos oídos resonaban las palabras de advertencia de Susan—. Pero es extraño. Estuve mirando los ejemplares del *Ledger* de entre 1939 y 1970, solo por comparar. Desaparecieron tres chicos. Uno se había escapado de casa y después lo encontraron trabajando en Boston; tenía dieciséis años, pero parecía mayor. A otro lo pescaron un mes después, ahogado en el Androscoggin. Y el tercero apareció enterrado cerca de la carretera 116, en Gates. Al parecer lo había atropellado un conductor que se dio a la fuga. Todos los casos quedaron aclarados.

—Tal vez la desaparición del chico de los Glick también se aclare.

—Es posible.

—Pero tú no lo crees. ¿Qué sabes de ese hombre, Straker?

—Absolutamente nada —declaró Ben—. Ni siquiera estoy seguro de querer conocerlo. En este momento estoy trabajando en un libro viable que está estrechamente ligado a cierto concepto de la Casa Marsten y de quienes la habitan. Y descubrir que Straker es un hombre de negocios normal, como sin duda lo es, me rompería los esquemas. De modo que...

—No creo que sea el caso. Ha inaugurado hoy su tienda, ¿sabes? Susie Norton y su madre se han pasado por allí... De hecho, la mayoría de las mujeres del pueblo se han acercado para echar un vistazo. Según Dell Markey, que es una fuente de información fidedigna, hasta Mabel Werts se ha dejado caer. Parece que se trata de un hombre fascinante. Viste como un dandi, es elegante y totalmente calvo, amén de encantador. Me han dicho que ha vendido varias piezas.

—Genial. —Ben sonrió—. ¿Nadie ha visto a la otra mitad del equipo?

—Está en viaje de negocios, supuestamente.

—¿Por qué supuestamente?

Matt se encogió de hombros, incómodo.

—No sé... Es probable que todo sea perfectamente normal, pero esa casa me pone nervioso. Es casi como si los dos la hubieran buscado expresamente. Como tú dijiste, parece un ídolo instalado en lo alto de la colina.

Ben asintió.

—Y, por si fuera poco, tenemos la desaparición de otro chico. Y el hermano de Ralphie, Danny, muerto a los doce años. Causa de la muerte: anemia perniciosa.

—¿Y eso qué tiene de raro? Es una desgracia, sin duda, pero...

—Mi médico es un tipo joven, se llama Jimmy Cody. Fue alumno mío en el instituto. Es un médico excelente, aunque en esa época era más malo que la tiña. Sea como sea, lo que te voy a contar hay que cogerlo con pinzas. Te estoy hablando de oídas.

—Ya.

—Fui a hacerme un chequeo y casualmente comenté que era una pena lo del chico de los Glick, un golpe brutal para los padres después de la desaparición de su otro hijo. Jimmy me dijo que había consultado el caso con George Gorby. El chico estaba anémico, sí. Pero, según él, un recuento de glóbulos rojos en un muchacho de la edad de Danny debe oscilar entre el ochenta y cinco y el noventa y ocho por ciento. El de Danny estaba en solo cuarenta y cinco por ciento.

Ben soltó un silbido de asombro.

—Le habían puesto inyecciones de vitamina B y dado hígado de ternera, y parecía estar funcionando. Iban a darle el alta al día siguiente cuando, de pronto, se quedó en el sitio.

—Más vale que Mabel Werts no se entere de eso —comentó Ben—, porque empezará a ver indígenas con cerbatanas por el parque.

—No se lo he comentado a nadie más que a ti, ni pienso hacerlo. Y de paso, Ben, yo en tu lugar no diría ni palabra sobre el tema del libro. Si Loretta Starcher te pregunta sobre qué estás escribiendo, dile que es algo de arquitectura.

—No eres el primero que me da ese consejo.

—La primera ha sido Susan Norton, ¿a que sí?

Ben consultó su reloj y se levantó.

—Hablando de Susan...

—El macho despliega todo su plumaje para el cortejo —dijo Matt—. Pues yo tengo que volver al instituto. Estamos ensayando el tercer acto de una obra, que es una comedia de gran contenido social que se llama *El problema de Charley*.

—¿Y cuál es el problema?

—El acné —contestó Matt con una mueca.

Se dirigieron a la puerta y Matt se detuvo para ponerse una desteñida chaqueta con la inicial del instituto. Ben pensó que tenía más pinta de entrenador de atletismo entrado en años que de profesor de lengua sedentario, hasta que uno se fijaba en su cara, inteligente pero soñadora, y de alguna manera inocente.

—Oye —dijo Matt mientras salían a los escalones de la entrada—, ¿qué piensas hacer el viernes por la noche?

—No lo sé —respondió Ben—. Había pensado ir con Susan a ver una película. Es más o menos lo único que se puede hacer por aquí.

—A mí se me ocurre otra cosa —sugirió Matt—. Podríamos formar una comisión de tres y subir en el coche hasta la Casa Marsten para saludar al nuevo propietario. En nombre del pueblo, claro.

—Buena idea —asintió Ben—. Un gesto de cortesía, ¿no?

—Un comité de bienvenida.

—Se lo propondré a Susan esta noche. Creo que aceptará.

—Muy bien.

Matt se despidió con la mano mientras el Citroën de Ben se alejaba, ronroneando. Ben respondió con un par de bocinazos, y las luces rojas del coche se perdieron tras la colina.

Cuando el ruido del Citroën se hubo extinguido, Matt permaneció en los escalones casi un minuto, con las manos en los bolsillos de la chaqueta y la mirada dirigida hacia la casa de la colina.

3

Como el jueves por la noche no había ensayo, Matt acudió al bar de Dell a las nueve a tomar un par de cervezas. Si el maldito matasanos de Jimmy Cody no le recetaba nada para el insomnio, se lo autorrecetaría él mismo.

Las noches que no había música en vivo, el bar no se llenaba mucho. Matt no vio más que a tres personas conocidas: Weasel Craig, que le hacía los honores a una cerveza, solo en un rincón; Floyd Tibbits, con el ceño tormentoso (esa semana había hablado tres veces con Susan, dos por teléfono y una en persona, en la sala de los Norton, y ninguna de las conversaciones había ido bien) y Mike Ryerson, que estaba sentado en un pequeño reservado contra la pared.

Matt fue hacia la barra, donde Dell Markey estaba secando vasos mientras miraba *Ironside* en un televisor portátil.

—Hola, Matt. ¿Qué tal?

—Bien. Una noche floja, ¿no?

Dell se encogió de hombros.

—Ajá. En el autocine de Gates echan un par de pelis de moteros, y no puedo competir con eso. ¿Vaso o jarra?

—Jarra.

Dell llenó la jarra, le quitó la espuma y le agregó unos centímetros más. Matt pagó y, después de titubear un momento, se dirigió al reservado donde estaba Mike. Este había pasado por una de sus clases de literatura, como casi toda la gente joven de Lot, y el profesor se había encariñado con él. Poseedor de una inteligencia media, había tenido un rendimiento superior a la media porque se esforzaba mucho y preguntaba una y otra vez las cosas que no entendía hasta comprenderlas. Además, tenía un gran sentido del humor y una personalidad agradable e individualista que lo convertían en uno de los favoritos de la clase.

—Hola, Mike —lo saludó—. ¿Te importa si me siento contigo?

Mike Ryerson levantó los ojos hacia Matt, que sintió una sacudida, como si hubiera tocado un cable con corriente. Drogas, fue lo primero que pensó. Y de las duras.

—Por favor, señor Burke. Siéntese —dijo en tono indiferente. Tenía la tez pálida y unas ojeras profundas. Los ojos parecían desmesuradamente grandes y brillantes. En la penumbra del bar, sus manos se movían lentamente sobre la mesa, con aire espectral. Ante él, intacto, había un vaso de cerveza.

—¿Cómo te va la vida, Mike? —Matt se sirvió un vaso de cerveza intentando controlar sus manos para que no se echaran a temblar. Su vida había sido siempre tranquila y regular, como un gráfico con altibajos moderados (y hasta sus depresiones habían sido siempre leves desde que su madre había fallecido trece años atrás), y una de las cosas que lo angustiaban era la triste suerte que habían corrido algunos de sus alumnos: Billy Royko, muerto en Vietnam, en un accidente aéreo, dos meses antes del alto el fuego; Sally Greer, una de las alumnas más inteligentes y despiertas que había tenido, asesinada por su novio borracho cuando le anunció que quería terminar con él; Gary Coleman, ciego debido a una misteriosa degeneración del nervio óptico; Doug, el hermano de Buddy Mayberry, el único chico valioso de una familia de tarados, ahogado en la playa de Old Orchard; y luego estaban las drogas, esa muerte lenta. No todos los que se aventuraban en las aguas del Leteo sentían la necesidad de sumergirse en ellas, pero había bastantes chicos que habían hecho de los sueños su pan de cada día.

—¿Que cómo me va? —preguntó Mike pausadamente—. No sé qué decirle, señor Burke. No muy bien.

—¿Qué mierda te has metido? —inquirió Matt con suavidad—. ¿Hierba? ¿Anfetas? ¿Barbitúricos? ¿Coca? ¿O es...?

—No voy drogado —negó Mike—. Creo que he pillado algo.

—¿De verdad?

—Jamás en mi vida he tomado drogas duras —declaró Mike con un gran esfuerzo—. Nada más que hierba, y hace cuatro meses que no la pruebo. Me siento mal... Me siento mal desde el lunes. Fíjese que el domingo por la noche me quedé dormido en Harmony Hill y no me desperté hasta el lunes por la mañana. —Sacudió lentamente la cabeza—. Estaba hecho una mierda. Y sigo hecho una mierda. Cada día peor, creo. —Suspiró, y su cuerpo tembló con el soplo de aire como una hoja seca de arce en noviembre.

Matt se acercó, preocupado.

—¿Eso te pasó después del funeral de Danny Glick?

—Sí. —Mike volvió a mirarlo—. Volví para terminar el trabajo cuando se marcharon todos, pero el capullo de..., perdón, señor Burke..., pero Royal Snow no apareció. Lo esperé un rato, y debió de ser entonces cuando empecé a sentirme mal, porque después de eso todo se vuelve... Ay, cómo me duele la cabeza. Me cuesta pensar.

—¿Qué recuerdas, Mike?

—¿Que qué recuerdo? —Mike miraba el vaso de cerveza, observando cómo las burbujas se desprendían y subían a la superficie—. Recuerdo una canción —evocó—. La canción más dulce que he oído nunca. Y una sensación como…, como de ahogarme. Solo que era agradable. Excepto por los ojos. Aquellos *ojos*…

Se aferró los codos con un estremecimiento.

—¿Los ojos de quién? —preguntó Matt.

—Eran rojos. Uf, unos ojos aterradores.

—Pero ¿de *quién*?

—No lo recuerdo. No había ojos. Fue todo un sueño. —Mike lo apartó de su mente de un modo que Matt casi pudo ver—. No recuerdo nada más del domingo por la noche. El lunes por la mañana me desperté en el suelo, y al principio no podía levantarme, de lo cansado que estaba. Pero finalmente me levanté. El sol estaba subiendo en el cielo y tuve miedo de que me quemara, así que me fui al bosque, junto al arroyo. El esfuerzo me dejó agotado. Hecho polvo. Entonces seguí durmiendo. Dormí hasta… creo que hasta las cuatro o las cinco. —Soltó una risita—. Cuando desperté estaba cubierto de hojas, pero me encontraba un poco mejor. Me levanté y volví a la camioneta. —Se pasó la mano por la cara—. Sin embargo, el domingo por la noche debí de terminar el trabajo del niño de los Glick. Es raro. Ni siquiera me acuerdo.

—¿Terminarlo?

—Con Royal o sin él, la tumba estaba cubierta, y la tierra allanada y todo. Un buen trabajo. No recuerdo haberlo hecho. Sin duda estaba realmente enfermo.

—¿Dónde pasaste la noche del lunes?

—En casa. ¿Dónde si no?

—Y cómo te sentías el martes por la mañana?

—El martes seguí durmiendo todo el día. No desperté hasta la noche.

—¿Cómo te encontrabas?

—Fatal. Parecía como si mis piernas fueran de goma. Cuando quise tomar un vaso de agua, casi me caí. Tuve que ir a la cocina apoyándome en los muebles, débil como un gatito. —Frunció el entrecejo—. Tenía una lata de estofado para la cena..., uno de esos con carne y patatas, ¿sabe? Pero no pude comer. Era como si con solo mirarlo se me revolviera el estómago. Como cuando uno tiene una resaca de aúpa y le ofrecen comida.

—¿No probaste bocado?

—Lo intenté, pero vomité. Sin embargo, me sentí un poco mejor. Salí y caminé un rato. Después me volví a acostar. —Deslizó los dedos sobre las viejas marcas de vasos que había sobre la mesa—. Me entró canguelo antes de acostarme, como un crío con miedo a la oscuridad. Recorrí toda la casa, asegurándome de que las ventanas tuvieran echado el cerrojo. Y me dormí con las luces encendidas.

—¿Y ayer por la mañana?

—¿Eh? No..., no desperté hasta anoche a las nueve. —Soltó otra risita frágil—. Pensé que si seguía así me pasaría todo el día durmiendo. Y eso es lo que uno hace cuando está muerto.

Matt lo observaba con aire sombrío. Floyd Tibbits se levantó, insertó una moneda de veinticinco centavos en la *jukebox* y empezó a seleccionar canciones.

—Lo raro —prosiguió Mike— es que la ventana de mi dormitorio estaba abierta cuando me levanté. Tuve un sueño... Alguien llamaba a la ventana y yo me levantaba..., me levantaba para dejarlo entrar. Como cuando uno se levanta para hacer pasar a un viejo amigo que tiene frío o hambre.

—¿Quién era?

—No era más que un sueño, señor Burke.

—Pero en el sueño, ¿quién era?

—No lo sé. Intenté comer otra vez, pero solo de pensarlo se me revolvió el estómago.

—¿Qué hiciste?

—Vi la tele hasta que terminó el programa de Johnny Carson, y me sentí mucho mejor. Después me acosté.

—¿Cerraste las ventanas con pestillo?

—No.

—¿Y dormiste todo el día?

—Me desperté hacia la puesta de sol.

—¿Débil?

—No se imagina cuánto. —Se restregó la cara de nuevo—. Me siento decaído —gimió con la voz quebrada—. Será la gripe o algo así, ¿no cree, señor Burke? No tengo nada grave, ¿verdad?

—No lo sé —respondió Matt.

—Había pensado que unas cervezas me levantarían el ánimo, pero no puedo beber. He tomado un sorbo y casi me ha dado arcadas. La semana pasada... todo me parece una pesadilla. Y tengo miedo. Un miedo espantoso. —Se cubrió el rostro con las delgadas manos, y Matt advirtió que estaba llorando.

—¿Mike?

No hubo respuesta.

—Mike. —Le apartó con suavidad las manos de la cara—. Quiero que vengas conmigo a casa esta noche. Dormirás en mi cuarto de invitados. ¿Te parece?

—Vale. Me da lo mismo. —Con una lentitud letárgica, se frotó los ojos con la manga.

—Y mañana te llevaré a ver al doctor Cody.

—Está bien.

—Bueno, vamos.

Matt pensó en llamar a Ben Mears, pero no lo hizo.

4

—Adelante —respondió Mike Ryerson cuando Matt llamó a la puerta del dormitorio. Matt entró, con un pijama en las manos.

—Tal vez te quede un poco grande...

—No importa, señor Burke. Yo duermo en gayumbos.

En ese momento no llevaba puesta otra prenda, y Matt advirtió que todo el cuerpo presentaba una palidez enfermiza. Las costillas sobresalían como rebordes circulares.

—Gira la cabeza hacia este lado, Mike.

Mike obedeció.

—Mike, ¿cómo te hiciste estas marcas?

Mike se llevó la mano a la garganta, bajo el ángulo del maxilar.

—No lo sé.

Matt hizo una pausa, inquieto. Después se dirigió a la ventana. El cerrojo estaba bien asegurado, pero Matt lo descorrió y volvió a correrlo con manos torpes. Al otro lado, la oscuridad se apoyaba pesadamente contra el cristal.

—Llámame si necesitas algo. Incluso si tienes una pesadilla, ¿lo harás, Mike?

—Sí.

—Lo digo en serio. Estoy al otro lado del pasillo.

—De acuerdo.

Vacilante, con la sensación de que se dejaba cosas por hacer, Matt se retiró.

5

No pegó ojo, y lo único que lo disuadía de llamar a Ben Mears era la seguridad de que en la pensión de Eva todo el mundo estaría ya acostado. La mayoría de los huéspedes eran ancianos, y cuando el teléfono sonaba a altas horas de la noche quería decir que había muerto alguien.

Siguió tendido, inquieto, mirando cómo las manecillas luminosas del despertador pasaban de señalar las once y media a marcar las doce. En la casa reinaba un silencio extraño, tal vez porque sus oídos estaban aguzados para detectar el menor ruido. La casa era vieja y de construcción sólida. No se oía otro ruido que el del reloj y el débil susurro del viento en el exterior. Entre semana ningún coche pasaba por Taggart Stream Road a esas horas de la noche.

Lo que estás pensando es una locura.

Pero, paso a paso, se había visto obligado a retroceder hacia esa certeza. Claro que, como hombre de letras, era lo primero que se le había ocurrido cuando Jimmy Cody le señaló el caso de Danny Glick. Él y Cody se habían reído del asunto. Tal vez ese fuera el castigo por reírse.

¿Arañazos? Esas marcas que Mike tiene en el cuello no son arañazos. Claro que no. Son perforaciones.

A uno le enseñaban que esas cosas no podían ser; que los seres descritos en el poema *Christabel* de Coleridge o en el siniestro cuento de Bram Stoker no eran más que la urdimbre y la trama de la fantasía. Claro que existían los monstruos; eran los hombres que en seis países tenían el dedo apoyado en un botón nuclear, los secuestradores, los genocidas, los violadores de niños. Pero esto no. Uno sabe que no es así. Que la marca del diablo que tiene una mujer en el pecho no es más que una verruga, que el hombre que regresó de entre los muertos y llamó a la puerta de su mujer envuelto en los atavíos del sepulcro padecía de ataxia locomotriz, que el monstruo que farfulla y hace cabriolas en el rincón del dormitorio de un niño no es más que un montón de mantas. Algunos clérigos habían proclamado incluso que Dios, ese venerable brujo blanco, había muerto.

Ha perdido tanta sangre que está casi blanco.

No se oía el menor ruido en el pasillo. Está durmiendo, pensó Matt. Bueno, ¿por qué no? ¿Para qué había invitado a Mike a su casa sino para que durmiera toda la noche del tirón, sin que lo interrumpieran los... los malos sueños? Se levantó de la cama, encendió la lámpara y fue hacia la ventana. Desde allí apenas se alcanzaba a distinguir el tejado de la Casa Marsten bajo la gélida luz de la luna.

Tengo miedo.

Era peor que eso: estaba aterrado. Repasó en su mente las antiquísimas protecciones contra una enfermedad innombrable: el ajo, la hostia y el agua bendita, el crucifijo, la rosa, el agua corriente. Él no tenía nada sagrado. Era metodista no practicante, y en su fuero interno opinaba que el pastor John Groggins era el gilipollas más grande de Occidente.

El único objeto religioso que había en la casa era...

De pronto, en el silencio de la casa, oyó las palabras, pronunciadas con la voz de Mike Ryerson, pronunciadas con la exánime inflexión del sueño.

—*Sí. Entra.*

Matt contuvo la respiración y después exhaló un suspiro silencioso. Se sentía a punto de desmayarse de espanto. Parecía que el vientre se le hubiera vuelto de plomo. Los testículos se le habían retraído. Por Dios santo, ¿qué había sido invitado a entrar en su casa?

Oyó el ruido que hacía el cerrojo de la ventana del cuarto de invitados al descorrerse. Y el chirrido de madera contra madera, al abrirse lentamente la ventana.

Podía bajar las escaleras y coger la Biblia que guardaba en el aparador del comedor; volver a subir corriendo, abrir la puerta de la habitación de invitados, sostener en alto la Biblia y decir: «En el nombre del Padre, del Hijo y del Espíritu Santo, te conmino a que te vayas...».

Pero ¿quién estaba ahí dentro?

Llámame si necesitas algo.

Pero no puedo, Mike. Soy un viejo y tengo miedo.

La noche se adueñó de su cerebro en un desfile de imágenes terroríficas que aparecían y desaparecían en las sombras; blancos rostros de payaso, ojos enormes, dientes agudos, formas que emergían de las sombras con largas manos blancas tendidas para…, para…

Cubriéndose el rostro con las manos, emitió un gemido estremecedor.

No puedo. Tengo miedo.

No podría haberse levantado ni aunque el picaporte de bronce de su puerta hubiera empezado a girar. Estaba paralizado por el miedo y se arrepentía con toda el alma de haber ido esa noche al Dell's.

Tengo miedo.

Y en el opresivo silencio de la casa, mientras seguía sentado en la cama, impotente, con el rostro oculto entre las manos, oyó la risa aguda, dulce y maligna de un niño…

… y después, ruidos de succión.

SEGUNDA PARTE

EL EMPERADOR DE LOS HELADOS

Llama al que lía los enormes cigarros,
al musculoso, y pídele que bata
en los cuencos de la cocina el coágulo de la lujuria.
Que las criadas holgazaneen, vestidas
con el traje que acostumbran a usar, y los muchachos
traigan flores envueltas en periódicos atrasados.
No molestes el final de la apariencia.
El único emperador es el emperador de los helados.

Saca de la cómoda de tablones de pino,
a la que le faltan tres perillas de vidrio, aquella sábana
donde ella una vez bordó tres cisnes
y extiéndela sobre ella para cubrirle el rostro.
Y si sus pies callosos sobresalen, lo hacen
para mostrar hasta qué punto está fría y muda.
Deja que la lámpara concentre sus rayos.
El único emperador es el emperador de los helados.

WALLACE STEVENS

La columna tiene
un agujero. ¿No puedes ver
a la Reina de los Muertos?

GEORGE SEFERIS

Capítulo 8

BEN (III)

1

Debían de llevar un buen rato llamando a la puerta, porque los ecos de los golpes parecían venir desde muy lejos mientras él luchaba lentamente por despertarse. Fuera estaba oscuro, pero cuando se dio la vuelta para coger el reloj y acercárselo a la cara, se le cayó al suelo. Se sentía desorientado y asustado.

—¿Quién es? —preguntó.

—Soy Eva, señor Mears. Hay una llamada para usted.

Se levantó, se puso los pantalones y abrió la puerta sin acabar de vestirse. Eva Miller llevaba una bata blanca, y en su cara se reflejaba la vulnerabilidad de quien todavía está medio dormido. Los dos se miraron mientras Ben pensaba: *¿quién estará enfermo? ¿Quién se habrá muerto?*

—¿De larga distancia?

—No; es Matthew Burke.

La respuesta no lo alivió tanto como habría debido.

—¿Qué hora es?

—Un poco más de las cuatro. El señor Burke parece muy alterado.

Ben bajó a la planta principal y cogió el teléfono.

—Soy Ben, Matt.

Oyó al otro lado de la línea la respiración agitada de Matt, una sucesión de jadeos roncos y breves.

—¿Puedes venir, Ben? ¿Ahora mismo?

—Sí, desde luego. ¿Qué pasa? ¿Estás enfermo?

—Por teléfono no. Ven.

—Diez minutos.

—Ben...

—Sí.

—¿Tienes un crucifijo o una medalla de san Cristóbal? ¿Algo así?

—Claro que no. Yo soy..., era baptista.

—Está bien. Ven enseguida.

Ben colgó y subió las escaleras. Eva lo esperaba apoyada contra la barandilla, con la indecisión y la inquietud dibujadas en el rostro; si por un lado quería saber, por otro no quería mezclarse en los asuntos de su inquilino.

—¿Está enfermo el señor Burke?

—Dice que no. Me ha pedido que..., dígame, ¿usted es católica?

—Mi marido lo era.

—¿No tendrá un crucifijo, un rosario o una medalla de san Cristóbal?

—Bueno... en el dormitorio está el crucifijo de mi marido... Podría...

—Sí, por favor.

Eva se alejó por el pasillo, arrastrando las zapatillas peludas por la desteñida alfombra. Ben entró en su habitación, se puso la camisa del día anterior y se calzó un par de mocasines sin los calcetines. Cuando volvió a salir, Eva estaba de pie junto a su puerta, con el crucifijo en la mano. Bajo la luz, despedía un tenue resplandor plateado.

—Gracias —le dijo él.

—¿Se lo ha pedido el señor Burke?

—Sí, así es.

Eva frunció el entrecejo, ya más despierta.

—Pero él no es católico. No creo que vaya a la iglesia.

—No me ha dado explicaciones.

—Claro. —Con un gesto de comprensión, la mujer le entregó el crucifijo—. Cuídelo, por favor, que tiene mucho valor para mí.

—Lo comprendo. No se preocupe.

—Espero que el señor Burke se encuentre bien. Es buena persona.

Ben bajó y salió al porche. Como no podía sostener el crucifijo y buscar las llaves del Citroën al mismo tiempo, en vez de pasárselo de la mano derecha a la izquierda, se lo colgó al cuello. La cruz de plata se deslizó suavemente sobre su camisa y, al subir al coche, Ben apenas se percató del consuelo que se apoderó de él.

2

Todas las ventanas de la planta baja de la casa de Matt estaban iluminadas. Cuando los faros del coche de Ben barrieron la fachada al enfilar el camino de entrada, Matt abrió la puerta y salió a esperarlo.

Ben se acercó andando, listo para cualquier cosa, y aun así el rostro de Matt lo impresionó. Estaba pálido como un cadáver y le temblaba la boca. Tenía los ojos desorbitados, como si no pudiera parpadear.

—Vamos a la cocina —dijo.

Cuando Ben entró, la luz del vestíbulo hizo refulgir la cruz que descansaba sobre su pecho.

—Has conseguido un crucifijo.

—Es de Eva Miller. ¿Qué sucede?

—A la cocina —repitió Matt.

Cuando pasaron frente a la escalera que conducía al piso superior, Matt miró hacia arriba y a Ben le dio la impresión de que se estremecía.

La mesa de la cocina, donde habían comido horas antes, estaba vacía, salvo por tres objetos, dos de ellos sorprendentes: una taza de café, una antigua Biblia con cierre metálico y un revólver calibre 38.

—¿Qué pasa, Matt? Tienes muy mal aspecto.

—Es posible que lo haya soñado todo, pero me alegro mucho de que estés aquí. —Había cogido el revólver y le daba vueltas entre las manos, nervioso.

—Cuéntame, y deja de jugar con eso. ¿Está cargado?

Matt depositó el arma en la mesa y se pasó los dedos por el pelo.

—Sí, está cargado. Aunque no sé si serviría de algo..., a menos que disparara contra mí mismo. —Soltó una risa chirriante y entrecortada como un cristal al astillarse.

—Deja de decir tonterías.

La aspereza de su voz arrancó de su extraño ensimismamiento a Matt, que movió la cabeza de un lado a otro, no en un gesto negativo sino como se sacuden algunos animales al salir del agua fría.

—Arriba hay un hombre muerto —dijo.

—¿Quién?

—Mike Ryerson. Un jardinero del ayuntamiento.

—¿Estás seguro de que está muerto?

—Lo siento en las tripas, aunque no he entrado a verlo. No me he atrevido, porque, en otro sentido, es posible que no esté muerto.

—Matt, lo que dices no tiene sentido.

—¿Y crees que no lo sé? Estoy diciendo disparates y pensando locuras. Pero no tenía a quién llamar, salvo a ti. En todo Jerusalem's Lot, tú eres la única persona que podría..., podría... —Meneó la cabeza y volvió a empezar—. ¿Recuerdas que estuvimos hablando de Danny Glick?

—Sí.

—¿Y de que tal vez murió de anemia perniciosa, lo que nuestros abuelos habrían llamado «consunción»?

—Sí.

—Mike lo enterró. Y Mike se encontró el perro de Win Purinton empalado en la verja del cementerio de Harmony Hill. Anoche me encontré con Mike Ryerson en el bar de Dell y...

3

—... y no he podido entrar —concluyó—. No he sido capaz. Me he quedado casi cuatro horas sentado en la cama. Después he bajado las escaleras furtivamente, como un ladrón, para llamarte. ¿Qué piensas?

Ben se había quitado el crucifijo; moviendo un dedo vacilante, jugueteó con el montoncito brillante que formaba la delgada cadena. Eran casi las cinco, y hacia el este la aurora teñía de rosa el cielo. El tubo fluorescente del techo había palidecido.

—Creo que lo mejor será que vayamos a tu habitación de invitados. Eso es todo lo que pienso, por el momento.

—Ahora, con la luz que entra por la ventana, todo parece la pesadilla de un loco. —Matt soltó una risa temblorosa—. Y espero que lo sea. Espero que Mike esté durmiendo como un niño.

—Bueno, vamos a ver.

Matt dominó el temblor de los labios.

—De acuerdo. —Sus ojos se posaron en la mesa y después miraron interrogativamente a Ben.

—Claro —dijo este, poniéndole el crucifijo al cuello.

—Realmente me hace sentir mejor —dijo Matt, riéndose avergonzado—. ¿Crees que permitirán que me lo deje puesto cuando me lleven al psiquiátrico?

—¿No quieres el arma?

—No, creo que no. Me la guardaría en la cintura del pantalón y me pegaría un tiro en los huevos.

Cuando subieron las escaleras, Ben abría la marcha. En el piso superior había un pasillo corto que se extendía hacia ambos lados. En un extremo, la puerta del dormitorio de Matt estaba abierta, y por ella el pálido haz de luz de la lámpara se derramaba sobre la alfombra anaranjada.

—En la otra punta —dijo Matt.

Ben recorrió el pasillo y se detuvo ante la puerta del cuarto de invitados. Aunque no creía en la monstruosa explicación que había insinuado Matt, lo invadió una oleada del terror más negro que había conocido.

Ahora abrirás la puerta y él estará colgado de la viga, con la cara hinchada, deformada y negra, y luego los ojos se abrirán y, aunque estén saliéndose de las órbitas, son ojos que te VERÁN y se alegrarán de que hayas venido...

El recuerdo lo asaltó con una referencia sensorial casi total, y en el momento en que alcanzó la totalidad lo dejó paralizado. Hasta podía oler el yeso húmedo y el hedor salvaje de las alimañas. Le pareció que la simple puerta de madera barnizada de la habitación de invitados de Matt Burke se erguía entre él y todos los secretos del infierno.

Entonces hizo girar el pomo y la abrió. A sus espaldas, Matt aferraba con fuerza el crucifijo de Eva.

La habitación de invitados daba hacia el este, y el arco superior del sol acababa de asomar por el horizonte. La diafanidad de los primeros rayos entraba directamente por la ventana y unas pocas motas doradas danzaban en el haz que incidía sobre la sábana de hilo blanco que cubría a Mike Ryerson hasta el pecho.

Ben miró a Matt con gesto tranquilizador.

—Está perfectamente —susurró—. Duerme.

—La ventana está abierta —señaló Matt—. Estaba cerrada con pestillo. Lo comprobé yo mismo.

Los ojos de Ben se detuvieron en el embozo de la sábana que cubría a Mike. En él se apreciaba una minúscula gota de sangre, seca y ennegrecida.

—Me parece que no respira —dijo Matt.

Ben se adelantó dos pasos y se detuvo.

—¿Mike? Mike Ryerson. ¡Despierta, Mike!

No hubo respuesta. Las pestañas de Mike descansaban limpiamente sobre la piel de debajo de sus ojos. Tenía el pelo revuelto sobre la frente, y Ben pensó que bajo esa pálida luz estaba más que guapo; era tan bello como una estatua griega. Un leve color le sonrosaba las mejillas y el cuerpo no presentaba la palidez mortal que había mencionado Matt, sino el tono de una piel sana.

—Claro que respira —dijo con cierta impaciencia—. Lo que pasa es que está como un tronco. Mike... —Tendió la mano para sacudirlo suavemente.

El brazo izquierdo de Mike, que estaba cruzado sobre su pecho, cayó inerte por el lado de la cama y los nudillos golpearon el suelo, como pidiendo permiso para entrar. Matt se acercó y levantó el brazo inmóvil, oprimiéndole la muñeca con el índice.

—No tiene pulso.

Se disponía a soltarlo cuando recordó el espeluznante golpe de los nudillos contra el suelo y volvió a dejar el brazo sobre el pecho de Ryerson. Cuando empezó a resbalarse, lo devolvió a su lugar con más firmeza, haciendo una mueca.

Ben no podía creerlo. Estaba dormido, tenía que estarlo.

El buen color, la relajación evidente de los músculos, los labios entreabiertos como para respirar... Una sensación de irrealidad lo envolvió. Tocó el hombro de Ryerson con la muñeca y comprobó que la piel estaba fría.

Se humedeció un dedo y lo puso frente a los labios entreabiertos. Nada. Ni una brizna de aliento.

Ben y Matt se miraron.

—¿Marcas en el cuello? —preguntó Matt.

Ben agarró con ambas manos la mandíbula de Ryerson y la hizo girar hasta apoyar la mejilla sobre la almohada. El movimiento desplazó el brazo izquierdo y los nudillos volvieron a dar contra el suelo.

En el cuello de Mike Ryerson no había marca alguna.

4

Volvían a estar sentados ante la mesa de la cocina. Eran las 5.35. Se oyeron los mugidos de las vacas de Griffen, que acababa de soltarlas para que bajaran a pastar al prado del este, al pie de la colina, al otro lado del cinturón de arbustos y malezas que ocultaba a la vista el arroyo de Taggart.

—Según la leyenda, las marcas desaparecen —señaló Matt—. Se desvanecen cuando la víctima muere.

—Sí, lo sé —asintió Ben, que lo recordaba por el *Drácula* de Stoker y por las películas de la Hammer que habían hecho famoso a Christopher Lee.

—Tenemos que clavarle una estaca de fresno en el corazón.

—Yo me lo pensaría mejor —aconsejó Ben y bebió un sorbo de café—. Me gustaría verte explicándoselo a un jurado. Acabarías en la cárcel por profanar un cadáver, en el mejor de los casos. Y más probablemente en el manicomio.

—¿Piensas que estoy loco? —preguntó Matt.

—No —respondió Ben.

—¿Me crees en lo de las marcas?

—No lo sé. Supongo que debería creerte. ¿Por qué habrías de mentirme? No se me ocurre ninguna razón para que mientas. Salvo que lo hayas matado tú.

—Pues a lo mejor eso fue lo que pasó —aventuró Matt, observándolo.

—Hay tres argumentos en contra de eso. En primer lugar, el móvil. Perdóname, Matt, pero eres demasiado mayor para que se pueda pensar en los móviles clásicos, como los celos y el dinero. En segundo lugar, ¿cómo lo hiciste? Si lo envenenaste, tuvo una muerte demasiado plácida. Su aspecto no puede ser más sereno, lo que no encaja con la mayoría de los venenos comunes.

—¿Y en tercer lugar?

—Ningún asesino en sus cabales se inventaría una historia como la tuya para encubrir su crimen. Sería una locura.

—Lo que nos lleva de vuelta al tema de mi salud mental —suspiró Matt—. Tal como me esperaba.

—Yo no creo que estés loco —declaró Ben—. Me pareces bastante racional.

—Pero tú no eres médico, ¿no? Y a veces los locos pueden imitar increíblemente bien la cordura.

Ben asintió.

—Y eso, ¿dónde nos deja?

—Otra vez en el punto de partida.

—No. No podemos permitirnos eso, porque arriba hay un muerto y pronto habrá que explicarlo. La policía querrá saber lo que sucedió, y el médico forense también, y lo mismo el sheriff del condado. Matt, ¿no tendría alguna enfermedad vírica y simplemente murió en tu casa por casualidad?

Por primera vez desde que habían vuelto abajo, Matt mostró signos de agitación.

—¡Ben, ya te he contado lo que dijo! ¡Le vi las marcas en el cuello! ¡Y oí que invitaba a alguien a entrar en mi casa! Después oí... ¡Dios, oí esa risa! —Aquella peculiar mirada obsesiva había vuelto a sus ojos.

—Está bien.

Ben se levantó y fue hacia la ventana, procurando ordenar sus pensamientos. Nada concordaba. Como le había dicho a Susan, parecía que las cosas siempre se las ingeniaban para descontrolarse.

Estaba mirando hacia la Casa Marsten.

—Matt, ¿sabes lo que pasará si le insinúas a alguien una pequeña parte de lo que me has contado?

Matt no respondió.

—Cuando se crucen contigo por la calle, la gente se llevará un dedo a la sien. Los chiquillos se pondrán los colmillos postizos que usan por Halloween cuando te vean venir, y saldrán de entre los setos gritando «buuu» cuando pases por delante de su casa. Alguien se inventará una cancioncita del tipo *Un, dos y tres, te chupo la sangre otra vez*. Y la oirás por los pasillos del instituto. Tus colegas te mirarán de manera rara. Recibirás llamadas anónimas de gente que se identificará como Danny Glick o Mike Ryerson. Tu vida se convertirá en una pesadilla y en seis meses te ahuyentarán del pueblo.

—Ben, por favor. Me conocen.

Ben se volvió desde la ventana.

—¿A quién conocen? A un bicho raro que vive solo en Taggart Stream Road. Es posible que, de todas maneras, el solo hecho de que no estés casado baste para hacerles pensar que te falta un tornillo. Y yo ¿cómo podría corroborar tu versión? He visto el cuerpo, pero nada más. Y aunque fuera de otro modo, dirían que solo soy un forastero. Incluso podrían empezar a rumorear que somos una pareja de maricas que se excitan haciendo cosas como esta.

Matt lo miraba con horror creciente.

—Una sola palabra, Matt. Es todo lo que hace falta para destrozarte la vida en Salem's Lot.

—Entonces no hay nada que hacer.

—Sí que lo hay. Tú tienes cierta teoría sobre quién o qué mató a Mike Ryerson. La teoría es relativamente simple de comprobar o desechar, creo. Yo me encuentro en un dilema gordo. No puedo creer que estés loco, pero tampoco puedo creer que Danny Glick haya vuelto de entre los muertos para chuparle la sangre a Mike Ryerson durante toda una semana antes de matarlo. Pero voy a poner a prueba la idea, y tú tienes que ayudarme.

—¿Cómo?

—Llama a tu médico... ¿Cody, se llama? Y después a Parkins Gillespie. Deja que la maquinaria se haga cargo. Cuenta las cosas como si no hubieras oído nada durante la noche. Fuiste al Dell's y te sentaste con Mike. Te dijo que se había sentido enfermo desde el domingo pasado, y lo invitaste a venir a tu casa. A eso de las tres y media de la madrugada, subiste para ver cómo estaba y, al no conseguir despertarlo, me llamaste.

—¿Y ya está?

—Ya está. Cuando hables con Cody, no le digas siquiera que está muerto.

—Que no está...

—Joder, ¿cómo podemos saber nosotros que lo *está*? —estalló Ben—. Tú le tomaste el pulso y no se lo encontraste; yo traté de comprobar si respiraba y no lo conseguí. Si yo pensara que iban a enterrarme sobre esa base, pondría el grito en el cielo. Y mucho más teniendo un aspecto tan sano como el suyo.

—Eso te inquieta tanto como a mí, ¿verdad?

—Sí me inquieta —admitió Ben—. Parece una maldita figura de cera.

—Bueno —suspiró Matt—. Lo que dices suena sensato...,

dentro de lo que cabe en una situación como esta. Supongo que yo, en cambio, he quedado como un chiflado.

Ben comenzó a negarlo, pero Matt lo interrumpió con un gesto.

—Pero supongamos (como hipótesis, nada más) que mi sospecha inicial fuera correcta. ¿Aceptarías el riesgo, por remoto que pueda parecer, de que Mike pudiera... volver?

—Como te he dicho, esa teoría es fácil de probar o refutar. Y no es lo que más me preocupa.

—Entonces ¿qué es?

—Espera. Primero lo más importante. Probarla o refutarla no tiene por qué ser más que un ejercicio de lógica..., de ir descartando posibilidades. Primera posibilidad: Mike murió a causa de alguna enfermedad. ¿Cómo se confirma o se refuta eso?

Matt se encogió de hombros.

—Con un examen médico, imagino.

—Exactamente. Y el mismo método serviría para confirmar o refutar que haya sido víctima de un crimen. Si alguien lo envenenó, le disparó o le dio a comer una chocolatina con un manojo de alambres dentro...

—No sería la primera vez que un asesinato queda sin demostrar.

—Seguro que no. Pero apuesto por la habilidad del forense.

—¿Y si la conclusión del forense fuera «causa desconocida»?

—Entonces podemos ir a visitar su tumba después del funeral, para ver si se levanta —respondió lentamente Ben—. Si lo hace, lo que me resulta inconcebible, nos convenceremos. Si no, nos encontraremos frente a la posibilidad que me preocupa.

—La de mi locura —articuló Matt—. Ben, te juro por mi

madre que esas marcas estaban ahí, que oí cómo se abría la ventana y que...

—Te creo —lo interrumpió Ben en voz baja.

Matt calló. Su expresión era la de un hombre que se ha preparado para recibir un golpe que nunca llega.

—¿De veras? —preguntó con incertidumbre.

—Digámoslo de otra manera. Me niego a creer que estés loco o que hayas sufrido una alucinación. Una vez tuve una experiencia..., una experiencia relacionada con esa maldita casa de la colina..., que me hace comprender a la gente que afirma cosas que parecen imposibles a la luz de la razón. Algún día te la contaré.

—¿Por qué no ahora?

—No hay tiempo. Tienes que hacer esas llamadas. Y a mí me queda una pregunta. Piénsalo bien. ¿Tienes enemigos?

—Ninguno que pudiera llegar a este extremo.

—¿Un exalumno, tal vez? ¿Algún resentido?

Matt, que sabía exactamente en qué grado influía sobre la vida de sus alumnos, se rio discretamente.

—Está bien, confío en tu palabra. —Ben sacudió la cabeza—. Esto no me gusta. Primero ese perro que aparece ensartado en la verja del cementerio. Después Ralphie Glick desaparece, su hermano muere y Mike Ryerson también. Tal vez todo eso esté vinculado de algún modo. Pero... no puedo creerlo.

—Será mejor que llame a Cody —dijo Matt, poniéndose de pie—. Parkins debe de estar en su casa.

—También puedes avisar en el instituto de que estás enfermo.

—Es cierto. —Matt rio sin ganas—. Será la primera vez en tres años que pida un permiso por enfermedad. Todo un acontecimiento.

Fue a la sala y desde allí empezó a hacer las llamadas, marcando el número y esperando a que el sonido del teléfono arrancara del sueño a los durmientes. Parece que la mujer de Cody lo redirigió al hospital de Cumberland, porque marcó otro número, preguntó por Cody y comenzó a contar su historia tras una breve espera.

—Jimmy estará aquí dentro de una hora —anunció al colgar.

—Está bien —asintió Ben—. Yo voy arriba.

—No toques nada.

—Descuida.

Al llegar al rellano del piso superior, Ben oyó que Matt respondía por teléfono a las preguntas de Parkins Gillespie. Cuando enfiló el pasillo, las palabras se convirtieron en un murmullo de fondo.

La sensación de terror entre recordado e imaginado volvió a embargarlo mientras contemplaba la puerta de la habitación de invitados. Mentalmente, podía verse avanzando para abrirla. A los ojos de un niño, la habitación parece más grande. El cuerpo está tendido, tal como lo han dejado, con el brazo izquierdo colgando, rozando el suelo, y la mejilla izquierda descansando sobre la almohada. De pronto, los ojos se abren, llenos de un triunfo inexpresivo, animal. La puerta se cierra de golpe. El brazo izquierdo se levanta, con la mano convertida en una garra, y los labios esbozan una sonrisa lobuna que muestra los grandes y afilados incisivos...

Avanzó y abrió la puerta, con dedos tensos. Las bisagras emitieron un leve chirrido.

El cuerpo yacía en la posición en que lo habían dejado, con el brazo izquierdo caído, la mejilla izquierda apoyada sobre la almohada...

—Parkins ya viene —anunció Matt desde el pasillo, detrás de él, y Ben estuvo a punto de gritar.

5

Ben pensaba en lo apropiada que había sido su frase: «Deja que la maquinaria se haga cargo». Era algo muy semejante a una máquina, uno de esos elaborados relojes alemanes construidos con muelles y ruedas dentadas, figuras que se mueven en una danza complicada.

Parkins Gillespie fue el primero en llegar, con una corbata verde adornada con un alfiler que lucía la insignia del Cuerpo de Veteranos. En sus ojos quedaban aún vestigios de sueño. Les comunicó que había avisado al médico forense del condado.

—El muy cabrón no vendrá en persona —dijo mientras se metía un Pall Mall en la comisura de la boca—, pero mandará a un ayudante y a otro tipo para que haga fotos. ¿Han tocado el fiambre?

—Tiene un brazo fuera de la cama —explicó Ben—. He intentado levantárselo, pero ha vuelto a caer.

Parkins lo miró de arriba abajo, pero no dijo nada. Ben pensó en el horrible ruido que habían hecho los nudillos sobre el suelo de madera y notó que le temblaba la tripa con una risa nerviosa. Tragó saliva para contenerla.

Matt los condujo arriba y Parkins caminó varias veces en torno al cuerpo.

—Oigan, ¿están seguros de que está muerto? —preguntó finalmente—. ¿Han tratado de despertarlo?

James Cody, doctor en medicina, fue el siguiente en llegar; acababa de atender un parto en Cumberland. Una vez hubieron terminado con las cortesías («Encantado de conocerle», dijo Parkins Gillespie mientras encendía otro cigarrillo), Matt volvió a guiarlos a todos arriba. Si supiéramos tocar algún instrumento, pensó Ben, podríamos interpretar entre todos una hermosa canción de despedida para el muchacho. Volvió a sentir que la risa le cosquilleaba en la garganta.

Cody apartó la sábana y miró el cuerpo.

—Me ha hecho pensar en lo que dijiste del chico de los Glick, Jimmy —declaró Matt Burke, con una tranquilidad que dejó atónito a Ben.

—Eso era un secreto, señor Burke —dijo suavemente Jimmy Cody—. Si la familia Glick se enterara de que ha dicho eso, podrían demandarme.

—¿Y ganarían?

—No, probablemente no —dijo Jimmy con un suspiro.

—¿Qué es eso del chico de los Glick? —preguntó Parkins, frunciendo el entrecejo.

—Nada —respondió Jimmy—. No guarda ninguna relación con esto.

Auscultó a Ryerson con el estetoscopio, refunfuñó, levantó un párpado y enfocó el ojo vidrioso con una linterna.

—¡Dios! —exclamó Ben con voz bastante audible al ver que la pupila se contraía.

—Interesante reflejo, ¿no? —comentó Jimmy. Cuando soltó el párpado, este se deslizó hacia abajo con grotesca lentitud, como si el cadáver les hiciera un guiño—. En el hospital John Hopkins, David Prine observó contracción pupilar en algunos cadáveres hasta nueve horas después del deceso.

—Ahora se ha vuelto un erudito —gruñó Matt—. Y pensar que siempre sacaba suficiente en redacción.

—Es que a usted no le gustaba que escribiera sobre disecciones, viejo gruñón —contestó Jimmy con aire ausente, sacando un martillito.

Qué bonito, pensó Ben. No pierde sus modales de médico aunque el paciente sea, como diría Parkins, un fiambre. La risa volvió a agitarse en su interior.

—¿Está muerto? —preguntó Parkins mientras echaba la ceniza en un florero vacío. Matt dio un respingo.

—Vaya si lo está —respondió Jimmy.

Se levantó, retiró la sábana hasta los pies y dio unos golpecitos con el martillo en la rodilla derecha. Los dedos del pie permanecieron inmóviles. Ben reparó en que Mike Ryerson tenía callosidades amarillentas en la planta, el talón y el empeine, y le vino a la memoria aquel poema de Wallace Stevens sobre la mujer muerta.

—Que esto sea el final de la apariencia —citó erróneamente—. El único emperador es el emperador de los helados.

Matt lo miró con dureza y, por un momento, su dominio de sí pareció flaquear.

—¿Qué es eso? —preguntó Parkins.

—Un poema —explicó Matt—. Un fragmento de un poema sobre la muerte.

—A mí me suena más a chiste —declaró Parkins, y otra vez volvió a echar la ceniza en el florero.

6

—¿Nos conocemos? —le preguntó Jimmy a Ben.

—Os han presentado, pero de pasada —explicó Matt—. Jimmy Cody, el matasanos del pueblo. Ben Mears, el juntaletras del pueblo.

—Siempre ha sido así de ingenioso —dijo Jimmy—. Así es cómo ha ganado todo su dinero.

Se estrecharon la mano por encima del cadáver.

—Ayúdeme a darle la vuelta, señor Mears.

Con cierta repugnancia, Ben colaboró en poner el cuerpo boca abajo. Aún no presentaba *rigor mortis*. Tras examinar la espalda, Jimmy le bajó los calzoncillos desde las nalgas.

—¿Para qué hace eso? —preguntó Parkins.

—Estoy tratando de determinar la hora de la muerte por la lividez de la piel —explicó Jimmy—. Cuando se interrumpe el bombeo, la sangre tiende a buscar el nivel más bajo, como cualquier otro fluido.

—Sí, como en uno de esos anuncios de desatascadores. Esa es tarea del forense, ¿no?

—Usted sabe que mandarán a Norbert —respondió Jimmy—. Y a Brent Norbert jamás le ha molestado que sus amigos le ayuden un poco.

—Norbert sería incapaz de encontrar su propio culo aunque usara las dos manos y una linterna —declaró Parkins, arrojando la colilla del cigarrillo por la ventana abierta—. Se le ha caído el mosquitero a esta ventana, Matt; cuando he llegado lo he visto abajo, en el césped.

—¿Ah sí? —preguntó Matt, esforzándose por mantener un tono neutro.

—Así es.

Cody había sacado un termómetro de su maletín; se lo introdujo a Ryerson en el ano y dejó su reloj sobre la sábana almidonada, donde brilló al recibir la luz del sol. Eran las siete menos cuarto.

—Voy abajo —anunció Matt con la voz un poco entrecortada.

—Sí, podéis iros todos —asintió Jimmy—. Yo tardaré un poco más. ¿Podría preparar café, señor Burke?

—Ahora mismo.

Todos salieron, y fue Ben el que cerró la puerta. Una última mirada le dejó grabada la escena: la luminosa habitación bañada por el sol, la sábana limpia, recogida, el reloj de pulsera que arrojaba brillantes destellos sobre el empapelado, y el propio Cody, con su pelo rojo fuego, inmóvil junto al cadáver como en un grabado al acero.

Matt estaba preparando el café cuando apareció Brenton Norbert, el ayudante del forense, en un viejo Dodge gris. Entró acompañado de otro hombre que llevaba una cámara.

—¿Dónde está? —preguntó Norbert.

Parkins Gillespie señaló las escaleras con el pulgar.

—Jim Cody está arriba.

—Bien —respondió Norbert—. Probablemente esté ya de los nervios. —Él y el fotógrafo subieron por las escaleras.

Parkins Gillespie se puso leche en el café hasta que se le derramó sobre el platillo, la probó con el pulgar, se lo limpió en los pantalones y encendió otro Pall Mall.

—¿Cuál es su papel en esto, señor Mears? —inquirió.

De modo que Ben y Matt empezaron a representar el pequeño número que habían ensayado, sin decir ninguna mentira, pero omitiendo los suficientes detalles para quedar unidos por un tenue vínculo conspirativo, y para que Ben se preguntara con inquietud si estaría ayudando a encubrir una inofensiva chifladura o algo más serio, algo oscuro. Recordó que Matt había dicho que lo había llamado porque creía que era la única persona en Salem's Lot que podía prestar oídos a semejante historia. Fueran cuales fuesen las flaquezas mentales de Matt Burke, pensó Ben, entre ellas no se contaba la incapacidad para calar a las personas. Y eso también lo puso nervioso.

7

A las 9.30 todo estaba concluido.

Carl Foreman había mandado su coche fúnebre para recoger el cuerpo de Mike Ryerson, y con él su muerte se hizo pública en el pueblo. Jimmy Cody había vuelto a su consulta; Norbert y el fotógrafo habían ido a Portland a hablar con el forense del condado.

Parkins Gillespie se detuvo un momento en los escalones de la entrada a contemplar cómo el furgón se alejaba lentamente por el camino. Un cigarrillo pendía de sus labios.

—La de veces que Mike estuvo al volante de ese coche, y me juego lo que sea a que jamás imaginó que pronto él iría detrás. —Se volvió hacia Ben—. Usted no se va todavía del pueblo, ¿verdad? Me gustaría que testificara ante el jurado forense, si a usted le parece bien.

—No, no me voy.

Los pálidos ojos azules del agente le examinaron.

—Pedí a los federales y la policía estatal de Maine en Augusta que investigaran sobre usted —le informó—. No tiene antecedentes delictivos.

—Siempre es bueno saberlo —dijo Ben.

—He oído decir que está saliendo con la hija de Bill Norton.

—Culpable —confesó Ben.

—Es una buena chica —comentó Parkins. El coche fúnebre ya se había perdido de vista; hasta el ruido del motor se había reducido a un zumbido que terminó por extinguirse—. Supongo que últimamente no sale mucho con Floyd Tibbits.

—¿No deberías estar preparando tu informe, Park? —lo pinchó suavemente Matt.

Gillespie suspiró y arrojó la colilla al suelo.

—La verdad es que sí. Por duplicado, triplicado, sin perforar, doblar ni arrugar. En las dos últimas semanas, el trabajo me ha traído más dolores de cabeza que una ramera con ladillas. Esa Casa Marsten debe de tener alguna maldición.

Ben y Matt siguieron con cara de póquer.

—Bueno, me voy —Después de abrir la puerta del coche, se volvió hacia ellos—. No me estarán ocultando algo, ¿verdad?

—Parkins, no hay nada que ocultar —respondió Matt—. Está muerto.

Los ojos descoloridos los miraron un momento más, penetrantes y vivaces bajo las cejas arqueadas. Después, Parkins suspiró.

—Supongo —asintió—. Pero todo es muy raro. El perro, el chico de los Glick, el otro chico de los Glick y ahora Mike... Para un pueblo de mala muerte como este, ha sido un año movidito. Mi abuela decía que las calamidades vienen de tres en tres, no de cuatro en cuatro.

Subió al coche, puso en marcha el motor y dio marcha atrás por el camino de entrada. Poco después desaparecía al otro lado de la colina, con un bocinazo de despedida.

Matt dejó escapar un profundo suspiro.

—Asunto concluido.

—Sí —asintió Ben—. Estoy hecho polvo. ¿Y tú?

—También, pero me siento... colocado. ¿Conoces la palabra, en el sentido en que la usan los chicos?

—Sí.

—También usan otra: flipado. Como si me hubiera tomado un tripi o metanfetaminas, cuando incluso estar normal ya es una locura. —Se restregó la cara—. Dios, debes de pensar que soy un lunático. A la luz del día parece el delirio de un loco, ¿no?

—Sí y no —respondió Ben, apoyando una mano tímida en el hombro de Matt—. Gillespie tiene razón, ¿sabes? Está sucediendo algo raro. Y no me cabe duda de que tiene que ver con la Casa Marsten. Aparte de mí, la gente de allí arriba son los únicos recién llegados al pueblo. Y yo sé que no he hecho nada. ¿Sigue en pie el plan de ir allí esta noche? ¿Lo del comité de bienvenida?

—Si quieres...

—Yo sí. Ve a dormir un rato, que yo hablaré con Susan y esta tarde te pasaremos a buscar.

—De acuerdo. —Matt hizo una pausa—. Hay otra cosa que me preocupa desde que has mencionado la autopsia...

—¿Qué es?

—La risa que oí..., o que me pareció oír, era una risa de niño. Horrible y despiadada, pero una risa de niño. En relación con lo que contó Mike, ¿no te hace pensar en Danny Glick?

—Sí, claro que sí.

—¿Sabes en qué consiste el procedimiento para embalsamar?

—No muy bien. Se le extrae la sangre al cadáver y se sustituye por alguna sustancia. Antes se usaba formaldehído, pero ahora debe de haber métodos más modernos. Y se retiran las vísceras del cadáver.

—Me pregunto si todo eso se lo hicieron a Danny —dijo Matt, mirándolo.

—¿Tienes la suficiente confianza con Carl Foreman para preguntárselo?

—Sí, creo que podría sacarle el tema.

—Pues no dejes de hacerlo.

—De acuerdo.

Los dos se miraron un momento más, con una expresión que, aunque amistosa, tenía algo indefinible; por parte de Matt, la inquietud obstinada del hombre racional que se ha visto obligado a hablar irracionalmente; por parte de Ben, una especie de miedo impreciso ante fuerzas que no entendía lo suficiente para definirlas.

8

Cuando Ben entró, Eva estaba planchando mientras seguía un concurso por televisión. En ese momento, el bote ascendía a cuarenta y cinco dólares y el presentador estaba sacando números telefónicos de un gran recipiente de cristal.

—Ya me he enterado —comentó Eva mientras él abría la nevera para sacar una Coca-Cola—. Qué horror, pobre Mike.

—Una pena. —Ben se sacó del bolsillo de la camisa el crucifijo con su cadena.

—¿Saben qué...?

—Todavía no —respondió Ben—. Estoy muy cansado, señora Miller. Creo que dormiré un rato.

—Le vendrá bien. Ese cuarto de arriba es caluroso a mediodía, incluso en esta época del año. Si quiere, descanse en el de abajo. Las sábanas están limpias.

—No, gracias. Ya estoy familiarizado con los ruidos del mío.

—Sí, uno acaba acostumbrándose a lo que es suyo —asintió ella—. ¿Para qué narices quería el señor Burke el crucifijo de Ralph?

Ben se detuvo antes de empezar a subir por las escaleras, desconcertado por un momento.

—Creo que Matt pensaba que Mike Ryerson era católico.

Eva colocó otra camisa en el extremo de la tabla de planchar.

—Pues tendría que saber que no lo era. Después de todo, Mike fue alumno suyo, y en su familia todos eran luteranos.

Ben no supo qué responder. Subió las escaleras, se desvistió y se metió en la cama. Se quedó profundamente dormido enseguida. No soñó nada.

9

Cuando despertó eran las cuatro y cuarto. Tenía el cuerpo bañado en sudor y se había destapado mientras dormía. De todas maneras, sentía la cabeza despejada. Los acontecimientos de la mañana se le antojaban lejanos e inciertos, y las fantasías de Matt Burke no parecían tan apremiantes. Lo que tenía que hacer esa noche era distraerlo para que se olvidara de ellas, en la medida de lo posible.

10

Decidió llamar a Susan desde el bar de Spencer y quedar con ella allí. Podían ir hasta el parque, donde Ben le contaría toda la historia. Escucharía su opinión en el camino a casa de Matt, y una vez allí, Susan podría escuchar su versión y acabar de formarse una idea de la situación. Después irían a la Casa Marsten. La idea le provocó un escalofrío.

Tan perdido estaba en sus propios pensamientos que no advirtió que alguien lo esperaba en su coche hasta que la puerta se abrió y la alta figura se apeó. Por un momento su mente quedó demasiado aturdida para controlar su cuerpo, que retrocedió ante lo que a primera vista le pareció un espantapájaros viviente. Los rayos oblicuos del sol resaltaban los detalles de la figura con cruel nitidez: el viejo sombrero de fieltro encajado hasta las orejas, las gafas de sol, el raído abrigo con el cuello levantado, las manos enfundadas en gruesos guantes de goma verde.

—¿Quién...? —fue lo único que Ben tuvo tiempo de articular.

La figura se le acercó. Los puños se cerraron. Ben percibió un olor amarillento y rancio en el que reconoció la naftalina. Oía también una respiración trabajosa y húmeda.

—Tú eres el hijo de puta que me ha robado a mi chica —lo acusó Floyd Tibbits con voz áspera y sin inflexiones—. Te voy a matar.

Y mientras Ben seguía tratando de comprender todo eso, Floyd Tibbits se le echó encima.

Capítulo 9

SUSAN (II)

1

Susan llegó de Portland pasadas las tres de la tarde y entró en la casa cargada con tres crepitantes bolsas de papel marrón de unos grandes almacenes; había vendido dos cuadros por algo más de ochenta dólares y había decidido hacer algunas compras. Dos faldas nuevas y una chaqueta de punto.

—¿Suze? —llamó su madre—. ¿Eres tú?

—Sí. He ido...

—Ven aquí, Susan, quiero hablar contigo.

La muchacha reconoció al instante el tono, aunque no lo había oído a ese preciso nivel desde la época del instituto, cuando las discusiones por el largo de las faldas y los novios se repetían amargamente un día tras otro.

Dejó las bolsas y se dirigió a la sala. Su madre había ido mostrándose cada vez más fría respecto del tema de Ben Mears, y Susan imaginó que se disponía a decir la última palabra.

La señora Norton estaba sentada en la mecedora, junto a la ventana, tejiendo. El televisor estaba apagado. La combinación de ambas cosas no auguraba nada bueno.

—Supongo que no te habrás enterado de la última noticia, con lo temprano que te fuiste esta mañana —dijo. Las agujas chocaban entre sí rápidamente para formar pulcras hileras de lana verde oscuro. Debía de estar tejiendo alguna bufanda para el invierno.

—¿La última?

—Anoche, Mike Ryerson murió en casa de Mathew Burke, y ¿a que no sabes quién estaba presente ante el lecho de muerte? Tu amigo escritor, ¡el señor Ben Mears!

—Mike... Ben... ¿Qué?

La señora Norton esbozó una sonrisa hosca.

—Mabel me ha llamado esta mañana sobre las diez para contármelo. El señor Burke *dice* que anoche se encontró con Mike en la taberna de Delbert Markey, aunque realmente no me explico qué se le ha perdido a un profesor en un bar, y que se lo llevó consigo a casa porque Mike no se sentía bien. Murió durante la noche. ¡Y al parecer nadie sabe qué hacía allí el señor Mears!

—Los dos se conocen —reflexionó Susan, ausente—. En realidad, Ben dice que se llevan muy bien... ¿Qué ha pasado con Mike, mamá?

Pero la señora Norton no se iba a dejar apartar tan fácilmente del tema.

—Sea como fuere, hay quien piensa que ya hemos tenido demasiadas emociones en Salem's Lot desde que apareció por aquí el señor Mears.

—¡Qué estupidez! —replicó Susan, exasperada—. Pero dime, ¿a Mike qué le ha...?

—Eso no se sabe todavía —dijo la señora Norton. Hizo girar el ovillo de lana y lo aflojó—. Hay quien piensa que pudo haberse contagiado de alguna enfermedad que tenía el niño de los Glick.

—Entonces ¿por qué no se ha contagiado nadie más, como los padres, por ejemplo?

—Hay jóvenes que creen saberlo todo —comentó la señora Norton, sin dirigirse a nadie en particular, mientras las agujas relampagueaban.

Susan se levantó.

—Creo que voy a salir para...

—Vuelve a sentarte un momento —ordenó la señora Norton—. Todavía tengo algo más que decirte.

Susan se sentó de nuevo, tratando de mostrarse razonable.

—A veces los jóvenes no sabéis todo lo que hay que saber —señaló Ann Norton. Había adoptado un tono de falso consuelo que a Susan le pareció sospechoso.

—¿Como qué, mamá?

—Bueno, pues parece que el señor Mears tuvo un accidente hace unos años, justo después de publicar su segundo libro. Iba en motocicleta. Estaba bebido. Su mujer se mató.

Susan volvió a levantarse.

—No quiero oír nada más.

—Te lo estoy diciendo por tu bien —explicó la señora Norton.

—¿Quién te lo ha contado? —preguntó Susan. No sentía renacer la rabia impotente de otros tiempos, ni la necesidad de correr a su cuarto a llorar, lejos de esa voz tranquila que lo sabía todo. Simplemente se sentía fría y distante, como si flotara en el espacio—. Ha sido Mabel Werts, ¿no?

—Eso no tiene importancia. Es la verdad.

—Seguro que sí. Además, hemos ganado la guerra de Vietnam y Jesucristo se pasea todos los días por el centro del pueblo en un kart.

—A Mabel le sonaba su cara —continuó Ann Norton—, así que se puso a examinar, caja por caja, sus periódicos antiguos y...

—¿Te refieres a su colección de noticias amarillistas? ¿De periódicos especializados en astrología y fotos de accidentes de tráfico y tetas de aspirantes a estrellas? Pues vaya fuente de información. —Rio ásperamente.

—No hace falta que digas obscenidades. El artículo estaba allí, negro sobre blanco. La mujer, supongamos que realmente era su esposa, iba sentada detrás y él derrapó sobre el asfalto y fueron a empotrarse contra el costado de un camión. Según el artículo, allí mismo le hicieron la prueba de alcoholemia. Allí mismo. —Recalcó las palabras golpeando con una aguja el brazo de la mecedora.

—Entonces ¿por qué no está en prisión?

—Estos personajes famosos siempre tienen contactos —repuso su madre con tranquila certidumbre—. Si uno es lo bastante rico, puede salir de cualquier aprieto. Y si no, mira cuántas veces han salido de rositas los Kennedy.

—¿Fue procesado?

—Te he dicho que le hicieron una…

—Sí, lo has dicho, mamá. ¿Pero dio positivo?

—¡Ya te he dicho que estaba ebrio! —En sus mejillas habían empezado a aparecer manchas de color—. Si estás sobrio no te hacen la prueba de alcoholemia. ¡Y su mujer murió! ¡Es lo mismo que el asunto de Chappaquiddick! ¡Exactamente lo mismo!

—Me voy a ir a vivir al pueblo —anunció Susan pausadamente—. Ya había pensado decírtelo. Es algo que tendría que haber hecho hace mucho tiempo, mamá. Por ti y por mí. He estado hablando con Babs Griffen, y dice que en Sister's Lane hay una casita muy agradable de cuatro habitaciones…

—¡Huy, la señorita se ha ofendido! —dijo la señora Norton a nadie en particular—. Le he estropeado la imagen idílica que tenía del importantísimo señor Ben Mears, y está tan furiosa que me *escupiría*. —Esta frase habría resultado especialmente efectiva unos años antes.

—Mamá, ¿qué te pasa? —preguntó Susan con cierta desesperación—. No es propio de ti... caer tan bajo.

Ann Norton irguió bruscamente la cabeza. La labor se le resbaló del regazo cuando se levantó para apoyar ambas manos en los hombros de Susan y zarandearla.

—¡Escúchame! No voy a tolerar que andes por ahí como una cualquiera con el primer afeminado que te llena la cabeza de fantasías. *¿Me oyes?*

Susan le propinó una bofetada.

Ann Norton parpadeó y luego abrió mucho los ojos a causa de la sorpresa y el aturdimiento. Durante un momento las dos se miraron, en silencio, espantadas. Un gemido se le ahogó en la garganta a Susan.

—Me voy arriba —dijo—. El martes, como muy tarde, me marcharé.

—Hoy ha venido Floyd —dijo la señora Norton con el rostro aún entumecido por la bofetada. Los dedos de su hija le habían dejado unas marcas rojas, como signos de admiración.

—Estoy harta de Floyd —repuso Susan, impasible—. Más vale que te hagas a la idea. Y puedes decírselo todo por teléfono a tu amiga Mabel, ¿por qué no? Tal vez así te parezca más real.

—Floyd te quiere, Susan. Esto le está... haciendo daño. Se derrumbó y me lo contó todo. Me abrió su corazón. —Los ojos le brillaban al recordarlo—. Al final se vino abajo y lloró como un niño.

Susan pensó que eso no era propio de Floyd y se preguntó si su madre se lo había inventado. La miró fijamente; sus ojos le dijeron que no.

—¿Eso es lo que quieres para mí, madre? ¿Un llorica? ¿O simplemente te fascina la idea de tener nietos rubios? Imagino que es una preocupación para ti..., que sentirás que no has cumplido tu misión hasta que me veas casada y sometida a un hombre bueno a quien tú puedas ponerle el pie encima, un tipo que me deje embarazada y me convierta en señora de su casa lo antes posible. Esa es tu ilusión, ¿no? Bueno, ¿nunca has pensado en lo que pueda querer yo?

—Susan, tú ni siquiera sabes qué quieres.

Lo afirmaba con tal contundencia que por un momento Susan estuvo tentada de creerla. Tuvo una visión de las dos, atrapadas en la misma situación, la madre junto a la mecedora, ella junto a la puerta; solo que estaban unidas por una madeja de lana verde, de un cordón que había quedado deshilachado y endeble a fuerza de tantos tirones. La imagen se transformó en la de su madre con un gorro de pescador en cuya cinta llevaba clavadas varias moscas distintas, mientras trataba desesperadamente de sacar del agua con su caña una gran trucha luciendo un vestido amarillo estampado. Trataba de tirar de ella por última vez y echarla en la cesta de mimbre. Pero ¿con qué fin? ¿Para disecarla y colgarla en la pared? ¿Para comérsela?

—Sí lo sé, mamá. Sé exactamente lo que quiero. Quiero a Ben Mears.

Giró sobre sus talones y subió por las escaleras.

Su madre corrió tras ella, llamándola con voz chillona.

—¡No puedes alquilar nada si no tienes dinero!

—Tengo cien dólares en efectivo y trescientos en el banco —respondió Susan—. Y creo que puedo conseguir trabajo en el bar de Spencer. El señor Labree me lo ha ofrecido varias veces.

—Lo único que le interesa es mirarte por debajo de la falda —advirtió la señora Norton. Su voz había descendido una octava. Buena parte de su enojo se había esfumado, y ahora se sentía asustada.

—Pues que me mire. Me pondré pololos.

—Tesoro, no te enfades. —Subió un par de escalones—. Yo solo quiero lo mejor para...

—Ahórrate eso, mamá. Siento la bofetada. He hecho muy mal. Te quiero, pero me voy. Ya viene siendo hora, tienes que comprenderlo.

—Piénsalo mejor—insistió la señora Norton, ahora tan arrepentida como asustada—. Sigo creyendo que no he dicho nada inapropiado. Yo sé lo que son los oportunistas como Ben Mears. Lo único que le interesa es...

—Basta ya.

Susan siguió subiendo. Su madre ascendió un escalón más.

—Cuando Floyd se fue de aquí, estaba destrozado. Se... —La puerta de la habitación de Susan, al cerrarse, la dejó con la palabra en la boca.

La muchacha se tendió en la cama, que no hacía mucho tiempo había estado decorada con animales de peluche, entre ellos un perro de aguas con una radio de transistores en la barriga, y se quedó mirando la pared, tratando de no pensar. Tenía colgados varios pósteres de Sierra Club, pero no mucho tiempo atrás había estado rodeada de los desplegables que venían en revistas como *Rolling Stone, Creem* y *Crawdaddy*, con imágenes de sus ídolos: Jim Morrison, John Lennon, Dave van Ronk y Chuck Berry. Los fantasmas de aquellos días se agolparon como negativos mal expuestos de su mente.

Susan casi podía ver el titular, destacando entre el resto de noticias sensacionalistas: JOVEN ESCRITOR PROMETEDOR Y SU ESPOSA IMPLICADOS EN «POSIBLE» ACCIDENTE DE MOTO. El resto del artículo debía de consistir en insinuaciones cuidadosamente formuladas. Tal vez una foto tomada en el lugar del accidente por un fotógrafo local, demasiado sangrienta, ideal para la gente como Mabel.

Y lo peor era que había quedado sembrada una semilla de duda. Estúpida. ¿De verdad pensabas que el hombre vivía en una nevera antes de llegar aquí? ¿Que venía envuelto en una bolsa de celofán esterilizada, como los vasos en los moteles?

Estúpida. Pero la semilla estaba sembrada. Y por eso albergaba hacia su madre algo más que rencor adolescente..., era un sentimiento sombrío que rayaba en el odio.

Ahuyentó esas ideas de su mente, se tapó la cara con el brazo y se sumió en una modorra inquieta que se vio interrumpida por el timbre del teléfono, abajo, y después de forma más estridente por la voz de su madre:

—¡Susan, es para ti!

Susan bajó, fijándose en que eran poco más de las cinco y media. El sol se retiraba hacia poniente y la señora Norton estaba en la cocina, empezando a preparar la cena. Su padre no había llegado todavía.

—¿Sí?

—¿Susan? —La voz le resultaba familiar, pero no la reconoció de inmediato.

—Sí, ¿quién habla?

—Soy Eva Miller. Tengo que darte una mala noticia.

—¿Le ha pasado algo a Ben? —De pronto se quedó sin saliva y se llevó la mano a la garganta. La señora Norton había salido de la cocina y la miraba desde la puerta con una espumadera en la mano.

—Bueno, ha habido una pelea. Esta tarde apareció por aquí Floyd Tibbits...

—¡Floyd!

Ante su tono de voz, la señora Norton dio un paso atrás.

—... y le dije que el señor Mears estaba durmiendo. Dijo que estaba bien, tan cortésmente como siempre, pero iba vestido de una manera rarísima. Le pregunté si se encontraba bien. Llevaba un abrigo viejísimo y un sombrero extravagante, y no sacaba las manos de los bolsillos. Ni se me ocurrió mencionárselo al señor Mears cuando se levantó. Con tantas emociones últimamente...

—¿Qué sucedió? —preguntó Susan.

—Bueno, Floyd le pegó una paliza —dijo Eva—. Ahí mismo, en mi aparcamiento. Sheldon Corson y Ed Craig salieron y se lo llevaron a rastras.

—¿Y Ben? ¿Está bien?

—Creo que no.

—¿Qué tiene? —Susan aferraba el auricular.

—Con el último puñetazo que le dio Floyd, el señor Mears se golpeó la cabeza contra ese cochecito extranjero que tiene. Carl Foreman lo llevó al hospital de Cumberland, y estaba inconsciente. Es lo único que sé. Si tú...

Susan colgó, corrió al armario y sacó su abrigo de la percha.

—Susan, ¿qué pasa?

—Ese encanto de Floyd Tibbits —respondió Susan, sin darse cuenta de que estaba llorando— ha mandado a Ben al hospital.

Sin esperar respuesta, salió corriendo.

2

Llegó al hospital a las seis y media y se sentó en una incómoda silla de plástico a hojear un ejemplar de *Good Housekeeping* sin prestarle la menor atención. Y estoy aquí sola, pensó. Qué horror. Había pensado en ir a telefonear a Matt Burke, pero la idea de que el médico regresara y no la encontrara la disuadió.

Los minutos se arrastraban en el reloj de la sala de espera, hasta que a las siete menos diez apareció un médico con un fajo de papeles en la mano.

—¿La señorita Norton? —preguntó.

—Sí. ¿Cómo está Ben?

—No puedo responder a eso por el momento. Parece estar bien —agregó al ver el espanto que se reflejó en su rostro—, pero pasará dos o tres días en observación. Tiene una fisura, contusiones múltiples y un ojo a la funerala.

—¿Puedo verlo?

—No, esta noche no. Está bajo el efecto de sedantes.

—¿Ni siquiera un minuto? Por favor, un minuto solo.

Él suspiró.

—De acuerdo. Es probable que esté dormido. Si él no le habla, no le diga nada.

La llevó hasta el tercer piso y después la condujo a una habitación situada al fondo de un pasillo que olía a desinfectante. El hombre que estaba en la otra cama, leyendo una revista, los miró con desgana.

Ben estaba acostado con los ojos cerrados; una sábana lo cubría hasta el mentón. Estaba tan pálido e inmóvil que, por un terrible momento, Susan tuvo la seguridad de que estaba muerto, de que se les había ido mientras ella y el médico hablaban abajo. Después advirtió el movimiento lento y regular del pecho, y experimentó un profundo alivio. Le miró el rostro, sin apenas fijarse en las marcas y moretones. Afeminado, lo había llamado su madre, y Susan veía de dónde había sacado la idea. Los rasgos eran acentuados, pero delicados (ojalá hubiera una palabra mejor que «delicado», que era la que uno usaría para describir a una bibliotecaria que en sus ratos de ocio escribe pomposos sonetos a los narcisos; pero Susan no encontraba otra). Lo único que parecía viril en el sentido tradicional era el pelo, negro y espeso, que parecía casi flotar sobre la cara. El vendaje blanco en el lado izquierdo, sobre la sien, presentaba un contraste acusado.

Te quiero, pensó Susan. Cúrate, Ben. Cúrate y termina tu libro para que podamos irnos de Salem's Lot, si deseas estar conmigo. Lot se ha vuelto en contra de los dos.

—Creo que es mejor que se vaya ahora —indicó el médico—. Tal vez mañana...

Ben se rebulló y emitió un leve gruñido. Los párpados se abrieron lentamente, se cerraron, volvieron a abrirse. Aunque tenía los ojos turbios por el sedante, en ellos se traslucía que había advertido la presencia de Susan. Alargó una mano hacia la de ella. A Susan se le arrasaron los ojos en lágrimas; sonrió y le dio un apretón.

Ben movió los labios y ella se inclinó para escucharlo.

—Son... tipos duros los de... este pueblo, ¿eh?

—Ben, ¡lo siento mucho!

—Creo que... le he saltado un par de dientes antes de que... me tumbara —susurró Ben—. No está mal para un escritor...

—Ben...

—Ya es suficiente, señor Mears —intervino el médico—. Demos tiempo a que el pegamento de aeromodelismo se seque.

Ben lo miró.

—Un minuto más..., por favor.

El médico levantó la vista al cielo.

—Lo mismo dijo *ella*.

A Ben se le bajaron los párpados, pero consiguió abrirlos de nuevo con dificultad. Sus labios articularon algo ininteligible.

Susan se le acercó más.

—¿Qué, cariño?

—¿Es ya... de noche?

—Sí.

—¿Quieres ir a ver...?

—¿A Matt?

Él asintió.

—Dile... que quiero que te lo cuente todo. Pregúntale si... conoce al padre Callahan. Él entenderá.

—Está bien. Le daré el mensaje. Y ahora duerme, Ben.

—Gracias. Te... quiero. —Murmuró algo más, lo repitió, y los ojos se le cerraron. Su respiración se hizo más profunda.

—¿Qué le ha dicho? —preguntó el médico.

Susan frunció el ceño.

—Algo como: «Echa el cerrojo a las ventanas» —dijo.

3

Eva Miller y Weasel Craig estaban en la sala de espera cuando Susan fue a recoger su chaqueta. Eva llevaba un viejo abrigo de otoño con un cuello de piel marrón rojizo, que claramente guardaba para ocasiones especiales, y Weasel flotaba dentro de una enorme cazadora de motorista. Susan se sintió más animada al verlos.

—¿Cómo está? —preguntó Eva.

—Creo que no será nada. —Susan le repitió el diagnóstico del médico y Eva se tranquilizó.

—Cuánto me alegro. El señor Mears me parece una excelente persona. En mi casa jamás había pasado algo así. Y Parkins Gillespie ha tenido que encerrar a Floyd en la celda para borrachos..., aunque no parecía borracho, sino más bien como... atontado y confundido.

Susan sacudió la cabeza.

—Eso es muy raro en Floyd...

Se produjo un incómodo momento de silencio.

—Ben es un hombre estupendo —declaró Weasel, dándole unas palmaditas en la mano a Susan—. Se repondrá en un abrir y cerrar de ojos. Ya lo verás.

—De eso estoy segura. —Susan le cogió la mano entre las suyas—. Eva, ¿el padre Callahan es el sacerdote de Saint Andrew?

—Sí, ¿por qué?

—Oh... por curiosidad. Escuchad, os agradezco que hayáis venido. Si pudierais volver mañana...

—Puedes contar con ello —respondió Weasel—. ¿No, Eva? —Le rodeó la cintura con el brazo. Era un recorrido largo, pero finalmente lo completó.

—Sí que vendremos.

Susan los acompañó hasta el aparcamiento y después regresaron a Jerusalem's Lot.

4

Matt no respondió a los golpes en la puerta ni vociferó «¡Adelante!» como era su costumbre.

—¿Quién es? —preguntó una voz muy contenida, que a Susan le costó reconocer.

—Susie Norton, señor Burke.

Cuando Matt abrió la puerta, Susan se llevó una sorpresa al comprobar cómo había cambiado su aspecto. Estaba viejo y ojeroso. Un momento después, advirtió que llevaba al cuello un pesado crucifijo de oro. Había algo tan extraño y ridículo en ese ornamento que brillaba sobre los cuadros de su camisa de franela que a Susan por poco se le escapó la risa, pero se contuvo.

—Entra. ¿Dónde está Ben?

Cuando ella le refirió lo sucedido, el rostro de Matt se ensombreció.

—Así que a Floyd Tibbits no se le ha ocurrido nada mejor que hacerse el amante agraviado, ¿no? Bueno, pues no podría haber escogido un momento más inoportuno. Esta tarde a última hora han traído a Mike Ryerson de vuelta de Portland para que Foreman prepare el funeral. Imagino que nuestra visita a la Casa Marsten quedará para otra ocasión...

—¿Qué visita? ¿Y qué es eso de Mike?

—¿Quieres café? —preguntó Matt con aire ausente.

—No. Quiero saber qué está ocurriendo. Ben me ha dicho que usted me lo explicaría.

—Pues vaya tarea que me ha endosado. Para Ben es fácil pedirme que te lo cuente todo. Hacerlo es más difícil, pero lo intentaré.

—¿Qué...?

Matt levantó una mano.

—Antes de nada, una pregunta, Susan. El otro día, tú y tu madre fuisteis a la nueva tienda , ¿no?

—Sí. ¿Por qué?

—¿Puedes contarme tus impresiones sobre el lugar y, más concretamente, sobre su propietario?

—¿El señor Straker?

—Sí.

—Bueno, como persona es encantador. De modales muy refinados, para ser más exactos. Elogió el vestido de Glynis Mayberry, que se ruborizó como una colegiala. Y a la señora Boddin le preguntó por el vendaje que tenía en el brazo... Se había salpicado con aceite caliente, ¿sabe? Entonces le dio una receta para una cataplasma y se la escribió. Y cuando llegó Mabel... —Susan se rio al recordarlo.

—¿Qué pasó?

—Él le ofreció una silla, o mejor dicho una especie de trono, enorme, de caoba tallada. Él mismo la sacó de la trastienda, sin dejar de sonreír y de conversar con las demás señoras. Y eso que el trasto debía de pesar más de cien kilos. La dejó caer en el suelo y acompañó a Mabel a que se sentara; hasta la tomó del brazo. Y ella lo dejó hacer, entre risitas. Si ha visto reír a Mabel, ya lo ha visto todo. Y el hombre sirvió café, muy fuerte pero bueno.

—¿Te dio buena impresión? —preguntó Matt, escudriñándole el rostro.

—Esto tiene que ver con lo otro, ¿no?

—Podría ser, sí.

—Bueno, entonces le explicaré mi reacción como mujer. Me dio una impresión buena y mala a la vez. Me resultó atractivo, creo que con un leve matiz sexual. Es un hombre mayor, muy atento, encantador y cortés. Con solo mirarlo se nota que es capaz de pedir la comida en un restaurante francés y saber qué vino corresponde a cada plato, no solo si blanco o tinto, sino la añada y hasta la bodega. Decididamente, no es un tipo de hombre que abunde por aquí, pero no es en absoluto afeminado. Grácil, como un bailarín. Además, siempre hay algo seductor en un hombre que no se avergüenza de su calvicie. —Sonrió, un poco a la defensiva, consciente de que se había ruborizado, preguntándose si había hablado más de la cuenta.

—Pero al mismo tiempo te dio mala impresión —le recordó Matt.

Susan se encogió de hombros.

—Eso es más difícil de explicar. Creo..., creo que percibí cierto desdén bajo la superficie. Cierto cinismo. Como si estuviera representando un papel, y representándolo bien, pero como si supiera que no iba a necesitar todos sus recursos para engañarnos. Con un toque de condescendencia. —Miró a Matt con incertidumbre—. Y me pareció que había cierta crueldad en él. No sé por qué.

—¿La gente compró cosas?

—No muchas, pero creo que no le dio mayor importancia. Mamá le compró un pequeño estante yugoslavo para porcelanas y la señora Petrie una mesita plegable muy bonita, pero no vi que nadie comprara nada más. No parecía disgustado. Simplemente pidió a la gente que les hablara a sus amigos de la tienda y los animaran a visitarla. Tiene un encanto muy europeo.

—¿Y te parece que la gente quedó encantada?

—En general, sí —respondió Susan, comparando mentalmente el entusiasmo de su madre por R. T. Straker con la antipatía inmediata que le había despertado Ben.

—¿No viste a su socio?

—¿Al señor Barlow? No, está en Nueva York en viaje de negocios.

—Me pregunto si será verdad —caviló Matt para sí mismo—. El esquivo señor Barlow.

—Señor Burke, ¿no convendría que me contara de qué va todo este asunto?

Matt suspiró con desánimo.

—Supongo que tendré que intentarlo. Lo que acabas de decirme es inquietante. Muy inquietante. Todo concuerda...

—No lo entiendo...

—Empezaré por mi encuentro con Mike Ryerson en el bar de Dell, anoche..., aunque parece como si hubiera ocurrido hace un siglo.

5

Cuando terminó el relato, eran las ocho menos veinte, y ambos se habían bebido dos tazas de café.

—Creo que eso es todo —concluyó Matt—. Ahora, ¿quieres que haga mi imitación de Napoleón? ¿O que te cuente mis conversaciones astrales con Toulouse-Lautrec?

—No se haga el tonto —respondió Susan—. Es evidente que algo está pasando, pero no puede tratarse de lo que usted piensa. Y seguro que lo *sabe*.

—Desde anoche no estoy tan seguro.

—Si nadie tiene nada contra usted, como sugirió Ben, entonces es posible que sea algo que hizo el propio Mike, preso de un delirio o algo así. —Aunque eso no sonaba convincente, Susan prosiguió—: O tal vez se durmió usted sin darse cuenta y lo soñó todo. Yo más de una vez me he quedado traspuesta y me he despertado quince o veinte minutos después sin acordarme de nada.

Matt se encogió de hombros.

—¿Cómo defiende uno un testimonio que ninguna mente racional puede aceptar al pie de la letra? Oí lo que oí. Y no estaba dormido. Y hay algo que me tiene preocupado..., muy preocupado. Según las antiguas leyendas, un vampiro no puede entrar sin más en una casa para chuparle a uno la sangre. No. Alguien tiene que invitarlo. Pues bien, anoche Mike Ryerson invitó a entrar a Danny Glick. *¡Y yo mismo invité a Mike!*

—¿Le ha hablado Ben de su nuevo libro?

Él jugueteó con la pipa, sin encenderla.

—Muy poco. Solo me dijo que está relacionado con la Casa Marsten.

—¿No le contó que de niño tuvo una experiencia traumática en esa casa?

Matt la miró, sorprendido.

—¿*Dentro* de ella? No.

—Entró motivado por un reto. Quería formar parte de un club, y como iniciación le impusieron que entrara en la Casa Marsten y se llevara algún objeto de ahí como prueba. Y así lo hizo..., pero antes de salir, subió hasta el dormitorio del piso de arriba, donde se ahorcó Hubie Marsten. Cuando abrió la puerta, Hubie estaba allí colgado y abrió los ojos. Ben huyó. El recuerdo de ese momento ha estado carcomiéndolo desde hace veinticuatro años. Volvió a Lot para ver si al escribir sobre ello podía sacárselo de la cabeza.

—Joder —murmuró Matt.

—Él tiene... cierta teoría sobre la Casa Marsten. En parte

es fruto de su experiencia, y en parte de algunas investigaciones que ha hecho sobre Hubert Marsten...

—¿Su afición por el culto satánico?

Susan dio un respingo.

—¿Cómo lo sabe?

Matt sonrió.

—No todas las habladurías en un pueblo pequeño son públicas. Las hay secretas. Y algunas de las habladurías secretas de Salem's Lot se refieren a Hubie Marsten. Ahora son cosas compartidas entre solo una docena o así de las personas más ancianas..., y una de ellas es Mabel Werts. Fue hace mucho tiempo, Susan. Pero hay historias que nunca pasan de moda. Es raro, ¿sabes? Ni siquiera Mabel habla de Hubie Marsten con personas ajenas a su propio círculo. Hablan de su muerte, claro. Y del asesinato. Pero si les preguntas por los diez años que él y su mujer pasaron en esa casa, haciendo sabe Dios qué, se activa una especie de regulador..., lo más parecido que hay a un tabú en la civilización occidental. Se ha rumoreado incluso que Hubert Marsten secuestraba y sacrificaba niños pequeños a sus dioses infernales. Me sorprende que Ben haya llegado a averiguar tanto. Ese aspecto de Hubie, su mujer y su casa está envuelto en un halo de secretismo casi tribal.

—No fue en Lot donde se enteró.

—Eso lo explica, entonces. Sospecho que su teoría es un lugar común bastante viejo en parapsicología: que los seres humanos producen el mal de la misma manera que producen mocos, excrementos o uñas. Que es algo que no desaparece. Más concretamente, que la Casa Marsten puede haberse convertido en una especie de pila seca maligna, una batería en la que se almacena el mal.

—Sí. Él lo expresó exactamente en esos términos. —Susan lo miró con expresión interrogante.

Matt respondió con una risita.

—Hemos leído los mismos libros. ¿Y tú qué opinas, Susan? ¿Hay más cosas que el cielo y la tierra en tu filosofía?

—No —respondió ella—. Las casas no son más que casas. El mal muere con la perpetración de actos malignos.

—¿Insinúas que la inestabilidad de Ben me permite conducirlo por la senda hacia la locura que yo estoy ya recorriendo?

—No, claro que no. No creo que esté usted loco. Pero, señor Burke, tiene que reconocer que...

—*Calla.*

Matt había inclinado la cabeza hacia delante. Susan dejó de hablar y escuchó. Nada... excepto tal vez el crujido de una tabla. Le lanzó una mirada inquisitiva y él sacudió la cabeza.

—¿Decías?

—Solo que la casualidad ha querido que llegara en un mal momento para exorcizar los demonios de su juventud. Se han dicho muchas tonterías por el pueblo desde que se volvió a ocupar la Casa Marsten y se abrió la tienda... Incluso corren rumores sobre el propio Ben. Se sabe que a veces los ritos de exorcismo se salen de madre y se vuelven contra el exorcista. Creo que Ben debe marcharse de este pueblo, y tal vez también a usted le sentaría bien tomarse unas vacaciones.

Al mencionar el exorcismo, se acordó de que Ben le había pedido que le hablara a Matt del sacerdote católico. Siguiendo un impulso, decidió no hacerlo. El motivo por el que él se lo había pedido le quedaba ahora muy claro, pero hacerlo solo serviría para echar más leña a un fuego que, en opinión de Susan, ardía ya con peligrosa fuerza. Si alguna vez Ben se lo preguntaba, le diría que se había olvidado.

—Yo sé hasta qué punto debe parecer una locura —dijo Matt—. Hasta para mí, que oí levantarse la ventana, y oí esa risa, y esta mañana he visto el mosquitero caído junto a la entrada para coches. Por si de alguna manera eso calma tus temores, te diré que la reacción de Ben fue muy sensata. Sugirió que partiéramos de que hay que demostrar o descartar una teoría, y que empezáramos por... —De nuevo se interrumpió.

Esa vez el silencio se prolongó, y cuando Matt volvió a hablar, a Susan la asustó la suave certidumbre de su voz.

—Hay alguien arriba.

La muchacha escuchó. Nada.

—Se lo habrá imaginado.

—Conozco mi casa —afirmó Matt—. Hay alguien en la habitación de invitados... ¿Lo oyes?

Y esta vez Susan lo oyó. El sonido de una tabla, que, como suelen hacerlo las tablas en las casas viejas, había crujido sin razón aparente.

Pero a Susan le pareció que detrás de ese ruido había algo más..., un sigilo inenarrable.

—Voy a subir —anunció Matt.

—¡No!

Profirió la palabra sin pensar. Se dijo a sí misma: *¿Quién está ahora sentado en el rincón de la chimenea, pensando que el viento en los aleros es un augurio de muerte?*

—Anoche me asusté y no hice nada, y las cosas empeoraron. Ahora voy a subir.

—Señor Burke...

Los dos habían empezado a hablar en voz baja. Como un gusano, la tensión se había infiltrado en sus venas, entumeciéndoles los músculos. Tal vez *había* alguien arriba. Algún ladrón.

—Habla —dijo Matt—. Cuando yo me aleje, sigue hablando, de cualquier cosa.

Y antes de que ella pudiera replicar, se levantó y se dirigió al pasillo, avanzando con una agilidad pasmosa. En cierto momento miró hacia atrás, pero la muchacha no supo interpretar su mirada. Matt empezó a subir por las escaleras.

Susan sintió que su mente se había deslizado en la irrealidad, con el rápido giro que habían tomado las cosas. No hacía dos minutos, estaban hablando con tranquilidad del tema, bajo la luz racional de las bombillas eléctricas. Y ahora ella tenía miedo. Pregunta: Si encerramos en una habitación a un psicólogo junto con un hombre que se cree Napoleón, y los dejamos allí durante un año (o diez o veinte), ¿al final tendremos dos psicólogos o dos chalados con la mano metida en el chaleco? Respuesta: Datos insuficientes.

Empezó a hablar:

—El domingo, Ben y yo pensábamos tomar la carretera uno hasta Camden..., ya sabe, el pueblo donde filmaron *La caldera del diablo*, pero supongo que tendremos que dejarlo para más adelante, claro. Ahí hay una monada de iglesia...

Descubrió que no le costaba nada seguir divagando, pese a que tenía las manos tensas y entrelazadas sobre el regazo. Su mente consciente estaba tranquila, ajena a toda impresión de historias de chupasangres y muertos vivientes. Era de la médula espinal, con su ancestral red de nervios y ganglios, de donde emanaba el terror en oscuras oleadas.

6

Subir por las escaleras fue lo más difícil que Matt Burke había hecho en su vida, sin lugar a dudas. Salvo una cosa, tal vez.

A los ocho años había sido boy scout. La casa de la líder del grupo estaba a un kilómetro y medio a pie. El trayecto de ida era muy agradable; estupendo, porque lo recorría por la tarde, a la luz de la tarde. Pero volvía a la caída del crepúsculo, cuando las sombras se cernían sobre el camino, largas y retorcidas. De hecho, si la reunión había sido especialmente animada y había terminado tarde, tenía que regresar en plena oscuridad. Solo.

Solo. Sí, esa es la palabra clave, la peor palabra que existe en cualquier lengua. «Asesino» no le llega a los talones, e «infierno» no es más que un pálido sinónimo...

En el camino había una iglesia en ruinas, antiguo centro de ceremonias metodistas, que se erguía vacilante al final de una extensión de hierba irregular y levantada por las heladas. Cuando pasaba por delante de sus ventanas insensatas, que lo miraban con fijeza, se le moría en los labios la canción que venía silbando y empezaba a pensar en lo que habría dentro; los candelabros caídos, los libros de himnos podridos por la humedad, el desmoronado altar donde ya solo los ratones guardaban el día del Señor..., y se preguntaba también qué más podía haber allí, aparte de los ratones; qué perturbados, qué monstruos. Tal vez en ese momento estuvieran siguiéndolo con sus amarillos ojos de víbora. Y tal vez una noche no se conformarían con espiar; tal vez alguna noche esa puerta astillada que apenas se sostenía en los goznes se abriría de pronto, y él vería al otro lado algo que le haría perder la razón.

No podía explicarles eso a papá y mamá, que eran seres de luz. Tampoco les podía explicar que, cuando tenía tres años, la manta adicional doblada a los pies de la cama se convertía en un montón de serpientes inmóviles que lo observaban con sus inexpresivos ojos sin párpados. Ningún niño vence jamás esos terrores, pensó Matt. Un miedo que no se puede nombrar es un miedo invencible. Y los miedos que se agazapan en los cerebros jóvenes son demasiado grandes para pasar por la boca. Tarde o temprano, uno encuentra a alguien con quien pasar por delante de todas las casas abandonadas por las que tiene que pasar entre la infancia sonriente y la senilidad gruñona. Hasta esta noche. Hasta esta noche en que uno se encuentra con que ninguno de los antiguos miedos infantiles ha sido superado; simplemente aguardan escondidos en sus diminutos ataúdes de niño, con una rosa silvestre sobre la tapa.

No encendió la luz. Subió los escalones uno por uno, sin pisar el sexto, que crujía. Aferraba el crucifijo con la palma sudada y resbaladiza.

Al llegar al piso de arriba, se dio la vuelta para mirar hacia el pasillo. La puerta del cuarto de invitados estaba entreabierta; él la había dejado cerrada. De la planta baja le llegaba el murmullo de la voz de Susan.

Caminando con cuidado para evitar los crujidos, se acercó a la puerta hasta detenerse frente a ella. La piedra angular de todos los miedos humanos, pensó: una puerta cerrada, ligeramente entornada.

Extendió el brazo y la empujó.

Mike Ryerson estaba tendido en la cama.

La claridad de la luna entraba por las ventanas y teñía de plata el cuarto, convirtiéndolo en una laguna de ensueño. Matt sacudió la cabeza, como para despejarla. Le parecía haber retrocedido en el tiempo a la noche anterior. Ahora bajaría las escaleras para telefonear a Ben, porque Ben todavía no estaba en el hospital.

Mike abrió los ojos.

Por un momento, bajo la luz de la luna, destellaron como medallones de plata bordeados de rojo. Eran tan inexpresivos como una pizarra borrada. No traslucían ni un pensamiento, ni un sentimiento humano. «Los ojos son las ventanas del alma», había dicho Wordsworth. Si así era, esas ventanas se abrían a un cuarto vacío.

Mike se incorporó y, al caérsele la sábana, Matt vio los burdos puntos con que el forense lo había cosido tras concluir la autopsia, silbando tal vez mientras manejaba la aguja.

Mike sonrió, y sus caninos e incisivos eran blancos y agudos. La sonrisa no era más que una contracción de los músculos que rodeaban la boca; no alcanzaba a los ojos, que conservaban su inexpresividad mortal.

—*Mírame* —dijo Mike con absoluta claridad.

Matt lo miró. Sí, los ojos eran un vacío total. Pero muy profundos. Casi podía ver en ellos diminutas imágenes de sí mismo talladas en camafeos plateados, ahogándose dulcemente, sin que el mundo pareciera importante, sin que los miedos parecieran importantes...

—¡No! ¡No! —gritó, dando un paso hacia atrás.

Extendió el crucifijo hacia él.

El ser que había sido Mike Ryerson siseó como si le hubieran echado agua hirviendo en la cara. Levantó los brazos como para protegerse de un golpe. Matt dio un paso hacia el interior de la habitación; Ryerson retrocedió otro en compensación.

—¡Vete de aquí! —gritó Matt—. ¡Revoco mi invitación!

Ryerson soltó un alarido, un largo grito ululante de dolor y odio. Dio cuatro pasos vacilantes hacia atrás, chocó con el borde de la ventana abierta y perdió el equilibrio.

—*Te veré dormir entre los muertos, profesor.*

Y cayó hacia la noche, de espaldas, con las manos por encima de la cabeza como un saltador al lanzarse desde el trampolín. El cuerpo pálido relucía como el mármol, en un nítido contraste con los negros puntos de sutura que le atravesaban el torso, dibujando una Y.

Con un desquiciado alarido de terror, Matt corrió hacia la ventana, pero no había nada que ver aparte de la noche bañada por la luna..., y suspendida en el aire, debajo de la ventana y por encima del haz de luz procedente de la sala, una nube danzarina de motas que podrían haber sido de polvo. Se arremolinaron hasta consolidarse en una forma abominablemente humanoide y por fin se disolvieron en la nada.

Matt se dio la vuelta para huir y en ese momento sintió una punzada en el pecho que lo hizo tambalearse. Se llevó las manos al corazón y se dobló en dos. El dolor le subía por el brazo en lentas oleadas palpitantes. La cruz oscilaba bajo sus ojos.

Salió de la habitación con los antebrazos cruzados ante el pecho, aferrando todavía con la mano derecha la cadena del crucifijo. Aún veía la imagen de Mike Ryerson flotando en la oscuridad como un saltador pálido colgado ante él.

—¡Señor Burke!

—Mi médico es James Cody... —balbuceó Matt con los labios helados—. Está en la agenda de teléfonos. Creo que me está dando... un infarto.

Y se desplomó de bruces en el pasillo.

7

Susan marcó el número que aparecía junto a la anotación JIMMY CODY, CAMELLO DE PASTIS, escrita con las pulcras mayúsculas que tan bien recordaba de su época de estudiante. Contestó una voz de mujer.

—¿Está el doctor? —preguntó Susan—. ¡Es urgente!

—Sí, le pongo con él —respondió la mujer con serenidad.

—Al habla el doctor Cody.

—Soy Susan Norton, doctor. Estoy en casa del señor Burke. Ha sufrido un ataque al corazón.

—¿Quién? ¿Matt Burke?

—Sí. Está inconsciente. ¿Qué tengo que...?

—Llame a una ambulancia. En Cumberland, el teléfono es 841 4000. Quédese con él. Tápelo con una manta, pero no lo mueva. ¿Lo ha entendido?

—Sí.

—Dentro de veinte minutos estaré allí.

—¿Quiere usted...?

Pero la línea se cortó con un clic, y Susan se quedó sola.

Llamó a la ambulancia y volvió a quedarse sola, enfrentada a la perspectiva de subir de nuevo al piso superior para ver cómo estaba él.

8

Se quedó mirando la escalera con una vacilación que a ella misma la sorprendía. Deseó que nada de eso hubiera sucedido, no tanto para que Matt estuviera bien como para que ella no tuviera que sentir ese miedo enfermizo y estremecedor. Su incredulidad había sido total; había visto las ideas de Matt sobre lo sucedido la noche anterior como algo que había que definir en función de las realidades que ella aceptaba, ni más ni menos. Sin embargo, esa firme incredulidad se había desmoronado y Susan se sentía desfallecer.

Había oído la voz de Matt, y también un terrible conjuro sin inflexiones: «Te veré dormir entre los muertos, profesor». La voz que había articulado esas palabras no sonaba más humana que el ladrido de un perro.

Susan se dirigió escaleras arriba, forzando a su cuerpo a subir cada peldaño. Ni siquiera la luz del pasillo la tranquilizaba. Matt estaba tendido donde ella lo había dejado, con el rostro vuelto hacia un lado y la mejilla derecha apoyada contra la gastada moqueta del pasillo, respirando con jadeos ásperos y entrecortados. Susan se inclinó para desabrocharle los dos botones superiores de la camisa y le pareció que respiraba un poco mejor. Después fue al cuarto de invitados a buscar una manta.

Hacía frío en la habitación. La ventana seguía abierta. Habían deshecho la cama, dejando solo la funda del colchón, pero había mantas en el estante superior del armario. En el momento en que Susan volvía al pasillo, le llamó la atención algo en el suelo que brillaba a la luz de la luna y se agachó a recogerlo. Lo reconoció de inmediato. Era uno de los anillos que el instituto de Cumberland daba como recuerdo a sus alumnos. Las iniciales grabadas en su interior eran M. C. R.

Michael Corey Ryerson.

En ese momento, en la oscuridad, empezó a creer. Un grito le subió por la garganta y ella lo sofocó, pero el anillo se le escurrió entre los dedos y quedó en el suelo, bajo la ventana, destellando bajo la luna que iluminaba la oscuridad otoñal.

Capítulo 10

LOT (III)

1

El pueblo sabía de oscuridades.

Conocía la oscuridad que desciende sobre la tierra cuando la rotación la oculta del sol, y sabía de la oscuridad del alma humana. El pueblo se compone de tres elementos, y el todo es superior a la suma de sus partes. El pueblo es la gente que vive allí, los edificios que han levantado para cobijarse o comerciar en ellos y el terreno. Los habitantes son de origen escocés, inglés y francés. Hay otros, claro, pero son pocos y dispersos, como un puñado de pimienta en un tarro con sal. En ese crisol nunca se hicieron muchas amalgamas. Casi todos los edificios están construidos con madera noble. Muchas de las casas más viejas son de estilo colonial con doble planta al frente, y la mayoría de los comercios tienen falsa fachada, aunque nadie podría decir por qué. La gente sabe que detrás de ellas no hay nada, de la misma manera que saben que Loretta Starcher lleva relleno en el sujetador. El terreno está formado por una base de granito cubierta por una delgada capa de tierra. La labranza es un trabajo ingrato, agotador, miserable y absurdo. La grada arranca grandes trozos de granito y se rompe contra ellos. En mayo el agricultor saca la camioneta tan pronto como el suelo se ha secado lo bastante para circular por él y, con sus hijos varones, procede a cargarla de piedras; las va arrojando en la enorme pila cubierta de malezas donde realiza la misma operación desde 1955, cuando decidió coger el toro por los cuernos por primera vez. Y una vez que ha recogido lo suficiente y tiene los dedos entumecidos, engancha la grada al tractor y, antes de haber abierto dos surcos, ya se le ha roto una de las cuchillas contra una piedra traicionera. Y mientras cambia la cuchilla y el hijo mayor sostiene la grada para que pueda trabajar, le pasa junto al oído el primer mosquito sediento de sangre de la temporada, con ese zumbido que provoca lagrimeos y le hace pensar a uno que ese debe de ser el ruido que oyen los chalados antes de asesinar a todos sus hijos, o cerrar los ojos en la carretera y pisar el acelerador a fondo, o apretar con el dedo gordo del pie el gatillo de la escopeta que se han metido en la boca; y entonces al muchacho se le resbala la grada a causa de la transpiración y otra de las cuchillas circulares le arranca un trozo de piel del brazo al hombre y, cuando mira alrededor en esa desolada, desesperada fracción de segundo en que siente que podría abandonarlo todo para tirarse a la bebida o ir al banco para declararse en quiebra, en ese momento en que odia la tierra y la suave atracción de la gravedad que lo ata a ella, es cuando sabe de oscuridades y comprende que siempre lo ha sabido. La tierra lo tiene en su poder, implacable, al igual que la casa y la mujer de quien se enamoró al empezar el instituto (solo que entonces era una chica y él no sabía mucho de chicas, salvo que tenía una y estaba pendiente de ella, y ella escribía el nombre de él en la tapa de todos sus libros, y él la desfloró a ella y luego ella lo domó a él y ninguno de los dos tuvo que preocuparse ya de *esas* cosas). Y también lo tienen en su poder los hijos, esas criaturas engendradas en la rechinante cama matrimonial después del anochecer; seis niños, o siete, o diez. Y el banco lo tiene en su poder, y el que le vendió el coche, y los almacenes Sears de

Lewiston, y el concesionario John Deere de Brunswick. Pero sobre todo lo tiene en su poder el pueblo, porque lo conoce como él conoce la forma del pecho de su mujer. Uno sabe quién se pasa el día en la tienda de Crossen porque Knapp Shoe lo despidió. Sabe quién tiene problemas con su mujer antes de que él mismo lo sepa, como le sucede a Reggie Sawyer, cuya esposa se la pega con el chico de la compañía telefónica: uno sabe adónde conducen los caminos, y adónde se puede ir los viernes por la tarde con Hank y Nolly Gardener para aparcar el coche y tomarse un par de packs de cerveza, o un par de cajas. Uno conoce la disposición del terreno y por dónde hay que atravesar los pantanos en abril sin mojarse las botas hasta arriba. Uno lo conoce todo. Y el pueblo lo conoce a uno, sabe el dolor que le deja en el trasero el asiento del tractor después de estar arando durante toda la jornada y sabe que eso que tiene en la espalda solo es un quiste y que no es nada grave, aunque al principio el médico dijo que podía serlo, y sabe cómo da vueltas en la cabeza a las facturas que van llegando durante la última semana del mes. Las mentiras son transparentes, incluso las que uno se dice a sí mismo, como que el año que viene o el otro llevará a la mujer y a los chicos a Disneylandia, como que si corta leña el próximo otoño podrá pagar los plazos de un nuevo televisor en color, como que todo va a salir bien. Estar en el pueblo es como un coito cotidiano, tan completo que por comparación todo lo que uno hace con su mujer en la cama no parece más que un apretón de manos. Estar en el pueblo es una experiencia visceral, sensual, etílica. Y en la oscuridad, el pueblo es de uno y uno es del pueblo, y el sueño de ambos es como el de los muertos, como el de las piedras del campo. Aquí no hay otra vida que la lenta muerte de los días, de modo que, cuando el mal se abate sobre el pueblo, su llegada parece casi predestinada, dulce e hipnótica. Es casi como si el pueblo supiera que el mal se aproxima y qué forma adoptará.

El pueblo tiene sus secretos y los sabe guardar. La gente no los conoce todos. Saben que la mujer del viejo Albie Crane se largó con un viajante de Nueva York..., o creen saberlo. Pero Albie le partió el cráneo cuando el viajante la dejó tirada y después le ató una piedra a los pies y la arrojó al viejo pozo. Veinte años después, Albie murió apaciblemente en la cama de un ataque al corazón, del mismo modo que morirá más tarde en este relato su hijo Joe. Tal vez un día algún chiquillo tropiece con el viejo pozo oculto tras una maraña de zarzamoras, aparte las tablas alisadas y descoloridas por el tiempo y descubra ese esqueleto desmoronado cuyas cuencas vacías miran fijamente hacia arriba desde ese agujero de piedra, con el collar del encantador viajante, verde y musgoso, aún colgando sobre sus costillas.

Saben que Hubie Marsten mató a su mujer, pero no saben qué la obligó a hacer antes, o qué pasó entre ellos en aquella cocina, pegajosa por el sol, momentos antes de que él le volara la cabeza, en aquella atmósfera sofocante impregnada del aroma de las madreselvas, similar al olor dulzón que emana de un osario. No saben que ella le rogó que lo hiciera.

Algunas de las mujeres más viejas del pueblo —Mabel Werts, Glynis Mayberry, Audrey Hersey— recuerdan que Larry McLeod encontró unos papeles carbonizados en la chimenea del piso de arriba, pero nadie sabe que se trataba de las cartas que se habían escrito durante doce años Hubie Marsten y un noble austriaco apellidado Breichen. Tampoco saben que la correspondencia entre estos hombres se había iniciado merced a los buenos oficios de un librero de Boston más bien raro que falleció de una muerte horrible en 1933, ni que Hubie quemó todas y cada una de las cartas antes de colgarse, echándolas una a una al fuego, contemplando cómo las llamas ennegrecían el papel color crema e iban borrando aquella caligrafía elegante y diminuta.

No saben que sonreía mientras lo hacía, de la misma manera que sonríe ahora Larry Crockett cuando piensa en los títulos de propiedad que duermen en la caja de seguridad de su banco en Portland.

Saben que Coretta Simons, la viuda del viejo Jumpin' Simons, se está muriendo lenta y terriblemente de cáncer intestinal, pero no saben que hay más de treinta mil dólares en efectivo escondidos tras el sucio papel pintado del comedor, que cobró de una póliza de seguro y no llegó a gastar, y de cuya existencia se ha olvidado por completo en su agonía final.

Saben que un incendio arrasó la mitad del pueblo en aquella brumosa tarde de septiembre de 1951, pero no saben que fue provocado, ni saben que el muchacho que lo provocó fue el que pronunció el discurso de despedida de su clase al graduarse en 1953 y que después amasó una fortuna en Wall Street, y aunque lo hubieran sabido, no tendrían idea de qué lo indujo a hacerlo ni de cómo siguió corroyéndolo por dentro durante veinte años, hasta que una embolia cerebral lo llevó prematuramente a la tumba a los cuarenta y seis años.

Ignoran que el reverendo John Groggins se despierta a veces a medianoche con sueños horribles, unos sueños en los que, con el cuerpo desnudo y brillante, predica ante la clase de catecismo para niñas de los jueves por la noche, mientras ellas lo miran con ojos de deseo; o que ese viernes Floyd Tibbits estuvo sumido todo el día en un sopor enfermizo, sintiendo el sol como algo aborrecible sobre su piel extrañamente pálida, recordando de forma vaga que había ido a ver a Ann Norton, pero no que había atacado a Ben Mears, aunque sí guardaba fresca en la memoria la gratitud con que saludó la puesta de sol, la gratitud y la anticipación de algo grande y grato; o que Hal Griffen tiene seis libros guarros ocultos en el fondo de su armario y se masturba con ellos cada vez que puede; o que George Middler tiene una maleta llena de bragas y sostenes de seda, y de medias y leotardos, y que a veces baja las cortinas del piso donde vive, encima de la ferretería, y cierra la puerta con cerrojo y cadena y se pone de pie frente al espejo de cuerpo entero que tiene en el dormitorio hasta que empieza a jadear y entonces se arrodilla y se masturba; o que Carl Foreman trató de chillar cuando Mike Ryerson empezó a estremecerse sobre la mesa metálica del sótano de la funeraria, pero el grito se le ahogó en la garganta cuando Mike abrió los ojos y se incorporó; o que el pequeño Randy McDougall no se defendió siquiera cuando Danny Glick se coló por la ventana de su dormitorio y levantó al bebé de su cuna para clavarle los dientes en el cuello todavía amoratado por los golpes de la madre.

Estos son los secretos del pueblo. Algunos se sabrán más adelante y otros nunca se sabrán. El pueblo los guarda todos detrás de la más impasible de las fachadas.

Al pueblo no le importa la obra del diablo más de lo que le importa la obra de Dios o la del hombre. Sabía de oscuridades. Y con la oscuridad le bastaba.

2

Sandy McDougall se dio cuenta de que algo iba mal cuando despertó, pero no sabía exactamente qué. La otra mitad de la cama estaba vacía; era el día libre de Roy, que se había ido a pescar con unos amigos. Volvería al mediodía. Nada estaba quemándose, y a Sandy no le dolía nada. Entonces ¿qué podía ir mal?

El sol. El sol era lo que estaba mal.

Ya daba de lleno en el empapelado, oscilando entre las sombras que proyectaba el arce por la ventana. Pero Randy siempre la despertaba antes de que el sol estuviera tan alto como para que la sombra del arce se proyectara sobre la pared...

Sus ojos sobresaltados se dirigieron al reloj que había sobre la cómoda. Eran las nueve y diez.

La alarma le cerró la garganta.

—Randy —llamó, y la bata onduló tras ella mientras corría por el estrecho pasillo de la caravana—. ¿Randy, *cielo*?

El dormitorio del bebé estaba bañado por la tenue luz que entraba por la única ventanita, situada encima de la cuna... y abierta. Pero Sandy la había cerrado antes de acostarse. Siempre la cerraba.

La cuna estaba vacía.

—Randy... —susurró.

Entonces lo vio.

El cuerpecillo, vestido todavía con su pijama desteñido por los lavados, yacía en un rincón tras haber sido arrojado como un desperdicio. Una de las piernas se elevaba, grotesca, como un signo de admiración invertido.

—*¡Randy!* —Se precipitó de rodillas junto al cuerpo, con el rostro desfigurado por las marcadas arrugas del espanto, y tomó en brazos al niño. El cuerpo estaba frío—. Randy, pequeño mío, despierta. Randy, vamos, despiértate...

Las magulladuras habían desaparecido. Por completo. Se habían borrado durante la noche, dejando la carita y el cuerpo impecables. Randy tenía buen color. Por primera vez desde su nacimiento, la madre lo encontró hermoso, y la visión de esa belleza le arrancó de la garganta un alarido horrible y desolado.

—¡Randy! *¡Despierta!* ¿Randy? ¿Randy? ¿Randy?

Sin soltar al bebé, se levantó y corrió por el pasillo, mientras la bata se le resbalaba del hombro. La sillita alta seguía en la cocina, con la bandeja salpicada de pegotes de la cena de Randy de la noche anterior. Deslizó al niño en la silla, en la que daba de lleno un rayo de luz matinal. La cabeza de Randy quedó colgando sobre su pecho y el cuerpo se deslizó hacia un lado con una lentitud terrible, hasta quedar encajado en el ángulo que formaba la bandeja con un brazo de la silla.

—Randy —dijo su madre, sonriendo. Tenía los ojos desorbitados como canicas defectuosas de color azul jaspeado. Le dio unas palmaditas en las mejillas—. Despierta ya, Randy, que hay que desayunar. ¿No tienes hambre? Por favor, oh, Dios, por favor...

Se apartó de él para abrir de golpe uno de los armarios de la cocina y rebuscó apresuradamente en su interior, derribando un paquete de arroz, una lata de raviolis y una botella de aceite, que se hizo trizas, desparramando el denso líquido por el fregadero y el suelo. Encontró un frasco de natillas de chocolate y cogió una cucharilla de plástico del escurreplatos.

—Mira, Randy. Tu favorito. Despierta y mira qué natillas tan ricas. Son de chocolate, Randy. Choco, chocolate. —La cólera y un terror oscuro se apoderaron de ella—. ¡Despierta de una puta vez! —vociferó, y unas gotitas de saliva perlaron la piel traslúcida de la frente y las mejillas de Randy—. *¡Despierta, despierta por el amor de Dios, mocoso de mierda, DESPIERTA!*

Quitó la tapa del envase y cogió una cucharada de natillas de chocolate. Su mano, que ya sabía la verdad, temblaba de tal manera que las derramó casi todas. Embutió lo que quedaba en el interior de la boquita inerte, y algo más se derramó sobre la bandeja con un tétrico goteo. La cuchara chocó contra los dientecillos.

—Randy —suplicó Sandy—, deja de burlarte de mamá.

Extendió la otra mano para abrirle la boca con un dedo doblado y meterle el resto de la crema.

—Eso es —suspiró Sandy McDougall, y sus labios se distendieron en una sonrisa indescriptible teñida de una esperanza rota. Se recostó en su silla, relajándose poco a poco. Todo iría bien. Randy se daría cuenta de que su madre lo quería y acabaría con esa broma cruel—. ¿Está bueno? —preguntó en un murmullo—. ¿Está bueno el chocolate, Randy? ¿Le dedicas una sonrisita a mamá? Sé bueno con mamá y sonríe una vez.

Con dedos temblorosos, volvió a levantar las comisuras de la boca del niño.

El chocolate cayó sobre la bandeja..., plop.

Sandy rompió a chillar.

3

El sábado por la mañana, Tony Glick se despertó cuando Marjorie, su mujer, se cayó en la sala.

—¿Margie? —la llamó mientras bajaba los pies de la cama—. ¿Marge?

—Estoy bien, Tony —respondió ella después de un largo silencio.

Tony se quedó sentado en el borde de la cama, mirándose los pies. Llevaba el torso desnudo, y el cordón de su pantalón de pijama a rayas le pendía entre las piernas. Su enmarañado pelo era un verdadero nido de cuervos. Tony tenía abundante cabello negro, que sus dos hijos habían heredado. La gente creía que era judío, aunque él a menudo pensaba que ese pelo italiano debería haber resuelto las dudas. Su abuelo se apellidaba Gliccucchi. Cuando alguien le dijo que en Estados Unidos era más fácil abrirse paso con un apellido anglosajón, breve y fácil de recordar, el abuelo se lo había cambiado legalmente a Glick, sin percatarse de que estaba intercambiando la realidad de una minoría por el aspecto de otra. El cuerpo de Tony Glick era robusto, moreno y musculoso. Su rostro reflejaba la expresión de un hombre aturdido a quien han atacado a golpes en el momento en que salía de un bar.

Se había tomado unos días de asuntos propios y, durante la última semana, había dormido mucho. Cuando dormía, todo le parecía más fácil. A las siete y media se sumía en un sueño profundo hasta las diez de la mañana siguiente, y durante la tarde se echaba una siesta de dos a tres. El tiempo transcurrido entre la escena que había protagonizado durante el funeral de Danny y esa soleada mañana de sábado, casi una semana después, se le antojaba incierto, como si no fuera real. La gente seguía llevándoles comida: guisados, mermeladas, bizcochos, pasteles... Margie decía que no sabía qué iban a hacer con todo eso. Ninguno de los dos tenía hambre. El miércoles por la noche, Tony había intentado hacer el amor con su mujer y los dos habían acabado llorando.

Margie no tenía buen aspecto. Su forma de hacer frente a la situación había consistido en ponerse a limpiar la casa de punta a punta con una dedicación frenética que no dejaba lugar a ningún otro pensamiento. Cada día resonaba con los golpes de los cubos de limpieza y el zumbido de la aspiradora, y el aire estaba siempre impregnado del olor áspero del amoniaco y los desinfectantes. Margie había llevado toda la ropa y los juguetes de los niños, pulcramente empaquetados, al Ejército de Salvación y a la tienda benéfica de segunda mano. El jueves por la mañana, cuando Tony salió del dormitorio, todas esas cajas estaban alineadas junto a la puerta principal, cada una etiquetada con todo cuidado. Tony jamás había visto nada tan horrible como esas cajas silenciosas. Margie había sacado todas las alfombras al patio del fondo, las había colgado en el tendedero y las había sacudido despiadadamente. Y hasta para la opaca semiinconsciencia de Tony era evidente lo pálida que estaba desde el martes o el miércoles; parecía que hasta sus labios habían perdido su color natural, y debajo de los ojos se le insinuaban sombras oscuras.

Todo eso pasó por la mente de Tony en menos tiempo del

que se tarda en contarlo, y estaba a punto de volver a tumbarse en la cama cuando oyó que ella volvía a desplomarse; esta vez no respondió a su llamada.

Cuando él se levantó y fue hacia la sala, la encontró tendida en el suelo; su respiración era superficial y tenía los ojos aturdidos, vagamente fijos en el techo. Había comenzado a cambiar la disposición de los muebles, y todos estaban fuera de su sitio, con lo que la habitación tenía un aspecto extraño, como descoyuntado.

Fuera cual fuese su mal, había empeorado durante la noche, y su apariencia era tan alarmante que disipó al instante el aturdimiento de su marido. Margie seguía todavía envuelta en su bata, que al caer se le había abierto hasta medio muslo. Tenía las piernas de un color marmóreo en el que nada quedaba del hermoso bronceado de las vacaciones de verano. Sus manos se movían como espectros. Respiraba con la boca entreabierta, como si le faltara el aire, y Tony se fijó en la extraña prominencia de sus dientes, pero no le dio importancia. Podía ser cosa de la luz.

—Margie, cariño...

Su mujer trató de contestar y no pudo. Presa del pánico, Tony se levantó para llamar al médico.

—No... —balbuceó ella cuando él ya llegaba al teléfono, y repitió la palabra después de haber aspirado con audible esfuerzo—: No. —Había conseguido sentarse trabajosamente, y el soleado silencio de la casa se interrumpía con el dificultoso jadeo de su respiración—. Llévame... Ayúdame... El sol da con tanta fuerza...

Tony, al levantarla, se quedó atónito ante su ligereza. Su esposa no parecía pesar más que una brazada de paja.

—... sofá...

Allí la depositó, con la espalda recostada contra un brazo del mueble. Al quedar fuera del haz de sol que entraba por la ventana para dibujar un cuadrado sobre la alfombra, Margie pareció respirar con más facilidad. Por un momento cerró los ojos, y a Tony volvió a impresionarle la tersa blancura de sus dientes en contraste con sus labios. Le entraron deseos de besarla.

—Déjame llamar al médico.

—No, ya estoy mejor. Es que el sol me... estaba abrasando. Me hacía sentir débil. Ya me encuentro mejor. —Efectivamente, las mejillas habían recuperado un poco de color.

—¿Estás segura?

—Sí, ya estoy bien.

—Has trabajado demasiado, cariño.

—Sí —asintió ella con ojos indiferentes.

Tony le acarició el cabello con afecto.

—Tenemos que superar esto, Margie. Es necesario. Tienes un aspecto... —Como no quería herirla, se interrumpió.

—Tengo un aspecto espantoso, ya lo sé. Anoche, antes de acostarme, me miré en el espejo del cuarto de baño y casi creí que no estaba. Por un momento... —dijo, y una sonrisa se dibujó en sus labios—, me pareció que podía ver la bañera a través de mi cuerpo. Como si no quedara más que un velo de mí, y ese velo fuera... tan *pálido*...

—Quiero que te vea el doctor Reardon.

—Estas tres o cuatro últimas noches he tenido un sueño hermoso, Tony —prosiguió ella, como si no lo hubiera oído—. Muy real. En el sueño, Danny vuelve y me dice: «Mami, mami, cuánto me alegro de estar en casa». Y dice..., dice...

—¿Qué dice? —preguntó Tony con suavidad.

—Dice... que es otra vez mi bebé. Mi hijito vuelve a estar contra mi pecho. Entonces le doy de mamar y..., y me invade una sensación de dulzura, pero con un dejo amargo también, como cuando todavía no lo había destetado, pero ya tenía dientes y me mordía... Uf, qué *mal* suena todo lo que estoy diciendo. Parece una de esas historias que cuentan los psiquiatras.

—Qué va —la tranquilizó él—. Nada de eso.

Se arrodilló junto a ella, y Margie le echó los brazos al cuello, sollozando. Tenía los brazos fríos.

—No llames al médico, Tony, por favor. Hoy descansaré.

—Está bien —cedió él sin demasiada convicción.

—Es un sueño tan hermoso, Tony... —continuó ella, con la boca muy cerca de su garganta. El movimiento de los labios, la amortiguada dureza de los dientes que se intuía detrás de ellos, irradiaba una sensualidad increíble. Tony experimentó una súbita erección—. Ojalá pudiera volver a tener el mismo sueño esta noche.

—Tal vez lo tengas —dijo él, acariciándole el pelo—. Sí, tal vez lo tengas.

4

—Por Dios, pero qué guapa estás —la saludó Ben. En el mundo de blancos impecables y verdes anémicos del hospital, Susan Norton ofrecía un aspecto realmente magnífico.

Llevaba una blusa amarillo brillante con rayas verticales negras y una falda corta vaquera.

—Tú también—respondió ella mientras cruzaba la habitación.

Ben la besó con ardor, deslizando la mano hacia la curva de la cadera.

—Eh —protestó Susan, interrumpiendo el beso—. Que nos van a echar por esto.

—A mí no me echarán.

—Pero a mí sí.

Los dos se miraron.

—Te quiero, Ben.

—Yo también te quiero.

—Si pudiera meterme ahora mismo contigo en la cama...

—Espera, que aparto la colcha.

—Pero ¿cómo se lo explico a las enfermeras?

—Diles que me estás dando la cuña.

Sonriente, Susan sacudió la cabeza y acercó una silla.

—Han sucedido muchas cosas en el pueblo, Ben.

Él se puso serio.

—¿Como qué?

—Realmente no sé cómo contártelo —vaciló Susan—. Ni yo misma sé qué creer. Estoy hecha un lío, por decirlo con suavidad.

—Bueno, pues cuéntamelo y déjame a mí desenredarlo.

—¿Cómo te encuentras, Ben?

—Mejor. No ha sido grave. El médico de Matt, el doctor Cody...

—Mentalmente, quiero decir. ¿Hasta qué punto te crees este rollo tipo conde Drácula?

—Ah, te refieres a eso. ¿Matt te lo ha contado todo?

—Matt está aquí, en el hospital. En la unidad de cuidados intensivos.

—¿Qué? —Ben se irguió, apoyándose en los codos—. ¿Qué le ha pasado?

—Ha tenido un infarto.

—¡Un infarto!

—El doctor Cody dice que está estable. Su estado se considera grave, pero eso es lo normal durante las primeras cuarenta y ocho horas. Yo estaba con él cuando ha ocurrido.

—Cuéntame todo lo que recuerdes, Susan.

La expresión de placer había desaparecido de su rostro, que estaba ahora alerta y tenso. Perdido en la habitación blanca, las sábanas blancas y el camisón blanco del hospital, a Susan le produjo la impresión de un hombre al borde del abismo.

—No has respondido a mi pregunta, Ben.

—¿Sobre qué pienso de la historia de Matt?

—Sí.

—Te contestaré diciéndote lo que tú piensas. Tú crees que la Casa Marsten me ha trastornado de tal manera que me han saltado todos los tornillos, valga la expresión. ¿Es algo así?

—Sí, algo así. Aunque no lo pienso en términos tan... tan crudos.

—Ya lo sé, Susan. Intentaré describirte el proceso mental que he seguido. Quizá me venga bien poner en claro mis ideas. Por tu cara, deduzco que ha sucedido algo que ha hecho que tu convicción se tambalee un poco, ¿no es verdad?

—Sí..., pero no creo, no puede ser...

—Un momento. El *no puede ser* lo bloquea todo. Ahí fue donde yo me atasqué. En esa frase de mierda, tan rotunda. *No puede ser*. Me negaba a creer a Matt, Susan, porque esas cosas no pueden ser verdad. Pero por más vueltas que le daba no encontraba una sola fisura en su historia. La conclusión más obvia era que en algún momento se le había ido la cabeza, ¿no?

—Sí.

—¿A ti te pareció chiflado?

—No, pero...

—Espera. —Ben levantó la mano—. Ya estás otra vez con la mentalidad de *no puede ser*, ¿a que sí?

—Sí, supongo que sí —admitió Susan.

—A mí tampoco me pareció irracional ni chiflado. Y tú y yo sabemos que las fantasías paranoides o las manías persecutorias no aparecen de la noche a la mañana. Van creciendo a lo largo del tiempo. Y necesitan riego, cuidados y abono. ¿Alguna vez has oído decir en el pueblo que Matt tuviera un tornillo flojo? ¿O le has oído decir a él que alguien le tenga ojeriza y quiera hacerle daño? ¿Ha estado en grupos sospechosos como los que creen que la fluoración provoca cáncer de cerebro, los Hijos de los Patriotas Americanos o el Frente de Liberación Nacional? ¿Ha expresado alguna vez un interés particular en cosas como las sesiones de espiritismo, la proyección astral o la reencarnación? ¿Ha estado detenido alguna vez, que tú sepas?

—No —respondió Susan—. Pero, Ben..., me duele decir esto de Matt, y hasta insinuarlo, pero hay gente que pierde la razón sin que se note. Enloquece por dentro.

—No lo creo —repuso Ben—. Siempre hay indicios. A veces uno no sabe interpretarlos en el momento, pero sí a posteriori. Si formaras parte de un jurado, ¿admitirías el testimonio de Matt sobre un accidente de tráfico?

—Sí...

—¿Y le creerías si dijera que vio cómo alguien mataba a Mike Ryerson?

—Sí, imagino que sí.

—Pero esto no te lo crees.

—Ben, es que no puede ser...

—Ya está; lo has dicho otra vez. —Al advertir que ella se disponía a protestar, se le adelantó alzando la mano—. No lo estoy defendiendo, Susan. Solo intento explicarte mi propio proceso mental. ¿De acuerdo?

—Está bien. Continúa.

—Lo segundo que se me ocurrió fue que alguien lo estaba utilizando. Alguien que le guarda rencor o le odia.

—Sí, eso también lo he pensado yo.

—Matt dice que no tiene enemigos, y le creo.

—Todo el mundo tiene enemigos.

—Pero es una cuestión de grado. No te olvides de lo más importante: hay un muerto involucrado. Si alguien se la tenía jurada a Matt, ese alguien asesinó a Mike Ryerson para perjudicarlo.

—¿Por qué?

—Porque todo el numerito no tiene sentido si no hay cadáver. Sin embargo, según cuenta Matt, se encontró con Mike por casualidad. Nadie lo llevó el jueves pasado al bar de Dell. No hubo una llamada anónima, ni una nota, ni nada. El encuentro fue tan fortuito que basta para descartar cualquier encerrona.

—Y eso ¿qué posible explicación racional nos deja?

—Que Matt soñó que oía el ruido de la ventana al abrirse, la risa y los ruidos de succión. Que Mike murió por causas naturales, aunque desconocidas.

—Pero tú no crees eso.

—No creo que haya soñado que oía cómo se abría la ventana, porque estaba abierta. Y el mosquitero estaba caído en el césped. Yo me fijé, y también Parkins Gillespie. Y me fijé en algo más. En la casa de Matt, esos mosquiteros exteriores son de los que se cierran con pestillo por fuera, no por dentro. No se pueden desencajar desde el interior a menos que se use un destornillador o una rasqueta, y aun así costaría bastante y dejaría marcas. Yo no vi ninguna marca. Y hay otra cosa: debajo de esa ventana, el suelo era relativamente blando. Si alguien quería retirar un mosquitero del piso de arriba, tendría que haber usado una escalera, y eso también habría dejado huellas, pero no las había. Eso es lo que más me preocupa. Que alguien haya quitado un mosquitero del piso de arriba, desde fuera, sin que abajo queden rastros de una escalera.

Los dos se miraron sombríamente.

—Me he pasado la mañana dándole vueltas a todo eso —continuó Ben—. Y cuanto más lo pensaba, más coherente me parecía el relato de Matt. De modo que he decidido correr el riesgo y me he olvidado del *no puede ser*. Ahora, cuéntame lo que sucedió anoche en casa de Matt. Si sirve para echar por tierra todo esto, nadie se alegrará más que yo.

—Ojalá —suspiró tristemente Susan—. Al contrario, lo refuerza. Matt acababa de contarme la historia de Mike Ryerson cuando de repente oyó ruidos arriba. Tenía miedo, pero subió. —Susan cruzó las manos sobre la falda, aferrándoselas con fuerza, como para evitar que se le escaparan—. Durante un rato, no sucedió nada más... y Matt dijo algo en voz alta, que retiraba su invitación o algo por el estilo. Entonces... Bueno, la verdad es que no sé cómo...

—No te comas tanto la cabeza y sigue.

—Creo que alguien... alguien *más*... emitió una especie de siseo. Se oyó un golpe, como si algo se hubiera caído. —Susan lo miraba con aire desolado—. Entonces oí una voz que decía: «Te veré dormir entre los muertos, profesor», textualmente. Y más tarde, cuando entré en la habitación a buscar una manta para Matt, encontré esto.

Susan se sacó del bolsillo de la blusa el anillo y lo dejó caer en la mano de Ben.

Él lo inclinó hacia la ventana para que la luz le permitiera leer las iniciales.

—M. C. R. ¿Mike Ryerson?

—Mike Corey Ryerson. Lo levanté, se me cayó y me obligué a recogerlo de nuevo... Supuse que tal vez tú o Matt desearíais verlo. Guárdalo tú, yo no lo quiero.

—¿Te hace sentir...?

—Mal. Muy mal. —Susan levantó la cabeza, desafiante—. Pero esto va contra todo pensamiento racional. Estaría más dispuesta a creer que de algún modo Matt asesinó a Mike Ryerson y se inventó esa disparatada historia de los vampiros por sabe Dios qué razones. Que aflojó el mosquitero para que se cayera. Que mientras yo estaba abajo hizo un número de ventriloquia en el cuarto de invitados, que dejó a propósito el anillo de Mike...

—Y se provocó un ataque cardiaco para dar mayor realismo a esa historia —terminó Ben con sequedad—. Susan, yo no he abandonado la esperanza de encontrar explicaciones racionales. Estoy buscando una, casi rezando por que se me ocurra una. En el cine los monstruos son divertidos, pero la idea de que merodeen de noche en el mundo real no es nada divertida. Puedo aceptar la posibilidad de que aflojara el mosquitero de la ventana. Vayamos más lejos. Matt es una persona culta. Imagino que debe de haber venenos, tal vez imposibles de descubrir, capaces de causar los síntomas que presentaba Mike. Claro que la idea del envenenamiento es un poco difícil de creer si se piensa en lo poco que comió Mike...

—Eso solo lo sabemos por Matt —señaló Susan.

—Pero él no mentiría sobre eso, porque sabe que en una autopsia es importante el examen del estómago de la víctima. Y una inyección deja huellas. Pero, para los fines de nuestra teoría, pongamos que existen maneras de superar esos obstáculos. Y un hombre como Matt podría, seguramente, tomar algo que diera la apariencia de un ataque cardiaco. Pero ¿por qué?

Susan sacudió la cabeza con desaliento.

—Y aun suponiendo un motivo que desconocemos, ¿por qué habría de caer en semejante bizantinismo o inventar una historia tan disparatada? Ellery Queen encontraría alguna explicación, pero la vida no es una trama de Ellery Queen.

—Pero esto..., esto otro es una locura, Ben.

—Sí, como Hiroshima.

—¿Quieres parar de una vez? —exclamó súbitamente Susan—. ¡Deja de hacerte el intelectual cínico! No te pega nada. De lo que estamos hablando es de cuentos de viejas, pesadillas, psicosis o como quieras llamarlo...

—Eso es una chorrada —masculló Ben—. No hay más que atar cabos. El mundo se está viniendo abajo y tú te quedas descolocada por un puñado de vampiros.

—Salem's Lot es mi pueblo —se obstinó Susan—, y si algo sucede allí, no son teorías filosóficas: es real.

—No podría estar más de acuerdo contigo. —Con un dedo, Ben señaló el vendaje que tenía en la cabeza—. Y tu ex tiene un buen derechazo.

—Lo siento. Es un aspecto de Floyd que no conocía. Y no lo entiendo.

—¿Dónde está él ahora?

—En la celda de los borrachos. Parkins Gillespie le ha contado a mamá que tendría que entregarlo al condado..., es decir, al sheriff McCaslin, pero que prefería esperar a ver si tú pensabas presentar cargos.

—¿Qué sientes tú por él?

—Nada —respondió Susan con firmeza—. Ha dejado de formar parte de mi vida.

—No voy a denunciarlo. —Las cejas de Susan se arquearon—. Pero quiero hablar con él.

—¿De nosotros?

—Del motivo por el que se presentó ante mí con abrigo, sombrero, gafas de sol... y guantes de goma.

—*¿Qué?*

—Bueno —dijo Ben, mirándola—, era de día. El sol le estaba dando de lleno. Y tuve la impresión de que no le gustaba.

Los dos se miraron en silencio. No parecía que hubiera más que decir sobre el tema.

5

Cuando Nolly le llevó a Floyd el desayuno que había ido a buscar al Excellent Café, el hombre dormía profundamente, y a Nolly le pareció una tontería despertarlo para que se comiera un par de huevos fritos recocidos y unas lonchas de beicon grasiento que había preparado Pauline Dickens, de modo que el propio Nolly dio cuenta de todo ello en la oficina, y se bebió el café también. Eso sí estaba bueno; había que reconocérselo a Pauline. Pero cuando le llevó el almuerzo y Floyd seguía durmiendo sin haber cambiado de posición, Nolly empezó a asustarse y dejó la bandeja en el suelo para golpear la reja con una cuchara.

—¡Eh, Floyd! Despierta, que te traigo la comida.

Como Floyd no se despertó, Nolly sacó el llavero del bolsillo para abrir la puerta de la celda. Antes de meter la llave en la cerradura, se detuvo. El episodio de *La ley del revólver* de la semana anterior era sobre un tipo duro que se fingía enfermo para abalanzarse sobre el carcelero. Nolly nunca había considerado a Floyd Tibbits un tipo muy duro, pero tampoco es que al tal Mears le hubiera cantado una nana precisamente.

Se quedó indeciso, con la cuchara en una mano y el llavero en la otra; era un hombre robusto que, al mediodía, cuando hacía calor, tenía siempre manchas de sudor en las axilas de la camisa. Era un buen jugador de bolos y, durante los fines de semana, asiduo cliente de los bares; en su cartera, detrás del calendario de la Iglesia luterana, llevaba una lista de los bares y moteles de más dudosa reputación de Portland. De carácter bonachón, cabeza de turco por naturaleza, era hombre de reacciones lentas y no se enfadaba con facilidad. Pese a estas nada despreciables cualidades, no destacaba por su agilidad mental, y durante varios minutos se quedó pensando cómo debería proceder, mientras aporreaba los barrotes con la cuchara, repitiendo el nombre de Floyd y deseando que este se moviera, roncara o hiciera cualquier cosa. En el momento en que decidió que lo mejor sería llamar a Parkins por radio para pedirle instrucciones, el propio Parkins apareció en la puerta del despacho.

—¿Qué demonios estás haciendo, Nolly? ¿Llamando a los cerdos?

Nolly se ruborizó.

—Floyd no se mueve, Park. Me temo que está... enfermo, ¿sabes?

—Bueno, ¿y te parece que golpeando los barrotes con esa maldita cuchara se va a curar? —Parkins se acercó y abrió la celda.

—Floyd. —Lo sacudió por el hombro—. ¿Te sientes b...?

Floyd cayó al suelo desde la litera adosada a la pared.

—La leche, está muerto, ¿verdad? —masculló Nolly.

Parkins no dio señales de oírlo. Miraba con fijeza el rostro pavorosamente tranquilo de Floyd. Nolly cayó en la cuenta poco a poco de que Parkins tenía el aspecto de un hombre que se había llevado un susto de muerte.

—¿Qué pasa, Park?

—Nada —respondió Parkins—. Es que... salgamos de aquí. —Y, casi como para sí, agregó—: Hostia, ojalá no lo hubiera tocado.

Nolly contemplaba con creciente horror el cuerpo de Floyd.

—No te quedes ahí pasmado —le dijo Parkins—, tenemos que traer al médico.

6

Mediaba la tarde cuando Franklin Boddin y Virgil Rathbun llegaron al portón de madera situado al final de la bifurcación de Burns Road, unos tres kilómetros más allá del cementerio de Harmony Hill. Iban en la camioneta Chevrolet 1957 de Franklin, un vehículo que allá por el primer año del segundo mandato presidencial de Ike Eisenhower había sido de color marfil, pero que ahora era estaba a medio camino entre el marrón mierda y el rojo imprimación. Más o menos una vez al mes, Virgil y él llevaban al vertedero un cargamento de botellas vacías, latas de cerveza vacías, bidones vacíos y botellas vacías de vino y de vodka Popov.

—Cerrado —anunció Franklin Boddin con los párpados entornados para leer el cartel clavado al portón—. Me cago en todo. —Se bebió un trago de la botella que llevaba entre las piernas y se enjugó la boca con el brazo—. Hoy es sábado, ¿no?

—Pues sí —le confirmó Virgil Rathbun, que no tenía la más remota idea de si era sábado o martes. Estaba tan borracho que ni siquiera sabía con seguridad en qué mes vivía.

—El vertedero está abierto los sábados, ¿no? —siguió preguntando Franklin.

Aunque no había más que un cartel, él veía tres. Volvió a entrecerrar los ojos. Los tres decían «Cerrado». La pintura era roja, y sin duda había salido de la lata que Dud Rogers, el encargado, guardaba dentro de su cabaña, junto a la puerta.

—Jamás lo he visto cerrado en sábado —afirmó Virgil. Se llevó la botella de cerveza a la boca, pero no acertó y el chorro le cayó en el hombro izquierdo—. Dios, qué rica está.

—Cerrado —repitió Franklin con indignación creciente—. Ese hijo de puta se ha ido de parranda, eso es lo que pasa. Ya le daré yo cerrado. —Encendió el motor, metió primera y soltó el embrague de golpe.

La sacudida ocasionó que saliera cerveza espumeante de la botella que llevaba entre las piernas y empezara a correrle por los pantalones.

—¡Dale caña, Franklin! —gritó Virgil, que dejó escapar un sonoro eructo al tiempo que la camioneta se estrellaba contra el portón y lo hacía caer en el arcén de la carretera lleno de latas.

Franklin metió segunda y aceleró por el camino irregular y cubierto de baches. La camioneta saltaba sobre sus gastados amortiguadores, mientras caían botellas de la parte de atrás y se hacían añicos contra el suelo. Las gaviotas echaron a volar en círculo entre chillidos.

A unos cuatrocientos metros del portón, la bifurcación de Burns Road (lo que ahora llamaban el camino del vertedero) terminaba en un amplio descampado destinado a la basura. Los arces y alisos cedían el paso a una gran superficie plana de tierra removida y surcada por la vieja excavadora que usaba Dud y que en ese momento estaba aparcada junto a su cabaña. Más allá estaba el pozo de grava donde se tiraban los residuos últimamente. Basuras y desperdicios, adornados por el brillo de botellas y latas de aluminio, se elevaban en dunas gigantescas.

—¡Puto jorobado inútil! Parece que lleva toda la semana sin enterrar ni quemar nada —masculló Franklin, y pisó el freno, que se hundió hasta el fondo con un chirrido mecánico. Al cabo de un momento, el vehículo se detuvo—. Estará durmiendo la mona, seguro.

—Nunca he oído que Dud bebiera mucho —comentó Virgil mientras arrojaba por la ventanilla la botella vacía y sacaba otra de la bolsa marrón que descansaba en el suelo. La abrió contra la manija de la puerta, y la cerveza, enloquecida por los saltos, se le derramó burbujeando sobre la mano.

—Todos los jorobados beben —sentenció sabiamente Franklin. Después de escupir por la ventana, se dio cuenta de que estaba cerrada y frotó con la manga de la camisa el vidrio rayado y empañado—. Vamos a verlo. Tal vez le pase algo.

Dio marcha atrás a la camioneta, describiendo un círculo amplio y tortuoso, hasta detenerla con la parte trasera sobresaliendo por encima de la última acumulación de desperdicios de Lot. Cuando apagó el motor, un silencio opresivo los envolvió. Salvo los graznidos inquietos de las gaviotas, no se oía ruido alguno.

—Qué *tranquilo* está esto, ¿no? —murmuró Virgil.

Bajaron del vehículo y lo rodearon hacia la parte de atrás. Franklin retiró las trabas que sostenían la puerta abatible y la dejó caer con estrépito. Las gaviotas que habían estado comiendo al fondo del vertedero se elevaron en una nube, entre aletazos y graznidos.

Sin decir palabra, los dos hombres subieron a la caja de la camioneta y empezaron a descargarla. Las bolsas de plástico verde giraban en el aire y se abrían al reventarse contra el suelo. Era una tarea en la que ambos estaban curtidos. Representaban una parte del pueblo que pocos turistas veían, en primer lugar porque el pueblo mismo los ignoraba en virtud de un acuerdo tácito, y en segundo porque Franklin y Virgil habían desarrollado su propia coloración protectora. Si algún vecino se cruzaba con la camioneta por el camino, se olvidaba de ella en el mismo momento en que desaparecía del espejo retrovisor. Si por casualidad alguien avistaba la choza en que vivían y de cuya chimenea de hojalata se elevaba una delgada columna de humo hacia el pálido cielo de noviembre, no le prestaba atención. Si alguien tropezaba con Virgil cuando este salía de la cooperativa de Cumberland con una botella de vodka barata en una bolsa de papel marrón, lo saludaba con un «hola» sin que después pudiera recordar con quién se había encontrado: la cara le resultaba familiar, pero el nombre se le escapaba. El hermano de Franklin era Derek Boddin, el padre de Richie (el recientemente derrocado rey de la escuela primaria de Stanley Street). Derek casi se había olvidado de que su hermano aún vivía y seguía en el pueblo. Franklin había superado la condición de oveja negra: era completamente gris.

Una vez vacía la camioneta, Franklin le dio una patada a la última lata y se subió los pantalones verdes de trabajo.

—Vamos a ver a Dud —propuso.

Virgil se pisó el cordón de piel de un zapato y se cayó de culo.

—Joder, qué mal que hacen estas cosas últimamente —masculló de forma enigmática.

Mientras se acercaban a la cabaña de Dud, vieron que la puerta estaba cerrada.

—¡Dud! —vociferó Franklin—. ¡Eh, Dud Rogers!

Dio un golpe a la puerta y la cabaña entera se estremeció. El gancho que la cerraba por dentro se soltó y la puerta se abrió, vacilante. La cabaña estaba vacía, pero se percibía un olor dulzón y nauseabundo que hizo que los dos hombres se miraran poniendo mala cara, a pesar de estar acostumbrados a toda clase de pestilencias. A Franklin aquel hedor le recordó fugazmente el de los encurtidos que pasaban muchos años en un recipiente, a oscuras, hasta que el líquido en que estaban sumergidos se ponía blancuzco.

—Hostia puta —masculló Virgil—. Huele peor que la gangrena.

Sin embargo, la cabaña estaba impecable. La camisa de Dud pendía de un gancho encima de la cama, la astillada silla de cocina estaba junto a la mesa y el jergón estaba tendido como un catre de campaña. La lata de pintura roja, con churretones aún frescos en los costados, estaba situada sobre un periódico doblado, detrás de la puerta.

—Como no salgamos de aquí acabaré potando —anunció Virgil, cuyo rostro había adquirido un tono blanco verdoso.

Franklin, que no se sentía mucho mejor, retrocedió y cerró la puerta.

Ambos se quedaron mirando el vertedero, tan desierto y estéril como la luna.

—Por aquí no está —concluyó Franklin—. Andará por el bosque.

—Frank...

—¿Qué? —dijo Franklin escuetamente. Su buen humor se había evaporado.

—La puerta tenía el seguro puesto por dentro. Si Dud no está ahí, ¿cómo ha salido?

Sobresaltado, Franklin se volvió hacia la cabaña. *Por la ventana*, se disponía a responder, pero no lo hizo. La ventana no era más que un rectángulo recortado en el cartón asfáltico y cubierto con un plástico transparente. Y no era lo bastante grande para que Dud, con su giba, pudiera pasar por allí.

—Qué importa —gruñó hoscamente—. Si Dud no quiere darnos nuestra parte, que le den. Vámonos de aquí.

Echaron a andar de vuelta hacia la camioneta, y Franklin sintió que algo se infiltraba a través de la membrana protectora de la ebriedad; algo que no recordaría más tarde, ni ganas: la inquietante sensación de que el vertedero había desarrollado un latido propio, lento pero lleno de una terrible vitalidad. De pronto, sintió la necesidad de huir de allí.

—No he visto una sola rata —comentó Virgil.

Y, en efecto, no había ninguna; solo gaviotas. Franklin trató de recordar alguna ocasión en que hubiera llevado su cargamento al vertedero y no hubiera visto ratas. Nunca.

—Debe de haber puesto cebos envenenados, ¿eh, Frank?

—Anda, vamos —fue la única respuesta—. Larguémonos de aquí cuanto antes.

7

Después de la cena, autorizaron a Ben para que subiera a ver a Matt Burke. La visita fue breve; Matt estaba durmiendo. Sin embargo, le habían retirado ya la tienda de oxígeno, y la jefa de enfermeras le dijo que seguramente a la mañana siguiente Matt estaría despierto y podría recibir alguna visita breve.

Ben observó que el rostro de su amigo estaba demacrado y cruelmente avejentado; por primera vez, era el rostro de un viejo. Ahí tendido, inmóvil, con la flácida piel del cuello sobresaliendo de la bata de hospital, ofrecía un aspecto vulnerable e indefenso. Si todo es verdad, pensó Ben, esta gente no te está haciendo ningún favor, Matt. Si todo es verdad, entonces estamos en la ciudadela de la incredulidad, donde las pesadillas se disipan con desinfectantes, escalpelos y quimioterapia, en vez de con estacas de fresno, biblias y tomillo silvestre. Aquí son felices con sus pulmones de acero, sus agujas hipodérmicas y sus irrigadores llenos de soluciones de bario. Si la columna de la verdad tiene una gotera, ni se enteran ni les importa.

Fue hacia la cabecera de la cama de Matt y le giró con suavidad la cabeza. No tenía marcas en el cuello. Tras un momento de vacilación, se dirigió al armario y lo abrió. Allí estaba la ropa de Matt y, colgado del pomo interior, el crucifijo que llevaba cuando Susan fue a visitarlo. Pendía de una cadena en filigrana que emitía un tenue brillo bajo la mortecina luz de la habitación. Ben volvió a acercarse a la cama y se lo colocó de nuevo en torno al cuello.

—Oiga, ¿qué hace? —preguntó una enfermera que acababa de entrar con una jarra de agua y una toalla.

—Estoy poniéndole su crucifijo —respondió Ben.

—¿Él es católico?

—Ahora sí —respondió con un suspiro.

8

Era ya de noche cuando se oyó un golpecito en la puerta de la cocina de la casa de los Sawyer en Deep Cut Road. Bonnie Sawyer fue a abrir con una ligera sonrisa en los labios. Llevaba un corto delantal atado a la cintura, tacones altos y nada más.

Cuando la puerta se abrió, los ojos de Corey Bryant se abrieron como platos y se quedó boquiabierto.

—Bo... —articuló—. Bo... Bo... ¿Bonnie?

—¿Qué pasa, Corey? —Apoyó una mano en el marco de la puerta con parsimonia, de modo que sus pechos desnudos quedaran en un ángulo más provocativo. Al mismo tiempo, cruzó los pies con aire recatado para llamar la atención sobre las piernas.

—Joder, Bonnie, ¿y si hubiera sido...?

—¿El empleado de la compañía de teléfonos? —preguntó ella con una risita. Le tomó una mano y se la apoyó en el firme seno derecho—. ¿Quiere leer mi contador?

Con un gruñido en el que había una nota de desesperación (la del hombre que se ahoga y al hundirse por tercera vez se aferra a una mama en vez de a una tabla), él la abrazó. Sus manos se cerraron sobre las nalgas, y el delantal almidonado crujió ásperamente.

—Ay, por favor. —Bonnie se retorció contra él—. ¿Es que va a probar si me funciona el aparato, señor operario? Llevo todo el día esperando una llamada importante...

Corey la levantó en volandas y cerró la puerta de una patada. Bonnie no tuvo que indicarle dónde estaba el dormitorio: él ya lo sabía.

—¿Estás segura de que no vendrá? —preguntó él. Los ojos de Bonnie brillaban en la oscuridad.

—No sé a quién se refiere, señor operario. Si es a mi marido..., está en Burlington, Vermont.

Él la tendió de través sobre la cama, con las piernas colgando por un lado.

—Enciende la luz —pidió Bonnie, con voz súbitamente lenta y ronca—, que quiero ver lo que haces.

Corey encendió la lámpara de la mesita de noche y la miró. El delantal estaba corrido hacia un costado. Los ojos de Bonnie, entrecerrados y ardientes, tenían las pupilas brillantes y dilatadas.

—Quítate eso —dijo él con un gesto.

—Quítemelo usted, que puede deshacer los nudos, señor operario.

Corey se inclinó obedientemente. Cuando estaba con Bonnie, siempre se sentía como un chiquillo inexperto en su primera vez y le temblaban las manos al acercarse a ella, como si su cuerpo transmitiera una intensa corriente eléctrica. Ya no había un solo momento en que no la tuviera en la cabeza. Bonnie se resistía a abandonar su mente, como una de esas pequeñas llagas dentro de la boca que uno no deja de tocarse con la lengua. Incluso se le aparecía juguetonamente en sueños, con su piel dorada y aquella faceta oscura que tanto lo excitaba. Su imaginación no conocía límites.

—No, de rodillas —le dijo—. Ponte de rodillas.

Él se hincó torpemente y se arrastró hacia Bonnie, tendiendo la mano hacia las cintas del delantal, mientras ella le apoyaba los pies en los hombros. Corey se inclinó para besarle el interior del muslo y notó la carne firme y cálida contra sus labios.

—Así, Corey, así, sigue subiendo, sigue...

—Pero qué escena tan tierna.

Bonnie Sawyer dio un grito de espanto.

Corey Bryant levantó los ojos, confundido y sin dejar de parpadear.

Reggie Sawyer estaba apoyado contra la puerta del dormitorio. Sobre su antebrazo descansaba de forma descuidada una escopeta, con los cañones apuntando al suelo.

Corey sintió un cálido chorro cuando su vejiga se soltó.

—Así que es verdad —dijo Reggie, maravillado, y dio un paso hacia el interior de la habitación, sonriendo—. ¿Os lo imagináis? Le debo una caja de cerveza a ese borrachín de Mickey Sylvester. Me cago en la leche.

Bonnie fue la primera en recuperar la voz.

—Reggie, escúchame. No es lo que crees. Se ha colado en casa, parecía enloquecido, estaba...

—Cállate, puta. —Los labios de Reggie seguían desplegados en una sonrisa afable. Era un hombre enorme. Llevaba el mismo traje de color acerado que dos horas antes, cuando Bonnie le había dado el beso de despedida.

—Oiga —dijo débilmente Corey, que sentía la boca llena de saliva—, por favor. Por favor, no me mate, aunque me lo merezca. Usted no querrá ir a la cárcel. No vale la pena por esto. Pégueme, sé que eso es inevitable, me lo he buscado, pero por favor no...

—Levántate, Perry Mason —dijo Reggie Sawyer sin que la sonrisa se borrara de su rostro—. Tienes abierta la bragueta.

—Escuche, señor Sawyer...

—Oh, llámame Reggie —continuó él, siempre sonriente—. Si somos casi colegas. Hasta he estado aprovechando tus roñosas sobras, ¿no es así?

—Reggie, no es lo que tú piensas, me ha violado...

Su esposo la miró con su sonrisa dulce y bondadosa.

—Como digas una palabra más, te meteré esto por el coño y no volverás a abrir la boca nunca más.

Bonnie empezó a lloriquear. Su cara había adquirido el color del yogur natural.

—Señor Sawyer... Reggie...

—Te apellidas Bryant, ¿verdad? ¿Tu padre es Pete Bryant?

La cabeza de Corey asintió desesperadamente.

—Sí, eso es. Escuche...

—Cuando yo trabajaba para Jim Webber, solía ponerle gasolina —evocó Reggie con una sonrisa—. Fue unos cuatro o cinco años antes de que conociera a esta perra. ¿Sabe tu padre que estás aquí?

—No, señor, y se le partiría el corazón. Deme una paliza, me lo merezco, pero si me mata, mi padre se enterará y seguro que se muere del disgusto, así que será usted responsable de dos...

—No, apuesto a que él no lo sabe. Ven un momento a la sala, que tenemos que hablar de este asunto. Ven. —Le sonrió con placidez para demostrarle que no tenía mala intención, y sus ojos se detuvieron en Bonnie, que lo miraba aterrada—. Tú quédate aquí, preciosa, o te perderás el final del culebrón. Vamos, Bryant. —Le hizo un gesto con la escopeta.

Tambaleante, Corey pasó a la sala seguido por Reggie. Sentía las piernas como de goma. De repente, notó un picor insoportable en la espalda. Ahí me va a encañonar, pensó, justo entre los omóplatos. Se preguntó si viviría lo suficiente para ver sus entrañas salpicando la pared...

—Date la vuelta —dijo Reggie.

Corey, que empezaba a gimotear, giró sobre los talones. Aunque no quería lloriquear, no podía evitarlo. Supuso que no importaba que lloriquease o no. Ya se había meado encima.

La escopeta ya no pendía indolentemente del antebrazo de Reggie; el doble cañón apuntaba a la cara de Bryant. Los orificios gemelos parecieron agrandarse hasta convertirse en pozos insondables.

—¿Sabes lo que has estado haciendo? —preguntó Reggie. La sonrisa había desaparecido y la expresión de su rostro era muy seria.

Corey no contestó. Era una pregunta estúpida. Pero siguió lloriqueando.

—Te has acostado con la mujer del prójimo, Corey. ¿Así te llamas?

Corey asintió en silencio, mientras las lágrimas le corrían por las mejillas.

—¿Sabes qué les pasa a los que hacen eso cuando los pillan?

Corey volvió a asentir.

—Coge el cañón de esta escopeta, Corey. Es muy fácil. Para apretar el gatillo se necesita una fuerza determinada, digamos que yo ya estoy aplicando la mitad de esa fuerza. Imagínate que le estás agarrando una teta a mi mujer.

Corey alargó la mano temblorosa hacia el cañón de la escopeta. Sintió el frío del metal contra la palma sudorosa. De su garganta brotó un largo gemido de angustia. No había nada que hacer. Las súplicas eran inútiles.

—Póntela en la boca, Corey. Los dos cañones. Sí, eso es... ¡Despacio! Así está bien. Sí, tu boca es lo bastante grande. Métetela hasta la garganta. De meterla sabes mucho, ¿verdad?

Las mandíbulas de Corey estaban abiertas hasta el límite. Los cañones de la escopeta casi le tocaban el paladar, y las arcadas le sacudían el estómago. Sentía el acero aceitoso contra los dientes.

—Cierra los ojos, Corey.

Corey se quedó mirándolo, con los ojos llenos de lágrimas y grandes como platos.

Reggie volvió a sonreír cordialmente.

—Cierra tus ojitos azules de bebé.

Corey obedeció.

Apenas se percató de que el esfínter se le aflojaba.

Reggie pulsó los dos gatillos y los percutores cayeron con un doble clic sobre las recámaras vacías.

Corey se desplomó en el suelo, desmayado.

Sin dejar de sonreír, Reggie lo miró un momento antes de darle la vuelta a la escopeta de modo que la culata quedó hacia arriba.

—Ahora voy, Bonnie —anunció, volviéndose hacia el dormitorio— Estés lista o no.

Bonnie Sawyer rompió a chillar.

9

Corey Bryant avanzaba tambaleándose por Deep Cut Road hacia el lugar donde había dejado aparcada la furgoneta de la compañía de teléfonos. Su cuerpo hedía y tenía los ojos vidriosos e inyectados en sangre. Tenía un chichón enorme en la parte posterior de la cabeza, donde se había golpeado contra el suelo al desmayarse. Sus botas iban haciendo ris ras al arrastrarse sobre la tierra blanda. Corey intentaba concentrarse en el ruido para no pensar en nada más, sobre todo en cómo su vida se había ido al garete. Eran las ocho y cuarto.

Cuando lo había despedido en la puerta de la cocina, Reggie Sawyer seguía sonriéndole bondadosamente. Desde el dormitorio, como un contrapunto a sus palabras, llegaban los sollozos desgarradores de Bonnie.

—Ahora te vas por el camino como un buen chico, te metes en tu furgoneta y te vuelves al pueblo. A las diez menos cuarto pasa el autobús que va de Lewiston a Boston. En Boston puedes tomar otro a cualquier lugar del país. La parada está frente al bar de Spencer. Márchate, porque si te vuelvo a ver, te mato. Con ella no pasará nada; ya está domada. Durante un par de semanas tendrá que usar pantalones y blusas de manga larga, pero no le quedará ni una marca en la cara. Lo mejor que puedes hacer es irte de Salem's Lot sin lavarte siquiera, antes de que vuelvas a creerte un hombre.

Y ahí iba Corey, caminando y dispuesto a hacer exactamente lo que le había dicho Reggie Sawyer. Desde Boston podría dirigirse hacia el Sur..., a cualquier parte. En el banco tenía una cuenta con algo más de mil dólares. Su madre siempre había dicho que era un muchacho muy ahorrativo. Podía pedir que le enviaran el dinero por giro postal y vivir de eso hasta que consiguiera trabajo y acometiera la larga y ardua tarea de olvidarse de esa noche, del sabor del cañón de la escopeta, del olor de sus excrementos aplastados contra los pantalones.

—Hola, señor Bryant.

Corey soltó un grito ahogado y escrutó la oscuridad sin ver nada al principio. El viento se movía en los árboles y hacía que las sombras danzaran por el camino. De pronto, sus ojos distinguieron una sombra más sólida, de pie junto al muro de piedra que discurría entre el camino y el prado de Carl Smith. La sombra tenía forma humana, pero había algo..., algo...

—¿Quién es usted?

—Un amigo que ve mucho, señor Bryant.

La forma emergió de las sombras. A la débil luz, Corey vislumbró a un hombre de mediana edad con bigote negro y brillantes ojos hundidos.

—Le han tratado mal, señor Bryant.

—¿Qué sabe usted de mis cosas?

—Es mucho lo que sé. Saber es mi oficio. ¿Fuma?

—Sí. —Corey aceptó con agradecimiento el cigarrillo que le ofrecían.

El extraño encendió una cerilla y, al resplandor de la llama, Corey pudo ver que el hombre tenía pómulos salientes, eslavos, la frente pálida y huesuda, y el cabello negro peinado hacia atrás. Después la cerilla se apagó y el humo penetró, áspero, en sus pulmones. Era un cigarrillo barato, pero era mejor que nada. Empezó a sosegarse.

—¿Quién es usted? —volvió a preguntar.

El extraño soltó una risa sorprendentemente gutural que se disipó en la leve brisa como el humo del cigarrillo de Corey.

—¡Nombres! —exclamó su interlocutor—. ¡Ay, los estadounidenses y su insistencia en los nombres! ¡Permítame que le venda un coche, soy Bill Smith! ¡Coma en tal sitio! ¡Vea tal cosa por televisión! Mi nombre es Barlow, por si eso le tranquiliza. —Y volvió a prorrumpir en risotadas mientras sus ojos brillantes titilaban.

Corey sintió que una sonrisa se deslizaba también hasta sus labios, y apenas daba crédito. Sus problemas parecían distantes, sin importancia, en comparación con el desdeñoso buen humor de aquellos ojos oscuros.

—Es extranjero, ¿verdad? —le preguntó.

—Soy de muchas tierras; pero para mí, este país..., este pueblo... es como si estuviera lleno de extranjeros. ¿Comprende usted? ¿Eh? ¿Eh?

Estalló de nuevo en carcajadas guturales y esta vez Corey se unió a él. La risa se le escapó de la garganta como un croar disonante.

—Extranjeros, sí —continuó el otro—, pero extranjeros hermosos, de sangre caliente, emprendedores y llenos de vida. ¿Es consciente de lo hermosa que es la gente de su país y de su pueblo, señor Bryant?

Corey apenas pudo emitir una risita, pero no apartó los ojos de la cara del extraño, que lo tenía fascinado.

—Los habitantes de este país jamás han sabido lo que es hambre o necesidad. Han pasado dos generaciones desde que conocieron algo remotamente parecido, e incluso entonces fue como una voz en una habitación alejada. Creen haber conocido la tristeza, pero su tristeza es la de un niño a quien en una fiesta de cumpleaños se le cae al suelo el helado. No hay..., ¿cómo se dice en su idioma...?, flaqueza en ellos. Derraman vigorosamente la sangre de su prójimo. ¿No lo cree usted? ¿No lo ve?

—Sí —asintió Corey.

Al mirar al extraño a los ojos pudo ver muchas cosas, todas admirables.

—Este país es una sorprendente paradoja. En otras tierras, cuando un hombre come sin restricciones día tras día, se vuelve gordo..., dormilón..., se pone hecho un cerdo. Pero aquí... parece que cuanto más tienen, más agresivos se vuelven. Como el señor Sawyer. Con todo lo que tiene, le regatea unas pocas migajas de su mesa. Él también es como un niño en una fiesta de cumpleaños, que aparta de un empujón a otro bebé, aunque él ya no pueda comer más, ¿no es así?

—Sí —balbuceó Corey.

Los ojos de Barlow eran tan grandes y tan comprensivos... No era más que cuestión de...

—Todo es cuestión de perspectiva, ¿no es verdad?

—¡Sí! —exclamó Corey.

El hombre había pronunciado la palabra justa, exacta, perfecta. El cigarrillo se le escurrió de los dedos y cayó al suelo.

—Yo podría haber pasado de largo una comunidad rústica como esta —reflexionó el extraño—. Podría haberme ido a una de esas grandes ciudades bulliciosas. ¡Bah! —Se enderezó súbitamente, con los ojos centelleantes—. ¿Qué sé yo de las ciudades? ¡Allí me atropellaría el primer cabriolé que pasara por la calle! ¡Me ahogaría en ese aire infecto! Entraría en contacto con hombres untuosos y estúpidos, cuyas preocupaciones son... ¿cómo dicen ustedes, hostiles...?, sí, hostiles hacia mí. ¿Cómo podría enfrentarse un pobre campesino como yo con el huero refinamiento de una gran ciudad..., aunque sea de una ciudad norteamericana? ¡No! ¡Yo *repudio* sus ciudades!

—¡Bien dicho! —susurró Corey.

—Por eso he venido aquí, a un lugar del que me habló por primera vez un hombre brillante, que fue vecino de este pueblo y ahora lamentablemente ha muerto. Aquí los lugareños siguen siendo ricos y sanguíneos, gente rebosante de la agresividad y la oscuridad que tan necesarias son para... No hay palabra para eso en este idioma. *Pokol; vurderlak; eyalik*. ¿Sabe a qué me refiero?

—Sí —balbuceó Corey.

—La gente no ha desconectado de la vitalidad que fluye de la madre tierra, cubriéndola con un caparazón de cemento. Sus manos se hunden en la savia de la vida. ¡Han arrancado la vida de la tierra, entera y palpitante! ¿No es verdad?

—*¡Sí!*

Con una risita bondadosa, el extraño apoyó una mano en el hombro de Corey.

—Eres un buen muchacho. Un muchacho hermoso, fuerte. No creo que quieras marcharte de un pueblo tan perfecto, ¿no?

—No... —murmuró Corey, pero de pronto dudó. El miedo volvía a adueñarse de él. Pero seguramente no tenía importancia. Ese hombre no permitiría que le sucediera nada malo.

—Pues no te marcharás. Nunca.

Corey se quedó inmóvil y tembloroso, como preso de una parálisis repentina, mientras la cabeza de Barlow se inclinaba hacia él.

—Y lograrás vengarte de los que se dan atracones mientras otros padecen necesidad.

Corey Bryant se hundió en el gran río del olvido, y ese río era el tiempo, y sus aguas eran rojas.

10

Eran las nueve, y en el televisor del hospital, montado en la pared, estaba a punto de empezar la película del sábado por la noche, cuando sonó el teléfono que había junto a la cama de Ben. Era Susan, que apenas podía mantener el control de su voz.

—Ben, Floyd Tibbits ha muerto. Murió en la celda, en algún momento de la noche. El doctor Cody dice que por anemia aguda... ¡Pero yo *conocía* a Floyd! Sufría de hipertensión y por eso no lo aceptaron en el ejército.

—Tranquilízate —aconsejó Ben mientras se incorporaba en la cama.

—Eso no es todo. Hay una familia, los McDougall, que vive en el Bend. Se les ha muerto un bebé de diez meses. A la señora McDougall la han detenido.

—¿Sabes cómo murió el bebé?

—Mi madre dice que la señora Evans oyó gritar a Sandra McDougall y fue a ver qué ocurría. Entonces llamó al anciano doctor Plowman. Plowman no dijo nada, pero la señora Evans le comentó a mi madre que al bebé no parecía pasarle nada..., salvo que estaba muerto.

—Y da la casualidad de que tanto Matt como yo, los de las ideas absurdas, estamos fuera del pueblo y fuera de combate —reflexionó Ben, más para sí que para Susan—. Casi como si estuviera planeado.

—Hay algo más.

—¿Más?

—Carl Foreman ha desaparecido. Y el cuerpo de Mike Ryerson también.

—Se acabó —se oyó decir Ben—. Esto ya pasa de castaño oscuro. Mañana mismo me largo de aquí.

—¿Te darán el alta tan pronto?

—Por mí pueden decir misa. —Ben articuló las palabras sin pensar en ellas; su mente estaba en otra cosa—. ¿Tienes un crucifijo?

—¿Un...? —Su voz sonó sorprendida y un poco divertida—. Vaya, pues no.

—No es broma, Susan. Jamás he hablado más en serio. ¿Hay algún lugar donde puedas conseguir uno a esta hora?

—Bueno, está Marie Boddin. Podría ir a pie...

—No. No salgas a la calle. Quédate en casa. Haz uno tú

misma, aunque sea encolando dos trozos de madera. Y déjalo junto a tu cama.

—Ben, todavía no puedo creerlo. Tal vez sea un maniaco, alguien que *cree* ser un vampiro, pero...

—Tú cree lo que quieras, pero haz esa cruz.

—Pero...

—¿Lo harás, aunque solo sea para seguirme la corriente?

—Sí, Ben —respondió ella de mala gana.

—¿Puedes venir al hospital mañana a las nueve?

—Sí.

—Muy bien. Subiremos los dos a informar a Matt. Después tú y yo iremos a hablar con el doctor Cody.

—Pensará que estás loco, Ben. ¿Es que no lo sabes?

—Supongo que sí. Pero todo parece más real después del anochecer, ¿o no?

—Sí —admitió en voz baja Susan—. La verdad es que sí.

Sin razón alguna, Ben pensó en la muerte de Miranda: la motocicleta derrapando sobre el asfalto mojado sin control, el grito de ella, el sordo pánico de él, el flanco del camión que crecía y crecía mientras se aproximaban a él oblicuamente.

—Susan...

—Sí.

—Cuídate, por favor.

Después, Ben fijó la mirada en la televisión, casi sin ver la comedia de Doris Day y Rock Hudson. Se sentía desnudo, desprotegido. Él mismo no tenía cruz. Sus ojos vagaron inciertamente hacia las ventanas, que no le mostraron más que la oscuridad. El viejo terror infantil a las tinieblas empezó a crecer, y al ver la pantalla, donde Doris Day le daba un baño de espuma a un perro peludo, sintió miedo.

11

En Portland, el depósito de cadáveres del condado es un salón frío y aséptico, revestido de azulejos verdes. Los suelos y las paredes son de un verde uniforme, y el techo un poco más claro. Las paredes están cubiertas de puertas cuadradas que parecen las taquillas de una terminal de autobuses. Los largos tubos fluorescentes, paralelos, arrojan una luz neutra y fría sobre el conjunto. No es una decoración muy inspirada, pero jamás se ha sabido de ningún cliente que se quejara.

A las diez menos cuarto de ese sábado por la noche, dos ayudantes entraron con la camilla donde yacía, tapado con una sábana, el cuerpo de un joven homosexual a quien habían disparado en un bar del centro. Era el primer cadáver que recibían esa noche; las víctimas de la carretera solían llegar entre la una y las tres de la madrugada.

Buddy Bascomb estaba contando un chiste sobre un francés que incluía un desodorante vaginal en espray, cuando se interrumpió en mitad de una frase y se quedó mirando la hilera de puertas de la M a la Z. Dos de ellas estaban abiertas.

Buddy y Bob Greenberg dejaron al recién llegado y se dirigieron hacia allí. El primero echó un vistazo a la etiqueta colocada en la puerta más cercana, mientras Bob seguía hacia la siguiente.

TIBBITS, FLOYD MARTIN
Sexo: M
Ingreso: 4/10/75
Autopsia programada para: 5/10/75
Firmado: J. M. Cody, médico

Bob tiró de la puerta y la plataforma se deslizó silenciosamente hacia fuera sobre sus ruedecillas.

Vacía.

—¡Eh! —vociferó Greenberg—. ¡Este maldito nicho está vacío! ¿Quién ha sido el puto graciosillo...?

—Yo he estado todo el rato sentado frente al escritorio —dijo Buddy—, y nadie ha pasado por allí. Puedo jurarlo. Ha debido de ocurrir durante la guardia de Carty. ¿Qué nombre hay en ese otro?

—McDougall, Randall Fratus. ¿Qué quiere decir la abreviatura «N.»?

—Niño —explicó sombríamente Buddy—. Hostia santa, creo que tenemos problemas.

12

Algo lo había despertado.

Se quedó inmóvil en la palpitante oscuridad, mirando el techo.

Un ruido. Había oído un ruido. Pero la casa estaba en silencio.

Entonces lo oyó otra vez. Un ruido como de alguien rascando.

Mark Petrie se dio la vuelta en la cama, dirigió la vista a la ventana y ahí estaba Danny Glick, observándole fijamente a través del cristal, la cara de una palidez sepulcral, los ojos desencajados y enrojecidos. Tenía los labios y el mentón embadurnados con alguna sustancia oscura, y, al advertir que Mark lo miraba, le sonrió mostrando unos dientes horriblemente largos y agudos.

—Déjame entrar —susurró.

Mark no estaba seguro de si las palabras habían atravesado el aire oscuro o sonaban solo dentro de su cabeza.

Se dio cuenta de que estaba asustado y de que su cuerpo lo

había sabido antes que su mente. Jamás había estado tan asustado, ni siquiera cuando se cansó de nadar al volver de la boya de Popham Beach y creyó que se ahogaría. Su mente, que era aún la de un niño en mil aspectos, realizó en pocos segundos un balance de su situación. El peligro que corría era más que peligro de muerte.

—Déjame entrar, Mark. Quiero jugar contigo.

No había nada fuera a lo que pudiera agarrarse ese ente abominable que estaba al otro lado de la ventana; la habitación de Mark se encontraba en el piso de arriba y la ventana no tenía alféizar. Sin embargo, de alguna manera se mantenía suspendido en el vacío, o tal vez estaba aferrado a los ladrillos como un oscuro insecto.

—Mark..., he venido al fin. Por favor...

Claro. Uno tiene que invitarlos a entrar. Lo sabía por sus revistas de monstruos, las que su madre temía que pudieran perjudicarlo o trastornarlo de alguna manera.

Al levantarse de la cama, estuvo a punto de caerse. Solo entonces se dio cuenta de que «miedo» era una palabra demasiado suave para describir lo que sentía. Hasta «terror» se quedaba corta. El pálido rostro que lo miraba desde fuera procuraba sonreír, pero llevaba demasiado tiempo en las tinieblas para recordar cómo se hacía. Lo que Mark veía era una mueca crispada, una sangrienta máscara de tragedia.

Sin embargo, si lo miraba a los ojos, no era tan terrible. Si lo miraba a los ojos, ya no estaba tan asustado y comprendía que todo lo que tenía que hacer era abrir la ventana y decir: «Entra, Danny», y que entonces ya no estaría asustado para nada porque sería lo mismo que Danny y que todos ellos, y lo mismo que *él*. Sería...

¡No! ¡Así es como te dominan!

Recurriendo a toda su fuerza de voluntad, consiguió apartar la vista.

—¡Mark, déjame entrar! ¡Te lo ordeno! ¡*Él* lo ordena!

Mark se encaminó de nuevo hacia la ventana. Era imposible de evitar. No había manera de resistirse a esa voz. A medida que se aproximaba al cristal, el maligno rostro infantil empezó a convulsionarse y a hacer muecas de impaciencia. Las uñas, negras de tierra, rascaban el cristal de la ventana.

Piensa en algo. ¡Rápido!

—El arzobispo de Constantinopla —susurró roncamente—. El arzobispo de Constantinopla se quiere desarzobispoconstantinopolizar. El desarzobispoconstantinopolizador que lo desarzobispoconstantinopolice buen desarzobispoconstantinopolizador será.

Danny Glick profirió un siseo.

—¡Mark! ¡Abre la ventana!

—En un plato de patatas...

—La ventana, Mark, ¡*él* te lo ordena!

—... tres tristes tigres comen trigo...

Se sentía cada vez más débil. Esa voz susurrante estaba minando sus defensas, y la orden era imperiosa. Mark recorrió con la mirada su escritorio, atestado de monstruos de juguete que ahora se le antojaban tan ingenuos y estúpidos... Al reparar de pronto en una de las figuras, sus ojos se hicieron ligeramente más grandes.

El vampiro de plástico se paseaba por un camposanto de plástico, y uno de los monumentos tenía forma de cruz.

Sin detenerse a pensarlo ni considerarlo (cosas ambas que se le habrían ocurrido a un adulto, a su padre, por ejemplo, y que habrían acarreado su perdición), Mark arrancó la cruz y la empuñó con firmeza.

—Adelante, entra —dijo.

El rostro esbozó una astuta expresión de triunfo. La ventana se abrió, Danny entró en la habitación y avanzó dos pasos. Abrió la boca, y de ella brotó una exhalación fétida, indescriptible; el hedor de un osario. Las manos, blancas y frías como peces, se posaron sobre los hombros de Mark. Ladeó la cabeza como un perro mientras el labio superior se elevaba sobre los colmillos resplandecientes.

Con un gesto decidido, Mark levantó la cruz de plástico y la apoyó contra la mejilla de Danny Glick.

El alarido fue horrible, sobrenatural... y silencioso. Solo resonó en los pasillos de su mente y en las cámaras de su alma. La sonrisa de triunfo en los labios de aquello que había sido Glick se transformó en una desesperada mueca de agonía. De la carne pálida empezó a emanar humo y, por un momento, antes de que la criatura se apartara retorciéndose hasta arrojarse o caerse por la ventana, Mark sintió que la carne cedía como si fuera humo.

De pronto todo terminó, como si jamás hubiera sucedido.

Pero, por un momento, la cruz resplandeció con una luz intensa, como si se hubiera encendido un cable incandescente en su interior. A continuación, el fulgor se extinguió, dejando solo una imagen residual azul frente a sus ojos.

A través de la rejilla del suelo, Mark oyó el clic inconfundible de la lámpara al encenderse en el dormitorio de sus padres, seguido de la voz de su padre:

—¿Qué demonios ha sido eso?

13

Dos minutos después se abrió la puerta de su dormitorio, pero él ya había tenido tiempo de ponerlo todo en orden.

—Hijo, ¿estás despierto? —preguntó Henry Petrie.

—Supongo que sí —respondió Mark con voz soñolienta.

—¿Has tenido una pesadilla?

—Creo... que sí. No me acuerdo.

—Es que gritabas en sueños.

—Lo siento.

—No importa. —Después de cierta vacilación, el padre le contó sus recuerdos de cuando Mark era un bebé con un pelele azul que daba mucha más guerra, pero resultaba infinitamente más explicable—. ¿Quieres un poco de agua?

—No, gracias, papá.

Henry Petrie examinó rápidamente la habitación, incapaz de entender aquella sensación estremecedora con que se había despertado y que todavía lo reconcomía por dentro; la sensación de que había estado a punto de ocurrir algo terrible. Sí, todo parecía en orden. La ventana estaba cerrada. Todo estaba en su lugar.

—Mark, ¿va todo bien?

—Sí, papá.

—Bueno, pues... buenas noches, entonces.

—Buenas noches.

La puerta se cerró suavemente, y los pies de su padre, calzados con pantuflas, descendieron por las escaleras. Mark se relajó. En ese momento, un adulto quizá habría sucumbido a la histeria, al igual que un niño un poco mayor o más pequeño. Pero Mark sintió que el terror se desvanecía en su interior. Y a medida que el terror se alejaba, la somnolencia empezó a ocupar su lugar.

Antes de abandonarse por completo al sueño, Mark se dio cuenta de que estaba pensando, y no por primera vez, en lo extraños que eran los adultos. Tomaban laxantes, alcohol o somníferos para ahuyentar sus terrores y conseguir conciliar el sueño, aunque sus temores eran de lo más sosos y cotidianos: el trabajo, el dinero, lo que pensará la maestra si Jennie no va a la escuela mejor vestida, si mi mujer me sigue queriendo, quiénes son mis amigos. Esos miedos eran poca cosa en comparación con los que experimentan todos los niños en la oscuridad de su cama, sin poder confesárselos a nadie con la esperanza de ser comprendidos, salvo a otros niños. No hay terapia de grupo ni psiquiatría ni servicios sociales comunitarios que ayuden al niño que todas las noches tiene que hacer frente a eso que está en el sótano o debajo de la cama, a esa cosa que sonríe con perversidad, hace cabriolas y lanza amenazas justo en el límite de la visión. Y noche tras noche hay que librar la misma batalla solitaria, y la única cura es el anquilosamiento de las facultades imaginativas que se acaba produciendo, que es a lo que se le llama ser adulto.

En una especie de taquigrafía mental, más breve y más simple, esas ideas le pasaron por la cabeza. La noche anterior, Matt Burke había hecho frente a un terror semejante y había sufrido un infarto provocado por el miedo; esta noche, Mark Petrie lo había superado y, diez minutos más tarde, descansaba en brazos del sueño, sujetando aún la cruz de plástico en la mano derecha, como si fuera un sonajero. En cosas así reside la diferencia entre el hombre y el niño.

Capítulo 11

BEN (IV)

1

A las nueve y diez de la mañana del domingo —un día luminoso y soleado—, cuando Ben empezaba a preocuparse por no tener noticias de Susan, sonó el teléfono al lado de su cama. Contestó con impaciencia.

—¿Dónde estás?

—Tranquilízate. Estoy aquí arriba con Matt Burke, que solicita el placer de tu compañía tan pronto como puedas ofrecérsela.

—¿Por qué no has venido...?

—He pasado a verte antes, y dormías como un cordero.

—Es que por la noche te dan unas drogas que te aturden, a fin de robarte órganos para pacientes millonarios —bromeó Ben—. ¿Cómo está Matt?

—Ven a verlo tú mismo —respondió Susan, y apenas había colgado cuando Ben ya estaba enfundándose la bata.

2

Matt tenía mucho mejor aspecto; se le veía casi rejuvenecido. Susan estaba sentada junto a la cama con un vestido de color azul brillante, y cuando Ben entró en la habitación, Matt levantó una mano para saludarlo.

—Ponte cómodo.

Ben acercó una de las incómodas sillas del hospital y se sentó.

—¿Cómo te encuentras?

—Mucho mejor. Débil, pero mejor. Anoche me quitaron el gotero y esta mañana me han dado un huevo pasado por agua. Casi vomito. Así me hago una idea de lo que me espera en el geriátrico.

Ben le rozó los labios a Susan con los suyos y advirtió en su expresión una especie de serenidad tensa, como si un delgado alambre fuera lo único que impedía que todo se desmoronara.

—¿Alguna novedad desde que llamaste anoche?

—Ninguna, que yo sepa. Pero he salido de casa a eso de las siete, y los domingos el pueblo se despierta un poco más tarde.

Ben dirigió la mirada a Matt.

—¿Estás en condiciones de hablar de esto?

—Sí, creo que sí —respondió Matt, y cambió de posición. Con el movimiento, la cruz de oro que Ben le había colgado al cuello relumbró—. Por cierto, gracias por esto. Es un gran consuelo, aunque la compré el viernes por la tarde en la sección de rebajas de Woolworth.

—¿Cómo estás ahora?

—«Estable» es el repugnante término que usó el joven doctor Cody cuando me examinó ayer a última hora de la tarde. Según el electro que me hizo, fue en rigor un infarto de segunda división..., sin formación de coágulos. —Carraspeó—. Por su bien, espero que así sea. Teniendo en cuenta que me ha pasado esto solo una semana después del chequeo que me hizo, podría meterle una demanda que se iba a cagar.

—Se interrumpió y miró a Ben con cara seria—. Me comentó que había visto casos así causados por una impresión fuerte. Yo no dije ni mu. ¿Hice bien?

—En ese momento, sí. Pero las cosas han cambiado. Hoy, Susan y yo vamos a ver a Cody y lo pondremos al tanto de todo. Si no firma inmediatamente los papeles para encerrarme en el manicomio, le diremos que hable contigo.

—Pues le haré el favor de escucharlo —dijo maliciosamente Matt—. Ese cabrón estirado no me deja fumar en pipa.

—¿Te ha explicado Susan lo que ha sucedido en Salem's Lot desde el viernes por la noche?

—No. Ha dicho que prefería esperar a que estuviéramos todos juntos.

—Antes de que hable ella, ¿quieres contarme qué fue lo que pasó exactamente en tu casa?

El rostro de Matt se ensombreció y, por un momento, la máscara de la convalecencia flaqueó, y Ben atisbó fugazmente al viejo a quien había visto dormido el día anterior.

—Si no te sientes con suficientes...

—Oh, sí, estoy bien. Tengo que estarlo, si la mitad de lo que sospecho es verdad. —Sonrió amargamente—. Siempre me he considerado un librepensador que no se asusta con cualquier cosa, pero es asombrosa la forma en que la mente trata de bloquear algo que no le gusta o que considera amenazante. Es como las pizarras mágicas con que jugábamos cuando éramos niños. Si a uno no le gustaba lo que había dibujado, no tenía más que levantar la hoja superior y desaparecía.

—Pero los trazos quedaban marcados para siempre en la superficie negra de abajo —señaló Susan.

—Sí —le sonrió Matt—. Una hermosa metáfora de la interacción entre lo consciente y lo inconsciente. Lástima que

Freud eligió la de la cebolla. Pero estamos divagando. —Miró a Ben—. ¿A ti te lo ha contado Susan?

—Sí, pero...

—Entiendo. Vayamos al grano.

Relató la historia con voz tranquila y casi sin inflexiones, con una única pausa cuando una enfermera entró a preguntarle si quería un vaso de zumo. Matt le dijo que le encantaría y se lo bebió a pequeños sorbos con la pajita, mientras hablaba. Ben observó que, al llegar a la parte en que Mike se caía hacia atrás por la ventana, los cubos de hielo tintineaban un poco en el vaso que sostenía en la mano. Sin embargo, la voz no vaciló; mantuvo el mismo tono uniforme que Matt usaba en sus clases. Ben pensó, no por primera vez, que era un hombre admirable.

Terminado el relato, se produjo una breve pausa, rota por el propio Matt.

—Bien. Vosotros, que no habéis visto nada con vuestros propios ojos, ¿qué pensáis de esto?

—Ayer, Ben y yo hablamos bastante sobre ello —dijo Susan—, pero dejaré que sea él quien se lo diga.

Con cierta timidez, Ben fue planteando cada una de las explicaciones razonables, para descartarlas después. Cuando mencionó la persiana, el terreno blando y la falta de huellas de escalera, Matt aplaudió.

—¡Bravo! ¡Buen detective! —Después miró a Susan—. Y usted, señorita Norton, que solía escribir unos ensayos tan sólidos, con párrafos como ladrillos unidos por la argamasa de las oraciones, ¿qué piensa?

La muchacha se miró las manos, que jugueteaban con un pliegue de su vestido, y levantó los ojos hacia él.

—Como ayer Ben me dio una conferencia sobre el significado lingüístico de *no puede ser*, no usaré esa expresión. Pero me resulta muy difícil aceptar que anden vampiros al acecho por Salem's Lot, señor Burke.

—Si es posible organizarlo de modo que todo quede en secreto, estoy dispuesto a someterme a un detector de mentiras —dijo suavemente Matt.

Susan se ruborizó un poco.

—No, no... No me entienda mal, por favor. Estoy convencida de que algo sucede en el pueblo. Algo... horrible... Pero eso...

Matt tendió una mano y la apoyó sobre las de ella.

—Eso lo entiendo, Susan. Pero ¿puedo pedirte algo?

—Si depende de mí...

—Quisiera que los tres actuáramos bajo la premisa de que todo esto es real. Que tengamos presente esa premisa hasta que sea posible refutarla, y ni un segundo antes. Así funciona el método científico, ¿ves? Ben y yo ya hemos analizado las maneras de ponerla a prueba. Y nadie desea más que yo poder refutarla.

—Pero no cree que sea posible, ¿verdad?

—No —admitió Matt—. Después de una larga conversación conmigo mismo, he llegado a una conclusión: creo en lo que vi.

—Dejemos de lado por un momento las discusiones sobre creer y no creer —sugirió Ben—, que por ahora son puramente académicas.

—De acuerdo —aprobó Matt—. ¿Cómo sugieres que procedamos?

—Bueno —empezó Ben—, yo te designaría jefe de documentación. Dados tus antecedentes, resultas más que apto para la tarea. Y estás obligado a mantener inactividad física.

Los ojos de Matt brillaron como cuando habló de la perfidia de Cody al prohibirle la pipa.

—Cuando abra la biblioteca, telefonearé a Loretta Starcher. Necesitará una carretilla para traerme los libros.

—Es domingo y la biblioteca está cerrada —le recordó Susan.

—La abrirá para mí —dijo Matt—, y si no, sabré por qué.

—Pídele todo lo que haya sobre el tema —indicó Ben—, tanto psicológico como parapsicológico o místico. Todo.

—Iré tomando notas —afirmó Matt—. ¡A Dios pongo por testigo! —Miró a ambos—. Desde que me desperté aquí, es la primera vez que me siento como un hombre. ¿Vosotros qué vais a hacer?

—Primero, hablar con Cody. Él examinó a Ryerson y a Floyd Tibbits. Tal vez podamos persuadirlo de que exhume el cuerpo de Danny Glick.

—Pero ¿lo hará? —preguntó Susan.

Matt bebió un sorbo de zumo antes de contestar.

—El Jimmy Cody que fue mi alumno lo habría hecho, sin duda. Era un muchacho imaginativo y de mentalidad abierta, notablemente resistente al pensamiento convencional. Ignoro hasta qué punto pueden haberlo convertido en empirista la universidad y la facultad de Medicina.

—Todo esto me parece descabellado —señaló Susan—. Especialmente lo de ir a ver al doctor Cody, a riesgo de que nos dé con la puerta en las narices. ¿Por qué no vamos Ben y yo a la Casa Marsten y terminamos con todo esto? Ese era el plan la semana pasada.

—Te diré por qué —intervino Ben—. Porque vamos a proceder partiendo de la premisa de que todo esto es real. ¿Tan ansiosa estás por ir a meter la cabeza en la boca del lobo?

—Yo creía que los vampiros dormían de día.

—Sea lo que sea Straker, no es un vampiro —señaló Ben—, a menos que las antiguas leyendas estén equivocadas. Se deja ver por ahí a plena luz del día. En el mejor de los casos, nos echaría como intrusos sin que llegáramos a enterarnos de nada. Y, en el peor, si consiguiera reducirnos y encerrarnos allí hasta la noche, seríamos el bocado perfecto para cuando despertara el Conde Cómic.

—¿Barlow? —preguntó Susan.

Ben se encogió de hombros.

—¿Por qué no? La historia del viaje de negocios a Nueva York es demasiado buena para ser cierta.

Aunque la expresión de sus ojos seguía siendo obstinada, Susan no dijo nada.

—¿Y qué haréis si Cody se ríe de vosotros? —preguntó Matt—. Suponiendo que no os mande encerrar, claro.

—Entonces iremos al cementerio al caer el sol —declaró Ben—. A vigilar el sepulcro de Danny Glick. Para poner a prueba la hipótesis, digamos.

Matt se enderezó un poco sobre las almohadas.

—Prometedme que tendréis cuidado. ¡Prométemelo, Ben!

—Claro que sí. Iremos armados hasta los dientes de cruces.

—No hagas bromas —balbuceó Matt—. Si tú hubieras visto lo que yo... —Volvió la cabeza para mirar por la ventana las hojas de un aliso iluminadas por el sol y, más allá, el luminoso cielo otoñal.

—Si ella bromea, yo no —afirmó Ben—. Tomaremos todas las precauciones.

—Id a ver al padre Callahan —recomendó Matt—. Pedidle que os dé un poco de agua bendita y, si es posible también, unas hostias consagradas.

—¿Qué clase de hombre es? —quiso saber Ben.

Matt se encogió de hombros.

—Un poco raro. Un borracho, tal vez. En todo caso, si lo es, es un borracho cultivado y cortés. Quizá un poco resentido por estar bajo el yugo de un papado ilustrado.

—¿Está usted seguro de que el padre Callahan es un...? ¿Está seguro de que bebe? —preguntó Susan.

—Seguro, no —respondió Matt—. Pero un exalumno mío,

Brad Campion, trabaja en la tienda de licores de Yarmouth y dice que Callahan es uno de los clientes habituales. Le compra Jim Beam. Tiene buen gusto.

—¿Sería posible hablar con él? —preguntó Ben.

—No lo sé, pero deberíais intentarlo.

—Entonces ¿tú no lo conoces?

—Más bien poco. Está escribiendo una historia de la Iglesia católica en Nueva Inglaterra y sabe mucho de los poetas de nuestra supuesta edad de oro... Whittier, Longfellow, Russell, Holmes, todos esos. A finales del año pasado lo invité a hablar en mi clase de literatura estadounidense. Tiene una mente rápida y mordaz, que agradó a los muchachos.

—Hablaré con él y me guiaré por mi olfato —prometió Ben.

Una enfermera se asomó, hizo un gesto de asentimiento y un momento después entró Jimmy Cody con un estetoscopio colgado del cuello.

—¿Molestando a mi paciente? —bromeó.

—No tanto como tú —protestó Matt—. Quiero mi pipa.

—Pues tendrá que aguantarse —respondió Cody con aire ausente mientras estudiaba los datos clínicos de Matt.

—Matasanos de mala muerte —masculló Matt.

Cody dejó la ficha clínica y corrió la cortina verde que rodeaba la cama, colgada de una barra de acero en forma de C.

—Tengo que pedirles que salgan un momento. ¿Qué tal va su cabeza, señor Mears?

—Bueno, parece que no se me ha salido nada de dentro.

—¿Sabe lo de Floyd Tibbits?

—Susan me lo contó, y quisiera hablar con usted, si tiene un momento cuando termine sus visitas.

—Si quiere, puedo dejarlo como el último paciente de la ronda. A eso de las once.

—Perfecto.

Cody agarró de nuevo la cortina.

—Y ahora, si Susan y usted nos disculpan...

—Henos aquí, amigos, en aislamiento —declamó Matt—. Diga la palabra secreta y ganará cien dólares.

La cortina se interpuso entre Ben y Susan y la cama.

—La próxima vez que lo tenga a usted sedado —le oyeron decir a Cody—, creo que aprovecharé para extirparle la lengua y más o menos la mitad del lóbulo frontal.

Ben y Susan sonrieron, como sonríen los enamorados cuando disfrutan del sol y no pasa nada grave, pero las sonrisas se desvanecieron casi a la vez.

Por un momento se preguntaron si no estarían locos.

3

Cuando Jimmy Cody entró finalmente en la habitación de Ben, eran las once y veinte.

—De lo que yo quería hablar con usted... —empezó Ben.

—Primero la cabeza y después hablamos. —Cody le apartó suavemente el pelo, miró un momento y dijo—: Esto le va a doler.

Cuando le quitó el vendaje adhesivo, Ben dio un respingo.

—Bonito chichón —comentó Cody, y volvió a cubrir la herida con una venda más pequeña.

Dirigió la luz de su linterna a los ojos de Ben y después le golpeó la rodilla izquierda con un martillito de goma. Con súbita morbosidad, Ben se preguntó si sería el mismo que había usado con Mike Ryerson.

—Parece que todo va bien —comentó el médico, dejando a un lado sus instrumentos—. ¿Cuál era el apellido de soltera de su madre?

—Ashford —respondió Ben, a quien le habían hecho preguntas similares cuando recuperó por primera vez el conocimiento.

—¿Y la maestra de primer grado?

—La señora Perkins. Se teñía el pelo.

—¿El segundo nombre de su padre?

—Merton.

—¿Mareos o náuseas?

—No.

—¿Percibe olores raros, colores o...?

—No, no y no. Estoy perfectamente.

—Eso lo decidiré yo —especificó Cody—. ¿En algún momento ha visto doble?

—Desde la última vez que me bebí entera una botella de Thunderbird, no.

—Muy bien. Le declaro curado gracias a las maravillas de la ciencia moderna y a la suerte de tener la cabeza dura. Ahora, ¿de qué quería hablarme? De Tibbits y del bebé de los McDougall, imagino. Lo único que puedo decirle es lo que le dije a Parkins Gillespie. En primer lugar, que me alegro de que la noticia no haya aparecido en los periódicos; en un pueblo pequeño, un escándalo por siglo es más que suficiente. En segundo, que no sé quién pudo hacer una cosa tan retorcida. Alguien del pueblo seguro que no. Tenemos a unos cuantos bichos raros, pero...

Se calló al ver la expresión desconcertada de Ben y Susan.

—¿No lo saben? ¿No se lo han contado?

—Contado ¿qué? —preguntó Ben.

—Parece cosa de Boris Karloff y Mary Shelley. Anoche alguien se llevó los cadáveres del depósito en Portland.

—Dios santo —murmuró Susan.

—¿Qué pasa? —preguntó Cody—. ¿Es que saben algo de esto?

—Estoy empezando a pensar que sí —respondió Ben.

4

Cuando terminaron de contárselo todo eran las 12.10. La enfermera había traído el almuerzo de Ben en una bandeja, que seguía intacta junto a la cama.

Una vez pronunciada la última frase, no se oyó otro ruido que el entrechocar de vasos y cubiertos que llegaba a través de la puerta entreabierta, mientras los demás pacientes del pabellón comían.

—Vampiros —repitió Jimmy Cody—. Y Matt Burke. Tratándose de él, es muy difícil tomarlo a risa.

Ben y Susan guardaron silencio.

—Así que quieren que exhume el cadáver del chico de los Glick —reflexionó—. Madre del amor hermoso.

Sacó un frasco de su maletín y se lo arrojó a Ben, que lo atrapó al vuelo.

—Aspirina —informó—. ¿La usa usted?

—Mucho.

—Mi padre solía decir que era la mejor enfermera de un buen médico. ¿Sabe usted cómo actúa?

—No —contestó Ben, mientras hacía girar en las manos el frasco de aspirinas.

No conocía a Cody lo suficiente para saber qué era lo que ocultaba o lo que mostraba a los demás, pero estaba seguro de que no eran muchos los pacientes que lo veían así, con el rostro juvenil, que parecía salido de un cuadro de Norman Rockwell, nublado por las cavilaciones y la introspección. No quiso interferir en el estado de ánimo de Cody.

—Ni yo —continuó este—. Ni nadie, en realidad. Pero es buena para el dolor de cabeza, la artritis y el reumatismo. En realidad tampoco sabemos qué son esas dolencias. ¿Por qué ha de dolerle a uno la cabeza, si no hay nervios en el cerebro? Sabemos que la composición química de la aspirina se parece mucho a la del LSD, pero ¿por qué una de esas sustancias alivia el dolor de cabeza mientras la otra hace que la cabeza se llene de flores? En parte, la razón por la que no lo entendemos es que no sabemos muy bien qué es el cerebro. El médico mejor formado del mundo está en un islote en medio de un mar de ignorancia. Sacudimos nuestras varas de brujo, matamos nuestras gallinas y leemos mensajes en la sangre. Y todo eso funciona muchas veces. Magia blanca. *Bene gris-gris.* Mis profes de la facultad se tirarían de los pelos si me oyeran decir esto. Algunos ya lo hicieron cuando se enteraron de que me dedicaría a la medicina general en una zona rural de Maine. Uno de ellos me dijo que Marcus Welby, el médico de aquella serie, siempre sajaba los forúnculos del culo de los pacientes durante la pausa publicitaria. —Sonrió—. Y les daría un soponcio si les llegara la noticia de que voy a pedir autorización para exhumar el cadáver del chico de Glick.

—Entonces ¿la pedirá? —preguntó Susan, sorprendida.

—¿Qué daño puede hacer? Si está muerto, está muerto. Y si no, tendré algo para remover el avispero en la próxima convención de la Asociación Médica Norteamericana. Le diré al forense del condado que busco signos de encefalitis infecciosa; es la única explicación verosímil que se me ocurre.

—¿Podría tratarse de eso, realmente? —preguntó Susan.

—Lo dudo mucho.

—¿Cuándo sería lo más pronto que podría ocuparse de eso? —preguntó Ben.

—Mañana. Si tengo mucho lío, el martes o miércoles.

—¿Qué aspecto debería tener? —preguntó Ben—. Ya sabe, me refiero a...

—Sí, sé a qué se refiere. Los Glick no habrán hecho embalsamar al chico, ¿verdad?

—No.

—¿Y hace una semana que lo enterraron?

—Sí.

—Cuando se abra el ataúd, es probable que salga una vaharada de gas acompañada de un olor muy desagradable, y que el cuerpo esté hinchado. Seguramente el pelo le llegue al cuello..., es sorprendente durante cuánto tiempo sigue creciendo..., y también tendrá las uñas muy largas. En cuanto a los ojos, estarán hundidos.

Susan se esforzaba por mantener una expresión de imparcialidad científica, sin mucho éxito. Ben se alegró de no haber almorzado.

—El cadáver aún no habrá entrado en fase de descomposición activa —continuó Cody—, pero es posible que haya humedad suficiente para producir crecimientos fúngicos en mejillas y manos; quizá una sustancia musgosa que se llama... —Se interrumpió—. Ah, perdón. Les estoy dando demasiados detalles.

—Puede haber cosas peores que la podredumbre —señaló Ben—. Supongamos que no se encuentra ninguno de esos signos, que el cadáver presenta un aspecto tan natural como el día que lo enterraron. Entonces ¿qué? ¿Se le clava una estaca en el corazón?

—Lo veo difícil —respondió Cody—. Para empezar, o el forense del condado o su ayudante estarán presentes. No creo que ni siquiera a Brent Norbert le pareciera muy profesional por mi parte que sacara una estaca del maletín y la clavara a martillazos en el cadáver de un niño.

—Entonces ¿qué hará? —preguntó Ben con curiosidad.

—Bueno, con perdón de Matt Burke, no creo que se dé el caso. Si el cuerpo estuviera en ese estado, sin duda lo llevaría al Centro Médico de Maine para un examen exhaustivo. Y una vez allí, trataría de alargar el reconocimiento hasta el anochecer... y observaría cualquier fenómeno que pudiera producirse.

—¿Y si se levanta?

—Al igual que ustedes, no puedo concebir algo así.

—A mí me parece cada vez más concebible —repuso Ben—. ¿Se me permitirá estar presente cuando todo eso suceda..., si es que sucede?

—Podríamos arreglarlo.

—De acuerdo —asintió Ben. Se levantó de la cama y se dirigió al armario donde estaba su ropa—. Voy a...

Susan soltó una risita, y Ben se volvió.

—¿Qué pasa?

Cody sonreía de oreja a oreja.

—Las batas de hospital tienen tendencia a abrirse por la espalda, señor Mears.

—Anda —masculló Ben, llevando instintivamente las manos hacia atrás para cerrarse la bata—. A estas alturas, creo que puedes tutearme.

—Bien —dijo Cody, levantándose—, Susan y yo nos vamos. Cuando estés presentable, nos vemos en la cafetería de abajo. Esta tarde, tú y yo tenemos cosas que hacer.

—¿Ah, sí?

—Sí. Habrá que contarles a los Glick la historia de la encefalitis. Si quieres, puedes hacerte pasar por mi colega. No hace falta que digas nada. Basta con que te acaricies el mentón mientras pones cara de enterado.

—Pero no les va a gustar, ¿verdad?

—¿Te gustaría a ti?

—No lo creo —admitió Ben.

—¿Necesitas el permiso de los padres para conseguir una orden de exhumación? —preguntó Susan.

—Técnicamente, no. Desde un punto de vista práctico, es probable que sí. Mi única experiencia con la exhumación de cadáveres fue cuando cursé la asignatura de Derecho sanitario. Si los Glick se oponen, tendríamos que acudir a los tribunales, lo que representaría perder quince días o un mes, y llegados a ese punto, dudo que la teoría de la encefalitis se sostenga. —Hizo una pausa para mirarlos—. Lo que nos lleva a lo que más me inquieta en todo este asunto, aparte la historia del señor Burke: el cadáver de Danny Glick es el único que tenemos controlado. Los demás simplemente se han esfumado.

5

Ben y Jimmy Cody llegaron a casa de los Glick sobre la una y media. El coche de Tony Glick estaba aparcado en el camino de entrada, pero la casa estaba en silencio. Después de llamar tres veces sin obtener respuesta, cruzaron la calle para dirigirse a la pequeña casa estilo bungalow situada enfrente, una triste reliquia prefabricada de los años cincuenta, apuntalada en uno de sus extremos con un par de gatos herrumbrosos. El nombre que se leía en el buzón era Dickens. Había un flamenco rosado en el césped, junto al camino, y un pequeño cocker spaniel los saludó meneando el rabo cuando se acercaron.

Pauline Dickens, camarera y socia del Excellent Café, abrió la puerta un momento después de que Cody tocara el timbre. Iba vestida con su uniforme.

—Hola, Pauline —la saludó Jimmy—. ¿Tienes idea de dónde están los Glick?

—¿Me estás diciendo que no lo sabes?

—¿Que no sé qué?

—La señora Glick ha muerto esta mañana. A Tony Glick lo han ingresado en el hospital general de Maine en estado de shock.

Ben miró a Cody, que tenía el aspecto de un hombre a

quien acaban de darle una patada en el estómago y decidió hacerse cargo de la situación.

—¿Adónde se han llevado el cadáver?

Pauline se pasó las manos por las caderas para asegurarse de que su uniforme estaba impecable.

—Bueno, hace una hora he hablado por teléfono con Mabel Werts y me ha dicho que Parkins Gillespie iba a llevar el cadáver directamente a la funeraria que dirige ese judío en Cumberland. Como nadie sabe dónde está Carl Foreman...

—Gracias —dijo Cody.

—Qué cosa tan espantosa —comentó ella, mientras se le iban los ojos hacia la casa vacía de enfrente. El coche de Tony Glick seguía en el camino de entrada como un perro grande y polvoriento al que hubieran dejado encadenado antes de abandonarlo—. Si yo fuera una persona supersticiosa, tendría miedo.

—¿Miedo de qué, Pauline? —inquirió Cody.

—De... cosas. —Sonrió, tocando con los dedos una cadenita que llevaba al cuello con una medalla de san Cristóbal.

6

Volvían a estar sentados en el automóvil, desde donde habían visto, sin decir palabra, cómo Pauline se marchaba hacia su trabajo.

—¿Y ahora qué? —preguntó Ben.

—Qué puto desastre —reflexionó Jimmy—. El judío de la funeraria es Maury Green. Tal vez tendríamos que ir en coche hasta Cumberland. Hace nueve años, el hijo de Maury estuvo a punto de ahogarse en el lago. Casualmente, yo estaba allí con una amiga y le practiqué la respiración artificial al chico. Le puse de nuevo el motor en marcha. Quizá esta vez tenga que aprovecharme de la buena disposición de él.

—¿Y de qué servirá la buena disposición? Los funcionarios del condado se habrán llevado el cadáver para hacerle la autopsia o lo que corresponda.

—Lo dudo. Hoy es domingo, ¿recuerdas? Uno de ellos es geólogo aficionado y estará de excursión por el bosque. En cuanto a Norbert…, ¿te acuerdas de Norbert?

Ben asintió con un gesto.

—En teoría Norbert está de guardia, pero es muy imprevisible. Lo más probable es que haya descolgado el teléfono para ver el partido de béisbol. Si vamos ahora a la funeraria de Maury Green, hay bastantes probabilidades de que el cuerpo siga ahí y nadie lo reclame hasta el anochecer.

—Pues entonces vamos —asintió Ben.

Recordó que debía llamar al padre Callahan, pero eso tendría que esperar. Las cosas iban muy deprisa, demasiado para su gusto. Fantasía y realidad se habían confundido.

7

Sumidos en sus propios pensamientos, viajaron en silencio hasta llegar a la autopista de peaje. Ben pensaba en lo que Cody había dicho en el hospital. Carl Foreman no estaba. Los cuerpos de Floyd Tibbits y del bebé de los McDougall habían desaparecido delante de las narices de los empleados del depósito de cadáveres. Mike Ryerson también se había esfumado, y sabría Dios quién más. ¿Cuántas personas en Salem's Lot podían evaporarse sin que nadie las echara de menos durante una semana…, o dos…, o un mes? ¿Doscientas? Notó que le sudaban las manos.

—Esto empieza a parecer el sueño de un paranoico —comentó Jimmy— o una viñeta de Gahan Wilson. Y lo más aterrador, desde un punto de vista académico, es la relativa facilidad con que se podría fundar una colonia de vampiros a partir de uno solo, suponiendo que este exista, claro. Lot es una ciudad dormitorio para Portland, Lewiston y Gates Falls, principalmente. En el pueblo no hay una industria que pudiera verse afectada por un incremento del absentismo laboral. El alumnado de los colegios procede de tres municipios distintos, y si el número de los que faltan a clase aumentara un poco, ¿quién se daría cuenta? Mucha gente va a la iglesia en Cumberland, y muchos otros no. Y la televisión ha puesto fin a las reuniones vecinales, salvo las de los vejestorios que se encuentran en la tienda de Milt. Todo esto podría estar sucediendo perfectamente entre bastidores.

—Sí —asintió Ben—. Danny Glick infecta a Mike. Mike infecta a... no sé. A Floyd, tal vez. El bebé de los McDougall infecta a... ¿su padre? ¿Su madre? ¿Cómo están ellos? ¿Los ha examinado alguien?

—No son pacientes míos. Supongo que es el doctor Plowman quien los ha telefoneado esta mañana para informarles de la desaparición de su hijo. Pero en realidad no tengo manera de saber si los ha llamado ni si se ha puesto en contacto con ellos siquiera.

—Habría que examinarlos —señaló Ben—. Ya ves con qué facilidad podríamos terminar como el pez que se muerde la cola. Una persona que no fuera del pueblo podría pasar por Lot sin ver nada que le llamara la atención. Le parecería una población rural del montón, donde todo cierra a las nueve. Pero ¿quién sabe lo que sucede dentro de las casas, tras las cortinas echadas? La gente podría estar acostada en la cama... o escondida en los armarios, como escobas, o en los sótanos, a la espera de que caiga la noche. Y cada vez que el sol despuntara, habría menos gente en las calles. Menos cada día. —Al tragar saliva le dolió la garganta.

—No te embales —le aconsejó Jimmy—. Nada de esto está demostrado.

—Las pruebas se están acumulando —protestó Ben—. Si nos moviéramos en un contexto habitual y aceptable, con un posible brote de fiebre tifoidea o de gripe A2, por ejemplo, a estas alturas todo el pueblo estaría ya en cuarentena.

—Lo dudo. No olvides que solo una persona ha *visto* algo.

—Pero no es precisamente el borracho del pueblo.

—Si una historia así saliera a la luz, lo crucificarían —objetó Jimmy.

—¿Quiénes? No lo dirás por Pauline Dickens, a la que solo le falta clavar amuletos contra el mal de ojo en su puerta.

—En la era del Watergate y de la crisis del petróleo, ella es una excepción —señaló Jimmy.

Se quedaron callados durante el resto del trayecto. La funeraria de Green estaba al norte de Cumberland, y había dos furgones fúnebres aparcados al fondo, entre la puerta de atrás de la capilla y una cerca de madera. Jimmy apagó el motor y miró a Ben.

—¿Listo?

—Supongo.

Los dos bajaron.

8

Durante toda la tarde, el sentimiento de rebeldía había ido creciendo dentro de ella, hasta que finalmente estalló. Qué enfoque tan estúpido, dar tantos rodeos para demostrar algo que probablemente no era (con perdón, señor Burke) más que una sarta de gilipolleces. Susan decidió subir a la Casa Marsten esa misma tarde.

Bajó las escaleras y recogió su bolso. Ann Norton estaba horneando galletas, y su padre estaba en la sala, viendo el partido de béisbol.

—¿Adónde vas? —le preguntó la señora Norton.

—A dar una vuelta en coche.

—Cenamos a las seis. Procura estar de vuelta a tiempo.

—Vendré a las cinco a más tardar.

Susan salió y subió a su coche, la posesión de la que estaba más orgullosa, no porque fuera el primero que le pertenecía solo a ella (que lo era), sino porque lo había pagado (casi, se corrigió; aún le faltaban seis plazos) con el fruto de su propio trabajo, de su propio talento. Era un Vega que tenía ya dos años. Susan lo sacó del garaje marcha atrás y levantó una mano para despedirse de su madre, que la miraba desde la ventana de la cocina. La ruptura seguía latente entre ellas; no se mencionaba, pero tampoco estaba superada. Las otras rencillas, por ásperas que hubieran sido, terminaban por olvidarse; simplemente, la vida seguía, sepultando las heridas bajo el vendaje de los días, que no volvía a ser arrancado hasta la disputa siguiente, cuando todos los viejos resentimientos y agravios volvían a aflorar y se contaban como los puntos de una mano de cribbage. Pero esta vez la ruptura parecía total, producto de una guerra definitiva. Las heridas no podían curarse con vendajes. No quedaba más remedio que la amputación. Susan ya había embalado la mayor parte de sus cosas y se sentía bien. Hacía tiempo que debería haberlo hecho.

Conducía por Brock Street con una sensación de placer y determinación (así como un trasfondo, no desagradable, de absurdidad) que crecía a medida que dejaba atrás la casa. Por fin iba a emprender una acción positiva, y la idea le resultaba tonificante. Susan era una muchacha decidida, y los acontecimientos del fin de semana la habían dejado perpleja, como si estuviera a la deriva en el mar. ¡Pues ahora iba a empezar a remar!

Aparcó en la loma que se elevaba suavemente más allá de los límites del pueblo y entró a pie en el prado oeste de Carl Smith, hasta donde había una valla antinieve pintada de rojo y enrollada, en espera del invierno. La sensación de absurdo se había intensificado, y Susan no pudo dejar de sonreír mientras movía adelante y atrás uno de los postes, hasta que el alambre flexible que lo mantenía unido a los demás se rompió. De este modo, se hizo con una estaca de casi un metro de largo, terminada en punta. La llevó al coche y la dejó en el asiento de atrás. Aunque sabía para qué era (en sus citas dobles había visto suficientes películas de la Hammer en el autocine para saber que a los vampiros se les clava una estaca en el corazón), no se paró a preguntarse si sería capaz de clavarla en el pecho de un hombre en caso necesario.

Siguió adelante con su pequeño coche hasta salir de los límites del pueblo y entrar en Cumberland. A la izquierda había una pequeña tienda que permanecía abierta los domingos y en la que su padre compraba el *Times*. Susan recordó que junto al mostrador había una pequeña vitrina donde se exhibían joyas de bisutería.

Entró a comprar el *Times* y después eligió un pequeño crucifijo de oro. Sus gastos ascendieron a cinco dólares, según marcó la caja registradora, manejada por un hombre gordo que apenas apartó la vista del televisor, donde estaban haciéndole un placaje a Jim Plunkett.

Enfiló hacia el norte por County Road, un nuevo tramo de carretera pavimentada con dos carriles. En la tarde soleada, todo parecía fresco, nítido y lleno de vida, una vida que se antojaba muy valiosa. Sus pensamientos saltaron de estas reflexiones a Ben. Fue un salto corto.

El sol salió por detrás de unos cúmulos que se desplazaban lentamente y la carretera se llenó de zonas de luz y sombra que se filtraban por entre los árboles. En un día como este, pensó Susan, era posible creer en un final feliz.

Tras haber recorrido unos ocho kilómetros por County, se desvió por Brooks Road, que estaba sin asfaltar una vez cruzada de vuelta la frontera de Salem's Lot. El camino subía, volvía a descender y serpenteaba entre la densa área boscosa que se extendía al noroeste del pueblo, y buena parte de la luminosa claridad de la tarde se perdía entre el follaje. Por allí no había casas ni caravanas. La mayor parte de la tierra era propiedad de una empresa papelera conocida por pedir a sus clientes que no estrujaran sus rollos de papel higiénico. Cada treinta metros, aparecían en el margen del camino letreros de «Prohibida la entrada» y «Prohibido cazar». Al pasar por el desvío que conducía al vertedero, Susan sintió un estremecimiento. En ese sombrío tramo de la carretera, las posibilidades nebulosas parecían más reales. Se preguntó, y no por primera vez, por qué un hombre normal querría comprar las ruinas de la casa de un suicida y después mantener los postigos cerrados para que no entre la luz del sol.

El camino descendía abruptamente y con no menos brusquedad volvía a subir por el flanco occidental de la colina donde se alzaba la Casa Marsten. Susan alcanzaba a distinguir el tejado entre los árboles.

Aparcó frente a donde arrancaba una senda que se adentraba en el bosque, en la hondonada, y se apeó. Tras un momento de vacilación, agarró la estaca y se colgó del cuello el crucifijo. Seguía sintiendo que aquello era absurdo, pero peor se sentiría si se encontrara con alguien que la conociera y la viera andando por el camino con una estaca de una valla antinieve en la mano.

«Hola, Suze, ¿adónde vas?». «Pues mira, iba a la vieja Casa

Marsten a matar un vampiro, pero tengo que darme prisa porque en casa de mis padres se cena a las seis».

Decidió atajar por el bosque.

Pasó por encima de los restos de un muro de piedra que había junto a la cuneta, alegrándose de haberse puesto pantalones. Alta costura para intrépidas cazadoras de vampiros. Antes de que empezara el bosque propiamente dicho, el suelo estaba cubierto de malezas y árboles caídos.

Bajo los pinos, la temperatura descendía varios grados y estaba más oscuro todavía. Caminaba sobre una alfombra de pinocha, y el viento silbaba entre los árboles. En alguna parte, un animalillo hizo crujir los arbustos. De pronto, Susan se dio cuenta de que, si torcía a la izquierda, en menos de un kilómetro se hallaría en el cementerio de Harmony Hill, si tenía la agilidad suficiente para escalar el muro de atrás.

Siguió subiendo la pendiente trabajosamente, procurando hacer el menor ruido posible. Cuando se aproximaba a la cima de la colina, divisó la casa a través de la cada vez más tenue cortina de ramas; la parte visible era la fachada orientada en la dirección contraria al pueblo. A Susan le entró un miedo inmotivado, similar al que había sentido en casa de Matt Burke. Estaba bastante segura de que nadie podía oírla, y aún era pleno día, pero el miedo estaba ahí, con su peso opresivo y constante. Parecía que fluyera a su conciencia desde alguna región del cerebro que por lo general se mantenía en silencio y que probablemente fuera tan vestigial como el apéndice. El placer que le proporcionaba la belleza del paisaje había desaparecido. La determinación también. Susan se sorprendió pensando en aquellas películas de terror donde la heroína se aventura por las estrechas escaleras del ático para ver qué ha asustado a la anciana señora Cobham, o desciende a algún oscuro sótano tapizado de telarañas donde las paredes son de piedra, húmeda y rugosa como un útero simbólico. En el cine, cómodamente rodeada por el brazo de su acompañante, Susan solía pensar: *Menuda estúpida; ¡yo jamás haría eso!* Y sin embargo allí estaba, haciendo justamente eso. Empezó a reflexionar sobre lo profunda que se había hecho en el ser humano la división entre el cerebro y el mesencéfalo, y sobre cómo el cerebro nos fuerza a seguir adelante, pese a las advertencias que le transmite esa parte instintiva, tan similar en su estructura física al encéfalo del cocodrilo. El cerebro podía obligarte a continuar avanzando hasta que la puerta del ático se abriera de pronto a un horror inenarrable, o te encontraras en el sótano ante un hueco a medio tapiar y vieras...

¡BASTA!

Susan apartó esos pensamientos de su mente y se percató de que estaba sudando. Y todo por la simple visión de una casa vieja con los postigos cerrados. A ver si dejas de ser tan tonta, se dijo. Simplemente, vas a subir hasta allí para espiar un poco, nada más. Desde el patio delantero se alcanza a ver tu propia casa. Por Dios santo, ¿cómo te va a pasar algo malo estando a la vista de tu casa?

A pesar de todo, se encorvó un poco y aferró con más fuerza la estaca, y cuando la cortina de árboles se hizo demasiado tenue para servirle de protección, empezó a arrastrarse a cuatro patas. Tres o cuatro minutos después había avanzado todo lo posible sin quedar al descubierto. Desde su escondite, tras un último grupo de pinos y una mata de juníperos, podía distinguir el lado oeste de la casa y el enmarañado cerco de madreselvas, ahora desnudas de hojas por el otoño. El césped del verano, aunque amarillento, todavía llegaba a la altura de la rodilla. Nadie se había molestado en cortarlo.

De pronto, el rugido de un motor rompió el silencio, y a Susan el corazón se le subió a la garganta. Se dominó, hincando los dedos en la tierra mientras se mordía el labio inferior. Un momento después apareció un viejo coche negro que se detuvo un momento al final del camino de entrada y después enfiló la carretera en dirección al pueblo. Antes de perderlo de vista, Susan pudo distinguir con claridad a su ocupante: tenía la cabeza grande y calva, los ojos tan hundidos que solo se vislumbraban las cuencas y llevaba un traje oscuro. Straker. Probablemente se dirigía a la tienda de Crossen.

Susan advirtió que la mayoría de los postigos tenían tablillas rotas. Pues muy bien. Se acercaría a echar un vistazo entre ellas a ver qué descubría. Probablemente, no vería más que el interior de una casa en las primeras etapas de un largo proceso de reparación; debían de estar enluciendo y quizá empapelando las paredes, y todo estaría lleno de herramientas, escaleras y cubos. Sería más o menos tan romántico y sobrenatural como ver un partido de fútbol americano por la televisión.

Pero el miedo seguía presente.

Esta emoción se exacerbó de pronto, empañando la lógica, brillante y razonable superficie de formica del cerebro, y llenándole la boca de un sabor terroso.

Antes de que una mano se apoyara en su hombro, Susan ya sabía que había alguien detrás de ella.

9

Estaba casi oscuro.

Ben se levantó de la silla plegable de madera, fue hasta la ventana que daba al patio de atrás de la funeraria y no vio nada de particular. Eran las siete menos cuarto y el atardecer había alargado las sombras. Pese a lo avanzado del año, el césped seguía verde, y Ben imaginó que el empresario de pompas fúnebres se proponía mantenerlo así hasta que la nieve lo cubriera, como un símbolo de la vida que continúa en mitad de la muerte del año. La idea le pareció tan deprimente que se apartó de la ventana.

—Ojalá tuviera un cigarrillo —suspiró.

—Son veneno —le recordó Jimmy, sin volverse. Estaba mirando un programa sobre naturaleza salvaje en el pequeño televisor Sony de Maury Green—. Pero a mí también me apetece uno. Dejé de fumar hace diez años, en cuanto la Dirección General de Salud Pública montó su cruzada contra el tabaco; habría dado mala imagen no hacerlo. Pero siempre que me despierto alargo la mano hacia el paquete de cigarrillos que tengo en la mesilla de noche.

—¿No lo habías dejado?

—Sí, pero lo tengo ahí por la misma razón que algunos alcohólicos guardan una botella de whisky en el armario de la cocina. El poder de la voluntad, amigo mío.

Ben miró el reloj: las 18.47. El periódico dominical de Maury Green decía que el sol se pondría a las 19.02, hora del este.

Jimmy había llevado bien las cosas. Maury Green era un hombrecillo que les había abierto la puerta vestido con un chaleco negro sin abotonar y una camisa blanca con el cuello desabrochado. Su expresión sobria e interrogante cedió el paso a una amplia sonrisa de bienvenida.

—¡*Shalom*, Jimmy! —exclamó—. ¡Cuánto me alegro de verte! ¿Dónde te habías metido?

—He estado salvando al mundo de resfriados y gripes. —Jimmy sonrió mientras Green le estrechaba la mano—. Quiero presentarte a un amigo mío. Maury Green, Ben Mears.

La mano de Ben quedó atrapada entre las de Maury, cuyos ojos brillaban tras unas gafas de montura negra.

—*Shalom*. Cualquier amigo de Jimmy es amigo mío. Entrad. Podría llamar a Rachel...

—No, por favor —lo interrumpió Jimmy—. Venimos a pedirte un favor. Un favor bastante grande.

Green estudió el rostro de Jimmy.

—«Un favor bastante grande» —se mofó—. ¿Y por qué? ¿Alguna vez has hecho algo por mí, aparte de ayudar a mi hijo, que ha obtenido el tercer lugar de su promoción por la Universidad Northwestern? Lo que quieras, Jimmy.

Jimmy se ruborizó.

—Hice lo que habría hecho cualquiera, Maury.

—No vamos a discutirlo ahora —repuso el otro—. Habla. ¿Qué os preocupa a ti y al señor Mears? ¿Algún accidente?

—No, nada de eso.

Maury los había llevado a una diminuta cocina situada detrás de la capilla y, mientras hablaban, empezó a preparar café en una vieja cafetera que puso sobre el hornillo.

—¿No ha venido aún Norbert a por la señora Glick? —preguntó Jimmy.

—No, no ha aparecido —respondió Maury mientras colocaba sobre la mesa el azúcar y las tazas—. Seguro que se presenta a las once de la noche, asombrado de que yo no esté para abrirle la puerta. —Suspiró—. Pobre señora, qué tragedia en una sola familia. Y parecía una mujer encantadora, Jimmy. La trajo ese idiota de Reardon. ¿Era paciente tuya?

—No, pero a Ben y a mí... nos gustaría quedarnos esta tarde con ella, Maury —explicó Jimmy—. Aquí abajo.

Green, que tendía la mano hacia la cafetera, se detuvo.

—¿Quedaros con ella? ¿Para examinarla?

—No —dijo Jimmy—. Solo quedarnos con ella.

—¿Estáis de guasa? —Los miró con más atención—. No, ya veo que no. Pero ¿por qué queréis hacer eso?

—No puedo decírtelo, Maury.

—Ah. —Maury sirvió el café, se sentó con ellos y lo probó—. Qué bueno. No está demasiado cargado. ¿Es que tenía alguna enfermedad? ¿Algo contagioso?

Jimmy y Ben se miraron.

—No en el sentido habitual del término —dijo Jimmy.

—Quieres que mantenga la boca cerrada respecto a esto, ¿verdad?

—Sí.

—¿Y si viene Norbert?

—Yo me ocuparé de Norbert —le aseguró Jimmy—. Le diré que Reardon me pidió que investigara si pudo haber padecido una encefalitis infecciosa. Él jamás lo comprobará.

Green asintió.

—Norbert ni siquiera es capaz de comprobar su reloj, a menos que alguien se lo pida.

—¿No te importa, Maury?

—No, para nada. Creía que necesitabas un gran favor.

—Tal vez sea mayor de lo que piensas.

—Cuando me termine el café, me iré a casa a ver qué horror ha preparado Rachel para la cena del domingo. Aquí tenéis la llave. Cierra cuando te vayas.

Jimmy se la guardó en el bolsillo.

—Así lo haré. Gracias otra vez, Maury.

—Tonterías. Solo te pido un favor a cambio.

—Dispara.

—Si el cadáver te dice algo, escríbelo para la posteridad. —Maury empezó a festejar su propio chiste con una risita, pero, al ver la idéntica expresión de los dos hombres, paró.

10

Eran las 18.55, y Ben notaba que la tensión empezaba a apoderarse de su cuerpo.

—No pasará nada si dejas de mirar el reloj —le dijo Jimmy—. No vas a conseguir que avance más rápido.

Ben dio un respingo con aire de culpabilidad.

—Dudo mucho que los vampiros, si es que existen, se levanten en el momento exacto en que se pone el sol según el calendario astronómico —comentó Jimmy—. A esa hora todavía no está del todo oscuro.

Sin embargo, se levantó para apagar el televisor, interrumpiendo el graznido de un pato joyuyo.

El silencio envolvió la habitación como una manta. Estaban en el cuarto de trabajo de Green, y el cuerpo de Marjorie Glick yacía sobre una mesa de acero inoxidable. A Ben le hizo pensar en las camillas de las salas de parto de los hospitales.

Al entrar, Jimmy había retirado la sábana que cubría el cuerpo para examinarlo rápidamente. La señora Glick llevaba un salto de cama acolchado de color borgoña y zapatillas de punto. En la pierna izquierda tenía una tirita; tal vez se había cortado al depilarse.

Ben apartó la mirada, pero sus ojos volvían una y otra vez hacia ella.

—¿Qué opinas? —preguntó.

—Prefiero no mojarme cuando probablemente dentro de tres horas nuestras dudas quedarán despejadas en un sentido u otro. Pero su estado es sorprendentemente parecido al de Mike Ryerson..., sin lividez ni signos de rigidez.

Eran las 7.02.

—¿Dónde está tu cruz?

Ben se sobresaltó.

—¿Mi cruz? ¡Vaya por Dios, no la he traído!

—Se nota que nunca fuiste boy scout —comentó Jimmy mientras abría su maletín—. En cambio, yo siempre estoy preparado.

Sacó dos depresores linguales, les quitó la envoltura de celofán, los colocó en ángulo recto y los pegó con esparadrapo.

—Bendícela —pidió a Ben.

—¿Qué? No puedo... No sé cómo se hace.

—Pues te lo inventas —lo apremió Jimmy, cuyo rostro cordial se había tensado de pronto—. Tú eres el escritor, así que te toca ser el metafísico. Y date prisa, por Dios. Tengo la corazonada de que va a suceder algo. ¿No lo percibes?

Claro que Ben lo percibía. Era como si algo estuviera materializándose en la lenta penumbra purpúrea, algo todavía invisible, pero denso y eléctrico. La boca se le había secado, por lo que tuvo que humedecerse los labios antes de poder hablar.

—En el nombre del Padre y del Hijo y del Espíritu Santo. Y de la Virgen María —añadió—. Bendigo esta cruz y...

Las palabras acudieron a sus labios con súbita y misteriosa seguridad.

—El Señor es mi pastor —recitó, y sus palabras resonaron en el cuarto como piedras al caer en un lago profundo y hundirse hasta desaparecer sin alterar la superficie—, nada me falta. En verdes praderas me hace recostar. Me conduce hacia fuentes tranquilas y repara mis fuerzas.

La voz de Jimmy se unió a la salmodia.

—Me guía por el sendero justo, por el honor de su nombre. Aunque camine por cañadas oscuras, nada temo...

Les resultaba difícil respirar. Ben se dio cuenta de que se le había puesto la carne de gallina y el vello de la nuca había empezado a erizársele.

—... porque tu vara y tu cayado me sosiegan. Preparas una mesa ante mí, enfrente de mis enemigos; me unges la cabeza con perfume, y mi copa rebosa. Tu bondad y tu misericordia me...

La sábana que cubría el cuerpo de Marjorie Glick empezó

a estremecerse. Una mano asomó por debajo, y los dedos iniciaron una torpe danza en el aire, retorciéndose y girando.

—Dios santo, ¿es posible lo que estoy *viendo*? —susurró Jimmy. Su rostro se había puesto tan pálido que sus pecas se destacaban como salpicaduras en el cristal de una ventana.

—... me acompañan todos los días de mi vida —concluyó Ben—. Jimmy, fíjate en la cruz.

La cruz brillaba, bañándole la mano en un resplandor élfico.

Una voz lenta y ahogada habló en medio del silencio, chirriante como fragmentos de porcelana rota al rozarse entre sí:

—¿Danny?

Ben sintió que la lengua se le pegaba al paladar. El cuerpo que había bajo la sábana se estaba incorporando. En la habitación en penumbra, unas sombras se movían y serpenteaban.

—Danny, ¿dónde estás, cariño?

La sábana resbaló de la cara y cayó arrugada sobre su regazo.

El rostro de Marjorie Glick era un círculo pálido como la luna en la semioscuridad, cuya blancura se veía interrumpida solamente por los negros agujeros de los ojos. Cuando vio a los dos hombres, la boca se le abrió en una mueca espantosa, y la moribunda claridad del día arrancó un destello a sus dientes.

Al bajar las piernas de la mesa, se le cayó una zapatilla.

—¡No te muevas! —le ordenó Jimmy—. Ni lo intentes.

Por toda respuesta, ella soltó un gruñido. La figura se bajó de la mesa, se tambaleó y avanzó hacia ellos. Ben se dio cuenta de que estaba mirando el fondo de aquellos ojos vacíos y se forzó a apartar los suyos. Ahí dentro había galaxias tenebrosas veteadas de rojo. Al asomarse a ellos, uno se veía a sí mismo ahogándose, y una embriaguez placentera lo envolvía.

—No la mires a la cara —advirtió Jimmy.

Iban retrocediendo ante ella hacia el angosto pasillo que daba a las escaleras.

—La cruz, Ben.

Casi se había olvidado de que la tenía. Cuando la levantó, emitió una luz tan fulgurante que lo obligó a entrecerrar los ojos. Con un siseo de horror, la señora Glick levantó las manos para protegerse la cara. Sus rasgos se encogían y retraían, retorciéndose como un nido de serpientes. Dio un paso atrás, vacilante.

—¡Funciona! —exclamó Jimmy.

Ben avanzó hacia ella, con la cruz ante sí. Una mano crispada como una garra trató de arrebatársela. Ben la bajó rápidamente para ponerla fuera de su alcance y volvió a amenazarla con ella. Un chillido ululante brotó de la garganta de la figura.

Para Ben, todo lo que ocurrió a continuación adoptó los tonos granates de una pesadilla. Aunque les esperaban más horrores, en los sueños de los días y las noches siguientes aparecería siempre Marjorie Glick, obligada a recular hacia la mesa funeraria, donde la sábana que la había cubierto yacía arrugada junto a una zapatilla.

Retrocedía contra su voluntad, mientras sus ojos iban alternativamente de la cruz a un punto del cuello de Ben, a la derecha del mentón. Los ruidos que emergían de su garganta eran balbuceos sibilantes y guturales, y tan ciega renuencia había en su retirada que empezó a parecer un insecto torpe y gigantesco. Si no tuviera esta cruz delante de mí, pensó Ben, me desgarraría la garganta con las uñas para succionar la sangre que manara de la carótida y la yugular con la avidez de un náufrago sediento.

Jimmy se había separado de él y describía un círculo hacia la izquierda, sin que ella lo viera. La mujer mantenía los ojos clavados en Ben, oscuros, llenos de odio… y de miedo.

Jimmy rodeó la mesa y, cuando ella retrocedió hacia allí, le echó ambos brazos al cuello con un grito ahogado.

La figura profirió un grito agudo, escalofriante, y se revolvió. Ben vio cómo las uñas de Jimmy le arrancaban un trozo de piel del hombro, sin que nada brotara de allí; el corte era como una boca sin labios. Entonces, con una fuerza increíble, ella lo lanzó al otro extremo de la habitación. Jimmy cayó en un rincón, derribando el televisor portátil de Maury Green.

Con la rapidez del rayo, ella se abalanzó hacia él, encorvada y con unos movimientos presurosos y furtivos que recordaban los de una araña. Ben la vio fugazmente como una sombra confusa que descendía sobre Jimmy, asiéndolo del cuello de la camisa, y distinguió el salvaje gesto de embestida de la cabeza que se abatía oblicuamente sobre él con las mandíbulas abiertas de par en par.

Jimmy Cody chilló, con el grito agudo y desesperado de los condenados sin remisión.

Ben se arrojó sobre ella, tropezó con el televisor destrozado y estuvo a punto de acabar en el suelo. Oía la respiración de la mujer, áspera como el sonido de la paja seca al agitarse, mezclada con el asqueroso chasquido de los labios, impacientes por chupar.

Aferrándola por el cuello de la bata, la levantó en vilo, olvidándose de la cruz por un momento. Ella volvió la cabeza con aterradora rapidez. Tenía los ojos dilatados y relampagueantes, y los labios y el mentón manchados de sangre. Ben sintió en la cara su aliento, de fetidez indescriptible, el hálito de la tumba. Como a cámara lenta, Ben vio que se pasaba la lengua por los dientes.

Levantó la cruz en el momento en que ella lo atraía hacia sí con tanta facilidad como si él fuera un pelele. El extremo redondeado del depresor lingual la golpeó bajo el mentón...

y siguió subiendo, sin encontrar resistencia en la carne. Ben quedó aturdido por el destello de algo que no era luz y que no se produjo ante sus ojos, sino, aparentemente, detrás de ellos. Aspiró el hedor caliente y porcino de la carne quemada. Esta vez, el alarido de la mujer fue de agonía. Más que verla, Ben sintió que se lanzaba hacia atrás, tropezaba con el televisor y caía al suelo con un blanco brazo extendido para amortiguar la caída. Volvió a levantarse con la agilidad de un lobo, con los ojos entornados por el dolor pero aún colmados de un ansia insana. La carne del maxilar inferior estaba ennegrecida y humeante. Sus labios contraídos dejaban al descubierto los dientes.

—Acércate, zorra —la desafió Ben—. Acércate y verás.

Volvió a levantar la cruz ante sí y la obligó a retroceder hacia el extremo de la habitación. Cuando la tuvo arrinconada allí, se dispuso a hundirle la cruz en la frente.

Pero ella, con la espalda contra la pared, soltó una risa aguda y escalofriante que ocasionó que Ben se estremeciera. Era como el chirrido de un tenedor contra el esmalte del fregadero.

—*¡Incluso ahora me río! ¡Vuestro círculo es cada vez más pequeño!*

Y, ante los ojos de Ben, el cuerpo pareció alargarse y volverse traslúcido. Por un momento creyó que ella seguía ahí, riéndose de él, y de pronto la luz blanca de la farola de la calle incidió en la pared desnuda, y a Ben no le quedó más que una fugaz sensación en sus terminaciones nerviosas que parecía indicarle que ella se había filtrado a través de la pared, como si fuera de humo.

Había desaparecido.

Y Jimmy estaba gritando.

11

Ben encendió los fluorescentes y se volvió a mirar a su amigo, pero Jimmy ya estaba de pie, con las manos en un lado del cuello y los dedos teñidos de un escarlata brillante.

—¡Me ha *mordido*! —aullaba—. ¡Oh, Dios Santo, me ha *mordido*!

Ben se acercó a él, pero Jimmy lo apartó, con los ojos girándole en las órbitas.

—No me toques. Me ha contaminado...

—Jimmy...

—Dame el maletín. Por Dios, Ben, empiezo a notarlo. Siento cómo me afecta. *¡Por el amor de Dios, dame el maletín!*

Ben se lo tendió, y Jimmy se lo arrebató de la mano. Se dirigió a la mesa. Tenía el rostro cadavérico y cubierto de sudor. La sangre manaba a borbotones de la herida del cuello. Jimmy se sentó sobre la mesa, abrió el maletín y rebuscó en él desesperadamente, respirando con dificultad por la boca abierta.

—Me ha *mordido* —seguía mascullando—. La boca... Por Dios..., qué *boca* tan inmunda y fétida...

Sacó del maletín una botella de desinfectante y el tapón cayó al suelo. Jimmy se echó hacia atrás, apoyándose en un brazo, inclinó el frasco sobre su garganta y vertió el contenido en la herida, la ropa y la mesa. La sangre se escurría en hilillos. Jimmy cerró los ojos y aulló de dolor, pero en ningún momento le tembló la mano.

—Jimmy, ¿qué puedo...?

—Un momento —barbotó Jimmy—. Espera. Es mejor, creo. Espera...

Arrojó la botella, que se hizo añicos contra el suelo. La herida, una vez limpia de la sangre contaminada, resultaba claramente visible. Ben vio no un orificio, sino dos, no lejos de la yugular, uno de ellos horriblemente lacerado.

Jimmy había sacado del maletín una ampolla y una jeringuilla. Quitó el capuchón de la aguja y la clavó en el tapón de la ampolla. Ahora le temblaba tanto el pulso que tuvo que hacer dos intentos. Llenó la jeringuilla y se la alargó a Ben.

—Es la antitetánica —le explicó—. Pónmela aquí —extendió el brazo y lo giró para descubrir la axila.

—Pero, Jimmy, eso te dejará inconsciente…

—Qué va. Vamos, pónmela.

Ben tomó la jeringuilla y lo miró a los ojos con vacilación. Jimmy hizo un gesto de asentimiento, y Ben le clavó la aguja.

El cuerpo de Jimmy se puso tenso, como si fuera un resorte. Por unos instantes se convirtió en una estatua de agonía en la que hasta el último tendón estaba esculpido en nítido relieve. Poco a poco empezó a relajarse. Un escalofrío recorrió su cuerpo a causa de la reacción, y Ben advirtió que el sudor que le cubría la cara se había mezclado con lágrimas.

—Ponme la cruz encima —pidió—. Si todavía estoy contaminado por ella, me…, me servirá de algo.

—¿Tú crees?

—Estoy seguro. Cuando tú la perseguías, he alzado la vista y me han entrado deseos de lanzarme a por *ti*. Y, que Dios me perdone, eso es lo que he hecho. Pero en cuanto he visto esa cruz…, he sentido náuseas.

Ben le apoyó la cruz en el cuello. Nada sucedió. El resplandor se había extinguido por completo, si es que había existido alguna vez. Ben retiró la cruz.

—Bueno —concluyó Jimmy—, creo que más no podemos hacer. —Volvió a hurgar en el maletín hasta que encontró un sobre con dos píldoras que se metió en la boca—. Tranquilizantes. Un gran invento. Gracias a Dios fui al baño antes de…, antes de todo esto. Creo que me he meado encima, pero han sido solo como seis gotas. ¿Puedes vendarme el cuello?

—Claro —asintió Ben.

Jimmy le entregó gasa, esparadrapo y unas tijeras quirúrgicas. Al inclinarse para colocarle el vendaje, Ben reparó en que la piel en los bordes de la herida había adquirido el desagradable color de la sangre coagulada. Jimmy dio un respingo cuando él le puso la venda.

—Por un momento, he pensado que me volvería loco —dijo—. Pero loco de verdad, en un sentido clínico. Esos labios... esa mordedura... —La garganta le tembló al tragar saliva—. Y mientras ella lo hacía, a mí me *gustaba*, Ben. Incluso he tenido una erección, ¿puedes creerlo? Si no hubieras estado tú para quitármela de encima, yo la habría..., la habría dejado...

—No pienses más en ello —le aconsejó Ben.

—Tengo que hacer otra cosa que preferiría no hacer.

—¿Qué es?

—Mírame un momento.

Ben terminó con el vendaje y se retiró un poco para mirarlo.

—¿Qué...?

Jimmy le asestó un puñetazo. Con estrellas arremolinándose en el cerebro, Ben dio tres pasos vacilantes hacia atrás y se cayó sentado. Sacudió la cabeza y vio que Jimmy se bajaba de la mesa para acercarse a él. Buscó la cruz a tientas, pensando: esto es lo que se dice un final inesperado, estúpido de mierda, estúpido, estúpido...

—¿Estás bien? —le preguntó Jimmy—. Perdóname, pero es más fácil cuando uno no sabe que le van a pegar.

—Pero ¿qué coño...?

Jimmy se sentó en el suelo, junto a él.

—Te explicaré la historia que vamos a contar. Hace aguas por todos lados, pero estoy seguro de que Maury Green la corroborará. A mí me permitirá conservar la licencia, y evitará que nos encierren a los dos..., y en este momento lo que me preocupa es seguir en libertad para luchar contra... esas cosas, llámalas como quieras, un día más. ¿Lo comprendes?

—Vaya realismo —comentó Ben mientras se tocaba la mandíbula, dolorido. El mentón se le había inflamado.

—Alguien ha irrumpido aquí mientras yo estaba examinando a la señora Glick —comenzó Jimmy—. Ese alguien te ha golpeado y después me ha zurrado a mí. Durante la pelea, me ha mordido. Es lo único que recordamos. *Lo único*. ¿Entendido?

Ben asintió.

—El tipo llevaba un abrigo azul o negro, y un gorro tejido verde o gris. Es cuanto hemos podido ver. ¿De acuerdo?

—¿Nunca se te ha ocurrido dejar la medicina para hacer carrera como escritor?

—Solo soy creativo cuando mi interés personal está en juego. —Jimmy sonrió—. ¿Recordarás la historia?

—Claro que sí. Y no me parece tan inverosímil como a ti. Después de todo, su cadáver no es el primero que ha desaparecido últimamente.

—Confío en que hagan esa conexión. Pero el sheriff del condado es más despierto de lo que jamás lo será Parkins Gillespie. Tenemos que andarnos con cuidado. No adornes demasiado el relato.

—¿Crees que alguien con un cargo oficial podría empezar a ver un patrón detrás de todo esto?

Jimmy sacudió la cabeza.

—Ni por asomo. Tendremos que apañárnoslas nosotros dos solos. Y recuerda que, a partir de este momento, somos delincuentes.

Dicho esto, se dirigió al teléfono para llamar a Maury Green, y luego a Homer McCaslin, el sheriff del condado.

12

Ben llegó a la pensión de Eva quince minutos después de la medianoche y se preparó una taza de café en la desierta cocina de abajo. Se lo bebió lentamente mientras revivía los acontecimientos de la noche con la intensa concentración de un hombre que acaba de salvarse por los pelos de caer por un acantilado.

El sheriff era un hombre alto, de calvicie incipiente, que mascaba tabaco. Sus movimientos eran lentos, pero sus ojos eran vivaces y observadores. Sacó una libreta manoseada y una anticuada pluma estilográfica. Interrogó a Ben y a Jimmy mientras dos de sus agentes esparcían polvo para recoger huellas digitales y tomaban fotografías. Maury Green se mantuvo en segundo plano y de vez en cuando miraba a Jimmy con expresión intrigada.

¿Qué hacían en la funeraria de Green?

Jimmy se encargó de responder con la historia de la encefalitis.

¿Doc Reardon estaba al tanto de eso?

Bueno, no. A Jimmy le había parecido mejor hacer un examen por su cuenta antes de comentar el asunto con nadie. Doc Reardon tenía fama de ser a veces un poco charlatán.

¿Y qué pasa con la encefalitis? ¿La mujer la tenía?

No, casi con seguridad, no. El examen médico había concluido antes de que apareciera el hombre del abrigo oscuro, y él (Jimmy) no podía ni quería decir exactamente de qué había muerto la mujer, pero la encefalitis quedaba descartada.

¿Podrían describir al tipo?

Los dos respondieron lo que habían acordado previamente y Ben le agregó un par de botas de trabajo marrones para que sus versiones no sonaran sospechosamente parecidas.

McCaslin hizo unas preguntas más, y Ben ya empezaba a

tener la sensación de que saldrían bien parados del asunto cuando el sheriff se volvió hacia él y le preguntó:

—¿Y qué pinta usted en todo esto, Mears, si no es médico?

Lo miró con un brillo benevolente en los ojos. Jimmy abrió la boca para contestar, pero el sheriff le impuso silencio con un gesto.

Si el propósito de McCaslin con su súbita interpelación había sido provocar a Ben para que se delatara con alguna expresión o gesto de culpabilidad, no lo consiguió. Ben estaba demasiado agotado emocionalmente para mostrar una reacción muy intensa. Que lo pillaran en una contradicción, después de todo lo que ya había sucedido, no parecía demasiado grave.

—Soy escritor, no médico. En este momento estoy escribiendo una novela en que un personaje secundario de cierta importancia es hijo de un empresario de pompas fúnebres, así que quería echar un vistazo entre bambalinas. He conseguido que Jimmy me trajera en su coche, y como me ha dicho que prefería no hablar de lo que venía a hacer, no se lo he preguntado. —Se frotó el mentón—. Y me he llevado algo más de lo que esperaba.

McCaslin no parecía ni complacido ni decepcionado por la respuesta de Ben.

—Pues parece que sí. Usted es el autor de *La hija de Conway*, ¿no?

—Sí.

—Mi mujer leyó un extracto en no sé qué revista femenina. *Cosmopolitan*, creo. Se divirtió mucho. Yo le eché un vistazo y no me pareció nada divertido eso de una niña pequeña drogada.

—No. —Ben miró a McCaslin—. No era mi intención que resultara divertido.

—Ese libro nuevo que está escribiendo, ¿es sobre Lot?

—Sí.

—Podría dárselo a leer aquí a Moe Green —sugirió McCaslin—. Para ver si están logradas las escenas de la funeraria.

—Esa parte todavía no está escrita —aclaró Ben—. Yo siempre me documento antes de escribir. Es más fácil.

El sheriff sacudió la cabeza.

—Pues fíjense que lo que ustedes cuentan parece sacado de uno de esos libros de Fu Manchú. Un tipo se cuela aquí, reduce a dos hombres robustos y se larga con el cadáver de una pobre mujer muerta por causas desconocidas.

—Oye, Homer... —empezó Jimmy.

—No me llame Homer —protestó McCaslin—. Nada de esto me gusta. Eso de la encefalitis se contagia, ¿no?

—Sí, es infecciosa —respondió con cautela Jimmy.

—¿Y aun así ha venido usted aquí con este escritor, sabiendo que ella podía haber muerto de algo contagioso?

Jimmy se encogió de hombros.

—Sheriff, yo no pongo en duda su juicio profesional, y usted tendrá que respetar el mío. La encefalitis no es una infección muy virulenta. No me ha dado la impresión de que venir revistiera peligro para ninguno de nosotros. Y dígame, ¿no sería mejor que tratara de encontrar al que robó el cuerpo de la señora Glick..., sea Fu Manchú o quien fuere? ¿O es que se divierte interrogándonos?

McCaslin soltó un hondo suspiro desde su nada desdeñable barriga, cerró de un golpe su libreta y se la guardó de nuevo en el bolsillo.

—Bueno, Jimmy, dudo que saquemos mucho en claro de todo esto, a no ser que el chiflado sea otra vez alguien del aserradero..., si es que ha habido algún chiflado, cosa que dudo.

Jimmy arqueó las cejas.

—Ustedes me están mintiendo —dijo McCaslin—. Yo lo sé, lo saben los agentes, y hasta es probable que lo sepa también el viejo Moe. No sé cuánto me mienten, si mucho o poco, pero sé que no puedo *demostrar* que mienten mientras los dos sigan contando la misma historia. Nada me impediría ponerlos a los dos a la sombra, pero las normas dicen que tienen derecho a una llamada telefónica, y hasta un imberbe recién salido de la facultad de Derecho podría sacarlos, pues no tengo pruebas contra ustedes, solo sospechas de que aquí hay gato encerrado. Y apuesto a que su abogado no es un pipiolo recién salido de la facultad, ¿no?

—Efectivamente —confirmó Jimmy.

—De todas maneras, los metería a los dos en el calabozo si no fuera porque tengo la sensación de que no están mintiendo porque hayan hecho algo ilegal. —Pisó el pedal de la tapa del cubo de acero inoxidable colocado junto a la mesa y, cuando se abrió, escupió dentro un oscuro chorro de jugo de tabaco. Maury Green dio un respingo—. ¿Alguno de ustedes querría, digamos, modificar su versión de los hechos? —preguntó en voz baja, de la que había desaparecido todo rastro de acento provinciano—. Este asunto es grave. Ha habido cuatro muertes en el pueblo, y los cuatro cadáveres han desaparecido. Quiero saber qué está ocurriendo aquí.

—Le hemos contado todo lo que sabemos —contestó Jimmy con firmeza tranquila—. Si pudiéramos decirle algo más, no dude que lo haríamos.

McCaslin le sostuvo la mirada con la misma intensidad.

—Están cagados de miedo —dijo—. Usted y el escritor, los dos. Tienen el mismo aspecto que algunos tipos cuando regresaban del frente en Corea.

Los dos agentes los miraban. Ni Ben ni Jimmy dijeron nada.

McCaslin volvió a suspirar.

—Bueno, largo de aquí. Quiero verles mañana a las diez en mi oficina para prestar declaración. Si a las diez no están allí, los mandaré a buscar con un coche patrulla.

—No será necesario —prometió Ben.

McCaslin lo miró y sacudió la cabeza.

—Usted tendría que escribir libros más sensatos. Como ese tipo que escribe los cuentos de Travis McGee. A esos cuentos uno puede hincarles el diente.

13

Ben se levantó de la mesa, enjuagó la taza de café en el fregadero y se quedó mirando por la ventana la negrura de la noche. ¿Qué acechaba entre las sombras? ¿Marjorie Glick, reunida por fin con su hijo? ¿Mike Ryerson? ¿Floyd Tibbits? ¿Carl Foreman?

Se apartó de la ventana y subió a su cuarto.

Durante el resto de la noche durmió con la luz encendida sobre el escritorio, y dejó sobre la mesita, al alcance de la mano, la cruz improvisada con depresores linguales con la que había derrotado a la señora Glick. Su último pensamiento antes de sucumbir al sueño fue para Susan. Se preguntó si estaría bien y a salvo.

Capítulo 12

MARK

1

Cuando oyó por primera vez el crujido de ramitas, aún distante, se deslizó tras el tronco de un enorme abeto y esperó a ver quién aparecía. *Ellos* no podían salir a la luz del día, pero nada les impedía conseguir la ayuda de gente que sí podía; darles dinero era una manera, pero no la única. Mark había visto en el pueblo al señor ese, Straker, que tenía los ojos de un sapo tomando el sol sobre una roca. Daba la impresión de ser capaz de romperle un brazo a un bebé sin dejar de sonreír en ningún momento.

Palpó el pesado bulto que formaba en el bolsillo de su chaqueta la pistola de su padre. Contra *ellos* las balas no servían —a menos que fueran de plata, tal vez—, pero, desde luego, un tiro entre los ojos acabaría con el tal Straker.

Por un momento bajó los ojos hacia la forma cilíndrica apoyada contra el árbol, envuelta en una toalla vieja. Detrás de su casa había una pila de leña, un montón de troncos de fresno para la chimenea que Mark y su padre habían cortado en julio y agosto con la sierra mecánica McCulloch. Henry Petrie era un hombre metódico, y Mark sabía que cada leño mediría un metro, centímetro más, centímetro menos. Su padre sabía cuál era el largo adecuado, del mismo modo que sabía que después del otoño venía el invierno y que el fresno era lo que ardía durante más tiempo y con menos humo en la chimenea de la sala de estar.

Su hijo sabía otras cosas, como por ejemplo que el fresno había que usarlo con hombres..., con cosas... como *él*. Esa mañana, mientras sus padres salían a dar su paseo de los domingos para avistar pájaros, Mark había sacado una de las estacas y, con su pequeña hacha de boy scout, le había afilado un extremo. Era un poco burdo, pero serviría.

Al vislumbrar un destello de color, volvió a encogerse contra el árbol, espiando con un ojo desde detrás de la áspera corteza. Un momento después, vio con claridad a la persona que ascendía por la colina. Era una chica. Lo invadió una sensación de alivio, mezclada con desilusión. No se trataba de un secuaz del diablo, sino de la hija del señor Norton.

De nuevo aguzó la vista. ¡Ella también llevaba un palo! A medida que Susan se acercaba, le dieron ganas de soltar una carcajada amarga: empuñaba un poste de una valla antinieve. Con dos golpes de martillo se partiría en dos.

La chica iba a pasar por la derecha del árbol que le servía de escondite a Mark. Mientras se aproximaba, él empezó a deslizarse alrededor del tronco, hacia la izquierda, evitando pisar cualquier ramita que pudiera delatar su presencia con un crujido. Por fin, dio por concluido su movimiento cuidadosamente sincronizado: Susan se encontraba de espaldas a él mientras proseguía su ascenso por la colina, hacia donde terminaban los árboles. Andaba con cautela, observó Mark. Eso estaba bien. Pese a la inservible estaca que llevaba, parecía tener cierta idea de dónde se estaba metiendo. Aun así, si seguía avanzando, podía tener problemas. Straker estaba en casa. Mark, que llevaba allí desde las doce y media, había visto que Straker se asomaba al camino de entrada para echar un vistazo a la carretera antes de volver a entrar. Mark trataba de tomar una decisión cuando la aparición de la muchacha lo había interrumpido.

Con un poco de suerte, a ella no le pasaría nada. Se había detenido detrás de una mata de arbustos y estaba allí en cuclillas, mirando hacia la casa. Mark reflexionó sobre ello. Era obvio que Susan lo sabía. Daba igual cómo se hubiera enterado, pero resultaba evidente que no iría armada con esa patética estaca si no lo supiera. Mark concluyó que lo mejor sería advertirle de que Straker no había salido y estaba alerta. Probablemente no llevaba pistola, ni siquiera una pequeña como la suya.

Mientras cavilaba sobre cómo hacerle saber que estaba allí sin que ella se pusiera a gritar como loca, oyó que el motor del coche de Straker se ponía en marcha. Susan se sobresaltó, y en el primer momento Mark temió que se lanzara a una carrera desenfrenada por el bosque, delatando su presencia. Pero la chica volvió a agazaparse, cuerpo a tierra. Aunque sea estúpida, tiene agallas, pensó Mark con aprobación.

El automóvil de Straker retrocedió por el camino de entrada (desde donde estaba, Susan debía de verlo mejor que él, que solo alcanzaba a distinguir el techo negro del Packard) y, tras vacilar un instante, enfiló la carretera en dirección al pueblo.

Mark decidió que debían trabajar en equipo. Cualquier cosa sería mejor que entrar solo en esa casa. Él ya había percibido la atmósfera ponzoñosa que la rodeaba. La había detectado desde casi un kilómetro de distancia y, a medida que uno se aproximaba, se hacía más densa.

Corrió rápidamente por la cuesta tapizada de hojas, hasta posarle la mano en el hombro. Sintió que el cuerpo de ella se tensaba e intuyó que iba a gritar.

—No grites —le advirtió—. No hay peligro. Soy yo.

Susan no gritó, pero dejó escapar una exhalación de terror. Con el semblante pálido, se volvió para mirarlo.

—¿Quién es «yo»?

El muchacho se sentó junto a ella.

—Me llamo Mark Petrie, y sé quién eres tú: Sue Norton. Mi padre conoce al tuyo.

—¿Petrie...? ¿Henry Petrie?

—Sí, ese es mi padre.

—¿Qué haces tú aquí? —Sus ojos lo recorrían como si le costara convencerse de que aquel chico era real.

—Lo mismo que tú. Solo que esa estaca no te servirá. Es demasiado... —Recurrió a una palabra que había leído en el diccionario y cuya definición sabía, pero que nunca había usado—. Demasiado endeble.

Susan miró el palo que tenía en la mano y enrojeció.

—Ah, esto. Bueno, es que lo he encontrado en el bosque y..., y he pensado que alguien podía tropezar con ella, así que...

El chico la interrumpió con impaciencia.

—Has venido a matar al vampiro, ¿a que sí?

—¿De dónde has sacado semejante idea? ¿Pero qué vampiro ni qué narices?

—Un vampiro trató de chuparme la sangre anoche... y casi lo logró.

—Qué disparate. Que un muchacho de tu edad no sepa que esas cosas...

—Era Danny Glick.

Susan se echó hacia atrás, cerró los ojos como en un gesto de dolor. Alargó una mano a ciegas, encontró el brazo de Mark y lo aferró. Sus miradas se encontraron.

—¿No te lo estás inventando, Mark?

—No —respondió el chico, y le contó la historia en unas pocas frases.

—¿Y has venido aquí solo? —preguntó Susan cuando él hubo terminado—. ¿Crees eso que me has contado y aun así has venido aquí solo?

—¿Que si lo creo? —Mark la miró, sorprendido—. Claro que lo creo. ¡Lo vi! ¿Cómo no iba a creerlo?

Su pregunta quedó sin respuesta, y de pronto Susan se sintió avergonzada.

—¿Cómo es que estás tú aquí? —preguntó Mark.

La muchacha vaciló un momento.

—En el pueblo hay algunos hombres que sospechan que en esta casa hay alguien a quien nadie ha visto. Y que podría ser un..., un... —Susan todavía no era capaz de pronunciar la palabra, pero Mark asintió. Aunque acababa de conocerlo, le parecía un muchachito extraordinario—. Así que he venido a ver si descubría algo —dijo Susan, como síntesis de cuanto podría haber agregado.

Con un gesto, Mark señaló la estaca.

—¿Y has traído eso para clavárselo en el pecho?

—No sé si sería capaz de hacerlo.

—Yo sí —afirmó el chico—, después de lo que vi anoche. Danny estaba al otro lado de mi ventana, suspendido en el aire como una mosca gigante. Y sus dientes... —Sacudió la cabeza para ahuyentar la pesadilla como un empresario ahuyentaría a un cliente en quiebra.

—¿Saben tus padres que estás aquí? —preguntó Susan, convencida de que no lo sabían.

—No —admitió él—. El domingo es el día que dedican a la naturaleza. Por la mañana salen a caminar y observar a los pájaros, y por la tarde hacen otras cosas. Unas veces los acompaño, y otras no. Hoy han ido a recorrer la costa en coche.

—Eres un chico muy valiente —se admiró ella.

—No creas. —La compostura de Mark no se alteró ante el elogio—. Pero voy a librarme de *él*. —Levantó la vista hacia la casa.

—¿Estás seguro...?

—Claro que sí. Y tú también. ¿No *sientes* lo malvado que es? ¿Esa casa no te da miedo con solo mirarla?

—Sí —admitió Susan. La lógica de Mark era la lógica de los nervios a flor de piel y, a diferencia de la de Ben o la de Matt, resultaba irresistible—. Entonces ¿qué hacemos? —preguntó cediéndole de forma automática el liderazgo de la misión.

—Pues subir hasta ahí y entrar sin más. Lo encontramos, le clavamos la estaca (la *mía*, no la tuya) en el corazón y luego volvemos a salir. Probablemente estará en el sótano. Les gustan los lugares oscuros. ¿Tienes una linterna?

—No.

—Mecachis, yo tampoco... —Arrastró la suela de la zapatilla adelante y atrás sobre las hojas del suelo—. Y supongo que tampoco habrás traído una cruz, ¿o sí?

—Sí, eso sí. —Susan se sacó la cadenilla de la blusa para mostrársela.

Con un gesto de asentimiento, Mark se sacó a su vez el crucifijo que llevaba debajo de la camisa.

—Espero poder devolverlo antes de que regresen mis padres —dijo—. Lo he cogido del joyero de mi madre y, como se entere, me la cargo.

Miró alrededor. Mientras hablaban, las sombras se habían alargado, y los dos se sentían impulsados a retrasar lo más posible el momento de actuar.

—Cuando lo encontremos, no lo mires a los ojos —le aconsejó Mark—. Mientras no oscurezca, no puede salir de su ataúd, pero sí que puede inmovilizarte con los ojos. ¿Te sabes alguna oración?

Habían empezado a avanzar entre los arbustos que separaban el bosque del descuidado césped de la Casa Marsten.

—Bueno, el padrenuestro...

—Eso servirá. Es la misma que me sé yo. La rezaremos juntos mientras yo le clavo la estaca.

Al ver la expresión entre asqueada y amilanada de Susan, la tomó de la mano. Su autodominio resultaba desconcertante.

—Oye, no nos queda otro remedio. Apostaría a que desde anoche tiene en su poder a medio pueblo. Y, si seguimos esperando, se apropiará de él por completo. Todo irá muy deprisa.

—¿Desde anoche?

—Lo soñé. —Aunque Mark hablaba con voz tranquila, tenía la mirada sombría—. Soñé que iban a las casas y llamaban por teléfono pidiendo que les dejaran entrar. Algunas personas lo sabían en lo más hondo de su ser, pero los dejaban entrar de todos modos, porque eso era más fácil que pensar que algo tan espantoso pudiera ser real.

—No es más que un sueño —repuso Susan con inquietud.

—Apuesto a que ahora mismo hay un montón de gente que está en cama con las cortinas cerradas o las persianas bajadas, creyendo que ha pillado un resfriado o la gripe o algo parecido. Que se sienten débiles y no tienen apetito. Con solo pensar en comer, les entran ganas de vomitar.

—¿Cómo sabes eso?

—Porque leo revistas de monstruos y voy al cine siempre que puedo —explicó Mark—. Por lo general, tengo que decirle a mamá que dan alguna de Walt Disney. Pero no todo lo que sale ahí es de fiar. A veces exageran las cosas para que la historia sea más truculenta.

Estaban al lado de la casa. Vaya tropa formamos los creyentes en la causa, pensó Susan. Un viejo profesor medio chiflado por los libros, un escritor obsesionado por las pesadillas de su infancia, un chiquillo doctorado en vampirología gracias a películas y novelas baratas de terror. Y yo. Pero ¿realmente creo? ¿Se me están contagiando las fantasías paranoides?

Susan creía.

Como había dicho Mark, estando tan cerca de la casa no era posible tomarse el asunto a broma. Todos los procesos mentales, el acto mismo de conversar, quedaban eclipsados por una voz más fundamental que no dejaba de gritar «¡peligro, peligro!» en un idioma ajeno a las palabras. Aunque su pulso y respiración estaban acelerados, tenía la piel fría por el efecto vasodilatador de la adrenalina, que retiene la sangre en las cavidades internas del cuerpo durante los momentos de estrés. Sentía tensión y pesadez en los riñones. Sus ojos habían adquirido una agudeza preternatural, y no se les escapaba ni una astilla ni un desconchón en el muro de la casa. Y para que todo eso se desencadenara no habían hecho falta estímulos externos: ni hombres armados, ni perros amenazantes, ni indicios de fuego. Un vigía más profundo que sus cinco sentidos había despertado tras un largo periodo de sueño, y no había manera de ignorarlo.

Susan echó una ojeada por una abertura que había en uno de los postigos de abajo.

—Pero ¿cómo es posible que no hayan arreglado nada? —comentó, casi enfadada—. Está hecha una ruina.

—Déjame ver. Súbeme.

Susan entrelazó las manos para que él pudiera apoyarse en ellas y mirar por entre las tablillas rotas el destartalado salón de la Casa Marsten. El chico vio una estancia rectangular desierta con el suelo cubierto por una espesa alfombra de polvo (en la que se apreciaban muchas pisadas), el empapelado desprendido, dos o tres viejos sillones, una mesa coja. Los ángulos superiores de la habitación, cerca del techo, estaban festoneados de telarañas.

Antes de que Susan pudiera oponerse, Mark había forzado el gancho que cerraba la contraventana empujándolo con el extremo más grueso de su estaca. Las dos piezas herrumbrosas del cierre cayeron al suelo y, con un chirrido, los postigos se abrieron un par de centímetros hacia fuera.

—¡Eh! —protestó Susan—. No hagas eso.

—¿Y qué propones, que toquemos el timbre?

El chico plegó hacia atrás el postigo de la derecha y rompió uno de los sucios cristales, cuyos trozos cayeron hacia dentro con un tintineo. El miedo se apoderó de Susan, llenándole la boca de un regusto metálico.

—Estamos a tiempo de huir —dijo casi para sí.

Él la miró, sin que sus ojos reflejaran desdén alguno; solo una seriedad y un miedo tan intensos como los de ella.

—Si tienes que irte, vete —le dijo.

—No tengo que irme. —Susan procuró tragarse el nudo que le obstruía la garganta—. Pero date prisa.

Mark retiró los trozos de vidrio que quedaban en el marco y, tras cambiarse la estaca de mano, descorrió el cerrojo de la ventana, que gimió levemente mientras la levantaba.

Los dos se quedaron mirando al interior sin decir palabra. Después ella dio un paso, abrió del todo el postigo de la derecha y apoyó las manos sobre el alféizar astillado, preparándose para trepar. El pavor le producía náuseas, instalado en su vientre como un embarazo macabro. Por fin entendía lo que había sentido Matt Burke mientras subía las escaleras de su casa para hacer frente a lo que le esperaba en el cuarto de invitados.

Susan, de manera consciente o inconsciente, siempre había entendido el miedo como una sencilla ecuación: miedo = desconocido. Y para resolver la ecuación no había más que reducir el problema a simples términos algebraicos: desconocido = tabla que cruje (o lo que fuera), tabla que cruje = nada que temer. En el mundo moderno, todos los miedos podían desmontarse así, mediante un uso sencillo del axioma transitivo de la igualdad. Algunos temores estaban justificados, por supuesto (si vas ciego perdido, no conduzcas; no le tiendas la mano en señal de amistad a un perro que te gruñe; no te quedes sola en un coche con un chico que no conoces... ¿Cómo decía aquel chiste? ¿«O te bajas las bragas o te bajas aquí?»), pero hasta entonces no había creído que hubiera miedos que sobrepasaran la comprensión, miedos apocalípticos, casi paralizantes. Aquella ecuación era irresoluble. El mero hecho de seguir adelante se convertía en un acto heroico.

Flexionó los músculos para auparse, pasó una pierna por encima del alféizar, se dejó caer sobre el polvoriento suelo de la sala y miró alrededor. Percibió un hedor que emanaba de las paredes como un miasma casi visible. Susan intentó convencerse de que no era más que el olor del yeso enmohecido, o de los excrementos acumulados y húmedos de todos los animales que se habían refugiado en esas ruinas: marmotas, ratas, incluso tal vez algún mapache. Pero no se trataba solo de eso. Aquel olor era más denso que la fetidez animal, más penetrante. Hacía pensar en lágrimas, en vómitos, en tinieblas.

—Eh —la llamó suavemente Mark, agitando las manos por encima del alféizar—. Ayúdame.

Susan se inclinó hacia fuera, lo agarró por las axilas y lo izó hasta que pudo apoyarse en la repisa. Entonces se dobló con agilidad y entró. Sus pies calzados con zapatillas cayeron con un golpe sordo sobre la alfombra, y la casa volvió a quedar en silencio.

Los dos se encontraron fascinados escuchando el silencio. Ni siquiera se oía el zumbido leve y agudo que suele acompañar la quietud absoluta, el sonido de las terminaciones nerviosas en punto muerto. No percibían más que una ausencia absoluta de ruido y el latido de la sangre en los oídos.

Sin embargo, los dos lo sabían, por supuesto. Sabían que no estaban solos.

2

—Vamos —dijo Mark—. Echemos un vistazo. —Aferró la estaca y por un momento volvió con nostalgia los ojos hacia la ventana.

Susan avanzó lentamente hacia el vestíbulo, seguida por él. Al lado de la puerta había una mesita sobre la que reposaba un libro. Mark lo cogió.

—Oye —dijo—, ¿tú sabes latín?

—Un poco.

—¿Qué significa esto? —Mark le mostró la tapa.

La chica leyó las palabras frunciendo el ceño.

—No lo sé —dijo, sacudiendo la cabeza.

Mark abrió el libro y se estremeció. Había una figura de un hombre desnudo que ofrecía el cuerpo mutilado de un niño a algo que no se alcanzaba a ver. El muchacho volvió a dejar el libro donde estaba, aliviado de soltarlo al fin (el material con que estaba encuadernado resultaba inquietantemente familiar al tacto), y ambos se dirigieron hacia la cocina. Allí las sombras eran más intensas. El sol había dado la vuelta hacia el otro lado de la casa.

—¿Notas el olor? —preguntó Mark.

—Sí.

—Aquí atrás es peor, ¿no?

—Sí.

Mark recordó la despensa que tenía su madre en la otra casa, donde un año tres cestas de tomates se habían echado a perder. Era un olor así, como de tomates podridos.

—Dios, estoy muerta de miedo —murmuró Susan.

Mark buscó su mano a tientas, y entrecruzaron los dedos. El linóleo de la cocina, frente al antiguo fregadero de porcelana, estaba viejo, áspero y gastado. Una gran mesa llena de marcas y arañazos, sobre la que había un cuchillo, un tenedor y un plato amarillo con un trozo de hamburguesa cruda, ocupaba el centro de la cocina.

La puerta del sótano estaba entreabierta.

—Ahí es donde tenemos que ir —señaló Mark.

—Ah —dijo Susan con un hilillo de voz.

La abertura era apenas una rendija y la luz no llegaba a entrar. Parecía como si una lengua de oscuridad lamiera ávidamente la cocina, en espera de que llegara la noche para devorarla entera. Ese centímetro de oscuridad era abominable, y sus posibilidades, inefables. Incapaz de moverse, Susan permaneció junto a Mark.

El chico avanzó, tiró de la puerta hasta abrirla del todo y miró hacia abajo. Susan advirtió que le temblaba un músculo en la mandíbula.

—Creo... —empezó a decir Mark, pero ella oyó algo a sus espaldas y se volvió, con la súbita sensación de que ya era demasiado tarde. Era Straker. Su sonrisa más bien parecía una mueca.

Mark giró sobre los talones, lo vio y trató de esquivarlo rápidamente. El puño de Straker impactó contra su mentón, y el chico no supo nada más.

3

Cuando Mark recuperó el conocimiento, alguien lo subía en brazos por unas escaleras, pero no las del sótano. No tenía esa sensación de estar encerrado entre muros de piedra, y el aire no era tan fétido. Entreabrió los párpados unos milímetros, sin que su cabeza dejara de pender inerte del cuello. Habían llegado a un descanso: el primer piso. Había bastante luz. El sol no se había puesto todavía. Quedaba una tenue esperanza.

Al llegar al rellano, de pronto los brazos que lo sostenían desaparecieron y Mark cayó pesadamente al suelo, golpeándose la cabeza.

—¿Crees que no sé distinguir cuándo alguien se está haciendo el muerto, jovencito? —le preguntó Straker.

Visto desde el suelo, parecía de tres metros de estatura. El cráneo calvo relucía con discreta elegancia en la creciente oscuridad. Mark advirtió aterrado que llevaba un rollo de cuerda al hombro.

Se metió la mano en el bolsillo donde había puesto la pistola.

Straker se echó a reír.

—Me he tomado la libertad de quitarte la pistola, jovencito. Los niños no deben portar armas..., ni tampoco conviene que lleven a una señorita a un lugar donde no los han invitado.

—¿Qué ha hecho con Susan Norton?

Straker sonrió.

—La he llevado adonde ella quería ir, amiguito. Al sótano. Más tarde, cuando se ponga el sol, se encontrará con el hombre a quien ha venido a ver. Y tú también lo conocerás, tal vez esta misma noche, tal vez mañana. Es posible que él te deje en manos de la muchacha, pero más bien sospecho que se ocupará personalmente de ti. La chica tendrá sus propios amigos, entre ellos tal vez algunos entrometidos como tú.

Con ambos pies, Mark trató de golpearlo en la entrepierna, pero Straker se apartó ágilmente a un lado, como un bailarín. Al mismo tiempo lanzó a su vez una enérgica patada que lo alcanzó en los riñones.

Mark se mordió los labios, retorciéndose en el suelo.

—Vamos, jovencito. De pie —le ordenó Straker con una risita.

—No..., no puedo.

—Pues arrástrate —dijo el hombre con desdén, pateándolo de nuevo, esta vez en el muslo.

El dolor fue muy intenso, pero Mark apretó los dientes. Consiguió ponerse de rodillas y después de pie.

Siguieron andando por el pasillo hasta la puerta del fondo. El dolor de riñones disminuía para convertirse en un malestar sordo.

—¿Qué va a hacer conmigo?

—Embroquetarte como a un pavo de Navidad, jovencito. Más tarde, cuando mi amo se haya ocupado de ti, quedarás en libertad.

—¿Como los otros?

Straker sonrió.

Mientras abría la puerta para entrar en la habitación donde se había suicidado Hubie Marsten, algo extraño sucedió en la mente de Mark. El miedo no se desvaneció, pero aparentemente dejó de actuar como un freno sobre sus procesos mentales y de bloquear las señales productivas. Su cerebro empezó a funcionar con una velocidad pasmosa, no valiéndose de palabras ni de imágenes, sino de una especie de taquigrafía simbólica. El muchacho se sentía como una bombilla que de pronto experimenta una subida de tensión procedente de una fuente desconocida.

El cuarto como tal era absolutamente anodino. El papel pintado colgaba en jirones, dejando al descubierto el enlucido y la piedra. El tiempo había cubierto el suelo con una espesa capa de polvo y yeso, pero solo se veían las huellas de una persona, como si alguien hubiera subido allí una vez y se hubiera marchado tras echar un vistazo. Había dos pilas de revistas, una cama de hierro sin muelles ni colchón y una pequeña plancha de hojalata con un grabado de Currier & Ives desvaído que en otro tiempo tapaba el agujero de la chimenea para el tubo de la cocina. La ventana tenía los postigos cerrados, pero entre ellos se filtraba una luz polvorienta lo bastante intensa para que Mark pensara que todavía faltaba una hora para el anochecer. En el cuarto flotaba algo maligno y hediondo.

Le llevó quizá cinco segundos abrir la puerta, fijarse en todas estas cosas y avanzar hasta el centro de la habitación, donde Straker le ordenó que se detuviera. En ese breve lapso, su mente recorrió velozmente tres distintas vías de acción y vio tres posibles resoluciones de la situación en la que se encontraba.

En una de ellas, él arrancaba a correr de improviso hacia la ventana cerrada, intentaba lanzarse a través de los cristales y los postigos como el héroe de una película del Oeste y se precipitaba hacia lo desconocido. Se imaginó dos posibles desenlaces: en uno, caía sobre un montón de herramientas de jardín oxidadas para terminar su vida retorciéndose empalado en una horquilla mellada como un insecto en un alfiler. En el otro, se estrellaba contra los cristales sin conseguir que se abriera el postigo, y Straker se apoderaba otra vez de su cuerpo, lacerado y sangrante.

En la segunda, Straker lo ataba y lo dejaba ahí. Se vio a sí mismo inmovilizado en el suelo, vio cómo se extinguía la luz, cómo sus esfuerzos por liberarse eran cada vez más frenéticos e inútiles, hasta que al final oía las pisadas siniestras de un individuo mil veces peor que Straker que subía por las escaleras.

En la tercera, se vio recurriendo a una treta que había aprendido el verano anterior al leer un libro sobre Houdini, el famoso mago capaz de escaparse de una celda, de un cajón cerrado con cadenas y de una caja fuerte. Podía soltarse de cuerdas, esposas de acero e instrumentos de tortura chinos. Y una de las cosas que hacía, según el libro, era contener el aliento y tensar fuertemente los puños cuando una persona del público lo ataba. También contraía los muslos, los antebrazos y el cuello. Si uno tenía músculos bien desarrollados, al relajarlos conseguía que las ligaduras quedaran un poco menos tirantes. Luego, el secreto radicaba en relajarse por completo y trabajar con lentitud y tesón para escapar, sin dejarse dominar por el pánico. Poco a poco, el cuerpo también ponía su granito de arena, lubricándose con sudor. En el libro todo parecía muy fácil.

—Date la vuelta; te voy a atar —le dijo Straker—. Y mientras tanto, estate quieto, porque si te mueves, te vaciaré el ojo con esto. —Levantó el pulgar—. ¿Queda claro?

Mark asintió. Realizó una inspiración profunda, retuvo el aire y contrajo los músculos.

Straker arrojó la cuerda por encima de una viga.

—Acuéstate —le dijo.

Mark obedeció.

Straker le cruzó las manos tras la espalda y se las ató firmemente con la cuerda. Hizo un lazo, se lo pasó por el cuello y lo aseguró con un nudo corredizo.

—Estás atado a la misma viga de la que se colgó el amigo y patrono de mi amo en esta comarca, jovencito. ¿No te sientes halagado?

Mark emitió un gruñido y Straker se rio. Le pasó la cuerda entre las piernas, y el chico gimió cuando la tensó con un tirón brutal.

—¿Te duelen tus partes? —acotó con cínico humor—. No será por mucho rato. De todas maneras, llevarás una vida ascética, hijo..., una vida muy muy larga.

Tras enrollar la cuerda a los tensos muslos del chico, apretó el nudo y volvió a rodearle las rodillas y los tobillos. A Mark le estaba costando mucho esfuerzo contener la respiración, pero se dominó obstinadamente.

—Estás temblando, jovencito —se burló Straker—. Tienes todo el cuerpo entumecido. Y toda la carne blanca..., ¡pero se te pondrá aún más blanca! No tienes por qué tener tanto miedo. Mi amo puede ser muy bondadoso. Y la gente lo venera aquí, en tu propio pueblo. No sentirás más que un pequeño pinchazo, como cuando el médico te pone una inyección, y después te envolverá la dulzura. Y más adelante quedarás libre. Entonces irás a ver a tu padre y a tu madre, ¿verdad? Les harás una visita mientras duermen.

Se levantó y miró con benevolencia a Mark.

—Ahora tengo que dejarte un rato, jovencito. He de acomodar a tu encantadora consorte. Cuando volvamos a vernos, me tendrás más afecto.

Dicho esto, salió dando un portazo. Una llave tintineó en la cerradura. Mientras sus pasos se alejaban por la escalera, Mark dejó escapar el aliento y relajó los músculos con un gran suspiro.

Las cuerdas que lo inmovilizaban se aflojaron un poco.

Se quedó quieto, intentando recobrar la calma. Su mente seguía funcionando a toda velocidad, eufórica. Deslizó la vista por el suelo irregular en dirección a la cama de hierro. Más allá se elevaba la pared. En esa parte, el empapelado se había desprendido y estaba caído junto al armazón de la cama como la piel desechada de una víbora. Mark se concentró en un pequeño sector de la pared y lo examinó con atención, apartando de su mente todo lo demás. El libro sobre Houdini decía que lo más importante era la concentración. No había que permitir que el miedo o el pánico se colaran en la mente. El cuerpo debía estar completamente relajado. Y había que representarse en la mente la fuga antes de mover un solo dedo. Cada paso debía concretarse en el pensamiento.

Mientras miraba la pared, pasaban los minutos.

La pared era blanca e irregular. Al final, a medida que su cuerpo se relajaba, empezó a verse a sí mismo proyectado ahí: un muchachito con camiseta azul y vaqueros. Estaba tendido de costado, con los brazos atados a la espalda y las muñecas apoyadas en la región lumbar. Tenía un lazo corredizo alrededor del cuello, y cualquier movimiento impulsivo lo apretaría inexorablemente hasta privar al cerebro del oxígeno indispensable para mantener la lucidez.

Siguió mirando la pared.

La figura allí proyectada había empezado a moverse con cautela, aunque el propio Mark seguía tumbado en una inmovilidad total. Como extasiado, observó todos los movimientos de la imagen. Había alcanzado un nivel de concentración propio de los faquires y los yoguis de la India, capaces de contemplarse los dedos de los pies o la punta de la nariz durante días; el estado de ciertos médiums que hacen levitar mesas estando inconscientes o despliegan largos zarcillos de teleplasma desde la nariz, la boca o la punta de los dedos. Había alcanzado un estado de conciencia casi suprema. Ya no le preocupaban Straker ni la menguante luz del día. Había dejado de ver el suelo irregular, el armazón de la cama e incluso la pared. Lo único que veía era al muchacho, una figura perfecta que ejecutaba una pequeña danza de músculos cuidadosamente controlados.

Siguió mirando la pared.

Finalmente, empezó a mover las muñecas en semicírculos opuestos. Al límite de cada movimiento, las partes de las palmas más próximas al pulgar se tocaban. No movía otros músculos que los de la parte inferior del antebrazo. Sin apresurarse, Mark seguía mirando la pared.

A medida que le salía sudor por los poros, las muñecas empezaron a girar con más libertad. Los movimientos se ampliaron. Al término de cada uno, los dorsos de las manos se tocaban. Las vueltas de cuerda que las sujetaban se habían aflojado un poco más.

Mark se detuvo.

Al cabo de un momento, empezó a flexionar los pulgares contra las palmas, juntando y agitando los dedos. Su rostro se mantenía absolutamente inexpresivo: era como la cara de yeso de un maniquí en una tienda.

Pasaron cinco minutos. Las manos ya le transpiraban en abundancia. La increíble intensidad de su concentración permitía al chico controlar parcialmente el sistema nervioso simpático, otra técnica de los yoguis y los faquires; sin darse cuenta, había llegado a dominar hasta cierto punto las funciones involuntarias del cuerpo. El sudor no se podía explicar como producto de sus cuidadosos movimientos. Sentía las manos como engrasadas, y de la frente le caían gotitas que oscurecían el polvo blanco del suelo.

Empezó a mover los brazos hacia arriba y hacia abajo, como pistones, haciendo trabajar ahora los bíceps y los músculos de la espalda. El nudo corredizo se ajustó un poco, pero al mismo tiempo Mark sentía que una de las vueltas de cuerda que le sujetaban las manos comenzaba a descender sobre la palma derecha hasta apoyarse sobre la parte carnosa del pulgar. Un sentimiento de triunfo lo recorrió, y se obligó a detenerse hasta que la emoción se hubo calmado por completo. Solo en ese momento reanudó su tarea. Arriba, abajo. Arriba, abajo. Arriba, abajo. Cada vez ganaba medio centímetro, más o menos. De pronto, su mano derecha quedó libre.

La dejó donde estaba, flexionándola. Una vez que los músculos recuperaron la flexibilidad, introdujo los dedos bajo el lazo que le ataba la muñeca izquierda e hizo palanca con ellos, hasta que consiguió liberar la mano izquierda.

A continuación, apoyó ambas manos en el suelo. Cerró los ojos un momento. Ahora, el secreto estaba en no pensar que la partida estaba ganada y obrar con aún más cuidado.

Sosteniendo su peso en la mano izquierda, recorrió con la derecha el nudo que aseguraba el lazo corredizo que le rodeaba el cuello. Al instante comprendió que, para soltarlo, tendría que realizar una maniobra que lo llevaría al borde de la asfixia e incrementaría la presión sobre sus testículos, en los que ya notaba una leve palpitación.

Respiró profundamente y puso manos a la obra con el nudo. La cuerda fue tensándose poco a poco, oprimiéndole el cuello y la entrepierna. Las fibras del cáñamo se incrustaban en la garganta como minúsculas agujas. El nudo lo desafió durante lo que se le antojó una eternidad. Su visión empezó a difuminarse bajo la embestida de las enormes flores negras que estallaban en silencio ante sus ojos, pero Mark se negaba a darse prisa. Retorció sin descanso el nudo hasta percibir que comenzaba a ceder. Por un momento la presión en la ingle se hizo insoportable, hasta que, con un movimiento convulsivo, se quitó el lazo por encima de la cabeza y el dolor disminuyó.

El muchacho se incorporó e inclinó la cabeza hacia delante, respirando de manera entrecortada, mientras con ambas manos se frotaba los testículos lacerados. El intenso dolor se convirtió en una incomodidad sorda y continua que le provocó una sensación de náusea.

Cuando se le empezó a pasar, Mark miró hacia la ventana cerrada. La luz que entraba a través de las fisuras de la madera se había desteñido hasta adquirir un tono ocre apagado. El sol debía de estar poniéndose. Y la puerta estaba cerrada con llave.

Tiró de la cuerda para descolgarla de la viga y procedió a aflojarse los nudos de las piernas. Estaban muy ajustados, y la reacción provocada por el éxito inicial había empezado a debilitar la concentración de Mark.

Se liberó los muslos, las rodillas y, tras un denodado esfuerzo, los tobillos. Se levantó, tambaleante, y se frotó las piernas.

Oyó algo abajo: ruido de pasos.

Invadido por el pánico, levantó la mirada, con las aletas de la nariz dilatadas. Avanzó torpemente hacia la ventana e intentó abrirla. Estaba asegurada con clavos enmohecidos, doblados a martillazos sobre la madera del alféizar.

Los pasos ascendían por la escalera.

Mark se enjugó la boca con la mano y miró alrededor frenéticamente. Dos pilas de revistas. Una pequeña plancha de hojalata con un dibujo de un pícnic veraniego de finales del siglo XIX. El armazón de cama de hierro fundido.

Se acercó a él, desesperado, y tiró de un extremo. Y tal vez algún dios remoto, al ver todo lo que el muchacho había conseguido por sí mismo, se compadeció de él.

Los pasos habían empezado a aproximarse a la puerta cuando Mark consiguió acabar de destornillar la pata de la cama.

4

Cuando se abrió la puerta, Mark estaba detrás de ella con la pata de la cama levantada, como un piel roja con su tomahawk.

—Jovencito, vengo a...

Cuando vio la cuerda desenrollada en el suelo, la sorpresa lo paralizó, tal vez durante un segundo entero. Estaba en el vano de la puerta.

Para Mark las cosas avanzaban con la lentitud de una jugada de fútbol que se repite en cámara lenta. Tenía la sensación de disponer de minutos, y no solo de unos míseros segundos, para apuntar al cráneo que asomaba por detrás del borde de la puerta.

Empuñando la pata con ambas manos, asestó el golpe, aunque no con todas sus fuerzas, porque prefirió sacrificar un poco de contundencia en aras de la puntería. Alcanzó a Straker justo encima de la sien, en el momento en que este empezaba a darse la vuelta para mirar detrás de la puerta. Los ojos, que tenía muy abiertos, se cerraron bruscamente por el dolor. Del cuero cabelludo comenzó a manar sangre a borbotones.

El cuerpo de Straker se contrajo y retrocedió, tambaleante, hacia el interior del cuarto, con la cara desencajada en una mueca aterradora. Al ver que extendía la mano, Mark volvió a golpearlo. Esta vez el metal impactó en la calva, encima de la convexidad de la frente, abriendo un nuevo manantial de sangre.

Se desplomó como un saco, con los ojos en blanco.

Mark rodeó el cuerpo, mirándolo con ojos desorbitados. El extremo de la pata de cama estaba manchado de una sangre más oscura que la que aparecía en las películas en tecnicolor. El chico se sintió descompuesto al verla, pero, cuando miró a Straker, no sintió nada.

Lo he matado, pensó, e inmediatamente: *qué bien. Qué bien.*

La mano de Straker le asió el tobillo.

Con un sobresalto, Mark intentó zafarse. La mano le aferraba el pie como una trampa de acero, y ahora Straker lo miraba desde el suelo, con los ojos fríos brillando a través de la máscara goteante de sangre. Aunque sus labios se movían, no emitían ningún sonido. Mark tiró con más fuerza, inútilmente. Con un gruñido sordo, empezó a aporrear la mano de Straker con la pata de cama. Una vez, dos, tres, cuatro. Se oían los crujidos sobrecogedores de los dedos al quebrarse como lápices. La presión sobre su tobillo disminuyó, y el muchacho se soltó con un tirón que lo hizo cruzar la puerta dando traspiés hasta el pasillo.

La cabeza de Straker había vuelto a caer sobre el suelo, pero su mano destrozada seguía abriéndose y cerrándose en el aire con una vitalidad siniestra, como la del perro que se estremece al soñar que está cazando gatos.

La pata de la cama se le escurrió entre los dedos agarrotados, y entonces retrocedió, tembloroso. El pánico se adueñó de él y huyó por las escaleras, bajando los peldaños de dos en dos y de tres en tres, pese a que tenía las piernas entumecidas, mientras su mano rozaba el pasamanos astillado.

El vestíbulo estaba inmerso en las tinieblas, rodeado de una oscuridad abominable.

Entró en la cocina, lanzando miradas enloquecidas y avergonzadas a la puerta abierta del sótano. El sol descendía en una ardiente columna de rojos, amarillos y púrpuras. En el salón de una funeraria, a veinticinco kilómetros de distancia, Ben Mears no apartaba los ojos del reloj, mientras las manecillas vacilaban entre las 7.01 y las 7.02.

Mark no sabía nada de eso, pero sabía que la hora de los vampiros era inminente. Permanecer allí significaba verse envuelto en otro enfrentamiento; descender a ese sótano para intentar salvar a Susan significaba acabar reclutado en las filas de los muertos vivientes.

Sin embargo, fue hacia la puerta del sótano y hasta bajó los tres primeros escalones antes de que el miedo lo agarrotara como una ligadura casi física, sin permitirle dar un paso más. El chico estaba llorando y todo el cuerpo le temblaba como presa del paludismo.

—¡Susan! —gritó—. ¡Huye!

—¿Mark? —Su voz sonaba débil y aturdida—. No veo nada. Está oscuro…

Entonces se oyó un estampido similar al disparo de un arma de fuego, seguido por una risa profunda y desalmada.

Susan emitió un alarido que fue diluyéndose en un gemido y después en el silencio.

Aunque los pies de Mark eran alas que querían llevárselo volando, él permaneció inmóvil.

Desde abajo le llegó una voz sorprendentemente parecida a la de su padre.

—Ven abajo, hijo mío. Qué muchacho tan admirable eres.

El poder de esa voz era tal que Mark sintió que el miedo se desvanecía, que las plumas de sus pies se convertían en plomo. Ya había empezado a bajar a tientas otro escalón cuando consiguió contenerse, aunque para eso tuvo que echar mano de toda la maltrecha disciplina que aún le quedaba.

—Baja —volvió a decir la voz, ahora desde más cerca. Tras el tono paternal y amistoso se insinuaba una orden, acerada y fría.

—¡Sé quién eres! —gritó Mark hacia abajo—. ¡Tú eres Barlow!

Y salió corriendo.

Cuando llegó al vestíbulo, el miedo había vuelto a apoderarse de él, y si la puerta no hubiera estado abierta tal vez la habría atravesado, dejando recortada en ella su silueta como en un dibujo animado.

Huyó por el camino de entrada (como había hecho hacía muchos años Benjaman Mears) y después siguió por el centro de Brooks Road rumbo al pueblo y a su incierta seguridad. Pero ¿podía descartar la posibilidad de que el rey de los vampiros lo estuviera persiguiendo en ese mismo instante?

Se apartó del camino para atravesar a tientas el bosque, vadeó el arroyo de Taggart, tropezó con unos arbustos al otro lado y finalmente entró en el patio de atrás de su casa.

Atravesó la puerta de la cocina y, al mirar por el arco que la separaba de la sala, vislumbró a su madre, que, con la preocupación dibujada en las facciones, hablaba por teléfono, con la guía abierta sobre el regazo.

Al levantar la mirada, lo vio y una oleada de alivio se extendió por su rostro.

—... aquí está...

Sin esperar respuesta, colgó y se le acercó. Con más pena de la que ella habría esperado, Mark advirtió que su madre había estado llorando.

—Ay, Mark…, ¿dónde has estado?

—¿Ya ha vuelto? —preguntó su padre desde el estudio. Su rostro, invisible, ya estaba ensombreciéndose con nubes de tormenta.

—*¿Dónde has estado?* —Su madre lo agarró por los hombros y lo sacudió.

—Por ahí —dijo Mark—. Me he caído mientras volvía a casa.

No había nada más que decir. La característica esencial de la niñez no es la facilidad con que se mezclan sueño y realidad, sino la alienación. No hay palabras para describir los oscuros giros y exhalaciones de la infancia. Los niños prudentes lo reconocen y aceptan las consecuencias. Un niño que calcula los costes ya ha dejado de ser un niño—. Se me ha pasado el tiempo sin darme cuenta —agregó—, y…

En ese momento, su padre se hizo cargo de él.

5

Reinaba la oscuridad previa al amanecer del lunes.

Algo rascaba la ventana.

Se despertó sin intervalo alguno de somnolencia ni desorientación. La locura del sueño se había vuelto muy similar a la de la vigilia.

El rostro en la oscuridad al otro lado de la ventana era el de Susan.

—Mark…, déjame entrar.

El chico se levantó de la cama. Notó el frío del suelo en las plantas desnudas. Estaba tiritando.

—Vete —le dijo sin la menor inflexión en la voz. Observó que ella llevaba la misma blusa, los mismos pantalones. Me pregunto si sus padres estarán preocupados, pensó. Si habrán llamado a la policía.

—No está tan mal, Mark. —Mientras hablaba, Susan lo miraba con inexpresivos ojos de obsidiana. Al sonreírle, mostró los dientes, que brillaron con nítido relieve bajo la palidez de las encías—. Es muy agradable, de hecho. Déjame entrar, te lo mostraré. Quiero besarte, Mark. Besarte por todas partes como nunca te ha besado tu madre.

—Vete —repitió él.

—Alguno de nosotros te doblegará, tarde o temprano —dijo Susan—. Ahora somos muchos. Déjame entrar, Mark... Tengo hambre. —Intentó sonreír, pero la sonrisa se convirtió en una mueca venenosa que a Mark le provocó un escalofrío.

Levantó la cruz y la apoyó contra la ventana.

Ella emitió un siseo, como si la hubieran escaldado, y se soltó del marco. Durante un momento siguió suspendida en el aire, mientras su cuerpo se volvía indistinto y nebuloso. Después desapareció, pero no sin que Mark viera (o creyera ver) en su rostro una expresión de desesperada infelicidad.

La noche volvió a quedar tranquila y silenciosa.

«Ahora somos muchos...».

Mark pensó en sus padres, que dormían en la habitación de abajo, ajenos al peligro, y el espanto le atenazó las entrañas.

Algunos hombres sabían lo que ocurría o lo sospechaban, había dicho Susan.

¿Quiénes?

El escritor, claro. Ese que salía con ella. Mears, se llamaba. Vivía en la pensión de Eva. Los escritores sabían muchas cosas. Era él, sin duda. Mark tenía que dar con Mears antes que ella.

Mientras volvía a la cama se detuvo en seco.

¿Y si ya lo había hecho?

TERCERA PARTE

LA ALDEA DESIERTA

Oí una voz surgida de las profundidades:
reúnete conmigo, nene, en mi sueño eterno.

Vieja canción de rock

Y los viajeros que ahora atraviesan el valle
ven por las ventanas iluminadas de rojo
vagas formas que danzan al ritmo fantástico
de una melodía discordante;
mientras, como el torrente espectral de un río,
por la pálida puerta, abominable,
una multitud se precipita eternamente
riendo…, pero sin jamás sonreír.

EDGAR ALLAN POE
El palacio encantado

Te dicen ahora que el pueblo entero está desierto.

BOB DYLAN

Capítulo 13

EL PADRE CALLAHAN

1

Ese mismo domingo por la noche, el padre Callahan entró con cierta vacilación en la habitación de Matt Burke en el hospital, en el momento en que el reloj del profesor marcaba las siete menos cuarto. La mesita de noche, e incluso la colcha de la cama, estaban cubiertas de libros, algunos de ellos viejos y polvorientos. Matt había llamado por teléfono a Loretta Starcher a su apartamento de soltera y había conseguido no solamente que abriera la biblioteca, pese a ser domingo, sino que le llevara los volúmenes en persona. Loretta había aparecido seguida por tres ayudantes del hospital, a cuál más cargado de libros, y se había ido un poco ofendida, porque Matt se había negado a responder a sus preguntas sobre tan extraña selección.

El padre Callahan observó con curiosidad al profesor. Tenía aspecto fatigado, pero no tan fatigado ni tan horrorizado como la mayoría de los pacientes que había visitado en circunstancias similares. Callahan había notado que, en general, la primera reacción ante la noticia de un cáncer, un derrame cerebral, un infarto o cualquier fallo en un órgano importante era sentirse traicionado. Al principio, el paciente se quedaba atónito al descubrir que un amigo tan cercano (y tan bien conocido, por lo menos hasta entonces) como el propio cuerpo pudiera ser tan desconsiderado como para hacer mal su trabajo. La reacción inmediatamente posterior a esa primera era pensar que no valía la pena tener un amigo capaz de abandonarlo a uno de forma tan cruel. La conclusión que seguía a esas reacciones era que no importaba que valiera o no la pena tener *ese* amigo en particular. Uno no podía hacerle el vacío a su cuerpo traidor, ni llevarlo a juicio ni fingir que no estaba en casa cuando le pedía algo. El pensamiento final al que conducía este hilo de razonamiento hospitalario era la aborrecible posibilidad de que uno no tuviera en el cuerpo a un amigo, sino a un enemigo implacable, dedicado a destruir la fuerza superior que había estado aprovechándose y abusando de él desde el momento en que se había declarado el mal.

Una vez, llevado por un ejemplar entusiasmo de borracho, Callahan se había puesto a escribir una monografía sobre el tema para *La Gaceta Católica*. Incluso lo había ilustrado con una desafiante viñeta en la página editorial, que mostraba un cerebro apostado en la cornisa más alta de un rascacielos. El edificio (que un rótulo definía como «El cuerpo humano») estaba en llamas (definidas como «Cáncer», aunque podrían haber sido otras cosas). La viñeta se titulaba «Demasiado alto para saltar». Durante el lapso de sobriedad forzosa del día siguiente, Callahan había hecho trizas la monografía y había quemado el dibujo; en la doctrina católica no había lugar ni para lo uno ni para lo otro, a menos que se hubiera avenido a añadir a la viñeta un helicóptero con la etiqueta de «Cristo», del cual pendiera una escala de cuerda. Pese a todo, seguía convencido de que su intuición le había señalado la verdad y de que esa lógica peculiar por parte de los pacientes solía provocar en ellos una depresión aguda. Los síntomas incluían falta de brillo en los ojos, reacciones lentas, suspiros profundos y, a veces, lágrimas al ver al sacerdote, ese pájaro de mal agüero cuya función dependía en última instancia del problema que la inexorable mortalidad planteara al ser pensante.

Matt Burke no mostraba signos de tal depresión. Le tendió la mano, y a Callahan el apretón le pareció sorprendentemente firme.

—Padre Callahan, le agradezco que haya venido.

—Faltaría más. Un buen profesor, como una buena esposa, es un tesoro inapreciable.

—¿Incluso un viejo oso agnóstico como yo?

—Sobre todo una persona como usted —respondió Callahan, encantado—. A lo mejor lo pillo en un momento de debilidad. Me han dicho que en las trincheras no hay ateos, y que en la unidad de cuidados intensivos hay poquísimos agnósticos.

—Por desgracia, pronto me sacarán de aquí.

—Ya será menos. —Callahan sonrió—. Todavía le veremos a usted rezando padrenuestros y avemarías.

—Pues eso no es tan descabellado como podría usted pensar —acotó Matt.

El padre Callahan se sentó y, cuando acercó su silla, se golpeó la rodilla contra la cama. Una pila de libros cayó sobre sus piernas, y él fue leyendo los títulos en voz alta a medida que volvía a colocarlos.

—*Drácula. El invitado de Drácula. En busca de Drácula. La rama dorada. Historia natural de los vampiros. ¿«Natural»? Relatos del folclore húngaro. Monstruos de las tinieblas. Monstruos de la vida real. Peter Kurtin, el vampiro de Düsseldorf*. Y... —Quitó con la mano la gruesa capa de polvo de la última cubierta, revelando una figura espectral que se cernía amenazante sobre una damisela dormida— *Varney el vampiro, o el festín de sangre*. Vaya, vaya... ¿Lectura recomendada para convalecientes de ataques cardiacos?

Matt sonrió.

—Pobre Varney. Ese lo leí hace mucho tiempo, para un trabajo de la universidad... Literatura del romanticismo. El profesor, cuyo concepto de lo fantástico empezaba en *Beowulf* y acababa en *Cartas del diablo a su sobrino*, se escandalizó mucho. Me puso un insuficiente alto y me recomendó que buscara una bibliografía más seria.

—Pero el caso de Peter Kurtin resulta bastante interesante, por repulsivo que sea —señaló el padre Callahan.

—¿Conoce usted la historia?

—Sí, la mayor parte de ella. Me interesé por esas cosas cuando estudiaba teología. Mi excusa ante los profesores demasiado escépticos era que, para ser buen sacerdote, uno tenía que profundizar en los abismos de la naturaleza humana y no solo aspirar a alcanzar sus cumbres. Pura palabrería, en realidad. Lo cierto es que los temas terroríficos me atraían tanto como a cualquier otro. Si no recuerdo mal, cuando era pequeño, Kurtin mató por ahogamiento a dos de sus compañeros de juego. Simplemente tomó posesión de una boya anclada en medio de un río ancho y se dedicó a apartarlos a empujones hasta que se cansaron y se hundieron.

—Así es —confirmó Matt—. Y cuando era adolescente, en dos ocasiones trató de matar a los padres de una chica que se había negado a salir con él, y después prendió fuego a la casa. Pero no es esa la parte que me interesa de su... carrera, por llamarla de alguna manera.

—Imagino que no, a juzgar por lo que ha estado leyendo.

El padre Callahan cogió de encima de la colcha una revista que presentaba en la cubierta la imagen de una joven increíblemente bien dotada, que llevaba un vestido ajustado como un guante y le estaba chupando la sangre a un muchacho cuya expresión mostraba una inquietante combinación de terror y lujuria. El nombre de la revista —y el de la muchacha, aparentemente— era *Vampirella*. Cada vez más intrigado, Callahan la dejó de nuevo sobre la cama.

—Kurtin atacó y mató a más de una docena de mujeres —recordó—. A muchas otras las mutiló con un martillo. Y, si estaban en esos días del mes, se bebía el flujo.

Matt Burke volvió a hacer un gesto de asentimiento.

—Lo que no es tan sabido —agregó— es que también mutilaba animales. En la época en que su obsesión era más intensa, les arrancó la cabeza a dos cisnes del parque central de Düsseldorf y se bebió la sangre que les brotaba del cuello.

—¿Todo esto guarda relación con el hecho de que usted quisiera verme? —preguntó Callahan—. La señora Curless me dijo que era por un asunto de extrema importancia.

—Sí, guarda relación. Y sí, lo es.

—¿De qué se trata, pues? Si su intención era despertar mi curiosidad, lo ha conseguido.

Matt lo miró.

—Un buen amigo mío, Ben Mears, debía ponerse hoy en contacto con usted. Su ama de llaves me ha informado de que no había llamado.

—Así es. No he visto a nadie desde hoy a las dos de la tarde.

—No he conseguido comunicarme con él. Salió del hospital en compañía de James Cody, mi médico, a quien tampoco he podido contactar. Y también está ilocalizable Susan Norton, la amiga de Ben. Ha salido a primera hora de la tarde tras prometer a sus padres que estaría de vuelta a las cinco, y no ha regresado aún, por lo que ellos están preocupados.

Callahan se inclinó hacia delante, interesado por este dato. Conocía de pasada a Bill Norton, que había ido a consultarlo sobre un problema relacionado con unos compañeros de trabajo católicos.

—¿Sospecha algo?

—Deje que le haga una pregunta —pidió Matt—. Pero tómeselo muy en serio y piénselo bien antes de contestar. ¿Últimamente ha notado algo fuera de lo común en el pueblo?

La primera impresión de Callahan, que casi se había convertido en una certeza, había sido que se encontraba ante un hombre que procedía con extremo cuidado, procurando no asustarlo con su preocupación. Ese montón de libros ya parecía indicar algo bastante atroz.

—¿La presencia de vampiros en Salem's Lot? —preguntó.

Estaba pensando que la aguda depresión que suele seguir a las enfermedades graves se podía evitar a veces si la persona afectada tenía suficiente pasión por la vida: un artista, un músico, un arquitecto cuya inquietud se centrara en un edificio a medio construir. Ese interés también podía derivar de una psicosis inofensiva (o no tan inofensiva) que tal vez era incipiente antes de la enfermedad.

En cierta ocasión había hablado largo rato con un señor mayor, apellidado Horris, que estaba ingresado en el Centro Médico de Maine con un cáncer de intestino avanzado. Pese a que el dolor debía de ser intolerable, había estado conversando con Callahan, con minucioso y lúcido detalle, sobre las criaturas procedentes de Urano que estaban infiltrándose en todos los ámbitos de la vida estadounidense.

—Un día —le había dicho aquel locuaz esqueleto de ojos brillantes—, el empleado de la gasolinera de Sonny no es más que Joe Blow, de Falmouth..., y al día siguiente, es un habitante de Urano que tiene el mismo aspecto que Joe Blow. Hasta tiene los recuerdos y la manera de hablar de Joe Blow, porque los uranitas se alimentan de ondas alfa... ¡Ñam, ñam, ñam!

Horris afirmaba que él no tenía cáncer, sino que era un caso avanzado de envenenamiento por rayos láser. Los uranitas, alarmados porque él se había enterado de sus maquinaciones, habían decidido quitarlo de en medio. Horris lo aceptaba y estaba decidido a morir luchando. Callahan no intentó sacarlo de su error. Que se encargaran de eso sus bienintencionados y estúpidos parientes. La experiencia le había enseñado a Callahan que la psicosis, al igual que un buen lingotazo de Cutty Sark, podía tener enormes beneficios.

Por eso, se limitó a cruzar las manos, en espera de que Matt siguiera hablando.

—Ya de por sí resulta bastante difícil seguir adelante —dijo este—. Pero lo será aún más si usted piensa que la enfermedad me ha enloquecido.

Sobresaltado al oír expresar los mismos pensamientos que acababan de pasarle por la cabeza, Callahan consiguió con dificultad mantener el rostro impasible, aunque la emoción que se habría reflejado en él no habría sido la inquietud, sino la admiración.

—Por el contrario —negó—, me parece usted completamente lúcido.

Matt suspiró.

—La lucidez no presupone cordura, y usted bien lo sabe. —Se removió en la cama mientras volvía a acomodar los libros—. Si hay un Dios, debe estar imponiéndome una penitencia por una vida de riguroso academicismo, de negativa a pisar ningún terreno que no estuviera ya minuciosamente comentado e interpretado. Ahora, por segunda vez el mismo día, me veo obligado a hacer la más desatinada de las declaraciones sin una sola prueba que la respalde. Lo único que puedo decir en defensa de mi propia cordura es que mis afirmaciones se pueden demostrar o refutar sin demasiada dificultad, y que espero que me tome usted con la seriedad suficiente para ponerlas a prueba antes de que sea demasiado tarde. *Antes de que sea demasiado tarde* —repitió con una risita—. Suena como algo sacado de alguna revista *pulp* de los años treinta, ¿no?

—La vida está llena de melodrama —le recordó Callahan, aunque pensó que, de ser así, a él le había tocado ver muy poco de eso últimamente.

—Quisiera preguntarle de nuevo si ha notado usted algo..., cualquier cosa peculiar o extraordinaria durante este fin de semana.

—¿Relacionada con vampiros o...?

—Relacionada con cualquier cosa.

Callahan meditó unos instantes.

—El vertedero está cerrado —dijo por fin—. Pero como la puerta de la verja estaba rota, entré con mi coche. —Sonrió—. La verdad es que me gusta llevar mis desperdicios al vertedero. Es una actividad tan práctica y humilde que me permite dar rienda suelta a mis fantasías elitistas de un proletariado pobre pero feliz. Y no vi el menor rastro de Dud Rogers.

—¿Algo más?

—Bueno..., esta mañana, los Crockett no han ido a misa, y es rarísimo que la señora Crockett falte.

—¿Qué más?

—Está la pobre señora Glick, claro...

Matt se enderezó, apoyándose en un codo.

—¿Qué pasa con la señora Glick?

—Ha muerto.

—¿De qué?

—Pauline Dickens creía que de un ataque al corazón —respondió Callahan en tono vacilante.

—¿Ha muerto alguien más hoy en Lot? —Normalmente, habría parecido una pregunta absurda. En un pueblo pequeño como Salem's Lot, y a pesar de la elevada proporción de ancianos, las muertes eran en general poco frecuentes.

—No —respondió Callahan pausadamente—. Pero en los últimos tiempos la tasa de mortalidad se ha elevado, ¿no? Mike Ryerson..., Floyd Tibbits..., el bebé de los McDougall...

Matt asintió con gesto fatigado.

—Es raro —dijo después—. Sí. Pero las cosas están llegando a un punto en que ellos podrán encubrirse unos a otros. En cuestión de unas pocas noches, me temo..., me temo que...

—Dejémonos de rodeos —dijo Callahan.

—De acuerdo. Ya hemos andado bastante por las ramas, ¿no es eso?

Matt comenzó a contar su historia desde el principio, agregándole las aportaciones de Ben y de Susan y de Jimmy, sin callarse nada. En el momento en que terminó, el horror de esa noche ya había acabado para Ben y para Jimmy. Para Susan Norton, no había hecho más que empezar.

2

Cuando por fin acabó, Matt guardó un momento de silencio.

—Bueno. ¿Estoy loco? —preguntó después.

—Por lo menos, está empeñado en hacer creer a la gente que lo está —señaló Callahan—, pese al hecho de que, al parecer, ha convencido usted al señor Mears y a su propio médico. No, no creo que esté usted loco. Después de todo, mi profesión consiste en tratar con lo sobrenatural. Si me permite un pequeño juego de palabras, le diré que es mi pan de cada día.

—Pero...

—Voy a contarle algo. No respondo de la veracidad del relato, pero sí doy fe de mi convicción personal de que es cierto. Tiene que ver con un excelente amigo, el padre Raymond Bissonnette, que desde hace unos años está a cargo de una parroquia en Cornualles, en lo que llaman la Costa del Estaño, ¿le suena?

—Me suena haber leído algo al respecto, sí.

—Pues hace cinco años me escribió para contarme que lo habían llamado a un paraje remoto de la parroquia para celebrar el funeral de una muchacha que acababa de «consumirse». El ataúd de la chica estaba lleno de rosas silvestres, lo que a Ray se le antojó extraño. Pero lo que le pareció sencillamente grotesco fue que le mantuvieran la boca abierta con un palo y se la hubieran llenado de ajo y tomillo silvestre.

—Pero eso es...

—Parte del ritual tradicional para que los muertos vivientes no se levanten, exacto. Remedios folclóricos. A la pregunta de Ray, el padre de la chica contestó con toda naturalidad que la había matado un íncubo. ¿Sabe usted lo que es?

—Un vampiro sexual.

—La chica había estado prometida con un muchacho llamado Bannock, que tenía en un lado del cuello una gran marca de nacimiento de color fresa. Dos semanas antes de la boda, cuando volvía del trabajo a su casa, un coche lo atropelló y lo mató. Dos años más tarde, la muchacha se prometió con otro hombre. De forma inesperada, rompió el compromiso la semana antes de que se leyeran por segunda vez las amonestaciones. Les contó a sus padres y a sus amigos que John Bannock la había visitado varias noches y que ella se había acostado con él. Según contaba Ray, al segundo novio le inquietaba más la idea de que su prometida sufriera algún desequilibrio mental que la posibilidad de las visitas demoniacas. Sea como fuere, la muchacha se consumió, murió y fue enterrada con el ceremonial habitual de la Iglesia.

»Pero el motivo de la carta de Ray no era ese. La razón fue algo que ocurrió un par de meses después del entierro de la muchacha. Un día que había salido a caminar, por la mañana temprano, Ray vio a un joven de pie junto a la tumba de la muchacha, y ese joven tenía en el cuello una marca de nacimiento color fresa. Tampoco acaba ahí la historia. Para la Navidad anterior, sus padres le habían regalado a Ray una cámara Polaroid, con la que él se entretenía tomando instantáneas de la comarca de Cornualles. He visto algunas en el álbum que guarda en la rectoría, y son bastante buenas. Como esa mañana había salido con la cámara al cuello, sacó varias fotos del muchacho y, cuando las mostró en el pueblo, la reacción que provocó fue pasmosa. Una anciana cayó desmayada, y la madre de la muchacha muerta se puso a rezar en plena calle.

»Sin embargo, a la mañana siguiente, cuando Ray se levantó, la figura del muchacho se había borrado completamente de las fotografías y lo único que quedaba eran unas cuantas vistas del cementerio del pueblo.

—¿Y usted se lo cree? —preguntó Matt.

—Desde luego. Y sospecho que la mayoría de la gente lo creería. Las personas no tienen tantos recelos ante lo sobrenatural como les gusta creer a los novelistas. La mayoría de los escritores que se ocupan de ese tema, en realidad, son más escépticos respecto a los espíritus, los demonios y los cocos de lo que suele serlo el hombre de la calle. Lovecraft era ateo. Edgar Allan Poe, un trascendentalista no muy convencido. Y Hawthorne solo era religioso por tradición.

—Tiene usted un notable conocimiento del tema —comentó Matt.

El sacerdote se encogió de hombros.

—De joven me interesé por lo oculto y lo extravagante —evocó—, y de mayor mi vocación por el sacerdocio reforzó ese interés más que disminuirlo. —Dejó escapar un profundo suspiro—. Pero últimamente he empezado a plantearme preguntas difíciles respecto a la naturaleza del mal en el mundo..., y eso ha estropeado bastante la diversión —concluyó con una sonrisa agria.

—Entonces... ¿estaría dispuesto a investigar algo si yo se

lo pidiera? ¿Y no tendría inconveniente en llevar hostias y un poco de agua bendita?

—Está pisando usted un terreno teológico resbaladizo —señaló Callahan con seriedad.

—¿Por qué?

—A estas alturas ya no voy a decirle que no —le aseguró Callahan—. Y creo que debe saber que, si se hubiera dirigido usted a un sacerdote más joven, probablemente le habría dicho que sí sin ningún escrúpulo de conciencia. —Sonrió con amargura—. Para ellos, los signos externos del culto tienen un valor más simbólico que práctico, como el penacho o el bastón curativo de un chamán. Tal vez un sacerdote joven concluiría que usted está chalado, pero si con echarle un poco de agua bendita se alivia su chaladura, pues adelante. Yo no puedo actuar así. Si yo me aviniera a investigar lo que usted me pide con un pulcro traje de tweed y sin nada bajo el brazo más que un ejemplar del *Manual del perfecto exorcista* o algo parecido, eso quedaría entre usted y yo. Pero si llevo conmigo la hostia..., entonces voy como representante de la Iglesia católica, dispuesto a practicar lo que considero los ritos más espirituales de nuestro ministerio. Voy en calidad de representante de Cristo en la tierra. —Miró a Matt con solemne gravedad—. Es posible que yo no sea un buen ejemplo de sacerdote..., o por lo menos eso pienso a veces, cuando me siento un poco desalentado o un poco cínico. Últimamente he sufrido incluso una crisis de..., ¿de qué exactamente? ¿Fe? ¿Identidad...? De todas maneras, sigo creyendo lo suficiente en los poderes místicos y de deificación de la Iglesia que me respalda como para que me tiemble la mano ante la idea de aceptar su petición a la ligera. La Iglesia es algo más que un montón de ideales, como parecen creer los jóvenes. Es algo más que una tropa de boy scouts espirituales. La Iglesia es una fuerza..., y poner en marcha una fuerza así no es cosa de broma. —Miró a Matt con el entrecejo fruncido—. ¿Lo comprende? Que usted entienda esto es de vital importancia para mí.

—Sí, lo entiendo.

—Verá, el concepto general del mal en la Iglesia católica ha sufrido un cambio radical durante este siglo. ¿Sabe cuál fue la causa?

—Freud, imagino.

—Exactamente. A medida que nos adentrábamos en el siglo XX, la Iglesia empezó a tener que vérselas con una idea nueva: la del mal con eme minúscula; con un demonio que no era un monstruo con cuernos rojos, cola acabada en punta y pezuñas hendidas, ni una serpiente que se deslizaba por el jardín..., por más adecuada psicológicamente que sea esta imagen. El diablo, de acuerdo con el evangelio según Freud, sería un gigantesco ello colectivo, el subconsciente de todos nosotros.

—Sin duda es una idea más potente que la de los cocos o demonios de cola roja con la nariz tan sensible que para ahuyentarlos basta un buen pedo de un clérigo estreñido —opinó Matt.

—Muy potente, sí. Pero impersonal, despiadada, intocable. Ahuyentar al diablo de Freud es tan imposible como cumplir el trato de Shylock: cortar una libra de carne sin derramar una gota de sangre. La Iglesia católica se ha visto obligada a replantearse todo su enfoque del mal..., por los bombardeos sobre Camboya, la guerra en Irlanda y en Oriente Próximo, los asesinatos de policías y los disturbios en los guetos, los millones de pequeños males que todos los días se abaten sobre el mundo como una plaga de mosquitos. Y ahora está inmersa en el proceso de mudar su vieja piel de chamanismo para renacer como un organismo socialmente activo y movido por la conciencia social. Los centros de orientación psicológica de las grandes ciudades están ganando terreno a los confesionarios. La comunión se ve eclipsada por el movimiento por los derechos civiles y por la renovación urbanística. La Iglesia ha estado ocupada en la tarea de plantar los dos pies en este mundo.

—Donde no hay brujas, ni íncubos, ni vampiros —apostilló Matt—, sino niños maltratados, incestos y expoliación del medio ambiente.

—Sí.

—Y eso a usted le parece fatal, ¿verdad? —preguntó Matt.

—Sí —respondió Callahan sin alzar la voz—. Me parece una abominación. Es la forma que tiene la Iglesia católica de decir que Dios no ha muerto, que solo está un poco senil. Y creo que con esto he respondido a su pregunta, ¿no? ¿Qué quiere que haga?

Matt se lo explicó.

Callahan meditó unos instantes antes de responder.

—¿Se da cuenta de que eso va en contra de todo lo que acabo de decirle?

—Al contrario, creo que le brinda la oportunidad de poner a prueba la Iglesia..., *su* Iglesia.

—Está bien, acepto. —Callahan respiró hondo—. Pero con una condición...

—¿Cuál?

—Que todos los que vamos a participar en esa pequeña expedición vayamos primero a la tienda que dirige el tal señor Straker. Que el señor Mears sea nuestro portavoz y se encargue de hablarle con franqueza del asunto. Que todos podamos observar sus reacciones y, por último, que le demos la oportunidad de reírse en nuestra cara.

Matt frunció el entrecejo.

—Eso sería prevenirlo.

Callahan hizo un gesto de negación con la cabeza.

—Creo que la prevención no le serviría de nada si nosotros tres (me refiero al señor Mears, el doctor Cody y yo) estamos de acuerdo en que, pase lo que pase, debemos seguir adelante.

—Está bien —convino Matt—. Acepto, siempre que Ben y Jimmy Cody den su aprobación.

—Perfecto —suspiró Callahan—. ¿Se ofendería usted si le digo que sigo teniendo la esperanza de que todo esto esté solo en su cabeza y de que Straker se nos ría en la cara, y con razón?

—No, no me ofende.

—Pues de verdad que lo espero. He accedido a más de lo que usted se imagina, y me da miedo.

—A mí también me da miedo —murmuró Matt.

3

Sin embargo, mientras volvía a pie a Saint Andrew, el padre Callahan no tenía ningún miedo. Se sentía eufórico, renovado. Por primera vez desde hacía años, estaba sobrio y no se moría de ganas de tomar una copa.

Al llegar a la casa parroquial, cogió el teléfono y marcó el número de la pensión de Eva Miller.

—¿Hola? ¿Señora Miller? ¿Puedo hablar con el señor Mears...? Ah, no está. Sí, ya veo... No, ningún mensaje. Volveré a llamar mañana. Gracias.

Colgó y se acercó a la ventana.

¿Estaría Mears por ahí, bebiendo cerveza en algún bar de carretera, o cabía la posibilidad de que todo lo que le había contado el viejo profesor fuera verdad?

Porque, si lo era..., si lo era...

Callahan no podía quedarse en casa. Salió al porche trasero a respirar el aire fresco y vigorizante de octubre, mientras escrutaba la oscuridad. Tal vez no todo se debía a Freud, a fin de cuentas. Tal vez buena parte de eso estuviera relacionada con la invención de la luz eléctrica, que había matado las sombras de la mente humana de manera más eficaz que una estaca clavada en el corazón de un vampiro..., y menos sucia también.

El mal seguía existiendo, pero ahora bajo el resplandor impersonal y duro de las luces fluorescentes en los aparcamientos, de los tubos de neón, de los millones y millones de bombillas de cien vatios. Los generales planeaban la estrategia de sus ataques aéreos bajo el brillo sensato de la corriente alterna, y todo estaba fuera de control como el coche de juguete de un niño que va cuesta abajo sin frenos. *Yo solo cumplía órdenes*. Sí, esa era la verdad, la verdad pura y dura. Todos éramos soldados que seguíamos lo que estaba escrito en nuestros papeles de baja. Pero las órdenes, en última instancia, ¿de quién venían? *Llévame con tu líder*. Pero ¿dónde está su despacho? *Yo solo cumplía órdenes. El pueblo me eligió*. Pero ¿al pueblo quién lo eligió?

Algo aleteó por encima de su cabeza, y Callahan levantó la vista, arrancado de su confusa ensoñación por el sobresalto. ¿Un pájaro? ¿Un murciélago? Ya se había ido. Qué importaba.

Aguzó el oído para escuchar los ruidos del pueblo, pero no captó más que el zumbido de los cables del teléfono.

De noche, cuando el kudzu invade tus campos, duermes como los muertos.

¿Quién había escrito eso? ¿Dickey?

No percibía sonido alguno, ni otras luces que el fluorescente de delante de la iglesia donde Fred Astaire nunca había bailado y la tenue luz amarilla que parpadeaba en el cruce de Brock Street con Jointner Avenue. No se oían llantos de bebé.

De noche, cuando el kudzu invade tus campos, duermes como...

La exaltación se había desvanecido como un triste eco del orgullo. El terror le golpeó el corazón. No era terror por su vida, ni por su honor, ni por la posibilidad de que su ama de llaves descubriera que él bebía. Era un terror que jamás había imaginado, ni siquiera en los días más atormentados de su adolescencia.

Callahan sentía terror por su alma inmortal.

Capítulo 14

LOT (IV)

1

Del Calendario del agricultor:

Puesta del sol, domingo 5 de octubre de 1975: 19.02 h.; salida del sol, lunes 6 de octubre de 1975: 6.49 h.

El periodo de oscuridad en Salem's Lot durante esa rotación específica de la Tierra, trece días después del equinoccio de otoño, duró 11 horas y 47 minutos. Había luna nueva. El refrán del día en el *Calendario del agricultor* rezaba: «Luz amortiguada, cosecha terminada».

De la estación meteorológica de Portland:

La temperatura máxima nocturna fue de 16 °C, registrada a las 19.05 h. La mínima fue de 8 °C, registrada a las 4.06 h. Nubosidad escasa, sin precipitaciones. Vientos del noroeste con una velocidad de ocho a quince kilómetros por hora.

Del fichero de la policía del condado de Cumberland:

Nada.

2

Nadie declaró muerto a Jerusalem's Lot la mañana del 6 de octubre; nadie sabía que lo estaba. Como los cadáveres de los días anteriores, el pueblo conservaba toda su apariencia de vida.

Ruthie Crockett, que había pasado el fin de semana en cama, pálida y enferma, se esfumó el lunes por la mañana. Nadie denunció su desaparición. Su madre estaba en el sótano, tendida tras los estantes donde guardaban las conservas, cubierta por una lona encerada, y Larry Crockett —que, por cierto, se despertó muy tarde— supuso simplemente que su hija se había marchado al instituto. Decidió que ese día no iría a la oficina. Se sentía débil, rendido y mareado. Debía de haber pillado la gripe o algo parecido. La luz le hacía daño en los ojos. Se levantó a bajar las cortinas y emitió un gemido en el instante en que la luz del sol le dio de lleno en el brazo. Algún día, cuando se encontrara mejor, tendría que mandar cambiar ese cristal. Uno podía volver a su casa en un día soleado y encontrársela ardiendo como una antorcha, y los capullos de la compañía de seguros lo considerarían un caso de combustión espontánea y se negarían a pagar un centavo. Ya se ocuparía de eso cuando estuviera mejor. Pensó en tomarse un café, pero se le revolvió el estómago. Se preguntó vagamente dónde estaría su mujer y después se olvidó del asunto. Se volvió a acostar y se pasó el dedo por una extraña y pequeña herida en el cuello que debía de haberse hecho al afeitarse, se tapó con la sábana hasta las pálidas mejillas y se quedó dormido otra vez.

Su hija, mientras tanto, dormía en la esmaltada oscuridad de una cámara frigorífica abandonada, junto a Dud Rogers, y en el mundo nocturno de su nueva existencia, las insinuaciones que él le hacía entre las montañas de desperdicios le parecían muy aceptables.

Loretta Starcher, la bibliotecaria del pueblo, también había desaparecido, pero en su solitaria vida de solterona nadie la echaba de menos. Residía ahora en el oscuro y mohoso segundo piso de la Biblioteca Pública de Jerusalem's Lot. La planta siempre estaba cerrada al público (ella tenía la única llave, que llevaba siempre en una cadena colgada al cuello), salvo cuando algún solicitante lograba convencerla de que era lo bastante fuerte, inteligente y *decoroso* para recibir un trato especial.

En ese momento ella misma descansaba allí, como una primera edición un poco diferente, tan fresca como cuando acababa de llegar al mundo. Su encuadernación, por así decirlo, seguía intacta.

También la desaparición de Virgil Rathbun pasó inadvertida. Franklin Boddin se despertó a las nueve, en la cabaña que ambos ocupaban, advirtió vagamente que el jergón de Virgil estaba vacío, no le dio la menor importancia y se dispuso a levantarse de la cama para ver si encontraba una cerveza, pero se cayó de espaldas. Sentía las piernas como si fueran de goma, y la cabeza le daba vueltas.

Joder, pensó mientras volvía a sumirse en el sueño, *¿qué bebimos anoche? ¿Alcohol de quemar?*

Mientras tanto, debajo de la choza, entre el frescor de las hojas caídas acumuladas durante veinte otoños y en medio de un universo de latas de cerveza oxidadas, arrojadas entre las tablas boquiabiertas del suelo de la habitación delantera, estaba tendido Virgil, a la espera de la noche. En la oscura arcilla de su cerebro se removían quizá visiones de un líquido más embriagador que el mejor whisky, más saciante que el vino más añejo.

Durante el desayuno, Eva Miller reparó en la ausencia de Weasel Craig, pero no le dio mayor importancia. Estaba demasiado ocupada vigilando las idas y venidas de sus huéspedes por la cocina mientras se preparaban el desayuno y después se retiraban, tambaleantes, a enfrentarse a una semana más de trabajo. Después estuvo demasiado ocupada ordenándolo todo y lavando los platos de ese condenado de Grover Verrill y del inútil de Mickey Sylvester, que sistemáticamente hacían caso omiso del cartel de «Por favor, lave su plato» que llevaba años pegado encima del fregadero.

Sin embargo, a medida que el silencio se infiltraba de nuevo en el día y que el trajín frenético del desayuno se diluía en la rutina de las tareas que había que hacer, Eva volvió a echarlo de menos. El lunes era el día que recogían la basura en Railroad Street, y siempre era Weasel el que sacaba las grandes bolsas verdes de plástico hasta el borde de la acera para que Royal Snow las recogiera en su destartalado camión International Harvester. Hoy, las bolsas verdes estaban todavía en los escalones de atrás.

Eva subió hasta la habitación de Weasel y llamó suavemente.

—¿Ed?

No hubo respuesta. Cualquier otro día, la viuda habría supuesto que estaba borracho y se habría limitado a sacar ella misma las bolsas, con los labios un poco más fruncidos de lo normal. Pero esa mañana sintió en su interior un débil hormigueo de inquietud, de modo que abrió la puerta y asomó la cabeza.

—¿Ed? —lo llamó en voz baja.

El cuarto estaba vacío. La ventana próxima a la cabecera de la cama estaba abierta, y las cortinas ondeaban perezosamente al suave impulso de la brisa. La cama estaba deshecha, y Eva volvió a hacerla sin pensarlo, dejando que sus manos se ocuparan de todo. Al dar la vuelta hacia el otro lado, algo crujió bajo su mocasín derecho. Cuando bajó la vista, advirtió que era el espejo de marco de carey de Weasel, hecho pedazos en el suelo. Lo levantó y se quedó mirándolo con expresión ceñuda. El espejo había pertenecido a la madre de Weasel. En una ocasión, él había rechazado los diez dólares que le ofreció un anticuario. Y eso había sido después de que empezara a beber.

Eva sacó el recogedor del armario del pasillo y recogió los restos con movimientos lentos y pensativos. Sabía que Weasel estaba sobrio cuando se había ido a la cama la noche anterior, y después de las nueve no había donde comprar cerveza, a no ser que alguien lo hubiera llevado en coche hasta el bar de Dell o a Cumberland.

Tiró los trocitos del espejo en la papelera de Weasel y, por un momento, se vio descompuesta en mil reflejos. Echó un vistazo dentro de la papelera, pero ahí no había ninguna botella vacía. De todas maneras, beber a escondidas no era el estilo de Ed Craig.

Bueno, ya volverá.

Sin embargo, mientras bajaba por la escalera, la inquietud no la abandonó. Aunque no lo admitiera conscientemente, Eva sabía que sus sentimientos hacia Weasel iban un poco más allá que una preocupación amistosa.

—¿Señora?

Sobresaltada, dejó a un lado sus meditaciones y contempló al extraño que estaba en la cocina. Era un niño pulcramente vestido con un pantalón de pana y una camiseta azul limpia. *Tiene pinta de haberse caído de la bicicleta.* El chico le sonaba, pero no conseguía identificarlo. Debía de ser de alguna de las familias que se habían instalado recientemente en Jointner Avenue.

—¿Ben Mears vive aquí?

Eva estuvo a punto de preguntarle por qué no estaba en el colegio, pero no lo hizo. Su expresión era muy seria, incluso severa. Tenía sombras azules bajo los ojos.

—Está durmiendo.

—¿Puedo esperarlo?

Homer McCaslin había ido directamente desde la funeraria de Green a la casa de los Norton en Brock Street. Eran las once cuando llegó. La señora Norton estaba llorando, y aunque Bill Norton parecía tranquilo, fumaba un cigarrillo tras otro con el rostro demacrado.

McCaslin prometió que enviaría por telégrafo una descripción de la chica. Sí, los llamaría en cuanto supiera algo. Claro que indagaría en los hospitales de la zona; ese era el procedimiento de rutina (también preguntar en el depósito de cadáveres). En su fuero interno pensaba que la chica debía de haberse fugado de casa tras alguna bronca. La madre había reconocido que habían discutido y que Susan había estado hablando de mudarse.

Aun así, recorrió algunas de las carreteras secundarias, mientras permanecía atento a los desagradables parásitos procedentes de la radio que llevaba bajo el salpicadero. Pocos minutos después de medianoche, cuando volvía por Brooks Road hacia el pueblo, el haz del reflector que había dirigido hacia el arcén se reflejó en un objeto metálico: un coche parado en el bosque.

El sheriff frenó, dio marcha atrás y se apeó. El vehículo estaba aparcado en una vieja carretera abandonada del bosque. Era un Chevy Vega, marrón claro, de dos años. McCaslin sacó su gruesa agenda, pasó las páginas de la entrevista con Ben y Jimmy, e iluminó con su linterna el número de matrícula que le había facilitado la señora Norton. Sí, coincidía. Era el coche de la chica. Ahora la cosa parecía más grave. Apoyó la mano sobre el capó del motor: estaba frío. Llevaba un rato estacionado.

—¿Sheriff?

Era una voz cantarina y despreocupada como un cascabel. ¿Por qué de pronto había dejado caer la mano hasta la culata del revólver?

Al darse la vuelta vio a la hija de los Norton, más hermosa

que nunca, acercándose de la mano de un hombre joven con el cabello negro anticuadamente peinado hacia atrás y la frente despejada. McCaslin le dirigió el haz de la linterna a la cara y tuvo la extraña impresión de que la luz lo atravesaba, sin iluminarlo. Y aunque iban caminando, no dejaban huella alguna en la tierra blanda. Una sensación de miedo e inquietud le puso los nervios alerta, y su mano se tensó sobre el revólver. Apagó la linterna y esperó pasivamente.

—Sheriff —repitió Susan en voz baja y seductora.

—Muchas gracias por venir —agregó su acompañante.

Los dos se abalanzaron sobre él.

Ahora, el coche patrulla estaba aparcado en el tramo final de Deep Cut Road, lleno de baches y zarzas, y apenas se entreveía algún destello de cromo entre los brotes de juníperos, helechos y enredaderas. McCaslin estaba hecho un ovillo en el maletero. La radio lo llamaba a intervalos regulares sin obtener respuesta.

Esa misma mañana, más tarde, Susan hizo una breve visita a su madre, pero sin dañarla mucho; como una sanguijuela que acaba de ponerse las botas con un nadador lento, estaba satisfecha. De todas maneras, la habían invitado a pasar a la casa, por lo que ahora podía entrar y salir a su antojo. Ya volvería el hambre esa noche..., todas las noches.

Esa misma madrugada, poco después de las cinco, con la cara larga y surcada de arrugas sardónicas por la rabia, Charles Griffin había despertado a su mujer. Fuera, las vacas sin ordeñar mugían lastimosamente con las ubres llenas.

—Los condenados críos se han escapado —fueron las seis palabras con que resumió lo sucedido durante la noche.

Pero no era así. Danny Glick se había encontrado con Jack Griffin y se había cebado con él, tras lo cual Jack había ido al cuarto de su hermano Hal y había puesto fin para siempre a su preocupación por los libros, la escuela y los padres inflexibles. Ahora los dos descansaban en el centro de un enorme montón de heno en lo alto del granero, con el pelo lleno de paja, mientras unas dulces motas de polen dorado danzaban en la oscuridad y en el aire inmóvil de sus conductos nasales. Algún que otro ratón les correteaba por la cara.

La luz del sol se había derramado por la comarca y todos los seres malignos dormían. Iba a ser un hermoso día otoñal, fresco y transparente, lleno de sol. La mayoría de los vecinos (que no sabían que el pueblo estaba muerto) se iría a su trabajo sin sospechar lo sucedido durante la noche. Según el *Calendario del agricultor*, el lunes el sol se ocultaría a las siete en punto.

Los días se acortaban, prefigurando la llegada de Halloween, y más adelante, la del invierno.

3

Cuando Ben bajó las escaleras a las nueve menos cuarto, Eva Miller le advirtió desde el fregadero:

—Hay alguien esperándole en el porche.

Él hizo un gesto de asentimiento y se dirigió a la puerta trasera, en pantuflas, esperando ver a Susan o al sheriff McCaslin. Pero el visitante era un muchachito menudo y delgado que estaba sentado en el escalón superior del porche, mirando hacia el pueblo, que poco a poco cobraba su vitalidad de los lunes por la mañana.

—Hola —lo saludó Ben, y el chico se dio la vuelta rápidamente.

Los dos se miraron por un momento breve, pero que a Ben le pareció que se alargaba de una manera extraña, mientras lo invadía una sensación de irrealidad. El muchacho le recordaba físicamente al chiquillo que él mismo había sido, pero había algo más. Sintió que un peso se le instalaba en la nuca, como si de algún modo curioso percibiera que aquel cruce de sus vidas era algo más que casual. Le hizo pensar en el día de su primer encuentro con Susan en el parque y en cómo aquella conversación superficial entre dos personas que acababan de conocerse le había parecido extrañamente densa y cargada de presagios.

Tal vez el chico sentía algo parecido, porque sus ojos se abrieron un poco más, mientras alargaba la mano hacia la baranda del porche, como si buscara apoyo.

—Usted es el señor Mears —dijo, y no era una pregunta.

—Sí. Pero me temo que me llevas ventaja.

—Yo me llamo Mark Petrie —dijo el muchacho—. Y tengo malas noticias para usted.

Seguro que las tienes, pensó Ben, acongojado, y trató de mentalizarse para lo que pudiera venir, pero cuando el chico habló, la sorpresa fue total, devastadora.

—Susan Norton es una de *ellos* —dijo—. Barlow la atacó en la casa. Pero yo maté a Straker, o al menos eso creo.

Ben se quedó sin habla.

El chico asintió y, con total naturalidad, tomó las riendas.

—Tal vez podríamos dar una vuelta en su coche mientras hablamos. No quiero que nadie me vea por ahí. Estoy haciendo novillos, y ya bastantes problemas tengo con mis padres.

Ben balbuceó algo, sin saber bien qué. Después del accidente de motocicleta que le había costado la vida a Miranda, se había levantado del asfalto aturdido pero ileso (salvo por un pequeño arañazo en el dorso de la mano izquierda; no había que olvidarlo, a más de uno lo habían condecorado con un Corazón Púrpura por menos que eso), y el camionero se le había acercado, proyectando una doble sombra bajo la luz de las farolas y los faros del camión. Era un hombre grande y calvo que llevaba en el bolsillo de su camisa blanca un bolígrafo con letras doradas que decían «Frank's Mobil Sta», y lo demás no se alcanzaba a ver porque lo ocultaba el bolsillo, pero Ben adivinó astutamente que las últimas letras eran «tion», elemental, querido Watson, elemental. El camionero le dijo algo, Ben no recordaba qué, y después lo tomó del brazo con suavidad para intentar apartarlo de allí. Pero Ben avistó uno de los zapatos planos de Miranda, tirado junto a las enormes ruedas traseras del camión de mudanzas, y, soltándose de la mano del camionero, se encaminó hacia allí y el hombre dio dos pasos detrás de él y le dijo: *Yo en tu lugar no lo haría, tío.* Y Ben se había quedado mirándolo atontado, ileso salvo por el pequeño rasguño en el dorso la mano izquierda, deseando decirle al camionero que cinco minutos antes eso no había sucedido, que en algún mundo paralelo él y Miranda habían doblado a la izquierda en el último cruce y seguían avanzando hacia un futuro totalmente diferente. Se estaban arracimando a su alrededor personas que salían de una licorería que había en una esquina y de un bar de sándwiches en la esquina de enfrente. Y entonces había empezado a sentir lo mismo que sentía en ese momento: esa compleja y atroz interacción de lo mental y lo físico que representa el principio de la aceptación y cuyo único equivalente es la violación. Da la sensación de que el estómago se hunde. Los labios se entumecen. En el paladar se forma una especie de espuma. Un zumbido se apodera de los oídos. La piel de los testículos hormiguea y se tensa. La mente aparta la mirada, oculta el rostro, como para protegerse de una luz demasiado intensa. Por segunda vez, Ben se liberó de las manos del bienintencionado camionero y se dirigió hacia el zapato. Lo levantó. Le dio vueltas entre los dedos. Metió una mano en él y notó que la plantilla conservaba todavía el calor del pie. Sin soltar el zapato, dio dos pasos más y vio que las piernas de Miranda asomaban por debajo de las ruedas delanteras del camión, con los vaqueros amarillos que tan risueña y despreocupadamente se había puesto para salir del apartamento. Era imposible creer que la muchacha que se había enfundado esos pantalones estuviera muerta y, sin embargo, Ben sentía que la aceptación del hecho estaba ahí, en su vientre, en su boca, en sus testículos. Entonces soltó un fuerte gemido, y en ese momento el fotógrafo del tabloide le había sacado una foto para la colección de recortes de Mabel. Un zapato puesto, el otro no. La gente mirando ese pie desnudo como si jamás hubiera visto uno. Ben se apartó un par de pasos, se inclinó hacia delante y...

—Voy a vomitar —dijo.

—No pasa nada.

Se fue detrás de su Citroën y se dobló en dos, aferrándose a la manija. Cerró los ojos, sintió que la oscuridad lo envolvía y, en la oscuridad, apareció el rostro de Susan, que le sonreía, mirándolo con sus ojos adorables y profundos. Cuando volvió a abrir los párpados, se le ocurrió que tal vez el chico le había mentido, estaba confundido o era un psicópata. Pero estas hipótesis no le infundieron esperanza alguna. Ese chico no era así. Se volvió para mirarlo, y en su rostro solo había preocupación, nada más.

—Vamos —le dijo.

Mark subió al coche y arrancaron. Desde la ventana de la cocina, con el entrecejo fruncido, Eva Miller los vio partir. Algo malo estaba pasando. Ella lo intuía, un presentimiento la invadió, del mismo modo que la había invadido un terror oscuro y turbio el día que murió su marido.

Se levantó para llamar a Loretta Starcher. El teléfono sonó y sonó sin que nadie lo cogiera. ¿Dónde podría estar? En la biblioteca no, eso seguro. Los lunes estaba cerrada.

Se quedó inmóvil, mirando pensativamente el teléfono. Tenía la sensación de se avecinaba un gran desastre, tal vez algo tan espantoso como el incendio de 1951.

Finalmente volvió a descolgar el teléfono y llamó a Mabel

Werts, que estaba al tanto de los últimos cotilleos y deseosa de oír más. Hacía años que el pueblo no vivía un fin de semana como ese.

4

En el Citroën, Ben conducía sin rumbo mientras Mark le contaba su historia. Fue un buen relato, que arrancaba con la noche en que Danny Glick había acudido a su ventana y terminaba con la visita nocturna de esa misma madrugada.

—¿Estás seguro de que era Susan? —preguntó Ben.

Mark Petrie asintió con un gesto.

Ben dio un brusco giro de ciento ochenta grados y volvió a acelerar por Jointner Avenue.

—¿Adónde vas? ¿A...?

—No, ahí no. Todavía no.

5

—Espera. Para aquí.

El Citroën se detuvo y los dos bajaron. Habían recorrido lentamente Brooks Road, al pie de la colina donde se elevaba la Casa Marsten. En el camino del bosque donde Homer McCaslin había encontrado el Vega de Susan, los dos habían divisado el reflejo del sol en algo metálico. Juntos avanzaron por el camino abandonado, sin hablar. Había huellas de ruedas, profundas y polvorientas, y el césped crecía entre ellas. Por alguna parte gorjeaba un pájaro.

No tardaron en encontrar el coche.

Ben vaciló un momento y se detuvo. Volvía a sentir náuseas y tenía los brazos cubiertos de un sudor frío.

—Ve a echar un vistazo —pidió.

Mark se acercó al automóvil y miró por la ventanilla del conductor.

—Las llaves están puestas —dijo.

Cuando Ben echó a andar hacia el coche, su pie topó con algo. Al bajar la mirada, vio un revólver calibre 38 en el suelo. Lo recogió y le dio vueltas entre las manos. Tenía todo el aspecto de un revólver de la policía.

—¿De quién será? —preguntó Mark, mientras se acercaba con las llaves de Susan en la mano.

—No lo sé. —Ben comprobó que el seguro estaba puesto y después se guardó el arma en el bolsillo.

Mark le ofreció las llaves y Ben se dirigió hacia el Vega, con la sensación de que todo era un sueño. Le temblaban las manos, por lo que tuvo que intentarlo dos veces antes de conseguir introducir la llave en la cerradura del maletero. La hizo girar y levantó la tapa, intentando no pensar.

Los dos miraron al mismo tiempo. En el maletero había una rueda de recambio, un gato y nada más. Ben exhaló de golpe.

—¿Y ahora qué? —preguntó Mark.

Ben no respondió de inmediato. Solo habló cuando se sintió capaz de controlar la voz.

—Vamos a ver a un amigo mío que está en el hospital. Se llama Matt Burke y ha estado documentándose sobre los vampiros.

Los ojos del chico aún irradiaban ansiedad.

—¿Entonces me crees?

—Sí —dijo Ben, y la palabra, pronunciada en voz alta, pareció confirmarse y cobrar peso. Ya no podía retirarla—. Sí, te creo.

—El señor Burke es profesor del instituto, ¿no? ¿Está al tanto de esto?

—Sí, y su médico también.

—¿El doctor Cody?

—Sí.

Los dos mantenían la vista fija en el coche mientras hablaban, como si fuera una reliquia de alguna civilización extinguida que acababan de descubrir en el bosque soleado que se extendía al oeste del pueblo. El maletero abierto semejaba una boca en pleno bostezo, y Ben lo cerró de golpe. El golpe sordo le resonó en el corazón.

—Y después de hablar con él —continuó—, iremos a la Casa Marsten para arreglar cuentas con el hijo de puta que ha hecho esto.

Mark lo miró, inmóvil.

—Tal vez no sea tan fácil como piensas. Ella también está allí, y ahora *le* pertenece.

—Llegará el momento en que lamente haber puesto un pie en este pueblo —dijo Ben en voz baja—. Vamos.

6

Cuando llegaron al hospital, a las nueve y media, Jimmy Cody estaba en la habitación de Matt. Después de mirar a Ben sin sonreír, sus ojos se posaron con curiosidad en Mark Petrie.

—Tengo malas noticias, Ben. Sue Norton ha desaparecido.

—Ahora es un vampiro —repuso Ben, inexpresivo, y Matt soltó un gruñido desde la cama.

—¿Estás seguro? —preguntó Jimmy con aspereza.

Ben señaló a Mark con el pulgar y lo presentó.

—Aquí Mark recibió el sábado por la noche una visita de Danny Glick. Él te contará el resto.

El chico refirió su historia, del principio al fin, de la misma manera que se la había narrado antes a Ben.

Matt fue el primero en hablar cuando hubo terminado.

—Ben, no tengo palabras para expresar cuánto lo siento.

—Puedo darte algo, si lo necesitas —ofreció Jimmy.

—Yo sé cuál es el remedio que necesito, Jimmy. Quiero ir a por ese Barlow hoy. Ahora, antes de que anochezca.

—Está bien —asintió Jimmy—. He cancelado todas mis visitas. Además, he llamado a la oficina del sheriff del condado. McCaslin también ha desaparecido.

—Tal vez eso explique esto —dijo Ben, sacándose la pistola del bolsillo y dejándola sobre la mesilla de Matt. Parecía algo extraño y fuera de lugar en la habitación de un hospital.

—¿Dónde la has encontrado? —preguntó Jimmy, agarrándola.

—Junto al coche de Susan.

—Pues ya me imagino lo que pasó. Cuando nos separamos, McCaslin acudió a la casa de los Norton. Le hablaron de la desaparición de Susan y le facilitaron la marca, modelo y matrícula de su coche. Salió a recorrer las carreteras secundarias, por si acaso. Y...

Se hizo un silencio angustioso que nadie intentó llenar.

—Foreman no ha vuelto a abrir la funeraria —dijo Jimmy—. Y muchos de los viejos que frecuentan la tienda de Crossen se han quejado por lo del vertedero. Hace una semana que nadie ha visto a Dud Rogers.

Todos se miraron con aire sombrío.

—Anoche hablé con el padre Callahan —comentó Matt—. Se mostró dispuesto a ir, siempre que vosotros dos... y Mark, por supuesto, paséis primero por la tienda nueva para hablar con Straker.

—No creo que esté en condiciones de hablar con nadie —señaló Mark en voz baja.

—¿A qué conclusión has llegado tú sobre *ellos*? —le preguntó Jimmy a Matt—. ¿Has averiguado algo útil?

—Bueno, creo que he sacado algunas cosas en claro. Straker debe de ser el fiel guardián y guardaespaldas de... *eso*. Una especie de familiar humano. Debe de haber llegado al pueblo mucho antes de que apareciera Barlow. Debía realizar ciertos ritos propiciatorios del Padre Tenebroso. Es que hasta el propio Barlow tiene un amo. —Miró con expresión taciturna a sus interlocutores—. Sospecho que jamás se encontrará ningún rastro de Ralphie Glick. Creo que él fue el trámite de admisión de Barlow. Straker lo secuestró para sacrificarlo.

—Qué hijo de puta —murmuró Jimmy.

—¿Y Danny Glick? —preguntó Ben.

—Straker fue el primero en desangrarlo —explicó Matt—. Obsequio de su amo. La primera sangre para el fiel servidor. Después, el propio Barlow debió de encargarse de la tarea. Pero Straker llevó a cabo otro servicio para su amo incluso antes de que Barlow llegara. ¿Alguno de vosotros se imagina cuál fue?

Tras un momento de silencio, se oyó la voz de Mark.

—El perro que ese hombre encontró en la verja del cementerio.

—¿Qué? —exclamó Jimmy—. ¿Por qué? ¿Por qué iba a hacer algo así?

—Los ojos blancos —prosiguió Mark, y dirigió una mirada inquisitiva a Matt, que asentía, un poco sorprendido.

—Y yo que me he pasado la noche empollándome esos libros, sin saber que había un erudito entre nosotros. —El chico se sonrojó un poco—. Es exactamente como dice Mark. Según varias obras de referencia clásicas sobre el folclore de lo sobrenatural, una de las formas de ahuyentar a un vampiro consiste en pintar un par de «ojos de ángel» blancos sobre los ojos de un perro negro. Pues bien, Doc era todo negro, salvo por dos manchas blancas. Win solía decir que eran sus faros, porque las tenía justo encima de los ojos. Dejaba al perro suelto por la noche, y Straker lo descubrió en una de sus andanzas, lo mató y lo ensartó en la valla del cementerio.

—¿Y qué me dices del tal Barlow? —preguntó Jimmy . ¿Cómo llegó al pueblo?

Matt se encogió de hombros.

—No estoy seguro. Supongo que hay que dar por sentado, tal como afirman las leyendas, que tiene muchos, muchos años. Puede que haya cambiado de nombre una docena de veces…, o mil. Puede haber nacido casi en cualquier lugar del mundo, aunque sospecho que debe de ser de origen rumano, magiar o húngaro. De todas maneras, en realidad no importa cómo llegó al pueblo…, aunque no me sorprendería que Larry Crockett haya tenido algo que ver. El caso es que está aquí. Eso es lo importante.

»Ahora, he aquí lo que debéis hacer. Cuando vayáis, llevad una estaca. Y un arma de fuego, por si Straker sigue vivo. El revólver del sheriff McCaslin puede servir. Si la estaca no atraviesa el corazón, es posible que el vampiro vuelva a levantarse. Tú puedes asegurarte de eso, Jimmy. Cuando le hayáis clavado la estaca, debéis cortarle la cabeza, llenarle la boca de ajos y colocarla boca abajo en el ataúd. En la mayoría de las historias de vampiros, tanto las de Hollywood como las otras, el vampiro queda reducido instantáneamente a polvo al clavarle la estaca, pero es posible que eso no suceda en la vida real. En ese caso, debéis lastrar el féretro y arrojarlo a una corriente de agua. Yo propondría el río Royal. ¿Alguna pregunta más?

A nadie se le ocurrió ninguna.

—Bien. Debéis llevar cada uno un vial con agua bendita y un fragmento de hostia consagrada. Y antes de salir, el padre Callahan debe oíros a todos en confesión.

—Creo que ninguno de nosotros es católico —señaló Ben.

—Yo sí, aunque no practico —dijo Jimmy.

—Aun así, debéis confesaros y hacer un acto de contrición. Así iréis puros, lavados en la sangre de Cristo, sangre limpia, sin contaminar.

—De acuerdo —asintió Ben.

—Ben, ¿tú te habías acostado con Susan? Perdona que te lo pregunte, pero...

—Sí.

—Entonces debes de ser tú quien clave la estaca, primero a Barlow y después a *ella*. Eres la única persona de nuestro pequeño grupo que se ha visto directamente afectada. Tendrás que actuar como el marido, y sin vacilación. Piensa que la estarás liberando.

—De acuerdo —repitió.

—Por encima de todo —Matt desplazó la vista por cada uno de ellos—, *no debéis mirarlo a los ojos*. Si lo hacéis, se apoderará de vosotros y os pondrá en contra de vuestros compañeros, incluso al precio de vuestra propia vida. ¡Acordaos de Floyd Tibbits! Por eso es peligroso que vayáis armados con un revólver, aunque pueda ser necesario. Llévalo tú, Jimmy, y quédate un poco atrás. Si tienes que examinar a Barlow o a Susan, dáselo a Mark.

—Entendido —asintió Jimmy.

—No os olvidéis de haceros con ajos. Y con rosas, si es posible. ¿Esa pequeña floristería de Cumberland todavía está abierta, Jimmy?

—¿La Bella del Norte? Creo que sí.

—Pues comprad una rosa blanca para cada uno. Ponéosla en el pelo o al cuello. Y repito: ¡no los miréis a los ojos! Podría reteneros aquí y seguir diciéndoos muchas cosas más, pero será mejor que vayáis tirando. Ya son las diez y no quisiera que el padre Callahan se lo pensara demasiado y se echara atrás. Mis mejores deseos y mis plegarias os acompañan. La oración no es cosa fácil para un viejo agnóstico como yo, pero creo que tampoco soy tan agnóstico como antes. ¿Fue Carlyle quien dijo que si un hombre destrona a Dios en su corazón, entonces Satán debe ocupar su lugar?

Nadie respondió, y Mark dejó escapar un suspiro.

—Jimmy, quisiera mirarte el cuello.

Jimmy se acercó a la cama y levantó el mentón. Las heridas eran punzantes, pero las dos se habían cerrado y parecían estar cicatrizando bien.

—¿Te duele? —preguntó Matt—. ¿Te escuece?

—No.

—Tuviste mucha suerte —aseveró, mirándolo muy serio.

—Empiezo a pensar que jamás llegaré a saber la suerte que tuve.

Matt volvió a recostarse en la cama, con el rostro tenso y los ojos hundidos.

—Yo sí que me tomaría la pastilla que ha rechazado Ben.

—Se lo diré a la enfermera.

—Mientras vosotros ponéis manos a la obra, yo dormiré —dijo Matt—. Más tarde habrá que... Bueno, basta por ahora. —Sus ojos se detuvieron en Mark—. Ayer hiciste algo extraordinario, hijo. Imprudente y temerario, pero extraordinario.

—El precio lo pagó *ella* —respondió Mark en voz baja, entrelazando las manos. Le temblaban.

—Sí, y es posible que vosotros tengáis que pagarlo también. Cualquiera de vosotros, o todos. ¡No lo subestiméis! Y ahora, si no os importa, estoy muy cansado. Me he pasado casi toda la noche leyendo. Llamadme tan pronto hayáis terminado.

Salieron de la habitación. En el vestíbulo, Ben miró a Jimmy.

—¿No te ha recordado a alguien? —le preguntó.
—Sí —dijo Jimmy—. A Van Helsing.

7

A las diez y cuarto, Eva Miller bajó al sótano a buscar dos envases de maíz en conserva para llevárselos a la señora Norton, que, según le había contado Mabel Werts, estaba en cama. Eva se había pasado casi todo el mes de septiembre ajetreada en el bochorno de la cocina, envasando conservas, escaldando verduras y almacenándolas, poniendo parafina sobre la mermelada casera con que había llenado frascos de cristal. En las estanterías de su impecable sótano de suelo de tierra apisonada había más de doscientos tarros de conservas; preparar conservas era una de sus mayores aficiones. Más avanzado el año, cuando el otoño fuera cediendo paso al invierno y las fiestas estuvieran más cerca, prepararía las conservas de carne.

El olor la sorprendió cuando abrió la puerta del sótano.

—La madre del cordero —masculló, conteniendo la respiración, y bajó cuidadosamente, como si vadeara aguas contaminadas.

Su marido había construido el sótano con sus propias manos y había hecho las paredes de piedra para que fuera fresco. De vez en cuando, una rata almizclera, una marmota o un visón se quedaban atrapados en alguna de las grietas más grandes y morían allí. Eso era lo que debía de haber pasado, aunque Eva no recordaba haber captado nunca un hedor tan fuerte.

Cuando llegó abajo, caminó a lo largo de las paredes, con los ojos entrecerrados bajo la tenue luz de dos bombillas de sesenta vatios. Sería mejor cambiarlas por unas de setenta y cinco, pensó. Encontró los envases con una etiqueta en la que se leía MAÍZ, cuidadosamente escrita de su puño y letra (y con una rodaja de pimiento rojo colocada encima de la tapa) y prosiguió con su inspección. Incluso se metió en el reducido espacio situado detrás de la caldera, con todas sus tuberías. No encontró nada.

Se dirigió otra vez hacia los escalones que subían a la cocina y miró alrededor con el entrecejo arrugado y los brazos en jarras. El amplio sótano estaba más limpio desde que les había encargado a dos de los hijos de Larry Crockett que le construyeran un cobertizo para guardar las herramientas detrás de la casa, hacía un par de años. Ahí estaba la caldera, que parecía una escultura impresionista de la diosa Kali, con sus veinte cañerías que se retorcían en todas direcciones; estaban las contraventanas que tendría que instalar pronto, ahora que se encontraban en octubre y la calefacción estaba tan cara; estaba, cubierta con una lona, la mesa de billar que había sido de Ralph. Eva le pasaba la aspiradora al paño cuando llegaba el mes de mayo, aunque nadie hubiera jugado en ella desde que Ralph falleciera en 1959. Y no era mucho más lo que había allí abajo. Un cajón lleno de libros de tapa blanda que había reunido para el hospital de Cumberland, una pala para la nieve, con el mango partido, un tablero del que pendían todavía algunas de las viejas herramientas de Ralph, un baúl donde había guardado cortinas que ya debían de estar enmohecidas.

Sin embargo, el olor persistía.

Sus ojos se posaron en la trampilla de la bodega subterránea, pero ese día no pensaba bajar allí, ni hablar. Además, las paredes de la bodega eran de cemento; no era probable que una alimaña se hubiera colado allí. Sin embargo…

—¿Ed? —llamó de pronto, sin razón alguna. El timbre apagado de su voz la asustó.

La palabra se extinguió en la penumbra del sótano. ¿Por qué narices había dicho eso? ¿Qué iba a estar haciendo Ed Craig ahí abajo, aunque *fuera* un sitio idóneo para esconderse? ¿Bebiendo? A Eva no se le ocurría un lugar para beber más deprimente en todo el pueblo que ese sótano. Lo más probable era que anduviera por el bosque con ese inútil de su amigo, Virgil Rathbun, bebiéndose el sueldo de alguien.

Aun así, permaneció un momento más allí, mirando alrededor. Aquella peste era espantosa, sencillamente espantosa. Esperó no tener que mandar fumigar el sótano.

Después de echar una última ojeada a la trampilla de la bodega subterránea, subió las escaleras.

8

El padre Callahan los escuchó a los tres, y cuando terminaron de ponerlo al corriente, eran las once y media pasadas. Estaban sentados en el fresco y espacioso salón de la rectoría, y el sol entraba a raudales por las grandes ventanas delanteras en franjas que parecían tan sólidas que se podían cortar. Al mirar las motas de polvo que danzaban en los rayos solares, el padre Callahan se acordó de una vieja viñeta que había visto en alguna parte. Una mujer de la limpieza con una escoba en las manos mira el suelo, sorprendida: ha barrido parte de su sombra. En ese momento, él se sentía un poco así. Por segunda vez en veinticuatro horas, le habían planteado una imposibilidad absoluta, solo que ahora dicha imposibilidad se veía corroborada por un escritor, un muchachito aparentemente equilibrado y un médico respetado por todo el pueblo. Aun así, una imposibilidad es una imposibilidad. Uno no puede barrer su propia sombra. Pero al parecer eso era lo que había pasado.

—Esto me resultaría más fácil de aceptar si hubieran conseguido provocar una tormenta y un corte de luz —dijo.

—Pues es verdad, se lo aseguro —le reiteró Jimmy, mientras se llevaba la mano al cuello.

El padre Callahan se levantó y sacó algo del maletín de Jimmy: dos bates de béisbol truncados, con la punta aguzada.

—Será solo un momento, señora Smith —dijo mientras daba vueltas a uno de ellos entre sus manos—. No le dolerá.

Nadie se rio.

Tras guardar de nuevo las estacas, Callahan se dirigió a la ventana y miró hacia Jointner Avenue.

—Todos ustedes son muy persuasivos —comentó—. Y supongo que debo aportar una pequeña información de la que aún no disponen.

Se volvió de nuevo hacia ellos.

—En el escaparate de la tienda de muebles de Barlow y Straker hay un cartel de «Cerrado hasta nuevo aviso». Esta mañana a las nueve he ido a hablar con el misterioso señor Straker sobre las afirmaciones del señor Burke. Las dos puertas de la tienda, la de delante y la de atrás, estaban cerradas con candado.

—Tendrá que reconocer que eso concuerda con lo que dice Mark —señaló Ben.

—Es posible. Y también es posible que se trate de una mera casualidad. Permítanme que vuelva a preguntarles si están seguros de que deben involucrar a la Iglesia católica en esto.

—Sí —respondió Ben—. Pero, si no nos queda más remedio, prescindiremos de usted. Y en último caso, estoy dispuesto a ir solo.

—No será necesario —respondió el padre Callahan, poniéndose de pie—. Acompáñenme a la iglesia, caballeros, para que pueda oírles en confesión.

9

Ben se arrodilló torpemente en la penumbra del confesionario, que olía a cerrado. Su mente era un torbellino de pensamientos incipientes entreverados con una serie de imágenes surrealistas: Susan en el parque; la señora Glick retrocediendo ante la cruz, su boca convertida en una herida abierta que se retorcía; Floyd Tibbits saliendo de su coche a trompicones, vestido como un espantapájaros, para arremeter contra él; Mark Petrie asomado al interior de la ventana del coche de Susan. Por primera y única vez, se le ocurrió que tal vez todo era un sueño, y su espíritu fatigado se aferró con ansia a esta idea.

Divisó algo en un rincón del confesionario y se inclinó para recogerlo. Era una cajita de pastillas de menta vacía; tal vez se le había caído del bolsillo a algún niño. Un toque de realidad innegable. El cartón era real y tangible bajo sus dedos. La pesadilla era real.

La puertecilla corredera se abrió, pero Ben no vio nada al otro lado. Una densa rejilla cubría la abertura.

—¿Qué tengo que hacer? —le preguntó a la rejilla.

—Diga: «Bendígame, padre, porque he pecado».

—Bendígame, padre, porque he pecado —repitió Ben, y su voz le sonó extraña y grave en ese espacio cerrado.

—Ahora dígame sus pecados.

—¿Todos? —preguntó Ben, abrumado.

—Los más representativos —dijo Callahan con voz seca—. Ya sé que tenemos que estar en otro sitio antes de que caiga la noche.

Con esfuerzo y procurando tener presentes los diez mandamientos como marco de referencia, Ben empezó. No le resultó más fácil conforme hablaba. No tenía sensación alguna de catarsis; solo la torpe incomodidad de estar contándole a un extraño los secretos más sórdidos de su vida.

Pese a todo, entendía que aquel ritual pudiera volverse compulsivo, tan cruelmente compulsivo como el alcohol de farmacia para el borracho crónico o las fotos escondidas detrás de la tabla suelta del baño para el chico adolescente. Era un acto que tenía algo de medieval, algo de execrable; un ritual de regurgitación. De pronto recordó una escena de la película de Bergman *El séptimo sello*, en la que una multitud de penitentes harapientos atraviesa un pueblo asolado por la peste negra. Van autoflagelándose con ramas de abedul hasta sangrar. Tan aborrecible le resultaba desnudar su alma de esa manera (y, por algún motivo perverso, no se permitió mentir, aunque podría haberlo hecho de manera convincente) que la misión de ese día cobró a sus ojos una realidad definitiva, y casi podía ver la palabra «vampiro» impresa en la pantalla negra de su mente, y no con tipografía de cartel de película de terror, sino en unas letras de cuerpo pequeño y fino talladas en madera o escritas en un pergamino. Prisionero de ese ritual ajeno, se sentía desvalido, desconectado de su época. El confesionario habría podido ser un portal directo a los días en que íncubos, hombres lobo y brujas estaban considerados como una parte real de la oscuridad exterior, y la Iglesia como el único faro. Por primera vez en su vida, Ben sintió la lenta y terrible sucesión de las mareas del tiempo, y vio su propia vida como una tenue chispa que brillaba en un edificio capaz de hacer perder el juicio a todos los hombres si lo vieran con claridad. Matt no les había contado que el padre Callahan concebía su Iglesia como una fuerza, pero en ese momento Ben habría entendido esa idea. Percibía la fuerza que inundaba ese cubículo fétido y lo avasallaba, reduciéndolo a un ser desnudo y despreciable. La sentía como jamás podría sentirla un católico habituado a la confesión desde su infancia.

Cuando salió, respiró agradecido el aire fresco que entraba por las puertas abiertas. Se masajeó el cuello con la mano, que acabó bañada en sudor.

Callahan se asomó.

—No ha terminado todavía —le advirtió.

Sin decir palabra, Ben volvió al confesionario, pero no se arrodilló. Callahan le pidió, como acto de contrición, que rezara diez padrenuestros y diez avemarías.

—Esa no me la sé —alegó Ben.

—Le daré una tarjeta donde están escritas las oraciones —dijo la voz al otro lado de la rejilla—. Puede ir diciéndolas en silencio mientras vamos en el coche hasta Cumberland.

Ben titubeó un momento.

—¿Sabe una cosa? Matt tenía razón cuando ha dicho que esto iba a ser más difícil de lo que pensábamos. Antes de que todo termine, vamos a sudar sangre.

—¿Ah, sí? —se limitó a decir Callahan.

¿Cortesía o incertidumbre? Ben no estaba seguro. Cuando bajó la mirada, advirtió que todavía sostenía en la mano derecha la cajita de pastillas de menta, que se había convertido en una masa informe bajo la presión convulsiva de sus dedos.

10

Era ya casi la una cuando todos subieron al gran Buick de Jimmy Cody y se pusieron en marcha. Ninguno de ellos hablaba. El padre Donald Callahan llevaba sotana, sobrepelliz y una estola blanca bordeada de púrpura. Le había entregado a cada uno un tubito de agua de la pila y los había bendecido con la señal de la cruz. Él llevaba consigo una pequeña píxide que contenía varias hostias consagradas.

Hicieron una primera parada en la consulta de Jimmy en Cumberland. Este dejó el motor encendido mientras entraba.

Cuando volvió a salir, llevaba una americana holgada bajo la que disimulaba el bulto del revólver de McCaslin. En la mano derecha empuñaba un martillo de carpintero.

Ben lo miró como fascinado y, con el rabillo del ojo, vio que Mark y Callahan tampoco le quitaban la vista de encima. La cabeza del martillo era de un acero azulado, y el mango de goma con relieve.

—Feo, ¿no? —comentó Jimmy.

Al pensar que tendría que usar ese martillo para clavarle una estaca entre los pechos a Susan, Ben sintió que el estómago se le subía lentamente a la garganta, como si estuviera en un avión que ejecutaba una rotación de trescientos sesenta grados.

—Sí. Ya lo creo que es feo —contestó, humedeciéndose los labios.

En el supermercado de Cumberland, Ben y Jimmy compraron todo el ajo que encontraron en los estantes de la verdulería: doce cajas de cabezas de color gris blanquecino. La cajera que los atendió arqueó las cejas y dijo:

—Me alegro de no tener que dar una vuelta larga en coche con vosotros esta noche.

—Me pregunto en qué se basa la eficacia del ajo en estos casos —comentó Ben mientras salían—. Supongo que será algo que dice la Biblia, o una antigua maldición, o...

—Yo sospecho que es una alergia —declaró Jimmy.

—¿Alergia?

Callahan, que alcanzó a oír la última palabra, pidió que le repitieran la conversación mientras arrancaban en dirección a la floristería La Bella del Norte.

—Pues sí, yo estoy de acuerdo con el doctor Cody —dictaminó—. Probablemente se trate de una alergia..., si es que de verdad funciona como disuasión, cosa que, no debemos olvidarlo, no está demostrada todavía.

—Qué idea tan rara para un sacerdote —se sorprendió Mark.

—¿Por qué? Si debo aceptar la existencia de vampiros (y parece que es así, al menos por el momento), ¿debo aceptar también que son seres que están por encima de las leyes naturales? De algunas, sin duda. Las leyendas dicen que no se reflejan en los espejos, que pueden transformarse en murciélagos o en lobos o pájaros (los así llamados psicopompos) o que pueden estrechar su cuerpo hasta colarse por las rendijas más pequeñas. Pero sabemos que ven, oyen, hablan... y sin duda tienen sentido del gusto. Es posible que conozcan también la incomodidad, el dolor...

—¿Y el amor? —preguntó Ben, mirando al frente.

—No —respondió Jimmy—. Sospecho que el amor está fuera de su alcance. —Mientras hablaba, entró en el pequeño aparcamiento de una floristería en forma de L, con un invernadero contiguo.

Una campanilla tintineó sobre la puerta cuando entraron, y el denso aroma de las flores los asaltó. Ben sintió náuseas al aspirar la pegajosa densidad de los perfumes mezclados, que le hizo pensar en un velatorio.

—Hola —los saludó un hombre alto con un delantal de lona, que salió a atenderlos con una maceta en la mano.

Ben apenas había empezado a explicarle lo que quería cuando el hombre lo interrumpió, sacudiendo la cabeza.

—Me temo que llegan tarde. El viernes pasado vino un hombre que me compró todas las existencias de rosas: rojas, blancas y amarillas. Al menos hasta el miércoles no habrá más. Si les interesa, tengo...

—¿Qué aspecto tenía ese hombre?

—Muy llamativo —recordó el florista, mientras dejaba la maceta—. Alto, totalmente calvo. Ojos penetrantes. Fumaba cigarrillos extranjeros, a juzgar por el olor. Tuvo que hacer tres viajes a su coche para llevarse todas las flores. Las metió en la parte de atrás de un coche muy antiguo, un Dodge, creo.

—Un Packard —lo corrigió Ben—. Un Packard negro.

—Así que lo conocen.

—Digámoslo así.

—Pagó en efectivo. Cosa rara, teniendo en cuenta el importe de la compra. Pero tal vez si se ponen en contacto con él, acceda a venderles...

—Tal vez —asintió Ben.

De vuelta en el coche, se pusieron a deliberar.

—En Falmouth hay una tienda... —empezó a decir el padre Callahan.

—¡No! —exclamó Ben—. ¡No! —El deje de histeria en su voz hizo que todos se volvieran hacia él—. ¿Y cuando lleguemos a Falmouth y descubramos que Straker también ha pasado por ahí? Entonces ¿qué? ¿Iremos a Portland, a Kittery? ¿A Boston? ¿No os dais cuenta de lo que sucede? ¡Lo ha previsto todo! *¡Nos lleva mucha ventaja!*

—Ben, sé razonable —intervino Jimmy—. ¿No te parece que por lo menos tendríamos que...?

—¿No recuerdas lo que dijo Matt? «No os engañéis pensando que porque no puede levantarse durante el día tampoco puede haceros daño». Mira qué hora es, Jimmy.

—Las dos y cuarto —dijo este y elevó los ojos al cielo como si dudara de su reloj. Pero era así: las sombras se inclinaban ya hacia el otro lado.

—Se nos ha adelantado —insistió Ben—. Ha ido un paso por delante de nosotros en todo momento. ¿De verdad pensábamos que *él* ignoraría alegremente nuestra existencia? ¿Que a *él* ni siquiera se le pasaría por la cabeza la posibilidad de que lo descubrieran y le plantaran cara? Tenemos que ir *ahora*, en vez de perder el resto del día discutiendo sobre cuántos ángeles pueden bailar sobre la cabeza de un alfiler.

—Tiene razón —murmuró Callahan—. Lo mejor es que dejemos de hablar y nos pongamos en marcha.

—Pues venga, *arranca* —lo apremió Mark.

Jimmy salió velozmente del aparcamiento de la floristería con un chirrido de neumáticos. El propietario se quedó mirándolos: tres hombres, uno de ellos sacerdote, que viajaban con un niño en un coche con matrícula de médico y que hablaban a gritos de los disparates más increíbles.

11

Cody decidió aproximarse a la Casa Marsten desde Brooks Road, por el lado que no daba al pueblo, y al divisarla desde ese nuevo ángulo, Donald Callahan pensó: vaya, realmente *domina* el pueblo. Qué raro que no me haya dado cuenta antes. Debe de estar a la altura ideal, retrepada en su colina por encima del cruce de Jointner Avenue y Brock Street. Una altura perfecta y una vista del pueblo de casi trescientos sesenta grados. Era un edificio enorme y caótico, que con los postigos cerrados presentaba una configuración desmesurada e incómoda, como una especie de sarcófago monolítico, una evocación de un destino funesto.

Además, había sido escenario de un suicidio y un asesinato, lo que significaba que se alzaba sobre terreno profanado.

Callahan abrió la boca para decirlo, pero se contuvo.

Cuando Cody dobló por Brooks Road, la casa se perdió por un momento entre los árboles. Después, estos empezaron a escasear y el coche se encontró ya en el camino de entrada. El Packard estaba delante del garaje. Cuando Jimmy apagó el motor, sacó el revólver de McCaslin.

Callahan sintió que la atmósfera del lugar lo oprimía. Extrajo de su bolsillo un crucifijo que había sido de su madre y se lo colgó al cuello junto con el suyo propio. Ningún pájaro cantaba en aquellos árboles pelados por el otoño. El césped, alto y descuidado, parecía incluso más seco y deshidratado de lo que cabía esperar dado lo avanzado de la estación: hasta la tierra tenía un aspecto gris y agotado.

Los escalones que ascendían al porche estaban deformados, y, en uno de los postes, un rectángulo de pintura más brillante indicaba el lugar donde hasta hacía poco había habido un cartel de «Prohibido el paso». Bajo el cerrojo oxidado de la puerta principal, relucía un candado Yale nuevo de color latón.

—Por una ventana, tal vez, como Mark... —propuso Jimmy, titubeante.

—No —se opuso Ben—. Entraremos por la puerta principal. Si hace falta, la echamos abajo.

—No creo que sea necesario —declaró Callahan con una voz que no parecía la suya.

Desde que habían bajado del coche, se había puesto a la cabeza del grupo sin pensárselo un segundo. Una especie de vehemencia, la misma que había creído desaparecida para siempre, pareció apoderarse de él a medida que se aproximaba a la puerta. Era como si la casa se inclinara hacia ellos para rodearlos, como si el mal rezumara por los agrietados poros de la pintura reseca. Sin embargo, Callahan no vaciló. Ya no pensaba en ganar tiempo. En esos momentos, más que el ánimo de guiar a los demás, lo movía un impulso ciego.

—¡En el nombre de Dios Padre! —proclamó, mientras su voz asumía un áspero tono imperativo que llevó a los demás a acercarse a él—. ¡Ordeno que el mal abandone esta casa! ¡Alejaos, espíritus malignos! —Y, sin haberse parado a pensarlo, golpeó la puerta con el crucifijo que llevaba en la mano.

Hubo un destello de luz (después, todos coincidirían en haberlo visto), acompañado de un tufo acre a ozono y un restallido, como si las tablas hubieran gritado. La ventana semicircular que había encima de la puerta estalló de pronto hacia fuera, al tiempo que el gran ventanal de la izquierda, que daba al patio, escupía fragmentos de cristal sobre la hierba. Jimmy soltó una exclamación de sorpresa. El flamante candado Yale yacía a sus pies, sobre el suelo de madera del porche, convertido en una masa de metal fundido casi irreconocible. Mark se inclinó a recogerlo y soltó un chillido.

—Quema.

Callahan se apartó de la puerta, tembloroso, mientras miraba la cruz que tenía en la mano.

—Esto es, sin lugar a dudas, lo más asombroso que me ha pasado en la vida —declaró. Alzó la vista al cielo, como para mirar al mismísimo Dios a la cara, pero el cielo se mostró indiferente.

Ben empujó la puerta, que se abrió sin dificultad. Esperó a que Callahan entrara primero. En el vestíbulo, el sacerdote miró a Mark.

—Al sótano se llega por la cocina —explicó el chico—. Straker está en el piso de arriba. Pero... —Hizo una pausa, con el entrecejo fruncido—. Noto algo distinto, aunque no sé qué. Algo ha cambiado.

Primero fueron al piso superior, y aunque Ben no abría la marcha, al aproximarse a la puerta del fondo del pasillo sintió el aguijonazo de un terror muy antiguo. Ahora, casi un mes después de haber regresado a Salem's Lot, estaba a punto de ver por segunda vez el interior de esa habitación. Cuando Callahan abrió la puerta, Ben levantó los ojos... y, sin poder reprimirlo, sintió que se escapaba de su garganta un alarido agudo, femenino, histérico.

Pero quien pendía de la viga por encima de sus cabezas no era Hubert Marsten, ni su espíritu.

Era Straker, colgado cabeza abajo como un cerdo en un

matadero, con la garganta rajada. Sus ojos vidriosos se clavaban en ellos, a través de ellos, más allá de ellos.

Estaba blanco como el mármol, completamente desangrado.

12

—Santo Dios... —murmuró el padre Callahan—. Santo Dios.

Lentamente, entraron en la habitación, Callahan y Cody en cabeza, y Mark y Ben detrás, muy juntos.

A Straker le habían atado ambos pies para después izarlo y dejarlo ahí colgado. Alguna parte recóndita del cerebro de Ben pensó que sin duda había sido un hombre de una fuerza descomunal el que había levantado ese peso muerto hasta una altura en que los dedos inertes no llegaban a rozar el suelo.

Jimmy le tocó la frente y después levantó una mano del cadáver.

—Lleva muerto unas dieciocho horas —dictaminó, mientras dejaba caer la mano con un estremecimiento—. Dios mío, qué manera tan espantosa de... No me cabe en la cabeza. ¿Quién..., por qué...?

—Ha sido Barlow —afirmó Mark, que miraba el cadáver de Straker con ojos impávidos.

—Y Straker está frito —comentó Jimmy—. No habrá vida eterna para él. Pero ¿por qué de esta manera, colgado patas arriba?

—Es una tradición tan antigua como Macedonia —señaló el padre Callahan—. Colgar patas arriba el cuerpo del enemigo, o del traidor, de modo que la cabeza apunte a la tierra y no al cielo. Es la forma en que crucificaron a san Pablo, en una cruz en forma de X, con las piernas quebradas.

Ben volvió a hablar; su voz sonaba cansada y polvorienta en su garganta.

—Otra vez está desviando nuestra atención. Sus tretas son interminables. Vamos.

Todos lo siguieron por el pasillo y bajaron las escaleras hacia la cocina. Una vez allí, Ben volvió a ceder el liderazgo al padre Callahan. Por un momento se sostuvieron la mirada antes de dirigirla hacia la puerta del sótano al que estaban a punto de bajar, del mismo modo que, veinticinco años atrás, él había subido unas escaleras que lo llevaron a enfrentarse a una pregunta sobrecogedora.

13

Cuando el sacerdote abrió la puerta, el rancio olor a podrido volvió a invadir las fosas nasales de Mark, pero también eso había cambiado: no era tan fuerte ni tan maligno.

El sacerdote empezó a bajar los peldaños, pero Mark necesitó de toda su fuerza de voluntad para seguir adentrándose tras el padre Callahan en aquel pozo de la muerte.

Jimmy encendió la linterna que había sacado de su maletín. El haz iluminó el suelo, llegó hasta una pared y retrocedió. Se detuvo sobre una caja alargada antes de posarse en una mesa.

—Ahí —dijo Jimmy—. Fijaos.

Era un sobre, inmaculado y brillante en aquella oscuridad sórdida, de fino pergamino amarillo.

—Es una trampa —advirtió el padre Callahan—. Mejor no tocarlo.

—No. —En la voz de Mark, el alivio se mezclaba con la desilusión—. Él no está aquí. Se ha ido. Eso es un mensaje para nosotros. Lleno de insultos, probablemente.

Ben se adelantó a recoger el sobre. Por un momento, le dio vueltas entre las manos, y Mark vio, a la luz de la linterna de Jimmy, cómo le temblaban los dedos. Después lo abrió.

Dentro había una sola hoja, de pergamino como el sobre, y todos se acercaron a leer. Jimmy enfocó el haz sobre la página, cubierta de una escritura elegante, con una letra diminuta como las hebras de una telaraña. La leyeron juntos, Mark un poco más lentamente que los demás.

4 de octubre

Estimados y jóvenes amigos:

¡Qué amable de vuestra parte haberos pasado por aquí!

No soy en modo alguno reacio a la compañía, que me ha brindado grandes placeres durante una vida larga y con frecuencia solitaria. Si hubierais venido por la noche, habría estado encantado de recibiros en persona. Sin embargo, como intuía que quizá preferiríais presentaros durante el día, me ha parecido más oportuno no estar.

Os he dejado una pequeña muestra de mi aprecio; alguien muy próximo y querido para uno de vosotros está ahora en el lugar donde yo pasaba mis días hasta que decidí que otro refugio podría resultarme más agradable. Es una muchacha encantadora, señor Mears, muy apetitosa, si me permite usted la pequeña broma. Como ya no la necesito, os la he dejado a fin de que, como se dice la expresión en vuestro idioma, vayáis abriendo boca para lo que vendrá después. Para despertar el apetito, en suma. Así veremos qué tal os sienta el aperitivo antes del plato fuerte que os espera, ¿verdad?

Jovencito Petrie, tú me privaste del servidor más fiel e ingenioso que haya tenido jamás. De manera indirecta, me convertiste en causante de su ruina, al dar motivo para que mis propios apetitos me traicionaran. Indudablemente, lo atacaste por la espalda. Me complacerá vérmelas contigo.

Aunque creo que empezaré por tus padres, esta noche..., o mañana..., o la noche siguiente. Después te tocará a ti. Pero tú pasarás a formar parte del coro de niños de mi iglesia como *castratum*.

En cuanto a usted, padre Callahan, veo que le han persuadido para que viniera. Me lo imaginaba. Desde mi llegada a Jerusalem's Lot, le he observado con cierto detenimiento..., del mismo modo que un buen jugador de ajedrez estudia las partidas de su contrincante, ¿no es eso? ¡Sin embargo, la Iglesia católica no es el más antiguo de mis contrincantes! Yo era ya viejo cuando ella era joven, cuando sus miembros se ocultaban en las catacumbas de Roma y se pintaban peces en el pecho para reconocerse entre sí. Yo era fuerte cuando ese estúpido club de comedores de pan y bebedores de vino que veneran al salvador de las ovejas era débil. Mis ritos eran milenarios cuando los ritos de su Iglesia aún no habían nacido. A pesar de todo, no la subestimo. Conozco los caminos del bien tanto como los caminos del mal. No soy un disoluto.

Y os venceré. «¿Cómo? —preguntaréis—. ¿Acaso Callahan no lleva el símbolo de la Pureza? ¿Acaso él no es libre de moverse tanto de día como de noche? ¿Acaso no existen encantamientos y pócimas, tanto cristianos como paganos, de los que mi excelente amigo Matthew Burke nos ha puesto al tanto a mí y a mis compatriotas?». Sí, sí y sí. Pero yo he vivido más tiempo que vosotros. Yo no soy la serpiente, soy el padre de las serpientes.

Aun así, decís, eso no es suficiente. Pues claro que no. Al final, «padre» Callahan, usted acarreará su propia destrucción. Su fe en la Pureza es blanda y débil, y cuando habla de amor, se trata de una mera presunción. Solo cuando habla de la botella está bien informado.

Mis buenos amigos —señor Mears, señor Cody, jovencito Petrie, padre Callahan—, disfrutad de vuestra estancia. El médoc es excelente; el difunto propietario de la casa, de cuya compañía personal jamás llegué a disfrutar, lo adquirió expresamente para mí. Os ruego que os consideréis mis invitados y bebáis, si aún os quedan ánimos para hacerlo cuando hayáis concluido vuestra tarea. Volveremos a encontrarnos, en persona, y en ese momento os daré mi enhorabuena a cada uno de forma más personal.

Hasta entonces, adiós.

BARLOW

Con dedos trémulos, Ben dejó la carta sobre la mesa y miró a los demás. Mark permanecía inmóvil, con los puños contraídos, la boca inmovilizada en el gesto de quien acaba de tomar un bocado de algo podrido; el rostro extrañamente infantil de Jimmy estaba demacrado y pálido; y aunque el padre Callahan no había perdido el brillo en los ojos, su boca era un arco tembloroso.

Uno a uno, todos alzaron la vista hacia él.

—Vamos —dijo Ben.

Doblaron la esquina juntos.

14

Parkins Gillespie estaba de pie en la escalinata del edificio de ladrillo del ayuntamiento, mirando a través de sus potentes prismáticos Zeiss, cuando Nolly Gardener llegó en el coche de policía del pueblo y se apeó.

—¿Qué pasa, Park? —preguntó mientras subía los peldaños.

Sin decir palabra, Parkins le entregó los prismáticos, y señaló con el calloso pulgar hacia la Casa Marsten.

Nolly echó una ojeada. Vio el viejo Packard, y frente a él un Buick ocre nuevo. Las lentes no tenían aumento suficiente para distinguir el número de matrícula. Nolly bajó los prismáticos.

—Es el coche del doctor Cody, ¿no?

—Sí, creo que sí. —Parkins se puso un Pall Mall entre los labios y raspó una cerilla en la pared que tenía detrás—. Jamás había visto allá arriba otro coche que no fuera ese viejo Packard.

—Exacto —asintió Parkins, meditabundo.

—¿Crees que deberíamos ir a echar un vistazo? —preguntó Nolly, con una clara falta de entusiasmo que no era habitual en él. Era policía desde hacía cinco años y todavía estaba fascinado con su cargo.

—No —declaró Parkins—. Será mejor que no nos metamos.

Se sacó el reloj del bolsillo del chaleco y abrió la tapa de plata grabada, como un jefe de estación al comprobar la hora de llegada de un expreso. Eran las 15.41. Parkins comparó su reloj con el del ayuntamiento antes de guardarlo de nuevo.

—¿Cómo acabó lo de Floyd Tibbits y lo del bebé de los McDougall? —preguntó Nolly.

—Ni idea.

—Ah —dijo Nolly, momentáneamente desconcertado.

Parkins siempre era taciturno, pero se estaba pasando. Volvió a mirar por los prismáticos, sin observar cambio alguno.

—Qué silencioso está hoy el pueblo —comentó.

—Sí —corroboró Parkins, mirando hacia Jointner Avenue y el parque con sus pálidos ojos azules. Ambos estaban desiertos. Y llevaban así la mayor parte del día. Resultaba sorprendente la ausencia de madres con sus bebés o de ociosos sentados al sol junto al monumento a los soldados caídos.

—Han estado pasando cosas raras —se atrevió a decir Nolly.

—Sí —admitió Parkins, pensativo.

Como último recurso, Nolly optó por el único anzuelo que Parkins picaba infaliblemente en cualquier conversación: el tiempo.

—Se está nublando —comentó—. Por la noche tendremos lluvia.

Parkins observó el cielo. Se mostraba aborregado sobre sus cabezas y hacia el sudoeste se acumulaban nubes más oscuras.

—Sí —coincidió, arrojando la colilla.

—Park, ¿estás bien?

Parkins Gillespie meditó unos instantes.

—No —respondió.

—Bueno, ¿qué demonios te pasa?

—Creo —dijo Gillespie— que estoy cagado de miedo.

—¿Qué? —preguntó Nolly, sorprendido—. ¿Por qué?

—No lo sé.

Cogió sus prismáticos y comenzó a escudriñar la Casa Marsten de nuevo mientras Nolly se quedaba de pie a su lado sin poder articular palabra.

15

Más allá de la mesa donde habían encontrado la carta, el sótano formaba un ángulo en L; después de doblar por allí, se encontraron en lo que antes había sido una bodega. O sea que seguramente es cierto que Hubert Marsten fue un contrabandista, pensó Ben. Había cubas de diferentes tamaños, cubiertas de polvo y telarañas. Una pared estaba ocupada por un botellero de listones cruzados, y de algunas de las casillas en forma de rombo asomaban todavía viejas botellas. Algunas habían estallado, y allí donde antes el borgoña burbujeante aguardaba un paladar que lo apreciara, anidaban ahora las arañas. Otras sin duda se habían avinagrado; un olor acre flotaba en el aire, mezclado con el de la inexorable corrupción.

—No —dijo Ben, con la voz contenida del hombre que se limita a exponer un hecho—. No puedo.

—Tiene que hacerlo —señaló el padre Callahan—. No digo que vaya a ser fácil, ni siquiera que deba hacerlo por su bien. Solo digo que tiene que hacerlo.

—*¡No puedo!* —exclamó Ben, y sus palabras resonaron en el sótano.

En el centro, sobre una especie de estrado iluminado por la linterna de Jimmy, yacía inmóvil Susan Norton, tapada desde los hombros hasta los pies por una sencilla tela de lino blanco. Mientras se acercaban, ninguno había sido capaz de hablar. La sorpresa no dejaba lugar para las palabras.

En vida, Susan había sido una muchacha bonita y alegre que había pasado de largo el desvío hacia la belleza (quizá por muy poco), no por algún defecto en sus rasgos, sino tal vez (y solo tal vez) porque había llevado una vida demasiado tranquila y poco interesante. No obstante, ahora había alcanzado la belleza. Una oscura belleza.

La muerte no la había marcado con su sello. Su rostro estaba sonrosado, y sus labios, vírgenes de maquillaje, eran de un rojo intenso y resplandeciente. Aunque pálida, la frente se mostraba impecable, su piel como nata. Tenía los ojos cerrados. Una mano descansaba a su costado y la otra estaba ligeramente atravesada sobre la cintura. Sin embargo, la impresión que daba no era de un encanto angelical, sino de una belleza fría y distante. En su rostro se insinuaba algo que a Jimmy le hizo pensar en las niñas de Saigón, algunas de menos de trece años, que se arrodillaban ante los soldados en las callejuelas de detrás de los bares, y no por primera ni por centésima vez. En esas muchachas, la corrupción no había sido perversión, solo un conocimiento del mundo que les había llegado demasiado pronto. El cambio que se había producido en el rostro de Susan era muy diferente, aunque Jimmy no habría sabido decir en qué consistía.

En ese momento, Callahan se adelantó y apretó con los dedos la elástica carne del pecho izquierdo.

—Aquí —dijo—. En el corazón.

—No —repitió Ben—, no puedo.

—Sea usted su amante —lo instó en voz baja el padre Callahan—, o mejor aún, sea su marido. No le hará daño, Ben. La liberará. El único que sufrirá será usted.

Ben lo miraba, aturdido. Mark, que había sacado la estaca del maletín de Jimmy, se la tendió sin decir palabra. Ben la agarró con una mano que a él mismo le pareció que estaba a kilómetros de distancia.

Si no pienso en lo que hago mientras lo hago, entonces tal vez...

Pero le sería imposible no pensar. De pronto, le volvió a la memoria un pasaje de *Drácula*, esa novela tan entretenida que ya no se lo parecía en absoluto. Era lo que Van Helsing le decía a Arthur Holmwood, cuando este debía acometer la misma espantosa tarea: «Debemos atravesar aguas amargas antes de llegar a las dulces».

¿Alguna vez volvería a existir para alguno de ellos la dulzura?

—¡Apártala! —gimió—. No me obliguéis a hacer esto...

No hubo respuesta.

Sintió que la frente, las mejillas y los brazos se le cubrían de un sudor frío. La estaca, que hasta hacía unas horas no había sido más que un simple bate de béisbol, parecía haber cobrado un peso aterrador, como si en ella convergieran, invisibles pero titánicas, mil líneas de fuerza.

Ben levantó la estaca y la apoyó sobre el pecho izquierdo,

por encima del último botón abrochado de la blusa de Susan. La punta marcó un hoyuelo en la carne, y él sintió que su boca empezaba a retorcerse en un tic incontrolable.

—Si no está muerta... —dijo con voz áspera y pastosa. Era su última línea de defensa.

—No —confirmó Jimmy, implacable—. Es una muerta viviente, Ben.

Él hizo la demostración delante de todos; colocó en torno al brazo inmóvil el manguito del tensiómetro y lo infló. La lectura fue 00/00. Aplicó el diafragma del estetoscopio al pecho de Susan y les hizo escuchar a todos el silencio de aquel cuerpo.

Le pusieron algo en la otra mano a Ben, quien años más tarde sería incapaz de recordar cuál de sus compañeros se lo había pasado. El martillo. El martillo de carpintero, con el mango de goma con relieve.

—Hazlo rápido —le indicó Callahan— y sal a la luz del día. Nosotros nos encargaremos de todo lo demás.

Debemos atravesar aguas amargas antes de llegar a las dulces.

—Que Dios me perdone —murmuró.

Levantó el martillo y lo dejó caer.

Cuando la herramienta golpeó la estaca, el estremecimiento gelatinoso que se propagó a lo largo del fresno jamás dejaría de atormentar a Ben en sus pesadillas. Como impulsados por la fuerza del golpe, los ojos de Susan se abrieron, enormes y azules. Un chorro de sangre manó del orificio de entrada de la estaca en un torrente violento y brillante que se derramó sobre las manos, la camisa y las mejillas de Ben. En un instante, el sótano se llenó del cálido y metálico olor de la sangre.

Susan se convulsionó sobre la mesa. Sus manos se levantaron en el aire en un aleteo frenético. Sus pies marcaron un ritmo sin sentido sobre la madera de la plataforma. Su boca se abrió de par en par, dejando al descubierto los horribles colmillos de lobo, y de su garganta, como de un clarín del infierno, empezaron a surgir alaridos inhumanos. Desde las comisuras de los labios corrían regueros de sangre.

El martillo se elevó y volvió a caer: una vez... y otra... y otra.

En el cerebro de Ben resonaban los graznidos de una gran bandada de cuervos negros. El tumulto de sus pensamientos removía imágenes terribles y olvidadas. Sus manos estaban teñidas de escarlata, al igual que la estaca y el martillo que subía y bajaba despiadadamente. La linterna de Jimmy, que la sujetaba con pulso tembloroso, empezó a iluminar intermitentemente la cara enloquecida y salvaje de Susan. Se clavó los dientes en los labios, desgarrándolos. La sangre salpicaba la sábana de hilo blanco, trazando sobre ella dibujos similares a los ideogramas chinos.

Después, de repente, la espalda se le tensó como un arco y la boca se le abrió hasta que pareció que las mandíbulas iban a dislocarse. Una explosión de un líquido más oscuro brotó de la herida abierta por la estaca: la sangre del corazón. De la cámara de resonancia de esa boca enorme surgió un alarido nacido de los subsótanos de la memoria ancestral de la especie y, más allá de eso, de las húmedas tinieblas del alma humana. De pronto, la sangre manó a borbotones también de la nariz y la boca en una marea en la que había algo más, algo que en la débil luz no era más que un asomo, una sombra de algo que saltó hacia arriba y hacia fuera, chasqueado y frustrado. Algo que se fundió con la oscuridad y desapareció.

Susan se reclinó hacia atrás mientras su boca se relajaba y se cerraba. Los labios destrozados dejaron escapar una última exhalación susurrante. Por un momento, los párpados se agitaron y Ben vio, o le pareció ver, a la Susan que había conocido en el parque, leyendo su libro.

Todo había terminado.

Ben retrocedió y dejó caer el martillo, con las manos extendidas ante sí, como un director de orquesta aterrorizado porque la sinfonía se ha convertido en un caos.

Callahan le posó la mano en el hombro.

—Ben...

Ben Mears salió huyendo.

Mientras subía por las escaleras, tropezó, se cayó y continuó trepando hacia la luz a gatas. El horror de la infancia y el de la edad adulta se habían fusionado. Si miraba por encima de su hombro vería a Hubie Marsten (o tal vez a Straker) pisándole los talones, con una mueca en la cara verdosa e hinchada, la cuerda incrustada profundamente en el cuello, y los dientes afilados. Dejó escapar un grito desesperado.

—No, dejad que se vaya —oyó decir al padre Callahan.

Pasó como un torbellino por la cocina y salió por la puerta. Los escalones del porche desaparecieron bajo sus pies y dio con el cuerpo en tierra. Se puso de rodillas, se arrastró un poco, consiguió levantarse y miró atrás.

Nada.

La casa se alzaba, sin sentido, despojada de los últimos restos del mal. Volvía a ser solo una casa.

Ben Mears se quedó de pie en el silencio del patio invadido por las hierbas, con la cabeza hacia atrás, aspirando el aire a grandes bocanadas blancas.

16

En el otoño, la noche desciende sobre Lot de la siguiente manera: primero el sol pierde su débil influencia sobre el aire, lo que baja las temperaturas en el pueblo y hace recordar a sus habitantes que el invierno se acerca y que el invierno será largo. Se forman nubes tenues, y las sombras se alargan y se vuelven menos espesas que las sombras del verano, debido a la falta de hojas en los árboles y de grandes cúmulos en el cielo. Se convierten en sombras descarnadas y mezquinas que se aferran al suelo como si tuvieran dientes.

A medida que el sol desciende en el cielo, su benévolo resplandor amarillo empieza a intensificarse, a infectarse hasta convertirse en destellos de un naranja colérico e inflamado. Entonces extiende sobre el horizonte un brillo abigarrado, un velo nuboso en el que se alternan el rojo, el naranja, el bermellón y el púrpura. A veces las nubes se apartan y dejan pasar algún inocente rayo amarillo de sol, preso de una amarga nostalgia del verano que se ha ido.

Son las seis de la tarde, la hora de cenar (en Lot, la comida se sirve al mediodía y los hombres se llevan al trabajo una fiambrera con el almuerzo). Mabel Werts, con la grasa enfermiza de la vejez colgando de los huesos, está sentada ante una pechuga de pollo a la plancha y una taza de té Lipton, con el teléfono junto al codo. En casa de Eva, los hombres reunidos ponen en común las provisiones que cada uno tiene: cenas precocinadas, carne de vaca en conserva, judías enlatadas que por desgracia tienen poco que ver con las que preparaba su madre todos los sábados hace muchos años, espaguetis o hamburguesas recalentadas, compradas en el camino de vuelta del trabajo en el McDonald's de Falmouth. Eva está en el cuarto de estar, sentada a la mesa, jugando malhumorada al gin rummy con Grover Verrill y apremiando a los demás para que cada uno lave su plato y dejen de hacer el puto vago. Nadie recuerda haberla visto nunca así, peleona y nerviosa como un gato. Pero los hombres saben qué le pasa, aunque ella no lo sepa.

El señor Petrie y su mujer están en la cocina, comiendo sándwiches e intentando descifrar la desconcertante llamada que acaban de recibir por parte del sacerdote católico del pueblo, el padre Callahan: «Su hijo está conmigo y está bien. Dentro de un rato lo llevaré a casa. Adiós». Después de discutir si debían llamar a Parkins Gillespie, el agente de policía local, han decidido esperar un poco más. Han notado cambios en su hijo, que siempre había sido «un poco intenso», según su madre. Sin embargo, aunque no lo admitan, sobre ellos siguen cerniéndose los espectros de Ralphie y de Danny Glick.

En la trastienda de su negocio, Milt Crossen está comiendo pan acompañado con un vaso de leche. Desde que murió su mujer, allá por el 68, casi no tiene apetito. Delbert Markey, el propietario del bar, da cuenta metódicamente de las cinco hamburguesas que acaba de prepararse a la parrilla. Se las come con mostaza y grandes cantidades de cebolla cruda, y durante la mayor parte de la noche se quejará a quien quiera oírlo de que esa maldita acidez acabará con él. El ama de llaves del padre Callahan, Rhoda Curless, no come. Está preocupada porque el cura anda por ahí, yendo y viniendo por la carretera. Harriet Durham y su familia están cenando chuletas de cerdo. Carl Smith, que enviudó en 1957, se conforma con una patata hervida y una botella de Moxie. En casa de Derek Boddin han preparado un jamón con coles de Bruselas. *Puaj*, dice Richie Boddin, el pequeño matón derrocado. Coles de Bruselas. Pues te las comes si no quieres que te muela el culo a azotes, le dice su padre, que también las aborrece.

Reggie y Bonnie Sawyer comen asado de costillas de buey con maíz congelado, patatas fritas y, de postre, pudin de pan de chocolate con salsa de jerez. Son los platos favoritos de Reggie. Bonnie, a quien ya casi no se le notan las magulladuras, sirve la comida con la mirada gacha. Reggie mastica serio y concentrado mientras riega la cena con tres latas de cerveza. Bonnie come de pie; todavía está demasiado dolorida para sentarse. No tiene mucho apetito, pero de todas maneras se lleva comida a la boca, no vaya a ser que Reggie se dé cuenta y diga algo. Después de la paliza que le propinó aquella noche, su marido tiró todas sus píldoras por el váter y la violó. Y lleva violándola todas las noches desde entonces.

A las siete menos cuarto, casi todo el mundo ha acabado de cenar, casi todos los cigarros, cigarrillos y pipas de sobremesa se han apagado, casi todas las mesas están recogidas. Es el momento de lavar, enjuagar y poner a escurrir la vajilla. A los niños pequeños los enfundan en su pijama de invierno y los mandan a la habitación de al lado para que se entretengan con la televisión hasta que sea la hora de acostarse.

Roy McDougall, a quien se le acaba de carbonizar la puta sartén en la que preparaba los bistecs de ternera, suelta una palabrota y lo tira todo a la basura, sartén incluida. Se pone la chaqueta vaquera y se va al bar de Dell, dejando que la cerda inútil de su mujer siga durmiendo. El crío muerto, la mujer convertida en una haragana, la comida quemada. Es hora de emborracharse. Y tal vez de recoger los bártulos y largarse de ese pueblo de mala muerte.

En un pequeño apartamento del piso superior de Taggart Street, un callejón sin salida que arranca de Jointner Avenue y discurre por detrás del ayuntamiento, Joe Crane recibe un insólito regalo de los dioses. Tras terminarse su plato de cereales, se sienta a ver la televisión cuando de pronto siente un dolor súbito e intenso que le paraliza el lado izquierdo del pecho y el brazo izquierdo. *¿Qué me pasa? ¿Es el corazón?* Y resulta que ha acertado de lleno. Se levanta y, a medio camino del teléfono, el dolor se intensifica de pronto, y él se desploma como un novillo golpeado con un mazo. El pequeño televisor en color sigue parloteando sin pausa, y transcurrirán veinticuatro horas hasta que alguien lo encuentre. Ocurrida a las 18.51, la suya es la única muerte natural que se produce en Jerusalem's Lot el 6 de octubre.

A las siete, la panoplia de colores del horizonte se ha reducido a una amarga franja anaranjada al oeste, como si todos los hornos de fuego se hubieran amontonado más allá del borde del mundo. Al este, ya han salido las estrellas, que emiten un brillo continuo, como diamantes ardientes. En esta época del año no hay misericordia en las estrellas, no ofrecen consuelo a los amantes. Resplandecen con bella indiferencia.

Para los niños ha llegado el momento de acostarse. Es hora de que los bebés sean arropados en su cuna y su camita por unos padres que sonríen ante sus protestas y ruegos de que los dejen seguir levantados un rato más, de que no les apaguen la luz. Con benevolencia, abren las puertas de los roperos para que vean que no hay nada escondido allí dentro.

Alrededor de todos ellos, la bestialidad de la noche alza el vuelo con alas tenebrosas. Ha llegado la hora de los vampiros.

17

Matt, que dormitaba cuando entraron Ben y Jimmy, despertó al instante, sobresaltado, aferrando con más fuerza la cruz en su mano derecha.

Sus ojos se cruzaron con los de Jimmy antes de clavarse en los de Ben.

—¿Qué ha pasado?

Jimmy se lo contó brevemente. Ben guardó silencio.

—¿Y el cuerpo?

—Callahan y yo lo hemos colocado boca abajo en una caja que había en el sótano, tal vez la misma en la que Barlow llegó al pueblo. La hemos arrojado al río Royal hace menos de una hora, después de llenarla de piedras y transportarla en el coche de Straker. Si alguien se ha fijado en que el coche estaba aparcado junto al puente, habrá pensado que era él.

—Bien hecho. ¿Dónde está Callahan? ¿Y el chico?

—Han ido a casa de Mark para contárselo todo a sus padres. Barlow los amenazó explícitamente.

—Pero ¿lo creerán?

—Si no lo creen, Mark le pedirá a su padre que hable contigo.

Matt asintió. Parecía muy fatigado.

—Ven aquí, Ben —dijo—. Acércate y siéntate en la cama.

Ben obedeció, con expresión vacía y aturdida. Se sentó y entrecruzó con delicadeza las manos sobre el regazo. Sus ojos parecían quemaduras de cigarro.

—Ya sé que para ti no hay consuelo —le dijo Matt mientras le tomaba una mano entre las suyas sin que Ben protestara—. Pero no importa; el tiempo te aliviará. Por el momento, ella descansa.

—Nos ha engañado como a unos idiotas —dijo Ben con voz hueca—. Se ha burlado de todos nosotros, uno por uno. Jimmy, dale la carta.

Jimmy entregó el sobre a Matt, quien sacó la hoja de pergamino y la leyó, sosteniendo el papel a pocos centímetros de su nariz. Movía levemente los labios al leer.

—Sí, es él —dijo cuando dejó la carta—. Su egolatría es mayor de lo que me imaginaba. Me provoca escalofríos.

—A ella la dejó para gastarnos una broma —prosiguió Ben—. *Él* ya se había ido, mucho antes. Luchar contra él es como luchar con el viento. No debemos de parecerle más que unos bichos. Bichos indefensos que corretean de un lado a otro para que él se divierta.

Jimmy abrió la boca para decir algo, pero Matt sacudió la cabeza con suavidad.

—Estás muy equivocado —lo corrigió—. Si hubiera podido llevarse a Susan consigo, lo habría hecho. ¡Cómo iba a renunciar a uno de sus muertos vivientes por una broma, teniendo tan pocos! Ben, párate a pensar por un momento en lo que habéis hecho. Habéis matado a Straker, su familiar humano. ¡Según reconoce él mismo, incluso lo habéis forzado a participar en el asesinato al despertar su insaciable apetito! Y piensa en lo que debe de haberlo aterrorizado despertar de su sueño sin sueños para descubrir que un niño, desarmado, había dado muerte a ese ser tan espeluznante.

Con cierta dificultad, se incorporó en la cama. Ben había vuelto la cabeza hacia él y lo miraba; era la primera vez que daba muestras de interesarse por algo desde que los otros habían salido de la casa cuando él estaba ya en el patio trasero.

—Y tal vez esa no sea vuestra mayor victoria —siguió cavilando Matt—. Lo habéis expulsado de su casa, de la que él eligió como hogar. Jimmy dice que el padre Callahan ha esterilizado el sótano con agua bendita y que ha sellado todas las puertas con la sagrada forma. Si Barlow vuelve allí, morirá... *y él lo sabe.*

—Pero ha escapado —insistió Ben—. Lo demás, ¿qué importa?

—Ha escapado —repitió Matt en voz baja—. ¿Y dónde ha dormido hoy? ¿En el maletero de un coche? ¿En el sótano de alguna de sus víctimas? Tal vez en la cripta de la vieja iglesia metodista de Marshes, la que se quemó en el incendio de 1951. Sea donde fuere, ¿crees que le ha gustado, que se ha sentido seguro allí?

Ben no respondió.

—Mañana iniciaréis la caza —dijo Matt, mientras sus manos apretaban la de Ben—. No iréis solo a por Barlow, sino también a por todos sus pequeños secuaces... Y, después de esta noche, habrá muchísimos. El hambre de *ellos* es insaciable. Se alimentarán hasta reventar. Las noches son de Barlow, pero durante el día vosotros lo perseguiréis hasta que huya aterrado ¡o hasta que lo saquéis a rastras a la luz del sol, chillando y con una estaca clavada!

Su discurso había hecho que Ben irguiera poco a poco la cabeza. A su rostro asomó una animación casi estremecedora. Una débil sonrisa le distendió la boca.

—Sí, eso me gusta —susurró—. Pero no mañana; esta noche. Ahora mismo...

La mano de Matt lo aferró por el hombro con una fuerza sorprendente y nervuda.

—Esta noche, no. Esta noche la pasaremos juntos..., tú y yo, con Jimmy y el padre Callahan, y Mark y sus padres. Ahora, *él* lo sabe... y está asustado. Solo un loco o un santo se atrevería a acercarse a Barlow durante la noche, cuando está despierto. Y ninguno de nosotros es lo uno o lo otro. —Cerró los ojos antes de seguir hablando con voz suave—. Creo que estoy empezando a conocerlo. Aquí tendido en esta cama de hospital y jugando a ser Mycroft Holmes, intento anticipar sus acciones poniéndome en su lugar. Hace siglos que existe y es inteligente. Pero su carta demuestra que es también un egocéntrico. ¿Y por qué no? Su ego ha crecido como una perla, capa sobre capa, hasta hacerse enorme y ponzoñoso. Está lleno de orgullo. Y su sed de venganza sin duda es arrolladora, pero quizá podamos aprovecharnos de ella.

Abrió los ojos para mirarlos con solemnidad a los dos y elevó ante sí la cruz.

—Esto servirá contra *él*, pero es probable que no sirva contra alguien a quien él decida utilizar, como hizo con Floyd Tibbits. Creo que es posible que esta noche intente eliminarnos a algunos... o tal vez a todos. —Se volvió hacia Jimmy—. Me parece que habéis cometido un error al dejar que Mark y el padre Callahan fueran a casa de los padres de Mark. Podríamos haberlos telefoneado desde aquí para pedirles que vinieran, todavía sin saber nada. Ahora estamos separados..., y me preocupa sobre todo el niño. Jimmy, sería mejor que los llamaras... ahora mismo.

—De acuerdo —dijo Jimmy, y se levantó.

Matt miró a Ben.

—¿Te quedarás con nosotros? ¿Lucharás a nuestro lado?

—Sí —respondió Ben con voz ronca—. Sí.

Jimmy salió de la habitación de Matt, recorrió el pasillo hasta la sala de enfermeras y buscó en la guía telefónica el número de los Petrie. Lo marcó y se quedó escuchando, preso de un horror nauseabundo, cuando, en lugar del tono de llamada, el auricular emitió el tono chillón de una línea fuera de servicio.

—Ya es tarde —gimió.

Al oír su voz, la jefa de enfermería levantó la cabeza y se asustó al ver la expresión de su cara.

18

Henry Petrie era un hombre con estudios. Tenía una licenciatura por Northeastern, un máster por Massachusetts Tech y un doctorado en Economía. Había abandonado su cargo de docente en un prestigioso centro de enseñanza superior para asumir un puesto administrativo en la compañía de seguros Prudential, con la esperanza de aumentar sus ingresos pero también por curiosidad. Quería comprobar si sus ideas sobre economía daban tan buenos resultados en la práctica como en teoría. Y los dieron. El verano siguiente esperaba estar en condiciones de presentarse al examen para certificarse como contable público colegiado, y, dos años después, al examen de acceso a la abogacía. La meta que se había fijado era empezar la década de 1980 ocupando un alto cargo en el gobierno federal. La vena espiritual de Mark no era heredada de Henry Petrie; la lógica de su padre era rigurosa y completa, y el mundo en que vivía estaba organizado con precisión. En las elecciones de 1972 había votado a Nixon, no porque creyera en su honradez, ya que más de una vez le había dicho a su mujer que Richard Nixon era un corrupto sin imaginación y con todo el refinamiento de un gamberro que robaba en el súper, sino porque su oponente era un piloto chiflado que habría llevado al país a la ruina económica. Había contemplado la contracultura de finales de los sesenta con tolerancia, convencido de que el movimiento se desmoronaría por sí solo, ya que carecía de una base económica sobre la que asentarse. Su amor por su mujer y su hijo no era enternecedor —nadie escribiría jamás un poema a la pasión de un hombre que enrollaba sus calcetines en presencia de su mujer—, pero era firme y a prueba de todo. Recto como una flecha, confiaba en sí mismo y en las leyes naturales que regían la física, las matemáticas, la economía y (aunque en grado un poco menor) la sociología.

Escuchó la historia que le refirieron su hijo y el sacerdote del pueblo mientras tomaba una taza de café y les formulaba lúcidas preguntas en los puntos en que el hilo de la narración se enmarañaba o se perdía. Su serenidad parecía acentuarse en razón directa a lo grotesco de la historia y la creciente agitación de June, su mujer. Cuando hubieron terminado, a las siete menos cinco, Henry Petrie expresó su veredicto en cuatro sílabas, meditadas y tranquilas:

—Imposible.

Mark suspiró y miró a Callahan.

—Se lo advertí.

En efecto, se lo había advertido mientras se dirigían hacia allí desde la rectoría en el viejo coche de Callahan.

—Henry, ¿no te parece que...?

—Espera.

La palabra y la mano levantada (como de pasada) silenciaron a la madre de Mark, que se sentó y abrazó a su hijo por los hombros, apartándolo ligeramente de Callahan. El muchacho se dejó hacer.

Henry Petrie miró cordialmente al padre Callahan.

—Vamos a ver si podemos enfocar este delirio, o lo que sea, como dos personas razonables.

—Tal vez sea imposible —respondió Callahan con la misma cordialidad—, pero desde luego hay que intentarlo. Si estamos aquí, señor Petrie, es porque Barlow les ha amenazado a usted y a su esposa.

—¿Es verdad que esta tarde le ha clavado usted una estaca en el corazón a esa muchacha?

—Yo no. Ha sido el señor Mears.

—¿El cadáver está allí todavía?

—Lo han tirado al río.

—Si todo eso es verdad —señaló Petrie—, han implicado ustedes a mi hijo en un crimen. ¿Es consciente de eso?

—Claro que sí. Era necesario. Señor Petrie, basta con que llame usted a Matt Burke al hospital...

—Oh, estoy seguro de que sus testigos respaldarán su versión —respondió Petrie, sin abandonar aquella inquietante media sonrisa—. Es uno de los aspectos fascinantes de esta locura. ¿Puedo ver la carta que les dejó ese Barlow?

Callahan maldijo para sus adentros.

—La tiene el doctor Cody —explicó y agregó, como si acabara de ocurrírsele—: De verdad creo que deberíamos ir al hospital de Cumberland. Si habla usted con...

Petrie sacudió la cabeza.

—Antes conversemos un poco más. Estoy seguro de que sus testigos son de confianza, como ya le he dicho. El doctor Cody es nuestro médico de cabecera y le tenemos un gran aprecio. También tengo entendido que Matthew Burke está por encima de todo reproche..., como profesor, por lo menos.

—Pero, a pesar de todo eso... —terció Callahan.

—A ver cómo se lo explico, padre Callahan. Si una docena de testigos de confianza le contara que a mediodía ha visto un escarabajo gigante que se paseaba por el parque del pueblo cantando *Sweet Adeline* y haciendo ondear la bandera de la Confederación, ¿usted les creería?

—Si estuviera seguro de que los testigos son de fiar, y de que no están bromeando, estaría dispuesto a creerles, sí.

—Pues en eso diferimos —declaró Petrie con su sonrisita.

—Signo de una mente cerrada —señaló Callahan.

—No..., simplemente de una mente convencida.

—Vendría a ser lo mismo. Dígame, ¿en la empresa en la que trabaja están de acuerdo en que los ejecutivos tomen decisiones basadas en sus creencias personales y no en los hechos? Eso no es lógica, Petrie; es hipocresía.

Petrie dejó de sonreír y se levantó.

—La historia que usted me cuenta es perturbadora, en eso estoy de acuerdo. Han implicado a mi hijo en un asunto absurdo y posiblemente peligroso. Tendrán mucha suerte si no terminan ante los tribunales por eso. Voy a llamar a sus amigos para hablar con ellos, y pienso que después lo mejor será que vayamos a ver al señor Burke al hospital para discutir a fondo este asunto.

—Es todo un detalle por su parte que esté dispuesto a ceder un poco en sus principios —agradeció Callahan con sequedad.

Petrie se dirigió a la sala y descolgó el teléfono. En vez de oír el tono de marcado, se encontró con que la línea estaba en silencio. Con el ceño ligeramente fruncido, oprimió varias veces la horquilla, sin resultado. Tras dejar el auricular en su sitio, regresó a la cocina.

—Parece que estamos sin teléfono —anunció.

Se irritó al ver la mirada de temerosa comprensión que intercambiaron Callahan y su hijo.

—Puedo asegurarles —dijo en un tono un poco más hosco de lo que pretendía— que al servicio telefónico de Jerusalem's Lot no le hacen falta vampiros para funcionar mal.

Las luces se apagaron.

19

Jimmy volvió corriendo a la habitación de Matt.

—Se han quedado sin línea en casa de los Petrie. Él debe de estar allí. Joder, qué *idiotas* hemos sido...

Ben se levantó de la cama. El rostro de Matt pareció crisparse.

—¿Veis cómo actúa? —masculló—. ¿Con qué sutileza? Ojalá tuviéramos una hora más de luz diurna, pero no la tenemos. Ya es tarde.

—Tenemos que ir allí —dijo Jimmy.

—¡No! ¡Eso no! Por vuestra vida y la mía, eso no.

—Pero ellos...

—*¡Tendrán que arreglárselas solos!* ¡Para cuando lleguéis, lo que está sucediendo allí, o lo que haya sucedido, habrá terminado!

Indecisos, Ben y Jimmy se quedaron en la puerta.

Con esfuerzo, Matt se enderezó y habló en voz baja, pero enérgica.

—Posee un ego y un orgullo desmesurados. Son defectos que pueden venirnos bien. Pero también posee una gran inteligencia, y debemos respetarla y tenerla en cuenta. Me habéis enseñado la carta... En ella habla de ajedrez. No me cabe duda de que es un jugador extraordinario. ¿No os dais cuenta de que lo que se propone hacer en esa casa podría haberlo hecho sin cortar la línea telefónica? ¡Si lo ha hecho es porque quiere que sepáis que una de las piezas blancas está en peligro! Él entiende las fuerzas, y sabe que vencerlas es más fácil si están divididas y desorientadas. Por haber olvidado eso le habéis ventaja en la primera jugada, por omisión; el grupo originario ha quedado escindido en dos. Si ahora os vais corriendo a la casa de los Petrie, se escindirá en tres. Yo estoy solo y postrado en cama; soy presa fácil, por más cruces, libros y ensalmos que tenga. Todo lo que necesita es mandar a alguna víctima suya que todavía no sea un muerto viviente, para que acabe conmigo con una pistola o un cuchillo. Y no quedaríais más que tú y Ben, precipitándoos en la noche hacia vuestro fin, como pollos sin cabeza. Entonces Salem's Lot estará a su merced. ¿Es que no lo veis?

Ben fue el primero en hablar.

—Sí —admitió.

Matt se dejó caer sobre las almohadas.

—Si hablo así, no es porque tema por mi vida, Ben. Tienes que creerme. Ni siquiera por las vuestras. Temo por el pueblo. Pase lo que pase, tiene que quedar alguien que pueda pararle los pies mañana.

—Sí. Y yo no me rendiré ante él sin antes haber vengado a Susan.

Se impuso el silencio entre ellos. Jimmy Cody lo rompió.

—Tal vez salgan indemnes, a pesar de todo —dijo, meditabundo—. Creo que ha subestimado a Callahan, y tengo clarísimo que subestima al muchacho. Ese chico tiene una sangre fría brutal.

—No perdamos la esperanza —dijo Matt y cerró los ojos.

Se dispusieron a esperar.

20

El padre Donald Callahan estaba de pie en un extremo de la espaciosa cocina de los Petrie, sosteniendo en alto la cruz de su madre, que bañaba la estancia en un resplandor espectral. En el otro extremo, junto al fregadero, estaba Barlow, sujetando con una mano las muñecas de Mark tras su espalda, mientras con la otra le rodeaba el cuello. En medio de ellos, tendidos en el suelo entre los cristales de la ventana que había destrozado Barlow al entrar, yacían los cuerpos de Henry y June Petrie.

Callahan estaba aturdido. Todo había sucedido con tal rapidez que aún no lo había asimilado. En un momento estaban manteniendo una discusión racional (aunque irritante) con Petrie, bajo el brillo sensato de las luces de la cocina, y al momento siguiente se habían visto sumergidos en la locura que el padre de Mark negaba con tanta tranquilidad y comprensiva firmeza.

El padre Callahan intentó reconstruir en su mente lo sucedido.

Petrie había regresado y les había informado de que el teléfono no funcionaba. Casi inmediatamente se habían quedado sin luz. June Petrie dio un grito. Una silla se volcó. Por unos momentos todos se movieron a tientas en la oscuridad, llamándose unos a otros. Después, la ventana que había sobre el fregadero de la cocina se rompió estrepitosamente hacia dentro, llenando de vidrios el suelo de linóleo. Todo eso había pasado en menos de treinta segundos.

Después, una sombra entró en la cocina, y Callahan consiguió romper el hechizo que lo inmovilizaba. Aferró con torpeza la cruz que llevaba al cuello y, en cuanto sus dedos la tocaron, el cuarto se inundó de una luz sobrenatural.

Vio que Mark intentaba arrastrar a su madre hacia el arco que comunicaba con la sala. Henry Petrie estaba junto a ellos, con la cabeza vuelta y el sereno rostro súbitamente demudado al contemplar aquella invasión de todo punto ilógica. Y, tras él, alzándose sobre todos ellos, la pálida mueca de una cara que parecía sacada de un cuadro de Frazetta y que al sonreír dejó al descubierto los largos y agudos colmillos. Los ojos enrojecidos parecían puertas de un horno que se abrían al infierno. Las manos de Barlow se extendieron (Callahan tuvo el tiempo justo para advertir que esos dedos lívidos eran largos y sensibles como los de un concertista de piano) hasta aferrar la cabeza de Henry Petrie y la de June y hacerlas chocar con un crujido estremecedor. Los dos cayeron como sacos, con lo que la primera amenaza de Barlow quedó cumplida.

Mark profirió un grito desgarrador y, sin pensarlo, se abalanzó contra Barlow.

—¡Vaya, a quién tenemos aquí! —exclamó Barlow con una voz profunda y poderosa, pero afable.

Mark, que lo había atacado de forma impulsiva, se vio atrapado al instante.

Con la cruz en alto, Callahan dio unos pasos al frente.

La expresión de triunfo de Barlow se transformó al instante en un rictus de dolor. Se tambaleó mientras retrocedía hacia el fregadero, arrastrando al niño delante de sí. Los pies de ambos crujían al pisar los cristales rotos.

—En el nombre de Dios... —empezó Callahan.

Al oír aquello Barlow, dejó escapar un alarido como si lo hubieran azotado, con la boca abierta en una mueca que dejaba a la vista el brillo de sus colmillos, finos como agujas. Los músculos del cuello se le marcaban con tensa nitidez.

—¡No te acerques! —gritó—. ¡No te acerques, chamán, o le seccionaré la yugular y la carótida en un suspiro!

Mientras hablaba, arrugó el labio superior para mostrar los largos y aguzados caninos, y al terminar, inclinó la cabeza con la ávida velocidad de una víbora, de modo que sus dientes pasaron a un centímetro escaso del cuello de Mark.

Callahan se detuvo.

—Atrás —ordenó Barlow, sonriendo de nuevo—. Tú te quedas en tu lado de la mesa y yo me quedo en el mío, ¿eh?

Callahan retrocedió lentamente, sosteniendo en todo momento su cruz a la altura de los ojos, lo que le permitía mirar por encima de sus brazos. La cruz parecía vibrar con un fuego contenido, y su energía le fluía por el brazo hasta hacer que sus músculos se contrajeran y temblaran.

Estaban frente a frente.

—¡Juntos, por fin! —exclamó Barlow, sonriente.

Tenía rasgos marcados, inteligentes y apuestos, a su manera angulosa e intimidante; sin embargo, según como le diera la luz, parecía casi afeminado. ¿Dónde había visto Callahan un rostro así? El recuerdo lo asaltó en ese momento, el más terrorífico que había vivido jamás: la cara del señor Flip, su hombre del saco personal, el monstruo que durante el día se ocultaba en el armario y que salía después de que su madre hubiera cerrado la puerta del dormitorio. No le dejaban mantener una luz encendida de noche, ya que sus padres estaban de acuerdo en que para superar esos miedos infantiles lo mejor era hacerles frente, y todas las noches, cuando la puerta se cerraba suavemente y los pasos amortiguados de su madre se alejaban por el pasillo, la puerta del armario se entreabría y él podía percibir (¿o *veía* realmente?) el delgado rostro blanco y los ojos ardientes del señor Flip. Y ahí estaba otra vez, fuera del armario, mirándolo fijamente por encima del hombro de Mark, con su blanca cara de payaso de ojos relumbrantes y labios rojos y sensuales.

—¿Y ahora qué? —preguntó Callahan. No reconoció su voz. Mantenía la vista fija en los dedos de Barlow, esos dedos largos y sensibles, cubiertos de pequeñas manchas azules, que envolvían el cuello del chico.

—Eso depende. ¿Qué estás dispuesto a darme a cambio de este pobre desdichado?

De pronto, le retorció las muñecas a Mark, con la esperanza de rematar su pregunta con un alarido, pero el muchacho no le dio ese gusto. Salvo por el súbito silbido del aire al escapársele entre los dientes apretados, se mantuvo en silencio.

—Ya gritarás —le susurró Barlow, torciendo los labios en una mueca de odio feroz—. ¡Gritarás hasta que te *estalle* la garganta!

—¡Déjalo ya! —le ordenó Callahan.

—¿Por qué habría de hacerlo? —El odio se borró de su cara y cedió el paso a una sonrisa encantadora y siniestra—. ¿Quieres que perdone al chico, que lo reserve para otra noche?

—¡Sí!

—Entonces —prosiguió Barlow con voz suave, casi un ronroneo—, ¿estás dispuesto a tirar la cruz y a que nos enfrentemos en igualdad de condiciones..., blanco contra negro? ¿Tu fe contra la mía?

—Sí —repitió Callahan, aunque con un poco menos de firmeza.

—¡Pues hazlo! —Frunció los labios en un gesto de anticipación.

La frente amplia le brillaba bajo la extraña guirnalda de luz que iluminaba la escena.

—¿Y confiar en que lo sueltes? Sería menos imprudente meterme una serpiente de cascabel debajo de la camisa confiando en que no me mordiera.

—Pues yo confío en ti... ¡mira!

Dejó en libertad a Mark y se mantuvo inmóvil, levantando en el aire las dos manos.

El chico se quedó quieto un momento, preso de la incredulidad, y después corrió hacia sus padres.

—¡Corre, Mark! —gritó Callahan—. ¡Huye!

Mark lo miró con ojos sombríos y desorbitados.

—Creo que están muertos...

—*¡CORRE!*

Lentamente, el chico se puso de pie y se volvió hacia Barlow.

—Pronto, hermanito —le dijo este, casi con benevolencia—. Muy pronto, tú y yo...

Mark le escupió en la cara.

A Barlow se le cortó el aliento y su rostro se llenó de una furia tan profunda que, en comparación, sus expresiones anteriores parecían lo que muy bien podían haber sido: puro teatro. Por un instante, Callahan vio en sus ojos una crueldad más negra que el alma de un asesino.

—*Me has escupido* —musitó Barlow. El cuerpo le temblaba, casi se mecía de cólera. Dio un paso vacilante hacia él, como un ciego execrable.

—*¡Atrás!* —le gritó Callahan, proyectando la cruz hacia él.

Barlow gimió y se protegió la cara con las manos. La cruz brilló con un resplandor preternatural y cegador, y fue en ese momento cuando Callahan habría podido derrotarlo si se hubiera atrevido a acorralarlo.

—Te mataré —prometió Mark.

Desapareció como un remolino de aguas tenebrosas.

Barlow pareció aumentar de altura. Su pelo, peinado hacia atrás al estilo europeo, daba la impresión de flotar alrededor del cráneo. Llevaba un traje oscuro con una corbata color burdeos, impecablemente anudada, y a Callahan le pareció que formaba parte de la oscuridad que lo rodeaba. Los ojos se le salían de las órbitas e irradiaban un resplandor sombrío y maligno, como tizones.

—Ahora cumple tu parte del trato, chamán.

—¡Soy un *sacerdote*! —le espetó Callahan.

Barlow le dedicó una pequeña reverencia burlona.

—*Sacerdote* —repitió, como si tuviera un pescado muerto en la boca.

Callahan estaba indeciso. ¿Por qué tirar la cruz? Sería mejor ahuyentarlo, conformarse con quedar en tablas esa noche, y ya al día siguiente...

Pero una parte más profunda de su mente le advertía de que rehuir el compromiso del vampiro implicaba asumir riesgos más graves que todos los que se había planteado. Si no se atrevía a separarse de la cruz, eso equivaldría a admitir..., admitir ¿qué? Ojalá las cosas no estuvieran sucediendo tan deprisa, ojalá tuviera tiempo de pensar, de razonar...

El brillo de la cruz estaba extinguiéndose.

Callahan la miró con los ojos muy abiertos. Notó que el miedo se instalaba en su estómago, convertido en una maraña de alambres al rojo. Irguió la cabeza de golpe para mirar a Barlow, que se le acercaba lentamente a través de la cocina con una sonrisa amplia, casi voluptuosa.

—¡Atrás! —bramó roncamente Callahan, retrocediendo a su vez—. ¡Te lo ordeno en nombre de Dios!

Barlow se rio en su cara.

El resplandor de la cruz no era más que una luz débil, vacilante y cruciforme. Las sombras habían asomado de nuevo al rostro del vampiro, convirtiendo sus facciones en una máscara extraña y cruel, dibujada con líneas y triángulos de un extraño salvajismo bajo los pómulos salientes.

Callahan reculó un paso más y chocó contra la mesa de la cocina; al otro lado solo estaba la pared.

—Ya no tienes escapatoria —murmuró Barlow. En sus ojos oscuros bullía una alegría infernal—. Qué triste es ver tambalearse la fe de un hombre. Bueno, en fin...

La cruz tembló en la mano de Callahan y de pronto su luz se desvaneció del todo. No era más que un trozo de yeso que su madre había comprado en una tienda de recuerdos de Dublín, probablemente a un precio inflado. El poder que antes había comunicado a su brazo, un poder suficiente para derribar paredes y partir piedras, había desaparecido. Los músculos recordaban la vibración, pero no eran capaces de reproducirla.

Desde las tinieblas, Barlow alargó la mano y le arrebató la cruz de entre los dedos. Callahan lanzó un grito de angustia, el grito que, sin llegar jamás a la garganta, había borboteado en el alma de aquel niño de antaño a quien todas las noches dejaban solo con el señor Flip, que, desde el armario entreabierto, lo espiaba por entre las cortinas del sueño. Y el ruido que siguió lo atormentaría durante el resto de su vida: dos chasquidos secos, cuando Barlow rompió los brazos de la cruz, y el golpe sordo de los trozos al caer al suelo.

—¡Dios te *maldiga*! —le gritó.

—El momento para el melodrama ha pasado —dijo desde las tinieblas, con tristeza casi, la voz de Barlow—. Ya no es necesario. Tú has olvidado la doctrina de tu propia Iglesia, ¿no es así? La cruz, el pan y el vino, el confesionario... no son más que símbolos. Sin fe, la cruz no es más que madera; el pan, trigo cocido; el vino, uva fermentada. Si hubieras tirado la cruz, podrías haberme vencido otra noche. En cierto modo, yo esperaba que fuera así. Hace muchísimo tiempo que no me enfrento a un adversario digno de mí. El chico vale diez veces más que tú, falso cura.

De pronto, unas manos de fuerza sorprendente surgieron de la oscuridad y se apoderaron de los hombros del padre Callahan.

—Creo que ahora agradecerías el olvido que entraña mi muerte. Para los muertos vivientes no hay recuerdos. No hay más que hambre y la necesidad de servir al amo. Yo podría utilizarte y enviarte con tus amigos, pero no lo necesito. Si no estás tú para guiarlos, poca cosa podrán hacer. Además, el chico les contará lo que ha pasado. Ya estoy actuando contra ellos en este momento. Tal vez haya un castigo más adecuado para ti, cura.

Recordó las palabras de Matt: *Hay cosas peores que la muerte.*

Trató de zafarse, pero las manos lo asían como tenazas. De pronto, una mano lo soltó. Se oyó el susurro de una tela al deslizarse sobre piel desnuda, y después el sonido de un rasguño.

Las manos se desplazaron hasta el cuello de Callahan.

—Ven, falso sacerdote. Aprende lo que es una verdadera religión. Toma *mi* comunión.

Horrorizado, Callahan comprendió lo que iba a pasar.

—¡No! No..., no...

Pero las manos eran implacables. Tiraron de su cabeza hacia delante... acercándola más y más.

—Ahora, sacerdote —susurró Barlow.

Y le apretó la boca contra la hedionda piel de su garganta helada, donde latía una vena abierta. Callahan contuvo el aliento durante lo que le pareció una eternidad, moviendo la cabeza a un lado y a otro inútilmente, manchándose de sangre las mejillas, la frente y el mentón como si fuera pintura de guerra.

Finalmente, bebió.

21

Ann Norton se bajó de su coche sin molestarse en quitar las llaves y echó a andar a través del aparcamiento del hospital en dirección a las brillantes luces de la recepción. En el cielo, las nubes habían escamoteado las estrellas y pronto empezaría a llover. Ann no alzó la vista hacia las nubes. Caminaba como un autómata, mirando directamente al frente.

Su aspecto era muy diferente del de la señora que había conocido Ben Mears aquella primera noche que Susan lo invitó a cenar con su familia. Esa señora era de mediana estatura y llevaba un vestido de lana verde que no era un signo de riqueza, pero sí de una posición desahogada. Esa señora no era hermosa, pero iba bien arreglada y resultaba agradable a la vista, con su cabellera canosa en la que se había hecho la permanente hacía poco.

Esta mujer iba calzada con solo unas pantuflas. Llevaba las piernas desnudas, y, sin el disfraz de las medias, se le marcaban las varices (aunque no tanto como antes, pues la presión sobre ellas se había reducido un poco). Llevaba una raída bata amarilla sobre el camisón, y el viento le alborotaba el pelo en desordenados mechones. Tenía el rostro pálido y grandes ojeras marrones.

Ya se lo había dicho a Susan, ya la había prevenido respecto a ese Mears y sus amigos, la había alertado sobre el hombre que la había asesinado. Matt Burke le había incitado. Estaban conchabados. Claro que sí. Ann Norton lo sabía. *Él* se lo había contado.

Se había pasado todo el día indispuesta y con sueño, casi sin poder levantarse de la cama. Y después de mediodía, cuando se había sumido en esa pesada somnolencia mientras su marido estaba fuera, respondiendo a las estúpidas preguntas del formulario para denunciar personas desaparecidas, *él* se le había aparecido en un sueño. Su rostro era apuesto y autoritario, arrogante y persuasivo. Tenía la nariz aguileña, el pelo peinado hacia atrás, lo que le dejaba la frente despejada, y una boca firme y fascinante que ocultaba unos dientes blancos que la hacían estremecer cuando sonreía. Y los ojos... rojos e hipnóticos. Cuando *él* te miraba con esos ojos, no podías apartar la vista... y tampoco querías hacerlo.

Él se lo había contado todo, y lo que debía hacer, y que cuando lo hubiera hecho podría estar con su hija, y con tantos otros..., y con *él*. A pesar de Susan, a quien Ann quería complacer era a *él*, para que le diera lo que ella ansiaba y necesitaba: el toque; la penetración.

Llevaba en el bolsillo el revólver del 38 de su marido.

Entró en el vestíbulo y se dirigió hacia la recepcionista. Si alguien intentaba detenerla, ya sabría hacerse valer. Y no con disparos. No era cuestión de disparar hasta que hubiera llegado a la habitación de Burke. *Él* así se lo había indicado. Si la interceptaban y la detenían antes de que hubiera hecho el trabajo, *él* no volvería a visitarla, a darle besos ardientes en la noche.

En la recepción había una chica joven, de cofia y uniforme blanco, resolviendo un crucigrama al suave resplandor de la lámpara encendida sobre la consola. Por el pasillo, dándoles la espalda, se alejaba un camillero.

La enfermera de guardia alzó la vista sonriendo con un gesto profesional cuando oyó sus pasos, pero la sonrisa se esfumó al ver a la mujer de mirada vacía que se le acercaba, vestida con un camisón. Aunque inexpresivos, sus ojos despedían un brillo extraño y le conferían el aspecto de un juguete de hojalata al que alguien había dado cuerda. Una paciente, tal vez, que se había perdido.

—Señora, si...

Ann Norton se sacó el arma del bolsillo, como un asesino a sueldo, y apuntó a la cabeza de la enfermera.

—Date la vuelta —le dijo.

La muchacha movió los labios sin decir nada y aspiró una gran bocanada de aire.

—No grites; si gritas, te mato.

La chica había palidecido.

—Que te des la vuelta, te digo.

Lentamente, la enfermera se levantó y se volvió. Ann Norton agarró el 38 por el cañón y se dispuso a asestarle un culatazo en la cabeza con todas sus fuerzas.

En ese preciso instante, una pierna la derribó con un barrido.

22

El revólver salió volando.

La mujer envuelta en la raída bata amarilla no gritó, sino que emitió un gemido largo y agudo, casi lastimero. Como un cangrejo, se arrastró hacia el arma, al tiempo que el hombre que estaba tras ella, con aspecto perplejo y asustado, se precipitaba también a recogerla. Cuando vio que ella sería la primera en alcanzarla; la envió lejos de una patada que la hizo deslizarse por la moqueta.

—¡Eh! —vociferó—. ¡Eh, socorro!

Ann Norton lo miró por encima del hombro y soltó un siseo, con el rostro desencajado en una tensa mueca de odio, y después se lanzó de nuevo a por el revólver. El camillero, que se había acercado corriendo, contempló con estupor la escena por unos instantes antes de apoderarse del arma, que estaba casi a sus pies.

—Madre mía —exclamó—. Si está carga...

Ann se precipitó sobre él. Sus manos, crispadas como garras, le abrieron surcos rojos en la frente y la mejilla derecha al sorprendido sanitario, que trataba de mantener el revólver fuera de su alcance. Sin dejar de gemir, la mujer intentó arrebatárselo.

El hombre de aspecto perplejo se le acercó por detrás y consiguió inmovilizarla. Más tarde, declararía que al sujetarla sintió como si agarrara una bolsa llena de serpientes. Bajo la bata, había un cuerpo caliente y repulsivo, con todos los músculos contrayéndose y retorciéndose.

Mientras Ann luchaba por soltarse, el asistente le asestó un puñetazo en la mandíbula. La mujer puso los ojos en blanco y se desplomó.

El camillero y el hombre perplejo se miraron.

La enfermera a cargo de la recepción gritaba a pleno pulmón, cubriéndose la boca con las manos, lo que hacía que sus gritos sonaran como una sirena de niebla.

—Pero ¿qué clase de hospital de locos es este? —preguntó el hombre perplejo.

—Ni idea, vamos —masculló el camillero—. ¿Qué coño ha pasado?

—Yo iba a visitar a mi hermana, que acaba de tener un bebé, cuando ha venido este chaval a decirme que acababa de entrar una mujer con un revólver, y...

—¿Qué chaval?

El hombre que había ido a visitar a su hermana miró alrededor. El vestíbulo de recepción iba llenándose de gente, pero todos parecían tener edad suficiente para beber alcohol.

—Ahora no lo veo, pero estaba aquí. ¿El arma está cargada?

—Ya te digo —afirmó el sanitario.

—Pero ¿qué clase de hospital de locos es este? —volvió a preguntar el hombre perplejo.

23

Habían visto a dos enfermeras corriendo en dirección a los ascensores y oído un vago alboroto procedente de las escaleras. Ben miró a Jimmy, que se encogió de hombros de forma casi imperceptible. Matt dormitaba con la boca abierta.

Ben cerró la puerta y apagó las luces. Jimmy se agazapó a los pies de la cama de Matt y, al oír que unos pasos vacilaban al otro lado de la puerta, Ben se colocó junto a ella, alerta. Cuando se abrió y asomó una cabeza, la inmovilizó con una llave de lucha mientras con la otra mano le ponía la cruz frente a la cara.

—¡Suéltame!

Una mano se alzó y le aporreó el pecho inútilmente. Acto seguido, se encendió la luz del techo. Matt estaba sentado en la cama, mirando con ojos parpadeantes a Mark Petrie, que se debatía en los brazos de Ben.

Jimmy se levantó desde su posición y corrió hacia el chico. Estaba casi a punto de abrazarlo cuando le detuvo la duda.

—Levanta el mentón.

Mark obedeció, mostrándoles a los tres que no tenía marcas en el cuello.

Jimmy suspiró.

—Chaval, jamás me había alegrado tanto de ver a alguien. ¿Dónde está el padre Callahan?

—No lo sé —respondió Mark—. Barlow me agarró... Ha matado a mis padres. Están muertos. Mis padres están muertos. Ha estrellado la cabeza de uno contra la del otro. Los ha matado. Después me ha apresado y le ha dicho al padre Callahan que, si él le prometía deshacerse de su cruz, me dejaría ir. El padre Callahan se lo ha prometido y yo he huido. Pero antes de huir le he escupido. Le he escupido y voy a matarlo.

De pie en el vano de la puerta, se tambaleó. Tenía heridas de abrojos en la frente y las mejillas. Había corrido por el bosque, por la senda donde tiempo atrás la desgracia se había abatido sobre Danny Glick y su hermano. Al vadear el arroyo de Taggart, se había mojado los pantalones hasta las rodillas. Había conseguido parar un coche para que lo llevara, pero no podía recordar quién era el conductor. Llevaba la radio encendida, de eso se acordaba.

Ben sentía la lengua entumecida y no sabía qué decir.

—Mi pobre muchacho —dijo Matt—. Mi pobre y valiente muchacho.

A Mark se le empezó a descomponer el rostro. Los ojos se le cerraron y la boca temblorosa se contrajo de dolor.

—Mi ma-ma-madre...

Avanzó dando traspiés a ciegas, y Ben lo atrapó, lo envolvió en un abrazo y lo meció mientras las lágrimas se derramaban sobre su camisa.

24

El padre Donald Callahan no sabía cuánto llevaba caminando en la oscuridad. Había vuelto hacia el pueblo trastabillando por Jointner Avenue sin pensar en su coche, que había dejado aparcado frente a la casa de los Petrie. A ratos andaba por el medio de la calzada, para luego seguir por la acera, vacilante. Un vehículo se precipitó hacia él con los faros encendidos mientras hacía sonar el claxon, hasta que en el último instante viró bruscamente, con un chirrido de neumáticos en el asfalto. En cierto momento se cayó en la cuneta. Cuando ya estaba cerca de la parpadeante luz amarilla, empezó a llover.

En las calles no se cruzó con nadie; esa noche, las casas de Salem's Lot estaban cerradas a cal y canto. El restaurante estaba vacío, y en el local de Spencer la señorita Coogan estaba sentada junto a la caja registradora, leyendo una fotonovela bajo la fría luz de los tubos fluorescentes. Fuera, bajo el cartel de neón que mostraba el galgo azul en mitad de un salto, un letrero rojo de neón anunciaba: AUTOBÚS.

Tenían miedo, supuso Callahan, y no les faltaban razones para ello. Algo en su interior intuía el peligro, y esa noche, en Lot, se habían echado pestillos que llevaban años sin cerrarse.

Andaba solo por las calles, y solo él no tenía nada que temer. Qué paradójico. Su risa sonó como un sollozo desesperado. A él ningún vampiro lo tocaría. A otros tal vez, pero a él no. El amo lo había señalado como suyo y, mientras no lo reclamara, sería libre.

La iglesia de Saint Andrew se elevaba ante él.

Tras un momento de duda, echó a andar por la senda. Entraría a rezar. Pasaría toda la noche en oración, si era necesario. Y no rezaría al nuevo Dios, al Dios de los guetos y la conciencia social y los almuerzos gratuitos, sino al Dios de antaño, al que, por mediación de Moisés, había proclamado que no toleraría la existencia de hechiceros y al que había otorgado a su Hijo el poder de levantarse de entre los muertos. Una segunda oportunidad, Dios. Toda una vida de penitencia a cambio solo de una segunda oportunidad.

Subió los escalones con torpeza, el hábito enfangado y el sabor de la sangre de Barlow en la boca.

Se detuvo unos instantes al llegar arriba y alargó la mano hacia el pomo de la puerta central.

Al tocarlo, un chispazo azul lo arrojó de espaldas. El dolor le atravesó la espalda, la cabeza, el pecho, el estómago y las espinillas mientras caía rodando por los peldaños de granito y quedaba tendido en el sendero.

Yacía bajo la lluvia, trémulo, con la mano ardiendo.

La levantó para mirársela. Estaba quemada.

—Impuro —balbuceó—. Impuro, impuro. Oh, Dios, qué impuro soy.

Y se echó a temblar. Aferrándose los hombros con las manos, se estremeció bajo la lluvia. La iglesia se alzaba imponente a sus espaldas, con las puertas cerradas para él.

25

Mark Petrie estaba sentado en la cama de Matt, en el mismo sitio que había ocupado Ben cuando había entrado con Jimmy. El chico se había enjugado las lágrimas con la manga de la camisa y, aunque tenía los ojos hinchados y enrojecidos, parecía dominar sus emociones.

—Sabes que la situación de Salem's Lot es desesperada, ¿verdad? —le preguntó Matt.

El muchacho asintió.

—En este mismo instante, *sus* muertos vivientes están recorriéndola como serpientes —continuó sombríamente Matt—, sumando a otros a sus filas. Esta noche no podrán convertirlos a todos, pero mañana os espera una misión terrible.

—Matt, quiero que duermas un poco —intervino Jimmy—. No te preocupes, todos estaremos aquí. No tienes buen aspecto. Esto ha sido un esfuerzo excesivo para ti...

—Mi pueblo está desintegrándose ante mis ojos, ¿y pretendes que duerma? —Sus ojos, al parecer incansables, centellearon desde el rostro consumido.

—Si quieres seguir vivo para presenciar el desenlace, será mejor que ahorres fuerzas —insistió Jimmy—. Te lo digo como médico, joder.

—Está bien. Enseguida. —Matt los miró a todos—. Mañana, vosotros tres debéis ir a casa de Mark. Tendréis que fabricar estacas. Muchas.

Poco a poco comprendieron lo que eso significaba.

—¿Cuántas? —murmuró Ben.

—Yo diría que por lo menos trescientas, pero os aconsejo que hagáis quinientas.

—Eso es imposible —repuso Jimmy con rotundidad—. No puede ser que haya tantos.

—Los muertos vivientes están sedientos —respondió Matt—, y más vale que estéis preparados. Tenéis que ir juntos. No os atreváis a separaros, ni siquiera de día. Será como una gincana; tenéis que empezar por un extremo del pueblo y abriros paso hasta el otro.

—Jamás los encontraremos a todos —objetó Ben—. Ni aunque pusiéramos manos a la obra al alba y trabajáramos hasta la noche.

—Tenéis que intentarlo, Ben. Tal vez la gente empiece a creeros. Algunos os ayudarán, si les demostráis que es verdad lo que decís. Y cuando oscurezca de nuevo, habréis neutralizado gran parte de *su* obra —suspiró—. Tenemos que dar por sentado que hemos perdido al padre Callahan, y eso es malo. Aun así, vosotros debéis seguir adelante. Tendréis que andaros con cuidado. Estar dispuestos a mentir. Si os detienen y encierran, eso también servirá a *su* propósito. Y si no os lo habéis planteado todavía, será mejor que lo hagáis: existen muchas posibilidades de que si alguno de nosotros sale vivo y victorioso de esto, acabe procesado por asesinato.

Paseó la vista por los rostros que lo rodeaban. Lo que vio en ellos debió de dejarlo satisfecho, porque volvió a centrar su atención en Mark.

—¿Tú sabes cuál es la tarea más importante?

—Sí —respondió Mark—. Matar a Barlow.

Matt sonrió débilmente.

—Me temo que eso es comenzar la casa por el tejado. Primero tenemos que encontrarlo. —Miró al chico—. ¿Esta noche has visto, oído, olido o tocado algo que pueda ayudarnos a localizarlo? ¡Piénsalo bien antes de contestar! ¡Tú sabes mejor que nadie la importancia de esto!

Mark reflexionó. Ben nunca había visto a alguien tomarse una orden tan al pie de la letra. Apoyó el mentón en la palma de la mano y cerró los ojos. Daba la impresión de estar repasando minuciosamente hasta el último detalle de la experiencia de esa noche.

Al fin abrió los ojos, desplazó la mirada por sus acompañantes y sacudió la cabeza.

—Nada—dijo.

Pese a la decepción que se reflejó en su cara, Matt no se dio por vencido.

—¿Una hoja pegada en la chaqueta, tal vez? ¿Restos de

hierba en los pantalones? ¿Barro en los zapatos? ¿Alguna hilacha en la ropa? —Con un gesto de impotencia, pegó una palmada en la cama—. Por Dios santo, ¿es posible que el tío vaya impoluto como una patena?

De pronto, Mark abrió mucho los ojos.

—¿Qué? —preguntó Matt, cogiéndolo por el codo—. ¿Qué pasa? ¿De qué te has acordado?

—Tiza azul —dijo Mark—. Cuando me ha sujetado el cuello con el brazo, le he visto la mano. Tenía los dedos largos y blancos, y en dos de ellos había manchas de tiza azul, muy pequeñitas.

—Tiza azul —repitió pensativamente Matt.

—Un colegio, seguramente —conjeturó Ben.

—El instituto no es —dijo Matt—. Ahí compramos todo el material escolar a la compañía Dennison, de Portland, y ellos solo venden tiza blanca y amarilla. Hace años que la llevo en la ropa y los dedos.

—¿Clases de artes plásticas? —preguntó Ben.

—No, en el instituto solo se dan artes gráficas, y allí usan tintas, no tiza. Mark, ¿estás seguro de que era...?

—Tiza —asintió el chico.

—Me parece que algunos profesores de asignaturas científicas usan tizas de colores, pero ¿dónde podría esconderse alguien en el instituto? Tú lo viste..., es un solo piso, y todo de cristal. Y entra y sale gente todo el día de los cuartos de material. Lo mismo pasa con el sótano de las calderas.

—¿Y detrás del escenario?

Matt se encogió de hombros.

—Ahí está bastante oscuro. Pero si la señora Rodin me ha sustituido en la preparación de la función de teatro (los alumnos la llaman «señora Rodan» por una película de ciencia ficción japonesa muy curiosa), debe de haber mucho movimiento en esa zona. Para él sería un riesgo tremendo.

—¿Y qué pasa con las escuelas primarias? —preguntó Jimmy—. Seguro que en los cursos inferiores les enseñan a dibujar, y apuesto cien dólares a que una de las cosas que hay más a mano son tizas de colores.

—El colegio de Stanley Street fue construido con los mismos fondos de bonos que el instituto—explicó Matt—. También es moderno, consta de una sola planta y no hay mucho espacio libre. Tiene muchos ventanales para que entre el sol. No es el tipo de edificio que le gustaría frecuentar a nuestro amigo. Ellos prefieren los edificios antiguos, con solera, oscuros y húmedos como...

—Como el colegio de Brock Street —dijo Mark.

—Sí. —Matt miró a Ben—. El colegio de Brock Street es un edificio con estructura de madera, de tres pisos y un sótano, edificado más o menos en la misma época que la Casa Marsten. En el momento de aprobar la emisión de los bonos para el colegio, hubo mucha polémica en el pueblo por el elevado riesgo de incendio que entrañaba el edificio. Esa fue una de las razones por las que aprobaron la construcción de nuestro instituto. Dos o tres años antes se había incendiado un colegio en New Hampshire...

—Lo recuerdo —murmuró Jimmy—. ¿No fue en Cobbs' Ferry?

—Sí. Tres niños murieron carbonizados.

—¿El colegio de Brock Street todavía se usa? —preguntó Ben.

—Solo la planta baja, donde se imparten los cuatro primeros cursos. El edificio entero se irá cerrando progresivamente a lo largo de dos años, cuando construyan el anexo al colegio de Stanley Street.

—¿Hay algún posible escondite para Barlow?

—Supongo —dijo Matt, aunque no parecía muy convencido—. Los dos pisos superiores están llenos de aulas vacías, con las ventanas clausuradas porque los chicos se dedicaban a tirarles piedras.

—Entonces está ahí —exclamó Ben—. Seguro.

—Suena plausible —admitió Matt, que en ese momento daba la impresión de estar muy cansado—, pero parece demasiado obvio. Demasiado transparente.

—Tiza azul —murmuró Jimmy, con la mirada perdida a lo lejos.

—No lo sé —suspiró Matt, consternado—. De verdad que no lo sé...

Jimmy abrió su maletín negro y sacó un frasquito de píldoras.

—Tómate dos con agua, ahora mismo.

—No —protestó Matt—. Hay demasiado que hacer. Demasiado...

—Demasiado para que corramos el riesgo de perderte —dijo Ben con firmeza—. Si, en efecto, el padre Callahan ya no es uno de nosotros, ahora el más importante eres tú. Hazle caso a Jimmy.

Mark le llevó un vaso de agua del cuarto de baño, y Matt obedeció de mala gana.

Eran las diez y cuarto.

Se hizo el silencio en la habitación. Ben veía a Matt muy envejecido, terriblemente demacrado. Su pelo blanco estaba más ralo y seco, y en unos pocos días su rostro parecía haber quedado marcado por las penurias de toda una vida. En cierto modo, pensaba Ben, era de esperar que, cuando por fin le sobrevinieran problemas —problemas muy gordos—, asumieran esa forma onírica, oscura, fantástica. Toda su existencia lo había preparado para lidiar con males simbólicos que cobraban vida por las noches, a la luz de una lámpara, para disiparse al amanecer.

—Me preocupa —comentó Jimmy en voz baja.

—Creía que el ataque había sido leve —comentó Ben—. Que en realidad ni siquiera había sido un ataque cardiaco.

—Fue una oclusión leve, pero la próxima no lo será. Será grave. Si este asunto no se resuelve pronto, acabará matándolo. —Con delicadeza y cariño, levantó la mano de Matt para tomarle el pulso—. Y eso sería una tragedia —concluyó.

Se turnaron para dormir y montar guardia en torno a la cama del convaleciente. Él descansó toda la noche y Barlow no hizo acto de presencia. Estaba ocupado en otra parte.

26

La señorita Coogan leía un relato titulado «Traté de estrangular a nuestro bebé», en la revista *Confesiones de la vida real*, cuando entró por la puerta su primer cliente de la tarde.

Jamás había vivido un día tan tranquilo en el trabajo. Ruthie Crockett y sus amigas no se habían acercado a tomarse un refresco —aunque no es que echara mucho de menos a *ese* grupo— y Loretta Starcher no había pasado a recoger *The New York Times*, que seguía pulcramente doblado bajo el mostrador. Loretta era la única persona en Jerusalem's Lot que compraba con regularidad el *Times* (hasta lo pronunciaba así, en cursiva). Al día siguiente lo dejaba en la sala de lectura para quien quisiera leerlo.

El señor Labree tampoco había aparecido por ahí después de comer, aunque en realidad eso no tenía nada de extraño. Labree era un viudo con una casa enorme en Schoolyard Hill, cerca de la finca de los Griffen, y la señorita Coogan sabía perfectamente que no iba a comer a su casa. Cenaba hamburguesas y cerveza en el Dell's. Si para las once no había vuelto (y ya eran menos cuarto), la señorita Coogan sacaría la llave del cajón de la registradora y se encerraría con llave en el local.

No sería la primera vez, vaya. Pero todos se verían en un lío si acudía alguien que necesitara desesperadamente un medicamento.

A veces la señorita Coogan echaba de menos la invasión de clientes que se producía hacia esa hora, después de las sesiones de cine, cuando aún no habían echado abajo la vieja sala Nordica, que estaba al otro lado de la calle: gente que le pedía refrescos de helado, frapés y batidos, parejitas que se tomaban de la mano y hablaban de los deberes escolares. Por más que a veces se hiciera pesado, todo eso era *sano*. Esos chicos no eran como Ruthie Crockett y su grupito, siempre riéndose como tontas, sacando pecho y luciendo esos vaqueros tan ajustados que marcaban la línea de las bragas..., cuando las llevaban. Sus auténticos sentimientos hacia aquellos clientes de antaño (que, aunque la señorita Coogan lo hubiera olvidado, la irritaban tanto como los de ahora) estaban empañados por la nostalgia, de modo que, cuando la puerta se abrió, irguió ansiosamente la cabeza como si esperara ver entrar a alguno de aquellos estudiantes de la promoción del 64 con su chica, dispuestos a pedirle un helado de chocolate con extra de avellanas.

Pero era un hombre, un adulto, alguien a quien la señorita Coogan conocía pero no acababa de identificar. Mientras él acercaba su maleta al mostrador, algo en su manera de andar o en el porte de la cabeza le refrescó la memoria.

—¡Padre Callahan! —exclamó, incapaz de reprimir la sorpresa en su voz.

Jamás lo había visto sin su atuendo de cura. Ahora lucía unos sencillos pantalones oscuros y una camisa de algodón azul, como un obrero cualquiera.

De pronto, se sintió asustada. Llevaba la ropa limpia y el cabello bien peinado, pero había algo en su expresión, algo que...

Recordó repentinamente el día, veinte años atrás, en que regresó del hospital donde su madre acababa de morir de un derrame cerebral, lo que en otros tiempos llamaban apoplejía. Cuando ella se lo comunicó a su hermano, él puso una cara parecida a la del padre Callahan en ese momento. Su semblante tenía algo de macilento y lúgubre, y los ojos la miraban aturdidos y sin expresión. Su mirada traslucía un ardor consumido que la incomodó. En torno a la boca, la piel estaba enrojecida e irritada, como si se hubiera afeitado con demasiada insistencia o hubiera pasado mucho rato frotándose con una toalla para quitarse una mancha.

—Quiero un billete de autobús —pidió.

Claro, pensó ella. Pobre hombre, debe de haber fallecido alguien y acaban de llamarlo a la rectoría o como se diga.

—Muy bien —respondió—. ¿Adónde?

—¿Cuál es el primer autobús?

—¿Hacia dónde?

—Hacia cualquier parte —fue la respuesta, que echó por tierra su teoría.

—Bueno... no lo... Déjeme ver. —Confundida, la señorita Coogan buscó con torpeza el horario—. A las 11.10 sale uno a Portland, Boston, Hartford y Nueva Yo...

—Ese —dijo él—. ¿Cuánto?

—¿Qué duración..., quiero decir, hasta dónde? —Su confusión ya no tenía límites.

—Hasta el final —dijo él con indiferencia y sonrió.

La señorita Coogan, que jamás había visto una sonrisa tan espantosa en un ser humano, se estremeció. *Como me toque*, pensó, *gritaré. Gritaré como una loca.*

—E-e-el destino final es Nueva York —tartamudeó—. Son veintinueve dólares con setenta y cinco centavos.

Con cierta dificultad, Callahan se sacó la cartera del bolsillo de atrás, y la señorita Coogan advirtió que tenía la mano derecha vendada. Le puso delante un billete de veinte dólares y dos de uno, mientras ella tiraba al suelo sin querer un montón de billetes de autobús en blanco, en su intento de agarrar uno. Cuando terminó de recogerlos, Callahan había agregado cinco dólares más y varias monedas.

Ella rellenó el billete tan deprisa como le fue posible, aunque ninguna rapidez le habría parecido suficiente. Sentía su mirada apagada fija en ella. Tras estampar el sello en el papel, lo deslizó por encima del mostrador para no tener que tocarle la mano.

—Te-tendrá que esperar fuera, padre C-Callahan. Dentro de cinco minutos debo cerrar. —Atropelladamente, amontonó en el cajón de la registradora monedas y billetes sin intentar contarlos.

—No hay problema —asintió él, guardándose el billete en el bolsillo de la camisa. Sin mirarla, añadió—: «Entonces el Señor le puso una marca a Caín para que no fuera a matarlo quien lo hallara. Así Caín se alejó de la presencia del Señor y se fue a vivir a la región llamada Nod, al este del Edén». Eso dicen las Sagradas Escrituras, señorita Coogan. El texto más cruel de la Biblia.

—¿Ah, sí? —preguntó ella—. Me temo que tendrá que salir, padre Callahan. Yo... El señor Labree volverá dentro de un minuto y no le gusta..., no le gusta que yo... que...

—Claro —asintió él y se dio la vuelta para marcharse. Pero se detuvo y volvió la cabeza hacia ella. La señorita Coogan se estremeció bajo aquella mirada inerte—. Usted vive en Falmouth, ¿no es verdad, señorita Coogan?

—Sí...

—¿Ha venido en su propio coche?

—Sí, sí, claro... Pero tengo que insistir en que espere el autobús fuera ...

—Esta noche váyase a casa cuanto antes, señorita Coogan.

Cierre con seguro todas las puertas de su coche y no pare a recoger a nadie. *A nadie.* Siga de largo aunque se trate de alguien a quien conozca.

—Yo *jamás* recojo a autostopistas —declaró la señorita Coogan en un tono de superioridad.

—Y una vez que llegue a su casa, no vuelva a Jerusalem's Lot —prosiguió Callahan, con los ojos clavados en ella—. Las cosas se han torcido bastante en el pueblo.

—No sé a qué se refiere —balbuceó ella—, pero tendrá que esperar el autobús fuera.

—Sí, está bien.

Callahan salió.

De repente, la señorita Coogan adquirió conciencia de lo silencioso que estaba el establecimiento, de lo absoluto que era ese silencio. ¿Era posible que no hubiera entrado nadie desde el anochecer, aparte del padre Callahan? Pues sí, lo era. Ni un alma.

Las cosas se han torcido bastante en el pueblo.

La señorita Coogan empezó a recorrer el local, apagando las luces.

27

En Lot, la oscuridad era total.

A las doce menos diez, a Charlie Rhodes lo despertó un bocinazo prolongado. Se incorporó como un resorte en su cama.

¡Su autobús!

Acto seguido, pensó:

¡Putos críos!

Los chicos habían intentado gastarle trastadas así antes. Conocía bien a esos cabroncetes desgraciados. Una vez le habían desinflado los neumáticos con cerillas y, aunque él no vio quién lo hacía, vaya si lo sabía. Había ido a hablar con ese director blandengue para acusar a Mike Philbrook y Audie James. Él sabía que eran ellos... No le hacía ninguna falta verlos.

¿Está usted seguro de que han sido ellos, Rhodes?

¿No se lo he dicho ya?

Y al muy lameculos no le había quedado otro remedio que ordenar la expulsión temporal de esos cafres. Después, una semana más tarde, el hijo de puta lo había mandado llamar a su despacho.

Rhodes, hoy hemos expulsado temporalmente a Andy Garvey.

¿Ah, sí? No me diga. ¿Qué ha hecho?

Bob Thomas lo ha pillado desinflando los neumáticos de su autobús. Y había evaluado a Charlie Rhodes con una larga y fría mirada.

Bueno, y si había sido Garvey en vez de Philbrook y James, ¿qué? Todos andaban juntos, todos eran unos gamberros, todos se merecían que les trituraran las pelotas con una picadora.

Y ahora le llegaba desde fuera el bramido exasperante del claxon, agotando la batería del coche, apoyando en él todo su peso:

PIIIIII, PIIIIIIII, PIIIIIIIIIIIIII...

—Hijos de mala madre —masculló mientras se levantaba de la cama. Se enfundó los pantalones sin encender la luz, porque no quería que los cabroncetes huyeran al verla.

En otra ocasión, alguien le había puesto una plasta de vaca en el asiento del conductor, y también tenía una idea bastante buena de quién lo había hecho. Se lo leía en los ojos. Eso lo había aprendido cuando montaba guardia en la base de reserva durante la guerra. El asunto de la plasta de vaca lo había arreglado a su manera. Durante tres días, obligó al pequeño hijo de puta a apearse de su autobús a más de seis kilómetros del pueblo. Al final, el crío se le acercó llorando.

Yo no he hecho nada, señor Rhodes. ¿Por qué me echa del autobús?

¿A ponerme un zurullo de vaca en el asiento le llamas no hacer nada?

Pero si no fui yo. Le juro por Dios que no fui yo.

Bueno, pero es que había que saber tratarlos. Eran capaces de mentir a su propia madre con una sonrisa en los labios, y probablemente lo hacían. Lo bajó del autobús en medio de la nada dos tardes más, hasta que confesó, vaya que sí. Lo echó una vez más —por si las moscas, digamos— y fue entonces cuando Dave Felsen, el de la flota de transporte, le dijo que se tranquilizara un poco por un tiempo.

PIIIIIIIIIIIIIIIIIIIIIII...

Se puso la camisa y, al pasar, recogió la vieja raqueta de tenis que tenía en un rincón. ¡A ver si esa noche acababa rompiéndola contra algún trasero!

Salió por la puerta de atrás y rodeó la casa hasta el lugar donde aparcaba el autobús amarillo. Se sentía envalentonado y fríamente preparado. Eso era una táctica de infiltración, como en el ejército.

Se detuvo detrás de una mata de adelfas y miró al autobús. Sí, los veía, un montón de chiquillos, como siluetas oscuras tras los cristales ennegrecidos por la noche. Sintió renacer la vieja furia, el odio que lo quemaba como hielo ardiente, y aferró el mango de la raqueta con tanta fuerza que esta empezó a vibrar como un diapasón. Se habían cargado... seis, siete, ocho, ¡ocho ventanas de *su* autobús!

Se deslizó por detrás del vehículo hasta la puerta por donde subían los pasajeros. Estaba abierta. Tensó las piernas y subió de un salto los escalones.

—¡Muy bien! ¡Quedaos donde estáis, gamberros! Chaval, deja el puto claxon o te...

El chico sentado en el asiento del conductor se volvió y le dirigió una sonrisa extraviada. Charlie sintió que se le revolvían las tripas. Era Richie Boddin, y estaba blanco como una sábana, salvo por los dos trozos negros de carbón que eran sus ojos, y los labios de un rojo rubí.

Y sus dientes...

Charlie Rhodes dirigió la vista por el pasillo.

¿No era ese Mike Philbrook? ¿Y ese otro Audie James? Dios todopoderoso, ¡hasta los hermanos Griffen estaban allí! Hal y Jack, sentados al fondo, con el pelo lleno de heno. *Pero ¡si ellos no viajan en mi autobús!* Mary Kate Griegson y Brent Tenney, sentados uno junto a otro, ella en camisón, él con vaqueros y una camisa de franela puesta del revés y con la espalda delante.

Y Danny Glick. Pero, madre de Dios, si estaba *muerto*; ¡hacía *semanas* que había muerto!

—A ver... —murmuró, con los labios entumecidos—. Vamos a ver, chicos...

La raqueta de tenis se le cayó de la mano. Se oyó un bufido y un golpe sordo cuando Richie Boddin, sin dejar de sonreír como un demente, accionó la palanca para cerrar la puerta plegable. Empezaron a levantarse de los asientos. Todos.

—No —les dijo, intentando sonreír—. Chicos..., no lo entendéis. Soy yo. Soy Charlie Rhodes. Tenéis..., tenéis que... —Les dedicó una sonrisa vacía, tendiéndoles las manos como si quisiera demostrarles que no eran más que las manos inocentes del viejo Charlie Rhodes, y fue retrocediendo hasta chocar contra el amplio cristal tintado del parabrisas.

—No —susurró.

Siguieron avanzando, sonrientes.

—No, por favor...

Y cayeron sobre él.

28

Ann Norton murió en el corto trayecto en ascensor desde la planta baja al primer piso del hospital. Se estremeció, y un hilillo de sangre se le escurrió por la comisura de la boca.

—Bueno —comentó uno de los sanitarios—. Ya podemos desconectar la sirena.

29

Eva Miller había estado soñando.

Era un sueño raro, pero no exactamente una pesadilla. El incendio de 1951 ardía con furia bajo un cielo despiadado que iba del azul pálido del horizonte a un blanco abrasador y despiadado sobre sus cabezas. Desde ese tazón invertido, el sol relumbraba como una moneda de cobre brillante. El olor acre del humo lo invadía todo; todas las actividades se habían interrumpido y la gente estaba inmóvil en las calles, mirando al sudoeste, hacia los pantanos, y al noroeste, hacia los bosques. Durante toda la mañana, el humo había impregnado el aire, pero ahora, a la una de la tarde, se veían con claridad las brillantes arterias de fuego que danzaban entre el follaje, más allá de los campos de los Griffen. La brisa constante que había ayudado a las llamas a saltar un cortafuegos ocasionó ahora que llovieran sobre el pueblo cenizas blancas, como en una nevada de verano.

Ralph vivía y había salido a intentar salvar el aserradero. Pero en el sueño se mezclaba todo, porque Ed Craig estaba con ella, aunque Eva ni siquiera había conocido a Ed hasta el otoño de 1954.

Ella contemplaba el fuego desde la ventana de su dormitorio en el piso de arriba, desnuda. Unas manos la tocaron desde atrás, ásperas y morenas sobre la blancura tersa de sus caderas, y Eva supo que era Ed, aunque en el cristal no se entreveía siquiera la sombra de su reflejo.

Ed, quería decirle. *Ahora no. Es demasiado pronto. Nos faltan casi nueve años.*

Pero las manos de él eran insistentes: le recorrieron el vientre y un dedo jugueteó con el ombligo, luego ambas manos se deslizaron hacia arriba hasta apoderarse de sus pechos con descarada familiaridad.

Eva intentaba decirle que estaban en la ventana, que cualquiera que anduviera por la calle podía mirar hacia atrás y verlos, pero las palabras se negaban a salir, y después sintió los labios de él en el brazo, en el hombro, hasta posarse con insistencia, lujuriosos, en su cuello. Eva notó la presión de los dientes y que él la mordía, la mordía y absorbía, succionándole la sangre, mientras ella de nuevo intentaba protestar: *No vayas a dejarme un chupetón, que Ralph se dará cuenta...*

Pero protestar le resultaba imposible; además, ya no le apetecía. A Eva ya no le importaba que alguien pudiera mirar alrededor y verlos, desnudos y sin pudor.

Sus ojos se volvieron hacia el fuego, soñadores, mientras los labios y los dientes de Ed seguían chupándole el cuello, y el humo era muy negro, tanto como las tinieblas nocturnas, que oscurecía ese cielo ardiente y plomizo, convirtiendo el día en noche; y entonces el fuego se desplazó a su interior en esas palpitantes hebras y flores escarlata, unas flores alborotadas en una jungla de medianoche.

Y entonces anocheció de verdad y el pueblo desapareció, pero el fuego seguía rugiendo en la oscuridad, pasando por formas fascinantes, calidoscópicas, hasta que dio la impresión de que dibujaba un rostro con sangre, un rostro con nariz aguileña, ojos ardientes y hundidos, labios gruesos y sensuales ocultos en parte por un espeso bigote, y el cabello peinado hacia atrás como el de un músico, lo que le dejaba la frente despejada.

—El aparador de estilo galés —dijo una voz distante, y Eva supo que era la de *él*—. El que está en el altillo. Creo que ese nos vendrá muy bien. Y después arreglaremos lo de las escaleras. Hay que estar preparados.

La voz se desvaneció. Las llamas se desvanecieron.

Solo quedó la oscuridad, y Eva en medio de ella, soñando o empezando a soñar. Pensó vagamente que sería un sueño dulce y largo, pero amargo y sin luz en el fondo, como las aguas del Leteo.

Otra voz, pero esta era la de Ed.

—Cariño, levántate. Tenemos que hacer lo que él dice.

—¿Ed? ¿Ed?

Su rostro parecía flotar sobre el de ella, no dibujado en el fuego, pero terriblemente pálido, extrañamente vacío. Sin embargo, Eva lo amaba más que nunca. Se moría de ganas de que la besara.

—Vamos, Eva.

—¿Es un sueño, Ed?

—No..., un sueño no.

Por un momento ella se asustó, pero después ya no hubo miedo, sino comprensión. Y con la comprensión vino el hambre.

Cuando se fijó en el espejo, no vio más que el reflejo de su dormitorio, silencioso y vacío. La puerta del altillo estaba cerrada con llave, y la llave estaba en el cajón de abajo de la cómoda, pero no importaba. Ya no necesitaban llaves.

Como sombras, se deslizaron entre la puerta y el marco.

30

A las tres de la madrugada, la circulación de la sangre se lentifica y el sueño es profundo. El alma duerme, felizmente ajena a la hora, o bien mira alrededor con absoluta desesperación. No hay término medio. A las tres de la mañana, a esa vieja puta que es el mundo se le ha corrido el maquillaje hortera, y se ve a las claras que le falta la nariz y que tiene un ojo de cristal. La alegría se ahueca y se resquebraja, como en el castillo de Poe, cercado por la Muerte Roja. El horror se diluye en el aburrimiento. El amor es un sueño.

Parkins Gillespie se levantó del escritorio y fue a buscar la cafetera, arrastrando los pies; tenía el aspecto de un mono esquelético, consumido por una enfermedad devastadora. Tras él quedaban los naipes que había dispuesto para una partida de solitario. Parkins había oído varios alaridos en la noche, el pitido irregular de un claxon y, en una ocasión, ruido de pies que corrían. No había salido a investigar nada de eso. Su rostro arrugado y enjuto mostraba una expresión de angustia por las cosas que su intuición le decía que estaban pasando allí fuera. Llevaba al cuello una cruz, una medalla de san Cristóbal y el signo de la paz. No sabía muy bien por qué se los había puesto, pero de alguna manera le servían de consuelo. Estaba pensando que, si conseguía pasar de esa noche, por la mañana se iría muy lejos, dejando su placa en el estante, junto al llavero.

Mabel Werts estaba sentada a la mesa de la cocina; tenía delante una taza de café frío. Por primera vez en años había corrido las cortinas y no había sacado los prismáticos de la funda. Por primera vez en sesenta años no quería ver ni oír nada. La noche bullía con un chismorreo mortal que Mabel no quería escuchar.

Bill Norton iba camino del hospital de Cumberland tras

haber recibido una llamada (que se había producido cuando su mujer aún vivía). Tenía una expresión pétrea e inmóvil. Los limpiaparabrisas se movían rítmicamente bajo una lluvia que arreciaba por momentos. Bill trataba de no pensar en nada.

En el pueblo también había personas que dormían o velaban, indemnes. Eran en su mayoría personas solitarias, sin familiares ni amigos íntimos en el pueblo. Muchos de ellos ni siquiera se habían enterado de que estuviera sucediendo nada.

Los que velaban, sin embargo, habían encendido todas las luces, y cualquiera que pasara por Lot (y eran bastantes los coches que circulaban en dirección a Portland o los pueblos del Sur) se quedaría extrañado ante ese pueblecito, tan semejante a otros que había a lo largo de la carretera salvo por el curioso espectáculo de viviendas completamente iluminadas en la quietud desolada del alba. Tal vez el conductor habría disminuido la marcha para comprobar si había algún incendio o accidente, antes de volver a acelerar sin pensar más en el asunto.

Y he aquí lo peculiar: de entre los que velaban en Salem's Lot, ninguno sabía la verdad. Tal vez un puñado de ellos la sospechaba, pero incluso esas sospechas eran indefinidas e informes, como un feto de tres meses. Y, no obstante, todos habían hurgado sin vacilar en los cajones de sus escritorios, los baúles del desván o los joyeros guardados en la cómoda del dormitorio, en busca de cualquier símbolo religioso que pudieran poseer. Y lo hacían sin pensarlo, de la misma manera que un hombre que recorre una gran distancia en su coche, solo, se pone a canturrear sin darse cuenta. Iban lentamente de habitación en habitación, como si sus cuerpos se hubieran vuelto frágiles y cristalinos, encendiendo todas las luces sin mirar por las ventanas en ningún momento.

Eso, sobre todo: no miraban por las ventanas.

Por muy aterradores que fueran los ruidos o las posibilidades imaginadas, por más espantoso que fuera lo desconocido, había algo todavía peor: mirar a la gorgona a la cara.

31

El ruido penetró en su sueño como un clavo que se introduce a martillazos en el corazón del roble, con exquisita lentitud, fibra a fibra. Al principio, Reggie Sawyer pensó que soñaba con algo relacionado con la carpintería, y su cerebro, desde la penumbrosa frontera entre sueño y vigilia, colaboró enviándole un recuerdo a cámara lenta de cuando él y su padre clavaban los listones en los costados de la cabaña que habían levantado en Bryant Pond en 1960.

El sueño fue cediendo el paso a la nebulosa idea de que no estaba soñando, sino oyendo martillazos de verdad. Después vino la desorientación, y Reggie, al fin despierto, advirtió que los golpes sonaban en la puerta principal, que los nudillos de alguien topaban contra la madera con la regularidad de un metrónomo.

Dirigió la vista primero hacia Bonnie, que yacía a su lado, un bulto en forma de S bajo las mantas, antes de posarla en el reloj: las cuatro y cuarto.

Se levantó, salió del dormitorio sin hacer ruido y cerró la puerta. Encendió la luz del pasillo, echó a andar hacia la entrada y de pronto se detuvo. Se le había erizado el vello de su fuero interno.

Sawyer se quedó mirando la puerta de su casa. Nadie llamaba a las cuatro y cuarto. Si alguien de la familia la palmaba, lo comunicaban por teléfono, no venían a golpear a la puerta.

En 1968, Reggie había pasado siete meses en Vietnam. Fue un año muy duro para los jóvenes soldados norteamericanos en ese país, y él había entrado en combate. En aquellos días, sus despertares eran tan instantáneos como chascar los dedos o encender una lámpara; en un momento dormía como un tronco y al momento siguiente estaba alerta en la oscuridad. Reggie había perdido ese hábito en cuanto regresó a territorio estadounidense, y se enorgullecía de ello, aunque nunca hablaba del tema. Él no era una máquina, demonios. Pulsar el botón A para que Johnny se despierte, pulsar el botón B para que Johnny se cargue a unos cuantos amarillos.

Pero ahora, de manera inesperada, se había desprendido de la confusión y el aturdimiento del sueño del mismo modo que una víbora se desprende de la piel, por lo que estaba parpadeando atento, con la cabeza fría.

Había alguien ahí fuera. Seguramente aquel chaval, Bryant, como una cuba y dispuesto a vencer o morir por la bella doncella prisionera.

Reggie fue hacia la sala y se acercó al armero instalado sobre la falsa chimenea. No encendió la luz; conocía perfectamente ese camino a tientas. Descolgó la escopeta, abrió la recámara, y el bronce de los cañones relució débilmente bajo la luz del pasillo. Regresó al arco que comunicaba con el vestíbulo y se detuvo. Los golpes seguían sonando, monótonos, con regularidad pero sin ritmo.

—Adelante —dijo Reggie Sawyer.

Los golpes cesaron.

Se produjo una larga pausa y de pronto el picaporte giró lentamente hasta llegar al final de su recorrido. Cuando la puerta se abrió, ahí estaba Corey Bryant.

Por un instante, Reggie sintió que su corazón dejaba de latir. Bryant seguía vestido con la misma ropa que llevaba la noche que él lo había echado a la calle, solo que ahora las prendas estaban desgarradas y enlodadas. Tenía hojas pegadas a la camisa y los pantalones. Un churrete de tierra que le cruzaba la frente resaltaba aún más su palidez.

—Quieto ahí —ordenó Reggie, levantando la escopeta y quitándole el seguro—, esta vez está cargada.

Pero Corey Bryant siguió avanzando, clavando los ojos apagados en el rostro de Reggie con una expresión mucho peor que el odio. La lengua asomó de su boca y le humedeció los labios. Tenía los zapatos cubiertos de una gruesa capa de barro que la lluvia había convertido en una especie de cola negruzca, y mientras caminaba iban cayendo grumos sobre el suelo del pasillo. Había algo inexorable y despiadado en su andar, algo que daba la impresión de una fría y aterradora falta de misericordia. Los tacones embarrados seguían resonando. No habría orden capaz de detenerlos, ni ruego que pudiera persuadirlos.

—Como des un paso más, te vuelo la cabeza —lo amenazó Reggie con dura sequedad.

El tipo no estaba borracho, sino totalmente loco, lo que era aún peor. Reggie comprendió con súbita claridad que tendría que disparar.

—Quieto ahí —volvió a decir, esta vez como quien no quiere la cosa.

Corey Bryant no se quedó quieto. Tenía la vista fija en la cara de Reggie, con la avidez mortal y centelleante de un alce disecado. Sus tacones seguían resonando con solemnidad.

A sus espaldas, oyó gritar a Bonnie.

—Vete al dormitorio —dijo Reggie y se plantó en el pasillo para interponerse entre ambos.

Ahora, Bryant no estaba a más de dos pasos de distancia. Alargó una mano, blanca y laxa, para asir los dos cañones de la escopeta.

Reggie apretó el gatillo doble.

En el estrecho pasillo, el estampido sonó como un trueno.

Los dos cañones escupieron una llamarada fugaz. El olor intenso de la pólvora quemada inundó el aire. Bonnie soltó otro grito, más estridente. La camisa de Corey se ennegreció y se hizo jirones, desintegrada más que perforada. Sin embargo, al abrirse, liberada de sus botones, reveló que el pecho y el abdomen de Corey, blancos como los de un pez, estaban increíblemente intactos. Los ojos paralizados de Reggie recibieron la impresión de que esa carne no era carne en realidad, sino algo tan insustancial como una cortina de gasa.

Corey asestó un manotazo al arma, que salió despedida hacia un lado, como si las manos de Reggie fueran las de un niño. Este se vio levantado en vilo y arrojado contra la pared con una fuerza sobrehumana. Las piernas se negaron a sostener a Reggie, que se desplomó, aturdido.

Bryant pasó por su lado en dirección a Bonnie, que se estremecía bajo el arco, pero sin apartar los ojos del rostro de Corey. Reggie pudo leer la excitación en ellos.

Corey lo miró por encima del hombro y desplegó una sonrisa que era una mueca vacía, como las que dedican a los turistas las calaveras de las vacas muertas en el desierto. Bonnie le esperaba con los brazos abiertos. Los dos temblaban. En el rostro de ella, el terror y la lujuria se alternaban como las sombras y la luz del sol al paso de las nubes.

—Cariño... —gimió Bonnie.

Reggie profirió un alarido.

32

—Oiga —anunció el conductor del autobús—, hemos llegado a Hartford, amigo.

A través de la amplia ventanilla de vidrio polarizado, Callahan escrutó aquel lugar desconocido, más desconocido aún bajo la luz incipiente de primera hora de la mañana. En Lot debían de estar regresando a sus madrigueras.

—Ya lo sé —dijo.

—Hacemos una parada de veinte minutos. ¿No quiere bajar a comprarse un bocadillo o lo que sea?

Callahan sacó torpemente del bolsillo la cartera, que estuvo a punto de caérsele de la mano vendada. Lo raro era que la quemadura ya no le dolía mucho; solo tenía la mano entumecida. Habría preferido el dolor. El dolor por lo menos era real. Seguía notando en la boca el sabor de la muerte, anodino y harinoso como una manzana pocha. ¿Y eso era todo? Sí, y era suficiente.

Le tendió un billete de veinte dólares al conductor.

—¿Puede traerme una botella?

—Señor, las reglas...

—Quédese con la vuelta, si quiere.

—Oiga, no quiero que nadie se desmadre en mi autobús. Dentro de dos horas estaremos en Nueva York, y ahí podrá comprar usted lo que le dé la gana.

Creo que te equivocas, amigo, pensó Callahan. Volvió a mirar su cartera para ver cuánto dinero tenía. Un billete de diez, dos de cinco y uno de uno. Sumó el de diez al de veinte y volvió a extender su mano vendada.

—Con una de medio litro me vale —dijo—. Y puede quedarse con el cambio, claro.

La mirada del conductor se desplazó de los treinta dólares a aquellos sombríos ojos hundidos y, por un espantoso momento, tuvo la impresión de estar hablando con una calavera viviente, una calavera que por algún motivo ya no sabía sonreír.

—¿Treinta dólares por medio litro? Oiga, está usted como una cabra. —A pesar de todo, cogió el dinero, fue hasta la puerta del autobús vacío y allí se dio la vuelta. Los billetes se habían esfumado—. Pero tenga cuidado. No quiero que nadie se desmadre en mi autobús.

Callahan hizo un gesto de asentimiento, como un niño pequeño que se ha ganado una reprimenda.

Tras mirarlo unos segundos más, el conductor se apeó.

Algo barato, pensó Callahan. Algo que queme en la lengua y arda en la garganta. Algo que me quite ese regusto dulzón e insulso, o por lo menos que lo atenúe hasta que encuentre un lugar donde pueda ponerme a beber en serio. A beber y beber y beber.

Por un momento creyó que se vendría abajo y se echaría a llorar. Pero no le quedaban lágrimas. Se sentía seco y totalmente vacío. Lo único que quedaba era... ese regusto.

Date prisa, conductor.

Siguió mirando por la ventanilla. Al otro lado de la calle había un adolescente, sentado en los escalones de un porche, con la cabeza apoyada en los brazos. Callahan lo contempló hasta que el autobús arrancó de nuevo, pero el muchacho no se movió.

33

Ben ascendió hacia la superficie de la vigilia cuando una mano le tocó el brazo.

—Buenos días —le susurró Mark al oído derecho.

Ben abrió los ojos, parpadeó un par de veces para quitarse las legañas y miró hacia el mundo a través de la ventana. La aurora había llegado furtivamente, en medio de una insistente lluvia otoñal que no era ni muy suave ni muy intensa. Los árboles que crecían en el césped que rodeaba el pabellón situado en el ala norte del hospital estaban ya semidesnudos, y las ramas negras se dibujaban contra el gris del cielo como las gigantescas letras de un alfabeto desconocido. La carretera 30, que al salir del pueblo describía una curva hacia el este, relucía como la piel de una foca, y un coche que pasaba con las luces traseras todavía encendidas proyectó un maligno reflejo rojo sobre el asfalto.

Ben se levantó y miró alrededor. Matt dormía, subiendo y bajando el pecho con una respiración regular, aunque superficial. Jimmy también estaba dormido, tendido en el único diván de la habitación. Al ver en las mejillas de este la barba de tres días, que le daba un aspecto no muy propio de un médico, Ben se pasó la mano por la cara. Raspaba.

—Es hora de que nos pongamos en marcha, ¿no? —preguntó Mark.

Ben asintió con la cabeza. Pensó en el día que les esperaba y en todas las cosas horribles que podía depararles, y prefirió apartarlas de su mente. La única manera de cumplir con lo que tenían que hacer sería no pensar en nada con más de diez minutos de antelación. Al mirar a Mark, la fría impaciencia que vio en su rostro lo intranquilizó.

Se acercó a Jimmy y lo sacudió.

—¡Eh! —refunfuñó este, agitándose en su diván como un nadador al emerger de las profundidades. La cara se le contrajo, abrió los ojos, parpadeó varias veces y, por un momento, su mirada reflejó un terror inenarrable. Los miró a ambos como a unos extraños.

Entonces los reconoció y se le relajó el cuerpo.

—Ah... Era un sueño —balbuceó.

Mark asintió con un gesto comprensivo.

Jimmy miró por la ventana.

—El sol —dijo con el mismo tono con que un avaro diría «dinero».

Se levantó, fue hacia la cama de Matt y lo cogió de la muñeca para tomarle el pulso.

—¿Está bien? —preguntó Ben.

—Me parece que está mejor que anoche —respondió Jimmy—. Ben, quiero que salgamos los tres en el ascensor de servicio, por si ayer alguien se fijó en Mark. Cuanto menos nos arriesguemos, mejor.

—¿No le pasará nada al señor Burke por quedarse solo? —preguntó Mark.

—Creo que no —contestó Ben—. Tendremos que confiar en que sabrá arreglárselas. Nada le gustaría más a Barlow que mantenernos inmovilizados un día más.

Recorrieron de puntillas el pasillo hasta el ascensor de servicio. A esa hora empezaba a haber movimiento en la cocina. Una de las cocineras saludó con la mano a Jimmy.

—Hola, doctor.

Nadie más les dirigió la palabra.

—¿Adónde vamos primero? —preguntó Jimmy—. ¿Al colegio de Brock Street?

—No —decidió Ben—. Allí iremos por la tarde, ahora habrá demasiada gente. Mark, ¿salen temprano de clase los más pequeños?

—A las dos de la tarde.

—Entonces nos quedan bastantes horas de luz. Primero a casa de Mark. Estacas.

34

A medida que se aproximaban a Lot, una nube de terror casi palpable se condensó en el Buick de Jimmy, y la conversación languideció. Cuando este tomó la salida al llegar al gran letrero reflectante que anunciaba: CARRETERA 12 JERUSALEM'S LOT CUMBERLAND CUMBERLAND CTR, Ben recordó que por ese camino habían regresado él y Susan la primera noche que salieron juntos, cuando ella había querido ver una película de persecuciones de coches.

—Todo está podrido —comentó Jimmy, cuyo rostro infantil estaba pálido y crispado de cólera y miedo—. Madre mía, si es algo que casi se huele.

Y vaya si se huele, pensó Ben, aunque el olor era más mental que físico, una especie de emanación psíquica de las tumbas.

La carretera 12 estaba casi desierta. Por el camino se encontraron con el pequeño camión de reparto de leche de Win Purinton, abandonado en el arcén. Tenía el motor en marcha, y Ben lo apagó después de echar un vistazo a la parte de atrás. Cuando subió de nuevo al coche, Jimmy le dirigió una mirada inquisitiva, pero Ben sacudió la cabeza.

—No está ahí. La luz del motor estaba encendida y casi se había quedado sin gasolina. Llevaba horas al ralentí.

Jimmy se golpeó la pierna con el puño.

Pero mientras entraban en el pueblo, Jimmy exclamó con una absurda sensación de alivio:

—¡Mirad, la tienda de Crossen está abierta!

Y así era. Milt estaba fuera, cubriendo con un plástico sus estantes de periódicos, y, junto a él, enfundado en un impermeable amarillo, se encontraba Lester Silvius.

—Pero no veo a ninguno de los demás —comentó Ben.

Milt los saludó con la mano, y a Ben le pareció distinguir una expresión tensa en el rostro de los dos hombres. En la puerta de la funeraria de Foreman aún colgaba el cartel de «Cerrado». También la ferretería tenía la persiana bajada, al igual que el establecimiento de Spencer. El restaurante seguía abierto, y después de pasar por delante, Jimmy detuvo el Buick delante de la nueva tienda de muebles. Por encima del escaparate, unas sencillas letras doradas seguían anunciando: «Barlow y Straker. Muebles de calidad». Y, pegado con cinta a la puerta, como había dicho Callahan, había un letrero escrito a mano con la pulcra caligrafía que todos reconocieron de la nota que habían leído el día anterior: «Cerrado hasta nuevo aviso».

—¿Por qué paramos aquí? —preguntó Mark.

—Por si estuviera escondido ahí dentro —dijo Jimmy—. Es algo tan obvio que tal vez haya pensado que no lo tendríamos en cuenta. Y creo que a veces los aduaneros dejan una marca en los cajones que han revisado. Con tiza.

Rodearon la tienda hacia la parte trasera y, mientras Ben y Mark se encorvaban para protegerse de la lluvia, Jimmy, con el brazo envuelto en su impermeable, rompió el cristal de la puerta y todos pudieron entrar a través de ella.

En el interior se respiraba un aire pestilente y rancio, como si aquello llevara siglos cerrado y no solo unos pocos días. Ben asomó la cabeza por la puerta que daba a la sala de exposición, pero allí no había lugar donde esconderse. El mobiliario era escaso, y no había señales de que Straker hubiera repuesto existencias.

—¡Venid aquí! —llamó Jimmy con voz ronca, y Ben sintió que el corazón le daba un vuelco.

Jimmy y Mark estaban junto a una caja alargada que Jimmy había abierto parcialmente con la uña del martillo que llevaba. Dentro vislumbraron una mano pálida y una manga oscura.

Sin vacilar, Ben se abalanzó sobre el cajón, mientras Jimmy seguía haciendo palanca con el martillo en el extremo opuesto.

—Ben —le advirtió—, vas a hacerte daño en las manos. Te…

Ben no le oía. Rompió las tablas del cajón y las arrancó sin preocuparse de clavos ni de astillas. Ahí estaba, ahí tenían al pringoso ser de la noche, y ahora podría hundirle la estaca en el corazón de la misma manera en que se la había clavado a Susan, y luego... Partió otro trozo de madera barata tirando de él y se encontró contemplando la palidez del rostro de Mike Ryerson.

Se impuso un silencio absoluto por unos instantes, hasta que todos exhalaron... Fue como si una brisa recorriera la habitación.

—¿Y ahora qué hacemos? —preguntó Jimmy.

—Lo mejor será ir primero a casa de Mark —reiteró Ben, en un tono apagado de decepción—. Ya sabemos dónde está, y aún no tenemos ni una sola estaca.

Descuidadamente, volvieron a poner en su sitio los trozos de madera astillada.

—Deja que te examine las manos, están sangrando —dijo Jimmy.

—Más tarde —replicó Ben—. Vamos.

Volvieron a rodear el edificio, sin expresar su alegría por haber salido otra vez al aire libre. Jimmy condujo por Jointner Avenue hasta la zona residencial del pueblo, justo a las afueras de la modesta zona comercial. Llegaron a la casa de Mark, sin duda antes de lo que hubieran deseado.

El viejo sedán del padre Callahan seguía aparcado en el camino de entrada circular de los Petrie. Al verlo, Mark palideció y miró hacia otro lado, lívido.

—No puedo entrar ahí —murmuró—. Lo siento, pero esperaré en el coche.

—No tienes por qué disculparte, Mark —lo tranquilizó Jimmy.

Aparcó y bajaron del automóvil. Ben titubeó un momento antes de apoyar la mano en el hombro de Mark.

—¿Seguro que estarás bien?

—Seguro —afirmó el chico, aunque no parecía estar bien. Le temblaba el mentón y tenía los ojos apagados. De pronto, se volvió hacia Ben y sus ojos recuperaron la expresión, una expresión de simple dolor, anegados en lágrimas—. Tapadlos, ¿vale? Si están muertos, tapadlos.

—Cuenta con ello —prometió Ben.

—Es mejor así —susurró Mark—. Mi padre... habría sido un vampiro muy competente. Tal vez habría igualado a Barlow, con el tiempo. Todo..., todo se le daba bien. Tal vez demasiado.

—Trata de no pensar demasiado —le dijo Ben, pero al instante se arrepintió de haberle dado un consejo tan inútil.

Mark levantó la vista y lo miró con una débil sonrisa.

—La leña está en el patio de atrás —les dijo—. Iréis más deprisa si usáis el torno de mi padre, que está en el sótano.

—De acuerdo —asintió Ben—. Procura estar tranquilo, Mark. Lo más tranquilo que puedas.

Pero el muchacho desvió la mirada y se enjugó los ojos con el brazo.

Ben y Jimmy subieron por los escalones de atrás y entraron en la casa.

35

—Callahan no está aquí —dijo Jimmy con voz inexpresiva después de haber recorrido toda la casa.

—Debe de haber caído en las garras de Barlow —se obligó a decir Ben.

Miró la cruz destrozada que tenía en la mano, la que el día anterior pendía del cuello de Callahan. No habían encontrado ningún otro rastro de él; la cruz yacía junto a los Petrie, que estaban indudablemente muertos. Les habían aplastado la cabeza, haciéndolas chocar entre sí con tanta fuerza que les habían reventado el cráneo. Ben recordó la fuerza antinatural que había demostrado la señora Glick y tragó saliva.

—Vamos —le dijo a Jimmy—. Tengo que taparlos. Lo he prometido.

36

Retiraron la funda que protegía del polvo el sofá de la sala y los cubrieron con ella. Ben procuraba no mirar ni pensar en lo que estaban haciendo, pero le resultaba imposible. Terminada la tarea, una mano —cuyas uñas cuidadas y esmaltadas indicaban que pertenecía a June Petrie— siguió asomando por debajo del alegre estampado de tela, por lo que Ben la empujó hacia adentro con la punta del pie, torciendo el gesto por el esfuerzo de mantener el estómago bajo control. La forma de los cuerpos bajo la funda le hizo pensar en las fotos que ilustraban las noticias sobre Vietnam; imágenes de muertos en el campo de batalla y soldados transportando cargas macabras ocultas en sacos de caucho negro que guardaban un parecido absurdo con las bolsas para los palos de golf.

Después bajaron, cada uno con una brazada de leña de fresno.

El sótano, que había sido el dominio de Henry Petrie, reflejaba a la perfección su personalidad. Había tres luces de gran intensidad colocadas en fila sobre el área de trabajo, y cada una de ellas contaba con una pantalla móvil que permitía iluminar directamente el cepillo mecánico, la sierra, el torno o la lijadora eléctrica. Ben advirtió que Petrie estaba construyendo una caseta para pájaros que probablemente pensaba poner en el jardín de atrás al llegar la primavera, y el plano que le servía de guía estaba extendido, con las esquinas sujetas por pisapapeles de metal que él mismo había fabricado. El trabajo estaba bien hecho, pero no era imaginativo, y había quedado inconcluso para siempre. Aunque el suelo estaba cuidadosamente barrido, un agradable y nostálgico olor a serrín flotaba en el aire.

—Con esto no vamos a ninguna parte —dijo Jimmy.

—Sí, lo sé.

—La pila de leña —resopló Jimmy, mientras dejaba caer estrepitosamente los troncos que llevaba en los brazos. Empezaron a rodar en todas direcciones como palillos chinos mientras él dejaba escapar una risa histérica.

—Jimmy...

Pero su carcajada cercenó el intento de hablar de Ben como una cuerda de piano afilada.

—Vamos a salir y a acabar con esta lacra valiéndonos de una pila de leños del patio de Henry Petrie. ¿Y por qué no con patas de sillas, o con bates de béisbol?

—Jimmy, ¿qué otra cosa podemos hacer?

Jimmy lo miró, realizando un esfuerzo visible por controlarse.

—Esto es como una búsqueda del tesoro cutre —dijo—. Contar cuarenta pasos por el prado norte de Charles Griffen y después mirar bajo la piedra grande. Ja. Madre mía. Podemos irnos del pueblo. Eso es lo que podemos hacer.

—Pero ¿tú quieres irte? ¿Es eso lo que quieres?

—No. Pero es que no va a ser solamente hoy, Ben. Pasarán semanas antes de que hayamos acabado con todos, si es que alguna vez lo conseguimos. ¿Te sientes capaz de soportarlo? ¿Te sientes capaz de repetir..., de repetir mil veces lo que le hiciste a Susan? ¿De sacarlos a rastras de sus armarios y escondrijos apestosos, vociferando y retorciéndose, para hundirles una estaca en la cavidad torácica a martillazos hasta atravesarles el corazón? ¿Puedes seguir haciendo eso hasta noviembre sin volverte loco?

Ben reflexionó sobre ello y topó con un muro en blanco de absoluta incomprensión.

—No lo sé —respondió.

—Bueno, ¿y qué me dices del chico? ¿Lo ves capaz de soportarlo? Acabará como una puta regadera. Y Matt se morirá, eso te lo garantizo. Además, ¿qué hacemos cuando la poli estatal empiece a husmear para averiguar qué demonios es lo que sucedió en Salem's Lot? ¿Qué les decimos? ¿«Por favor, esperen un momento mientras acabo de clavarle la estaca a este chupasangre»? ¿Qué haremos entonces, Ben?

—¿Cómo coño quieres que lo sepa, si no hemos tenido ni un momento para pararnos a pensar las cosas?

Se dieron cuenta de que estaban frente a frente, con las narices a escasos centímetros de distancia, gritándose el uno al otro.

—Eh —reaccionó Jimmy—. Eh, tranquilicémonos.

Ben bajó la vista.

—Perdona.

—No te preocupes. Estamos en una situación tensa..., lo que Barlow sin duda llamaría el final de la partida. —Se pasó una mano por la mata de pelo color zanahoria y miró alrededor. Sus ojos se detuvieron sobre algo que había junto al plano dibujado por Henry Petrie: un lápiz graso negro. Jimmy lo cogió.

—Tal vez esta sea la mejor manera —murmuró.

—¿Cuál?

—Tú te quedas aquí, Ben, y empiezas a preparar las estacas. Si nos vamos a meter en esto, más vale hacerlo con un enfoque científico. Tú serás el departamento de producción, y Mark y yo formaremos el de investigación. Recorreremos el pueblo en busca de ellos. Y los encontraremos, de la misma manera que encontramos a Mike. Marcaré las ubicaciones con este lápiz de cera blanda. Y mañana será el día de las estacas.

—Pero ¿no se irán a otro sitio cuando vean las marcas?

—No lo creo. La señora Glick no daba la impresión de

atar cabos muy bien. Creo que se mueven más por instinto que por reflexión. Es posible que después de un tiempo empiecen a esconderse mejor, pero al principio será tan sencillo como pescar en una pecera.

—¿Por qué has de ir tú y no yo?

—Porque yo conozco el pueblo, y en el pueblo me conocen..., de la misma manera que conocían a mi padre. Hoy, la gente que queda viva en Lot estará escondida en su casa. Si tú llamas a la puerta, nadie te abrirá. Si llamo yo, la mayoría lo hará. Además, conozco algunos de los lugares donde pueden ocultarse. Sé dónde se refugian los borrachos para echar un polvo en la zona de los pantanos, y hacia dónde se desvían los caminos de tierra. Tú no. ¿Crees que sabrás arreglártelas con ese torno?

—Sí —asintió Ben.

Jimmy tenía razón. Sin embargo, el alivio que le invadió por no tener que salir a enfrentarse a *ellos* hizo que al mismo tiempo se sintiera culpable.

—Está bien. Ponte a ello. Ya pasa de mediodía.

Ben se dirigió al torno, pero se detuvo.

—Si esperas media hora, puedo darte como una media docena de estacas que llevarte.

Jimmy se detuvo y bajó los ojos.

—Pues... creo que mañana..., mañana sería...

—Como quieras —asintió Ben—. Marchaos, pues. Oye, ¿por qué no volvéis alrededor de las tres? A esa hora, la escuela estará lo bastante tranquila para que podamos ir a echar una ojeada.

—De acuerdo.

Jimmy se encaminó hacia las escaleras. Algo, una idea vaga o una inspiración, lo hizo volverse. Al otro lado del sótano vio a Ben, trabajando bajo el resplandor intenso de las tres luces ordenadamente dispuestas en fila.

Algo..., pero se esfumó enseguida.

Se le acercó de nuevo.

Ben apagó el torno y lo miró.

—¿Algo más?

—Sí —murmuró Jimmy—. Lo tengo en la punta de la lengua. Pero se ha atascado ahí.

Ben arqueó las cejas.

—Cuando me he dado la vuelta desde la escalera y te he visto, ha sido como si unas piezas encajaran en mi cabeza... Pero se ha ido.

—¿Importante?

—No lo sé. —Se quedó quieto un momento, restregando los pies en el suelo, esperando que el pensamiento le volviera a la mente. Tenía que ver con la imagen que presentaba Ben, de pie bajo esas luces, inclinado sobre el torno. Pero fue en vano. Al esforzarse por recuperar el recuerdo, solo conseguía alejarlo.

Subió por las escaleras, pero se detuvo una vez más para mirar atrás. La imagen le resultaba obsesivamente familiar, pero no lograba dilucidar por qué. Atravesó la cocina, salió y se dirigió al coche. La lluvia se había reducido a una ligera llovizna.

37

El coche de Roy McDougall estaba parado en el camino de entrada de la zona de caravanas fijas, en Bend Road, y el hecho de verlo aparcado en un día laborable hizo que Jimmy temiera lo peor.

Cogió su maletín negro y se apeó del coche junto con Mark. Después de subir los escalones, Jimmy pulsó el timbre. Como no funcionaba, llamó a la puerta. Sus golpes no despertaron a nadie, ni en el remolque de los McDougall ni en el siguiente más cercano, que estaba a unos veinte metros de distancia y también tenía un coche aparcado delante.

Jimmy trató de abrir la puerta, pero estaba cerrada con llave.

—Hay un martillo en el asiento de atrás del Buick —dijo.

Mark fue a buscarlo y Jimmy rompió el vidrio de la contrapuerta, por encima del picaporte. A continuación, metió la mano para descorrer el cerrojo. La puerta interior no estaba cerrada. Ambos entraron.

Percibieron un olor que identificaron de inmediato, y Jimmy sintió que las ventanas de la nariz se le contraían, como intentando rechazarlo. Aunque no era tan intenso como el que se respiraba en el sótano de la Casa Marsten, resultaba igual de repugnante, un olor a muerte y podredumbre. Un hedor a humedad y descomposición. Jimmy recordó la ocasión en que, siendo niños, sus amigos y él salieron en bicicleta durante las vacaciones de primavera para recoger los envases retornables de cerveza y gaseosa que iba dejando al descubierto el deshielo. En uno de ellos, una botella de refresco Orange Crush, estaba el cuerpo de un ratón silvestre que, atraído por el aroma, se había colado dentro y no había podido salir. Una sola vaharada de aquel tufillo había bastado para hacerlo vomitar. Era una pestilencia muy semejante a la que los envolvía en ese momento, un olor dulzón nauseabundo y una acidez putrefacta que se mezclaban en una fermentación nauseabunda. Jimmy sintió que se le cerraba la garganta.

—Están aquí, en alguna parte —dijo Mark.

Exploraron todo el lugar de forma metódica, la cocina, el pequeño comedor integrado, los dos dormitorios. Iban abriendo armarios a su paso. A Jimmy le pareció ver algo en el del dormitorio principal, pero no era más que un montón de ropa sucia.

—¿No hay sótano? —preguntó Mark.

—No, pero es posible que haya algún espacio entre el piso y el suelo.

Rodearon la casa y vieron una trampilla que cubría un hueco en los cimientos de hormigón barato de la caravana. Estaba cerrada con un viejo candado, que cedió después de cinco buenos golpes de martillo. Cuando Jimmy abrió la trampilla, el olor los golpeó como una ola hedionda.

—Están aquí —dijo Mark.

Al echar un vistazo al interior, Jimmy distinguió tres pares de pies, alineados como cadáveres en un campo de batalla. Uno de ellos llevaba botas de trabajo, el otro un par de pantuflas tejidas, y el tercero —unos pies diminutos— iba descalzo.

Qué tierna escena familiar, pensó absurdamente Jimmy. *Reader's Digest*, ¿dónde estás cuando más falta haces? Lo anegó una sensación de irrealidad. El bebé, pensó. ¿Cómo se supone que vamos a hacerle eso a un bebé?

Trazó una marca en la puerta con el lápiz graso negro y recogió el candado roto.

—Espera —dijo Mark—. Ayúdame a sacar a uno de ellos.

—¿A sacarlo...? ¿Para qué?

—Tal vez la luz del sol acabe con ellos —explicó Mark—, y así no tendremos que recurrir a las estacas.

Jimmy asintió, esperanzado.

—Está bien. ¿Cuál?

—El bebé no —repuso Mark—. El hombre. Agárralo de un pie.

—Vale —dijo Jimmy con la boca seca. Cuando tragó saliva, su garganta emitió un leve chasquido.

Mark reptó boca abajo, haciendo crujir bajo su peso las hojas secas que alfombraban el suelo. Cogió una bota de Roy McDougall y empezó a tirar de ella. Jimmy también entró a rastras, raspándose la espalda contra el marco de la trampilla y luchando contra la sensación de claustrofobia, hasta situarse a su lado. Asió la otra bota, y entre los dos consiguieron sacar el cuerpo a la claridad del día, bajo la casi imperceptible llovizna.

La escena que siguió fue estremecedora. Roy McDougall empezó a revolverse en cuanto la luz le dio de lleno, como un hombre a quien molestan mientras duerme. De sus poros emanó una especie de vapor húmedo, y la piel se tornó flácida y amarillenta. Bajo los párpados cerrados, los ojos giraban enloquecidos. Los pies pataleaban despacio, como en sueños, sobre las hojas húmedas. Su labio superior se encogió y dejó ver los incisivos superiores, enormes y agudos como los de un perro grande; un pastor alemán o un collie. Los brazos se agitaban lentamente mientras las manos se cerraban y se abrían; una de ellas le rozó la camisa a Mark, que dio un salto atrás con una exclamación de asco.

Roy se dio la vuelta y comenzó a arrastrarse lentamente de vuelta a su escondrijo, dejando surcos con los brazos, las rodillas y la cara sobre el mantillo, ablandado y humedecido por la lluvia. Jimmy observó que había empezado a presentar una respiración dificultosa, tipo Cheyne-Stokes, en el momento en que la luz había incidido en su cuerpo, pero que esta había cesado en cuanto McDougall había alcanzado la sombra. Lo mismo sucedió con la extrusión de humedad.

Una vez que llegó al lugar de donde lo habían sacado, McDougall se volvió boca arriba y se quedó inmóvil.

—Cierra —pidió Mark con voz asfixiada—. Por favor, cierra.

Jimmy cerró la trampilla y volvió a colocar lo mejor que pudo el candado roto. La imagen del cuerpo de McDougall agitándose entre la hojarasca como una víbora aturdida no se apartaba de su mente. Jimmy pensó que, aunque viviera cien años, jamás habría un momento en que ese recuerdo dejara de estar presente en su memoria.

38

Se quedaron de pie bajo la lluvia, temblando y mirándose.

—¿La caravana de al lado? —preguntó Mark.

—Sí. Por lógica, sus ocupantes deben de haber sido las primeras víctimas de los McDougall.

Se dirigieron hacia allí, y esta vez captaron el olor inconfundible en la puerta de entrada. El nombre escrito bajo el timbre era Evans. Jimmy asintió. David Evans y su familia. Él trabajaba como mecánico en la sección de automóviles de Sears en Gates Falls. Jimmy lo había atendido un par de años atrás, por un quiste o algo así.

Aunque allí el timbre funcionaba, nadie acudió a abrir. Encontraron a la señora Evans en la cama. Los dos niños estaban en una litera de su dormitorio, vestidos con pijamas idénticos, estampados con personajes de las historias de Winnie-the-Pooh. Encontrar a Dave les llevó más tiempo; se había escondido en un trastero sin terminar situado sobre la puerta del pequeño garaje.

Jimmy dibujó marcas circulares en la puerta de entrada y en la del garaje.

—Parece que vamos bien —comentó—. Dos de dos.

—¿Podrías esperar un momento? —preguntó Mark con aire inseguro—. Me gustaría lavarme las manos.

—Claro. A mí también me gustaría, y no creo que los Evans tengan inconveniente en que usemos su baño.

Los dos entraron, y Jimmy se sentó en una de las sillas de la sala y cerró los ojos. No tardó en oír el agua correr en el cuarto de baño.

En la oscura pantalla de sus ojos cerrados vio la mesa de la funeraria, vio la sábana que cubría el cuerpo de Marjorie

Glick empezando a estremecerse, vio la mano que asomaba por debajo y los dedos iniciando su lenta danza en el aire...

Abrió otra vez los ojos.

La caravana donde se encontraban estaba en mejores condiciones que la de los McDougall, más limpia, más cuidada. Aunque Jimmy no había conocido a la señora Evans, tenía la impresión de que se enorgullecía de su hogar. En un cuarto pequeño, que probablemente el folleto del vendedor anunciaba como lavadero, estaban guardados ordenadamente los juguetes de los niños. Pobres críos, pensó Jimmy, ojalá los hayan disfrutado mientras todavía podían aprovechar los días soleados y luminosos. Había un triciclo, varios camiones grandes de plástico, una gasolinera, un vehículo con tracción de oruga (que seguro que dio pie a más de una buena pelea) y una diminuta mesa de billar.

Jimmy apartó los ojos, pero de pronto volvió a mirarla, sobresaltado.

Tiza azul.

Las pantallas de tres lámparas en fila.

Hombres caminando alrededor de una mesa verde bajo las brillantes luces con los tacos en alto, sacudiéndose de los dedos el polvo de tiza azul...

—¡Mark! —gritó mientras se enderezaba bruscamente en la silla—. ¡Mark!

El chico llegó corriendo, sin camisa, para ver qué ocurría.

39

Un antiguo alumno de Matt (de la promoción del 64, que sacaba sobresalientes en literatura y solo suficientes en redacción) había ido a verlo al hospital alrededor de las dos y media. Tras hacer algún comentario sobre los crípticos libros que había en el cuarto del enfermo, le preguntó si estaba preparando una tesis sobre ocultismo. Matt no podía recordar si se llamaba Herbert o Harold.

Matt, que cuando Herbert (o Harold) entró estaba leyendo un libro titulado *Desapariciones extrañas*, agradeció la interrupción. Ya en ese momento estaba esperando a que sonara el teléfono, aunque sabía que sus amigos no podrían entrar sin riesgo en el colegio de Block Street hasta después de las tres de la tarde. Estaba ansioso por saber qué había sido del padre Callahan. Tenía la impresión de que el día transcurría con una rapidez alarmante, aunque siempre había oído decir que el tiempo pasaba muy despacio en un hospital. Se sentía impotente y confundido; viejo, en una palabra.

Comenzó a hablarle a Herbert (o Harold) del pueblo de Momson, en Vermont, sobre cuya historia había estado leyendo. Le había parecido especialmente interesante porque pensaba que, de ser verdad, quizá había constituido un precedente de lo que estaba sucediendo en Lot.

—Todo el mundo desapareció —le informó a Herbert (o Harold), que lo escuchaba con cortés pero mal disimulado aburrimiento—. No era más que un pequeño pueblo interior al norte de Vermont, al que se accedía por la interestatal 2 y por la carretera 19 de Vermont. El censo de 1920 arrojó una población de 312 habitantes. En agosto de 1923, una mujer de Nueva York empezó a preocuparse porque hacía dos meses que su hermana no le escribía. Ella y el marido acudieron hasta ahí en coche y fueron los primeros en comunicar la noticia a los periódicos, aunque no me cabe duda de que los habitantes de los alrededores estaban ya al tanto de la desaparición desde hacía algún tiempo. La hermana y el marido habían desaparecido, en efecto, al igual que los demás habitantes de Momson. Las viviendas y los establos seguían en pie, y en una de las casas la comida aún estaba servida en la mesa.

Por aquel entonces fue un caso bastante sonado. En cuanto a mí, no me habría gustado quedarme a pasar allí la noche. Según el autor, la gente de los pueblos vecinos cuenta historias raras... de aparecidos, duendes y cosas así. Algunos cobertizos de las afueras tenían pintados en las paredes cruces y símbolos contra el mal de ojo... y ahí siguen. Fíjate, aquí hay una fotografía de la tienda, de la gasolinera y del almacén de granos y piensos..., lo que venía a ser el distrito comercial de Momson. ¿Qué crees que pudo haber pasado?

Herbert (o Harold) miró cortésmente la imagen. En ella solo aparecía un pueblecito con un puñado de comercios y unas pocas casas. Algunas estaban viniéndose abajo, seguramente por la nieve del invierno. Podría ser cualquier pueblo del país. En casi todos ellos, un conductor que pasara después de las ocho por el centro no tendría manera de saber si allí vivía alguien después de que retiraran las aceras. Decididamente, el hombre estaba chocho. Herbert (o Harold) se acordó de su anciana tía, que en los dos últimos años estaba convencida de que su hija le había matado el loro y se lo daba de comer mezclado con las hamburguesas. Los viejos tienen ideas raras.

—Muy interesante —comentó, alzando la vista hacia Matt—, pero no creo... ¡Señor Burke! Señor Burke, ¿se encuentra bien? ¡Enfermera! ¡Oiga, *enfermera*!

Matt se había quedado con los ojos fijos, una mano crispada sobre la sábana y la otra apretada contra el pecho. Se había puesto muy pálido, y en el centro de la frente le latía una vena.

Es muy pronto, pensaba. *Aún es demasiado pronto...*

El dolor lo azotaba en grandes oleadas, sumiéndolo en la oscuridad.

Cuidado con ese último paso, es mortal, pensó confusamente.

Después sintió que se caía.

Herbert (o Harold) salió corriendo de la habitación, derribando a su paso una silla y una pila de libros. La enfermera ya acudía a su llamada, casi corriendo a su vez.

—Es el señor Burke —balbuceó Herbert (o Harold), que seguía con el libro en la mano, con el índice metido entre las páginas donde aparecía la fotografía de Momson, Vermont.

La enfermera asintió con brusquedad y entró en la habitación. Matt estaba tendido con la cabeza colgando por un lado de la cama y los ojos cerrados.

—¿Está...? —balbuceó Herbert (o Harold) con timidez. No hacía falta completar la pregunta.

—Sí, creo que sí —contestó la enfermera, al mismo tiempo que pulsaba un botón para pedir el carro de paradas—. Salga de la habitación, por favor. —Recuperó la calma ahora que todo estaba claro, y hasta se lamentó de haber dejado el almuerzo a medias.

40

—Pero en Lot no hay salas de billar —objetó Mark—. La más próxima está en Gates Falls. ¿Tú crees que iría hasta ahí?

—No, claro que no. Pero hay gente que tiene una mesa de billar en su casa.

—Sí, eso lo sé.

—Y hay otra cosa que me quiere venir a la cabeza.

Jimmy se recostó con los ojos cerrados y se los tapó con las manos. Había otra cosa que su mente relacionaba con el plástico. ¿Por qué plástico? Había juguetes de plástico, utensilios de plástico para salir de pícnic, cubiertas de plástico para proteger los botes durante el invierno...

De pronto le sobrevino la imagen de una mesa de billar envuelta en una gran funda de plástico para protegerla del polvo... Una imagen completa, con banda sonora incluida, una voz que decía: *En realidad tendría que venderla antes de que el fieltro se llene de moho, como dice Ed Craig que puede pasar, pero como era de Ralph...*

Jimmy abrió los ojos.

—Ya sé dónde está —anunció—. Sé dónde está Barlow. Está en el sótano de la pensión de Eva Miller. —Y era verdad; lo sabía. Todo encajaba en su mente como una realidad incontestable.

A Mark le centellearon los ojos.

—Vamos a buscarlo.

—Espera.

Jimmy fue al teléfono, buscó en la guía el número de Eva y marcó con rapidez. El teléfono sonó sin que nadie contestara. Diez veces, once, doce. Asustado, Jimmy colgó. En la casa de Eva se alojaban por los menos diez huéspedes, muchos de ellos ancianos jubilados. Antes de que ocurriera todo, siempre había alguien allí.

Consultó su reloj. Eran las tres y cuarto; el tiempo volaba.

—Vamos —dijo.

—¿Qué hacemos con Ben?

—No podemos llamarlo —dijo Jimmy con aire sombrío—. En tu casa no hay línea. Si vamos a la pensión de Eva, y resulta que estamos equivocados, todavía nos quedarán varias horas de luz. Y si estamos en lo cierto, regresaremos a buscar a Ben para quitar de en medio a ese hijo de puta.

—Espera, que me pongo de nuevo la camisa —dijo Mark y se alejó corriendo por el pasillo hacia el baño.

41

El Citroën de Ben, que seguía en el aparcamiento de Eva, había quedado cubierto de hojas húmedas caídas de los olmos que daban sombra al rectángulo de grava. El viento había arreciado, pero había dejado de llover. El cartel que anunciaba la pensión de Eva oscilaba chirriante en la tarde gris. La casa estaba envuelta en un silencio fantasmagórico, un compás de espera, y al establecer una conexión mental, a Jimmy se le heló la sangre. Había sentido exactamente lo mismo en la Casa Marsten. Por un momento se preguntó si alguien se habría suicidado también allí. Eva debía de saberlo, pero no sería posible hablar con ella... Ya no.

—El plan perfecto —comentó—. Te estableces en la pensión del pueblo y te vas rodeando de tus hijos.

—¿Estás seguro de que no hace falta llamar a Ben?

—Más tarde. Vamos.

Bajaron del coche y echaron a andar hacia el porche. El viento les revolvía el pelo. Todas las persianas estaban bajadas, y la casa daba la impresión de rumiar pensamientos malignos sobre ellos.

—¿Notas el olor? —preguntó Jimmy.

—Sí, más fuerte que nunca.

—¿Estás preparado?

—Sí —respondió Mark con firmeza—. ¿Y tú?

—Espero de verdad que sí.

Subieron los escalones del porche y Jimmy abrió la puerta. No estaba cerrada con llave. Cuando entraron en la amplia cocina de Eva Miller, compulsivamente limpia, los asaltó un hedor a vertedero de basura reseca, con el humo acumulado de años.

Jimmy recordó una conversación que había mantenido con Eva, casi cuatro años atrás, poco después de que él empezara a ejercer la medicina. Ella había ido para que le hiciera un chequeo. Durante años, había sido paciente de su padre, y cuando Jimmy ocupó su lugar e incluso se instaló en el mismo consultorio en Cumberland, Eva no había tenido reparo en visitarlo. Habían hablado de Ralph (que por entonces hacía doce años que había muerto), y ella le había contado que el fantasma de su marido aún rondaba por la casa y que de vez en cuando descubría algo nuevo o que había olvidado temporalmente en el altillo o en un cajón de la cómoda. Y también estaba la mesa de billar del sótano, por supuesto. Eva decía que tendría que deshacerse de ella, ya que no hacía más que ocupar un espacio que podría servir para otra cosa. Pero como había pertenecido a Ralph, no acababa de decidirse a poner un anuncio en el periódico ni a telefonear al programa de compraventa de la radio local.

Los dos cruzaron la cocina en dirección a la puerta del sótano. Jimmy la abrió: la pestilencia era densa y agobiante. Accionó el interruptor, pero la luz no se encendió. Claro, sin duda Barlow lo había inutilizado.

—Busca por ahí —le dijo a Mark—, a ver si encuentras una linterna o velas.

El chico empezó a registrar la cocina, abriendo los cajones para ver qué contenían. Advirtió que el soporte de pared para cuchillos colgado sobre el fregadero estaba vacío, pero en ese momento no le pareció relevante. El corazón le latía con dolorosa lentitud, como un tambor amortiguado. Era consciente de que estaba al borde de su capacidad de resistencia, justo al límite. Daba la impresión de que su cerebro ya no pensaba, sino que se limitaba a reaccionar. Continuamente le parecía captar algún movimiento con el rabillo del ojo, pero, cuando volvía la cabeza, sobresaltado, no veía nada. Un veterano de guerra habría reconocido los síntomas de la fatiga de combate.

Salió al pasillo para echar una ojeada a la cómoda que había allí. En el tercer cajón encontró una linterna y volvió a la cocina.

—Aquí tienes, Jim...

Se oyó un traqueteo, seguido de un golpe sordo.

La puerta del sótano estaba abierta.

Entonces empezaron los gritos.

42

Cuando Mark regresó a la cocina de Eva, eran las cinco menos veinte. Tenía los ojos desorbitados y la camiseta manchada de sangre. Se movía con lentitud, como aturdido.

De pronto soltó un grito.

Un alarido nacido en el vientre que subió por el oscuro pasaje de la garganta hasta brotar entre sus mandíbulas desencajadas. Siguió gritando hasta que sintió que la locura empezaba a abandonar su cerebro. Gritó hasta que su garganta no pudo más y un dolor terrible se le alojó en las cuerdas vocales como una astilla de hueso. E incluso cuando ya había dado rienda suelta a todo el miedo, el horror, la furia, el dolor y la decepción que podía, siguió sintiendo esa presión espantosa que emergía en oleadas desde el sótano: la certeza de que Barlow estaba ahí abajo, en alguna parte, y de que faltaba poco para el anochecer.

Salió al porche a respirar aquel aire ventoso a grandes bocanadas. Tenía que reunirse con Ben. Pero un extraño letargo parecía haber cubierto sus piernas de plomo. ¿De qué serviría, si Barlow los iba a derrotar? Hacerle frente había sido una locura. Y ahora Jimmy acababa de pagar el precio de su temeridad, como Susan, como el padre Callahan.

Su voluntad se templó. *No. No. No.*

Bajó los escalones del porche y subió al Buick de Jimmy, que tenía las llaves en el contacto.

Ve a buscar a Ben. Inténtalo una vez más.

Las piernas, demasiado cortas, no le llegaban a los pedales. Rectificó la altura del asiento y encendió el motor. Movió la palanca del cambio y pisó el acelerador. El coche salió disparado hacia delante. Mark pisó el freno y se golpeó dolorosamente contra el volante. El claxon sonó.

¡No sé conducirlo!

Le pareció oír a su padre, diciendo con su voz lógica y pedante: «Debes tener cuidado cuando aprendas a conducir, Mark. La conducción de coches es el único medio de transporte que no está completamente regulado por las leyes federales. Como resultado, todos los conductores son aficionados. Y muchos de esos aficionados tienen tendencias suicidas. Por ende, debes extremar precauciones. Aprieta el acelerador con delicadeza, como si entre el pie y el pedal hubiera un huevo. Y cuando conduzcas un coche con cambio automático, como el nuestro, entonces el pie izquierdo no se usa para nada. Solo se usa el derecho; primero el freno, después el acelerador».

Quitó el pie del freno y el automóvil avanzó lentamente por el camino de entrada hasta detenerse con una sacudida al topar con el bordillo. El parabrisas se había empañado. Lo frotó con la manga y solo consiguió ensuciarlo más.

—A la mierda —masculló.

Volvió a arrancar a trompicones y, tras efectuar un giro de ciento ochenta grados haciendo eses y subiéndose a la acera del otro lado, tomó la dirección de su casa. Tenía que estirar el cuello para ver por encima del volante. Manipuló la radio a tientas con la mano derecha hasta que consiguió encenderla y la puso a todo volumen. Estaba llorando.

43

Ben iba andando por Jointner Avenue en dirección al pueblo cuando apareció el Buick de Jimmy, circulando con espasmódicas sacudidas y zigzagueando como si hubiera un borracho al volante. Le hizo señas con la mano y el coche se acercó a la acera hasta que una de las ruedas delanteras rebotó contra el bordillo y finalmente se detuvo.

Mientras fabricaba las estacas, Ben había perdido la noción del tiempo, y se había sobresaltado al comprobar que eran casi las cuatro y diez. Entonces apagó el torno, se puso un par de estacas al cinto y subió por las escaleras para hablar por teléfono. Nada más posar la mano en el aparato, recordó que no funcionaba.

Lleno de preocupación, salió corriendo y miró los dos coches aparcados, el de Callahan y el de Petrie. Ninguno tenía las llaves puestas. Podría haber vuelto a buscarlas en los bolsillos de Henry Petrie, pero la sola idea lo repelía. Entonces echó a andar a paso veloz por la carretera, atento por si veía el coche de Jimmy. Pensaba ir directamente al colegio Brock Street cuando el Buick se apareció ante él.

No bien el coche se detuvo, corrió hacia el lado del conductor y se encontró a Mark Petrie sentado al volante, solo. El chico miró con aturdimiento a Ben. Movía los labios sin articular sonido alguno.

—¿Qué ha pasado? ¿Dónde está Jimmy?

—Muerto... —balbuceó por fin Mark, inexpresivo—. Barlow ha vuelto a ganarnos por la mano. Está escondido en el sótano de la pensión de la señora Miller. Jimmy también está allí... He bajado para ayudarlo y después no podía salir. Al final he encontrado una tabla por donde he podido trepar; creía que me quedaría atrapado allí abajo... hasta que se pusiera el sol...

—¿Qué ha pasado? ¿De qué estás hablando?

—Jimmy ha deducido lo de la tiza azul. Mientras estábamos en una casa, en el Bend. Tiza azul..., mesas de billar. En el sótano de la casa de Eva Miller hay una mesa de billar que perteneció a su marido. Jimmy ha telefoneado a la pensión y, como nadie contestaba, hemos ido allí.

Levantó el rostro sin lágrimas.

—Me ha dicho que buscara una linterna, porque la luz del sótano no se encendía, como en la Casa Marsten, así que me he puesto a mirar por allí. Me..., me he fijado en que faltaban todos los cuchillos del soporte que hay sobre el fregadero, pero no le he dado importancia. Así que, en cierto modo, yo lo he matado. He sido yo. Ha sido todo culpa mía, culpa mía...

Ben lo sacudió con energía.

—Basta, Mark. ¡Basta!

Mark se llevó las manos a la boca como para contener sus balbuceos histéricos antes de que empezaran a desbordarse. Por encima de las manos, sus ojos desorbitados se clavaron en los de Ben.

—En la cómoda del pasillo he encontrado una linterna, ¿sabes? —pudo continuar por fin—. Y en ese momento es cuando Jimmy se ha caído y se ha puesto a gritar. Él... Yo también me habría caído, si no me hubiera prevenido. «Cuidado, Mark», han sido sus últimas palabras.

—Pero ¿qué ha pasado? —quiso saber Ben.

—Barlow y los otros han quitado la escalera, sin más —explicó Mark con voz monocorde y apática—. Han serrado todos los escalones por debajo del segundo y han dejado un trozo del pasamanos un poco más largo para que parezca..., para que... —Sacudió la cabeza—. En la oscuridad, Jimmy pensaba que la escalera estaba entera.

—Ya —asintió Ben—. ¿Y los cuchillos?

—Estaban todos repartidos debajo, en el suelo —susurró el chico—. *Ellos* habían insertado los cuchillos en cuadrados de contrachapado y les habían quitado los mangos para que los tableros quedaran planos en el suelo, con las hojas apuntando..., apuntando hacia arriba...

—Ah —gimió Ben con impotencia—. Dios santo. —Se inclinó y aferró al muchacho por los hombros—. ¿Estás seguro de que ha muerto, Mark?

—Sí. Tenía..., tenía media docena de heridas. Y la sangre...

Ben volvió a consultar el reloj. Las cinco menos diez. De nuevo lo embargó la sensación de apremio, de que el tiempo se le escapaba.

—¿Qué haremos ahora? —preguntó Mark.

—Ir al pueblo para telefonear a Matt. Después iremos a hablar con Parkins Gillespie. Acabaremos con Barlow antes de que oscurezca. No nos queda otra.

Mark esbozó una sonrisa débil y enfermiza.

—Eso mismo ha dicho Jimmy. Decía que íbamos a quitarlo de en medio. Pero él sigue infligiéndonos derrota tras derrota. Seguro que otros mejores que nosotros lo han intentado y han fracasado.

Ben miró de nuevo al chico y se preparó para cometer una crueldad.

—Pareces asustado —le dijo.

—*Estoy* asustado —confirmó Mark, sin reaccionar—. ¿Tú no?

—Sí, lo estoy —contestó Ben—, pero también estoy cabreado. He perdido a una chica que me gustaba muchísimo. Supongo que la amaba. Y los dos hemos perdido a Jimmy. Y tú has perdido a tus padres. Están tirados en el salón de tu casa, tapados con la funda del sofá —se obligó a decir brutalmente—. ¿Te apetece volver a echar un vistazo?

Mark se apartó de él con expresión dolorida y horrorizada.

—Quiero que sigas conmigo —continuó Ben, con más suavidad y un asomo de asco por sí mismo en el estómago. Estaba hablando como un entrenador de fútbol antes del gran partido—. Me da igual quién haya intentado detenerlo antes. No me importa si Atila y los hunos le hicieron frente y salieron con el rabo entre las piernas. Voy a aprovechar mi oportunidad. Y quiero que estés conmigo. Te necesito. —Y era la verdad pura y dura.

—Está bien —dijo Mark. Bajó la vista hacia su regazo, y sus manos se encontraron y se entrelazaron en un gesto de angustia.

—No des el brazo a torcer —dijo Ben.

Mark lo miró sin esperanza.

—Eso intento —respondió.

44

La gasolinera Sonny's Exxon, a la salida de Jointner Avenue, estaba abierta, y Sonny James (que explotaba el nombre de su tocayo, el músico country, con un gigantesco póster a color colgado en el escaparate, junto a una pirámide de latas de aceite) los atendió en persona. Era un hombrecillo con aspecto de gnomo, con su escaso pelo cortado siempre al estilo militar, lo que dejaba entrever su rosado cuero cabelludo.

—Hola, señor Mears, ¿cómo le va? ¿Y su Citrón?

—Fuera de circulación, Sonny. ¿Dónde está Pete? —Pete Cook era el ayudante de Sonny. A diferencia de este, vivía en el pueblo.

—Hoy no ha venido, pero no importa. De todas maneras, no hay mucho movimiento. Parece como si el pueblo estuviera muerto.

Ben sintió que una risa oscura e histérica se le agitaba en el vientre, pugnando por escapar de su boca en grandes oleadas.

—¿Me lo llenas? —consiguió balbucear—. Quiero hacer una llamada.

—Desde luego. ¿Qué pasa, chaval? ¿Hoy no tienes cole?

—He salido de excursión con el señor Mears porque me sangraba la nariz —explicó Mark.

—Ah, claro. A mi hermano también le pasaba mucho. Es señal de que tienes la presión alta. Más vale que te cuides. —Fue hacia la parte posterior del coche de Jimmy y desenroscó el tapón del depósito.

Ben entró en el local para hablar por el teléfono público situado junto al estante donde se exhibían los mapas de carreteras de Nueva Inglaterra.

—Hospital de Cumberland. ¿Con qué departamento desea hablar?

—Quiero hablar con el señor Burke, por favor. Habitación 402.

Se produjo un extraño silencio, y Ben estaba a punto de preguntar si lo habían cambiado de habitación cuando la voz dijo:

—¿Quién lo llama, por favor?

—Benjaman Mears. —De pronto, la posibilidad de que Matt hubiera muerto apareció en su mente como una sombra alargada—. ¿Él está bien?

—¿Es usted pariente suyo?

—No, un amigo. Él no...

—El señor Burke ha fallecido esta tarde, a las tres y siete minutos, señor Mears. Si quiere esperar un momento, veré si ha llegado el doctor Cody. Tal vez él pueda...

La voz prosiguió, pero Ben había dejado de oírla, aunque seguía con el auricular pegado a la oreja. Un peso demoledor se abatió sobre él cuando se dio cuenta de hasta qué punto había confiado en que Matt los guiaría a través de la pesadilla laberíntica que los esperaba esa tarde. Matt había muerto. Por una insuficiencia cardiaca congestiva. Causas naturales. Era como si el propio Dios les hubiera dado la espalda.

Ya solo quedamos Mark y yo.

Susan, Jimmy, el padre Callahan, Matt... Ya no están.

El pánico se apoderó de él, y Ben le plantó cara en silencio.

Sin pensar en lo que hacía, colgó, dejando una pregunta en el aire.

Salió del local. Eran las cinco y diez. En el oeste, las nubes se estaban dispersando.

—Son tres dólares justos —le dijo alegremente Sonny—. Este es el coche del doctor Cody, ¿no? Cuando veo matrículas de médico, siempre me acuerdo de una película que vi. Iba sobre unos mangantes que siempre robaban coches con matrícula de médico porque...

Ben le entregó tres billetes de dólar.

—He de irme, Sonny. Lo siento, pero tengo un problema.

El rostro de Sonny se arrugó.

—Vaya, lo siento, señor Mears. ¿Malas noticias de su editor?

—Algo así. —Ben se sentó al volante, cerró la puerta, puso en marcha el coche y arrancó, mientras Sonny, con su impermeable amarillo para los días malos, lo seguía con la mirada.

—Matt ha muerto, ¿verdad? —le preguntó Mark.

—Sí, de un ataque cardiaco. ¿Cómo lo has sabido?

—Tu cara. Te he visto la cara.

Eran las cinco y cuarto.

45

Parkins Gillespie estaba de pie en el pequeño porche cubierto del ayuntamiento, fumando un Pall Mall mientras contemplaba el cielo del oeste. De mala gana, desvió su atención hacia Ben Mears y Mark Petrie. Su cara tenía un aspecto triste y envejecido, como los vasos que usan en los bares de carretera cutres.

—¿Cómo está, agente? —lo saludó Ben.

—Regular —admitió Parkins, observándose las uñas—.

Les he visto yendo de aquí para allá. Y la última vez me ha parecido que el chico iba al volante, cuando venía por Railroad Street, solo, ¿o no?

—Sí —confirmó Mark.

—Casi te la pegas. Uno que iba en la otra dirección te ha pasado rozando.

—Agente —dijo Ben—, queremos hablar con usted de lo que está sucediendo en el pueblo.

Sin despegar las manos de la barandilla del pequeño porche, Parkins Gillespie escupió la colilla de su cigarrillo.

—No quiero hablar de eso —contestó con calma, sin mirar a ninguno de ellos.

Los dos intercambiaron una mirada, desconcertados.

—Hoy, Nolly no se ha presentado —continuó Parkins con el mismo tono tranquilo—. Y por alguna razón, sé que no vendrá. Llamó anoche a última hora y dijo que había visto el coche de Homer McCaslin allá por Deep Cut Road... Al menos creo que eso fue lo que dijo. Y después no volvió a llamar. —Lenta y tristemente, Parkins rebuscó en el bolsillo de su camisa hasta sacar otro Pall Mall, y lo hizo girar entre el pulgar y el índice con aire meditabundo—. Toda esta mierda va a acabar conmigo —concluyó.

Ben volvió a intentarlo.

—Gillespie, el hombre que compró la Casa Marsten, Barlow se llama, está oculto en este momento en el sótano de la pensión de Eva Miller.

—¿Ah, sí? —preguntó Gillespie, no muy sorprendido—. Es un vampiro, ¿no? Como los que salían en las historietas que leíamos hace veinte años.

Ben guardó silencio. Se sentía cada vez más como un hombre perdido en una pesadilla interminable y agobiante, en la que las piezas de un mecanismo de relojería giraban sin cesar, invisibles, justo por debajo de la superficie de las cosas.

—Me voy del pueblo —anunció Parkins—. Ya tengo todas mis cosas en el coche. He dejado la pistola, la luz de emergencia y la placa en el estante. Estoy hasta las narices de ser policía. Me voy con mi hermana, a Kittery. Supongo que a esa distancia no habrá peligro.

—Rata cobarde —se oyó decir Ben como a lo lejos—. Cagón de mierda. El pueblo todavía está vivo, y usted decide abandonarlo.

—Qué va a estar vivo. —Parkins encendió el cigarrillo con una cerilla—. Si lo estuviera, *él* no habría venido. Está tan muerto como él..., desde hace veinte años o más. Y lo mismo está pasando con todo el país. Hace un par de semanas fui con Nolly al autocine de Falmouth, a la última sesión de la temporada. En una sola película del Oeste he visto más sangre y más muertos que en los dos años que pasé en Corea. Y los chavales comían palomitas de maíz y los animaban a gritos. —Señaló vagamente hacia el pueblo, teñido de un dorado sobrenatural por los rayos oblicuos del sol, que le conferían un aspecto onírico—. Seguro que a ellos les gusta ser vampiros, pero a mí no; y esta noche Nolly vendrá a buscarme. Así que me marcho.

Ben lo miraba, impotente.

—Y a ustedes dos les aconsejo que se metan en ese coche y se larguen de aquí —añadió Parkins—. El pueblo seguirá adelante sin nosotros... durante un tiempo... Y después, qué más da.

Sí, pensó Ben. *¿Por qué no hacemos lo que dice?*

Mark respondió por los dos.

—Porque él es un mal bicho, señor. Muy malo. No hay más.

—¿No me digas? —repuso Parkins. Con un gesto de asentimiento, dio una calada a su Pall Mall—. Bueno, está bien. —Miró hacia el edificio del instituto—. Hoy la asistencia ha sido penosa..., al menos la de los alumnos de Lot.

Los autobuses no pasaban a la hora, muchos chicos han faltado a clase como si estuvieran enfermos o algo, los de la escuela telefoneaban a las casas sin que nadie contestara... El director me ha llamado y yo lo he tranquilizado un poco. Es un hombrecillo calvo muy gracioso que cree que sabe lo que hace. Bueno, los profesores están ahí, a pesar de todo. Como la mayoría vive fuera del pueblo... Siempre pueden darse clases unos a otros.

—No todos son de fuera del pueblo —comentó Ben, pensando en Matt.

—Lo mismo da —dijo Parkins y sus ojos se fijaron en las estacas que Ben llevaba al cinto—. ¿Van a tratar de acabar con Barlow con eso?

—Sí.

—Si quieren una escopeta antidisturbios, pueden usar la mía. Nolly se empeñó en que tuviéramos una. A Nolly le gustaba ir armado, aunque ni siquiera hay un banco en el pueblo. Será un buen vampiro, una vez que se acostumbre.

Mark lo miraba con horror creciente, y Ben comprendió que tenía que llevárselo. Esto era lo peor.

—Vamos —le dijo—. No hay nada que hacer.

—Supongo que no —convino Parkins. Sus ojos pálidos, atrapados en una red de arrugas, recorrieron el pueblo—. Hay que ver qué tranquilo que está. He visto a Mabel Werts espiar con sus prismáticos, pero no creo que hoy haya mucho que ver. Es probable que esta noche la cosa se ponga más movida.

Cuando volvieron al coche eran casi las 17.30.

46

A las seis menos cuarto se detuvieron frente a la iglesia de Saint Andrew. Las sombras que arrojaba el templo, cada vez más alargadas, atravesaban la calle hasta la rectoría, cubriéndola como una profecía. Ben sacó del asiento de atrás el maletín de Jimmy y lo abrió. Encontró en él unas ampollas, las vació por la ventanilla y se las guardó en el bolsillo.

—¿Qué haces?

—Las llenaremos de agua bendita —explicó Ben—. Vamos. Recorrieron el sendero que llevaba hasta la iglesia y subieron por los escalones. Cuando estaba a punto de abrir la puerta, Mark se detuvo.

—Fíjate.

El pomo estaba ennegrecido y ligeramente deformado, como si hubiera recibido una descarga eléctrica.

—¿Tiene algún sentido para ti? —le preguntó Ben.

—No. Pero... —El chico sacudió la cabeza, como para apartar algún pensamiento incipiente. Abrió la puerta y ambos entraron. La iglesia estaba fresca, llena de esa quietud grávida e interminable que comparten todos los lugares de culto vacíos, sean de la fe que sean.

Las dos filas de bancos estaban separadas por un amplio pasillo central, flanqueado por dos ángeles de yeso que sostenían pilas de agua bendita, inclinando el rostro sereno y dulce como si quisieran verse reflejados en el agua inmóvil.

—Mójate la cara y las manos —indicó Ben.

Mark lo miró con inquietud.

—Eso es sac... sacri...

—¿Sacrilegio? Esta vez no. Hazlo.

Sumergieron las manos en el agua y se salpicaron la cara, del mismo modo que un hombre recién despertado se salpicaría los ojos con agua fría para devolverlos de golpe a la dura realidad.

Ben se sacó del bolsillo la primera ampolla y estaba llenándola cuando oyeron una voz chillona:

—¡Eh! ¡Eh, ustedes! ¿Qué hacen?

Ben se volvió. Era Rhoda Curless, el ama de llaves del padre Callahan, que se hallaba sentada en el primer banco, retorciendo un rosario entre los dedos en un gesto de impotencia. Llevaba un vestido negro y la enagua asomaba por debajo del dobladillo. Estaba despeinada; había estado mesándose el cabello.

—¿Dónde está el padre? ¿Qué están haciendo? —preguntó con voz débil y aguda.

—¿Quién es usted? —preguntó Ben.

—La señora Curless. Soy el ama de llaves del padre Callahan. ¿Dónde está él? ¿Qué hacen? —repitió, mientras juntaba las manos y empezaba a retorcérselas.

—El padre Callahan ha desaparecido —explicó Ben con la máxima delicadeza de que fue capaz.

—Ah. —La mujer cerró los ojos—. ¿Iba detrás de..., del mal que aqueja a este pueblo?

—Sí —asintió Ben.

—Lo sabía —dijo ella—. No me hacía falta preguntárselo. Es un sacerdote bondadoso y fuerte. Siempre ha habido quienes han dicho que jamás estaría a la altura del padre Bergeron, pero se equivocaban. Por lo que se ve, incluso lo ha superado. —Los miró con los ojos muy abiertos. Una lágrima resbaló por su mejilla izquierda—. No volverá, ¿verdad?

—No lo sé —dijo Ben.

—Y se rumoreaba que bebía —prosiguió la mujer, como si no lo hubiera oído—. ¿Dónde se ha visto un sacerdote irlandés digno de tal nombre que no empinara el codo? Hacerles la pelota a los fieles y tratarlos como a niños de teta no iba con él. ¡Él era diferente! —Su voz se elevó hasta el techo abovedado, casi desafiante—. ¡Él era un *sacerdote*, no una especie de concejal santo!

Ben y Mark la escuchaban sin hablar y sin sorprenderse. Ese día de pesadilla les había arrebatado toda capacidad de sorpresa. Ya habían dejado de considerarse personas de acción, salvadores o vengadores; el día los había fagocitado. Impotentes, se limitaban a seguir con vida.

—Cuando lo vieron por última vez, ¿se mantenía firme? —preguntó la mujer, mirándolos con ojos de miope. Las lágrimas ampliaban como lupas la falta de flexibilidad de su mirada.

—Sí —respondió Mark, recordando a Callahan en la cocina de su madre, sosteniendo la cruz en alto.

—Y ustedes ¿van a seguir con su labor?

—Sí —contestó Mark de nuevo.

—Pues venga —les espetó—. ¿A qué esperan? —Y se alejó lentamente por el pasillo central con su vestido negro, como la única doliente solitaria en un funeral que no se había celebrado allí.

47

Se dirigieron de nuevo hacia la pensión de Eva. Eran las seis y diez. El sol se cernía sobre los pinos, al oeste, espiando entre nubes de sangre.

Ben entró en el aparcamiento y, llevado por la curiosidad, levantó la mirada hacia su habitación. La cortina no estaba corrida, así que alcanzó a ver la máquina de escribir, inmóvil como un centinela, y junto a ella, las hojas mecanografiadas y el pisapapeles de cristal que las sujetaba. Le parecía insólito poder distinguir desde allí todas esas cosas, con absoluta claridad, como si en el mundo reinaran la cordura, la normalidad y el orden.

Dejó que sus ojos descendieran hacia el porche. Las mecedoras donde Susan y él se habían dado el primer beso seguían allí, una al lado de la otra. La puerta de la cocina estaba abierta, tal como la había dejado Mark.

—No puedo —murmuró este—. De verdad, no puedo. —Tenía los ojos muy abiertos y blancos. Estaba acurrucado en el asiento, abrazándose las rodillas.

—Tenemos que ir los dos juntos —dijo Ben, mostrándole dos de las ampollas llenas de agua bendita. Mark se encogió, horrorizado, como si temiera envenenarse a través de la piel si las tocaba—. Vamos —repitió. Ya no le quedaban argumentos—. Vamos, anda.

—No.

—Mark...

—¡No!

—Mark, necesito tu ayuda. Solo quedamos tú y yo. No hay nadie más.

—¡Ya he hecho bastante! —gimió Mark—. ¡No puedo más! *¿No entiendes que no me siento capaz de mirarlo?*

—Mark, tenemos que ir los dos. ¿No te das cuenta?

Mark tomó los dos frasquitos y los hizo rodar lentamente contra su pecho.

—Oh, Dios —musitó—. Oh, Dios... —Miró a Ben e hizo un gesto de asentimiento espasmódico y angustiado—. Vale, vamos allá.

—¿Dónde está el martillo? —preguntó Ben mientras bajaban.

—Lo tenía Jimmy.

—Vale.

Azotados por el viento cada vez más intenso, subieron los escalones del porche. El resplandor rojizo del sol se filtraba por entre las nubes y lo teñía todo con su color. Dentro, en la cocina, el hedor de la muerte, palpable y húmedo, pesaba sobre ellos como una losa de granito. La puerta del sótano seguía abierta.

—Tengo miedo —susurró Mark, estremeciéndose.

—Más te vale. ¿Dónde está la linterna?

—En el sótano. La dejé allí cuando...

—Vale. —Estaban ante la entrada del sótano. Como había dicho Mark, las escaleras parecían intactas bajo la luz del crepúsculo—. Sígueme —dijo Ben.

48

Ben pensó inmediatamente: *Me dirijo hacia mi muerte.*

La idea surgió con toda naturalidad, sin temor ni nostalgia. Toda emoción introspectiva se perdía bajo la atmósfera de maldad avasalladora que reinaba en ese lugar. Mientras se deslizaba cautelosamente por la áspera tabla que Mark había colocado para escapar del sótano, lo único que Ben sentía era una calma glacial. Cuando vio que las manos le resplandecían como si las llevara enfundadas en guantes fluorescentes, no se sorprendió.

No molestes el final de la apariencia. El único emperador es el emperador de los helados. ¿Quién había dicho eso? ¿Matt? Pero Matt estaba muerto. Susan estaba muerta. Miranda estaba muerta. Wallace Stevens también estaba muerto. *Yo en tu lugar no miraría.* Pero Ben había mirado. Ese era el aspecto que uno tenía cuando todo había acabado; el de algo roto y aplastado que había estado lleno de fluidos de colores diferentes. No era tan terrible, al menos no tanto como experimentar una muerte como la de *él.* Jimmy llevaba en el bolsillo de la chaqueta la pistola de McCaslin; todavía debía de seguir allí. La recogería, y si el sol se ponía antes de que pudieran acabar con Barlow, entonces... se encargaría primero del chico, después de sí mismo. No era una solución ideal, pero era preferible que la muerte que les daría *él.*

Se dejó caer al suelo del sótano y después ayudó a bajar a Mark. Este lanzó una mirada fugaz a la figura oscura y retorcida que yacía en el suelo, antes de apartarse a toda prisa.

—No puedo mirarlo —dijo con voz ronca.

—No pasa nada.

Mark se dio la vuelta mientras Ben se arrodillaba. Apartó varios de los letales cuadrados de contrachapado, y los cuchillos atravesados en ellos relampaguearon como dientes de dragón. Luego le dio la vuelta a Jimmy con delicadeza.

Yo en tu lugar no miraría.

—Oh, Jimmy… —intentó decir, pero las palabras se le ahogaron en la garganta. Mientras lo sostenía sobre la curva interior del brazo izquierdo, fue arrancándole con la mano derecha las hojas metálicas de Barlow. Se le habían clavado seis, y había perdido muchísima sangre.

Sobre un estante esquinero había unas cortinas para la sala de estar cuidadosamente dobladas. Después de recuperar la pistola, la linterna y el martillo, Ben las extendió sobre el cuerpo de Jimmy.

Se enderezó y probó la linterna. Aunque la lente de plástico se había rajado, la bombilla funcionaba. Paseó el haz de luz alrededor. Nada. Lo dirigió debajo de la mesa de billar. Nada. Tampoco detrás de la caldera. Había estantes repletos de conservas, y un tablero para colgar herramientas. La escalera amputada estaba oculta en un rincón, para que no resultara visible desde la cocina. Parecía como un andamio hacia ninguna parte.

—¿Dónde está? —masculló Ben. Echó un vistazo a su reloj. Las agujas marcaban las 18.23. ¿A qué hora se ponía el sol? Ben no lo recordaba, pero no podía ser más tarde de las 18.55. Les quedaba, por lo tanto, media hora escasa—. ¿Dónde está? —gritó—. *Siento* su presencia, pero ¿dónde?

—¡Ahí! —exclamó Mark, señalando con una mano resplandeciente—. ¿Qué es eso?

Ben lo enfocó con la linterna. Un aparador de estilo galés.

—No es lo bastante grande —objetó—. Y está pegado a la pared.

—Pues miremos detrás.

Ben se encogió de hombros. Cruzaron el sótano hasta el aparador y lo agarraron cada uno por un lado. Lo asaltó una emoción creciente. ¿El olor, el aura, la atmósfera o como se llamara aquello no era más denso allí, más agresivo?

Alzó la mirada a la puerta de la cocina, que había dejado abierta. La luz era cada vez más débil. Empezaba a perder el tono dorado.

—Pesa demasiado para mí —jadeó Mark.

—No importa —dijo Ben—. Vamos a volcarlo. Cógelo lo mejor que puedas.

Mark se inclinó, apoyando el hombro contra la madera. Sus ojos asumieron una mirada fiera en medio del luminoso rostro.

—Vale.

Los dos empujaron con todo su peso, y el aparador se desplomó con gran estrépito, mientras la vajilla de porcelana que muchos años atrás había sido un regalo de bodas de Eva Miller se hacía añicos en su interior.

—¡Lo *sabía*! —exclamó Mark.

En la pared de detrás había una puertecilla que llegaba hasta la altura del pecho. La armella estaba asegurada con un flamante candado Yale. Dos fuertes martillazos convencieron a Ben de que no iba a poder romperlo.

—Mierda —mascculló con la frustración subiéndole por la garganta. Que en el último momento todo se fuera al garete por un simple candado de cinco dólares...

No. Si era necesario, destrozaría la puerta a mordiscos.

Volvió a recorrer la estancia con la linterna, hasta que el rayo de luz incidió en el tablero de herramientas cuidadosamente colgado a la derecha de las escaleras. De dos clavos de acero pendía un hacha, con la hoja protegida por una funda de goma.

Ben corrió a descolgarla del tablero y retiró la cubierta protectora. Se sacó del bolsillo una de las ampollas y vertió su contenido. El agua bendita corrió sobre el suelo e inmediatamente comenzó a refulgir. Ben tomó otra ampolla, le quitó la tapita y bañó la hoja del hacha, que empezó a despedir una estremecedora luz sobrenatural. Y cuando cerró ambas manos sobre el mango de madera, el contacto le dio la sensación de algo increíblemente bueno y *justo*, como si una energía hubiera soldado su carne a la empuñadura. Se quedó inmóvil, contemplando la reluciente hoja, hasta que un impulso extraño lo indujo a tocarse la frente con ella. Una intensa sensación de seguridad se adueñó de él, una sensación de justicia inevitable, de *blancura*. Por primera vez en semanas sintió que ya no andaba a tientas entre las brumas de la fe y la incredulidad, luchando contra un adversario cuyo cuerpo era demasiado insustancial para recibir golpes.

Aquella energía le recorrió los brazos como una corriente eléctrica.

La hoja resplandecía cada vez más.

—¡Hazlo! —rogó Mark—. ¡Rápido, por favor!

Ben Mears separó los pies, tomó impulso con el hacha y describió con ella un arco deslumbrante. La hoja impactó en la madera con un ruido retumbante, portentoso, y se incrustó hasta el mango. Volaron astillas.

Ben tiró del hacha para sacarla entre chirridos de la madera contra el acero. La dejó caer otra vez..., y otra..., y otra. Sentía cómo se le contraían y relajaban los músculos de la espalda y los brazos, moviéndose con una seguridad y un ardor calculados que jamás habían experimentado antes. A cada golpe, astillas y trozos de madera volaban como esquirlas de metralla. Al quinto hachazo, la hoja atravesó la puerta y Ben empezó a ensanchar el agujero con frenesí.

Mark no podía apartar de él sus ojos atónitos. El frío fuego azul se había extendido por el mango del hacha y ascendido por los brazos hasta que fue como si Ben se moviera en una columna ígnea. Tenía la cabeza inclinada a un lado, los músculos del cuello tensos por el esfuerzo, un ojo abierto y destellante, el otro cerrado con fuerza. La espalda de la camisa se le había rasgado entre las tirantes alas de los omóplatos, y bajo la piel los músculos se retorcían como cuerdas. Era un hombre arrebatado, poseído, y Mark percibió, sin saberlo (o sin tener que saberlo), que la fuerza que lo poseía no era en modo alguno cristiana, sino un poder benigno primitivo y ancestral. Era mineral en bruto, algo que la tierra podría haber vomitado en toscos fragmentos; algo sin terminar, sin pulir. Era Energía, era Poder; era lo que movía los grandes engranajes del universo.

La puerta de la bodega subterránea de Eva Miller no podía resistir esa fuerza desatada. El hacha se movía a una velocidad poco menos que cegadora; se convirtió en una ondulación, en una curva descendente, en un arco iris que iba desde el hombro de Ben hasta la madera astillada de la última puerta.

Con un golpe final, la derribó y arrojó el hacha. Cuando levantó las manos a la altura de los ojos, estos fulguraban.

Le tendió el brazo a Mark, que retrocedió un paso.

—Te quiero —murmuró Ben.

Se tomaron de la mano.

49

La bodega subterránea era pequeña, como una celda, y estaba vacía salvo por unas botellas polvorientas, unos cajones y una enmohecida cesta de patatas que habían echado brotes en todas direcciones. Y los cuerpos. En el extremo más alejado estaba el ataúd de Barlow, apoyado contra la pared como el sarcófago de una momia, y el escudo que había en la tapa resplandecía con la fría luz que Ben y Mark llevaban consigo como un fuego de san Telmo.

Frente al ataúd, dispuestos como vías ferroviarias que condujeran hasta él, yacían los cuerpos de las personas con quienes Ben había vivido y compartido el pan: Eva Miller y, a su lado, Weasel Craig; Mabe Mullican, que ocupaba el cuarto del fondo del pasillo, en el segundo piso; John Snow, que vivía de prestaciones sociales y cuya artritis apenas le permitía bajar a desayunar; Vinnie Upshaw; Grover Verrill.

Pasando por encima de ellos, llegaron hasta el ataúd. Ben volvió a mirar el reloj: eran las 18.40.

—Llevémoslo fuera —dijo Ben—. Por Jimmy.

—Debe de pesar una tonelada —objetó Mark.

—Podemos hacerlo. —Ben extendió la mano con una ligera vacilación y aferró el ángulo superior derecho del ataúd. El escudo fulguraba como un ojo exaltado. El tacto de la madera era repulsivo, terso como una losa con el paso de los años. Parecía carecer de imperfecciones y poros que los dedos pudieran reconocer, de donde pudieran asirse. Sin embargo, Ben lo movió con facilidad, con una sola mano.

Con un pequeño empujón, consiguió que el ataúd se inclinara hacia delante, y le dio la sensación de que el enorme objeto se mantenía en equilibrio como sujeto por contrapesos invisibles. En el interior sonó un golpe sordo. Ben soportaba el peso del féretro en una mano.

—Ahora —dijo—. Por tu lado.

Mark levantó el otro extremo sin dificultad. Su rostro se llenó de júbilo y perplejidad.

—Creo que podría sostenerlo con un dedo.

—Es muy probable. Por fin las cosas nos vienen de cara. Pero tenemos que darnos prisa.

Sacaron el ataúd por la puerta destrozada. Pareció que la parte más ancha iba a atascarse, pero Mark agachó la cabeza y empujó. La caja pasó entre chirridos de madera.

La llevaron hasta donde estaba tendido el cuerpo de Jimmy, cubierto con las cortinas de Eva Miller.

—Aquí lo tienes, Jimmy —dijo Ben—. Aquí está el hijo de puta. Bájalo, Mark.

Una vez más consultó el reloj: las 18.45. Ahora, la luz que entraba desde arriba, por la puerta de la cocina, era de un gris ceniciento.

—¿Ya? —preguntó Mark.

Se miraron por encima del ataúd.

—Sí —respondió Ben.

Mark lo rodeó, y los dos se colocaron frente a los sellos y cerraduras del féretro. Se inclinaron juntos, y los cierres fueron saltando conforme los tocaban, con chasquidos como de listones de madera al romperse. Levantaron la tapa.

Barlow yacía ante ellos, con los ojos abiertos, llameantes.

Ahora era un hombre joven, de pelo negro y lustroso extendido sobre la almohada de satén de su estrecho habitáculo. Tenía la piel radiante de vida, las mejillas sonrosadas como el vino. Los dientes, que se curvaban sobre los carnosos labios, eran blancos con intensas vetas amarillentas, como el marfil.

—Él… —empezó a decir Mark, pero no pudo continuar.

Los ojos encarnados de Barlow giraron en sus órbitas, llenándose de una vitalidad abominable y de una burlona expresión de triunfo. Se clavaron en el rostro de Mark, que se abismó en ellos, mientras su mirada se tornaba lejana y vacía.

—¡No lo mires! —gritó Ben, pero era demasiado tarde.

Lo apartó de un empujón. Súbitamente y emitiendo un gemido gutural, el chico atacó a Ben. Pillado por sorpresa, este se tambaleó hacia atrás. Un momento después, Mark le introdujo las manos en el bolsillo de la chaqueta, en busca de la pistola de Homer McCaslin.

—¡No, Mark!

Pero el muchacho no lo oía. Su cara tenía la misma inexpresividad de una pizarra borrada. El gemido seguía brotando de su garganta, sin pausa, como el chillido de una alimaña acorralada. Aferraba la pistola con ambas manos. Forcejearon por ella. Ben intentaba arrebatársela y, al mismo tiempo, evitar que apuntara a ninguno de los dos.

—¡Mark! —gritó—. ¡Mark, despierta, por Dios...!

El cañón del arma se inclinó hacia su cabeza en el momento en que se disparó. Ben sintió que el proyectil le rozaba la sien. Sujetó las muñecas de Mark con ambas manos y le propinó una patada frontal. El chico dio unos pasos atrás, tambaleante, y la pistola cayó al suelo, entre los dos. Sin dejar de gemir, el muchacho se abalanzó sobre ella, pero Ben le asestó un puñetazo en la boca con todas sus fuerzas. Al sentir cómo le aplastaba los labios contra los dientes, soltó un grito como si el golpe lo hubiera recibido él. Mark cayó de rodillas y Ben alejó el arma de un puntapié. Cuando el muchacho quiso arrastrarse tras ella, Ben volvió a golpearlo.

Finalmente, Mark se desplomó con un suspiro de agotamiento.

A Ben ya no le quedaban fuerzas, ni seguridad. De nuevo volvía a ser simplemente Ben Mears, y estaba asustado.

En la puerta de la cocina, el cuadrado de luz había adquirido un tono púrpura desvaído; el reloj indicaba las 18.51.

Ben sentía que una fuerza le tiraba de la cabeza, obligándolo a mirar al sonrosado y ahíto parásito que yacía en el ataúd junto a él.

Vuélvete y mírame, hombrecillo. Mira a Barlow, para quien los siglos han pasado como para ti han pasado las horas sentado ante el fuego con un libro. Contempla la majestuosa criatura de la noche que tú pretendes matar con un ridículo palito. Mírame, escritorzuelo. Yo he escrito, no en palabras, sino en vidas humanas, y mi tinta ha sido la sangre. ¡Mírame y pierde toda esperanza!

Jimmy, no puedo. Es demasiado tarde ya, y él demasiado fuerte...

¡MÍRAME!

Eran las 18.53.

En el suelo, Mark soltó un quejido.

—Mamá. Mamá, ¿dónde estás? Me duele la cabeza..., está oscuro...

Entrará a mi servicio como castratum...

Con manos torpes, Ben intentó coger una de las estacas que llevaba en el cinturón, pero se le cayó. Profirió un amargo grito de desesperación. Fuera, Jerusalem's Lot había sido abandonado por el sol, cuyos últimos rayos se perdían tras el tejado de la Casa Marsten.

Levantó la estaca del suelo. Pero el martillo, ¿dónde estaba? *¿Dónde había quedado el puto martillo?*

Al lado de la puerta de la bodega subterránea. Cruzó el sótano con dificultad para recogerlo.

Mark estaba recostado, con la boca ensangrentada. Se la enjugó con una mano y se quedó mirando la sangre, aturdido.

—¡Mamá! —gimió—. ¿Dónde está mi madre?

Eran las 18.55. Luz y tinieblas se encontraban en un equilibrio perfecto.

Ben volvió a cruzar corriendo el sótano cada vez más oscuro, con la estaca en la mano izquierda y el martillo en la derecha.

Como el retumbo de un trueno, se oyó una risa triunfal. Barlow se había incorporado en el ataúd, y sus ojos enrojecidos brillaban con una demoniaca expresión de triunfo. Cuando se clavaron en los de Ben, este sintió que su voluntad se disolvía.

Con un alarido de desesperación y de furia, levantó la estaca por encima de la cabeza y la bajó en un arco sibilante. La punta, afilada como una navaja, desgarró la camisa de Barlow, y Ben sintió cómo penetraba en la carne.

Barlow profirió un aullido agudo y espeluznante, como el de un lobo. La fuerza del impacto lo derribó de espaldas dentro del ataúd. Crispadas como garras, sus manos se elevaron, agitándose de forma frenética.

Ben descargó un martillazo en el extremo de la estaca, y Barlow soltó otro alarido. Fría como la tumba, una de sus manos asió la de Ben, firmemente cerrada sobre la estaca.

Contorsionándose, Ben consiguió meterse en el féretro y apoyó las rodillas sobre las de Barlow. Contempló aquel rostro crispado por el dolor y el odio.

—¡SUÉLTAME! —bramó Barlow.

—Prepárate, hijo de puta —sollozó Ben—. Toma, sanguijuela. ¡Esto es para ti!

Con todas sus fuerzas, descargó otro martillazo. La sangre brotó en un chorro frío que lo cegó por un momento. La cabeza de Barlow se agitaba violentamente de un lado a otro sobre el satén de la almohada.

Suéltame, no te atrevas, no te atrevas, no te atrevas a hacerme esto...

El martillo caía una y otra vez. A Barlow comenzó a sangrarle la nariz. Dentro del ataúd, su cuerpo se convulsionaba como el de un pez arponeado. Las garras arañaron las mejillas de Ben, abriéndole largos surcos en la piel.

—¡SUÉLTAMEEEEEEEEEEEEE!

Una vez más, Ben dejó caer el martillo con todas sus fuerzas sobre la estaca, y de pronto la sangre que manaba del pecho de Barlow se ennegreció.

Entonces comenzó la disolución.

Todo ocurrió en el lapso de dos segundos, con demasiada

rapidez para resultar creíble a la luz del día en los años posteriores, pero lo bastante despacio para reaparecer una y otra vez en las pesadillas, con el ritmo pausado y obsesionante de una toma a cámara lenta.

La piel se tornó amarilla, áspera y se ampolló como una lona reseca. Los ojos perdieron brillo, recubiertos por una película blanca, y se hundieron en las cuencas. El pelo se le puso blanco y se le desprendió como plumas en la brisa. Dentro del traje oscuro, el cuerpo se marchitó y encogió. La boca se ensanchó en una mueca a medida que los labios se retraían más y más, hasta unirse con la nariz y desaparecer dejando tras de sí un círculo formado por dientes prominentes. En los dedos, las uñas se ennegrecieron y se despegaron, hasta que solo quedaron los huesos, todavía ornados de anillos, crujiendo y repiqueteando como crótalos. Nubes de polvo escapaban de las fibras de la camisa. El cráneo calvo y arrugado se transformó en una calavera. Sin nada que los llenara, los pantalones se deshincharon de modo que las piernas parecían solo palos de escoba envueltos en seda negra. Por un momento, un pavoroso espantajo animado se retorció debajo de él, y Ben saltó fuera del ataúd con un ahogado grito de horror. Sin embargo, le resultaba imposible apartar los ojos de la última metamorfosis de Barlow, que ejercía sobre él una fuerza hipnótica. El cráneo descarnado seguía agitándose sobre la almohada de satén. El maxilar desnudo se abrió para dejar escapar un grito silencioso, ya sin cuerdas vocales que le dieran voz. Como marionetas, los dedos del esqueleto seguían danzando y agitándose en el aire.

En breves y densas vaharadas, un olor detrás de otro asaltó su olfato antes de desvanecerse: a gas; a repugnante carne putrefacta; a biblioteca mohosa; a polvo acre; después, nada. Los huesos de los dedos, sin dejar de retorcerse, se astillaron y descascarillaron como lápices. La cavidad nasal del cráneo se ensanchó hasta juntarse con la de la boca. Las órbitas vacías se agrandaron en una descarnada expresión de sorpresa y horror, y formaron un solo agujero antes de desaparecer. Las paredes del cráneo se hundieron como la superficie de un antiguo jarrón Ming. Los pantalones y la chaqueta se allanaron, vacíos, convertidos en inofensiva ropa sucia.

No obstante, la tenacidad con que Barlow se aferraba a este mundo parecía no tener fin: hasta el polvo se levantaba y se agitaba en minúsculos remolinos dentro del féretro. De pronto, Ben notó que algo pasaba junto a él como una ráfaga de viento, provocándole un escalofrío. En el mismo momento, todas las ventanas de lo que había sido la pensión de Eva Miller estallaron hacia fuera.

—¡Cuidado, Ben! —aulló Mark—. ¡Cuidado!

Giró sobre los talones y los vio emerger a todos de la bodega subterránea: Eva, Weasel, Mabe, Grover y los demás. Era su hora de salir al mundo.

Los gritos de Mark resonaron en los oídos de Ben como una sirena de incendios, y este lo aferró por los hombros.

—*¡El agua bendita!* —bramó al atormentado rostro de Mark—. *¡No podrán tocarnos si la cogemos!*

Los gritos de Mark se convirtieron en lloriqueos.

—Sube por la tabla, vamos —lo apremió Ben.

Tuvo que obligar al chico a girarse de cara a la tabla y le propinó un azote en el trasero para que empezara a subir. Una vez que estuvo seguro de que el muchacho se alejaba de allí, se volvió hacia los muertos vivientes.

Estaban inmóviles, a unos tres o cuatro metros de distancia, mirándolo con un odio vacío e inhumano.

—Has matado a nuestro amo —lo acusó Eva con voz dolida—. ¿Cómo has podido matar al amo?

—Ya volveré para ocuparme de vosotros —le prometió Ben.

Y trepó por la tabla, agachado, a cuatro patas. Aunque crujía bajo su peso, resistió. Al llegar arriba, Ben volvió a mirar atrás. Ahora estaban todos reunidos en torno al féretro, contemplándolo en silencio. Le recordaron a la gente que había rodeado el cuerpo de Miranda después del accidente con el camión de mudanzas.

Desplazó la vista alrededor en busca de Mark y lo vio tendido junto a la puerta del porche, boca abajo.

50

Ben se dijo que el chico simplemente se había desmayado. Tal vez fuera cierto. Tenía el pulso firme y regular. Lo levantó en brazos y lo llevó al Citroën.

Tras sentarse al volante, puso en marcha el motor. Mientras salía a Railroad Street, la reacción tardía lo golpeó con fuerza y tuvo que sofocar un grito.

Los muertos vivientes andaban por las calles.

Sintiendo frío y calor a la vez, y con un rugido furioso en los oídos, dobló a la izquierda para enfilar Jointner Avenue y salir de Salem's Lot.

Capítulo 15

BEN Y MARK

1

Mark se despertó poco a poco, dejando que el zumbido continuo del Citroën lo devolviera a la realidad, sin pensar ni recordar. Finalmente, miró por la ventanilla y las ásperas manos del miedo lo apresaron. Estaba oscuro. A ambos lados del camino, los árboles eran manchas vagas, y los coches con los que se cruzaban llevaban encendidos los faros y las luces de estacionamiento. Emitió un ruido ahogado e inarticulado, y sus manos buscaron compulsivamente la cruz que aún llevaba al cuello.

—Tranquilízate —le dijo Ben—. Hemos dejado atrás el pueblo. Estamos a más de treinta kilómetros de allí.

El chico se estiró por encima de él con tal brusquedad que por poco lo hizo salirse del carril, y puso el seguro de la puerta del lado de Ben. A continuación se giró para hacer lo mismo en la suya. Luego se acurrucó lentamente en el asiento. Deseó que volviera la nada, vacía y grata. La nada, libre de imágenes angustiosas e inquietantes.

El ronroneo continuo del Citroën le resultaba relajante. *Hmmmmmm*. Qué bien. Cerró los ojos.

—¿Mark?

Era mejor no contestar. Más seguro.

—Mark, ¿estás bien?

Hmmmmmmmmmmmmmm.

—Mark...

Muy lejos. Así estaba bien. La nada vacía y grata volvió, envolviéndolo en tonos de gris.

2

Se registraron en un motel, pasado el límite estatal de New Hampshire, y firmaron como Ben Cody e hijo. Mark entró en la habitación con la cruz en alto. Sus ojos saltaban de un lado a otro como bestias enjauladas. Siguió sosteniendo la cruz hasta que Ben cerró la puerta, echó el cerrojo y colgó su propia cruz del pomo. Había un televisor en color, y Ben estuvo un rato viendo las noticias. Dos países africanos se habían declarado la guerra. El presidente había pillado un resfriado, pero no parecía nada grave. Y en Los Ángeles, un hombre había enloquecido y había matado a tiros a catorce personas. La previsión meteorológica anunciaba lluvia y, en el norte de Maine, temporales de nieve.

3

Salem's Lot dormía en la oscuridad, mientras los vampiros recorrían sus calles y las carreteras secundarias como siguiendo el rastro de un recuerdo del mal. Algunos habían emergido de las tinieblas de la muerte lo suficiente para recuperar cierta astucia rudimentaria. Lawrence Crockett llamó a Royal Snow y lo invitó a pasar por su despacho para jugar un rato a las cartas. Cuando Royal aparcó delante y entró, Lawrence y su mujer se arrojaron sobre él. Glynis

Mayberry telefoneó a Mabel Werts, le dijo que estaba asustada y le pidió que le hiciera compañía un rato, hasta que su marido regresara de Waterville. Mabel accedió, aliviada, y cuando diez minutos más tarde abrió la puerta, ahí estaba Glynis, completamente desnuda, con el bolso colgando del brazo, y mostrando al sonreír unos incisivos enormes y ávidos. Mabel tuvo tiempo de dar un grito, pero nada más. Cuando Delbert Markey salió, poco después de las ocho, de su bar desierto, Carl Foreman y un Homer McCaslin con una sonrisa rígida surgieron de entre las sombras y le dijeron que querían beber algo. Poco después de la hora de cerrar, Milt Crossen recibió en su tienda la visita de varios de sus clientes más fieles y sus más viejos compinches. Y George Middler fue a ver a varios de los chicos del instituto que compraban cosas en su tienda y que siempre lo habían mirado con una mezcla de desprecio y suficiencia, e hizo realidad sus más oscuras fantasías.

Los turistas y automovilistas que seguían pasando por la carretera 12 no veían de Lot más que un cartel de Elks y una señal que establecía el límite de velocidad en sesenta kilómetros por hora. Al salir del pueblo volvían a subir a cien y, tal vez, dedicaban un último pensamiento al lugar: madre mía, qué poblacho tan muerto.

El pueblo guardaba sus secretos, y la Casa Marsten rumiaba sobre él como un rey destronado.

4

Ben regresó con el coche el día siguiente, al amanecer, dejando a Mark en la habitación del motel. Se detuvo en una concurrida ferretería de Westbrook para comprar un pico y una pala.

Salem's Lot permanecía en silencio bajo un cielo sombrío; todavía no había empezado a llover. Circulaban pocos coches por las calles. El local de Spencer seguía abierto, pero el Excellent Café tenía las cortinas verdes corridas, las cartas habían sido retiradas de las ventanas y la pequeña pizarra donde se anunciaba la especialidad del día estaba borrada.

Al ver las calles vacías, Ben sintió un escalofrío, y le volvió a la memoria una carátula de un viejo álbum de rock, en la que aparecía la figura de un travestido de perfil sobre un fondo negro, con un rostro extrañamente masculino que parecía ensangrentado por la cantidad de colorete y maquillaje que llevaba. Título: *They Only Come Out at Night.* «Solo salen de noche».

Se dirigió primero a la pensión de Eva, subió por las escaleras y entró en su habitación. Todo estaba como lo había dejado: la cama sin hacer y un paquete abierto de caramelos sobre el escritorio. Debajo había una papelera metálica, vacía, y Ben la arrastró hasta el centro de la habitación.

Cogió su manuscrito, lo tiró dentro y con la página del título improvisó una mecha de papel. La encendió con su Cricket y, una vez que prendió, la dejó caer sobre el fajo de páginas mecanografiadas. La llama las saboreó, las encontró apetecibles y empezó a propagarse ansiosamente por el papel. Las esquinas se retorcían y ennegrecían. De la papelera comenzó a emanar un humo blanquecino. Ben se inclinó sobre el escritorio para abrir la ventana.

Su mano encontró el pisapapeles —el globo de cristal que lo acompañaba desde los años de infancia transcurridos en ese pueblo ensombrecido— y, sin darse cuenta, lo aferró, reviviendo un sueño donde visitaba la casa de un monstruo. «Agítalo y mira cómo va cayendo la nieve».

Lo sacudió y lo sostuvo a la altura de sus ojos, como había hecho de niño, y el juguete obró su magia. A través de los copos flotantes se entreveía una casita de pan de jengibre, con un camino que llevaba hasta ella. Aunque los postigos estaban cerrados, un muchacho imaginativo (como Mark) podría fantasear con que uno de ellos se abría lentamente (cosa que, de hecho, parecía estar ocurriendo en ese momento), empujado por una larga mano blanca, y que un rostro pálido se asomaba para mirarlo, dedicarle una sonrisa de dientes alargados e invitarlo a entrar en esa casa que no era de este mundo, en su país de fantasía sin límites donde la nieve era falsa y el tiempo era un mito. El mismo rostro que ahora lo observaba, pálido y hambriento, un rostro que jamás volvería a ver la luz del día ni el azul del cielo.

Su propio rostro.

Ben arrojó el pisapapeles a un rincón, donde se hizo añicos. Se marchó sin esperar a ver qué se derramaba de su interior.

5

Bajó al sótano para llevarse el cuerpo de Jimmy, y esa fue la tarea más dura. El ataúd seguía donde lo habían dejado la noche anterior, vacío ya incluso de polvo. Sin embargo..., no estaba vacío del todo. La estaca había quedado dentro, junto con algo más. A Ben se le formó un nudo en la garganta. Dientes. Los dientes de Barlow..., lo único que quedaba de él. Ben se inclinó a recogerlos, y empezaron a retorcerse en su mano como minúsculos animalillos blancos que intentaban juntarse para morder.

Con un grito de repugnancia, los arrojó lejos de sí y se desparramaron por el suelo.

—Dios —susurró, frotando la mano contra la camisa—. Oh, Dios mío. Por favor, que esto sea el fin. Que sea su fin de una vez por todas.

6

Con dificultad consiguió sacar del sótano el cuerpo de Jimmy, todavía envuelto en las cortinas de Eva. Tras acomodar el bulto en el maletero del Buick de su amigo, arrancó rumbo a la casa de los Petrie. En el asiento de atrás, junto al maletín negro de Jimmy, había puesto la pala y el pico. En un claro del bosque, detrás de la casa de los Petrie, desde donde se alcanzaba a oír el gorgoteo del arroyo de Taggart, se pasó la mañana y parte de la tarde cavando una ancha fosa de un metro y medio de profundidad. Depositó allí los cadáveres de Jimmy y los Petrie, aún cubiertos por la funda del sofá.

Eran las dos y media cuando empezó a rellenar la tumba de esos tres inocentes. A medida que la luz abandonaba lentamente el cielo cubierto de nubes, Ben trabajaba con cada vez más ahínco. Un sudor que no se debía solo al ejercicio se le condensaba en la piel.

Hacia las cuatro, el hoyo quedó tapado. Después de apisonar los terrones lo mejor que pudo, volvió al pueblo, con la pala y el pico cubiertos de una costra de tierra metidos en el maletero del coche de Jimmy. Aparcó el vehículo frente al Excellent Café, dejando las llaves en el contacto.

Se detuvo un momento a mirar alrededor. Los abandonados edificios de oficinas parecían inclinarse sobre la calle con una especie de crepitación. La lluvia, que había comenzado al mediodía, caía suave y lentamente, como un símbolo de duelo. El parquecillo donde Ben había conocido a Susan Norton estaba desierto y solitario. Las persianas del ayuntamiento estaban bajadas. En el cristal de la oficina inmobiliaria de Larry Crockett, un pequeño cartel amarillento anunciaba con un desenfado hueco: «Vuelvo enseguida». Y el único sonido era el de la llovizna.

Ben caminó en dirección a Railroad Street, sus tacones repiqueteando sordamente sobre la acera. Cuando llegó a la pensión de Eva, se detuvo junto a su coche y echó un último vistazo alrededor. Nada se movía.

El pueblo estaba muerto. De pronto lo supo con una certeza absoluta, la misma con que había sabido que Miranda estaba muerta cuando vio su zapato en el asfalto.

Empezó a llorar.

Seguía llorando cuando el Citroën pasó junto al letrero de Elks que rezaba: «Está saliendo de Jerusalem's Lot, un pueblo pequeño y acogedor. ¡Vuelva pronto!».

Llegó a la autopista. La Casa Marsten se perdió entre los árboles cuando Ben empezó a descender por la rampa de acceso. Después enfiló hacia el sur, hacia Mark, hacia su vida.

EPÍLOGO

Entre estas aldeas diezmadas
sobre este promontorio desnudo
[frente al viento del Sur
ante nosotros un rastro de montañas,
[escondiéndote,
¿quién confiará en nuestra decisión de olvidar?
¿Quién aceptará nuestra ofrenda en este final
[del otoño?

GEORGE SEFERIS

Ahora están sin ojos.
Las serpientes que una vez sostuvo en alto
le devoran las manos.

GEORGE SEFERIS

1

Del álbum de recortes de Ben Mears (todos los artículos son del Press-Herald *de Portland):*

19 de noviembre de 1975 (p. 27):
JERUSALEM'S LOT. — La familia de Charles V. Pritchett, que hace apenas un mes compró una granja en el pueblo de Jerusalem's Lot, en el condado de Cumberland, se marcha porque no dejan de suceder cosas misteriosas por la noche, según Charles y Amanda Pritchett, quienes antes de mudarse aquí vivían en Portland. La granja, un importante punto de referencia local situado en Schoolyard Hill, había sido propiedad de Charles Griffen. El padre de Griffen fue propietario de las lecherías Sunshine, Inc., que en 1962 fueron absorbidas por la Compañía Lechera Slewfoot. No nos ha sido posible contactar con Charles Griffen (quien vendió la granja por mediación de una inmobiliaria de Portland, a un precio que el propio Pritchett calificó de «ganga») para pedirle más información. La primera vez que Amanda Pritchett habló con su marido de los «ruidos raros» que se oían en el granero fue poco después de...

4 de enero de 1976 (p. 1):

JERUSALEM'S LOT. — A última hora de anoche o primera hora de esta mañana se produjo un extraño accidente automovilístico en el pequeño pueblo de Jerusalem's Lot, al sur de Maine. Por las marcas de neumáticos halladas cerca del escenario del siniestro, la policía deduce que el coche, un sedán último modelo, circulaba con exceso de velocidad cuando se salió de la carretera y fue a estrellarse contra un poste de la Central Eléctrica de Maine. El coche quedó totalmente destrozado, pero, aunque se encontró sangre en el asiento delantero y en el salpicadero, no se ha localizado aún a ningún pasajero. Fuentes policiales afirman que el coche pertenecía al señor Gordon Phillips, de Scarborough. Según informó un vecino, Phillips y su familia se dirigían a Yarmouth para visitar a unos parientes. La policía especula que Phillips, su mujer y sus dos hijos pueden haberse alejado de la zona y perdido a causa del aturdimiento. Se está organizando una búsqueda...

14 de febrero de 1976 (p. 4):

CUMBERLAND. — La señora Fiona Coggins, una viuda que vive sola en Smith Road, West Cumberland, ha sido declarada como desaparecida por la oficina del sheriff de Cumberland. La denuncia ha sido presentada esta mañana por su sobrina, la señora Gertrude Hersey, quien ha afirmado ante los funcionarios de policía que su tía es una persona muy solitaria y con problemas de salud. Aunque la policía está investigando, ha declarado que por el momento no es posible saber qué...

27 de febrero de 1976 (p. 6):

FALMOUTH. — John Farrington, anciano granjero que residió durante toda su vida en Falmouth, ha sido encontrado muerto en su establo, a primera hora de esta mañana, por su yerno Frank Vickery. Vickery ha declarado que Farrington yacía boca abajo junto a un montón de heno, con la horquilla cerca de la mano. David Rice, el médico forense del condado, dice que aparentemente Farrington falleció a causa de un derrame cerebral, o tal vez de una hemorragia interna...

20 de mayo de 1976 (p. 17):
PORTLAND. — Los guardabosques del condado de Cumberland han recibido instrucciones del Servicio de Conservación de la Fauna y Flora de Maine de estar alerta a los posibles ataques de una jauría de perros salvajes que merodea por la zona de Jerusalem's Lot, Cumberland y Falmouth. Durante el último mes se han encontrado varias ovejas muertas, con la garganta y el vientre destrozados. En algunos casos, a los animales les faltaban las vísceras. «Como ustedes saben —ha declarado el guardabosque Upton Pruitt—, esta situación ha empeorado mucho en el sur de Maine...».

29 de mayo de 1976 (p. 1):
JERUSALEM'S LOT. — Se sospecha que pueda haber un hecho delictivo detrás de la desaparición de la familia de Daniel Holloway, que recientemente se había mudado a una casita situada en Taggart Stream Road, en este pequeño municipio del condado de Cumberland. La policía fue alertada por el abuelo de Daniel Holloway, quien se alarmó al comprobar repetidas veces que nadie contestaba a sus llamadas telefónicas.

El matrimonio Holloway y sus dos hijos se trasladaron a Taggart Stream Road en abril, y se habían quejado a sus amigos y familiares de que oían «ruidos extraños» durante la noche.

En los últimos meses, Jerusalem's Lot se ha convertido en epicentro de una serie de sucesos extraños, y son muchas las familias que...

4 de junio de 1976 (p. 2):
CUMBERLAND. — La señora Elaine Tremont, una viuda residente en una casita en Back Stage Road, en la zona occidental de este pequeño pueblo del condado, ha sido ingresada a primera hora de esta mañana en el hospital de Cumberland, víctima de un ataque cardiaco. La señora Tremont ha declarado a este periódico que, mientras veía la televisión, ha oído un ruido como de alguien que rascara la ventana de su dormitorio y, al levantar los ojos, ha visto una cara que la observaba.

«Tenía una sonrisa de oreja a oreja —afirma la señora Tremont—. Era horrible. Jamás he pasado tanto miedo en mi vida. Y desde que desapareció esa familia de Taggart Stream Road, me paso todo el tiempo asustada».

La familia a la que se refiere es la de Daniel Holloway, que, a principios de la semana pasada, desapareció de su domicilio en Jerusalem's Lot. La policía asegura que se está investigando si existe alguna relación, pero...

2

El hombre alto y el muchacho llegaron a Portland a mediados de septiembre y se alojaron tres semanas en un motel de la localidad. Estaban acostumbrados al calor, pero, después del clima seco de Los Zapatos, el alto grado de humedad les resultaba agobiante. Los dos pasaban mucho tiempo nadando en la piscina del motel y mirando el cielo. El hombre compraba todos los días el *Press Herald* de Portland. Leía el pronóstico del tiempo y estaba atento a todos los artículos relacionados con Salem's Lot. Al noveno día de su llegada a Portland, desapareció un hombre en Falmouth. Su perro fue encontrado muerto en el patio. La policía estaba investigando.

El 6 de octubre, el hombre se levantó temprano y se quedó un rato en el jardín delante del motel. La mayoría de los turistas ya se había marchado de vuelta a Nueva York, New Jersey, Florida, Ontario, Nueva Escocia, Pennsylvania y California. Al partir, dejaban su basura y sus dólares, y en su ausencia los vecinos por fin podían disfrutar de la estación más hermosa de la región.

Esa mañana se respiraba algo nuevo en el aire. El olor de los gases de escape de la carretera principal no era muy fuerte. No había bruma en el horizonte, ni esas nieblas bajas, lechosas, que suelen rodear las patas de las vallas publicitarias instaladas en el campo, al lado de la carretera. El cielo de la mañana estaba muy claro y el aire era gélido. Al parecer, el veranillo de San Martín había terminado de la noche a la mañana.

El chico salió y se acercó a él.

—Hoy —dijo el hombre.

3

Era casi mediodía cuando alcanzaron el desvío de Salem's Lot. Ben evocó dolorosamente el día que había llegado allí, decidido a exorcizar todos los demonios que lo habían acosado, y sin dudar ni por un momento que lo conseguiría. Había sido un día más cálido que aquel, el viento del oeste no soplaba con tanta fuerza y el veranillo de San Martín justo había empezado. Recordó haber visto dos chiquillos con cañas de pescar. Ahora el cielo era de un azul más duro y frío.

La radio del coche advirtió de que el nivel de alerta por incendios ascendía a cinco, el segundo más alto. En el sur de Maine no se habían producido precipitaciones de importancia desde la primera semana de septiembre. Después de recomendar a los conductores que apagaran sus colillas, el pinchadiscos puso una canción sobre un hombre que iba a saltar desde una torre de agua por amor.

Siguieron por la carretera 12 hasta pasar el cartel de Elks y se encontraron en Jointner Avenue. Ben reparó de inmediato en que la luz intermitente no estaba encendida. Ya no hacían falta señales de advertencia.

Entonces entraron en el pueblo. Lo atravesaron con lentitud, y Ben sintió que el antiguo miedo volvía a envolverlo, como una vieja chaqueta que uno encuentra en el altillo y que le queda estrecha, pero todavía le sirve. Mark iba sentado muy rígido junto a él, con un frasco de agua bendita que llevaba consigo desde Los Zapatos. Se lo había dado el padre Gracon como regalo de despedida.

Con el miedo, volvieron los recuerdos, casi desgarradores.

El local de Spencer había pasado a ser una tienda de la cadena LaVerdiere, pero las cosas no parecían irle mejor. Las ventanas cerradas estaban sucias y desnudas. El rótulo de los autobuses Greyhound había desaparecido. En el ventanal del Excellent Café, un letrero torcido anunciaba que estaba en venta, y todos los taburetes instalados frente a la barra habían sido retirados, sin duda para llevarlos a un establecimiento más próspero. Más adelante vieron que, sobre lo que había sido la lavandería, el mismo cartel seguía proclamando «Barlow y Straker. Muebles de calidad», pero ahora las letras doradas estaban manchadas de herrumbre y dirigían su mensaje inútilmente a las aceras desiertas. El escaparate estaba vacío; la gruesa alfombra, sucia. Ben pensó en Mike Ryerson y se preguntó si seguiría durmiendo en la caja en la trastienda. Al pensarlo se le secó la boca.

Redujo la velocidad en el cruce. Ladera arriba se divisaba la casa de los Norton, con el césped crecido y amarillento en el patio delantero y también en el de atrás, donde Bill Norton había construido la barbacoa de ladrillo. Algunas ventanas estaban rotas.

Un poco más adelante, detuvo el coche para contemplar el parque. El monumento a los soldados caídos presidía el crecimiento descontrolado de arbustos y malezas. La piscina de los niños estaba invadida por las plantas acuáticas del verano. En los bancos, la pintura verde se descascarillaba. Las cadenas de los columpios se habían oxidado, y si alguien hubiera querido columpiarse en ellos, los chirridos habrían sido lo bastante desagradables para estropear la diversión. El tobogán se había desplomado y yacía con las patas rígidas hacia un lado, como un antílope muerto. Y en una esquina del arenero para niños, con un brazo colgando inerte sobre la hierba, había una muñeca de trapo olvidada. Los botones que hacían las veces de ojos parecían reflejar un horror negro y desencantado, como si hubieran visto todos los secretos de las tinieblas durante su larga estancia en el arenero. Y tal vez fuera así.

Al levantar la mirada, Ben avistó la Casa Marsten, con los postigos cerrados, como siempre, vigilando el pueblo con desvencijada malevolencia. En aquel momento era inofensiva, pero ¿y por la noche?

Las lluvias debían de haberse llevado los trozos de hostia con que Callahan la había sellado. Podía volver a pertenecerles si ellos querían, como un santuario, como un faro de las tinieblas que dominaba ese pueblo muerto y arrinconado. Ben se preguntó si se reunirían allí. ¿Vagaban por los pasillos al anochecer, mortalmente pálidos, celebrando fiestas y siniestras ceremonias en honor del creador de su creador?

Sintió frío y apartó la vista.

Mark estaba mirando las casas. En la mayor parte de ellas,

las cortinas estaban corridas; en otras, las ventanas descubiertas dejaban ver habitaciones vacías. Eran peores que las que se mantenían pudorosamente cerradas, pensó Ben. Parecían observar a estos intrusos diurnos con la mirada vacía de los deficientes mentales.

—Están en esas casas —dijo Mark con voz tensa—. En este mismo instante, en todas esas casas. Detrás de las cortinas, en las camas, en los armarios, en los sótanos, debajo de los suelos. Escondidos.

—Tranquilo —dijo Ben.

El pueblo desapareció a sus espaldas. Ben tomó por Brooks Road y siguieron adelante hasta pasar la Casa Marsten, con sus postigos desvencijados y un intrincado laberinto de hierba bruja y vara de oro que llegaba hasta las rodillas.

Mark le señaló algo, y Ben miró. Alguien había abierto una senda que conducía del porche al camino a través del césped, pisoteado y blanco. Cuando la dejaron atrás, Ben sintió que la opresión en el pecho remitía. Ya habían hecho frente a lo peor, que ahora quedaba a sus espaldas.

Después de recorrer un trecho de Burns Road, Ben detuvo el coche no muy lejos del cementerio de Harmony Hill y los dos se apearon. Juntos, se internaron en el bosque. La maleza y las ramitas crujían bajo sus pies, ásperamente, con un chasquido seco. En el aire flotaba el olor, penetrante como el de la ginebra, de las bayas de enebro, y se oían los chirridos de las últimas langostas. Los dos subieron a una pequeña prominencia, una especie de loma desde donde se dominaba la franja en medio del bosque por donde corrían los cables de alta tensión de la central eléctrica de Maine, oscilantes bajo la fresca brisa de ese día. Algunos árboles empezaban a teñirse de color.

—Los viejos dicen que fue aquí donde empezó —dijo Ben—, allá por 1951. Soplaba el viento del oeste. Ellos piensan que tal vez alguien tiró un cigarrillo. Todo por un cigarrillo, ya ves. Entonces el incendio se extendió por los pantanos sin que nadie pudiera detenerlo.

Se sacó del bolsillo un paquete de Pall Mall y contempló pensativo el lema —*in hoc signo vinces*— antes de desgarrar el envoltorio de celofán. Encendió uno y agitó la cerilla para apagarla. El sabor del cigarrillo le pareció sorprendentemente bueno, aunque hacía meses que no fumaba.

—Ellos tienen sus lugares —reflexionó—. Pero podrían perderlos. A muchos de ellos se los podría matar... o, mejor dicho, destruir. Pero no a todos. ¿Entiendes lo que te digo?

—Sí —dijo Mark.

—No son muy inteligentes. Si pierden sus escondrijos, meterán la pata al escoger un sitio nuevo donde ocultarse. Quizá bastaría con que un par de personas buscaran en los lugares más obvios. Cuando llegaran las primeras nevadas, todo podría haber terminado en Salem's Lot. O tal vez no termine nunca. No hay garantía, ni en un sentido ni en otro. Pero sin... algo... que los obligue a salir, la probabilidad es cero.

—Sí.

—Será desagradable y peligroso.

—Lo sé.

—Pero dicen que el fuego purifica —prosiguió Ben—. La purificación debe de servir para algo, ¿no crees?

—Sí —dijo Mark otra vez.

Ben se levantó.

—Será mejor que regresemos.

Arrojó la colilla humeante sobre una pila de ramas secas y hojas quebradizas. Una cinta blanca de humo se elevó, tenue, contra el fondo verde de los juníperos, hasta casi un metro, antes de que el aire la dispersara. Unos seis metros más allá, en la dirección desde la que soplaba el viento, había una gran trampa de caza abandonada.

Fascinados, inmóviles, los dos miraban el humo.

Fue espesándose. Apareció una lengua de fuego. La pila de ramas y hojas secas empezó a crepitar con suavidad a medida que las ramitas iban prendiendo.

—Esta noche no se dedicarán a matar ovejas ni a visitar granjas —dijo Ben con suavidad—. Esta noche huirán. Y mañana...

—Tú y yo —dijo Mark, cerrando el puño. Ya no estaba pálido; tenía el rostro encendido. Los ojos le relampaguearon.

Volvieron juntos al camino, subieron al coche y se alejaron.

En el pequeño claro desde el que se divisaban los cables de alta tensión, las llamas empezaron a arder con más fuerza en la maleza, avivadas por el viento otoñal que soplaba del oeste.

Octubre de 1972
Junio de 1975